中国农林水利气象工会长江委员会

中国水利作家协会　编

三峡工程情怀

人物篇

长江出版社
CHANGJIANG PRESS

序

　　长江是中华民族的母亲河，哺育了世世代代的中华儿女，孕育了悠久灿烂的华夏文明，但她频发的洪灾又给两岸人民带来深重的灾难。

　　几千年来，长江洪灾一直是中华民族的心腹之患。据文献记载，自汉朝至清末的2000多年间，长江流域共发生较大洪灾214次，平均约10年一次。

　　水患频仍，百姓难安，两岸人民祈盼治理长江。新中国成立后，在党中央、国务院的领导下，长江防洪关键控制性工程——三峡工程建设被提上了重要议事日程。长江水利委员会（简称"长江委"）从20世纪50年代初开始，对三峡工程进行了大量的勘测、论证、规划、设计和研究工作。

　　从古老峡江畔的第一个钻孔到坝址的最终确定，从举世罕见的反复论证到工程开工兴建，三峡工程在几代长江委勘测设计工作者的不懈努力下，从梦想变为现实。1992年4月3日，代表着12亿中国人民意志的全国人民代表大会，在首都北京作出了一个关于长江的重大决策：兴建三峡工程，从根本上改变长江流域的防洪形势，并最大限家对我们最大的信任。我作为长江委总工程师，全面负责三峡工程设计工作，深感肩负的责任重大。在三峡工程建设的日日夜夜里，我始终铭记周总理"在长江上建坝，要战战兢兢，如履薄冰，如临深渊"的叮嘱，组织设计人员科学攻关、精心设计。

我们一起深入研究解决了泥沙、水库诱发地震、库岸稳定、大江截流和二期深水围堰、永久船闸高陡边坡稳定和变形、大坝混凝土快速施工、特大型金属结构、垂直升船机、特大容量水轮发电机组、环境影响与评价、水库淹没和移民安置等多项重大关键性技术问题，为国家决策和三峡建设提供了强有力的技术后盾，为中国水利水电设计行业打造出了辉煌的民族品牌。

在三峡工程实施过程中，通过多方案研究与试验，取得了多项技术创新和突破：

提出了应对泄洪、防洪、导流流量大、排沙任务重、上游水位变幅大等多重世界性挑战的完美枢纽布置格局；

创造性提出"预平抛垫底、上游单戗立堵、双向进占、下游尾随进占"的截流方案，使我国河道截流技术跃居世界领先水平；

运用混凝土骨料二次风冷技术，开创了夏季浇筑大坝混凝土3米升层技术先例，实现了三期大坝无缝的世界奇迹；

攻克单机容量大、水头变幅大、过机水流含有泥沙和启停频繁的世界性难题，成功实现了巨型混流式水轮机组稳定运行；

设计了世界首座"全衬砌式"新型船闸——三峡双线五级船闸，并研究解决了船闸总体设计、特高水头大型船闸输水、与岩体共同工作的大型衬砌式船闸结构、人字闸门及其启闭机、多级船闸监控系统、船闸施工等关键技术难题。

三峡工程建设实现了一个又一个世界零的突破，创造了一项又程投资节省了数亿元人民币。

　　大江奔腾，浩荡向东。今天，巍巍大坝截断巫山云雨，三峡工程已成为长江上最醒目的新地标，中华民族伟大复兴的重要标志。千百年来，峡江的水从未这般宁静，从青藏高原奔腾而来的滚滚江水在雄伟的三峡大坝前化为一片平湖。

　　大音希声，丰碑无言。三峡工程不仅是世界上最大的水利枢纽，更是一座科学求实、创新进取、团结协作、无私奉献的精神丰碑。在工程竣工之际，有关部门组织编撰《三峡工程情怀》，这是一项壮举和善举，必将再现长江委人与三峡工程那段艰难而又辉煌的历史，铭记长江委人在三峡工程建设中的贡献，传承和发扬"团结、奉献、科学、创新"的长江委精神，让世人真正了解长江委，了解治江事业，了解中国水利曲折而辉煌的发展历程，唱响主旋律，传播正能量。

　　是为序。

中国工程院院士

郑守仁

2019年8月26日

开工典礼

大江截流

▲ 施工现场

电站 ▶

升船机 ▶

◀ 五级船闸

▼ 大坝泄洪

▲ 工程全貌

前 言

在长江委党组的关怀下，历时8年的努力，《三峡工程情怀》一书终于在三峡工程正式开工30年后正式出版了。

《三峡工程情怀》是长江委历史上耗时最长、规格最高、规模最大、参与人员最多的文学丛书。在长江委各部门、各单位，以及全委职工尤其是广大老领导、老专家的支持与帮助下，最终高质量完成了本丛书的编纂工作。

一、缘起

长江是中国第一大河，长江委是全国水利系统中最重要的流域机构，以三峡工程为代表的治江工作，是新中国水利事业的重要组成部分。长江委成立70多年来，始终致力于兴水利、除水害的治江事业，兴建了一系列重要的水利工程，其中以三峡工程历时最长、规模最大、影响最深，其综合效益也最为显著。以文学的形式全面反映长江委在三峡工程建设中涌现出的典型事件和典型人物，一直是长江委人的夙愿，也是治江事业和长江委高质量发展的必然要求。

早在2008年，长江委老领导季昌化就组织老同志撰文，出版了《三峡工程往事漫忆》一书，在社会上引起了强烈反响。此后，长江委又先后出版了《丹江口工程往事漫忆》《葛洲坝工程往事漫忆》，并启动清江治理开发丛书、《"长治"工程往事漫忆》的编纂工作。

2016年9月，随着升船机建成并试航成功，三峡工程全面建成。为弥补《三峡工程往事漫忆》出版较早、内容不全的缺憾，长江委党组批准了大型纪实文学丛书《三峡工程情怀》的出版计划，并成立编委会和编辑部，邀请委老领导季昌化、傅秀堂担任顾问。

2016年12月28日，长江委组织召开《三峡工程情怀》丛书编纂工作会议，至此，本丛书的编纂工作拉开序幕。

二、编撰过程与稿件组成

本丛书编纂工作始于2017年初，2019年提交初稿，此后经数次修改，于2020年按《三峡工程情怀·历程篇》《三峡工程情怀·漫忆篇》《三峡工程情怀·人物篇》《三峡工程情怀·文学篇》四卷定稿。整个编纂过程分为征稿、约稿、组稿三个阶段。

1.征稿与自由来稿阶段

丛书征稿工作始于2017年1月，2017年7月截稿。此后因部分老同志写稿或投稿不便，以自由来稿的方式，向编辑部投寄了稿件，其实际收稿时间持续到了2018年初。在此期间，编辑部收到各部门、各单位的稿件100多篇，总字数超过70万。这些作品大多收录于《三峡工程情怀·漫忆篇》和《三峡工程情怀·文学篇》中。

2.约稿阶段

2017年7月征稿结束后，为全面反映长江委各专业部门为三峡工程所做的各项工作，弥补征稿和自由来稿出现各门类畸轻畸重的不足，编委会约请对三峡工程有突出贡献的老领导、老专家撰写回忆稿。对部分年事已高、写作不便的老同志，编委会请其所在单位年轻人，或组织人员以口述笔录的形式，采写文稿，并于2018年初基本完成。

3.组稿阶段

2018年初，主要稿件收集完成后，编辑部在编稿过程中发现来稿的个人回忆主要反映自身的所见所闻，无法对长江委所涉及的各个专业进行宏观描述。为此，编委会又组织作家与记者就三峡工程的规划、设计、科研、水土保持、水资源保护等重大课题，集中采写篇幅较长的报告文学。截至2019年，累计收到相关报告文学11篇，约20万字。

在征稿、组稿的同时，编辑部还广泛收集整理以往发表于各报刊中的相关文学作品。在两年多的时间里，共查阅《大江文艺》《人民长江报》《人民长江》《中国水利》等报刊数十年的资料，同时在中国知网上初选文章近千篇，最后从中选取近200篇优秀文章。

就字数而言，征稿与自由来稿约占50%的篇幅，组稿约占15%的篇幅，现存历史稿件约占35%的篇幅。

三、篇章设置

《三峡工程情怀·历程篇》共有61篇文章，搜集了上起1919年孙中山的《建国方略》，下到1992年全国人大会议表决通过的《关于兴建长江三峡工程的决议》，共70余年有关三峡工程讨论与决策的重要历史文献，分为新中国成立前和新中国成立后两部分，全面反映三峡工程的来龙去脉及其在国民经济中的重大作用。

《三峡工程情怀·漫忆篇》共有96篇文章，主要为长江委老领导、老专家对参加三峡工程勘测、规划、设计、科研，以及水文、水资源保护、水土保持等前期工作的回顾，全面反映了三峡工程的技术含量和长江委的技术实力，以及长江委人对三峡工程作出的贡献。

《三峡工程情怀·人物篇》共有62篇文章，重点搜集发表在国内外重要刊物上，有关对三峡工程作出突出贡献的老领导、老专家的通讯或报告文学,全面反映三峡工程建设者的风采,体现团结、奉献、科学、创新的长江委精神。

《三峡工程情怀·文学篇》共有81篇文章,分报告文学、散文、诗歌三个体裁。选取长江委人以三峡工程建设为主要内容创作的文学作品,既反映了长江委人对三峡工程的情怀,也体现了长江委的职工文化成果与创作实力。

四、几点体会

1.长江委党组的关心是本丛书编纂完成的根本保证

本丛书的编纂工作,得到长江委党组的关怀。长江委原主任魏山忠、马建华高度重视,刘冬顺主任亲自关心本丛书的出版工作。

长江委原副书记、副主任熊铁主持了2016年12月召开的《三峡工程情怀》编纂工作会议,指出:"三峡工程是长江委历时最长、专业最广、参与人数最多,也最能锻炼长江委队伍、体现长江委实力的水电工程。在三峡工程全面竣工并通过验收之际,出版一部全面反映长江委工作的大型文学专辑十分必要。"

长江委党组的关怀,为我们增添了信心,指明了方向,也时刻鼓励着我们在工作顺利时戒骄戒躁,遇到挫折时愈战愈勇,为本丛书的编纂工作提供了最根本的保证。

2.长江委属各部门、各单位的支持是编纂完成的必要条件

在本丛书的编纂过程中,长江委属各单位、各部门精心组织,各司其职,确定由本单位工会或离退休部门负责同志作为第一联络人,建立联络渠道,及时听取老同志的意见和建议,帮助解决实际困难,推动编纂工作。针对行动不便的老同志,编委会还专门安排工作人员随时上门为他们做好记录。长江设计集团有限公司(简称"长江设计集团";前身为长江勘测规划设计研究院,简称"长江设计院")、长江科学院、水文局、水电集团专门召开项目启动会,邀请

老领导、老专家与编委会同志座谈，共商编写事宜。委属各部门、各单位的支持，为本丛书编纂工作提供了必要的条件。

3.广大老领导、老同志的积极参与，为编纂工作提供最鲜活的素材

本丛书的编纂工作在长江委内外，尤其是参加过三峡工程一线工作的老领导、老专家中，引起了强烈反响。项目启动后，他们向编辑部踊跃投稿，稿件数量和质量远超出我们的预期。

95岁高龄的长江设计院原总工程师魏璇，不顾年老体弱，在大约已有30年历史的窄小便笺纸上一笔一画地写出3000字的文章，令我们无比敬仰和动容。魏老在交稿不久之后就离开了人世。

傅秀堂、陈德基、陈济生、季学武、包承纲等德高望重的老专家，虽年事已高，但积极响应号召，提笔创作，为丛书奠定了坚实的基础。

长江委水电集团号召广大年轻同志撰稿，积极展现"后三峡"时期长江委人的工作，也展现了长江委年轻一代三峡工程建设者的风采。

在不到半年的时间里，来稿数量就突破100篇，加之此后陆陆续续的自由来稿，数量近200篇，总字数近百万，这为我们提供了丰富的素材，为丛书编纂完成打下了坚实的基础。

4.各位编辑同仁的努力，为图书编纂完成增添了色彩和保证

本丛书编辑工作主要由《大江文艺》编辑部承担，总顾问季昌化是长江委老领导，也是长江委文协的创始人。2008年编辑出版《三峡工程往事漫忆》时他就是主编，此次又担重任。他不顾年事已高，多次往返于武昌家中与长江委，先后主持召开长江设计院、长江科学院、水文局的启动会，还顶着高温前往陆水和宜昌召开约稿会议。在丛书编辑的过程中，他认真修改了全部稿件，并提出修改意

见，可谓全书编写的定海神针。

　　长江工会、离退局、宣传出版中心等单位多位同志参与了本丛书的大纲审定及部分编辑工作，正是在各方的不懈努力下，才确保了《三峡工程情怀》各项工作的稳步开展，为其成功出版持续发力，最终结出丰硕的果实。

　　在本丛书编纂过程中，《大江文艺》编辑部成员以及参与工作的每一位同事，一方面感受到极大的压力，另一方面又感受到长江委党组、委属各单位和各部门支持与帮助的温暖。与此同时，我们也强烈地感受到"时不我待，只争朝夕"，这种抢救式的挖掘，是我们义不容辞的责任，因为这一笔历史是我们长江委几代人亲历和书写的。为此，我们为能参加这部"集体回忆录"的创作，并为之作出一点贡献，深感荣幸。

　　如切如磋，如琢如磨，艰难困苦，玉汝于成。感谢为本丛书的编纂出版作出贡献的人们！希望得到广大读者的喜爱和认可！

编　者

2025年5月

目 录

长江在他心中奔涌 .... 文伏波（1）

一个注重调查和科学试验的人

    ——回忆林一山老主任的教诲 .... 陈济生（6）

李镇南志在高峡写春秋 .... 王百恒（9）

情系三峡 鞠躬尽瘁

    ——记三峡工程领军人之一李镇南 .... 周汉华（13）

回忆杨贤溢顾问 .... 陈济生（21）

平凡而伟大的老人

    ——记长江委原副主任、总工程师杨贤溢 ...... 李卫星 傅 菁（26）

奉献者的足迹

    ——记中国工程院院士、长江委原副主任、水利工程专家文伏波 李卫星（36）

"伏波"降浪踏歌行 .... 乔 桥（45）

纪念洪庆余同志 .... 魏廷铮（50）

洪庆余一世沧桑治水路 .... 陈 星（54）

曹乐安印象 .... 乔 桥（59）

国坝之基 .... 孙军胜（62）

我在三峡工地采访郑守仁 .... 张 远（71）

傅秀堂：一个被移民事业呼唤出来的人 .... 刘 军 李卫星（75）

情系长江洒热血 献身三峡写春秋

    ——深切缅怀王家柱同志 .... 长江设计院（80）

回忆王家柱同志 .... 傅秀堂（84）

工程师的诺言

    ——记长江委原副总工程师刘宁 .... 孙军胜（89）

人
物
篇

任重而道远

　　——记长江委原总工程师助理刘宁　　　　　　李卫星（98）

在治江实践中成才

　　——记全国劳动模范钮新强　　　　　郑立平　孙军胜（104）

情牵三峡

　　——记"全国五一劳动奖章"获得者、长江委设计院常务副院长袁达夫

　　　　　　　　　　　　　　　　　　　　　　张志杰（108）

石壁生辉

　　——记长江委设计院总工程师徐麟祥　　　　孙军胜（116）

心的承诺

　　——记长江委设计院副院长杨光煦　　　　　胡早萍（122）

托起水中的太阳

　　——记长江委长江设计院副院长谢向荣　　　李民权（128）

身许大江犹未悔

　　——忆老伴吴鸿寿　　　　　　　　　　　　焦景文（134）

矢志于长江地质之旅　　　　　　　　　　刘　军　刘　萍（139）

人生的楷模　事业的典范

　　——记全国工程勘察设计大师崔政权　　　　刘　军（158）

怀念崔政权大师　　　　　　　　　　　　　　吴永锋（180）

用忠诚与热血弹奏三峡乐章

　　——记长江设计院副总工程师王小毛　　　　李民权（189）

三峡设代的领路人谢修发　　　　　　　　　　李卫星（192）

"三峡人"梦圆故里

　　——记长江委三峡工程设代局原副局长林文亮　孙军胜（201）

穿越奇迹

　　——记长江设计院三峡船闸设计总工程师宋维邦　孙军胜（205）

谁道人生无再少　再战三峡酬壮志

　　——记长江委三峡工程设代局原副总工程师王世华　孙军胜（211）

真情献三峡　铁骨筑大坝

　　——三峡工程优秀建设者汪安华的无悔人生　　　　　李民权（217）

三峡库区移民的女强人

　　——记长江委设计院库区处总工程师汪小莲　　　　　李卫星（225）

心系百万移民的"安乐窝"

　　——记全国劳动模范、长江设计院副总工程师尹忠武

　　　　　　　　　　　　　　　　　　　　　　　长江设计院工会（235）

青春无悔

　　——记"全国五一劳动奖章"获得者刘华亮　　　　　王　宏（241）

龙慧文——三峡大坝，因她更坚固　　　　　　　　　　孙军胜（243）

恪尽职守建三峡

　　——记长江委三峡工程优秀建设者陈磊　　　　　　　樊孝祥（248）

他从三峡工程走来

　　——记"湖北省五一劳动奖章"获得者翁永红　　傅　菁　万会斌（254）

将生命筑入大坝

　　——记三峡工程优秀建设者黎汝潮　　　　　　　　　李卫星（257）

驯服塔带机的人

　　——记三峡工程优秀建设者杨丹汉　　　　　　　　　李卫星（266）

我的邻居许春云　　　　　　　　　　　　　　　　　　唐　征（275）

心香一瓣忆故人

　　——记三峡勘测大队大队长肖德俊　　　　　　　　　王月娥（283）

薛果夫与三峡工程　　　　　　　　　　　　　　　　　王月娥（288）

冯彦勋——三峡工程优秀女标兵　　　　　　　　　　　王月娥（298）

一篇论文三代人　　　　　　　　　　　　　　　　　　孙尔雨（305）

为了三峡工程安全监测事业

　　——记长江科学院总工程师兼三峡工程安全监测中心主任王德厚

　　　　　　　　　　　　　　　　　　　　　　　　　　陈志宏（313）

饶冠生情洒三峡工程　　　　　　　　　　　　　　　　王　宏（319）

人
物
篇

记三峡大坝水泥的创造者刘崇熙博士　　　　　　　　　陈志宏（323）

勇立潮头的领路人

　　——记长江委三峡工程优秀建设者戴水平　　　　樊孝祥（325）

三峡水环境的卫士吴学德　　　　　　　　　　　　　　张伟革（332）

与水相伴的人生

　　　　——记长江委三峡水文局高级工程师钟友良　　田　杰（335）

中国水电工程监理的开拓者——杨浦生　　　　　　　　杨马林（340）

岁月如歌忆三峡

　　——三峡工程优秀建设者张小厅采访片段　　　　李民权（351）

风正一帆悬

　　——记三峡工程副总监张良骞　　　　　　　　　孙军胜（357）

移民监理的领头雁

　　——记长江水利水电开发总公司、长江工程监理咨询有限公司董事长张华忠

　　　　　　　　　　长江工程监理咨询有限公司工会（361）

欧阳代俊，带头喊号子的人　　　　　　　　　　　　　张文胜（363）

为了相伴一生的水利工程事业

　　——记"全国五一劳动奖章"获得者周运祥　　　　樊连生（365）

巴山女儿三峡情

　　——记长江委监理公司咨询研究部主任黎爱华　　　张春艳（369）

奉献库区　奉献谱华章

　　——记长江工程监理咨询公司职工张春艳　　　　李　苓（373）

青春，因奋斗而美丽

　　——记三峡移民监理公司职工赵勇　　　　　　　谭羽茜（377）

平凡中的伟大

　　——记移民先进工作者彭茂林　　　　　　　　　谢宛琰（381）

长江在他心中奔涌

文伏波

多年来，我在林一山主任的直接领导与教诲下，长期从事长江流域综合治理与开发建设的实践与研究工作，耳提面命，受益匪浅。我同时深感林老高瞻远瞩的规划思想，尊重科学、珍惜人才、知人善任的风范，深入实际、调查研究的作风，勤于思考、勇于创新的胆识，以及他坚持真理、淡泊名利、终身奉献的精神，是我们学习的榜样。林老运用自然辩证法的哲学思想，分析大江大河平原河段的形成和变化，探求其发展规律，提出了不少新的理念认知和治理方略，将大江大河平原河段治理开发提到了新的战略高度。

1949 年新中国成立前夕，根据组织安排，林老受命组建水利部长江水利委员会（以下简称"长江委"，1956 年改名为长江流域规划办公室，以下简称"长办"，1988年又改名为"长江委"）。他通过实地调查，目睹了 1949 年长江、汉水破堤溃垸的惨状，特别是荆江大堤祁家渊堤段崩坍后仅存半壁的险象。他深知，万里长江，险在荆江。荆江大堤万一决口，滔滔洪水将横扫江汉平原，不仅几十万人家破人亡，甚至长江都有改道之虞。长江洪水灾害是中华民族的心腹之患，因此他大力进行组织建设，广纳各方俊杰，深入调查研究，钻研历代治江经验，在 20 世纪 50 年代初就提出了以防洪为中心的治江三阶段的战略方针：第一阶段以培修加固堤防为主；第二阶段以兴建平原分、蓄洪工程为主；第三阶段，兴建山谷水库，以进一步控制和调节洪水，并发挥水利枢纽防洪、发电、灌溉、航运、引水和养殖等综合效益，达到除害兴利的目的。

在中央的直接关怀支持下，为了增加荆江大堤的安全保障手段，在百废待兴的1952 年，林老提出修建荆江分洪工程方案，迅速得到中央的批准。在参建各方的努力下，荆江分蓄洪工程在短短的 75 天内便抢在当年汛前胜利建成，有力地证明了中国人民有集中力量办大事的气魄和能力。1954 年长江发生全流域性特大洪水，荆江分洪工程三次开闸分洪，分洪总量达 122.6 亿立方米，降低荆江大堤沙市水位约 0.94 米，为确保荆江大堤安全度汛发挥了重要作用。工程建成之后，林老及时组织工程技术人员学习《实践论》《矛盾论》，对这项工程进行总结，这对此后长江委的治江思想的提高产生了深远影响。

1953年2月，在长江舰上，林老见到了毛泽东主席，亲聆主席对治江方略的教诲；1954年12月，在京广列车上，林老又聆听了毛泽东、刘少奇、周恩来对三峡工程作出的指示。这些使他对长江流域规划和南水北调、三峡工程的总体构想有了更深刻的认识，更加坚定了他为实现长江流域总体规划而奋斗终生的信念。

1955年，中央决定开展长江流域规划，并请苏联政府派来专家组协助，中苏专家组成143人的长江查勘团，从重庆溯江而上，查勘了金沙江、岷江、大渡河、嘉陵江等干支流，然后东下查勘三峡，历时三个月。

考察后，苏联专家组组长德米特列耶夫斯基正式提出了猫儿峡方案，认为长江流域治理应该以重庆上游40千米的猫儿峡枢纽为重点工程，再配以嘉陵江合川、岷江偏窗子和金沙江向家坝等一系列大中型枢纽工程，解决长江中下游防洪问题；认为三峡水利枢纽规模太大，投资过多，不够现实。

林主任向苏联专家组耐心阐明长江中下游防洪形势的严峻性和紧迫性，指出即使长江上游各支流上都建了大水库，在这些水库的下游到宜昌区间，还有30万平方千米的暴雨区无法控制，并且指出三峡水利枢纽作为长江防洪的关键工程，主要是防御由暴雨洪水所形成的历史上已经出现过的大洪水，以确保荆江两岸数百万人民免受毁灭性灾害，这正是三峡水利枢纽作为长江流域规划主体工程的重要意义。猫儿峡方案还将淹没大片良田，不能有效地解决长江中下游防洪问题。

周恩来总理于1956年12月约请德米特列耶夫斯基和林一山赴京面谈，并特意邀请著名气象学家竺可桢参加讨论。

周总理指出，长江中下游防洪问题十分紧迫，1954年的教训记忆犹新。猫儿峡淹没太大，并且距离防洪重点保护区荆江地区太远。而三峡水利枢纽地理位置优越，且有巨大的调蓄库容，综合效益巨大，还是以三峡水利枢纽作为长江流域规划的主体比较好。德米特列耶夫斯基表示赞同，结束了这场争论。

1958年2月，周恩来总理亲率中央和地方的有关领导及100多位专家，冒雪查勘了荆江大堤的险工河段和三峡工程坝址，旋即赶赴成都召开会议。在中央成都会议上，就长江流域规划和三峡工程作了重要报告，据此正式形成了《中共中央关于三峡水利枢纽和长江流域规划的意见》，并在成都会议上通过，后经政治局会议批准。成都会议还批准及早兴建汉江丹江口水利枢纽工程。林老按照中央的这一重大决策，抓紧了丹江口、葛洲坝两项工程的前期工作，于1958年完成了汉江丹江口工程初步设计要点报告，经国务院批准，丹江口工程于1958年9月开工兴建。葛洲坝工程于1970年12月经毛主席、党中央批准兴建，指出葛洲坝是三峡的实战准备工程，从而使得长江流域规划和三峡工程一直沿着正确的轨道随着国家经济社会发展的大趋势前进。

在此期间，对于水库长期使用问题的研究以及提出兴建枢纽工程，特别是低水头水利枢纽工程要首先做好河势规划，是林一山主任对水利工程技术理论上的两大贡献。

20世纪50年代，三峡工程一度被提上议事日程，毛泽东主席曾多次亲自听取林一山的汇报。当主席问到三峡水库的寿命问题时，由于当时世界上对解决水库泥沙淤积问题还没有成熟的理论与经验，林主任根据一般推算回答说，三峡水库的寿命当不少于两三百年。毛主席没有表态，认为这么大的工程只用两三百年实在可惜。林一山深感这是影响三峡工程决策的一大关键，便决心研究水库的寿命问题。他深入反思，认识到水库兴建必然导致泥沙淤积，但泥沙完全把水库淤死也是有条件的。既然淤死有条件，那么如果采取适当的工程措施使之少淤，理论上也应当是成立的。

为了弄清这个重大问题，林老于1964年秋组织专业人员到东北、内蒙古和西北的十多条多沙河流上实地调查水库淤积问题，我有幸随同。我们先后对辽河支流上的闹得海水库、宁夏张湾水库和官厅、三门峡等诸多水库进行了一个多月的实地考察。总结这些水库长期使用的经验和教训，认识到如果采取加大水库排沙等工程措施，配以合理的调度方式，水库是可以长期使用的。林老还责成有关部门对国外不少水库也进行了研究，其结果与考察所得基本一致。林老从水流泥沙理论、水库运行调度、水库规划设计等三方面进行分析研究后，提出采取在汛期降低水库水位排沙，在汛后少沙季节抬高水位运行的措施，系统解决了水库长期使用问题。

水库长期使用的新理念，在三门峡水库改造和三峡水利枢纽的运行实践中得到了验证。

在葛洲坝水利枢纽工程建设期间，林老独具慧眼，把河势规划放在重要位置，这是他对水利工程理论的又一杰出贡献。

葛洲坝工程开工于1970年底，那时正值特殊的历史时期，在只有一个规划性设计的条件下就仓促上马，造成边施工、边设计、边勘测试验的被动局面。在工程开工两年后，发生严重质量问题。1972年11月10日至14日，周恩来总理带病多次深夜主持会议，广纳群言研究对策，决定主体工程暂停施工；成立了由有关省、部、委主要领导共9人组成的葛洲坝工程技术委员会，对国务院负责，决策该工程的各项重大问题；工程设计由长办承担，周总理亲自指定林一山为技术委员会负责人。

葛洲坝工程是三峡水利枢纽的重要组成部分，是一座低水头反调节水利枢纽，要承担通航、发电、泄洪三大任务，特别要防止航道淤塞，保证通航。这项工程建设在夹有多层剪切带的软弱基岩上，水文泥沙和通航水流条件十分复杂。林一山主任通过大量的水工、泥沙模型试验，以葛洲坝河段为对象，从大坝上游河段、大坝建筑物和

人
物
篇

大坝下游河段几十千米范围内的河势变化整体考虑，因势利导，合理得出一体两翼的枢纽布置方案，采用"静水通航、动水冲砂"等措施，完满保证了泄洪排沙、航道不淤、安全过船通航以及发电、截流等要求。林老十分重视模型试验，当时全国有五个单位承担葛洲坝模型试验，各有重点，又可以比较同步地进行。其试验规模之大、范围之广、型式之多样，以及参加单位和人员之众多，在国内外都是罕见的。

葛洲坝工程运行几十年的实践证明：在技术委员会的领导下，遵照客观规律，严格按基本建设程序办事，这万里长江上的第一座大坝，终于被建成享誉世界的一项十分成功的优质工程，得到国际国内水利界的高度赞誉，该工程二、三江工程及水电机组在 1985 年的全国科技大会上荣获国家科技进步特等奖，是长江委迄今为止的最高荣誉。

当三峡工程即将建成，长江上游干支流上其他水利枢纽也陆续兴建，中下游堤防已全面整修加固，治江三阶段任务已经基本完成之际，林老又不失时机地针对江河治理开发与经济社会协同发展的关系，重点研究大江大河中下游冲积平原河流治理的理论。

长江中下游平原人口稠密，经济发达，是国家的精华地带。中下游河段是沟通我国腹地东中西部的黄金水道，两岸城市林立，岸线寸土寸金。整治好中下游平原河段，保障中下游河段防洪安全、航运畅通，实现两岸平原城乡一体化，在长江治理开发的系统工程中将占有十分重要的地位。

近年来，林老以惊人的毅力，在中国社会科学院邓英淘研究员等有识之士的大力协助下，以口述笔录的形式完成了《河流辩证法与冲积平原河流治理》一书，并由长江委张美德、陈济生、陈华康等专家校订。他始终以自然辩证法的哲学思想为指导，不断从水利科学的理论中得到启发。这本书渗透了林老毕生研究的心血。

林老深刻分析了我国河流的一般特征，抓住水流和泥沙作为河流主要矛盾的两个方面，指出关键在于研究冲积平原河段的河床结构和来水来沙规律。冲积平原的河流大体上可分成两种类型：一是窄深型的，如长江；另一种是宽浅型的，如黄河。长江河床的土壤组成可以抵御较大流速水流的冲刷，使主槽向窄深方向发展。黄河是多沙河流，河床土质疏松，它必须以很大的坡降使河口向前延伸，河口越是延伸，河床必然会被不断抬高。

林老对谢才公式、曼宁公式非常关注，认为水力半径（R）和坡降（S）两个参数是刻画不同河流的两个基本概念，两者在一定条件下有一种稳定的反比关系。长江的 R 大（窄深）S 小（坡降小）；黄河则是 R 小（宽浅）S 大（坡降大）。

林老根据上述概括的理论，提出了长江、黄河、淮河中下游河段治理开发的指导思想和实施途径。指出长江中下游河段基本上是两个方面的问题：一个是沙市至武穴的刷深河道和上荆江的荆北放淤与主泓南移；另一个是武穴以下河道堵支并汊，形成相对稳定的单一河槽；两者结合，最终把长江建设成为河势合理、河床窄深、安全稳定的"黄金水道"。荆北放淤方案，受到时任国务院副总理李先念和湖北省省长张体学的重视和支持，正在着手实施时，不幸张体学省长因病辞世，又值动乱之际，便搁置下来。

对于黄河，林老深入研究了黄河的河流特性、水沙结构和生态条件，认为黄河是好河，不是害河；黄河水沙不是灾害，而是宝贵资源。黄河的治理开发规划，必须是水与泥沙的统一利用规划。建议在三门峡以上的大西北干旱地区将黄河泥沙吃光喝净，下游的用水问题则从长江调水，也即是用南水北调来解决。这为黄河规划提供了一个新的思路。

当年，为了验证这一构想，根据周恩来总理的指示，1965年初，林老带领长办的一批技术人员奔赴山东、河南沿黄地区，指导推动当地政府和人民推广淤沙肥田、稻麦两熟，当年就获丰收。可惜不久后"文化大革命"发生，该项工作被迫中断。

对于淮河治理，林老分析认为，淮河从宋代黄河决口夺淮改道以后，大量黄河泥沙淤积，造成淮河中游盱眙以下河道抬高 8 ~ 9 米，尤其是现在的洪泽湖是湖滨大堤抬高水位后形成的，湖底高于它上游的淮干河底 1 ~ 2 米，导致原淮河干流由溯源侵蚀变成溯源淤积，造成该湖上游淮干蚌埠到盱眙 200 千米河床变成倒坡降，局部水面呈倒比降，使其中下游丧失泄洪、排涝的能力。林老提出的淮河治本方案的指导思想，就是要使干流和重要支流能够具备泄洪和排涝条件，使淮河干流与主要支流的河床坡降都能适应淮河的造床流量。具体提出了修筑新的洪泽湖大堤，以恢复淮干深水河床，实施河湖分离；修建三河一带的深水闸，同时开辟新的入江水道。这些工程实施后，可以顺利解决防洪治涝问题，以进一步蓄水兴利，促进湖滨地区土地开发，从根本上改变目前的被动局面。

关于治淮的治本方略，林老在成书之前，曾在2004年6月《瞭望》杂志上以"再觅淮河治本之策"为题，分上下两文发表，引起有关领导和专家的重视，要求"将林主任著作编辑出版，供水利工作者参考"。

书尚未出版，林老却于2007年12月30日不幸病逝于北京。斯人已去，精神永存。

人
物
篇

一个注重调查和科学试验的人

——回忆林一山老主任的教诲

陈济生

林一山老主任忠诚党的治江事业，高瞻远瞩。

新中国成立之初，林主任即倡导蓄洪垦殖，要求长江委抓紧"五水汇流"，要做模型试验科研设计，力促荆江分洪工程在1952年建成，赢得抗击1954年洪水的胜利；还领导长办编制综合利用流域规划，开展丹江口、葛洲坝和长江三峡等水利枢纽建设的技术工作；筹划南水北调工程。1972年，在葛洲坝工程遇到困难的紧要关头，林主任更是临危受命，担任葛洲坝工程技术委员会负责人，领导长办修改设计，使这个长江干流上的第一座大型水利枢纽扭转不利局面，最终胜利实现通航、发电，成为我国科技进步的标志，也为建设三峡工程做好了实战准备。我们这支治江队伍在他老人家的带领下铸就了重视第一手资料和科学试验、勇于创新、敢打硬仗的传统。

从1955年10月中苏专家进行长江查勘开始，我有幸加入治江队伍，仅从两件亲身经历的事就看到林主任的风范和对我们的教育。

在国务院的安排下，从1956年4月起，地质部、交通部、电力部、铁道部、中国科学院、水产部、文化部等部门和一些高等院校的专家和专业力量陆续参加长办编制《长江流域规划》和三峡水利枢纽的勘测规划设计工作，苏联政府也派遣水文、地质、枢纽设计、科研等多方面专家来长办帮助和指导科技业务。这些年长江三峡和汉江丹江口等工程坝址地质钻探都进展迅速，长办的机构也做了重要调整，如增设或新建水文水利计算室、地质勘探处、经济室等，并把实验研究所正式扩建为长江水利科学研究院。

林主任在组织编写流域规划要点报告的同时，对三峡工程规模大、工期长、施工时会影响航运和所需资金巨大等问题一直在想办法解决。虽然作为党的第八次全国人大代表，林主任整个1956年9月都在北京参加会议，没能参加中苏地质专家组对三峡石灰岩和花岗岩两个坝区的鉴定性勘察，但为了三峡工程"分期开发，围堰发电""施工通航，临时船闸"和大耗电工业布局等涉及国家当时经济建设水平与三峡工程宏伟规模之间的差距等问题，他积极筹谋善策。

当时正好有几位同为第八届全国人大代表的老战友在东北主管有关大的建设项目，且在投产或试生产，欢迎林主任第二年去访问。1957年4月长办派魏廷铮、曹乐安、吴康宁等去东北丰满水电站等处访问参观，王秀成和我则跟随林主任经青岛转往大连氮肥厂、哈尔滨水轮发电机厂、哈尔滨炼铝厂、长春汽车制造厂和丰满水电站考察。林主任不但认真与技术专家交谈提问，而且积极下生产车间考察工艺过程，了解制约生产规模和水平的关键，到住处后还要找王秀成和我谈谈自己的观感。林主任时常会提出问题，启发我们联系三峡工程深入思考。

当时我们看到的都是"一五"计划期间的崭新成就，目睹新中国第一批解放牌汽车和发电机投产；尽管这些发电机与三峡工程的尺度规模尚有很大一截差距（例如，1957年全国发电设备年产量不过16万千瓦，全国水火电年总发电量不过150亿千瓦时，而三峡工程设计的装机容量和年发电量均远大于此），却使我们看到展露的苗头和扎实的路径。我们也从丰满水电站在日本占领时期低水头抢着发电的事例中对研究三峡围堰发电有了更深的认识。

林主任以高度的责任心抱病远行，亲自做调查研究，使我们深受教育。类似的例子还有很多，如1964年为调查水库长期运行不被泥沙淤毁的成功经验，他亲自率唐日长等前往北方闹得海等水库考察，确认了它们在减小泥沙淤积危害的运行规律，运用到了三峡水利枢纽规划设计中。

1991年底，长江科学院准备举行建院40周年大庆，恰逢林主任在武汉。我和黄伯明、董学晟三人一道去看老主任，恳请他给院里的同志们讲个话。林主任当即就告诉我们一件往事：1954年全国洪涝灾害频繁，长江大洪水出现虽晚，但历时长、洪水量大。中央决定启用刚刚建成不久的荆江分洪闸分洪，减轻洪水对荆江大堤的压力。在分洪前夕，水利部党组书记李葆华连夜来电话，问荆江分洪闸会不会垮？因为别的河流已有不少工程失事。林主任的回答是：荆江分洪闸在模型试验中已经垮过许多次，根据试验修改设计建造的这座工程，现在能安全分洪，请中央放心。结果，经过前后三次开闸分洪，降低了荆江河段的洪水位，为沿江人民取得抗洪斗争的胜利立下功劳。

遥想当年，长江委做模型试验的人数量不多，荆江分洪工程的土工、水工试验都是靠租借武汉大学的试验设施进行的。后来长江委不但建立了自己的科研试验机构，而且不断改进提高，承担起杜家台、丹江口、葛洲坝、隔河岩、三峡等众多重要工程的试验研究任务，他们遵照"战战兢兢、如临深渊、如履薄冰"的告诫，认真深入钻研，获取许多优质成果，保证了治江建设的胜利，且时有发明与创新，成为国内水利

人物篇

系统的一支科研劲旅。

林一山老主任一直惦记着葛洲坝大江下游的通航水流条件问题，由于时间紧迫，这个问题在他负责的葛洲坝工程技术委员会运作期间没有得到解决，但林主任一直牢记在心。后来他患了眼癌，手术后视力已经极差，还多次坚持到长江科学院的葛洲坝模型上听做试验的殷瑞兰工程师汇报各种方案，企盼早日解决这一遗留问题。不久前郑守仁总工程师告诉我们，三峡开发总公司已经按照模型试验成果在葛洲坝大江下游加做了900米纵向隔流堤，并且经过现场实船试验，证明通航水流条件得到改善。我们很高兴：他老人家可以放心了。

继承林主任的遗志，把治理开发长江的事办好，就是对他最大的安慰。

李镇南志在高峡写春秋

王百恒

三峡工程，这座巍峨的历史丰碑，铭刻着无数中华儿女为之追求、为之奋斗的不朽业绩。

李镇南这位著名水利专家，就是其中的一位。

他一生矢志不移，志在高峡写春秋。

李镇南在青年时代看到旧中国的长江堤防千疮百孔，根本谈不上有什么水利设施，往往十年九淹，放荡不羁的洪水横溢肆虐，民不聊生，洪水给人民带来深重的灾难。

李镇南目睹了长江洪水施暴的情景：1931年夏季，长江的天空像穿了孔似的，大雨倾盆，铺天盖地，沿江两岸堤防大多溃决，江水泛滥，广袤的大地一片汪洋，尸横遍野，灾民流离失所。武汉三镇皆被水淹，汉口闹市行船，百业俱废。

这时的李镇南正在交通大学唐山工学院攻读土木专业，他从南京到武汉途中，目睹此情此景，心如刀绞，寝食不安，当即暗下决心：改学水利专业，治理江河，誓把水害变成水利。1934年，恰好湖北省招考留美学员，所招科目有水利专业。李镇南报名应试被录取，圆了他学水利专业的梦。当年即赴美，先后就读于康奈尔大学研究院、衣阿华大学研究院、伊利诺伊大学研究院，专攻水利水电工程专业。1938年学成回国，在原四川省水利局供职，解放后到西南军政委员会水利部工作。

查勘三峡主坝址

新中国成立后，党和政府十分重视江河的治理。长江流经中国腹地，长江洪水是中华民族的心腹之患，如何根治洪水，确保腹地平安，这是摆在新中国面前的一个十分严峻的问题。

1953年，李镇南奉命调到长江委上游工程局，担任主任工程师。他终于如愿以偿，开始了他毕生追求的伟大目标：消除长江水害，充分开发利用水资源，为国民经济服务。

三峡工程是解决长江中下游严重洪水威胁的一项关键性工程，修建这一工程是几代中国人梦寐以求的愿望。

李镇南上任伊始，就一头扎入解除长江洪水的工作之中。他着手研究在金沙江和支流岷江、嘉陵江、乌江兴建水利工程，以控制洪水来代替三峡工程，从而解决长江中下游的防洪问题。

为解开这个谜，李镇南不辞劳苦，开始了艰辛的徒步查勘工作，他的足迹遍布这些河流的下游，寻找能够兴建控制性工程的坝址，同时组织力量进行长江中下游洪水来源与组成的初步研究。

现场查勘与研究分析得出的结论是：虽然可以在四川境内的一些大支流上修建控制性水库，但其下游至三峡区间尚有30余万平方千米的暴雨区未能得到控制，仍可形成巨大的洪水，威胁长江中下游地区的安全，因此不能取代三峡工程。

三峡工程必须兴建！但建在何处合适？李镇南又投入选择三峡工程坝址的研究中。

关于三峡工程的坝址，美国专家萨凡奇选在南津关。然而，此处建坝是否最佳，还须重新查勘。

作为查勘选址组的技术负责人，李镇南以严谨的科学态度，展开了艰苦细致的查勘选址工作。

三峡两岸，悬崖峭壁；三峡河谷，水流湍急。

李镇南与同事们驾小舟，攀峭壁，钻丛林，置生命安危于度外，先后查勘了葛洲坝、南津关、平善坝、南沱、黄陵庙、三斗坪、茅坪、美人沱、太平溪及兵书宝剑峡等坝址。

查勘后讨论研究认为，南津关坝址的地质条件复杂，远不如莲沱以上火成岩坝区更为有利，值得认真比较研究。并认为如坝址选在火成岩江段，其下游约40千米江段的航运与水能利用，可考虑在宜昌附近的葛洲坝建坝加以补偿。

查勘组不迷信权威，对萨凡奇提出的坝址打了个大问号。这是多么惊人的勇气和胆略！

丰厚的回报

20世纪50年代前期，党和国家就把兴建三峡工程列入重要议事日程。毛泽东主席亲自过问,周恩来总理亲自挂帅上阵。

至今仍使这位耄耋老人难以忘怀的是周恩来总理亲自率队查勘三峡工程坝址的情景。

1958年3月,周恩来总理与李富春、李先念两位副总理,亲率国家有关省部委负责人及专家100余人视察和查勘三峡工程坝址。

李镇南随长办主任林一山陪同视察。

这时李镇南已调任长办总工程师,全面负责技术工作。

凛冽的北风裹挟团团雪花袭击西陵峡谷,山野一片银装。

周恩来冒着严寒,健步跨上中堡岛。大家的眼睛都盯着李镇南铺在岛上的三峡工程布置图。李镇南向总理及查勘团汇报了枢纽布置及施工设想。

返船后,李镇南又汇报了整个三峡工程的研究情况,包括三峡工程在长江流域规划中的地位与作用,美国专家与我们所选坝址的比较,并着重讲述了现在世界上已有大型水利工程的各种建筑物与施工和三峡工程的对比,三峡工程的各个方面不过是世界上兴建高坝各方面水平的集中,在技术上是可行的。

查勘团围绕三峡工程的问题展开了热烈的讨论,总结时认为,兴建三峡工程是必要的,也是可行的。周恩来还向大家传达了毛泽东对三峡工程"积极准备,充分可靠"的八字方针。

光阴荏苒,三峡工程几十年的风风雨雨,并没有磨去李镇南对三峡工程的一腔热情。

20世纪80年代初,已70多岁的李镇南仍壮心不已,对三峡工程依然一往情深,他主持召开高层专门学术会议,探讨如何解决长江中下游洪水问题,把会议讨论的只有兴建三峡工程才能控制长江上游洪水的意见向国家有关部门作专题报告,呼吁尽快兴建三峡工程。

80年代,他还以三峡项目赴美考察团副团长的身份,率团考察。美方随即回访,他不顾年事已高,仍陪美方代表团到荆江大堤、三斗坪坝址及三峡库区等地考察,并组织汇报与讨论研究。

当时美国工程局有部分人对三峡工程持怀疑态度,通过这次考察,终于认为三峡工程是长江治理开发的关键。中美就三峡工程互访后,达成了合作协议并付诸实施。

1986年,三峡工程重新论证工作开始,李镇南担任了防洪、综合规划与水位两个专家组的顾问,继续为三峡工程出谋献策、潜心工作。在国务院召开的三峡工程论证汇报会上，受到江泽民等国家领导人的亲切接见。

几十个春秋，千万个日夜，三峡工程始终令他魂牵梦绕，李镇南把他的聪明才智、青春年华全部无私地奉献给了宏伟的三峡工程。

如今他的赤子之心，报国之情，已收到了丰厚的回报：

一座雄伟的三峡大坝正在西陵峡谷中崛起。

情系三峡　鞠躬尽瘁

——记三峡工程领军人之一李镇南

周汉华

李镇南，我国著名的水利专家，长办首任及在职期最长的总工程师，倾其一生精力治理开发长江，贡献殊多。最主要做了两件事：一是作为林一山的主要助手，组织完成了历史上第一部《长江流域综合利用规划要点报告》；二是进行三峡工程规划设计。在三峡工程从零开始的艰辛创业中，他最早受命跋山涉水勘察选址发现并提出三斗坪坝址，长期负责三峡工程总的技术领导工作。他因卓越建树而当选为第三届全国人大代表。在庆贺三峡工程竣工之际，本文仅向读者略述李镇南为三峡工程付出的心血和重要贡献，以为纪念。

目睹灾情，改学水利

李镇南 1910 年 11 月 2 日出生于江苏省南京市。1932 年毕业于唐山交通大学工学院。学的是土木工程，专业是结构，一个偶然的机遇使他决心赴美国改学水利。

1931 年李镇南还在唐山交通大学学习，暑假返回南京老家，时值长江发大水，受灾情况骇人听闻，报载淹没农田 5000 多万亩，受灾人口 4000 多万。此时李镇南须去汉口处理家事。从南京下关上船时，他要走很长的跳板才能上船，船在江上行驶，李镇南站在甲板上眺望，只见沿途很多地方江堤溃口，农田被淹，举目汪洋一片。很多农舍、树木仅露顶尖，虽然已看不到破堤时的惨乱景象，也看不到沿途灾民四处逃亡、流离失所的景况，但李镇南深知有许多户人家家破人亡，有许多人流浪四方，水灾带给人民的灾难太深重了。

船到汉口港，因为当时汉口已堤破被淹，地势较低的街道成河，靠乘船通行。下船后，他就和其他旅客一起分乘木船出港，同大家一起先渡到地势较高的街道后，才弃船登岸，几经辗转才寻访到亲戚家，得以与亲人见面。其亲人们谈及破堤，个个心有余悸，时时担心江水继续上涨，顾虑家中将会被淹。

人物篇

这次汉口之行，使李镇南亲身经历了洪水的灾难，所见所闻，使他认识到水灾的严重性。他想，自己学的是土木，虽非水利但相去不远，为什么就不能改学水利，除水害，兴水利，以造福广大人民呢？经过思考，他暗暗下定了立志学习水利、为民除害兴利的决心。

1934年春，湖北省招考公费留美学习水利学生，李镇南觉得这是自己改学水利的绝好机会，立即赶到湖北省教育厅报名应试，并通过考试，于1934年9月离开南京，在海上颠簸约半个月，到达美国的旧金山。李镇南在美国先后就读于康奈尔大学研究院、衣阿华大学研究院、伊利诺斯大学研究院，专攻水利水电工程专业，并在美国大型水利工程机构田纳西河流域管理局和内政部垦务局从事工程勘察设计，是美国知名大坝专家萨凡奇最年轻的华人同事和朋友。在美期间，李镇南用三个学年的寒暑假，把美国的48个州跑了40个，实地考察了美国所有的水利工程。回国时他已获得康奈尔、衣阿华、伊利诺伊三所大学的结业证书。先后涉足、进修的专业涵盖河流泥沙、防洪、水电、水工模型试验、水利学、污水处理等，李镇南学水利的那份狂热和刻苦来自他拯救旧中国的愿望。

1938年，李镇南完成学业，此时正值国内抗日战争爆发，他毅然回国，28岁便担任了四川省水利局技术负责人，后兼任四川大学水利教授。

1950年5月，李镇南奉调到重庆，在重庆军事管理委员会的农田水利处学习与工作。8月，西南军政委员会成立，他被分配到其所属的水利部任工务处处长，后又调任计划处处长。

三峡大坝选址处女行

1953年2月，毛主席在长江舰上接见长办第一任主任林一山，提出了兴建三峡工程的设想。林一山立即带领长办人开展相关工作。也正是在这一年，李镇南被调到长办上游工程局，担任主任工程师，揭开了他参加治江工作的序幕。

当年9月，林一山主任到重庆视察上游工程局时，请他们立即研究以下两大课题。一是能否用控制长江上游大支流及金沙江来代替三峡工程？二是如必须建三峡工程，应建在哪里？李镇南立即组织力量着手研究在金沙江及岷江、嘉陵江、乌江等大支流兴建水利工程控制洪水以代替三峡工程解决长江中下游的防洪问题。他查勘了这些河段的下游，寻找可能兴建控制性工程的坝址，同时组织力量进行长江中下游洪水来源与组成的初步研究。1953年底，李镇南从重庆到武汉向林一山主任和长办各部门领导汇报长江上游治江方案。他汇报了在金沙江、岷江、嘉陵江、乌江上分别在向家坝、偏窗子、温塘峡、七子背兴建控制性枢纽工程，以及兴建三峡枢纽工程的情况。他汇报的结论是：上游支流分散控制及兴建下游控制性工程都不能彻底解决长江中下游的洪水，不能替代三峡工程。提出以兴建三峡工程为主、主要支流为辅的上游治理开发方案。

三峡工程应该建在哪里呢？为了弄清情况，根据林主任的指示，1954年4月，上游局组织了10余人的三峡坝区查勘组，由饶兴同志领队，技术上由李镇南负责，大家以严谨的科学态度，对三峡的西陵峡下段进行了细致的查勘工作。出发前大家做了周密的准备工作，安排了查勘日程，收集和研究了各种已有的资料。李镇南对三峡选址的设想及长江上游四江（干流金沙江，支流岷江、嘉陵江和乌江）的查勘选址情况和新中国成立前美国大坝专家萨凡奇在长江三峡选址情况等作了介绍，使大家对这次查勘三峡坝址有了比较明确的目的。他指出："三峡坝址的勘选工作十分重要，必须审慎从事。一定要找到或创造条件去寻找一个地质条件可靠、稳定的坝址，坝基要坚实牢固，要为这座大坝打下万古永固的基础，并要考虑工程布置与施工要求，选择适于建坝的良好地形，尤其是对萨凡奇已提出的南津关坝址，我们更要对它进行仔细的观察与研究，并做出必要的评价。不管是赞成的，还是指出其缺点的，或者认为还需做些补充工作的，或还要和另外可能的坝址进行比较选择的，凡此种种，我们都要实事求是地进行比较分析，提出意见，以使这些意见对促进选勘问题的解决能有帮助，绝不能虚此一行。如遇到更合适的坝址，绝不能轻易放过，要穷追不舍。希望大家为能有幸参加这项工作而感到振奋，尽心尽力地完成好查勘任务。"

查勘组在宜昌包租了一条大木船，溯江而上，开始了西陵峡以上河段的查勘工作。这条木船没有机轮驾驶，也没靠纤夫拉纤，而是由几名船工划桨掌舵行驶。有时船工根据峡谷中的风向扬帆行舟。该船较大，在前舱和中舱正好可以摆下查勘组睡觉的12张行军床。船上的平台既是组员们观察两岸的地方，又是大家讨论及交换意见的"工作台"。查勘组随船带了一名炊事员，大家自备了口粮，食宿全在船上。根据工作需要，船要随时停靠岸边，大家则不时上岸步行或攀缘上山，查看岩体露头和地形。夜晚船停靠在峡谷中，锚绳拴在大石头或大树上，大家在船舱内的小油灯下，或研究工作，或休息。生活虽较艰苦，但大家都是愉快地、兢兢业业地工作着。

查勘完葛洲坝后，又去查勘南津关坝址。这儿是萨凡奇选定的坝址，李镇南要求大家注意岩土状况，并特别注意石灰岩的溶蚀情况，要做好记录及描述。据曾参加过此次查勘的顾元鼎介绍，查勘此处时，李镇南曾在沙滩上形象地用木棒为大家布置讲解了三峡大坝的轮廓，设计高程比较，混凝土用量的估算和上、下游围堰的设想，他说两座围堰就相当于两座大坝。李镇南的讲解使大家对他的才学深感敬佩。

经过查勘队的观测调查，认为南津关坝址须对岩溶情况做大量的勘测分析工作才能下结论。于是全队继续溯江上驶，进行查勘，看能否找到更合适的坝址。船到莲沱，到了石灰岩与火成岩分界区附近，再上不远就是火成岩区。大家离舟登山，李镇南提醒大家注意对面河岸石英砂岩层下的火成岩，认为这里可能是要寻找的坝址。下山登舟再往上走一点就进入两岸都是火成岩的区域。李镇南和大家又离船登岸，并对大家说，一般找坝址都偏爱在河槽狭窄处，岩石及地质条件好的地方，可是这次是为三峡大坝找坝址，就要考虑工程的规划。三峡大坝要有能安全下泄近 10 万立方米每秒洪水的溢流坝，有能装数万千瓦计的机组与厂房，有能设置通过几千万吨货运量的过船能力的通航建筑物的位置等。为此大家觉得南津关坝址不够理想，尽管可以在那里建地下工程进行补救，但最后还要计算总造价及工期，看经济是否合理。因此仍需要寻找新坝址，供继续研究比较选择。

在历时近 1 个月的时间里，查勘队员们跋山涉水，攀岩越谷，察岩样、勘地形、测水文，考察生态，足迹遍布葛洲坝、南津关、平善坝、石牌、南沱、黄陵庙、三斗坪、茅坪、太平溪、美人沱及西陵峡中最险峻的兵书宝剑峡直到秭归香溪。查勘中李镇南发现：萨凡奇虽考虑选南津关，但不利的是该坝区河床窄且深，建坝需做地下电厂，施工导流难度大，并且岩溶发育、洞穴较多，地质条件复杂。相比之下，上游美人沱坝区的三斗坪等处河床开阔，特别有利于将大型建筑物布置于地面和施工大规模展开，建高坝很理想，加上还有火成岩强度较高等有利条件。李镇南因而首次提出"选择上游美人沱坝区的三斗坪等处作综合条件比较论证；如确定为坝址，则须在下游建航运梯级葛洲坝工程作三峡工程之辅助，来调节水位水量变幅，以利于航运等水资源综合利用"。这个意见得到勘察组一致赞同，上游局遂上报。这个结论与美国萨凡奇博士的选址南津关坝址不同，令同行瞠目，令世界水利界为之震惊。此举在三峡宏观战略决策中起了关键作用。

向总理汇报三峡蓝图

1955 年，李镇南调到长江委任副总工程师，除继续研究三峡工程外，还参加长江流域规划工作。1956 年，李镇南光荣地加入了中国共产党，开始了自己人生中新的篇章。1956 年底，长江委改组为长办。当时长办的水工、地质等技术力量较薄弱，李镇南就与苏联专家商量，请各专业的专家抽出一定的时间，给长办工程技术人员讲课和在工作实践中给予指导，同时选派一部分同志到大专院校进修学习，使长办的技术力量有了很大的提高。1957 年初，李镇南被任命为长办总工程师，在技术上全面负责。

1958 年春，周总理、李富春和李先念副总理率团从武汉乘船考察三峡。林一山、李镇南全程陪同。李镇南负责三峡工程技术总汇报，同行的有苏联专家和鄂、川、湘三省负责人。

在南津关，李镇南请总理跨过山坡上的一个垭口，在那里眺望一下坝址地形。看完南津关坝址后，大家又继续乘船上驶，抵达三斗坪坝址。总理及全体查勘团同志都上了中堡岛，来到长办拟选的坝址处。李镇南在地面上铺开了三峡工程布置图，向总理及查勘团成员介绍了坝址的地形及地质概况、枢纽布置设想和施工安排设想等情况。然后大家又去看岩芯，由地质总部的同志作介绍。总理看到岩芯那么完美，非常高兴，说："如果能让毛主席看看该多好，能否带一块岩芯给主席看？"大家都欣然赞成，于是总理取了一块岩芯，并在编号牌上注明："取去岩芯一块，周恩来。"

下午，周总理在船上召开讨论会，李镇南作三峡工程及长江流域规划的详细汇报。当晚，"江峡"轮驶向巫峡去重庆。随后几天，总理继续主持船上讨论，钱正英、李锐等中央各部委负责人和王任重、李镇南及苏联专家等陆续发言。李锐在对当年船上讨论以及三峡工程开工后的回忆文章中都始终肯定"从综合效益讲，三峡工程是很理想的，李镇南提出分期提高长江防洪标准解决长江的洪水问题是对的"。

3月6日，周总理在重庆作总结时肯定指出："李镇南发言（汇报）很好。长办在工作上有成绩。从技术条件看，三峡工程是需要而且可能建的。"考虑选择坝址多方面复杂因素，总理指示："坝址要在南津关与三斗坪之间继续选择，要能说服包括萨凡奇在内的任何人。"

3月中旬，总理带着总结在政治局"成都会议"作报告，形成《中共中央关于三峡水利枢纽和长江流域规划意见》。其第三条重申：对美人沱和南津关两个坝址继续勘测和研究——采用全面比较论证的方法，以求得出充分可靠的结论。

在这次查勘途中，李镇南曾向总理汇报过三峡工程的规模及世界各国已建水利工程规模的比较，反映了三峡工程的高技术问题。他说："三峡工程是世界水工建筑已创纪录的集中，已大大超过了我国的技术水平，故需给予充分的重视。"不久周总理就给当时的中国科学院副院长、党组书记张劲夫同志讲，请他抓一下三峡科研工作，后来张劲夫就和李镇南等长办领导及湖北省委商定，于1958年6月5—16日在武汉召开了第一次三峡科研会议，并成立了科委三峡组，张劲夫任组长，组员中就有李镇南。一年后，各组研究课题200多个，提出论文及成果报告753份，有力推动了三峡科研工作不断前进。

6月5日会议开始后，因很多同志未去过三峡，不了解三峡情况，会议就组织大家到三峡去查勘。由李镇南现场介绍情况，并提供有关课题供大家参考，然后返回武汉继续开会。

与苏联专家合作探讨三峡课题

1960 年，三峡工程初步设计的各项工作已基本准备就绪。这年春季，水利电力部组织中苏专家 10 余人在三峡工程坝址进行现场研讨，李镇南也参加了这次研讨活动。研讨的内容主要是关于三峡坝址的选择。

在选择坝址的问题上，长办的人与苏联专家意见存在明显的分歧，因此常有争论。在"苏联的今天就是我们的明天"的口号叫得最响时，李镇南等人在洋专家面前不盲从，大约是一个罕见的现象。因为当时的普遍情况是，如果有人不赞同苏联专家的意见，多被上升到政治问题对待。

在长江流域规划中，对是以三峡为中心，还是以猫儿峡为中心；三斗坪坝址的地质勘探要不要打过江平硐等问题，李镇南与大家一起同苏联专家经常争得面红耳赤。在大多数情况下，李镇南及同仁说服了苏联专家。

搞科学是要服从真理的，李镇南一班人同洋专家的争论，非但没有影响"中苏友好"，相反在碰撞中，土洋结合，友谊也在加深。

工作之余，苏联专家经常邀请水利部长办人打网球。喝过几年洋墨水的李镇南被推举为代表，他在美国练过网球，偶尔还能弄出两上"ACE"球，故胜局居多。苏联人输得挺服气，满口"哈拉索"。

后国际形势发生变化，苏联政府召回援华专家，在长办工作的苏联专家在 1960年 10 月全部撤完。三斗坪坝址刚开始的竖井开挖停工了。

苏联专家撤走后，水利电力部副部长李葆华给林一山主任打电话询问长办继续开展工作是否有困难，林一山转而问李镇南，李镇南说，经过 5 年多的工作实践及学习培养，长办队伍的整体素质有了很大的提高，在没有苏联专家的情况下，我们有信心有能力依靠自己力量完成各项任务，请领导放心，即使今后遇到特殊难题，我们还可请全国各专业专家来共同研究解决。

率中国水利代表团赴美

20 世纪 60 年代末至 70 年代的"文化大革命"期间，全国上下都在忙于政治运动，各项业务工作处于暂停状态。李镇南和一批老专家们被下放到长办技术情报室，谓之接受群众监督，与三峡工程有关的业务工作也处于停滞状态暂停。"文化大革命"结束后，各项业务工作逐步走向正轨。

1980 年 10 月，根据中美两国水力发电和有关的水资源利用合作议定书的规定，以水利部为主，电力工业部、交通部参加，派出由 10 人组成的"长江三峡水利枢纽"

项目技术考察组,赴美考察河流开发与大型水利水电建设情况,李镇南任该团副团长。代表团先后访问了美国垦务局、陆军工程师团和田纳西河流域管理局下属的多个机构和施工现场。11 月 27 日返抵北京。12 月 13 日,水利部召开部务会议,会上由李镇南代表考察团作了汇报。汇报完后,钱正英部长批示,这个报告只是初步的,要写正式报告,报国务院。这次考察,为后来三峡水利枢纽工程与美国开展科技合作与技术交流摸清了基本情况,达到了考察的目的。

按照协议,美国代表团于 1981 年 4 月 30 日到中国进行回访。5 月 1 日到武汉时,李镇南等长办领导前去迎接,并陪同代表团到达下榻的饭店,共同商定工作日程安排。决定第一阶段开全体会议,第二阶段到三峡工程的有关坝址进行实地考察,第三阶段中美人员混合编组,进行讨论和意见交换。在察看荆江分洪闸及部分分洪区和安全区时,李镇南请来访的代表团成员注意和研究荆江的问题。在察看葛洲坝工程时,李镇南着重介绍了选择三斗坪为三峡坝址的理由及反调节意义与重要性问题的研究情况,以及葛洲坝作为三峡工程反调节水库的问题。

在第三阶段,美国代表团团长和李镇南交谈时说,从葛洲坝工程的建设情况看,中国工程师是有能力、有水平的,即使像三峡这样的工程由中国的工程师自行建设也是可能的。需要美国提供帮助的可能只是其中的个别项目。6 月 2 日下午,通过长办的联系,美国代表团在武昌东湖向钱正英部长汇报。在他们汇报之前,李镇南在当天上午向钱部长报告了美国代表团到汉后的活动及他们的意见。之后,应美国代表团的要求,李镇南和长办的几位同志陪代表团乘轮船去上海,看了长江下游的情况。

代表团返美后编写了一份《长江三峡综合考察报告》,此举为三峡工程上马进一步创造了条件。据美国《工程新闻记录》杂志报道:"这批专家确信三峡工程的防洪、发电、航运、灌溉方案是可行而且是需要的,中国的设计者有能力独立予以实现。"

倾情奉献　梦想成真由衷欣慰

光阴荏苒,几十年三峡工程的风风雨雨并没有磨去以根治长江洪水为己任的李镇南对三峡工程的一腔热情。20 世纪 80 年代初,已年逾古稀的李镇南仍壮心不已,对三峡工程依然一往情深。他主持召开高层专门会议,探讨如何解决长江中下游洪水问题,将会议讨论的只有兴建三峡工程才能控制长江上游洪水的意见向国家有关部门作专题报告,呼吁尽快兴建三峡工程。1983 年他从总工程师职务退居到技术顾问的岗位上,仍参加了 1986 年的三峡工程重新论证的工作,他担任防洪和综合规划与水位两个专家组的顾问。对各方提出的问题进行解答或阐述,就论证的内容发表了自己的意见,在澄清一些问题上起了重要作用。

几十个春秋，千万个日夜，三峡工程始终令李镇南魂牵梦绕。1992 年 4 月 3 日，当全国人大会议通过《关于兴建三峡工程的决议》时，李镇南心潮澎湃，他感激全国人民对这项研究工作的信任。1994 年 12 月 14 日，三峡工程正式开工，李镇南饱经沧桑的脸上露出了欣慰的笑容。

1997 年 11 月 8 日，李镇南在医院的病床上通过电视看到大江截流成功的实况转播，他感到自己及同仁们为三峡工程所做工作得到了全世界的肯定，他为之付出毕生心血的三峡梦终于实现了，他从心里感到欣慰。

李镇南在逝世前一年——1997 年出版的《治江侧记》一书中写道："我已年高体弱，不能再投身到长江的水电建设事业中去了。但我无时不在关注着三峡工程的建设，关注着南水北调工程的开工，关注着祖国水利事业的兴旺发展。我年轻时立下的'兴水利，为民兴利除害'的志向不断地在神州大地上实现，使我感到莫大的欢欣。我祝愿我们祖国的水利建设事业像滔滔长江水一样，永远奔腾向前。"

1998 年 3 月 23 日下午 5 时，李镇南总工程师在汉口协和医院辞世，终年 89 岁。根据其生前嘱托，长江委组织部门领导和他的亲属专程护送其骨灰到宜昌，将骨灰撒在三斗坪坝区，让李总在九泉之下可以看到他为之奋斗了几十年，经几代水利人共同努力即将建成的三峡大坝千秋万代为民造福。

李镇南于 1957—1973 年，1981—1983 年任长江委总工及 1983 年后从总工岗位退下来后，改任技术顾问。在任总工期间，他在林一山主任等的领导下开展工作，陪同领导查勘，参加重要会议，接待外宾。在他担任总工程师期间，长办提出了长江流域规划要点报告，包括：南水北调中线工程研究；长江三峡工程中间研究的多数成果；汉江丹江口水利枢纽工程的设计文件、科研报告；陆水蒲圻试验坝的试验工作与施工建设；乌江渡工程的研究与设计报告；岷江偏窗子水利枢纽工程的设计报告以及其他支流上的一些枢纽工程的研究工作和设计报告等。

李镇南为长江的治理事业奉献了 60 年，其为三峡等工程作出的巨大贡献后人定会铭记。

回忆杨贤溢顾问

陈济生

六十年前就参加过三峡大坝设计，新中国成立后献身治江事业，为三峡工程奋斗了一辈子的长江委原总工程师、副主任、技术顾问杨贤溢同志去世了。我从 1955 年就与他相识，多年来一直受他教诲，此时思绪万千，谨以几段回忆寄托对前辈的敬仰和思念。

一

1955 年 7 月，我完成在苏联读研究生计划后回到祖国，被分配在水利部科研院筹备处，先到南京水利实验处工作。10 月下旬，我接到部里紧急通知，要求我立即飞赴重庆，追上正在那里查勘的中苏专家长江查勘团，查勘团的主要负责人是水利部党组书记、副部长李葆华和长江委主任林一山。

在向林一山主任报到后，我就一直由杨贤溢副总工程师安排这段工作。印象中的杨总平易近人，谦虚谨慎，学识渊博，话语不多。他告诉我查勘的任务和活动内容，嘱咐我多看多听多记多问。在两个多月的时间里，我们途经当年张飞镇守的阆中、秀丽的小三峡和已经运行了 2000 多年的都江堰工程，查勘了金沙江南广河口和长江上的沙咀、猫儿峡等许多坝址。沿途看到壮丽神奇的巴山蜀水，听到专家们关于水文、地质、社会经济等方面的途中问答和大会小会技术讨论，天天都有新收获。我庆幸自己能有这么难得的实地学习机会，参加这样跨学科、高层次的工程查勘。

此前，我从未接触过长江流域规划工作，因此常常向杨总和熟悉情况的同志们请教，他们也给了我很大的帮助。

回程经过重庆时，林主任和苏联专家组组长去北京了。我们大队乘专船顺江而下继续查勘。在西陵峡中部的黄陵背斜核心花岗岩区，杨总领导我们根据地形，在风化层较浅的地区初选了美人沱、三斗坪等 8 条坝线。此后又在西陵峡东翼的石灰岩区也初选了石牌、黑石沟、南津关等坝线。

稍后我们得知，1955 年 12 月 30 日周总理在北京召开会议听取林主任和苏联专家组组长汇报后明确指出，为了更有利于长江中下游防洪，应以三峡水利枢纽作为治

人物篇

江的主体工程，它"对上可以调蓄，对下可以补偿"，这是其他工程所无法代替的。苏联专家组组长也同意了流域规划的战略重点是修建三峡水利枢纽这个周总理的结论性意见。这次杨总参与初选的两个坝区坝线，揭开了三峡水利枢纽大规模勘测设计新的一页。

1956年，全国蓬蓬勃勃地搞经济建设。3月，国务院明确在长江委基础上，吸收其他部门的相关人员，组建了长江流域规划办公室。地质部的钻机迅速进到三峡坝区开钻勘探。电力工业部中南院分几批把美国垦务局的三峡工程英文技术资料移交给长办。苏联也适应形势发展陆续增派了好多位规划设计科研专家到长办工作。

杨总在这一阶段除继续在总工程师室协助管理全面业务外，还兼任上游室室主任和三峡组组长。我们好几位同志在他的领导下做规划性技术工作，对一些坝线做枢纽布置与导流方式研究，进行综合评价和比较。我记得杨总冒着酷暑带领我们赶到南津关地质部钻机上看刚取出的岩芯和柱状图记录，看落水洞分布，并进入石龙洞等大溶洞内实地考察。还派我和工程地质人员陈锡周沿石牌溪溯源踏勘到超过库水位的高程，看石牌页岩层的完整性，对在石灰岩上筑坝能否靠坝基坝肩的灌浆深帷幕接上石牌页岩来有效地防阻水库渗漏，让我们讲出各自的看法。不久后的1956年9月，侯德封和波波夫等一批中苏地质专家到两个坝区对石灰岩岩溶和花岗岩风化问题进行现场细致考察。杨总是这次现场考察的长办主要技术负责人之一，他们从设计的角度商拟考察重点，带领设计人员参加汇报讨论，长办结合规划设计所做的技术准备得到肯定，考察也进展顺利。

二

杨总在长江委历来分管科研试验，为长江科学院的创建和发展作出了突出贡献。

1951年荆江分洪工程设计时，长江委还没有自己的试验场地和人员，通过与武汉大学合作，租借他们的场地，杨总带领新成立的水工、土工、材料试验组的一帮年轻人开展了长江委最早的科学试验。1954年，长江流域发生大洪水，荆江分洪前夕，李葆华副部长在深夜打电话问林一山主任：荆江分洪闸会不会一开闸就被洪水冲垮？林主任说，荆江分洪闸已经在我们的模型试验中垮过许多次了，改进设计后现在建成的工程不会垮。那年荆江分洪闸三次分洪，发挥了巨大的功效。重视科学试验成了长江委治江工程建设中优秀的传统。

不久，长办一边规划建造水工试验大厅，一边派技术骨干到南京水利实验处等单位进修，把原来的三个试验组扩展成立了实验研究所。考虑到三峡、丹江口等大型水利枢纽建设将遇到许多新的专业技术，长办在1956年又把实验研究所扩展成专业更齐全、科技水平更先进的长江水利科学研究院，为此还聘请了几批苏联科研部的专家。

杨总以长远的眼光，积极抓好长江科学院（以下简称"长科院"）的基建规划和大型专业科研试验装备的购置，还深入具体地支持水工试验室参考美国图纸制作高压水箱和小减压箱，作为高速水流试验的重要手段。这年9月，官厅水库输水道闸门槽发生空蚀，长科院的中苏专家现场考察并做了1：10和1：20的高速水流模型试验，提出修复方案和闸门防空蚀运行措施，解决了问题。

1958年中央成都会议后，杨总到长科院任副院长，为三峡工程创建了岩基、爆破与震动等新的专业，在水利科研部门彰显出自己的特色。

来长办后我深感学识跟不上形势发展的需要，常去图书馆找书看，曾经欣喜地发现长科院图书馆有好多本美国大坝工程总结性的厚本英文图书和美国垦务局的一些设计技术规范。这些都是杨总的珍藏，捐出供大家阅读的。当时还发现那里有ASCE（美国土木工程学会）历年的会刊和各专业期刊以及许多英、俄、德、法文的国外科技书刊，也都是杨总选购的。他希望大家都关心国外科技水平与发展动向，在科研工作中努力赶超。

1958年春，周恩来总理和李富春、李先念副总理率领国务院各部负责人在查勘荆江大堤和三峡坝址途中，听了魏廷铮同志关于汉江丹江口水利枢纽的汇报，与会者经过讨论，认为长办为工程所做的前期工作扎实，准备充分，决定通过兴建这项工程。

1958年9月丹江口工程正式开工，湖北省省长张体学亲任工程总指挥长，长驻工地现场指挥。林一山主任除亲率中苏专家和杨院长等到现场查看坝破碎带、交代做模型试验、提出处理方案外，还专门在长办内派出了各专业设计员组成的设计代表组，由文伏波带队，常驻工地，及时提供技术服务。1959年，丹江口一期导流工程胜利实现汉江截流，1960年开始混凝土大坝施工。但因缺乏经验，机械化施工准备不足，加上受"大跃进"急于求成的干扰，出现了一些质量问题。1962年2月，周总理召开会议，要求工程停工全面检查，做好试验研究和补强处理设计，做机械化施工设计。在主体工程停工期间，水利部正式下文，由长办和丹江口工程局联合成立丹江口大坝处理科研组，杨贤溢任组长，工程局技术处副处长和我任副组长，长办和工程局派出技术人员共同参加相关工作。在1962年3月至1964年4月两年的时间里，在杨院长的主持下，技术人员在现场检验坝体混凝土施工的质量问题，检测基岩破碎带补强后的变形特性变化，对预埋仪器监测数据进行处理分析等，经过双方密切合作，完成了这一特殊科研任务。长办提出的补强处理设计也顺利得到实施。通过丹江口水利枢纽工程的实际锻炼，长科院科研水平有了切实提高，对大型水利工程涉及的问题，明确了深入研究的目标。

1964年5月，我由枢纽处调到长科院水工室，感到长科院学术氛围浓厚：各专业都设立了有高校教授、办内各系统专家和本院专家参加的专业委员会；开展试验要进行立项技术讨论；提倡编译国外科技文章进行内部交流，如《高速水流译丛》还被选中由国家出版社公开出版。20世纪60年代初，长科院还自力开班，让一些无大学正规学历的同志脱产学习高等数学等基础课程，或联系高校代培，为他们踏上科研征途打好扎实的基础。经过这段时间的培养，不少人结合工程实践，刻苦钻研，不断磨砺前进，逐渐成长为优秀专家，中国工程院院士韩其为就是其中的一位。重视人才培养，鼓励科技创新的方针在杨院长的实践中得到充分体现。

三

1970年底，中央决定先建葛洲坝工程，以解决华中华东地区严重缺电的问题，改善三峡河段航运，并为兴建三峡水利枢纽做实战准备。

因葛洲坝工程上马仓促，开工时只有规划性的设计文件，在当时"文化大革命"形势下，工程指挥部采用了兵团大会战的办法施工，实行军事体制的组织领导。长办虽曾在几个月前就紧急调集科研人员快速开展水工、泥沙、土工、岩基等试验，但终因种种原因，出现了重大问题。1972年11月，周总理抱病主持会议，对工程建设进行通盘研究，决定工程停工，集中力量多做试验研究，修改设计。在领导体制上，总理指定由林一山负责，有八位部、委、省和工程局领导人参加，组成葛洲坝工程技术委员会，研究解决工程中的重大技术问题。总理还明确指示，长办机构不撤销，负责科研设计；成立工程局替代指挥部负责施工。他指出长江航运是大事，不能出问题；要"战战兢兢、如临深渊、如履薄冰"。

在葛洲坝工程技术委员会的指导下，自1972年底起，长办、工程局和一些科研机构、高等院校共50多个单位的科技人员和专家、教授、船长们参加了重大问题的科研协作和攻关。这时长办恢复了以林主任为核心的各级业务机构技术责任制，杨贤溢同志重回长办任总工程师，和严恺、张光斗、谷德振、张瑞瑾、陈宗基等技术专家们一道参加技术委员会重大技术问题的讨论，并负责主持跨部门多学科的科研试验工作的协调。长科院科研人员接受任务时都把葛洲坝工程科研试验当作对责任心与科技能力的考验。

在不到两年的时间里，工程技术人员对重大技术问题进行了大量的野外调查、现场观测、科研试验和第一手资料的系统分析，判明了问题实质，找到了解决途径，使葛洲坝工程修改设计有了科学依据；工程规模和枢纽布置得以确定，第一期的二、三江主体工程在1974年第四季度恢复施工。

葛洲坝工程技术委员会根据各阶段的科研设计成果，在先后13次会议上结合建设进程及时作出正确的技术决策，保证了工程顺利进行。

1980年初，美国垦务局（USBR）、田纳西河流域管理局（TVA）和陆军工程师团（COA）组成代表团访华，他们看到中国正在建造葛洲坝工程，但对三峡工程因有不同意见而尚未决策。代表团团长（COA的总工程师、陆军中将莫尔斯）回国后在全球发行量700万份的《工程新闻记录》（周刊）上发表了《我们砍掉了三峡工程》一文，引起议论纷纷。三周后该周刊又发表了同时访华的团员（美国垦务局局长希金森）的公开信：说明代表团访华没有资格和任务去帮中国决策，那篇文章只是个人看法；这次访问使他确信，中国的工程师们有能力去做好他们想做的任何工程。

1980年7月，邓小平同志视察了三峡坝址和葛洲坝二、三江工程。8月，国务院常务会议决定由科委、建委负责组织对三峡工程的进一步论证。为了在国际上表明情况，杨总和时任长办副总工程师的魏廷琤以及美籍华裔顾问赵耆琛（纽约TAMS工程顾问公司塔贝拉坝项目总顾问）三人联合署名写了《中国为什么要修建三峡工程》（英文），在《工程新闻记录》上发表。丰富的数据和与替代方案的客观比较以及所附葛洲坝工程的照片，在国外得到积极的评价与反响。

1981年1月，葛洲坝工程胜利实现大江截流，当年7月长江上游便暴发特大洪水，二江的泄水闸、发电厂，三江的船闸、冲砂闸和汛前刚建成的大江围堰都经受住考验，安全泄洪度汛，发挥了通航、发电和冲砂功能。1988年大江船闸和电厂全部建成投产，1991年原型实测数据表明工程建设是成功的，已经发挥了巨大的社会效益和经济效益，通过了国家最后验收。

1981年，杨贤溢任长办副主任，退休后作为长办技术顾问，还积极为三峡工程设计科研出谋献策贡献力量。

1985年，国家首次评选颁发科学技术进步奖，"葛洲坝二、三江工程及其水电机组"项目荣获特等奖，杨贤溢总工程师作为长办科技队伍的杰出领头人和总代表，排在获奖名单第一名。这是长办人的光荣，也是国家对我们今后科学技术进步的鞭策。

1986—1991年，三峡工程重新论证和审查期间，杨总还受聘为泥沙专家组的顾问，指导了试验研究的顺利开展。

2003年，三峡工程蓄水到135～139米水位，船闸电厂开始投产，三峡工程开发总公司通过杨总邀请到1946年在美国参加过三峡工程设计、生活在国内外的老工程师们参观三峡工程。老朋友们旧梦成真，亲身体会到祖国的科技进步与经济建设成就，深感亲切欢欣。

2006年，三峡大坝全线浇筑到顶，丹江口水利枢纽也正进行大坝加高，成为南水北调中线工程的关键。杨贤溢顾问虽已故去，但他孜孜不倦，努力创新的精神必将激励一代又一代的科技人员在造福人民的治江事业中不断取得新成绩。

人
物
篇

平凡而伟大的老人

——记长江委原副主任、总工程师杨贤溢

李卫星　傅　菁

"三峡工程是几代中国人、方方面面建设的世界上最伟大的水利工程；我们长江委人能够贡献心力，参加它的勘测规划设计科研，是很荣幸、很自豪的事，在三峡工程即将胜利完工的今天，杨顾问的名字我们不会遗忘。"

这是长科院前院长、长江委科技委顾问陈济生接受记者采访时的感慨。他所提到的杨顾问，是长江委的老技术顾问，长江委原副主任、总工程师杨贤溢。

杨贤溢出生于1914年10月，在2006年岁末以92岁的高龄辞世。由于年龄差距，我们与杨老在工作上没有接触的机会，但在日常生活中却经常可以见面，因为杨总就居住在协昌里小区，每天下午都会在固定时间下楼活动，与人相见时打招呼总是点点头，令人倍感亲切。

2004年底，因编写《中国科学家传记水利篇》的需要，我们才对杨老有了第一次的正面了解，这也是唯一的一次。我们进入杨老简朴的家，刚刚过了九十大寿的杨老坐在沙发上，精神矍铄，思维清晰，通过他的回忆，我们了解了这位平凡而伟大的老专家的治江经历，以及他纯朴而谦逊的处世风格，也读懂了他的淡泊与豁达。

与三峡工程的最初结缘

三峡工程不是杨老一生中最初接触的工程，却是一生中最重要的工程。

他与三峡工程的结缘，始于1946年的中美合作三峡设计工作。

1937年，杨贤溢从武汉大学土木工程系毕业，随着人流来到重庆，进入扬子江水利委员会，开始了近70年的治江生涯。在重庆，他一边工作，一边读书。1944年，中美签订《租借法案》，确定美国代为培训中国技术人员的方案。资源委员会在全国范围内组织了严格的考试，杨贤溢与杨绩昭、刘萧臣由扬子江水利委员会推荐，被美国科罗拉多大学录取，确定实习期为一年。

1945年6月，抗战尚未结束，31岁的杨贤溢由重庆出发，取道印度乘船，经纽约、华盛顿辗转来到位于丹佛的科罗拉多大学。实习计划原定为一年，但1946年5月，中美签订了合作进行三峡工程设计的合约，他和刘蕭臣、杨绩昭受命赶往同处丹佛的美国垦务局报到，正式成为设计组的一员，一边设计，一边继续学业。

与当年所有参加设计合作的同仁一样，杨贤溢怀着满腔的报国之志，夜以继日地学习美国先进的水利技术。他在垦务局被分配到坝工组，得到了时任垦务局总工程师的著名坝工专家萨凡奇的指导，这使他获益匪浅。但好景不长，1947年5月，中美合作三峡设计因经费无法落实而被迫停止，赴美同仁们纷纷回国。杨贤溢则回到科罗拉多大学，一面继续学业，一面节衣缩食，购买下大量的美国水工著作和垦务局的技术规范。当年10月，他获得了科罗拉多大学的硕士学位，学成归国时，将这些珍贵的藏书也一并带回国内，后来无偿地捐献给长科院的图书室。

值得一提的是，杨贤溢的哥哥杨访渔也在1945年通过了资源委员会的考试，赴美留学，此后也参加了中美三峡技术合作。兄弟两人同时以优异成绩参加中美设计，一时传为佳话。

只是1947年底杨贤溢学成归国时，解放战争已经进入第二年。解放军由防守转入战略反攻阶段，国民政府江河日下，无心也无力开展水利事业。因此，杨贤溢空怀一腔报国之志，却报国无门。

长江委科研事业的奠基者

新中国成立后，林一山受命筹建长江委，35岁的杨贤溢被林一山主任第一批选中，从位于南京的下游局调往武汉长江委本部，先在长江委工务处任职，此后就任设计处副处长，然后进入长办总工程师室。

新中国和方兴未艾的水利事业，让杨贤溢的才能有了用武之地，也使他对共产党产生了深深的仰慕之情，正如他1958年在入党申请书中所写的"是党给了我这个知识分子用武之地，使我所学的知识派上了用场，我决心把自己的一切献给党"。

杨贤溢在治江工作中最初的贡献，主要集中于科研领域。

荆江分洪工程是新中国成立后我国在长江上兴建的第一座现代化工程，也是催生长江委科研队伍的摇篮。

由于荆江分洪工程的规模远远超出了国内当时的技术水平，为避免因在设计时忽视科学导致事故，杨贤溢积极向林一山提出设计要与科研相结合的建议，并亲自带领一帮年轻人来到一江之隔的武汉大学，在租借的试验室里进行了艰苦的水工、土工和材料试验，并据此提出了科学的设计方案。

人物篇

1952年4月，荆江分洪工程正式开工，杨贤溢担任北闸工程处副处长，亲自监督工程最为关键的进洪闸的施工。由于设计得当，加上参建各方努力，主体工程仅用70多天便顺利竣工，并在1954年特大洪水中运用自如，保证了荆江大堤和武汉市的安全。长江委人至今仍记得工程运用前，水利部副部长李葆华曾连夜打电话，向林一山询问工程的安全性。林一山充满信心地表示，分洪工程不会被洪水冲垮，因为在模型试验中，它已经被冲垮好几回了，言语间充满着对包括杨贤溢在内的科研人员的努力的赞扬之情。

1952年7月，分洪工程刚刚建成，杨贤溢受林一山委托，以参加试验的人员为班底，广泛招纳各方贤才，逐步形成了水工、土工和材料3个实验组，1954年，这三个试验组扩展成立为实验研究所。1956年又扩展为专业更齐全、科技水平更先进的长江水利科学研究院。作为如今国内水利科研劲旅之一的长科院至此初具雏形。在1954年，杨贤溢还在长江委大院内主持修建了国内一流的水工试验大厅，长度达到75米，比新中国成立前全国最大的南京水工实验所的大厅还长5米。

1958年，杨贤溢受命任长科院副院长，与院长何之泰、副院长李荣梦形成了国内水利界豪华的"三驾马车"。在他的领导下，长科院筹建了九万方试验基地，增设了岩基、河流泥沙和爆破振动等专业，开展了一系列在国内外具有影响力的水利工程试验研究。其中，岩基室的建立开国内科研之先河，更是为人所称赞，在此稍费笔墨。

岩石力学在很长一段时间在世界范围内都被认为是土力学的分支，直到20世纪50年代才开始成为独立学科，但在国内尚未引起重视。在三峡工程的历次查勘过程中，中苏专家就三峡建在三斗坪还是南津关出现分歧，其中地质的稳定性是主要的因素，杨贤溢为此组织长科院做了大量试验。1958年，在国家组织的三峡工程科技大协作中，长科院成为"三峡岩基专题研究组"的主办单位，杨贤溢为专题组组长，著名学者陈宗基和时任长科院土工室主任的杜时敏为副组长，三峡工程的岩基研究有了长足的进步。即使三峡工程进入低潮时，专题组被撤销，杨贤溢仍力邀陈宗基留在武汉，协助他在1962年成立了国内第一个工程岩基研究机构——长科院岩基室（后为岩基研究所），长科院也被《中国大百科全书》确定为中国岩石力学研究的发源地。40多年来，该所成为三峡岩石地基问题研究的主力军。

对河流泥沙的研究，也是杨贤溢最为关注的重大课题。1958年毛主席对三峡工程提出了"积极准备，充分可靠"的方针，后来又指示"有利无弊"的要求，在武汉接见林一山时专门提出水库寿命问题。林一山为此亲自带领文伏波、唐日长等专门赴柳河、闹德海等东北、西北的许多水库做实地考察调研，并将防止泥沙淤积和水库长期使用作为重大课题，交给了杨贤溢和他所领导的长科院。经过对现有水库的调查和正在建设的丹江口和陆水等工程进行的大量研究，长科院得出了明确结论，只要采取汛期（多沙季节）降低库水位泄洪排沙，汛后蓄水的"蓄清排浑"的调度方法，水库的绝大部分库容可以保留长期使用；变动回水区的泥沙淤积不会影响航道。这种水库调度打破了国际水工界水库必淤的传统观念，为三峡等工程的建设起到了极其深远的影响。

杨贤溢在长科院工作了15年，1973年，杨贤溢调任长办总工程师，1981年任副主任，仍然主抓科研。1982年，担任了长办技术顾问，可以说，他将自己几乎全部的精力都献给了治江科研事业，长江水利科技在早期的每一个进步，都凝聚着他的心血。

查勘三峡工程坝址

1953年，随着毛主席在"长江舰"上召见林一山，提出三峡工程的设想后，长江委开始着手三峡的设计与科研工作。杨贤溢被任命为上游室室主任和三峡组组长，对三峡工程的勘探做了大量的工作。

三峡工程位于湖北西部，水运虽较发达，但陆路交通十分不便，为了解当地的地质情况，必须深入人迹罕至的沟沟岭岭，甚至要钻进大大小小的溶洞，才能得到第一手的地质资料，真可谓是"不入虎穴，焉得虎子"。但为了三峡工程能够早日上马，没有人对生活和工作的条件叫苦。在杨贤溢的带领下，长江委人踏遍了坝区，并向上游延伸，了解了基本的地质情况。

1955年10—12月，杨贤溢加入了由水利部副部长李葆华带队的长江查勘团，对长江上游的干流及主要支流进行了为期70天的查勘。参加此次查勘的，除水利部和长江委的工程技术人员外，还有10多位苏联专家。在查勘过程中，中苏专家对于三峡工程的地位和三峡坝址产生了激烈的争论。在重庆回程时，林主任和苏联专家组长飞赴北京向周总理汇报。杨贤溢就率领大队人马乘专船顺江而下继续查勘，在西陵峡中部的黄陵背斜核心花岗岩区初选了美人沱、三斗坪等8条坝线，又在西陵峡东翼的石灰岩区也初选了石牌、黑石沟、南津关等坝线。这次查勘揭开了三峡水利枢纽大规模勘测设计新的一页。

此后，他又多次率领长江委工程技术人员对这些坝线进行查勘，如到南津关看刚取出的岩芯和柱状图记录，看落水洞分布，进入大溶洞进行实地考察。还派陈济生等人沿石牌溪溯源踏勘到超过库水位的高程，看石牌页岩层的完整性，对在石灰岩上筑坝能否靠坝基坝肩的灌浆深帷幕接上石牌页岩来有效地防阻水库渗漏进行研究。

1956年9月，作为长江委主要技术负责人之一，杨贤溢还与侯德封和波波夫等一批中苏地质专家到两个坝区，对石灰岩岩溶和花岗岩风化问题进行现场细致考察，带领设计人员参加汇报讨论。长办结合规划设计所做的技术准备得到肯定，考察也进展顺利。

杨贤溢在苏联专家的帮助下，积极鼓励那些多次参加过三峡查勘的学水工的同志改行搞地质，培养出了一支骨干力量，逐步改变以往设计强而勘测水平较低的面貌，长江委勘测力量也在他的领导下逐步成长。

在丹江口工地

丹江口是汉江治理开发的关键工程，是三峡工程的技术准备和南水北调中线工程的水源，在长江流域规划和三峡设计工作中占有极为重要的地位。杨贤溢曾在1952年与蒋怀玉、刘萧臣、何之泰等专家乘船实地勘察，历尽艰辛，确定了丹江口工程的坝址。1958年9月正式开工后，杨贤溢曾与林一山和苏联专家到现场查看坝破碎带，提出处理方案。

1962年2月，丹江口工程因种种原因暂停施工，要求做好试验研究和补强处理设计。杨贤溢临危受命，被水利部任命为大坝处理科研组组长，率领长江委和丹江口工程局技术人员对整个大坝进行详细检查。在1962年3月至1964年4月两年的时间里，对大体积混凝土的温度控制及防止裂缝问题进行专门研究，找出了前期工作出现问题的原因在于对混凝土原材料把关不严，没有选择好的骨料，对温度控制重视不够，以及部分新老混凝土浇筑间隔时间过长。因此，确定了相应的处理对策，提出了补强处理设计。

通过丹江口水利枢纽工程的实际锻炼，长科院科研水平有了切实提高。尤其在混凝土抗裂性能和温度控制方面，取得了重大突破。他安排长科院材料室刘崇熙与华新水泥厂合作研制大坝专用水泥，安排周守贤、林永达两人研制混凝土外加剂，大大提高了大坝混凝土质量。该产品除用在丹江口工程外，还广泛用于军事和民用建筑，并远销阿富汗、巴基斯坦等国。

葛洲坝工程的技术带头人

1972年11月，万里长江第一坝的葛洲坝工程也因种种原因遇到重大困难，不得不暂停施工，修改设计。周总理指定成立了林一山为负责人的葛洲坝工程技术委员会，研究解决工程中的重大技术问题。还明确指示，长办是工程设计的主体，长办机构不散，技术责任体制要坚持。杨贤溢再次临危受命，就任长办总工程师，和严恺、张光斗、谷德振、张瑞瑾、陈宗基等技术专家们一道参加葛洲坝工程技术委员会重大技术问题的讨论，并负责主持跨部门多学科的科研试验工作的协调。

南津关河段流态复杂，是困扰工程通航的重大难题。从南津关到葛洲坝虽然只有短短 3 千米，但河道却转了 90 度的大弯，河面从 300 米骤然加宽到 2600 米，水底高程由 −30 米抬高到 +40 米，加上两岸礁石、险滩，致使这段水道极其紊乱，出现了剪刀水、泡漩、回流、湍流等诸多混乱水流。1973 年 7 月，长科院在南津关和鄱阳湖口分别进行了实航试验，观测这些流态对船舶航行的影响，同时在宜宾、宜昌、汉口、南京四地的 6 座水工泥沙模型上对泡漩水流与南津关岸线整治协同开展试验，寻求解决办法。长科院在工地模型上的同志和宜昌水文实验站的同志们一道，登上测轮在大洪峰时冒着危险抢测泡漩的特征数据，供模型模拟。长科院仪器室许钊杰等 4 位同志精心克服材料比重、遥控技术、舵叶制造等困难，在 1973 年底创造出了几何与重力都相似的，适合水工模型使用的无线电遥控自航船队模型，用来在平顺岸线消除泡漩的不同整治方案模型试验中判断航行条件。模型演示后，交通部船舶科研专家担心舵效不相似。杨贤溢又要求长科院的同志开动脑筋，设法找出个可以不用舵，或只小角度用舵就能使船队从南津关穿过泡漩区进入人工航道的整治方案。大家反复修改试探，得出了满足这种要求的整治方案。看到展示的成果，船长们终于放心地同意试验推荐的岸线整治方案。

经过大量的试验研究，长办最终提出了削平岸咀、修建防淤堤、在航道内设置冲砂闸等一系列综合方案，最终达到"静水通航，动水冲砂"，圆满地解决了工程通航的难题。林一山同志曾经说："改造一段复杂的河道，要比修建一座高坝更难。"杨贤溢在协调完成诸多试验，并提出的南津关河道综合整治方案的过程中，体现了高超的领导艺术和协调艺术。

泥沙和河势同样是困扰工程的关键技术问题。杨贤溢亲自担任泥沙模型项目组的组长，与南科院专家窦国仁共同协作，研究了具有特色的水工整体模型（两种比尺，与无线电遥控船模配套；共同模拟泡漩水流并判断比尺影响）和泥沙整体模型（与工地不同材料的模型沙、不同比尺、不同模拟阻力的技艺），召开了 9 次专业会，最终确定三江的防淤堤长度为 1750 米，并对冲砂流量，冲砂方式，冲砂时间，上下游引航道的宽度、高度、口门型式等予以确认。

在河势研究过程中，有人担心大江电厂和船闸泥沙无法解决，主张在南津关作一鱼嘴，使主流由单槽变成双槽或在下端分汊，同时将部分电站改为冲砂闸。这一想法显然违背了"一体两翼"的原则。为此，杨贤溢通过组织长科院进行了大量的水工试验，表明双槽或单槽分汊方案对安全泄洪、排沙、通航并没有效益，而且还有不利影响，同时减少了电站的装机。最终，葛洲坝技术委员会批准了长办提出的

人
物
篇

单槽方案。由于设计合理，大江电厂多装 4 台机组，少建 5 孔泄水闸，取得了巨大的经济效益。

此外，作为长办技术主要负责人，杨贤溢还针对葛洲坝工程的二江泄水闸消能防冲方式，提出了消力池轮廓应力求简易平顺，以减少空蚀和磨损破坏的意见。组织人员将丹江口的试验成果运用于泄水闸分区调度运用，使水流既不进入闸室，又不远驱，消能效果良好，安全可靠，闸下基本避免了冲刷，也没有出现空化空蚀的破坏。

在不到两年的时间里，以长办为主的工程技术人员对困扰葛洲坝工程的重大技术问题进行了大量的野外调查、现场观测、科研试验和第一性资料的系统分析，判明了问题实质，找到了解决途径，使葛洲坝工程修改设计有了科学依据，工程规模和枢纽布置得以确定。1974 年 9 月，葛洲坝主体工程恢复施工，此后一直进展顺利。1981 年初实现大江截流，当年 7 月，成功宣泄 7.08 万立方米每秒的特大洪水，二江泄水闸、发电厂，三江的船闸、冲砂闸和汛前刚建成的大江围堰都经受住大洪水的考验，发挥了通航、发电和冲砂功能。1988 年大江船闸和电厂全部建成投产，1991 年原型实测数据表明工程建设是成功的，已经发挥了巨大的社会效益和经济效益，通过了国家最后验收。

葛洲坝工程是由中国人自己设计、施工的大型水利工程，它的成功标志着中国水利建设和科研进入到一个新高度。杨贤溢作为长办的总工程师，在工程的设计和科研中发挥了重大的作用。在 1985 年，"葛洲坝工程二、三江工程及其水电机组"与"两弹一星"一起荣获了首届国家科技进步特等奖，杨贤溢名列所有获奖人的第一位，这是长江委迄今获得的最高荣誉。

善于培养人才的大师

杨贤溢在长江委最为人称道的，除了高超的科技水平，就是尊重知识，尊重人才的一贯作风。

杨老为人谦逊，办事谨慎，在新中国的治江事业中，始终是一步一个脚印，极少冲动和冒进，这使他具备了成为优秀科学工作者的基本条件。而在对青年人才的培养上，他却是大胆提拔，果断使用。

谈起杨贤溢用才，几乎所有人都会提起韩其为的名字。韩其为早年只是荆江水文局的普通测工，但刻苦努力、勤奋好学。1960 年水文局并入长科院后，韩其为引起了杨贤溢的注意。杨贤溢看出这是经过水文泥沙测验实践锻炼的河流泥沙科研的好苗子。先送他到长科院办的科学理论和高等数学"进修班"充实基础，随后又送到大学带职进修深造。正因为杨贤溢的关心培养，韩其为从 1965 年以后专门从事泥沙运动理论、水库淤积、河床演变及丹江口葛洲坝等工程泥沙研究，勇于创新，对不平衡输沙提出了数值模拟的方法，结合长江的工程实践，总结归纳出研究水库淤积规律的理论，逐步成长为国内外有影响的泥沙研究专家，2000 年成为中国工程院院士。1980 年，韩其为离开了长科院，但此后仍多次到汉探访杨贤溢。

1978 年，"文化大革命"结束不久，杨贤溢敏锐地看到对外开放是水利建设的大趋势，在单位内鼓励技术干部多学英语。在他的关心下，长办从 1980 年组织了英语培训班，一共办了两期，激起了长办技术骨干学习英语的积极性。1982 年，水利部开办了出国人员英语学习班，长办组成了 18 个人的庞大队伍参加。这些大多到美国进修，后来成为长江委各部门的主要负责人，其中包括长江委副主任季昌化、王家柱，水文局局长季学武，勘测总队队长陈德基，长科院副院长董学晟、黄伯明，科教外事局局长杨国炜，水文局副总工王钦梁以及水利部科教司司长沈国衣等。让技术人员通过学习外语，掌握国外的先进理论与技术，再回来服务于国内的水利事业，这在当时真可谓是很有远见。

据长科院原副院长董学晟回忆，1994 年，杨贤溢八十大寿，沈国衣司长专程从北京赶回武汉，组织当年到水利部学习的人上门拜寿，他们都怀着门生拜会老师的崇敬心情。

长科院原副院长董学晟也回忆道，杨老非常注意对他的培养。1978 年，水利部要派人赴巴西参加国际大坝岩石力学会议，杨老推荐了他。此行他不仅去了巴西，还去了美国和法国，大大地开阔了眼界，对后来的工作有很大的帮助。

长科院原副总工程师刘崇熙回忆，杨院长派他到南京工学院学习深造。他研究低热微膨胀水泥成功后，这种新材料得到国防工业的应用；杨贤溢对他十分关注，李镇南总工程师也把国际前沿的大坝混凝土碱骨料反应问题交他研究，得出重要成果。

当龚召熊主持研究的"地质力学模型技术"取得成果时，他亲自撰写推荐意见，申报国家科学技术进步二等奖。当 1981 年葛洲坝大江截流胜利成功后，他三次为汪定扬的《立堵截流实用水利学计算》论文审稿，并推荐给《水利学报》公开发表。

杨贤溢很重视科学技术的进步。他亲自为长科院图书馆选订各专业的外文杂志，并推荐给最需要的人。主持在各专业建立专业委员会，其中有一定比例的高校和长办的专家，促进了科研与工程结合和学科理论的发展。一些同志在他指导下发表了学术论文，他在审稿时都会将自己的名字划掉。杨贤溢帮助别人的事例很多，但一般绝不当面表现，当然也不求别人的报答，这充分体现了杨贤溢甘为人梯的高尚品格，显示了一位科学家虚怀若谷的风范。

三峡工程的拳拳赤子

20 世纪 70 年代末，三峡工程的建设再次被提上议事日程，杨贤溢也在自己的晚年再次投身于三峡工程的设计与科研之中。

当时，少数同志针对三峡工程发出不同声音，1979 年，李锐同志重新就任水利部副部长后，这些不同的声音也传播开来。尤其是 1980 年初，美国陆军中将莫里斯访华回国后在《工程新闻记录》（周刊）上发表了《我们砍掉了三峡工程》一文，引起纷纷议论。

1980 年 7 月，邓小平同志视察了三峡坝址和葛洲坝二、三江工程。8 月，国务院常务会议决定由科委、建委负责组织对三峡工程的进一步论证。为了在国际上说明情况，杨贤溢和时任长办副总工程师的魏廷琤以及美籍华裔顾问赵耆琛三人联合署名写了《中国为什么要修建三峡工程》（英文），在《工程新闻记录》上发表。丰富的数据、客观的分析以及所附葛洲坝工程的照片，在国外得到积极的评价与反响。

20 世纪 80 年代中期，长办着力研究了三峡工程正常蓄水位 150 米方案，并获得国务院批准。年逾古稀的杨贤溢主持开展三峡泥沙科研工作，完成了可行性研究阶段的工作。

1986—1989 年，三峡工程进入重新论证阶段，杨贤溢担任泥沙专家组顾问。对三峡工程泥沙问题中的重点项目，如坝区河势规划、库尾泥沙淤积，以及水库下游江湖关系等重大问题提出了自己的意见。针对当时国内外部分人士对三峡工程提出的不同意见，杨贤溢结合自己的工作实际，向国人阐述三峡工程上比不上好，早上比晚上有利的道理；并利用自己与海外和港台专家保持联系的优势，向他们宣传三峡，请他们参观三峡，消除了部分人心中的误解。

1992 年 4 月，三峡工程经全国人大审议通过上马；1994 年 12 月，工程正式开工。杨贤溢不顾自己年事已高，多次亲赴三峡工地，望着热火朝天的施工场面，他露出了灿烂的笑容。

他十分怀念新中国成立前在美国与他一起参加中美合作设计的战友，多次邀请他们到三峡工地实地考察。2003 年，在三峡开发总公司总经理陆佑楣的支持下，这些半个多世纪前参加过中美合作的老人齐聚三峡，完成了历史性的会面，也了却了杨贤溢心中的夙愿。

2006 年 5 月，三峡工程全线浇筑到顶；6 月，三期围堰被爆破拆除，大坝直接挡水。长江委科技委组织老领导、老专家赴工地考察，年过九旬的杨贤溢抑制不住激动的心情，在孙女的陪同下最后一次来到了三峡。他久久凝视着刚刚浇筑到顶，直接挡水发电的三峡大坝，仿佛凝视着终于拉扯成人的孩子。也许他在想，再过两年，亲眼看到三峡工程最终建成，该有多好！

他的这个愿望已经无法实现了。2006年12月19日，92岁的杨老阖上了双眼，从此告别了他魂牵梦绕的三峡，以及他奋斗一生的治江事业。

杨贤溢以其一生的努力，实践了他自幼以来便牢固树立的科学报国理想，为治江事业尤其是三峡工程默默奉献了整整60年。作为民革党员，他多年来致力于党的统一战线工作，为巩固和发展多党合作制做出了努力，他的一生极其光荣。

正如陈济生院长所说的，"杨顾问是老一辈长江科技队伍中很重要的带头人，他的去世，是我们很大的损失，我们很怀念他。"

人
物
篇

奉献者的足迹

——记中国工程院院士、长江委原副主任、水利工程专家文伏波

李卫星

2005 年，文伏波院士迎来了八十华诞。他于 1949 年大学毕业，作为南京军管会工作人员来到长江委起，他从事治江事业已有 56 年，先后参与对治理开发长江具有重要意义的荆江分洪工程、杜家台分洪工程和丹江口、葛洲坝水利枢纽的设计工作以及三峡工程论证及兴建过程中的技术咨询；从领导岗位退下后，先后担任长江流域规划修订工作项目经理、长江委副主任、科技委员会顾问，为长江水利事业的发展壮大作出了很大的贡献。

整整 56 年，文伏波的足迹遍布大江上下，长江培养了文伏波，文伏波也见证了治江事业从小到大的发展历程。长江委主任蔡其华曾亲切将以他为代表的老一辈治江工作者称为"治江事业的开拓者、拓荒者"。

爱国与治水——文伏波早年生活的两条主线

谈起自己早年的生活，文伏波院士说得最多的就是在他身上的历史的烙印，即爱国与水利两条主线。

文伏波 1925 年 8 月 4 日出生于湖南桃江。桃江位于资水与桃花江交汇处，邻近洞庭湖，是个"水窝子"，每到汛期，家乡都时常出现洪水。取名伏波，多少寄托了父亲让他长大后治理江河、降伏洪波的愿望。到上高中时，教授地理的鲁立刚校长向他们讲述了祖国的气象、水文，还讲到我国长江三峡水力资源的丰富和开发的广阔前景，介绍了我国大西北严重缺水的事实。他听得如痴如醉，从此确定了将水利作为终身选择的志向。1943 年高中毕业，他报考了中央大学和湖南大学，专业都是水利工程，都被录取，最后他选择了中央大学。

1931—1943 年，文伏波读小学、中学，正是日本人对中国侵略加重，中华民族饱受苦难的时期。他读小学后不久，"九一八"事件爆发，日本占领东北，并一度进

攻上海。在小学毕业的仪式上，校长向他们宣布日本发动了"七七事变"，开始全面侵华的消息。全体师生眼含热泪，紧握拳头，面对国旗高唱《义勇军进行曲》，充满了对日本侵略者的仇恨。中学六年（1937—1943年），湖南省省会长沙沦陷，学校迁往农村，他的学习生活基本是在迁徙中度过的。当时物价飞涨，连米都要家里雇人推车走240里的山路送到学校，睡的是地铺，师生们虽生活清苦，却同仇敌忾。在极其艰难的情况下，学校不仅没有停办，还有所加强，培养了一大批的人才。文伏波把对侵略者的仇恨全部化为读书的动力。

1943年，文伏波考入了中央大学水利工程系，来到重庆读书。1944年，日军为挽救失败命运，悍然发动"打通大陆交通线"的豫湘桂战役，占领了祖国大片领土，甚至打到了贵州省独山县，逼近贵阳，整个大西南一片动荡，国民政府准备迁到西昌。各大学兴起了一股报名从军的热潮。文伏波来到设在重庆的中国驻印、缅远征军的教导团。经过军训，于1944年12月离开重庆，经昆明飞往缅甸的密支那，投入抗日战场。实践了他"国家兴亡，匹夫有责"的夙愿。

日本投降后，他随新一军回到祖国，在南宁休整时听说部队可能要开赴东北打内战，他决定中国人绝对不打中国人，在那年的"双十节"（国民政府的国庆节）休息日，与几个同学偷偷离开部队，辗转回到老家教了一年书。在1946年来到迁回南京的中央大学，继续第二学年的学习。在那一年，他因成绩优异被评为全班唯一的荣誉生。

1946年，国民党倒行逆施，发动内战，国民政府的腐败无能也暴露无遗，国统区内反内战、反饥饿、反压迫的爱国学生运动层出不穷，关心时势的文伏波成为运动的积极参与者。于1948年4月秘密参加中国新民主主义青年社，并于1949年1月入党。

1948年11月，淮海战役爆发，国民党政府即将土崩瓦解，加大了对进步学生和地下党的打击力度。在党组织的安排下，文伏波中断学业，来到南京附近的句容等地的解放区。1949年5月，南京解放后，他以南京军管会文教委大学专科部秘书身份短暂参与了接管国民党政府主办的部分大专院校任务。同年9月，正式分配到由扬子江水利委员会改组的长江水利工程总局。1950年5月，被求贤若渴的长江委主任林一山选中，调到设在武汉的长江委本部，由此开始了他长达半个多世纪的治江生涯。

荆江分洪工程和杜家台分洪工程——文伏波早期治水活动

文伏波在水利工程设计的成就，主要体现在治江历史上具有重大意义的三大工

人物篇

程——荆江分洪工程，丹江口和葛洲坝水利枢纽。

荆江分洪工程是新中国在长江上大规模应用现代化手段兴建的第一项大型工程。

新中国成立前，长江流域的堤防标准低，具有防洪库容的水利工程几近于无，天然河床无法宣泄洪水，因此，一到汛期就溃决成灾。随着经济的发展和人口增长，围垦江滩和沿江湖泊的情况逐渐增多，更加剧了人水矛盾，长江洪水灾害损失也日甚一日。长江洪水已成为中华民族的心腹之患。

1949年，长江暴发洪水，长江堤防多处溃决。新生的共产党政权领导沿江军民开展了抗洪救灾，才降低了灾害程度。

由于当时技术能力和综合国力尚不足做到高标准堤防控制长江洪水，以林一山为首的长江委人通过调查研究，提出了以防洪为重点的"治江三阶段"思想，第一阶段以加固加高堤防为主，做到一般洪水不溃堤，安全下泄；第二阶段在沿江受洪水威胁的平原地区和大城市修建分蓄洪区，蓄纳超过堤防安全泄量的洪水；第三阶段在上游山谷区修建水库，拦蓄更多的洪水。

在此思想指导下，1950年2月长江委向中央提出了在荆江河段兴建分蓄洪区的计划，作为治江第二阶段的主要工程。

荆江分洪工程正是为解决荆江灾害性洪水采取的一项迅速、有效的防洪减灾工程，它位于荆江南岸，关键的进洪闸坐落于荆江南岸的虎渡河入江口。整个大闸直接建在软弱的细砂基础上，规模和技术难度在国内均属空前。

在林一山和曹乐安的领导下，年轻的文伏波参与了该项工程的设计。由于国内没有现成经验可寻，他们只能参考外国的有关资料，一边做模型一边试验，并发扬民主，多次召开会议进行商讨。模型中的消能防冲措施在试验中多次被冲垮，但却没有消磨他们的决心。经过反复探索试验，他们终于找到了用消力塘结合防冲槽型式，解决了安全消能防冲难题。在不到一年的时间里，就完成了主体工程的设计。

1952年，工程开工，文伏波担任分洪区的控制工程——北闸的施工指挥长任士舜的秘书兼质量检查组组长。在参建30万军民的昼夜奋战下，主体工程只用了75天便胜利完工。

1954年，长江发生全流域性大洪水，荆江分洪工程经受了严峻的考验，在关键时刻三次运用，有效降低了沙市的洪峰水位，保证了荆江大堤和武汉市的安全。

1955年，文伏波又参加了汉江杜家台分洪工程的设计，该工程可分泄超过汉江下游河段安全泄量的洪水入长江，对汉江下游及长江中游的防洪具有重要作用。在设计中，他们对闸基采用大规模填土预压以提高承载力，边墩采用空箱结构克服不均匀沉降，以及两级消能措施，解决了软弱地基难题，许多技术在国内居领先地位。

杜家台分洪工程建成后已运用 19 次，效益显著。该工程配合堤防加培和丹江口水库运用，已形成汉江比较完备的防洪工程体系。

经过荆江和杜家台两项分洪工程的锻炼，文伏波的专业技术水平得到提高。在工作中，他多次参加林一山主任组织的学习毛主席《实践论》《矛盾论》的活动，总结荆江分洪工程规划设计思想。杜家台工程竣工后，长江委布置当时的设计科认真总结平原建闸的经验，文伏波又协助曹乐安设计大师编制完成了《平原地区建闸设计手册》，该书在相当长的一段时间内成为平原地区水利建设的重要参考书。

参与丹江口水利枢纽的设计，文伏波首任前方设计负责人

从 20 世纪 50 年代后期起，随着国民经济的发展和科学技术的提高，长江委在重点抓堤防和分蓄洪工程的同时，开展了具有防洪效益水库的建设。治江事业开始跨入第三阶段，汉江丹江口水利枢纽正是这一转变的具体体现。

丹江口水利枢纽位于湖北省丹江口市汉江干流上游山谷河段的出口处，是综合治理开发汉江的关键性工程，具有防洪、发电、灌溉、航运和水产综合效益，在技术上是三峡工程的实战准备，在调水规划上是实现南水北调中线工程的水源。

文伏波参加了丹江口工程设计的全过程。1958 年 9 月工程开工后，他又常驻工地，任工程设计核心组组长兼现场设计代表组组长，负责全面设计，协助监督工程质量。

丹江口兴建于"大跃进"时期，建设者是从河南、湖北山区临时召集的 10 万民工大军，"左倾"的影响不可避免。临出发前，林一山专门向他交代了三句话：第一，严重影响质量安全，且难以补救的，坚决不让步；第二，影响质量，但事后可以补救的，还是坚持，但可适当让步；第三，纯粹施工方案和方法，只要不影响质量，不必多提意见。这三句话，文伏波不仅牢记在心，还经常讲述给他的同事和以后驻工地人员听，以此成为设计人员处理问题的原则。

为适应民工队伍土法施工的形势，文伏波与设计人员一起，审时度势，及时提出了将坝型由原设计的混凝土轻型大头坝改为重力坝的方案，同时结合实际制定开挖处理规程，日夜在现场监督检查基础质量，并对施工中发现的大型破碎带交会区采用钢筋混凝土楔形梁等措施，尽量做到方便施工。

1962 年，丹江口主体工程因质量事故暂停，做机械化施工准备。此时正值国家遭遇三年严重困难，加上"大跃进"的失误给国民经济造成很大困难。随后国家实施了"调整、巩固、充实、提高"的方针，丹江口工程被压缩规模，由一次建成改成分期建设，确定的初期规模为正常蓄水位 157 米，库容 209 亿立方米，装机容量 90

人
物
篇

万千瓦（后期规模为正常蓄水位170米）。

文伏波与广大设计人员一起，遵照周总理的批示，夜以继日地工作，及时完成大坝混凝土补强设计轮廓方案、混凝土防裂及裂缝修补技术和机械化施工方案，这两项设计保证了复工后的工程质量和按计划正常施工。

艰难的条件，使文伏波和他的同事们必须以高度的责任心和政治热情，一切从实际出发，深入第一线调查研究，走群众路线。这种理论联系实际的作风，形成了长江委的一代人风、学风，有着鲜明的时代特征。

在葛洲坝水利枢纽，文伏波为工程设计的主要负责人之一

1970年，在"文化大革命"中刚被解放的文伏波与曹乐安、张瑞瑾教授等一道，由湖北省省长张体学点名到葛洲坝工程指挥部。文伏波任勘测设计团参谋长，曹乐安等任副参谋长，开展葛洲坝工程的初步设计工作。

举世闻名的葛洲坝水利枢纽是在长江干流上兴建的第一座水利枢纽，位于宜昌境内，是三峡水利枢纽的航运梯级和反调节水库。但由于上马过于急迫，葛洲坝工程从其诞生的第一天起，就面临着三个棘手问题。第一，它在"文化大革命"中上马，必然会在"左倾"影响下走一段弯路；第二，作为三峡工程的反调节水库，葛洲坝工程本应安排在主体工程之后，或同时进行，可工程提前上马，将使低矮的葛洲坝不得不承担本应由三峡高坝完成的众多复杂技术难题；第三，它集防洪、发电、航运等多种效益于一身，技术复杂、涉及面广、综合性强，必须协调多方对它的不同要求。

由于葛洲工程在基本设计方案尚未拿出便匆匆上马，致使工程建设从一开始就困难重重。1972年底，经周恩来总理决定，主体工程暂停施工，成立以林一山为主要负责人的葛洲坝工程技术委员会，文伏波被确定为长办的主要负责人之一，兼现场设计代表处处长。由于他在技术上的突出成就，稍后又任命他为长办副总工程师。

在重新设计期间，文伏波与同事们一起进行了补充地质报告及岩基试验，弄清了基岩中的软弱夹层的分布规律和性状变化，提出了可靠的基础处理、泥沙、枢纽布置方案，对大江截流、围堰工程、泄水闸、水轮发电机组、大型闸门和启闭机、南津关航道整治等关键技术问题进行调研，通过科学试验予以解决。

文伏波对葛洲坝工程的贡献，以取消过鱼建筑物、挖除葛洲坝小岛、取消大江五孔冲砂闸三项成果最为人所称道。它们都完全打破了人们的思维惯性，效果却极其理想。取消鱼道节约了大量经费，挖除葛洲坝小岛使一系列困扰工程的水力学问题得以解决。而取消大江冲砂闸，硬是让大江在有限的空间内多装了4台机组，将葛洲坝工程的装机容量由221.5万千瓦提高到271.5万千瓦，经济效益大幅增加。

葛洲坝工程是由我国自行设计、施工的大型综合性水利枢纽，它以磅礴的气势巍然屹立于万里长江之上。它的建成标志着我国的水利工程技术水平达到了一个前所未有的高度，并为兴建三峡工程做了实战准备。其大江截流工程、二江工程分别获国家优质工程优秀设计金质奖和银质奖；葛洲坝二、三江工程及其水电机组获首届国家科技进步特等奖，文伏波均为主要获奖者之一。

治江根本规划——"长流规"的主要负责人

1984年，文伏波被确定为《长江流域综合利用规划修订补充报告》（以下简称《长流规》）的项目经理，领导了这部号称"治江宪法"的修订工作。

最早的《长流规》是长江委联合有关部门，在苏联专家的帮助下，编制完成的《长江流域综合利用规划要点报告》，在1959年得到中央批准，并指导了以后数十年的治江实践。但随着国民经济发展、治江经验积累和科技水平的提高，这个规划已显不足，必须补充修订。

根据国家关于制定长远规划的意见，长江委被确定为流域规划的主要编制单位和汇总单位，文伏波同志任项目经理，组织委内各主要部门和参编兄弟单位的大量技术人员，根据中央提出的"统一规划，全面发展，适当分工，分期进行"的方针，对长江流域的水资源和经济发展趋势做了切合实际的科学分析与论述，提出了长江水资源开发利用、防洪、治涝、水力发电、航运、水土保持、城镇布局及干流和19条支流开发等诸多规划。

历经数载，《长江流域综合利用规划修订报告》，共经过五次审查，最后浓缩为《长江流域综合利用规划简要报告》，于1990年6月经国务院批准。国务委员陈俊生对此作出了高度评价，从而为相当一段时期内合理利用长江水资源勾画出又一幅宏伟蓝图，为依法治理长江提供了依据。

《长江流域综合利用规划简要报告》是《中华人民共和国水法》颁布后第一个通过国务院审批的大江大河流域规划，体现了长江委和有关部门近40年的工作成果，获水利部1994年科学技术进步奖一等奖，文伏波为主要获奖人。

由于文伏波对治江事业作出的突出贡献，1994年，他被评为中国工程院首批院士。

从重新论证到正式施工，文伏波在晚年迎来了三峡工程

20世纪80年代，葛洲坝工程设计工作接近尾声，长江委的主要技术力量投入三峡工程的规划设计中。

三峡工程凝聚着长江委几代人的心血，在职时，文伏波主要在丹江口和葛洲坝

的工地，对三峡工程涉及不多，随着葛洲坝工程的兴建，三峡工程迎来了难得的历史机遇，他与同事们从自己参加水利工程的实际工作出发，认识到移民在水利建设中不可替代的作用及广阔发展前景，向长江委原主任黄友若建议成立专门机构。1983年，长江委库区规划设计处成立，成为国内组建最早、实力最强的水库移民专业队伍。

1986年，文伏波从长江委副主任的岗位下退下来，任长江委技术委员会主任。在这一年，他参加了三峡工程重新论证工作，任施工专家组专家和三峡工程重大科学技术研究"七五"计划国家重点科技攻关项目施工专家组专家。

在论证期间，三峡工程施工期对外交通问题引起了较多关注。有些专家主张以铁路为主，另一些专家主张以公路为主。文伏波组织长江委设计部门进行反复比较，深入论证，并请铁道部审定专线建设工期为四年，交通部审定准一级全封闭公路工期为2.5年。在此基础上，长江委提出专题报告，推荐采用建专用公路、辅以水路运输的方案。论证领导小组认为，铁路方案和公路方案在工程施工期都能满足对外交通的需要，但铁路投资高，而且是断头路，工程完建后作用将大减，而公路能够长期使用。决策部门最终确定采用建公路的方案。实践证明，这一决策是完全正确的。

1989年3月，三峡工程的重新论证结束；1992年4月，七届全国人大五次会议表决通过了《关于兴建长江三峡工程的决议》；1994年12月，工程正式开工。文伏波又组织有经验的部分技术委员对施工设计与一些质量事故处理方案进行跟踪咨询，一年至少到工地4次，所提意见大多数被采纳。对现场的设计人员起到了"传、帮、带"的作用，保持了长江委在工程技术上一切从实际出发、实事求是的优良传统。

把一切献给长江，文伏波的终身愿望

文伏波在担任技术委员会主任委员期间，给技术委员会的定位是"拾遗补阙，帮忙不添乱"，但并非消极对待，在具体行动上始终积极主动，只要有机会，他都会积极下工地调研，也要求技术委员会的老同志下工地，且必须写出完整的纪要，每篇纪要他都会认真审阅把关。

他把技术总结当作技术委员会的主要工作。

长江委成立55年来，开展的治江工作范围广，专业齐全。经过实践有不少专业，如大流量截流、深水围堰、万吨级船闸、大体积混凝土温度控制等，属国际、国内先进水平，值得总结提高，供后人继承和同行参考。

在文伏波的领导下，长江委技术委员会以老同志为主，老中青结合，编辑出版《大中型水利水电工程技术丛书》，以总结长江委承担的工程实践的经验教训为主，力争提高到理论的认识高度。在文伏波的主持下，现已完成或即将完成的丛书有 17 册，约 800 万字。

随着其退居二线，文伏波青年时期对地理的兴趣此时也有了延伸。他始终认为，水利地图是地图学中的重要分支，随着水利在我国基础地位的确定，水利地图学必将有较好的发展空间。组织同仁历时五年完成了《长江流域地图集》的编制出版工作。这次编图工作成立了专门机构，培养了一批制图、印刷制版人才。之后，又陆续出版了《长江防洪地图集》《长江重要堤防隐蔽工程建设图集》等。

众人眼中的文伏波——尊敬的学者、老师、长者

如果从 1943 年他考入中央大学水利系算起，文伏波与水利的结缘长达 62 年，从事治江工作也达 56 年。他将自己的一生投入治理开发长江的建设，所从事的荆江分洪、丹江口、葛洲坝和三峡工程均为各阶段治江工作的主要成就，而长江流域规划更是治江事业的纲领性文件。在漫长的治江实践中，他从一名普通的技术员逐渐锻炼成长为治江学术权威。

年富力强的长江委设计院院长钮新强将他的精神浓缩为三句话：尊敬的学者、尊敬的老师、尊敬的长者，这是对文伏波院士的中肯评价。

作为受尊敬的学者，文伏波在完成治江事业中关系重大的几项工程设计的全过程中，提出的大量科技创新建议，起到了节约投资、加快进度的作用。在理论上，他总结多年经验，笔耕不辍，完成了大量技术报告和论文，无论是设计还是著作，他获得的国家级奖励都不在少数。在 1994 年，他成为中国工程院第一批院士。然而，他却始终保持着谦虚谨慎、戒骄戒躁的作风。在设计中把质量放在远远高于进度与投资的地位，在工作中把个人的智慧放在集体的智慧中。

作为受尊敬的老师，文伏波对年轻人的培养不遗余力，总结经验耗去了他大量的时间和精力，但他却将这些经验无私地传授给年轻人，近年来还为长江委在市场经济中的发展积极出谋划策。长江委设计院人才辈出，已形成了一批年纪在四十上下、稳定的专业队伍，许多人都接受过他的指导。

作为受尊敬的长者，文伏波有一股只争朝夕的精神，他感到一种压力，长江委成立已经 56 年，治江事业也取得了长足的进步，但长江这个水资源宝库还有太多的东西需要他去发掘。他对治江事业不仅没有淡化，相反因摆脱具体行政事务而眼界更宽，眼光更高。如今，他把更多精力放在了南水北调、西电东送以及水土保持、水资源保护等更大的课题研究上。

在文院士八十华诞的茶话会上，长江委主任蔡其华指出，文伏波无论是年轻时还

人
物
篇

是现在，无论在顺境还是遭遇挫折，身上都集中体现了老一辈治江工作者志存高远、坚韧不拔的精神，如临深渊、如履薄冰、戒慎恐惧的责任意识以及勿图激扬但求行实的严谨作风。他们视质量为生命，树精品于江河，生命不息，奋斗不止，为长江委的发展壮大作出了巨大的贡献，也始终为长江委人所铭记。

文伏波的名字中有水，与水打了一辈子交道，他将他的事业传给了孩子，他的三个孩子——文洪、文潮、文丹，名字都与水和水利工程有关，其中文洪和文丹也从事水利工作，均有建树。

这个水利世家，仍在为治江事业而忙碌着。

"伏波"降浪踏歌行

乔桥

文伏波的名字，似乎与水利工作有着某种先天的默契和机缘。在近半个世纪的岁月里，他确实是在用自己的心血和智慧"治江""伏波"，丹江口、葛洲坝，直至三峡工程，这位中国工程院院士都作出了非凡的贡献。

一

1971年，北京中南海西花厅。周恩来总理在他的办公室召集水电部部长钱正英、长办主任林一山、湖北省革命委员会主任张体学等汇报长江葛洲坝水利枢纽工程的情况。当介绍到参与汇报工作的文伏波时，周恩来风趣地说："啊，文伏波，这个名字取得好，特别适合做水利工作。东汉时期的马援，就被封为伏波将军。"

文伏波生于1925年，湖南桃江人。1949年冬天，他从南京中央大学工学院水利工程系毕业，以南京军管会文教委大学专科部秘书的身份，参与接管国民党的一些大专院校，随后，被分配到长江委工作，从技术员、工程师、科长、副处长、处长，一直到长办副总工程师、党组副书记、委副主任。为规划、治理、开发祖国的黄金水道——万里长江默默无闻艰苦奋斗了将近50年。由于他从事水利工作的卓越成就和巨大贡献，他于1994年当之无愧地荣膺首批中国工程院院士。

文伏波现任长江委技术委员会主任、教授级高级工程师、水利经济研究会高级顾问。

二

作为经验丰富的水利专家，文伏波最初参与了设计荆江分洪工程。

"万里长江，险在荆江"。荆江上起枝城下至洞庭湖湖口，全长340余千米。其中，左岸有荆江大堤，右岸为荆南干堤，保护着江汉平原、洞庭湖湖区2000万亩耕地和1300万人的生命财产安全。特别是荆江大堤，堤身高一般为12米，最高为16米，一旦决堤，后果不堪设想。自荆江大堤 1542 年基本建成以来，有记载的决口就达 37 次之多，1931 年和 1935 年荆江大堤仅非要害堤段决口，就淹死 2 万余人。

20 世纪 50 年代初，长江委着手荆江分洪工作的研究。其中进洪闸——北闸是关键工程，在疏软的细沙基础上建闸，存在闸基抗滑稳定、相邻建筑物基础的不均匀沉陷、抗渗透破坏、消能等重大技术问题。文伏波在林一山与曹乐安的领导下，和长江委其他技术人员一起殚精竭虑、连续会战，终于以他们超凡的才智和丰富的经验，攻克了道道技术难关。

荆江分洪工程在 1954 年"长江之水天上来"的危急时刻，为确保荆江大堤安全度汛，确保两岸人民财产安全，起到了举足轻重的作用。

汉江杜家台工程也是与长江水情以及和长江治理密切相关的一项重要工程。汉江中下游有 1000 万亩良田和素有"九省通衢"之称的华中重镇武汉。这里由于湖泊毗连、水流纵横、洪涝灾害基本上两年一遇，1935 年的特大洪水竟淹死 8 万人。缘此，汉江中下游与荆江地区、洞庭湖地区的洪水同为长江中下游的三大心腹之患。为了扼住洪水漫溢的关键通道，使其分洪减势，文伏波参与了杜家台分洪工程的设计工作。设计中他首次采用大规模填土预压排水办法，提高了基础的承载力，将闸室与两岸连接，并采用空箱结构，克服了不均匀沉陷变形的难题。在闸下游则采用两级消能加海漫等措施，使整体工程做到了安全可靠，万无一失。

时间是检验工程设计是否合理的最佳验收者。实践证明，杜家台分洪工程建成后已运用 19 次，对缓解长江中下游的频繁水患发挥了巨大的作用和效益。该工程完工后，文伏波结合杜家台分洪工作经验，负责编制长江流域规划综合利用报告，并担任《长江流域综合利用规划修订补充报告》（以下简称《长流规》）项目经理。

功夫不负有心人，经过文伏波的不懈努力，《长流规》（1990 年修订）于 1990 年 9 月经国务院批准转发有关单位和长江流域各省（直辖市）执行。这是《中华人民共和国水法》颁布后第一部经过正式审查批准的大江大河流域规划。

《长流规》对长江流域概况和长江流域经济发展趋势做出了科学的分析和论述，并对水资源的开发利用、防洪、治涝、水力发电、航运、灌溉、水土保持、南水北调、水产、沿江城镇布局、城市供水、水资源保护与环境评价、旅游等方面提出了前瞻性的发展规划和切实可行的解决途径。

在丹江口水利枢纽设计中，文伏波在技术上亦有很多贡献。

丹江口工程是根治开发汉江的第一期工程。

丹江口水利枢纽是 20 世纪 50 年代末期开始兴建的大型水利工程。该工程由长江委设计，文伏波参与领导该工程设计文件编制工作。由于这项工程是从平原水闸设计第一次转为山谷高坝设计，当时遇到不少技术问题。开工后，任工程设计核心组组长兼现场设计代表组组长的文伏波负责全面设计，协助监督工程质量。在他常驻丹江口工地12年的时间里，风里来雨里去，仔细勘察、集思广益，最终使这些技术问题均得到较好的解决，有些在当时属国内首创。譬如：改混凝土轻型大头坝为重力坝，认真抓好基础处理，采用楔形梁办法处理破碎带基础；妥善处理混凝土裂缝，提出了系统的大坝质量事故处理方案，实现机械化施工，成功地解决了深水围堰的有关难题。

1970年10月30日，即庐山会议后不久，武汉军区和当时的湖北省革命委员会向中央打了请示报告："关于兴建宜昌葛洲坝水利枢纽工程"一事，请求中央快作决策。1970年12月26日，毛泽东主席挥笔写下了"赞成兴建此坝"的批复。

葛洲坝工程是人类第一次在世界三大江河之一的长江干流上建坝，对于这座三峡大坝的实战准备的大坝来说，成功与否，直接关系到中国人在全世界面前的形象。作为这项工程设计主要负责人之一的文伏波，深知自己肩负责任的重大，也深知建设葛洲坝水利枢纽工程必然要遇到诸多困难，主要是它的规模大，技术复杂，综合性强，一些关卡的问题都带有跨学科的性质，其规模超过了国内任何水利水电工程，某些项目还超过了当时的国际水平。

在当时的葛洲坝工程技术委员会的领导下，文伏波和长办的勘测设计科研人员，大搞科研，深入现场，与施工、模型试验厂家结合，较顺利地解决了枢纽布置、泄水闸的抗滑稳定，消能防冲，船闸通航技术、船闸大闸门的启闭技术、低水头大型机组的制造技术、大流量条件下截流和深水围堰等重大技术问题。

在葛洲坝工程兴建过程中，文伏波在工程指挥部任勘测设计团参谋长、设计局局长。他在工程技术委员会担任领导时期为设计项目负责人之一，兼工地设计代表处处长。文伏波提出建议，使二江泄水闸对准建坝后的主流位置，有利泄洪排沙，增加二江泄洪闸孔，降低了导流、截流的困难程度。

葛洲坝工程在技术上的许多特点和独创性，是众多技术人员共同努力的结果。作为工程技术领导人和组织者之一，文伏波在葛洲坝现场一干就是12年，他艰苦备尝，肩负重任，为葛洲坝水利枢纽的顺利建成作出了重要贡献。

值得一提的是，葛洲坝大江截流工程、二江工程分获国家优质工程金质奖和银质奖；葛洲坝二、三江工程及其水电机组获首届国家科技进步特等奖，文伏波为主要获奖者之一。

三

在文伏波的生命交响曲中，三峡工程是他最为美丽的辉煌乐章。文伏波被聘为三峡工程论证施工专家组专家，参与了三峡工程的有关论证。

作为长江委技术委员会主任，他领导的这个技术委员会是长江委工程技术的参谋部、咨询部。这是为充分发挥部分年龄较大、不再担任行政职务而有丰富工程经验的高级技术人员的作用而成立的。他们是长江委技术部门的坚强后盾。他们经常受长江委的委托，对一些重大的项目、技术问题提供咨询帮助，参与研究、鉴定和评审，发挥着重要的作用。

在三峡工程设计的诸多技术问题中，文伏波和技术委员会其他人员提出了很多中肯的建议和意见。例如：在左岸厂房坝段因地基发现缓倾角能、混凝土质量方面提出了一些严格要求；在三峡分县移民规划审查中，提出不要大挖大填，一定要依山就势，因地制宜；在白鹤梁水文文物保护方案、石宝寨保护方案方面，也提出了许多有益的建议，从而做到既保护了文物，又大大节省了资金。

文伏波对长江、对三峡工程充满了感情，他不仅全身心地贡献自己的聪明才智，立志"伏波""降浪"，而且对自己的子女亦寄予厚望，他的子女分别取名为"文洪""文潮"，名字都与"水"相关联；他对水利界年轻的工程技术人员更是经常相期相勉，当全国人大通过"关于兴建三峡工程的决议"时，他激动万分地写了两首诗，赠给年轻的水利工作者。

一

一朝底定四纪功，白发青丝数代同。

尚有艰难横前路，临渊履冰越险峰。

二

永记调查三结合，他山攻错亦宜参。

一代人风常记取，巍巍大坝稳如山。

两首诗寥寥 56 个字，却道尽了为长江、为三峡奋斗了数十年的老一辈水利专家得知三峡工程上马后的无比喜悦以及对后辈们的谆谆教诲和殷殷期盼！

水利界有人曾经这么说过："在一个人的一生中，能够自始至终参加一项大的水利工程，就应该算幸运了。"如此说来，文伏波这位著名的水利专家，应该算得上是极其幸运的了。他不仅同丹江口、葛洲坝、三峡这些大工程关系密切，他那非同一般的功绩还将被载入长江水利水电建设发展的史册。

江水滔滔，风月悠悠。从历史的角度讲，一个人的作用是渺小的，但是一座座无言而巍峨的大坝可以做证，一滴滴无名而又晶莹的江水可以做证，文伏波这位终生默默奋斗、淡泊名利的水利工作者，他以自己对祖国的忠诚和对人民的挚爱，用自己不懈的追求和奉献，在终日汹涌澎湃、生生不息、充满生机与活力的大江里，写进了永恒的辉煌……

纪念洪庆余同志

魏廷琤

庆余同志逝世，我又失去了一位老同事、老朋友，这也是长江治理开发事业的一大损失。

回忆1949年冬接收原国民党政府水利系统时，在以董必武同志为团长的中央人民政府接收指导委员会华东工作团的统一领导下，林一山同志率领我们往返南京、上海两地与有关方面洽商，经华东农林水利部副部长刘宠光同志安排和联系后，决定水利系统大部分单位迁往北京，小部分单位留南京。水利部秘书刘鹏夫安排原水利部人员去北京。留南京的单位有姜国干同志负责的南京水工试验所以及淮河水利工程总局。长江水利工程总局（以下简称"长江局"）则大部分迁往武汉，洪庆余同志当时在长江局工作。

在我们与华东水利部秘书沈崇刚同志商谈长江局人员的去留时，他说长江局派蒋涤泉、邢维堂、杨贤溢三位到上海，我们商定长江局档案资料、技术干部和设备迁往武汉，留一小部分在南京成立下游工程局。当时，邢维堂推荐洪庆余同志去武汉。原定蒋涤泉、邢维堂两位去武汉，杨贤溢留南京，后改成蒋留南京，杨去武汉。因洪庆余需要协助蒋工作，所以暂留南京继续完成凤凰颈闸的设计。杨贤溢同志于1950年5月来武汉，住在我的宿舍。

1951年，洪庆余同志到武汉汇报凤凰颈闸设计，我们探讨了当时有争论的蓄洪垦殖计划方案。他赞成由李仪祉先生早先提出的沿江湖泊、洼地蓄洪垦殖的设想，曾任扬子江水利委员会顾问的何之泰也竭力主张这一设想方案。但该方案并不为多数人所接受，认为这是与水争地，运用时只垦殖不蓄洪，只会恶化防洪形势。

长江委在1949年就批准了湖南大通湖蓄洪垦殖工程，经中央批准又将进行荆江分洪工程。

当时，荆江分洪工程正处于大争论的焦点，1952年荆江分洪工程一期工程完工后，这场大争论还未结束。荆江分洪总指挥部及长江委中持不同意见的部分同志将问题反映到中共中央中南局，中南局负责同志李雪峰、李先念主持会议，听取了各方面的意见，要求长江委全面总结。洪庆余同志和我受长江委党委指示，负责这项工作。当时反对荆江分洪的同志认为：由于荆江河槽淤积，沙市水位继续增高，因而 1949 年最高水位达 44.49 米，比 1931 年同流量水位增长 1 米多，要利用荆江分洪区分蓄洪水，降低沙市水位，以保证荆江大堤的安全，从而保障江汉平原广大人民生命财产的安全，这种规划设计指导思想缺少科学依据，因而工程方案也是不正确的。甚至有人说毛泽东上了林一山的当，批准了这项工程。

长江委广大工程技术干部经过仔细研究，进行了大量基本资料的分析，结论是：长江向洞庭湖分流的入湖四口洪道受泥沙淤积的影响，分流量大为减少，因而荆江水位日渐抬高，符合实际并有科学依据。1954 年长江中下游发生特大洪水，荆江分洪工程三次开闸分蓄洪水，降低沙市最高洪水位近 1 米，确保了荆江大堤的安全，上述结论得到证实。事后，李先念同志对林一山同志说：事实证明你们的结论是正确的，我完全相信了！

还有其他一些争论的问题，如分洪区在弥陀寺地区是一条窄颈，分洪流量 1 万多立方米每秒能否顺利通过？分洪闸底板设计采用弹性地基梁的设计，应用的公式是否正确？工程运用时是否安全等。在荆江分洪工程技术总结中，对这些问题都一一作出了结论。

事实证明，荆江分洪工程能按设计要求达到预期效果，工程是安全的，在 1954 年荆江分洪工程运用中得到了验证。这份荆江分洪工程技术总结报告具有历史意义，洪庆余同志和长江委广大技术干部做了一件大好事。尤其是 1953 年 2 月，我随林一山同志陪同毛泽东同志视察长江中下游时，洪庆余同志一人负责主持荆江分洪工程技术总结报告工作，报告按计划进行未曾中断，洪庆余同志作出了重要贡献。

1954 年汛后，党中央、国务院指示：要尽快完成以三峡工程为主体的长江流域规划工作。当时，我负责长江委规划室工作，洪庆余同志为规划室水文水利计算专业组组长。黄河流域规划在苏联专家组协助下先期开展，1954 年冬在北京黄河规划委员会组织了全面的介绍。由我领队，洪庆余同志协助组织长江委规划设计有关专业的负责同志 20 余人参加了汇报会。当年冬季十分寒冷，我们住在西交民巷水电总局招待所，每天早晨天不亮就赶乘公交车，到六铺炕水电总局听报告，晚上回西交民巷整理笔记并进行讨论。黄河技术经济调查报告出版后，我们又反复阅读，对开展汉江流域规划起了重要的参考作用。

开展汉江流域规划工作之初，规划室有一部分同志认为资料不足不能开展规划工作。洪庆余同志力排众议，认为资料已经足够，坚决支持抓紧流域规划工作。经过一年多的努力，1955 年上半年我们就完成了汉江流域规划工作要点报告的初稿。1955

人物篇

年苏联派遣专家组到长办进行长江流域规划和三峡工程设计，专家组组长德米特里耶夫斯基到职，我们向他介绍了汉江流域规划要点工作，他认为我们的工作深度足够，可以作出很好的丹江口工程设计。这使我们对汉江流域规划更具信心，相信能够取得成功。

1956年4—5月，水利部通知我们到北京汇报汉江流域规划和丹江口设计。我们住前门外大众客栈，前后一个月有余。水利部科技委高镜莹主任、袁子均副主任及徐乾清工程师组织审查汇报会，我、庆余和徐一心同志汇报。水利部副部长李葆华亲自主持，各有关司局负责同志参加，并邀请水电总局负责人参加。会上多次展开了激烈讨论，有时针锋相对。李葆华同志说我们舌战群儒。水利部将审查意见上报国务院，我们等待批复。这时，我任长办汉江规划设计室主任，庆余同志为副主任，工作重点已由汉江规划转入深化丹江口工程设计。1957年3月，长办调整了机构，撤销汉江规划设计室，成立丹江口工程设计室，由杨贤溢、曹乐安和我负责，正式开展丹江口工程初步设计，并提出报告给水利部。洪庆余同志在汉江流域规划和丹江口工程设计中作出了重要的贡献。

1958年2—3月，周恩来总理率国务院及有关部委负责同志和中外专家百余人乘"江峡"号轮船视察长江荆江河段、三峡坝区和库区。在武汉上船以后开始工作，第一件事就是听取我们关于汉江流域规划和丹江口工程设计的汇报，并进行讨论。总理听取各方面的意见后进行了总结，指出丹江口工程条件成熟，列入第二个五年计划准备开工，工程设计由长办负责，施工由湖北省负责。在党中央成都会议上，周恩来总理作关于三峡工程和长江流域规划的报告，正式向中央建议批准丹江口工程开工建设，中央听取了总理的建议，批准丹江口工程开工，这是20世纪50年代中央正式批准在长江流域建设的第一个大型水利枢纽工程。洪庆余同志在这项工程中功不可没。

1958年中央成都会议关于长江三峡水利枢纽工程和长江流域规划的决定下达以后，长办党委正式决定成立三峡工程设计领导小组，由我担任领导小组组长。为了搞好三峡工程设计工作，长办二级业务主要负责人都参加了领导小组。长办将丹江口工程设计室和三峡工程设计室合并，成立枢纽设计室，杨贤溢同志兼任主任，我为副主任之一，洪庆余同志为室总工程师兼三峡设计组组长。三峡设计领导小组每周开会一次，检查布置工作抓得很紧，真是不分昼夜。大家十分努力，产生了大量的设计成果。枢纽室承担了三峡大部分设计任务。这一阶段，长办参加三峡工程勘测设计科研工作的同志将近3000人。在苏联专家组的协助下，终于在1959年完成了三峡初步设计并报告上级。根据中央要加强三峡工程防护的指示，总参装备部、工程兵、清华大学防爆专业在长办九万方和工程兵北京东华园试验场开展试验研究工作，哈军工五系也参加了这项研究。时任副总参谋长的张爱萍同志曾亲赴三峡坝区视察，洪庆余同志陪同。此后，又在核试验场做了核爆效应试验，提出了工程防护的方案，认真贯彻中央关于积极准备、充分可靠和有利无弊的方针。"文化大革命"期间，我们的工作受了一些影响，但只要能够出来工作，我们就毫不动摇地继续推进三峡工程的设计。这期间，完成了作为三峡试验工程的丹江口水利枢纽工程，并按中央指示开展设计葛洲坝工程，作为三峡工程的实战准备。

改革开放以后，在党中央和邓小平同志的亲切关怀下，葛洲坝工程胜利建成，三峡工程也在党中央、国务院领导下，终于由全国人民代表大会通过，正式开工建设。经过十多年的建设，三峡工程即将全面完工。

回忆50多年来我和洪庆余同志并肩战斗的历史，感慨良多，我们都是为长江治理开发而奋斗终生，无数具体事例绝非一篇短文所能表达，抚今追昔，我们是真正的忠诚战友，没有浪费这短暂的人生。

庆余同志安息吧！

人
物
篇

洪庆余一世沧桑治水路

陈 星

洪庆余，这是一个令人肃然起敬的名字。

他曾参与长江流域的总体规划，在著名的丹江口水利枢纽工程和葛洲坝水利枢纽工程中，他都是一个非常重要的角色；在枢纽规划设计、防洪、发电等方面，他都堪称是一流的专家。与他的学识及成就成反比的是他干瘦、中等的身材，他常常整个身子都伏在厚已盈尺的资料堆中。然而，他的眼神睿智而有神，只有历尽沧桑、学富五车的人，才会透出那种独有的聪慧、那种独特的大师神韵。

洪庆余几乎没有什么特殊爱好，晚上看完新闻联播就开始伏案工作。在他办公室和家里的案头上，所有文字的东西几乎都离不开水利工程，丹江口、葛洲坝、隔河岩、万安、三峡……

这位长江委原总工程师、任长江委技术委员会副主任的教授级工程师，以他在水利工程科学技术方面作出的重大贡献，于 1994 年被授予"全国工程勘察设计大师"的称号。

一

1939 年，18 岁的洪庆余考上了武汉大学土木工程系。当时，日本帝国主义的铁蹄已踏遍中华大地。武汉沦陷，武汉大学也从风景如画的武汉东湖珞珈山迁移到了四川乐山。洪庆余在乐山完成了 4 年的学业并担任了 2 年的助教工作。1945 年，抗战胜利。为了谋得一份固定的工作，经一位同学介绍，他几经辗转从乐山来到南京，正式调入扬子江水利委员会做技术工作，开始和水打上了交道。1949 年新中国成立，长江的治理开发进入了一个崭新的时期，1950 年初，成立了长江水利委员会，接管了在 1947 年 7 月由扬子江水利委员会改组的长江水利工程总局等旧机构的基础上成立的下游局、中游局、上游局以及汉江、荆江、洞庭湖等 3 个工程处。洪庆余留在了下游局，他同新中国治水事业紧紧地连在一起，这位从旧中国走入新时代的学子踌躇满志，决心在长江上干一番事业。

不羁的长江在 1949 年发生了一次流域性的大洪水，给刚刚建立的新中国来了个"下马威"，同时也给两岸人民敲响了警钟，治理开发长江迫在眉睫。人民政府一方面组织防汛抢险，一方面沿江开展了涵闸设计、蓄洪垦殖工作。洪水过后，洪庆余参加了下游局组织的一个查勘组，到华阳河进行考察。洪庆余看到的是肆虐的洪水给人民群众带来的满目疮痍、民不聊生的悲惨景象。一些地方的群众没有种食，靠无油无盐的鱼和菱角叶子充饥，以致浑身浮肿。

　　洪庆余的心受到强烈的震撼，那一幕幕景象直到今天他也难以忘怀。也就是从那时起，他蓦然产生了一种责任感，这种责任感伴随他至今。如果说当年他跨入扬子江水利委员会的大门，不过是为了寻得一份工作，那么这时他为当年的"偶然"庆幸不已，他对自己说："要在治水这条路上一直走下去，永不回头。"

二

　　洪庆余从事长江流域水利水电工程技术工作和技术领导工作 50 余年，他的足迹遍布祖国的大江南北。1970 年，他走进了"兄弟工程"——三峡与葛洲坝。

　　一位葛洲坝工程局的文学青年几年前曾以极大的热情写过葛洲坝工程，他在文章中用拟人的手法，以葛洲坝的口吻称三峡工程为长兄。这一比拟也许对作者并不经意，但对洪庆余和长办的工程技术人员来说，这个比拟恰中了三峡与葛洲坝工程的某种内在联系。

　　奇怪，怎么"长兄"会比"弟弟"更晚"出世"呢？1970 年，当上马葛洲坝工程呼声正高的时候，当时的长江委主任林一山和麾下众多水利专家曾力阻这有悖于"自然"的"出世"方式。

　　1970 年 12 月 16 日，周恩来主持葛洲坝工程汇报会，他对林一山说："反对修葛洲坝的，你们那里有多少？可以开个名单吗？"林一山当即开了一个名单，这个名单里赫然写着洪庆余的名字。

　　1969—1970 年，洪庆余和长办一批技术专家都窝在三斗坪，进行带有"改造"意味的劳动。庆幸的是，他们依然带着三峡的各种技术设计方案、图纸，一边劳动，一边搞技术工作。也正是在这时，葛洲坝工程已热得呼之欲出。洪庆余他们接到通知：全部开赴葛洲坝，立即进行葛洲坝工程的准备工作。离开三斗坪时，是一个月黑风高的冬夜，这一批水利专家带着"人微言轻"的无奈与前途未卜的迷惘默默登上驶往宜昌的船。先上马葛洲坝？洪庆余心里有个解不开的结。他反复考虑到："葛洲坝仅仅是三峡水利枢纽的一座反调节水库，是三峡工程的一个组成部分，按照基本的建设顺序应先建三峡工程，后上或同时上葛洲坝。如果在没有三峡工程的情况下建葛洲坝工程，很明显，技术问题就复杂多了。而且对葛洲坝当时仅仅作了规划，工程的设计还来不及做，技术上的未知数太多了。这能行吗？"

1970年12月30日，葛洲坝工程在群情激奋中上马了。然而，热情毕竟取代不了科学，悲剧重新上演。葛洲坝工程与丹江口工程极其相似之处在于：两项工程同在进展神速的施工中被迫停工。

1972年，周恩来在代表国务院宣布葛洲坝主体工程停工的同时，成立了以林一山为首的葛洲坝工程技术委员会，明确工程设计由长办负责。从此结束了"三边"（边勘探、边设计、边施工）的被动局面，走入了尊重科学、精心设计、精心施工的正确轨道。洪庆余也参与了葛洲坝的修改设计工作。

葛洲坝工程在停工22个月后，于1974年10月正式复工。

洪庆余被委以葛洲坝工程船闸设计组组长，同后来担任水运规划设计院院长的梁应辰一起负责船闸设计工作。

洪庆余等专家在技术委员会的领导下全力以赴，攻克了一个又一个重大技术难题。1980年底，一期工程胜利结束；1981年6月，葛洲坝三江航道、船闸试航成功；7月，葛洲坝工程安全通过流量为12000立方米每秒百年罕见的特大洪峰，二江电厂一号机组并网发电，1986年6月大江第一台机组并网发电，1988年葛洲坝主体工程全面竣工。

葛洲坝工程先后荣获国家授予的10项大奖及多项科研设计奖。洪庆余在解决航道泥沙、枢纽布置和建筑物设计、基础处理与消能防冲等重大技术难题上都作出了重要贡献。1985年，洪庆余与杨贤溢等领衔荣获"葛洲坝二、三江工程及其水电机组"国家科技进步特等奖。这时的洪庆余，已担任了长江委总工程师，他并没有因为绚丽的光环而陶醉，而是在总结这一重大科技成果的同时将更多的精力投入到了三峡工程上。

三

1981年春节，正在葛洲坝工地的钱正英部长请洪庆余到工地汇报三峡工程蓄水位128米方案。洪庆余心里明白，这是一个信号，说明这位老部长在葛洲坝工程捷报频传时开始动三峡工程的脑筋了。洪庆余详细地向钱部长汇报了自1963年以来，长办先后研究过的各种分期建设和"高坝中用"方案，包括115米、150米、200米等分期开发方案，初期蓄水位128米，坝顶高程145米，最终蓄水位200米。钱正英问："128米的蓄水位有多少移民？"洪庆余说："20万。"钱正英听后非常高兴，认为这个方案很好。她叮嘱洪庆余，要他专门写一种128米的方案，作为三峡工程论证报告的一部分。

1982 年党的十二大制定了到 20 世纪末实现国民经济"翻两番"的战略目标，中央考虑要达到这一目标，必须有骨干工程，因此考虑有必要兴建三峡工程。

10 月，在当时的长江委主任黄友若家里，由钱正英主持召开了一个小型、有点非正式色彩但却意义重大的会议。除了钱正英和黄友若外，还有洪庆余、魏廷铮、陈庚仪等人在座。

钱正英传达了中央考虑上三峡工程的意图。三峡要搞，但不要太高，淹没损失不能太大。钱正英后来切入问题的关键：三峡就搞 150 米方案，不留"尾巴"，请诸位敞开谈谈意见。

当大家各抒己见之后，最终还是取得了一致意见：与其不建，不如低建。

1983 年 3 月，洪庆余主持完成了三峡工程正常蓄水位 150 米、坝顶高程 165 米方案的可行性报告。5 月，国家计委主持审查通过了 150 米方案的可行性报告，之后决定按照这一方案于 1983 年进行施工准备，同年开工。也就是说，自从那次黄友若主任的家庭小会之后，三峡工程从长期的勘探、规划、设计中，突然以付诸实施的姿态跳到了世人的面前，这在三峡工程史上无疑是具有划时代意义的一页。

在《治江年鉴》中有这样几段叙述洪庆余的文字：

"三峡工程论证期间，他作为综合利用规划与水位专题论证专家组顾问，对综合利用规划的确定作出了重要贡献，他还作为配合各专家组论证工作的主要技术负责人之一，全面组织、协调对重大技术问题的研究和决策，他多次参加有关三峡工程向中央的汇报，并在论证会上进行专题发言及回答技术、经济上的问题。

"此间，他多次陪同中央组织的人大、政协等三峡工程考察团，并著书撰文，帮助关注三峡工程的各方面人士了解三峡工程，对 1992 年兴建三峡工程的议案的通过，起了很重要的作用。

"他是 1989 年完成的《三峡水利枢纽可行性研究报告》和 1992 年完成的《三峡水利枢纽初步设计报告》的主要编写人和审稿人之一，结论性的意见和重要段落都是他亲自编写的。尔后，又继续指导设计人员进行三峡单项技术设计和有关专题的研究工作以及同期进行的招标设计和施工详图设计，为完成三峡工程的施工准备及开工建设，并为 1997 年实现大江截流作出新的、重要的贡献。"

这些简练而真实的文字记录了洪庆余为三峡工程所做的努力，但它们并没有记叙另外一些内容。在此期间，洪庆余患了严重的冠心病，急性早搏十分严重，他完全依赖药物来抵挡病魔。一次因药品脱销，正在北京开会的洪庆余心脏早搏频发，工作人

人
物
篇

员跑遍京城，终于在一所部队医院找到了这种所需药，才避免了病情的发展。

1994 年 12 月 14 日，李鹏总理在三斗坪向世界宣布：三峡工程开工！站在主席台上的洪庆余眼眶湿润了。三峡工程，这水利专家们心中的骄子，终于要横江出世了。

人到老年，自然少了往昔的激情，时年 75 岁的洪庆余，仿佛像一池初冬的水，凛冽而丰厚。他以一种过来人的冷静与豁达，谈起了曾经沸沸扬扬、你争我辩、你喜我怨的三峡工程。他说："我是搞具体工程的，不愿为争论、饶舌空耗时间，我也不明白当时为什么有些人根本不懂长江、不懂治水，更不懂水文水利等科学知识，怎么就敢写那些反对文章？"说到这里，洪庆余笑了起来，笑得那样淡然。

也许，水利专家不一定都能在水利史册上留下自己的名字，洪庆余对此并无他求，他已将毕生的心血融进了一座座雄伟巍峨的大坝，他将与大坝同在，他将与长江同在！

曹乐安印象

乔 桥

  曹乐安大师已离开我们 17 个年头了，想起他对治江事业特别是对葛洲坝和三峡工程所作的贡献，我们感动不已，同时也充满了对他的怀念之情。

  我于 20 世纪 80 年代初参加工作时，分在《人民长江报》当记者，第一次到葛洲坝工地采访，就常常在宜昌长江委设代处见到头戴安全帽、脚穿雨靴、面带笑容的曹总，他经常在餐厅排队买饭，完全没有大专家的架势。回到汉口也经常见到他上下班时在红楼二楼走动，当他见到走廊的灯没有关掉时，总会亲手关掉。这些细节使我对他深怀好感。后来，随着阅历日渐增多，我才知道了他更多不平凡的经历。

  曹乐安在长江委和水利界名气都很大。他生于 1915 年，湖南沅江人，早年就读于长沙青年会补习班、长沙明德中学高中部。尔后进入清华大学工学院土木工程系、长沙临时大学，1941 年毕业于西南联大工学院（清华大学），后留在清华大学和中央大学水利实验处合办的昆明水工试验室作助理研究员，曾先后负责过水工学术研究翻译、模型试验、水电厂水轮机模型设计、水土保持研述、洱海勘测、松华坝防洪大坝设计和水文观测、水文资料整理分析等多项工作，同时还担任过水利试验和水力学的助教。

  我还听说，他于 1945 年考取公费留学，被派赴英国研究水力发电工程。在英国留学期间，曾参加过水轮制造、水轮模型试验、水力发电工程等技术工作，得到有经验的英国格拉斯哥惠廉敦顾问工程师事务所的实际指导。

  曹乐安同志回国后，接受湖南大学工学院水利工程系教授的聘约。1948 年主持湖南省水文总站工作，任主任。1949 年 10 月到 1950 年 4 月在湖南省水利局任副总工程师，兼任湖南省水利局研究室主任职务。此后一直在长江委，历任设计科科长、设计主任工程师、水工室主任、副处长、葛洲坝工程设代处主任工程师等职，最后任长江委副总工程师。1989 年获我国第一批工程设计大师称号。因年事渐高，退居二线后，为长江委技术顾问。

  作为记者，我眼中的曹乐安是很不平凡的。他的一生是为多项水利工程精心设计，

人物篇

并取得卓越成就的一生。1952年建设荆江分洪工程时，他作为长江委设计科科长，具体负责长1000多米的北闸（进水闸）的设计，虽然没有以往经验，但在党的正确领导与苏联专家的帮助下，他团结工程技术人员，顺利解决了软基建闸及结构设计等关键技术问题，我国第一次建成了如此伟大的水利工程。经过1954年洪水数次开闸分洪的考验，工程安全、成功。1956年兴建的第二项五年计划重点工程——汉江杜家台分洪工程，是在冲积沙上建设的水头高、荷重大、长500多米的进洪闸，他指导用预压处理的办法，成功建设了分洪闸，后来经过十多次的开闸分洪，都是安全的。

在1956—1968年丹江口工程水工建筑物的设计中，曹乐安是主要技术负责人之一，他在基础大断层的处理和大坝质量事故处理等设计方案的决策过程中，发挥了重要作用，对工程的胜利建成作出了重大贡献。丹江口水利枢纽不仅五利俱全，社会效益、经济效益显著，而且在坝高、水库容积和工程量之大等方面，都处于当时全国的前列，使我国的水利工程设计技术水平登上了一个新台阶。在丹江口工程施工过程中，他深入工地指导水工结构的具体设计工作，为培养水利工程设计队伍起了积极作用。

曹乐安同志还是长江第一坝——葛洲坝水利枢纽工程设计的主要负责人之一，从工程开工一直到第一期工程结束，他始终坚持驻守工地，结合工程实际，解决一系列重大技术问题。葛洲坝地质条件复杂，有多层软弱夹层，他亲自在现场指导做大规模渗压模型试验，以确定泥沙夹层在动水压力之下化学物理变化情况，正确认识葛洲坝地质条件，恰当选择大坝设计的各项地质参数，领导帮助设计人员采取有效办法处理基础设计。他对葛洲坝水利枢纽工程枢纽布置的复杂问题、大坝安全监测的设计及具体施工，都作出了重要贡献。由于正确解决了葛洲坝工程基础的研究与建坝问题，他于1979年参加了第十届国际岩石力学会议，他的论文《关于葛洲坝工程的岩土力学的研究》发表在该学会年会论文集第三卷上。1985年他赴瑞士参加第15届国际大坝会议，在会上作了"关于葛洲坝工程的安全监测系统运行情况"的发言，也被收集在会议论文集的第五卷中。

需要特别指出的是，三峡工程在20世纪80年代中期，上与不上的争论非常大。我曾经与长江委的成绶台、韩德怀等4人参加了水利部三峡宣传组。那时，我们住在北京，由水利部副部长张春园当组长，我们在他的领导下开展三峡前期的宣传工作。当时三峡的上马遇到很多阻力，三峡宣传非常困难，同时也非常重要。曹乐安既是全国政协委员，又是中国工程设计大师，还是葛洲坝工程的设计专家，所以他在政协组织内很有发言权。他为三峡工程做了大量宣传解释工作，起了非常明显的促进作用。1986—1989年，三峡工程重新论证，他担任论证领导小组办公室副主任，长期驻守在北京，不仅做了大量的技术行政工作，还亲自主持编撰三峡工程问答，为三峡工程摇旗呐喊，解除一些人的怀疑与误解。可是，就在这个时期，他被确诊患了癌症。我们到武汉协和医院看他时，发现他依然是那么平静，谈起三峡工程的事情，依然充满眷念和深情。

曹乐安大师精通外语，学习刻苦，广泛浏览国际水工技术书籍杂志，因此他信息灵通、知识渊博、见解精辟。对青年同志总是引经据典，循循善诱，帮助解决一些技术困难问题，一而再再而三，耐心说明，不厌其烦。凡是接触过他的年轻同志无不交口称赞。

曹乐安对自己要求非常严格，无论是在艰苦条件下的施工工地，或是在繁华的首都北京，他总是排队买饭，与群众一起生活，从无一点特殊，一般情况下到工地都是以步代车，不轻易坐公车。

我们还知道，曹总一生热爱党，服从党的领导，依靠党的组织。他虽是"九三学社"早期成员，但始终把加入中国共产党作为自己毕生的追求，多次提出入党要求。只是党组织考虑到他作为民主党派成员更有利于发挥作用，没有及时吸收入党。1991年4月，经中共长江委党组织讨论，湖北省委批准，中央组织部同意，他成为中国共产党的光荣一员，实现了他的终身愿望。

曹乐安同志学识渊博，技术精湛，学习刻苦，精益求精，为我国水利工程的设计、建设工作作出了卓越的贡献，不愧为知名的设计大师。他对青年同志热心帮助，亲切教诲，精心培养，感人至深；他在生活上严于律己，廉洁奉公；他在政治上不断自我鞭策，追求进步，最终成为光荣的共产党员，堪称从旧社会过来的知识分子的楷模。

1991年，曹总因病医治无效去世，终年76岁。他去世的时候，我到医院去向他道别，并以一名水利记者的身份，写了这样一副挽联：

乐乎，苦乎，一生劳顿一生累，唯大坝巍巍，可作碑石，永慰大师魂；

安矣，静矣，从来淡泊从来怡，有高风爽爽，化为箴言，长励后辈心。

国坝之基

孙军胜

在改革开放的新时期，三峡工程建设一帆风顺，各大新闻媒体一直跟踪报道。云集工地的新闻记者，都曾被郑守仁高风亮节、优化设计、无私奉献的事迹所感动。连篇累牍的报道，使他的名字广为人知。他成为现场技术设计的"形象大师"，在他身上集中体现了"求真、务实、奉献"的水利精神和"团结、奉献、科学、创新"的长江委精神。

长江委总工程师郑守仁是首批三峡优秀建设者之一。作为一名水利工程师，三峡工程是郑守仁治水生涯的巅峰杰作。

出征告捷　誉载金榜

1993年初夏，隔河岩工程建设已接近尾声，郑守仁开始驻守三峡工地的新里程。此时，他已历经陆水、乌江渡、葛洲坝的洗礼，期待完成三峡工程的梦想。1994年，长江委的总工程师，作为前方技术"总指挥"的他担负起主持三峡工程设计总成及现场勘测、设计、科研的重任。

三峡工程号称"全球一号水电工程"，有20多项经济指标名列"世界之最"，被形象地称为"世界水电难题题库"。其中，两次截流实施郑总主持提供的技术方案后，颇为精彩。

第一次的1997年大江截流，由于在葛洲坝工程形成的水库中实施，水深超出一般特大型工程截流水深的两三倍，而最大的障碍是江底20多米的软淤沙。水工模型试验表明，若深水中高堤重压，截流戗堤进占过程中就会使淤沙滑出，堤头随时可能坍塌。

"这是截流施工的重大隐患！"主持过葛洲坝、隔河岩截流的郑守仁敏锐地察觉到问题的严重性，为此，他冥思苦想，夜不能寐，常靠服安眠药才能强行休息一会儿。郑总常对设计人员说：三峡工程大江截流是牵动全国人民关心的大事，也是我国社会主义建设取得辉煌胜利的标志之一。实现高质量的截流，首先就要保证安全施工，若因戗堤坍塌而贻误战机或造成人身事故，作为设计单位，无论什么理由都不能原谅自己，更不能被人所原谅。设计工作者的责任就要以模型试验成果为依据，作出最佳设计方案供截流指挥机关相机决策，确保截流一举成功。郑总反复思考后认为，深水围堰截流戗堤堤头坍塌问题，虽然现象上表现有一定的随机性，但其实质是许多因素共同作用的结果，与水深、流量、流速、落差、渗透压力、抛投材料大小、级配、抛投强度等诸多因素有关，也是这些因素影响的必然结果。在这诸多因素中，"深水"是主要矛盾。此后一个多月，郑守仁查阅世界水利施工的文献，多次组织专家会诊，反复进行模型试验，创造性地采用了"人造江底，深水变浅"的方案，即预平抛垫底设计方案，即在正式截流前一个枯水季，用石渣料把截流江段江底的淤沙"压住"，将大江截流龙口深槽河段最大水深 60 米预先垫至水深 40 米以内，使深水相对变浅，将江底抬高到安全高程。这样既可减轻戗堤坍塌程度、增强安全施工有利因素，又可降低截流冲刺时的抛投强度。预平抛垫底方案一经实施，大江截流有惊无险！

三峡工程大江截流设计获国家优秀设计金奖，其技术成果荣获国家科技进步奖一等奖，跻身于 1997 年世界十大科技成就之列。

继大江截流之后，2002 年三峡导流明渠截流是水电史上又一次严峻挑战。明渠截流其规模虽不及大江截流，但不仅流量大、落差高，而且人工开挖的江底平整光滑，龙口合龙能量世界第一，而截流抛投材料难以"立足"，施工综合难度世所罕见。

出乎意料的是，截流前夕，郑守仁胸有成竹地对外宣称：截流合龙已是胜券在握。自信源于丰富的截流设计经验，源于精心的技术准备。曾经立下葛洲坝工程大江截流功勋的郑总，带领设计人员对多种截流方案反复比较，最终决定采用建"水下拦石坎"形成"江底加糙"、上下游围堰同时进占等重大技术措施，保证截流顺利实施。

2002 年 11 月 6 日，郑守仁的预言变成了现实。导流明渠截流被媒体选入 2002 年十大科技新闻。

严抓工程质量　牢记国运所系

"千年大计，国运所系"，三峡工程的质量关乎中华民族的千秋大业。作为设计总成单位的总工程师，神圣的使命感和高度的责任感驱使郑守仁把工程质量看得高于一切。"能够让我负责三峡工程的设计工作是我的幸运！"郑老如是告诉记者。他反复强调正是国力的强盛和科技力量的发展，使得他能够在有生之年担此重任。

"三峡工程的成败首先在设计，一流的设计才有一流的工程。"他反复叮嘱设计人员，要牢记周总理当年在葛洲坝"战战兢兢、如临深渊、如履薄冰"的谆谆教诲，以科学严谨的态度，竭尽全力把三峡工程设计工作做好。郑守仁也时刻提醒自己。

人
物
篇

1997 年，郑守仁身为中国工程院院士，但是三峡工程重点部位的基础验收，他仍要亲自到现场，以无私无畏的胸怀团结参建各方严把质量关，并主持编写了 130 多万字的《水利枢纽工程质量标准及监控》一书。

1998 年春节，左岸非溢流坝 13 号坝段进行基础验收。经过几个来回，直到大年三十，仍未达标。正月初一清早，郑守仁直奔现场。"大过年的，验收可能会轻松一些。"施工单位心存侥幸。没想到一向温和的郑守仁就是不给面子，一一指出基础处理的缺陷后，耐心说服施工人员："基础不牢，地动山摇。三峡主体大坝基础万万不能马虎。否则将留下无穷隐患，我们将成为千古罪人！"直到施工单位将基岩裂隙、松动块石等地质缺陷处理妥当，他才同意验收。他这种对工程高度负责的大无畏精神，深深打动了参加验收的各方代表。

郑总在现场特别强调把确保工程安全和工程质量放在优化设计的首位，在审查升船机承船厢高边坡设计图时，提出增加排水洞以保证高边坡运行安全；为解决左厂房 1—5 号坝段基础深层稳定问题，坚持采取综合处理措施以确保安全。如为了探索三峡工程岩石高边坡开挖工艺问题而进行的"火焰切割"试验，在没有任何经费来源的情况下，郑总仍想方设法积极支持，终于获得了满意的试验成果。当看到多头转包，施工质量没有保证时，他又奔走呼喊，直抒己见，不怕得罪人。验收时，郑守仁更是丁是丁，卯是卯。凡不符合设计要求的地方，绝不"少数服从多数"。他对发现的工程质量问题除向各有关单位反复强调进行处理外，还提出技术处理措施补救，不留隐患。对国家负责，对人民负责，对工程负责，对历史负责，这是郑守仁一贯的信条。这四个"负责"也是人们对郑守仁的总体评价。1995 年，他被业主授予首批"三峡工程优秀建设者"称号。

长江设计院副总工程师王小毛说，三峡工程三期工程设计要求是在二期的基础上总结提高，因此，郑总生怕我们有任何疏忽。曾长年跟随郑守仁的现水利部总工程师刘宁由衷地赞佩道："郑总为了三峡工程质量能达到一流水平，就是舍弃他自己的一切也在所不惜。"

实施精细设计　喜获双赢成果

虽然郑守仁自身工程实践经验丰富、技术精湛，又是前方的"一号首长"，但他从不将个人意见强加于人，技术民主、科学决策是他的一贯作风。他曾对记者说："建水利工程不是解数学题，不是靠个人的力量，靠的是一个群体。"因此，每遇重大技术问题，他都要组织开会讨论，集思广益，多方案比选，既要保证质量，又要算经济账，然后慎重作出决策，并主动承担责任。

进军三峡的第一仗——右岸一期土石围堰优化设计就是典型的一例。

三峡大江截流的准备是随着右岸一期土石围堰的破土动工而拉开序幕的。围堰是右岸一期工程的生命线，也是施工准备阶段的重点项目。一期土石围堰建设的成败或快慢，不仅直接影响右岸工程的进展，更关系到大江截流准备的整体计划安排，务必确保首战必胜。围堰的基础地质条件是粉细砂层，它强度低、易液化、易发生流土型的渗透破坏等不良性状，是围堰施工的"禁区"。一般工程采取的措施是进行全面清淤，以保证围堰安全运行。然而，三峡工程一期土石围堰轴线全长 2500 余米，围护基坑面积 75 万平方米。在如此之大的范围里，采用传统的清淤方法，不仅投资巨大，而且工期拉长，这样必将严重影响整体计划的安排。郑守仁最先考虑的是土石围堰设计方案的优化问题，这是成败的关键。

怎么办？郑守仁凭着长期工程实践的知识积累，深思熟虑后提出：能不能采取排淤挤淤的办法，将一期土石围堰直接建造在粉细砂层上，这样便可赢得时间，缩短工期，并可节省工程投资。他将这一设想提出来和有关专家及导流设计人员共同讨论，反复研究，还组织土工科研人员进行多项试验。在获得了充分科学依据后，最终提出了"内堵外排，保留粉细砂"的处理方案，较全面地处理好了堰基粉细砂问题。在围堰施工实践中，又遇到了堰基块球体和强风化岩石坚硬团块等不利地层，给围堰防渗造孔带来了困难。这些想不到的困难问题出现后，郑守仁和有关设计人员一起天天蹲在围堰工地上，配合施工部门共同想办法，终于提出了适应不同地层的防渗处理方案，保证了一期土石围堰的顺利建成。经过 1994—1997 年 4 个汛期洪水的考验，堰基渗水甚微，运行情况良好。以直接在粉细砂层建造围堰的新技术为核心的"三峡一期土石围堰基础处理及施工方法优化研究"成果，经专家评定：该项成果总体上达到应用技术领域国际先进水平。三峡一期土石围堰建造在粉细砂层上，经过科学处理，保证了工程质量，节省了近 6000 万元工程投资，并为三峡工程混凝土纵向围堰浇筑提前了 10 个月的工期，同时也为三峡工程大江截流奠定了坚实的基础。一期土石围堰的成功实践，不仅为三峡工程二期围堰设计施工积累了经验，也为大江大河，特别是在泥沙中建造水电工程提供了可供借鉴的宝贵经验。

在三峡工地常常是背水一战，二期围堰的防渗设计，又是一个中外尚无先例的难题。高达 70 多米的防渗墙，工期又受到极大的限制，采用什么手段和使用什么材料才能高速优质地筑起一道横卧长江并抵挡狂澜的土坝心脏——防渗墙？再如三峡工程高边坡控制爆破与快速开挖的矛盾怎样解决？船闸高边坡施工程序怎样布置最有利？等等，这些问题虽早在"七五""八五"国家科技攻关中作过研究，但现在已进入了实施阶段，设计上必须提出具体的技术要求以指导施工。三峡工程许多建筑物处于高边坡之下，最突出的是永久船闸，它1600多米长的主体结构段全被夹在两面陡坡之间，最大坡高200多米。特别是闸室直立墙最大坡高60多米，形成了高边坡下面的高陡坡，这都为当今世界水电工程所罕见。如何保证这些高边坡开挖施工与运行的稳定安全，是三峡工程重大技术问题之一。在设计上凡能优化的，郑总宁愿自己找麻烦，也要想些省钱省工的办法。如三峡工程混凝土纵向围堰设计方案本来已经审查通过，按理就算脱手了。郑守仁却感到混凝土纵向围堰多少还有点伸缩的余地，若能缩短一点儿，就能节省一笔钱。他将自己的想法提出来后，又经水工模型试验验证，确有缩短的可能性。在获得了科学依据的基础上，经过各有关专业设计人员的共同研究，最终将混凝土纵向围堰上纵段长度缩短了50米，节约混凝土约15万立方米，仅就混凝土价格而言就可节省工程投资数千万元。

在三峡工程一期土石横向围堰设计中，解决了在深厚的新淤沙层上围堰基础的稳定、液化、防冲问题，优化混凝土纵向围堰上纵弯段的弧形布置，节约混凝土23万立方米。一期混凝土纵向围堰节省混凝土24万多立方米，一期土石坝围堰茅坪溪段高喷板改为水平铺盖，节省了工程投资400余万元；二期工程左导流墙节省混凝土16万多立方米；三期上游土石围堰节省土石方10万多立方米。据不完全统计，经优化设计，仅主体工程就节省混凝土100多万立方米，节约投资3亿多元。

郑守仁作为三峡工程前线设计的"总指挥"，十分敬重我国水利水电领域的权威、学者，虚心向他们请教，认真落实他们的意见和建议；他十分倚重由退休专家组成的长江委技术委员会，每年都要请他们到三峡考察、咨询，请他们点拨、提醒；他十分重视全委工程技术人员作用的充分发挥，虚怀若谷，广纳良策。在三峡升船机上闸首基础开挖过程中，由于地质情况的变化，他及时采纳了地质人员的建议，积极组织设计人员现场勘测论证，优化了设计方案，保证了施工顺利进行。

在三峡工地十几年来，数千次现场设计技术问题讨论会，除极个别情况外，基本上都是由郑总亲自主持召开。他随时听取前方技术人员的各种建议，不断优化设计。每期《会议纪要》也都由郑总亲自审核签发，有时还亲自动笔写《会议纪要》。每次讨论会之前，根据拟将研究的主要问题，他总是约请有关专业人员做好准备，在会上介绍情况后，让与会者各抒己见，各献良策。郑总广泛听取，博采众长，然后结合自己的知识积累进行归纳总结，提出决策意见，并以《会议纪要》形式作为讨论会的成果，提供给部门及相关专业人员作为开展工作的依据，配合施工实践以检查实施效果。这每一次现场会议及其相应的《会议纪要》，都是郑守仁和他的团队奉献心血、刻苦攻关、创一流设计的战地记录，也是一部最真实、详细的三峡工程建设史和备忘录。他就以这种步步为营、稳扎稳打、各个击破、科学严谨的方法，使得三峡工程自动工以来所遇到许多与设计有关的重大技术问题都得到了圆满解决，保证了各个阶段的工程建设顺利推进。

　　"现场设计技术问题讨论会"是郑守仁在长期工程现场设计指挥实践中独创的一种务实的工作方法和领导艺术。在三峡工程现场设计实践中，他的这一领导艺术得到了进一步发展和完善，并受到了水电工程界许多著名专家的赞赏与肯定。自隔河岩工程建设开始，延续到现在的三峡工程建设过程，中外知名的两院院士张光斗教授对郑守仁主编的现场设计技术问题讨论《会议纪要》就一直非常关注，他每期必读，若偶尔脱期未收到，他还来信询问，并要求给他补齐。张教授高度赞扬郑守仁善于发挥集体智慧的领导艺术，充分肯定《会议纪要》在工程建设中所起的技术指导作用和今后的历史见证作用。这每一份《会议纪要》，都充分体现了郑守仁和他率领的设计、科研人员对科学、严谨、求实、创新的诚挚追求精神。三峡工程开发总公司总经理李永安由衷地赞扬说："郑总主编的现场设计技术问题讨论会《会议纪要》，从隔河岩建设工地到三峡工程建设过程的十几年，我每期必读。这是不可重复的、极为珍贵的第一手资料，也是郑总一步一个脚印在三峡工地最真实、最细致的写照，饱含着郑守仁同志对工程的一片赤诚之心和真知灼见。"

　　十多年来，在郑守仁的主持下，长江委召开三峡工程技术问题讨论会300多次，现场设计讨论会1600多次，形成会议纪要4400多万字，由郑守仁撰写的现场设计工作简报就有250多期、200多万字。他说："个人的力量总是有限的，集体的力量是无穷的。没有长江委的整体技术优势和综合能力，任何个人是难于成就一项事业的。"一位在郑总身边工作的工程师深有感触地说："如果说设计是工程的灵魂，那么，郑总就是我们长江委工程师的灵魂。"

真情忘我工作　　毕生忠贞不渝

　　行重于言，用行动实践理想，是郑总一贯的作风。跟了郑守仁30多年的长江委工作人员龚国文介绍，郑守仁现在一说回家，指的就是回工地。"这些年来，他最大的变化是年龄，永远不变的是他的精神。"郑守仁相濡以沫的妻子更有深切体会。

　　1963年，郑守仁从华东水利学院（现为河海大学）毕业来到长江委，跨入了治理开发长江的行列。在他参加的第一项水利工程——陆水水利枢纽建设工地上光荣地加入了中国共产党。从此，他的入党誓词"为党的事业奋斗终生，为长江——母亲河献出毕生的心血"，伴随他踏遍青山绿水，至今无悔。从陆水到乌江渡，从葛洲坝到隔河岩，一直到现在的大三峡，四十多年的治水生涯，他总是不辞劳苦、风雨兼程。

　　三峡工程的十年，所有的春节，他都在工地值班；十年中的"五一"和"十一"，

人物篇

除了参加进京的劳模观礼，他没有休息过一天。他认为白天没有干完的工作晚上接着干是天经地义的，今天的事决不能拖到明天。如此超负荷、高强度的运转，年复一年！一名高级领导干部、一位工程院院士，在工地现场工作这么长时间，全国水利系统罕见。1997年三峡工程大江截流时，他成为中央电视台《东方时空》节目的"东方之子"。面对著名主持人白岩松目的性极强的追问，他谈得最多的还是工程，是长江的治理开发，而对自己却说得微乎其微。

2001年国庆前夕，郑守仁作为全国先进工作者赴京参加劳模盛会，将登上天安门城楼观看国庆焰火。这可是令人羡慕的事！可郑守仁却坐立不安，三峡建设正进入施工高潮，他放不下工地上的事。他焦急地找到带队的同志，要求提前返回工地。当绚丽的礼花升腾在天安门广场上空时，郑守仁已悄悄踏上了返程的列车……多年来，郑总已习惯在工地过节，和岗位上的建设者们一起分享工作的乐趣。

长期驻守在工地，极为简陋的生活方式，使郑守仁积劳成疾，他患有肝病和高血压。医生要求他住院治疗，他不肯。他长期要靠安眠药入睡，每晚要吃两三粒，即使这样，最多也只能睡两三个小时。听说后来吃安眠药最多时一晚上四粒。

委领导几次让他到外地疗养一段时间，他也不同意。每次到食堂吃饭，他总是去得很晚，没赶上可口饭菜，就吃点面条，或拎上两个馒头。三峡工程开发总公司领导非常关心，要在餐厅给他开小灶，他一口谢绝，身为工地上唯一的院士，每天和大家一样，揣着饭卡排队买饭。

2005年8月，郑守仁因患重病住进了医院。人们都为郑总的病情担忧。然而，郑总担忧的却是另一种情况：他知道这次住院时间比较长，当时又正是高温季节，三峡大坝右岸混凝土浇筑正在加紧进行。混凝土温控问题他实在放心不下，因为三峡大坝一期、二期都曾出现过裂缝，三期混凝土浇筑一定要争取避免再发生裂缝。手术前的一个双休日，趁医生们不在，他心急如焚地从医院跑回了三峡工地，亲自到施工现场找施工部门负责人再三强调：要千方百计采取措施，做好混凝土的温控防裂，要让全国人民放心。回医院没几天，郑守仁上了手术台，因为他身体太虚弱，不得不输血，手术才得以顺利进行。

曾经跟随郑院士奋斗在隔河岩、三峡工地的水利部副部长刘宁，从郑院士住院的第一天起几乎每天都打电话询问病情，还利用出差路过的机会到医院探望；手术后，水利部副部长矫勇和时任长江委主任蔡其华关切地慰问看望；三峡工程开发总公司李永安总经理、技术委员会主任陆佑楣以及公司副总经理和许多部门负责人闻讯后心急如焚，十分关注，分别从北京、宜昌、昆明来到汉口同济医院关切地问候探望郑院士，了解病情及治疗方案；还有曾在工地朝夕相处的长江设计院的领导专家们，更是格外关注导师的健康。为了实现建设一流工程的共同心愿，他们结下了深厚的"三峡情"。

治疗中的郑院士对大家的关心问候心存感激，更盼望早日出院回到日思夜想的三峡工地。他心里揣着一本三峡工程的年谱，当人们前去看望他说起时，他忍不住热泪盈眶。

此时，病榻上的郑院士更加不安和焦虑，三峡三期工地如火如荼，工作如此繁忙，大家还不顾旅途劳累、抽休息日来看望自己，这不是增加了大家的负担吗？这沉甸甸的情义一直压在郑院士的心头。但是，看到昔日同甘共苦的同志们，尤其是能带来工地建设新情况，郑院士感受到浓浓的亲情，精神为之振奋。"右岸大坝预计年底全线达到高程185米的目标能否实现？""三期浇筑拆模了没有？地下厂房的施工洞打进去多少？"禁不住郑院士的询问，大家相见时更多的是商议三峡工程的要事，病房成了临时会议室。在住院的三个多月时间里，郑总身体稍有恢复后，就经常批阅文件，并通过各种渠道了解三峡工地的进展情况。

郑总因参加三峡工程建设而骄傲，三峡工程因有郑总这样有赤子之心的水利专家而幸运。

多年来，郑守仁自始至终实践着自己的入党誓词，展示了一个共产党人的高风亮节，为祖国为人民立下了卓著功勋。自1977年以来的20多年间，他先后荣获了湖北省、水电部、水利部、全国及国家有关部门共17项奖励和荣誉称号，其中有省部级劳模、优秀共产党员、有突出贡献的中青年专家，"全国五一劳动奖章"、先进工作者、优秀共产党员、优秀科技工作者称号等。1994年，被人事部授予有突出贡献的中青年专家。2001年，被授予"湖北省优秀共产党员"称号。2003年，国务院三峡工程建设委员会授予"三峡工程先进工作者"称号。2004年，郑守仁又荣获"何梁何利基金科学与技术进步奖"——他是49位"何梁何利基金科学与技术进步奖"中唯一一个水利行业的获得者。2005年，获湖北省科学技术突出贡献奖。2006刊登"难忘荆楚"十大新闻人物榜首。

更让人感叹的是，他至今仍坚持着将自己所得的奖金全部捐出的原则。2004年，他拿出何梁何利奖奖金10万元帮助在长江委工作的困难职工子女上大学，另外10万要求捐出来作为长江委技术人员专著的出版基金。

2006年三峡大坝全线到顶，5月19日下午召开的新闻媒体见面会上，80余家国内各大媒体、150余名记者前来采访，郑总成为新闻人物、采访的焦点。

2006年9月30日，国务院三峡三期工程验收委员会正式开展三期工程验收。这意味着三峡工程提前一年建成，发挥综合效益。而郑守仁并不轻松，他着眼未来，更加忙碌。

人
物
篇

2006 年 7 月 12 日，在长江委举办的领导干部科技讲座上，郑守仁作了题为"三峡工程与水利科技发展"的专题讲座。他强调，随着三峡工程的加快建设和投入运行，应注意优化调度方案，全面发挥三峡工程的综合效益，并加强安全监测，认真分析监测资料，以检验各建筑物的设计，同时要重视三峡工程投入运行后带来的库区水环境保护、地质灾害处理、清水下泄使大坝下游河道产生冲刷及河势演变对长江中下游防洪与航道影响等问题，确保三峡工程安全、可持续运行。郑守仁院士细致的讲解和深入的分析赢得了与会人员的阵阵掌声。

郑守仁向上级提出了《关于三峡工程投运后对坝下游河道冲刷亟待立专项研究及治理的建议》，国务院总理温家宝给予了重要批示。

2007 年 4 月 20 日，郑总指导三峡地下电站过渡过程模型试验工作。以后每年，郑总都要到工地好几次，除了指导工作，就是慰问"五一""十一"、元旦、春节期间在工地工作的工程建设者们。在工地过节，是郑总最幸福的一件事情。

还有一件让郑总欣慰的事：2011 年之夏，他心爱的外孙女考上了河海大学，家门有了继承水利大业的接班人。难得一笑的郑总，说到此事也禁不住喜上眉梢。

"十年磨一剑"，举世瞩目的三峡工程在改革开放的时代春风中茁壮成长，建设者们无不为之骄傲！投入运行后的三峡水利枢纽成为新兴的旅游热点，获新中国 60 周年十佳感动中国工程设计大奖。2011 年 9 月 28 日，被国际大坝协会评为"混凝土国际里程碑工程"。

2013 年 1 月 21 日，春节即将来临，郑守仁主持召开了"长江委三峡工程专题讨论会"，研讨三峡工程试验性蓄水阶段总结的有关问题。到今天，在他的工作时间表里，三峡工程依然是摆在首位的要事。

大江东去，奔腾到海，风光无限，锦绣三峡。

这座巍然傲立于世界水电之巅的国坝，凝聚了中国优秀水利工程师的聪明才智和忠诚祖国事业的心血，见证了中国水利水电工程技术的迅猛发展，映照了郑守仁报效祖国和热爱长江的赤胆忠心。

郑守仁的功名与三峡大坝同在。

我在三峡工地采访郑守仁

张　远

已经 20 年过去，但三峡工程大江截流激动人心的场面依然历历在目。1997 年 11 月 8 日三峡工程实现大江截流，这是我国现代化建设的一件大事，也是人类改造和利用自然史上的一个壮举。我有幸目睹了三峡工程大江截流这一惊天地、泣鬼神的壮举盛况，对于我来说，在那几天里的兴奋心情无法用语言表达，特别是在三峡工地上采访了忘我工作的三峡工程设计总工程师郑守仁，和一大批长江委的设计、监理、水文工作人员。所见所思，真切地体会到了长江委人为实现三峡梦的敬业与奉献精神。

一、郑守仁运筹在胸决胜截流

1997 年 11 月 5 日，领导再次派我到现场对长江委总工程师、设计代表局局长郑守仁进行采访。委里一直想宣传郑守仁的先进事迹，但是郑守仁一直忙于葛洲坝、隔河岩和三峡工程前期的工作，没有时间接受采访。另外，郑守仁很低调，不愿意谈自己。1995 年我曾经为长江委优秀共产党员郑守仁的事迹宣传，到三峡工地采访过他，还为他拍了一张头像，用在了先进事迹宣传橱窗。

也是因为我的采访不执着，再加上郑守仁工作太忙无闲暇时间，没能很好地完成采访任务。这次三峡工程截流后，可以趁着郑总工作告一段落、喘一喘气的机会对他进行采访。为此，领导又派我到了三峡工地。

三峡工程截流当天，我早早地赶到了截流现场。大江截流现场气氛隆重热烈。主席台上，面积达 1080 平方米的巨幅五星红旗格外壮观，3 万盆花草五彩缤纷，几百面彩旗迎风招展，巨大气球上悬挂着祝贺截流合龙成功的标语，航拍的直升机在空中盘旋。我用照相机记录下了这些用语言无法完整形容的壮观场面：上午 9 时，现场指挥发射的 3 颗信号弹腾空而起。刹那间，上下游围堰 4 个堤头上整装待发的车辆如同一群威武的雄狮，直逼江水奔腾的龙口。400 多辆巨型装载车紧张有序地轮番在上下游围堰堤头向龙口抛投石料，激起的阵阵浪花发出巨大的轰鸣，围堰堤头紧逼龙口，30 米、20 米、10 米、5 米……下午 3 时，下游龙口合龙。下午 3 时 30 分，上游围堰截流成功。人们欢呼雀跃，如潮的欢呼声如同一部壮美的交响乐在三峡工地回响。

在这历史性的时刻，我看到作为三峡工程设计总工程师的郑守仁没有在主席台，而是带着现场设计人员的白色安全帽，站在截流的最前沿，因为三峡工程截流戗堤的进占，堤头随时存在着坍塌的危险，施工安全潜藏着巨大的威胁，郑守仁虽然运筹帷幄，为三峡截流创造性提出了"人造江底，深水变浅"预平抛垫底方案，并为此做过无数次实验，但是，方案用于三峡截流的施工现场，这还是第一次。截流没有完成，就不能说明方案成功。我看见郑守仁全神贯注地注视着戗堤的进占，关注着堤头的施工安全。无论截流现场有多少记者围着采访，有多少同行拱手祝贺，有多少领导跷指赞扬，他仍然不被喧嚣的环境所左右。这就是郑守仁，长江委人的代表，不为名利，敬业奉献，贡献再大，功劳再多，依然默默无声。

二、郑守仁为水而生情在三峡

三峡工程截流成功后，我在三峡坝区左岸十四小区职工宿舍采访了郑守仁。一天晚饭后，晚上7点左右，郑总从十四小区监理大楼回到宿舍，我轻轻敲了郑总宿舍的门，开门的是郑总夫人高黛安，我们都称高黛安为高工。高工见是我，说道："是来找郑总的吧，请进吧。"我很不好意思地说："又打扰郑总休息了。"郑总看见我进来，说："我们一起先看新闻，完了后再采访。"我看见郑总正观看《新闻联播》，就小心翼翼地进了门，坐定后，环视了一下这个单间宿舍，房间里的陈设简陋得一览无余，两张单人床，两把木椅子，一张书桌，一个简易的帆布拉链柜，就这么简单的陈设。

那天晚上，我是第一次听郑守仁谈起他个人的一些情况。

1940年，郑守仁出生在洪患频繁的安徽淮河岸边。

1963年，23岁的郑守仁从华东水利学院毕业来到长江委，在陆水水利枢纽建设工地上他光荣地加入了中国共产党。

1974年，郑守仁从贵州乌江渡来到葛洲坝工地，担负导流围堰和大江截流设计的重任。葛洲坝大江截流是一道世界级难题，郑守仁率领技术人员奋力攻关。1981年的冬天，他提出的"钢筋石笼"龙口护底方案，确保了大江截流一举成功。长江首次腰斩。

1986年秋，清江隔河岩工程上马。时任长江委副总工程师、隔河岩工程设代处处长的郑守仁和同是水利工程技术人员的爱人高黛安在隔河岩工地"安营扎寨"，夫妻俩住进了一间简陋的办公室。里面除了简单的床铺，没有电视，没有煤气灶，更没有淋浴设备。夫妻俩天天吃食堂，有时从工地回来晚误了吃饭，就泡两包方便面对付一下。隔河岩距宜昌不过2个多小时路程，又有便车接送，但郑守仁和爱人却很少回宜昌的家。有7个春节夫妻俩都是在工地过的。隔河岩工程一次蓄水成功，提前半年发电，郑守仁作为功臣，被授予"隔河岩工程特殊贡献奖"。

1993年下半年，郑守仁转战三峡工程。此时，他已是长江委的总工程师，除全面负责长江委的各项技术工作外，还代表长江委指挥三峡工程各项现场设计工作。虽然职务上升了，但郑守仁坚实的脚步依然踏在工地第一线。

三峡工程是世界上最大的水电工程，有20多项技术指标名列"世界之最"。半个多世纪来，无数伟人的梦想，无数前辈的追求，如今要通过建设者们去亲手实现，作为三峡工程设计的总工程师，郑守仁深知重任在肩，不容丝毫懈怠。

三峡工程大江截流难度之大，前所未有！郑守仁又一次面临严峻的挑战。

截流戗堤进占过程，堤头随时存在坍塌的危险，施工安全潜藏着巨大的威胁。郑守仁为此夜不能寐，常靠服安眠药才能强行休息一会。在郑守仁集中群体智慧后，创造性地提出了"人造江底，深水变浅"预平抛垫底方案，三峡工程大江截流一举成功，并荣获了国家科技进步奖一等奖，成为1997年世界十大科技成就之一。

三、郑守仁与水利专家张光斗

三峡工程建设期间，郑守仁负责核准签发了2000多个会议纪要，编写了数百万字的《三峡工程简报》。对此，郑守仁说："为重大工程留存资料和向老专家征求意见，是一个责任问题。"的确，郑守仁不断地向全国的知名水利专家征求意见，与他们保持通信来往。在采访时，郑总拿出了水利专家张光斗先生在截流前几个月给他的信，说："张光斗老先生也是没少操心。三峡工程截流成功是大家努力的结果。"我打开信件，看到信中讨论的内容全部涉及的都是三峡工程的技术问题，并且从信中内容可以看到他们对三峡工程施工质量、技术措施管理的严格要求。这里我选取两封信件以飨读者，窥斑见豹，从中可以看到老一辈水利工作者对三峡工程的呕心沥血，对国家人民的忠诚负责。

信件一的内容为：

郑局长：

您好！

收到《现场设计工作简报》第5、6期，谢谢！

三峡工程通航建筑物的航道布置模型试验成果交流会，我也参加了，并作了发言，提出布置意见。后来我把发言整理后形成意见书寄送给技术委员会程山副主任。

关于永久船闸直立坡和竖井开挖亟待进一步加强管理，落实技术措施，设

人物篇

代局提出许多意见函告总公司，是很重要的。高边坡大多有这样高的直立坡，还有很深的竖井，开挖需要较高的工程技术措施，以保证胜利完成，边坡稳定，施工安全。这是三峡工程中特点、难点之一。岩体中裂隙漏水，不但降低岩体的力学参数，还会在岩体中形成渗漏压力或静水压力，这是导致边坡失稳的很大原因。所以必须做好岩体表面的防渗，防止雨水入渗，还要做好岩体内排水降低地下水位，排除裂隙中积水。《工作简报》中没有提到岩石防渗和岩体排水问题，特提请注意。

此致

敬礼

张光斗　上

1997 年 4 月 17 日

信件二的内容为：

郑局长：

您好！

在三峡工程通航建筑物上游导航布置会议上，您谈起：1. 上游坝面水位变动区混凝土中粉煤灰的用量问题；2. 坝面坝体内的用量差问题。

在长科院刘博士专为三峡大坝耐久性问题，上书江泽民主席、李鹏总理，后由钱正英副主席召开专家讨论会，到会的很多专家，包括吴中伟院士等，会议有纪要，其中提到上游坝面水位变动区的混凝土配合比的要求，也好你提到坝面坝体内的用量差问题，请查找这个纪要，长江委有人参加，记得王文桂同志参加了，一定有这个纪要，可供参考，如与目前规定的不同，别参照这个纪要，进一步研究一下，这涉及大坝的耐久性问题，需慎重考虑。

此致

敬礼

张光斗　上

1997 年 5 月 12 日

二十年过去，现在回忆起三峡截流后采访郑守仁，对于我也是一次人生的洗礼。郑守仁是长江委多年来一直受到广大干部职工崇敬和尊重的前辈、专家、领导，从陆水到乌江渡，从葛洲坝到隔河岩，一直到大三峡，50 多年江河路风雨兼程，他淡泊名利、默默耕耘，忘我忘家，拼命工作。在他身上充分展现了一个共产党人为党为民的高尚情怀。

傅秀堂：一个被移民事业呼唤出来的人

刘　军　李卫星

采访长江委移民工作者时，同事们多次谈到他，只因为他在三峡移民工程中的作用举足轻重。

不少人介绍他，只因为他在同事们心目中的地位不可替代。

他，就是移民专家傅秀堂，在近三十多年前就成为长江委移民工程技术人员的领头雁，一个该浓墨重彩描写的人。

"他是一个了不起的人，没有他，我们的移民工作到不了这一步。"

说这话的人已从库区处领导岗位上退居二线，所以他这样表述完全是发自内心的肺腑之言，后来又有许多人重复了这一观点。

傅秀堂，库区处第二任处长，中等个头，人较胖，戴着副深度眼镜，操着一口不标准的湖南普通话。如今，他已从长江委副主任兼设计院院长的位置上退下来，早已是业内著名的移民专家。谈到长江委库区移民专业的发展，谁都谈到了他，谁也绕不开他。

可当初，他到长江委库区处却是不太情愿的。

1985 年三峡移民工作进入紧张阶段，当时中央准备筹建三峡省，不少干部都被调到宜昌，从事组建三峡省的筹备工作。在库区处仅当了三年处长的林仙（库区处 1983 年组建）也是在这个时期被调往宜昌。谁来接替她的职务？当时长江委总工程师、后为全国工程勘察设计大师的洪庆余推荐了正在枢纽处任副处长的傅秀堂。

这位武汉水利电力学院（现武汉大学）水工系毕业的高材生听到这个消息后很不高兴，胸襟坦荡的他丝毫不掩饰自己的情绪，他立即找到当时几位党组成员谈话，表明自己的观点：

"到库区处非我所长，非我所能，非我所愿。我不愿到库区处去。"话说得如此斩钉截铁，他硬顶了一段时间。

没多时，葛洲坝 50 万伏变电站导线排架有问题，让他带队处理。当时，他是带着情绪去的，但问题却处理好了，使得几台机组按时发电，后来这个项目还获得金质

人
物
篇

奖章。他以为调动的事过去了，没想到一回到机关，任命书就下来了。

尽管他在领导面前话说得挺硬，但最终还是按期赴任，谁让他是个党员呢？

傅秀堂对库区处抱有成见是有原因的。原长江委副主任、中国工程院院士文伏波同志早在20世纪50年代就曾说过："在长办，毕业生分到两个科要哭鼻子，一个是造价科，一个是水库科。"

不管你承不承认，长江委在很长一段时间里都是"万般皆下品，唯有设计高"。傅秀堂不愿到库区处来，除了他所陈述的非我所长、非我所能、非我所愿外，更主要的是当时库区处在长江委没有地位。

单单指责长江委一个单位好像不太公平，五六十年代全国水利系统对移民工作都不太重视。1958年修丹江口水库的时候，库区有一位县长连什么叫涨水都不懂，一听说库区要蓄水，让他县里的人搬迁，就赌气地说：

"如果水涨到我的腰间，砍我的脑袋。"

库区移民专业的发展远远滞后于工程技术，这是有客观原因的，现库区处二室主任齐美苗就此谈了自己的看法：新中国成立初期，国民经济的发展需要大量的水电工程，注重水电工程技术是必然的，当时国家还无暇也没有意识到移民工程的重要性。葛洲坝水利枢纽的建成，标志着我国水电工程技术已达到国际水平，相比之下，移民专业的滞后就突出了。另外，这也与经济实力有关。改革开放以后，国力增强了，国家也有实力来解决移民问题，所以腾出手来抓移民既是认识提高的必然，也是经济发展的必然。

进入20世纪80年代后，人们对库区移民工作的认识有了一定的提高，但也仅停留在库区移民工作无外乎是查户口、量房子、算土地，连不少技术人员都这样认识。

唐登清是库区移民专业的第一个工程师。可当时职称参评，有关方面在研究名单的时候，有人甚至怀疑搞水库移民的人能不能当工程师？最终他的职称虽然被批下来了，但仿佛是恩赐给他似的。

库区移民专业在我国整体发展得比较缓慢，直到20世纪80年代初期，我国的移民工作还处在无规划、无设计、无科研、无学术、无计算机的落后状态，拍脑袋似的工作方法与已发展了近百年的水工设计相比，的确十分幼稚。长江委的水工设计到那时已形成了一个完整、成熟、严密的科学体系，集各类水工尖端技术于一体的葛洲坝工程的建成，更增加了设计人员的优越感。让傅秀堂从这个体系中出来，转到当时还处于松散、很不完善的移民专业，他的确一时接受不了。

第二任长江委主任黄友若1983年下半年果断地组建了库区处，从而使长江委的库区移民工作在组织上有了保证，这是水利系统的第一个水库移民专业机构。第一任处长林仙、总工倪奎正拉起一个初建的班子，完成了 150 米方案调查并为移民规划搭起了一个框架。但他们任期毕竟不到两年，有许多事情他们想做但因种种原因没有来得及做。

库区移民工作需要进行一个关键的转型，而负责转型的重担理所当然地落到第二任处长傅秀堂身上了。

当一个人走入他完全陌生的环境中时，往往会表现出三种状态：一是始终与环境格格不入；二是逐渐适应环境；还有一种是很快适应后又能逐渐改变环境。这第三种人就是我们常说的开拓者。这种人往往思想超前、态度坚决、行为有力。事业的发展往往离不开这种人的推动。

傅秀堂就属于第三种人。他对移民专业认识转变的思想脉络大致可以用这样一条线索概括：抵触——介入——认识——热爱——推动。

中国有三峡工程是幸运的，三峡工程锻造了几代人，三峡工程的参加者也是幸运的。移民工程是三峡工程的一个重要组成部分，从事此项世界超级移民工程的人也是幸运的。也只有通过这样的工程，才能走出一条具有中国特色的开发性移民之路。

随着三峡移民规划工作的逐步完成，一个全新的移民专业的框架已由以长江委为主的移民工程技术人员建立，尽管它还没有完全建设好，但已初具规模，已引起国内外同行的普遍关注。长江委库区移民专业水平也就因此部分在国际上领先，整体水平已位居全国首位。

傅秀堂说："我来到库区处的最大成绩就是把库区移民专业纳入规划设计的轨道，摆脱原先拍脑袋的行为，使之成为组织行为、规范行为。"这是傅秀堂本人对自己成绩的概括。说得容易，做起来却非常艰难，因为它是决定移民专业向更高层次发展的关键一步，也使库区移民专业发生了质的变化。作为长江委第二代库区移民工作的带头人，傅秀堂对长江委移民专业的发展功不可没。全国工程勘察设计大师洪庆余的确为推动长江委乃至全国移民事业发展找到了一个不可多得的人才，他对库区移民事业的贡献将随着时间的推移变得越来越清晰……

傅秀堂任库区处处长仅 5 年后就调任长江委副主任，但至今还是分管移民工作。

"在我们库区专业领导中，就属傅主任的论文多，每当三峡移民工作进入一个关键时刻，他都有论文问世，有的对当时的工作起到了很好的指导作用。"一位库区处的领导在接受采访时曾这样评价他。

他的秘书洪卫从电脑中为我们输出了一份傅秀堂历年来发表论文的目录，我们一看，的确如此。

来到库区处后，傅秀堂很快就进入了角色。当年便拿出了一篇论文：《浅谈库区移民安置规划》，这是他在思考如何将移民工作纳入规划范畴最初的一步……

第二年，即1987年，当开发性移民战略方针正式提出时，他又有两篇论文问世，其中《开发性移民初探》专门从理论上探讨这个指导性的战略方针。

1988年，他考察了泰国。回来不久，一篇《泰国的水电建设和移民安置》比较系统地介绍了泰国的移民工作情况，有一定的借鉴作用。

此后，他休笔了一年，但思维没有停止。1990年，他的《环境容量是个变量》问世了，观点很新。

在三峡工程移民专题论证过程中一位专家提到的三峡库区移民环境容量问题，让他们一下子就忙了3个月。由于他当时参加了其他工作，不是这个课题组的成员，但作为移民专家之一，这个问题对他产生了很大的冲击，他一直没有停止过对这个问题的探索。尽管在他之前也有环境容量方面的论文问世，但他的这篇论文的特点就是把环境容量作为变量来看待，突出它的不稳定性和可变性，切入的角度十分独特、新颖。

以后几年，每当移民工程进入关键时期，他都有论文问世：

1991年，三峡工程175米大规模的淹没实物指标调查过程中，他推出了《从水库"淹没人口"问题谈起》。

1991年上半年进行南水北调中线工程移民调查时，地方认为：除了淹房的人叫淹没人口外，淹地不淹房的也应算淹没人口。这样一来，淹没人口数量突破了许多。经过艰苦、细致的工作，他提出有理、有利、有节解决办法的观点，地方终于接受了长江委的调查结果。1992年，他发表了一篇论文，即《试论水库淹没问题》，在全国同行中产生了一定的影响。由于南水北调工程移民调查中暴露的这个问题具有一定的典型性，他这篇论文很透彻地谈到了如何划清这个界线，对全国所有库区的淹没人口调查工作就有了指导意义。论文发表后在国内外的影响可想而知。

1994年开始进入投资测算、安排三峡移民经费时，他的《试论移民补偿与发展》发表了。

1995年，三峡移民安置规划工作开始了，他的《长江三峡工程移民规划问题之管见》应运而生。

最值得一提的是他1996年撰写的《长江三峡工程移民的关键技术问题》一文。

新城的迁建工程逐步开始后，又暴露出了一些问题。三峡工程由于几十年的论争，国家一直不敢对该地区进行投资，所以它一直处于贫穷落后的状态。三峡工程开工后，国家将为该地区投入400亿的资金，按照一位三峡干部的话来说："从来没有见过这么多的钱。"

在如何利用这笔启动资金搞好安置区建设的问题上，一些县领导激进思想冒出来了，恨不得一步就建一个现代化的城市。于是，搞新城建设没有依山就势，而是大挖大填，扩大规模，不仅造成资金的缺口，而且还酿造了新的地质问题……

傅秀堂的论文一发表，不少领导和专家给予了很高的评价，认为既有理论性，对解决当前暴露的问题又有一定的指导意义。

直到前两年，傅秀堂还先后有论文推出……

从以上列举的事例中不难看出，他的论文实际上贯穿了整个移民工程规划阶段。可以肯定地说，在整个三峡移民工程逐步完成的同时，还会有一座移民工程理论大厦也逐步建成。当然，这座理论大厦建设需要众多工程师，但傅秀堂的位置应该在这座大厦的总工程师室里，至于他是第几任总工程师也就不重要了。长江委是百万移民工程的规划、设计单位，出一个理论大厦的总工程师理所当然。

在 1986 年重新开始的三峡工程论证期间，傅秀堂以移民专家的身份位于 412 位专家之中。十几年的时间过去了，他又以一个移民专家和移民理论家的双重身份位于国内同行之中，渐渐建立起的理论大厦为移民专业转向更深层次发展奠定了坚实的基础。

可实现移民专业从形式到内容全新的转变还需要一支实践队伍，更需要一批率领这支队伍的得力将才。傅秀堂的另一个成功之处就是能知人善用，选拔了一批率队从事移民工程出色的将才。他们中间有几个人物在三峡百万移民工作正式开始后，不同程度地起到了重要作用，一个是原任库区处总工程师汪小莲，一个是现任库区处处长周少林，还有一个是现任工管局副总工程师的赵时华。

1991 年 10 月，"175 米方案"大规模淹没实物指标调查工作开始了。

从此，一部投资数额最大、持续时间最长的电视连续剧《三峡百万大移民》开演了。她既有千军万马的场面，又有跌宕起伏的情节，更有一个个令人难忘、个性鲜明的典型人物。当然，还有我们介绍的主人翁傅秀堂。这部电视剧牵动着所有关注她的人的视线，更牵动着上自中央下至全国人民的心……

情系长江洒热血　献身三峡写春秋

——深切缅怀王家柱同志

长江设计院

2003 年 9 月 14 日，中国共产党的优秀党员、第十届全国政协委员、我国著名的水利水电专家、长江水利委员会副主任、中国长江三峡开发总公司（以下简称"三峡开发总公司"）副总经理王家柱同志走完了人生最后的里程。他带走了对祖国、对人民、对战友的无限眷念；带走了他魂牵梦萦的长江情、三峡情、骨肉情。

王家柱同志是从长江委、从长江设计院走出的一位成绩卓著、累有建树的著名水利水电专家。1963 年，清华大学水利工程系毕业的王家柱，怀着报效祖国的一腔热血投身于长江水利建设，来到了长江委施工处从事技术工作。王家柱同志先在三峡试验坝——陆水水利枢纽作现场设计，继而参加金沙江虎跳峡现场勘察设计，后转入三峡工程土石方工程施工设计，对窄河谷段的石牌、太平溪两处防护方案，重点是地下隧洞、地下厂房的施工技术进行缜密的研究。由于王家柱同志表现突出，他多次被评为长江委和长江委施工处的先进和模范。

1970 年，中央决定开工兴建长江葛洲坝水利枢纽，为兴建三峡工程做实战准备。王家柱同志奉命常驻葛洲坝工地进行前方施工设计。他先后担任施工大组组长、施工处副处长、施工处处长、长江委葛洲坝工程设计代表处党委书记等职，历经葛洲坝工程建设的全过程。在他分管葛洲坝工程的施工组织及设计工作中，王家柱同志参与主持制定了多种导截流方案和围堰设计，并首次在国内采用纵向围堰钢板桩围堰，大江混凝土块体钢筋笼块石护底单线堤立堵双向端进截流等重大施工技术，为我国首次在葛洲坝截断长江，确保长江葛洲坝工程顺利建设作出了重大贡献。由他主持的葛洲坝大江截流设计荣获国家优秀设计金质奖章。作为葛洲坝建设功臣之一，王家柱同志还因此荣获了国家科技进步特等奖等多项科技奖励，并被首批选拔评审为教授级高级工程师。其间，他还赴加拿大、美国进修学习。他还随从长江委领导陪同党和国家领导人多次视察长江，视察葛洲坝工程和三峡工程。

1986 年 7 月，水电部任命王家柱为长江委总工程师。1993 年 8 月，国务院任命王家柱为长江委副主任（兼任长江委总工程师至 1994 年 3 月）。在长江委党组领导下全面主持长江委技术和生产科研工作。在此期间，他参与组织、主持了长江委承担的《长江流域综合利用规划报告》的修订及编制工作，该报告于 1990 年 9 月经国务院原则批准，成为长江流域第一部经国家批准的法规。1989 年 10 月，由长江委设计的长江葛洲坝工程通过国家竣工验收，据此，由周恩来总理领导、林一山主任技术负责的长江葛洲坝工程宣告全面建成。他在长江委总工程师、长江委副主任的岗位上，为及时提交南水北调中线工程规划，编制长江防洪规划，开展长江上游水土保持，长江水环境保护和承建长江流域众多的水利枢纽工程中发挥了重要的作用。

王家柱同志在长江委最具辉煌的一页和最能体现他知识才华和领导技术水平的，是他参与组织实施新的长江三峡可行性研究报告的编制和配合中央对长江三峡工程重新论证。1982 年以后，长江三峡工程重新提上国家的重大议事日程。根据中央指示，1983 年，长江委提交了长江三峡工程 150 米方案的可行性研究报告；同年 5 月，国家计委组织审查，并审议通过了这一方案；1986 年，中共中央、国务院决定由水电部组织重新论证。此时，王家柱同志刚刚由施工处处长提升为长江委总工程师，成为长江委历史上最年轻的总工程师。在长江委党组领导下，在前任总工程师洪庆余的指导帮助下，王家柱组织带领长江委科技工作者全力以赴地投入到配合中央进行三峡工程重新论证工作中。其间，由长江委完成了三峡工程多种方案的比较，提供了全面详细的科学论证成果资料及 8 个单项工程设计报告。在技术民主集思广益的基础上，他本人亲自主笔撰写了新的《长江三峡工程可行性研究报告》，配合水电部组织的 412 位专家 14 个专题组，完成了重新论证报告，报告结论认为兴建三峡工程是必要的，在技术上是可行的，经济上是合理的。推荐正常蓄水位 175 米，坝顶高程 185 米，"一级开发，一次建成，分期蓄水，连续移民"的方案。论证报告及可行性报告经中央审查同意，由国务院向人大提出兴建三峡工程的议案。在此期间，王家柱同志还多次接受中外记者及我国台湾、香港记者采访，深入浅出地向全国人大代表、全国政协委员和社会各界人士、各民主党派代表宣传长江三峡工程。他还担任了由长江委和经济日报社共同拍摄的宣传三峡工程专题片的总顾问。1991 年 8 月 30 日，宋健同志主持关于三峡工程环境影响研究补充报告，长江委与中国科学院环境影响评价机构联手编制补充报告书，王家柱担任水利部门首席科学家带领长江流域水资源保护局科技人员连续奋战 3 个月，其间，王家柱同志因病两次晕倒但仍坚持到底。补充报告于 1992 年 1 月 24 日通过水利部预审，2 月 27 日通过国家终审。4 月 3 日全国人大顺利通过了《关于兴建长江三峡工程的决议》。

1994年12月，长江三峡工程破土动工。王家柱同志兼任三峡开发总公司副总经理，分管技术与设计工作。受命后，王家柱同志不顾当时自己已检查出来的身体不适的状况，毅然奔赴三峡建设第一线，这一去就是整整10年。

10年中，王家柱同志与三峡开发总公司"一班人"共同精心组织了长江三峡工程的建设。他以高度的责任感和使命感实际上承担着三峡工程建设的"设计总工程师"的重任。在三峡工程建设中，他与继任长江委总工程师郑守仁一道共同领导并组织了由长江设计院承担的三峡工程各项设计工作，并在设计与施工单位架起了友谊的桥梁，从而确保了长江委的设计意图和图纸在三峡工程建设中贯彻实施。王家柱同志充分信任，并紧密依靠长江委雄厚的设计力量，多次参与了长江委科技攻关和优化设计的研究。他对三峡工程所有重大技术问题，对建立并完善三峡工程技术决策体系和质量控制保证体系都有独到的见解和重要贡献。其中，由他主持确定的大江截流和二期深水围堰填筑、双线五级船闸高边坡开挖和稳定、混凝土浇筑和强度控制、世界最大的水能发电机组设计制造等多项世界顶尖级的水电建设技术，为保证工程建设顺利进行发挥了重要作用。王家柱同志提请长江委设计人员研究利用下游隔流堤筑堰挡水，采用干地施工的方案，是他对工程建设的独特创造，长江委据此方案编制的招标文件，加快了施工进度，保证了工程质量，仅此一项就为三峡工程建设节约投资2.7亿多元。

王家柱高度的敬业精神和舍身忘我的工作作风、深厚的科技理论水平、丰富的工程建设经验和实干精神赢得了三峡业主、设计、施工单位的一致称赞。全国政协原副主席、水利部老部长钱正英称赞王家柱为"三峡精神的杰出代表"；三峡开发总公司称赞王家柱为"水电战士楷模，三峡精神的丰碑"。王家柱同志集中体现了中国优秀知识分子的高尚品德和崇高风范：爱国为民、追求真理、挚爱事业、精益求精、质量第一、敢于攻关、开拓创新、乐于奉献。2001年下半年王家柱同志终因积劳成疾病倒在三峡施工攻坚的技术指挥一线，经医院诊断为多发性骨髓瘤晚期。2002年，王家柱病情恶化。经全国政协副主席钱正英亲自安排，王家柱同志由武汉协和医院转入北京协和医院。在病床上，他仍然不忘三峡工程建设，关注长江治理开发工作。凡长江设计院领导前往医院探望他，王家柱始终不多谈自己的病情，几乎每次探望都成了设计技术商谈会。2002年11月，长江三峡导流明渠截流前夕，王家柱通过电话指示长江委设计负责人要注意长江上游水情水文信息变化，重新校核导流底孔过流系数及设计富余量，确保截流万无一失。截流后的第三天，王家柱不顾医生的劝阻执意回到三峡工地，听取设计工作汇报，看望了长江委一线设计工作者，王家柱反复叮嘱设计人员，三峡工程建设要视质量为生命，如果三峡工程建设出了差错，对不起党对不起全国人民。长江委设计建造的任何一座水利枢纽都要经得起历史检验，三峡工程更应该万无一失。未曾想到，王家柱此次回三峡竟成了他与终生奋斗的三峡工程的永别。

王家柱同志的一生是勤奋学习、不懈追求的一生，他师从水利泰斗张光斗，又在林一山、魏廷铮、杨贤溢、文伏波、洪庆余等领导和专家的教诲下，注重在重大工程建设实践中增长才干，即使在"文化大革命"期间，他也潜心继续攻读外语，阅读大量史料。20世纪80年代初期，他还由组织上安排曾去加拿大学习了半年，从而使他知识更加丰富、技术更加精湛，并始终能站在水电科技的前沿。

王家柱同志的一生又是奋力拼搏、无私奉献的一生。作为一名领导干部，他始终指挥靠前，身先士卒，为人表率，他在长江委工作了40年，其中在野外、工地就干了36年，从而使他对工程全貌和建设全过程有清晰的了解，这对他在长江委总工程师、长江委副主任的岗位上主持技术工作，对长江及长江流域基本情况了解透彻，指导和协调重大水利枢纽的建设，解决工程中的实际问题十分有效。

王家柱同志不尚空谈、注重实效、挚爱祖国、情系江河、勤政为民、真诚待人、作风正派、生活俭朴堪称典范。在长江委领导岗位上，他坚持骑车或步行上班，他不接受更不参与任何无端的吃请。他工作中有抽烟的习惯，但都是自己掏钱买普通烟。王家柱搬家的时候，还将使用过的长江委配发的一部办公电话机，专门请身边的人上缴长江委，不占公家一点便宜。在三峡开发总公司副总经理的岗位上，他拒绝任何希望承包工程单位的礼品，一切严格按招投标制办事，从不给任何人借三峡建设之机牟取私利的一点机会。但职工有什么困难，只要他知道的都尽力而为。他曾热情接待长江委老干局组织的长江委老一辈领导和老专家参观三峡活动，并亲自为老同志带路，担任工程"导游"。长江设计院一位技术骨干夫妻两地分居，他奔波武汉宜昌两地，帮助解决了多年的难题。此类事情不胜枚举。

王家柱，一个响亮的名字将永远载入长江设计院的光荣史册，载入我国水利水电建设的光辉史册。

回忆王家柱同志

傅秀堂

王家柱离开我们已经 17 年了。作为一个终身从事治江事业，并为三峡工程设计施工和管理付出心血的长江委总工程师、副主任，他没能看到 2003 年三峡工程的蓄水、通航和首台机组发电，更没能看到 2008 年三峡大坝全线建成并蓄水到 175 米，还没能看到 130 万三峡移民喜迁新居，安居乐业，甚为遗憾。

王家柱生于 1939 年，比我大 1 岁，但我们参加高考同在 1957 年。当年是我国经济发展马鞍形的鞍部，全国大学招生名额陡降为 10.7 万人，高考难度极大。可我们偏偏都碰上了。我至今还记得当年高考的作文题是《我的母亲》，这道作文题令我对当年千军万马过独木桥式的高考场景终生难忘。以至于高考前班主任劝我填报清华大学时，我都信心不足，怕填了也是白填。加上在初中上地理课时知道中国要建举世瞩目的长江三峡工程，也喜欢上了水利，因此填报了与之相关的武汉水利电力学院（现武汉大学）的河川枢纽及水电站的水工建筑专业，并考取了，大学毕业后还被分配到了三峡工程的设计单位——长江委。而王家柱比我厉害，考上了清华大学水利系，也来到了长江委。我曾想问他成绩那么好，为什么不填时髦的机械系、电力系呢？但一直没有问。我想他大概和我一样，也是为了实现心中的三峡梦吧！

年轻时我搞水工设计，他搞施工设计，技术上交集甚少，彼此间的技术功底、业务水平都一无所知。但都在长江委食堂吃饭。我弟弟参军了，给我送了套军装；因此我时常下穿一条军裤。而他则上着一件军衣，我想大约他也有亲戚在部队吧。但他不喜欢说闲话，我们很少打招呼。

家柱同志对大是大非是保持清醒头脑的。记得在 1967 年夏天，武汉的"文化大革命"演变成了武斗，我们在长办大院待不下去了，只好住进了位于惠济路的长江工程大学宿舍里。同志们对此都很不理解，但又束手无策。一天，家柱突然在走廊上大声说："我要给中央写信，怎么会这样？"他说出了人人意中有、人人语中无的心里话。我从心底里佩服他的胆量和勇气，同时也为他担心。不过他到底写了没有，我也没有打听。但他这种不唯上、敢于追求真理的精神，给我留下了深刻的印象。

大约是 1982 年 8 月，长江委要成立机关党委，要在枢纽处和施工处推荐一名委员。当时枢纽处有党员 20 人，施工处有党员 18 人。投票结果，我们两人票数相等。我当即表态我退出选举，王家柱入党比我早，哪方面都比我强。但党员群众不同意，非要再投一次票。最后上级决定加一个委员名额，我们两个人都当选了。接着我们又同时当选为长江委第三次党代会代表。在会上见面的机会就多了，常常同桌吃饭。那时生活条件没有现在好，我每餐吃三碗饭，他只吃一碗。我问：王家柱，你怎么只吃一碗饭？他反问：吃那么多干什么？我一下子蒙了。细细想来，这话言简意赅，有深意，不愧是清华大学的高材生。后来我经常把这段对话讲给大家听，说王家柱讲话精练。我还把这一瘦身保健移植应用到工程上去。

那时三峡正在编制投资概算，希望大坝混凝土的浇筑量要少一点，节约投资。我就在大坝剖面上打主意，设法降低基底扬压力，说大坝太胖了，要让它减点儿肥。在一次三峡工程的碰头会上，魏廷琤主任对这一做法十分肯定，说傅秀堂也在减肥。

以后凡有不理解的事情，我常向他请教。有一次吃饭聊天时，讲到清朝太监娶亲。我问，太监怎么还娶老婆呢？他随即回答，那是找一个服侍他的。啊，我恍然大悟。

家柱是对水库移民有深刻见解的人，虽然他不分管移民，但三峡移民的胜利完成有他的心血和功劳。

在 20 世纪 70 年代以前，移民工作不受重视。我们的老领导、中国工程院首批院士文伏波曾经说过，在改革开放以前，大学本科生分到水库科和造价科是要哭鼻子的。我作为一个画钢筋图的工程师，在 1986 年被组织任命为库区处处长时，很不愿意。但家柱同志接触移民比我早，尤其是在加拿大扬子江联合工程公司参加对三峡工程平行论证时，看到国际上重视水库移民，因此站得高，看得远，我们也时时处处感到他对移民工作的支持。

1984 年 11 月和 1985 年 10 月，中国和加拿大政府签署谅解备忘录，决定由加拿大赠款，完成符合国际咨询公司要求的三峡工程可行性研究报告。1986 年 6 月，中国政府决定对三峡工程进行重新论证时，这个可行性报告成了国际认可的与之进行的平行论证。同月，加拿大国际开发署提供赠款，扬子江联合公司承担平行论证工作，水利部总工程师潘家铮和长江委总工程师王家柱都参与其中。王家柱也让库区处总工程师唐登清、高级工程师罗怀之和考古工程师郑梦葵赴加拿大参加了联合公司的工作。1988 年扬子江联合公司提交了可行性研究报告。主要结论是：三峡工程是一个解决防洪和改善长江航运的，具有吸引力的项目，并将是一个重要的可再生能源。没有一种现实和可行的替代方案能对长江中游起同等的防洪作用。三峡工程的效益来自防洪和发电，三峡工程在技术上是可行的，经济财务上是合理的，不存在影响工程环境可

人
物
篇

行性问题。这一结论与中国组织的重新论证报告基本相同，只是它推荐的正常蓄水位要低一些，认为 150 米和 160 米方案，移民安置是可行的，三峡工程和建火电站相比对环境影响不是很严重。

当时国际上对三峡的不同声音很大，扬子江联合公司能够得出这样的结论，其间的曲折坎坷和家柱所作的贡献，不言而喻。

1986 年，我就任库区处处长时，可能组织上看到我留恋水工技术，洪庆余总工程师把三峡工程茅坪防护坝的设计工作交给了库区处，以作为我到库区处的"嫁妆"。这种防护方案是施工处的司兆乐总工程师和他的夫人陈斌工程师提出的，欲利用三峡大坝基础开挖出来的石渣弃料，在茅坪溪的出口修一个高约 100 米的防护坝，从而避免工程蓄水淹没茅坪溪流域的 6000 亩土地和 6000 人。这一方案得到了中央领导的首肯，施工处也开展了前期工作，如粗略计算了工作量和淹没损失，对比了一下防护和不防护的利弊，并做了简单的财务分析和经济评价等。只是这项任务交到库区处后，施工处的前期工作算是替库区处做了。当时王家柱是施工处处长，洪总安排这件事时肯定征求过他的意见，我没有想到他当时会忍痛割爱，很爽快地就把他们的工作移交了。

库区处接受任务后，我安排两个科做设计，其中一个科搞坝工设计，另一个科搞泄洪建筑物设计。我当时想，这个 100 米的高坝，不打几个地质钻孔怎么能行呢？如果张光斗教授来审查，如何能过关呢？但三峡当时尚未上马，没有前期工作经费。此时，家柱接替洪庆余担任了长江委总工程师，成了我的上级，专门批准垫付 30 万元给我们打孔。后来有同志认为我们这是反对中央定下来的茅坪防护方案，还向上级反映。我说没有人反对呀，长江委垫资 30 万元打 12 个地质钻孔，是对这个防护坝质量负责。而且对防护与不防护两种方案做经济技术对比，是水利工程设计的例行规定。我们的结论是做防护比不做防护花钱多，经济上不合理，但也不等于是反对这项防护工程啊。后来这场风波最终平息。感谢家柱同志批的 30 万元为我们解了困。

家柱当上了长江委的总工程师，我这个库区处处长成了他的下级，接触就多了。有一天他把我叫到办公室，拿出一本 1985 年之前编制的三峡移民安置规划报告，翻到其中的一张表，指出各县移民淹没人口相加，总数错了。我顿时目瞪口呆，深感佩服。家柱同志办事认真，业务工作精细可见一斑。

他对库区处的关心始终未变。当时有同志认为移民是非技术工作，搞移民的申报工程师职称是咄咄怪事，甚至把这事告到水利部。但王家柱却认为移民工作只能加强，不能削弱，不仅支持他们评职称，还在 1986 年专门向库区处推荐了第一位研究生，让我这个处长受宠若惊。这位研究生就是后来长江委移民监理公司董事长、全国著名的移民专家张华忠，现在已荣升为水电总公司正厅级干部了。王家柱还向我推荐了一位武汉大学生物系毕业的学生。这些想法和我高度一致，我曾大声疾呼，留美博士参加三峡移民规划，不算屈才。

1988 年 8 月，为了学习世界银行援建的泰国水库移民的先进经验，水利部牵头组织长江委、四川省去泰国的高兰水库、斯里纳加尼水库进行考察。这是三峡工程移民的考察项目，水利部只向长江委分配了一个名额，按说应该是长江委分管移民的副主任参加的。家柱同志当时分管外事工作，他拍板叫我这个处长参加，这让我十分意外和欣喜。因为我一直希望三峡工程的移民工作尽快与国际接轨。此次考察，团长安排我写考察报告，我也不辱使命，写了 12 点体会和收获，发表在《人民长江报》上，对做好三峡移民规划起到了很好的作用，在全国也有很大的影响。

1992 年三峡工程通过人大决议上马以后，我也当上了长江委副主任。家柱几次对我说，做三峡库区受淹城镇复建一定要去看看欧洲的山地小城镇。这一建议正合我意，三峡库区有白鹤梁、张飞庙、石宝寨、丰都鬼城等文物古迹，需要保护和复建，也需要学习国外的先进经验。此时适逢三峡大坝混凝土浇筑高峰期，我正好有机会到法国学习他们在处理病险水库尚本坝和大屋抽水蓄能站处理大坝混凝土碱骨料反应的经验。同时也考察了欧洲人在城镇移民和文物古迹保护的经验。此外，在农村移民安置方面，我也有意关心他们在选种、栽培、耕作、施肥等方面的成功经验。

1994 年，在我完成了组建长江设计院的任务后，在确定院长人选时，我建议由长江委主任兼任院长，因为长江委历来都是一把手亲自抓五大处，如今，这五大处合并为设计院，院长自然由主任担任较好。但家柱同志在党委会上提出让我当，党组同意了他的看法，我也由此成为第一任的长江设计院院长。他调任三峡开发总公司副总经理后，又推荐我接任了他留下的高级技术职称评委会主任的职务。

家柱同志一辈子艰苦朴素，他身体不好，时常靠吸烟来支撑工作，而且烟瘾很大，但他抽的多是劣质烟，而且喜欢吸那种尼古丁、焦油含量大的烟，这极大地影响了他的健康。我和他始终是君子之交淡如水，他也不讲什么俗套礼教。但在 2002 年的一天，却专门到我的办公室来看我。我当时刚从瑞典考察回国，抽出一支洋烟来给他抽，问他怎么样？他深深地吸了一口，说，这是女士吸的。大约觉得不过瘾。他在我的办公室待了一会儿后，就向我打听黎安田主任的办公室在哪里？我告诉后他就离开了。他的脸色不好，我当时就有不祥的预感。

不久后，他住进了同济医院。我说，你还好，不是什么大病。他说，这次可是得了大病了。全国政协副主席钱正英关心，让他转院到了北京的一家医院。王家柱患的是不治之症，病情发展十分凶猛，医疗费用也比较高昂。其间，组织上已确定他为全国政协委员，评选中国工程院院士的手续也办得差不多了，可一切都来不及了。他病后，新上任的长江委主任蔡其华对我说，家柱也是长江委的副主任，他的医药费我们要承担一半。我向三峡开发总公司的贺恭副总经理讲起时，贺总连说不用不用。家柱也认为三峡开发总公司经费总比长江委要宽裕，他的治疗费用不需要长江委承担。可见，他的心一直是向着长江委的。

家柱去世后，长江委党组派我到八宝山为他送行。临行前，我陪蔡其华主任、周保志书记到他家，慰问了他的夫人王老师。

长江委里和他同届的清华校友，还有长江委原副总工程师陈雪英和长江设计院总工程师陈鉴。他们都和我相当投缘，陈雪英副总工程师除和我一起搞过三峡的移民规划外，还一起参加了1998年那场波澜壮阔的抗洪抢险斗争，并作出了重大贡献。陈鉴总工程师在当年还被我派到岳阳参加堤防抢险指挥工作，因为劳累过度，在一天清晨还晕倒在工作岗位上，但稍稍恢复后又投入工作。王家柱也是工作起来就忘记一切，因此同志们说，他是因工作而累死的。这两位陈总都出生于1938年，比我和家柱大。家柱离世最早，享年63岁。陈雪英离世时66岁，陈鉴总工程师离世时也不到70岁。他们三位都是工作狂，都是清华大学的高材生，都比我强，却一一先我而去了。他们把一生献给了治江事业和三峡工程，他们的离世让我内心十分难过。

如今三峡工程建成了，治江事业实现了跨越式的发展，中国经济也位居世界第二了，人民生活好了，但这三位为治江事业奉献终生的优秀清华学子却早早地走了。他们一生想的是工作和为人民服务，一生没有享过福。他们是优秀的共产党员、长江委人的骄傲、三峡的功臣，我永远怀念他们。

工程师的诺言

——记长江委原副总工程师刘宁

孙军胜

让我们把日历翻回到 1983 年。那一年，葛洲坝工程建设已经进入尾声，全国兴起了水电建设的新高潮；三峡工程 "150 米蓄水方案" 上马的呼声很高。

时任长江委主任魏廷琤亲自到清华大学，为三峡工程招聘毕业生。刘宁——这位来自东北，不到 22 岁的小伙儿，刚刚毕业于水利水电建筑专业，为魏主任描绘的世界顶级大坝动心，向往能亲手参与建设三峡大坝。于是，刘宁毅然来到了远离家乡的江城，加入长江委设计队伍。

满怀豪情的刘宁怎么也没想到，因为种种缘由，三峡工程——这枚水电皇冠上的明珠竟然又让自己等了 10 年。

1994 年，经过重新论证后，三峡工程终于开工了！此时的刘宁，已不再是那个"初出茅庐"的大学毕业生，经过万安、隔河岩等水电工程的锤炼，刘宁显示出超群的专业水平和技术管理能力，已经担任了长江委设计院枢纽处副处长兼三峡设计室主任。

年轻的三峡大坝"坝长"

三峡大坝堪称水利枢纽的"巨无霸"，工程复杂程度远超当时在建的其他水电工程。

1994 年，三峡工程从论证阶段转为施工阶段，设计由临时工程转为主体工程，承担主体工程设计任务的枢纽处紧急调兵遣将，新组成水工设计二室即三峡设计室，刘宁走马上任，当仁不让地主持挡泄水建筑物的设计工作，即三峡大坝名副其实的"坝长"，这一年，刘宁 32 岁。

用"步步惊心"来形容三峡工程的技术设计一点不为过。摆在这位年轻的"坝长"面前的是重重叠叠的难题：

第一个难题是坝型设计。

人物篇

三峡大坝属于大体积混凝土的重力坝型，由于要承担繁重的防洪任务，过水量大，因而其特点是孔多且密集。按此要求，就得在泄洪坝段布置 23 个深孔、22 个表孔和 22 个导流底孔，镂空率高达 36%；同时，在达到防洪限制水位 145 米时，还要求大坝具备 56700 立方米每秒的泄流能力。

三峡大坝既是大体积混凝土设计，实际又属于结构混凝土设计。因此需要大量的配筋，要做应力计算分析。水利泰斗张光斗也再三强调："不能在三峡做试验。"意思就是必须借鉴成功的经验，运用成熟的技术。刘宁牢记前辈的叮咛，三峡工程设计技术问题，首先要考虑安全可靠，然后才能考虑先进。

虽然水工设计正是刘宁所学的专业，但他依然战战兢兢，谨慎从事，刻苦钻研，完成并提交了具有国内领先水平的大坝结构水力学设计方案。针对泄洪量大、流速高、含沙多、三层泄洪孔结构及联合泄流运行条件复杂、下游水力衔接及消能防冲难度大等特点，设计研究了导流底孔长、短有压管体型，跨缝结构，反弧门震动及封堵等技术问题，研究了深孔高速水流空蚀、实扩止水、跌坎掺气、结构配筋等技术问题。

其中，导流底孔跨缝布置于泄洪坝段，主要承担三期施工导流任务，并在三期围堰挡水发电期间与泄洪深孔联合泄洪。导流底孔运用 3 年后，要封堵并回填。由于导流底孔运用条件变化大，孔口作用水头高，结构受力复杂。因此，这项设计是一道坎，两院院士张光斗先生曾反复叮嘱"此项设计关系到大坝的成败"，曾几次专程"钦点"负责设计的刘宁等人到北京面议，并亲自到工地爬到底孔的施工现场查看其浇筑质量。

刘宁组织技术人员对导流底孔的水力设计、结构设计、防泥沙磨损措施和封堵与回填等问题进行了反复研究，提出可靠方案。如今，已经封堵的底孔，通过实际运行检测，完全符合标准。

除坝型外，三峡大坝所处的地质条件也给建设带来了难题。在厂房 1~5 号机组坝段就存在一处地质夹层，直接关系到大坝深层抗滑稳定问题。大坝建基高程 85~90 米，坝后式厂房最低建基高程为 22.2 米，形成坝后的高陡边坡，构成了深层滑动的边界条件。这是坝基最忌讳的"硬伤"。刘宁在负责主持此项设计时，首先找准要害部位，补充了大量的地质勘探，用先进的勘探手段（钻孔取芯、岩芯定位、孔内录像）查清了缓倾角结构面的产状、分布范围及连通率；同时进行了科研设计分析论证，通过现场原型抗剪试验并辅以大量室内试验，确定了缓倾角结构面抗剪断指标，并就不同滑移模式进行了大量计算分析，相应采取了降低建基高程、封闭抽排、厂坝联合受力等 10 项工程措施。

此外，大坝浇筑仓面分缝问题也有大学问。三峡大坝最大底宽 126.73 米，分两条纵缝，横河向有 113 个坝段（含升船机上闸首），共 112 条横缝。论证期间原施工方案是通仓浇筑，后改为分缝浇筑。这就需要研究水平分层、纵向（水流方向）分为几块，这些都与工程浇筑防止裂缝、结构设计息息相关。

三峡坝址工程地质条件虽然优越，如何根据这种优越的条件来设计大坝建基岩面的开挖轮廓，达到既安全又经济的目的，一直是勘测、设计和科研等方面的重要研究课题，也是刘宁主持攻克的又一难关。

坝址岩体风化特征和可利用岩面选定，坝基岩面开挖轮廓设计及基础处理，都是设计者精心研究分析计算的结果。具体到开挖控制及岩面修整、基础固结灌浆、基础高差及台阶规定、河床风化深槽处的开挖深度、缓倾角结构面与深层抗滑稳定和地质缺陷的处理等，无不周全精细。

此外，考虑到两岸滩地和山坡部位的坝段，对基岩的要求与河床坝段有所不同，也应对弱风化带的利用加以研究。根据三峡大坝坝基利用岩体的工程地质特性和局部缺陷的处理方案以及各坝段的坝基轮廓要求，相应确定各坝段基岩面的开挖高程、水平尺寸和开口线，并据此进行建基面的开挖设计。

三峡大坝坝基范围广、工程量大，其开挖轮廓设计及相应的工程结构措施，须依据坝基的工程地质条件和大坝自身结构特点及受力状态来确定。当时进行了接触灌浆前的检查，尚未发现大坝因开挖基面高差而引起基础约束区混凝土发生贯穿性裂缝。等到三峡二期工程坝基开挖已全部完成并覆盖混凝土后。实践证明，设计所采用的原则和结构处理措施是合理可行的。由于部分利用了弱风化带下部岩体，大坝建基面平均提高了 2 米多，节省岩石挖方和混凝土分别为 50 万立方米和 43 万立方米。

刘宁他们还要解决电站引水压力管道伸缩节问题。三峡大坝的管道多达 26 条，直径更是达到惊人的 12.4 米，属于超大直径，所以内水压力超强。大坝一旦变形，可能会引起钢管的变形甚至爆裂。为避免这一潜在的风险，厂坝间引水钢管的明管段是否设置伸缩节？这成了设计研究的又一项重要技术问题。设置伸缩节，钢管受力明确，但造价高，制造、安装及运行期止水等技术问题突出。

两院院士潘家铮曾亲自过问这个难点。为此，刘宁组织设计、科研人员专门进行了攻关，他们选取一个厂房坝段，厂房水下结构和钢管作为整体进行非线性仿真计算。在研究中，通过模拟水库蓄水过程、蜗壳充水保压浇筑混凝土过程以及蜗壳钢板与外包混凝土间的接触条件对垫层管应力与变形的影响，运用基本模型计算、敏感性分析模型计算，从结构形式上比较了钢管单独受力（即明管）和钢衬钢筋混凝土联合受力方案，也研究过预应力钢衬钢筋混凝土引水管道型式。比选后按钢衬钢筋混凝土联合受力设计引水压力管道，得出总安全系数可达 2.0。最终，他们确定坝内管段选用钢衬钢筋混凝土联合受力结构，取消设置厂房岸坡 1—6 号坝段间钢管伸缩节。仅此一项就为国家节约了投资 2000 万元，并大为优化了施工工序，为 2003 年首批机组发电创造了有利条件。

三峡水利枢纽属特大型工程，为确保技术设计质量，1993 年将技术复杂设计难度大的部分共列出八个单项技术设计，1998 年完成七项，刘宁全部"榜上有名"，其中负责主持的大坝、厂房等都是单项技术设计的"重头戏"。

"天高任鸟飞，海阔凭鱼跃。"在三峡工程的熔炉里，刘宁这位年轻的"坝长"经受住了前所未有的严峻考验，专业水平得到大幅度提升，形成了"严谨认真、攻关创新"的工作信条与风格。

"如果现场施工控制得不好，再好的设计也是白费！"

三峡工程正式开工后，长江委总工程师郑守仁"坐镇工地"，不但是技术设计的总负责人，同时还兼任三峡工程设代局局长，急需有人协助分担这副重担。

1996 年，长江委任命刘宁担当总工程师助理。郑总用行动表示自己的信任，立即在他前后方的办公室里都为刘宁增加了一张面对面的办公桌，放手给刘宁压担子。最初的一段时间，老少两代工程师，无论是在工地还是在会场，几乎形影不离，这位年轻的助手很快成了郑总的"左膀右臂"。

1997 年 11 月 8 日，大江截流，工程顺利进入二期工程。这是三峡工程建设任务最繁重的关键时期。1998 年，36 岁的刘宁被任命为长江委副总工程师，成为长江委历史上最年轻的副总工程师，主要任务还是配合郑总负责三峡工程设计工作。郑总在前方工作时，刘宁就在后方协调各专业配合前方的设计工作；郑总回后方处理工作时，刘宁就驻守前方负责现场设代工作。分兵把守，增加了历练，有了提升独当一面能力的机会。

众所周知，三峡工程施工规模巨大，施工强度高，项目多。金属结构及机电设备和埋件，多与混凝土施工交叉平行作业，显得现场设计工作尤为紧张。二期工程更是三峡工程建设期间施工最紧、困难最大、技术最为复杂的 6 年，工程需浇筑混凝土 1846 万立方米，安装金属结构及机电设备埋件重量达到惊人的 19.2 万吨。

随着工程建设的全面展开，刘宁负责的专业面更宽了，压在他身上的担子也更重了，受命负责二期工程大坝厂房等重大项目的技术设计工作。作为副总工程师，他不仅要做好技术协调和统领工作，还要熟悉其他相关专业。"理论计算、设计图纸，必须在实际中得到落实和验证，如果现场施工控制得不好，再好的设计也是白费！"——他铭记着张光斗先生的这句教诲。

1999 年，在一些性能先进的设备如罗泰克塔带机尚未完全投入运用的情况下，工地就创造了年浇筑混凝土458.5万立方米的世界新纪录，并经受住了夏季浇筑大量大坝约束区混凝土的严峻考验。

2000年是三峡工程施工强度最大的一年，各主体建筑物的施工部位孔洞多、钢筋多、门槽多和混凝土标号多，制约了高性能设备的使用和发挥。在这一年，大坝混凝土浇筑量高达540万立方米，金属结构及机电设备埋件安装多达3.8万吨，再次刷新了世界水电建设史的纪录。

2001年攻坚阶段，刘宁把更多的精力投入三峡工程，先后组织并参加长江委技术委员会对三峡工程的五次技术咨询活动；参与接受国务院枢纽工程质量检查专家组在三峡工地的检查和调研活动；多次参加在北京召开的有关三峡工程的技术讨论、审查等专题会……

同年在后半段的工程缺陷处理工作中，刘宁担任工程质量缺陷处理设计方组长一职，顶住多方压力，积极协调各方矛盾，采取多种技术措施解决了浇筑混凝土裂缝等问题。

处理矛盾时，刘宁始终坚定态度，在保证工程质量上毫不含糊。郑守仁总工程师对此曾评价道："施工质量缺陷的处理，刘宁要和各方面打交道，这项工作不好做。能做到各方满意，不容易。没有严于律己、精益求精、无私奉献的精神是做不到的。"

掌控现场设计的压力就在于它是技术"交底"的最后关口。三峡工程的永久船闸为双线五级连续船闸，其边坡开挖支护，这是刘宁主持的又一场从设计到现场攻关的硬仗。

永久船闸主体段长1607米，均在山体中深切开挖成路堑式修建。最大边坡高度达到了160米。闸室边墙下部则为50～70米高的直立坡。两线船闸间要保留宽54～56米、高50～70米岩体作为中隔墩。闸室墙采用钢筋混凝土衬砌锚着于岩石边坡上并与岩体共同受力。

船闸高边坡加固措施包括防渗和排水系统及岩锚支护系统，为防止地下水影响边坡稳定，需要在船闸两侧边坡岩体内各布置7层共14条排水洞，船闸高边坡则采用岩锚支护系统这个加固措施。要达到加固效果，岩锚支护包括预应力锚索约4000束，系统锚杆、随机锚杆及坡面喷混凝土等，系统锚杆为全黏接砂浆锚杆约10万根。边坡两侧山体及中隔墩内共有3条输水隧洞、36个竖井、14条排水洞及4个通风井。这里面又包括了很多创新技术，为得到业主的支持，刘宁在前方主抓现场科研项目，重点结合现场施工开挖实际，研究边坡、中隔墩的岩体稳定控制、开挖和加固措施，服务于设计需要，及时做好现场随时遇到的施工技术问题处置和动态设计工作。

在参加并主持三峡二期左岸高程45米和120米施工栈桥的方案优化以及施工图

人
物
篇

的设计时，刘宁坚持临时工程避让主体工程、主体工程合理辅助临时工程的设计原则，协调各方认识，与设计组的同志一道，结合大坝施工实际，制定优化设计方案，节省投资达数千万元。刘宁认为，有创新就有风险，如何发挥出长江委的技术优势，保证质量，节约成本，是主导。"各方有共同的目标，就要多理解，多沟通，少误会。既然没有任何私念，技术协调工作不能一味妥协，该坚持的原则不能让步，确保贯彻落实设计方案不走样。"刘宁常常这样告诫他人。

据不完全统计，1994—2001年参加三峡设计工作的8年间，刘宁先后绘制校审了千余张图纸，主持或负责完成的三峡工程技术项目有近70项之多，最多的一年曾达10余项。

"少壮"副总工程师常深夜赶往三峡工地

其实，在参与三峡建设前，刘宁就积累了大量的水电工程建设经验。

早年间，刘宁在万安水利枢纽承担当时单级最高水头船闸设计时，大胆采用浮式导航墙技术以适应大幅度水位变化，获得成功；参加并主持的清江隔河岩上重下拱重力拱坝设计，荣获国家优秀设计金奖；主持并负责的清江高坝洲水利枢纽工程设计，设计获2002年度国家优秀设计金奖。

跟刘宁共事过的水利人都知道，他善于应对挑战性难题。

2000年4月，刘宁作为国家防总专家组组长，临危受命赴西藏易贡处置滑坡堵江，成功完成抢险救灾任务。专家组荣获西藏自治区政府授予的集体一等功。刘宁还参与并负责完成了国家"863"计划课题"高分辨率表层穿透雷达探测技术——相控阵探地雷达研究"项目，获得了国家发明专利。

在三峡建设时期，刘宁的工作以配合郑守仁总工程师为主，这位"少壮"副总工程师，有时还需要协助其他副总工程师的工作，最忙时，他的几处办公点都设了办公桌，穿插工作。

比如，2001年南水北调工程决策之际，他还主持和负责完成了中线穿黄工程初设、专题研究、分期实施方案设计等其他项目的论证工作，为方案的选择作出了贡献，立下了汗马功劳。

工作千头万绪，刘宁忙碌并快乐着，浑身有使不完的劲，经常来回奔波。查阅当年的工地考勤记录，他常常夜半三更赶往三峡工地。他适应了快节奏工作，也扛得住满负荷的超强压力。

三峡工程开工以来，郑守仁总工程师和刘宁经常加班主持设代局现场设计技术讨论会和长江委三峡工程专题技术讨论会，办公室几乎天天晚上灯火通明。刘宁至今还保留有十多本厚厚的笔记本，上面详细记载了每一次讨论过程的发言。

令人敬佩的是，刘宁平时就勤奋好学，为适应越来越重的技术工作责任，他拓宽视野，选择深造。从1996年开始坚持在工地见缝插针完成后续学业，考入武汉水利电力大学（今武汉大学）理科学与工程专业研究生，1998年顺利完成全部课程毕业，获硕士学位后，又顺利考取了武汉水利电力学院水文及水资源专业博士研究生，并于2000年获工学博士学位，2003年又继续在中南大学管理科学与工程博士后流动站完成了研究工作，顺利出站。

"现代水利需要跨学科学习。水利工程不只是水工专业，不单纯是工程技术问题，而是与社会、人类活动、自然环境都有关系。"刘宁认为，在现场进行技术协调工作，除了时间上和进度上的协调，还要理解工程建设和运行管理知识，这样才有利于搞好设计工作，因为设计是为了实现工程建设目标的，为工程服务的，所以要加强自己的继续学习，这是实际工作的需要。比如，三峡工程首要任务就是防洪，不懂水文水资源知识，怎样能做好防洪调度？又怎样能优化防洪方面的工程技术设计？

无论工作有多繁忙，刘宁始终坚持及时进行技术总结，与人合著或独著的书稿不断面世。高效率写作是他多年养成的习惯。查阅论文目录发现：1998年5月1日，三峡临时船闸通航，5月4日，相关内容的论文就发送到《中国三峡工程建设》期刊。他把业余时间几乎都留给了"面壁著述"，其间，陆续发表了《三峡工程主要技术问题》《三峡工程与长江水资源利用》《三峡二期工程施工及关键技术》《三峡工程水电站压力管道伸缩节设置论证》等与三峡工程有关的技术论文50余篇。

"对三峡工程怀有至深的感情"

熟识刘宁的人也都知道，他是性情中人。

他"善解人意，谦虚谨慎，严于律己、宽以待人"——这是同事们共同的看法。

"要成事，离不开前辈的指导，离不开同事的支持"——这是刘宁对自己作用的客观认识。

翻开三峡工程开工后的第一张手绘的三峡水利枢纽总体布置图，正是出自二室，上面还清晰可见刘宁的审核签名。主体工程建筑物第一仓混凝土浇筑的施工图也是出自二室。谈起这段"开篇之战"，至今他记忆犹新，一连串的姓名如数家珍。如今，当年同一个战壕的战友，都已经成为设计院的技术骨干。

作为晚辈，刘宁也一贯尊重老专家。无论对方是长江委的，还是三峡专家组的，只要是到工地视察的，他都会陪同查看工地，搀扶爬坡，还多次登门拜会，向老专家们请教技术问题。采访时，他念念不忘初战万安船闸设计的直接领导、时任过坝建筑物科的谢礼义副科长和宋维邦科长；关心培养他的长江委领导黎安田、蔡其华主任；三峡设计中给予很多指导的文伏波院士，陈德基、徐麟祥大师；还有与他并肩共事的设计院钮新强、杨启贵大师等。时隔数年，他仍十分怀念在三峡工地度过的愉快经历，怀念与郑守仁院士和长江委人朝夕相处的日子。

国事家事自古难全。刘宁全身心投入三峡工程设计建设时，年少的儿子却对他一肚子抱怨。没有时间和精力照顾家庭，儿子只能自娱自乐。放学了，这个"淘气包"钻进办公楼电梯里上下疯拍按钮，直到故障出现；甚至跑进筒子楼宿舍的公用厨房，把酱油盐糖等佐料一股脑搅和在灶具上的锅里，让人哭笑不得；顽皮的儿子还突发奇想，竟把自己的脖子吊在大院门口悬挂标语气球的绳子上，勒掉了一层皮，差点就出了人命。

繁忙的工作使刘宁难以尽到当父亲和丈夫的责任。了解他的同事都知道，为弥补对家人的歉意，每次在家里短暂的几天，刘宁总是特别勤快，抢着干家务活。

刘宁感慨："三峡大坝的基石上不必留下我的印迹。但我对三峡工程怀有至深的感情！"

至今，与三峡有关的两段经历，刘宁依然记忆深刻。一是 1997 年大江截流前，三峡开发总公司和中央电视台联合拍摄《大三峡》专题片时，外景地安排到"美国大坝之父"萨凡奇故地，在这位带有传奇色彩老人生前居住的美国丹佛养老院里，刘宁了解到老人许多不为他人所知的晚年生活，在至今仍孑然站立的墓碑旁，刘宁恭敬地祭拜了这位坝工史上的大家。他默默告慰曾经迷恋三峡的美国老人：三峡大坝就要变为现实了！

第二段经历是在 1998 年的"五一"劳动节，三峡临时船闸通航。中央电视台现场直播，刘宁担任现场主持的嘉宾，与青春帅气的播音员康辉成了搭档。直播时，刘宁特意将长江委的委徽别在左胸前，神情自若地进行解说。一位是央视名嘴，一位是三峡技术骨干，两人搭唱了央视非常重视的首场现场直播大戏。

天道酬勤，刘宁以他出色的业绩获得了多项殊荣：

1996 年，他被授予"全国水利系统科技英才"称号；1997 年被评为"长江委劳动模范"，同年被授予"湖北省有突出贡献的中青年专家"称号；2000 年享受国务院政府津贴；2001 年被评为"三峡优秀建设者"；2002 年初调往水利部任职，同年被清华大学聘为兼职教授；2004 年入选首批国家级"新世纪百千万人才工程"；2006 年获"全国工程勘察设计大师"荣誉称号。

潘家铮曾评价说："刘宁同志具有良好的职业道德和敬业精神，勇于创新，善于将最新的科学技术知识运用到工程设计中，在解决工程关键技术问题上作出了重要贡献。"此外，水利水电行业内专家曹楚生、周君亮院士，以及王柏乐大师等，也都给予了刘宁极高的评价。

采访郑守仁院士时他曾如此评价："刘宁在工作中能虚心听取别人的意见，特别是能把技术验收专家组成员的意见贯彻落实到工作过程中。他谦虚谨慎，处理问题稳妥，发现问题找难点找得准，研究方法得当，有刻苦钻研的精神，所以都成功了，自己的技术水平也得到了提高。他还能及时进行技术总结，写了大量的论文专著，体现出他勤奋进取的精神。"

回望工程记忆，刘宁感言："我有幸成为建设者中的一员，并承担了其中的一些设计任务，现在回望那一时期的工作，心中深感责任与荣幸。犹如大坝混凝土需要一定级配的骨料与胶凝材料以及外加剂拌和，才能形成品质优良的混凝土。这还不够，还有很多后续的浇筑工序才能真正成为大坝混凝土结构。建设三峡工程实非易事，它凝结了几代人的辛勤努力、艰苦论证。看如今工程运行良好，工程目标得以实现，巨大效益得以发挥。我们用没有遗憾的设计，实现了工程师建设一流工程的诺言。"

如今，在他办公室的书柜台面上，还摆放着从三峡等工地上带回来的石块：浅灰色，拳头大，有棱角，各具特色，坚硬却也不失可爱。

这些石块，我说不上名字，但料得到每一块石头都有着他对工程的情结、眷恋，和对当年建设工地的怀念——看上去，这恰如他的本色。

任重而道远

——记长江委原总工程师助理刘宁

李卫星

1997年，三峡工程截流时，年仅35岁的刘宁头上已经戴有好几顶令人炫目的帽子了：水利部"科技英才"、长江委十大杰出青年、长江委总工程师助理、湖北省有突出贡献的中青年专家、武汉市技术经济咨询水工专家……

这些帽子中的任何一顶，就足以令同龄人称羡不已。但面对这些，刘宁却表现得异常"矜持"。1996年水利部将他评为十名"科技英才"之一，他说什么也不愿参加在北京召开的表彰会，因为他认为自己与其他获奖者差距甚远；1997年4月，他被评为"长江委十大杰出青年"，面对长江委有线电视台记者采访时，他什么也不肯说，直到人家软磨硬泡才上了十多分钟的镜头；1996年10月，他被任命为长江委总工程师助理，他也以自己才疏学浅只能干具体工作而婉言谢绝，直到组织下命令才走马上任。

1962年1月出生于辽宁省丹东市的刘宁有着东北人的直率和坦诚，开朗、活泼、极为健谈。他始终认为：能有机会来到科技力量雄厚的长江委、能参加举世瞩目的三峡工程是他一生最大的幸运，长江委几代人数十年如一日的辛勤劳动使长江委有了辉煌的今天，而他不过是将这些已经相当完善的多年研究应用于实践而已，获取荣誉是地地道道的"庸将负盛名"。

然而，了解他的人都知道，刘宁完全有资格获得这些荣誉，他的工作能力无可置疑。

一

1983年，年仅21岁的刘宁以优异的成绩从清华大学水工建筑专业毕业，应三峡工程的召唤来到长江委，在枢纽处通航建筑物设计室工作。

他最初接触的工地是万安水利枢纽。这座位于江西省中部的水利枢纽没有三峡和葛洲坝那样良好的开发条件，综合效益也不够优越，尤其是较大的水库淹没导致其几上几下、命运坎坷，让许多水利人避之不及。刘宁在万安度过了他到长江委的最初四年，这里没有城市的五光十色，只有封闭的自然环境、艰苦的生活条件，以及五分钟便可逛完的县城、近乎空白的文化娱乐生活。来自东北的刘宁适应不了南方的梅雨气候，睡在潮湿的房间里，盖着几乎拧得出水的被子，时常被蚊蝇叮得彻夜难眠。这也激起了他用所学知识报效国家的意志，他全身心地投入到船闸的设计中。

由于万安坝址的赣江河段洪水陡涨陡落、流量大、历时短，施工必须分期进行，一期工程基本集中于左岸，而具有 32.5 米水头的通航船闸却设在右岸。如按照原计划一次完成，则势必要等到在右岸二期工程实施后，上游水头达到足够高程方可通航，这样就会影响工程的效益，更影响以赣江水运为主要交通方式的赣南地区的工农业生产和社会生活。刘宁和船闸设计组同事们大胆改变原设计方案，将一次完成改为分期操作，先浇筑临时底槛，适应小吨位船舶通航水深的要求，后期改建成永久底槛，以满足永久通航需要，并设计利用浮式导航堤导航以适应水位变幅。由于采取这些方案，最大限度地缩短了万安船闸施工期断航、碍航的时间。

在万安的四年，刘宁没有放过任何一次充实自己的机会，他研读了大量的国内外水工专著，在施工的间歇期撰写了《万安船闸浮式导航防浪堤设计》和《浮式导航堤强度设计方法》两篇论文，在水工建筑界一下子闯出了名气。

工程建成后，看着自己的工作为贫困山区送来了水电和富裕的希望，刘宁从心底油然而生出一种成就感。他觉得只有千方百计为别人做点实事才不会虚度此生，这个信念一直伴随着他全身心地投入到他所从事的每一项水电工程中。

二

1987 年 3 月，刘宁任枢纽处坝工设计一室副主任，他的工作重点也转到了清江隔河岩枢纽重力拱坝的设计。

隔河岩特殊的地形地质条件给长江委的设计者们提出了极为严峻的挑战。坝址处两岸不对称，两岸边坡下部陡峭，但左岸的上部却相对平缓，而岩溶发育的灰页岩地质地貌又使大坝设计必须精益求精。

刘宁和同事们进行了充分的研究。如果单纯建拱坝，左岸低矮的地势使支承大坝的重力墩必须高达 80 米，难度太大；如果建重力坝，则坝址下游距软弱的页岩仅 20 米，大坝安全难以保障。排除这两种基本模式后，刘宁和同事们大胆采用上重下拱的重力拱坝设计方案，选定 150 米高程以上不灌浆做重力坝的设计。然而由于两岸地势不对称，如果整个大坝按水平标准统一灌浆，则局部区域的坝体所受拉应力不均匀，大坝

人物篇

的稳定性仍不能得到保证。面对这个难题，刘宁提出了一种更为大胆的方案——改变水平灌浆模式，采取右岸高程160米、中间180米、左岸150米的不对称灌浆封拱高程，形成一个竖向斜拱，使大部分水压由这种类似"冰刀"的大坝传至两岸山体，这一方案经充分分析计算，能较好地满足隔河岩大坝的设计要求。与同等规模的重力坝相比，节省混凝土70万立方米，节省投资2.15亿元。在此基础上，刘宁与同事们再接再厉，在大坝泄洪消能结构上采用了不对称宽尾墩加消力池消能设计方案，使水流由进水口的12米宽度逐渐减为出水口的3～4米，迫使水流过坝时急速抬升，既可减小单位面积上的水压，还使水在抬升过程中掺入大量空气，有效削减大流量、高流速向心集中水流的能量，使之平稳过坝，优化了设计，节省了工程量。

经过多次革新，隔河岩大坝成了三圆心斜封拱的上重下拱重力拱坝，这在国内尚没有先例，在国外也只有高75米的两座中型坝；而不对称宽尾墩加短消力池消能在国内水利界也属领先的技术，隔河岩重力拱坝设计，刘宁和同事们共同努力不仅展现了我国水工设计的水平，还为清江隔河岩工程的提前建成发电提供了保证。隔河岩大坝坝体体型结构的设计获长江委科技进步奖一等奖，不对称宽尾墩泄洪消能设计和拱座深层处理设计获长江委科技进步奖二等奖，刘宁也因此获得了湖北省政府颁发的"清江隔河岩提前发电奖"。

创新也就意味着风险，隔河岩重力拱坝虽然在理论上没有问题，但毕竟没有经受过实践的检验。1996年11月，隔河岩遭遇罕见的大水，刘宁的心也一下子提到嗓子眼。他知道，万一大坝因稳定性出现问题，将会给整个坝区造成无法估量的损失。那段时间，他一直与隔河岩前方保持着电话联系，请他们提供大坝经受洪水时的各项观测数据。直到洪峰安然通过，隔河岩大坝岿然不动时，他才放下心来。

1992年，刘宁被任命为高坝洲水利枢纽的项目经理。高坝洲工程是作为全国流域滚动开发试点的清江流域开发的第二步，也是长江委第一个实施项目管理的工程，意义非同寻常。刘宁作为项目经理，除负责枢纽处承担的项目外，还要协调水文、地质、勘测及科研设计等多项工作。初任此职的刘宁较好地完成了此项任务，在设计周期短（仅1年）、投入经费少（仅670万元，不到同等规模水利枢纽设计费用的一半）、人员不足（长江委主力集中于三峡工程）的不利条件下，硬是咬着牙拿出了初步设计成果。他提出的以碾压混凝土筑坝代替二期围堰提前挡水发电的方案可为国家节省投资2270万元，施工期增加发电67.4亿千瓦时。这一打破常规的设计方案曾受到许多专家的质疑，在汇报会上，对着台下200多位专家，刘宁在没拿讲稿的情况下讲了1个多小时，严谨周密地讲述汇报高坝洲工程的设计方案，使初步设计审查顺利通过。刘宁的名字再一次叫响，他也在这一年破格晋升为高级工程师。

三

1994 年 9 月，屡有建树的刘宁面临着人生的一大转折，他调任枢纽处副处长兼三峡设计室主任，正式接手心仪已久的三峡设计工作。此时，三峡设计室却面临着前所未有的困难：三峡工程开工在即，但三峡室却人员少，而且部分人员没有实际设计经验，要完成三峡工程开工所需的纵向围堰坝段和下纵段的施工详图谈何容易。

面对迫在眉睫的困境，刘宁对三峡室进行了大刀阔斧的改组，从其他科室调入有生力量，将三峡室充实到 31 人。调整领导班子，完善人员配备和专业配置，按专业重新划分设计小组。刘宁更是以身作则，彻夜加班，仔细研究可能出现的问题，比较多种方案，在他的领导下，三峡室全体人员团结奋战，分工协作，终于在三个月内圆满完成了任务，向提前 10 个月开工的三峡工程送上了一份厚礼。

三峡工程开工后，刘宁全面负责枢纽处三峡枢纽永久工程的设计工作，担任枢纽处三峡项目设计领导小组组长，先后主持了三峡电站压力管道钢筋混凝土及预应力钢筋混凝土联合受力关键性技术问题研究、三峡厂坝 1—5 号坝段深层抗滑稳定性研究，是三峡二期工程招标设计的负责人和标书的主要编写者。为赶制整个三峡工程投资规模最大、工作量最大，也是最关键的二期工程标书，他放弃了所有的休息日，1996 年的农历腊月二十九（即除夕，这一年没有大年三十）晚上才从三峡工地匆匆赶回武汉，正月初二又赶到长江委招待所参与主持招标文件的编写。在他的带领下，枢纽处设计人员主动放弃了春节的假期。经严格校审，层层把关，他们编写的近 200 万字的招标设计报告和标书文件得到了国务院三建委、三峡开发总公司的好评，为保证当年 11 月大江截流后二期工程顺利展开作出了关键性的贡献。

万安、隔河岩、高坝洲、三峡，仅仅是刘宁在长江委 14 年工作的一部分，在这 14 年中，他还先后承担了皂市、锁金山、涪陵等电站研究工作及江垭、南车、五峰龚家坪、贺龙、阿坝红叶等电站的监理工作，还是长江委援藏项目普兰电站枢纽部分的项目负责人。

这些仍不能涵盖刘宁工作的全部。自从他到长江委工作以来，一直兼顾枢纽处的行政工作。枢纽处是一个拥有 320 多人、10 个专业设计室的核心设计处，1994 年他被任命为枢纽处副处长后，投入行政事务的精力也大大增加。从 1994 年到 1997 年，他同时兼任着枢纽处的职称评审委员会主任、工会主席、党支部青年委员、职工培训部主任等职，还参与制定了处里的行政管理办法、奖惩条例……在行政事务上他同样干得风风火火，有声有色。

在工作中，他还表现出极强的经济和管理意识，他就任枢纽处副处长的一项重要

人
物
篇

任务便是协助管理处里的财务和创收。他积极创收，大胆划小结算单位，调动了职工的积极性。用他自己的话说，如今的社会，一个只懂技术而不懂经营管理的技术人员是不合格的。他不仅注重水利事业的社会效益，也十分注重它的经济效益，在他担任枢纽处副处长期间，为枢纽处积极开拓市场，作出了突出的贡献。

四

更为难得的是，在繁忙的工作间隙，刘宁还抓紧时间充实自己——

1994 年 11 月至 1995 年 3 月，他参加了水利部跨世纪青年干部培训班；

1995 年赴日本考察碾压混凝土筑坝工法，撰写了《日本浦山、官濑大坝碾压混凝土工法筑坝技术考察报告》，并将这种先进方法应用于三峡及高坝洲工程的实践；

1996 年 8 月，他到荷兰 HC 公司接受培训……

他还撰写了《三峡大坝设计研究》《高坝洲碾压混凝土筑坝设计研究》《三峡一期混凝土纵向围堰设计》《三峡工程导流底孔设计研究》等多篇论文；

1996 年，他在武汉水利电力大学修完工程管理专业研究生课程……

五

1996 年 10 月，刘宁面临着人生的又一转折，他被任命为长江委总工程师助理。面对着这一重要的职位，刘宁感到肩上的担子重了许多，他当时因忙于编写三峡二期工程的标书，直到 1997 年 4 月才走马上任，工资收入较以前有较大的降低，但这使他不必为行政事务牵扯过多精力，有更多的精力协助长江委总工程师郑守仁全面负责三峡和清江流域梯级电站的设计工作。

面对着繁重的工作，刘宁更加勤奋努力，在他看来，荣誉只是人生价值的外部符号，与荣誉相伴的是更为艰巨、更为繁重的工作。面对着越来越大的工程，他越发感到个人力量的渺小。在就任总工程师助理时，他给自己制定的要求是平凡得不能再平凡的"忠于职守"四个字。他对这四个字作了解释：①长江开发治理正处于黄金期，长江委为每一个立志奉献于它的人提供了广阔的发展天地，在这里，绝不应产生怀才不遇、怨天尤人的情绪，只有忠于职守才能对得起历史赋予长江委的重任；②能有机会追随自己心目中敬慕已久的长江委的老一辈专家，不仅要学他们的才，更要学他们的德，因此，在他们身边，不仅需要眼勤、耳勤、腿勤，还需要全身心地投入，要接好老同志的班，必须要忠于职守；③在工作中，如何协调有经验的老同志和有才学的年轻人之间的关系，使老同志充分发挥余热，使年轻人能学有所长，学有所用，是关系长江委兴衰成败的大事，绝容不得半点闪失，作为总工程师助理，他不能不忠于职守。

在市场经济波诡云谲、人心思变的今天，一个毕业于清华大学的高材生，一个业绩辉煌、前途无量的年轻人在为国家创造着丰富的社会效益和经济效益的同时，能够将"忠于职守"放在高于一切的位置上，这本身就是一种极高的境界。

如今的刘宁更忙了，三峡工程截流在即，高坝洲工程已经全面开工，很多课题需要他去研究，很多实际施工中的技术难题要马上解决，还有很多设计报告要审查……他仍然没有一个休息日，整年整月奔波于各水利工地之间。

他还不能休息，他面前的路还长！

人
物
篇

在治江实践中成才

——记全国劳动模范钮新强

郑立平　孙军胜

　　"年轻的朋友们，我们来相会……""再过20年，我们来相会……为祖国，为人民，流过多少汗……"，这首贯穿我国改革时期的青春之歌，一直流淌在河海大学学子钮新强的心里。他从风景迤逦的家乡浙江湖州，投入到如火如荼的长江水利事业之中，来到水利工程建设一线，潜心攻克尖端技术，重视在工程实践中增长才干，带领一支过硬的技术队伍，为三峡、南水北调等国家重点工程作出了突出贡献，成为改革开放20年实践中奋发有为的佼佼者。

　　钮新强曾获得过"全国五一劳动奖章"、三峡工程优秀建设者、中国水利学会先进青年科技工作者、湖北省科技精英、湖北省劳动模范、长江水利委员会治江事业重大个人成就奖等多项荣誉，现任长江委长江勘测规划设计研究院院长、党委书记，兼任河海大学博士生导师、上海交通大学和武汉大学教授。他庆幸自己能投身于如此广阔的事业平台，能拥有主持和参加世界瞩目伟大工程技术设计的千载难逢的机遇——他百倍珍惜，勇于迎接一个又一个的挑战，他将扎实的理论知识和高度的敬业精神融合在一起，铺就了不平凡的成才之路。

励精图治　梦圆三峡

　　"高峡出平湖"是中华民族几代人的夙愿，更是水利工作者向往的奋斗目标。钮新强1983年从河海大学本科毕业后被分配到长江委，满怀激情地投入到三峡工程的论证与规划设计工作。面对世界级的特大型水利工程，他兴奋至极，同时深感自己知识功底的不足，于是他于1986年再次考入母校攻读研究生。

　　20世纪90年代初，钮新强开始负责三峡工程航建项目的设计工作。他秉承长江委长期积累的先进技术和经验，在多种专业的艰苦努力和积极配合下，主持完成技术难度和工程规模均位于世界之首的三峡永久船闸和垂直升船机的单项技术设计工作。

在尚无工程先例、缺乏可遵循的设计规范的条件下，他精心组织专项技术攻关研究，在以郑守仁院士为代表的长江委一大批老同志、老专家的帮助指导下，解决了结构、水力学、泥沙等多项关键性技术难题，使我国在高水头通航建筑物设计方面处于国际领先水平。在主持设计过程中，钮新强不仅仅满足于完成设计任务，还以高度的责任感，向世界先进水平奋进，积极组织开展多方案比较的优化设计，主持提出了最佳设计方案并在工程建设中实施，仅三峡永久船闸混凝土衬砌墙结构优化，就节省工程投资 8000 万元以上。

1998 年，三峡工程二期建设进入高峰期，在实践中锻炼成长的钮新强成为长江委设计院三峡工程的技术负责人，而长江设计院是三峡工程的设计总成单位。面对需要近百个专业协作完成的系统设计重任，面对工程正在建设之中容不得半点拖延的严峻考验，他的专业实力和科学的管理才能得以充分体现。他熟知设计要领，紧紧抓住了工作的三个关键环节，即成果质量、生产进度和现场服务。

在成果质量方面，他坚决贯彻"不留隐患既是工程质量的最低标准，又是工程建设质量的最高原则"的三峡工程建设质量方针，并结合 ISO 9000 质量标准体系，组织制定了"三峡工程设计成果质量奖惩管理规定"等一整套质量保证体系，用制度管事管人，提高团队整体实力。在他的严格要求和规范化管理下，经过全体设计人员的共同努力，三峡工程的设计质量得到了普遍肯定。

在生产进度方面，他创造性地配置全院人力资源，根据工程建设进度，动态管理各个专业的技术力量，并建立专业协调机制，使设计工作开展得紧张而有序，每年都能顺利完成年度计划任务。在整个二期工程期间，设计人员共完成了 2000 多份技术报告和 20000 余张设计图纸，实现了从管理入手抓效率的目标。

在现场服务方面，现场服务责任重、工作强度大，他工作的重点是及时处理施工过程中出现的技术问题。三峡工程施工场面浩大、工序复杂，一旦出现"卡壳"，将直接影响工程的建设进度，钮新强身体力行，不仅经常到工地检查情况，及时处理问题，还组织设计人员驻守前方开展现场设计工作，随时待命处理现场问题。他常说："现场实践对工程师综合技术能力的提高至关重要。"在他的带动下，施工高峰期，设计院驻现场设计人员一度超过了 400 人。

大浪淘沙也淘金。三峡工程这个大舞台，良好的设计氛围，将钮新强锻炼成优秀的专家型领导。在他有效的组织领导下，长江设计院出色地完成了三峡二期工程的技术任务，发挥了关键的技术支撑作用，为三峡工程 2003 年如期实现"蓄水、通航、发电"的三大阶段性目标和提前一年发电起到了技术顶梁柱的作用。

倾力调水工程　再创世纪伟业

南水北调工程是党的十六大决定兴建的、为解决我国水资源分布与社会生产力布局不相应的战略性基础设施。其中，南水北调中线工程（含天津输水渠）全长 1400 多千米，沿线跨越铁路、公路、河流等交叉建筑物达 1700 多处，工程涉及大范围的移民、环境、社会等各种非工程技术因素，工程前期工作参与单位众多，组织协调难度大。

2002 年，水利部明确长江设计院为南水北调中线一期工程的技术总负责单位，钮新强作为该项目的负责人，并通过媒体对外公布。这又是一份沉甸甸的历史责任，而作为长江设计院的"一把手"，他除了要完成这项历史任务，还要解决改企转制的新任务。钮新强发挥总揽全局、多头并举的组织协调能力，高效率地开展工作，在较短的时间内，组织完成了丹江口库区移民调查、项目建议书修编、总体设计可行性研究报告、丹江口大坝加高工程和穿黄工程技术设计等多项重大技术工作。

2003 年早春，为取得丹江口大坝加高工程库区移民的准确资料，他不顾 SARS 肆虐，顶风冒雪，深入库区开展调查工作。在他带动影响下，300 余名调查人员克服种种困难，踏遍库区的沟沟坎坎，访千家万户，历千辛万苦，如期完成了库区移民实物指标调查工作，为开展移民规划设计工作提供了宝贵的第一手资料。他们认真负责的工作精神受到鄂豫两省领导和群众的好评。

2004 年上半年，钮新强又组织技术力量，克服工程线路长、牵涉面广、技术要求高、参与单位多等困难，如期完成了全线项目建议书的重新编制工作，为工程全面开工建设奠定了技术基础。

2004 年 10 月，按照国务院南水北调工程建设委员会和水利部的要求，长江设计院奉命开展南水北调中线工程总体可行性研究设计。钮新强亲自带队，组织上百名设计人员，采用集中封闭式办公，和大家一起每天超负荷工作十几个小时，历时近 3 个月，终于奇迹般地完成了水利部交代的任务。水利部领导面对沉甸甸的 106 本技术报告称赞说，这不仅是一项科学技术成果，更是一项保持共产党员先进性教育活动的硕果。

在实践中创新　科技硕果累累

钮新强坚信"科学技术是第一生产力"的科学论断，结合三峡、南水北调的工程实践，以科技创新促进工程建设，先后主持或作为主要参加者承担了 30 多项国家科技攻关项目和重大专题研究项目，获得了 10 余项省、部级科技奖励。

三峡工程刷新多项世界纪录，其设计科技含量之高可想而知。钮新强主持或以主要研究人员身份参加了三峡船闸关键技术、升船机技术、明渠截流技术、三峡水库综合调度技术、大坝混凝土快速施工技术等 20 余项国际或国内领先的技术攻关，取得了一批较高水平的科技成果，其中三峡船闸关键技术、明渠截流技术和大坝混凝土快速施工技术均获得省部级科技进步奖一等奖，并成功应用到工程设计中。

钮新强在从事繁重的技术工作的同时，还积极思考人水和谐的问题。早在 2000 年之前，他看到武汉汉口江滩被无序而急功近利地开发时就思索，为何不建议政府统一有序地开发，把江滩建设成为民众的亲水乐园、健身场地呢？他坚信这是一件对武汉 800 万市民的大好事。于是，钮新强亲自主持，组织水利、建筑等多方面的专家和技术人员，以"还水于民，提升城市品位"为理念，开展了"长江武汉河段汉口边滩防洪及环境综合治理研究"，其成果获得了专家的好评并被武汉市政府采纳，对汉口江滩按"人水和谐"的理念实施统一规划建设。如今，汉口江滩美如画、空气爽、功能全，已成为令武汉市民引以为豪的观光休闲娱乐胜地。

工作再繁忙，钮新强也没放松过技术总结。多年来，他发表科技论文数十篇，并主编了《水工钢筋混凝土结构设计手册》《三峡工程与可持续发展》《三峡工程永久通航建筑物研究》和《大中型水利水电工程施工招标文件实例》等著作。崇尚科技领先，为他成就事业的火热之心插上了翅膀。

人
物
篇

情牵三峡

——记"全国五一劳动奖章"获得者、长江委设计院常务副院长袁达夫

张志杰

引　子

1997年4月19日，星期六，武汉长江二桥北桥头的长江委红楼内，一个关于世人瞩目的长江三峡工程的会议正在举行。

会议从当天上午一直开到吃晚饭的时候，但人们的情绪并没有因周末而稍有散淡，他们正为会议的议题而激动、兴奋，眼睛里闪动着亮光，面庞也因为涌上来的血液而微微涨红。

从投影机射出的大幅图像和人们的发言中可以知道，会议讨论的是如何在三峡工程施工期间，提前兴建右岸地下电站来替代初步设计中的右岸明厂房6台机组。如果可行，那么在施工期可多获得300亿～400亿千瓦时电量，相当于葛洲坝电站与隔河岩电站一年发电量之和的两倍。如果按现价每千瓦时4毛钱计算的话，其经济价值在120亿～160亿元，这不仅可以减少国家投入，在国内外的政治影响也自不待言。这种方案怎不让人心向往之？

会议室不算宽敞，近50名参会者坐得满满当当。主持会议的是一位年届花甲的长者。他精神饱满、声音洪亮，时而跟大家朗声地争论着，时而抱臂胸前饶有兴致地侧耳细听。

他名叫袁达夫，是长江委设计院的常务副院长。此刻，他坐在椭圆形会议桌的顶端，他的心情和大伙儿一样激动，准确地说，比他们更为激动，并且他把这种激动毫无遮拦地写在了脸上，挥洒在滔滔不绝的发言和不失时机的插话中。

是啊，就在本月的14日到17日，他和长江委总工程师郑守仁一道，在宜昌三斗坪向三峡开发总公司汇报了"增加施工期发电效益"专题研究中间成果，三峡开发总公司总经理陆佑楣评价很高。回武汉仅两天后，他就在休息日主持召开了这次会议。他要做的是，把提前兴建右岸地下电站方案交给他的智囊团们充分讨论，尽可能补充

完善，力争通过 6 月 28 日左右三峡开发总公司进行的审查。

"6 月 28 日左右"，袁达夫一想到那个即将来临的日子，心情就难以平静。如果到时候这一方案能顺利通过，他和他的伙伴们又将为三峡工程抹上多么浓重的一笔啊！

一、抓两头，带中间

1994 年 6 月，在袁达夫的工作履历中是一个重要的转折点——长江委成立设计院，委副主任傅秀堂兼任院长，袁达夫被任命为主持日常工作的常务副院长。

那时，长江设计院由原来的设计局和规划局合并而成，下辖 5 个处，领导班子亟待调整，职工队伍也须稳定。另外，全国勘测设计单位过剩，虽然长江委的设计实力在国内外有目共睹，但若不"改企建制"，难免会被市场淘汰。而恰恰在这个时候，三峡工程的 7 个单项设计全面铺开。袁达夫面临的局面真是千头万绪，纷繁复杂。

俗话说"新官上任三把火"，袁达夫自不能免俗，他的第一把火将在哪里点燃呢？

"千头万绪首先要抓人头，人头抓好了等于事情做好了一半。"这位上海交通大学电力工程系高材生的思绪这样聚焦。

当年，在虎跳峡查勘输电线路，在葛洲坝研制"铝管母线"，或是出任机电处处长主持隔河岩、三峡工程的机电设计时，袁达夫就是一位能征善战的骁将，现在担任了设计院常务副院长，他的视野已不再囿于一事一物，他在自己攀登的路径上重新设定了一个标高。

"抓人头"，袁达夫对此自有他的一番高论——"抓两头，带中间"。

"两头"，一头是老同志。大多是几十年的"老三峡"。他们苦盼多年终于盼到了三峡工程，虽然已到退休年纪，但只要身体吃得消，谁都希望再干一阵。袁达夫也知道这些专业人才的重要性，只要有机会，他就会大声疾呼："各个专业的台柱子不能跑。"就像《智取威虎山》中"老九不能走"一样。为了挽留这些"宝贝"，袁达夫标新立异地设立了"设总制"，聘请 17 位老技术骨干们担任院、处级的设计总工程师，而且每个专业至少留一个"台柱子"当他的助手，帮他把好三峡工程的技术关，做好年轻人的传、帮、带工作。这让人不得不佩服。

"两头"的另一头是年轻人。他们是长江委的未来，年富力强，正是大干事业的时候。袁达夫喜欢跟年轻人交朋友，因为他自己拥有一颗同样年轻的心。长江设计院设立时，主要领导全都快到退休年龄，培养年轻干部已不容置疑地摆上了院领导们的议事日程。在袁达夫的领导下，到 1996 年时，全院一共提拔了 30 多名副处以上的年轻人，占处级干部的 80% 以上。6 个处中仅库区处、机电处处长仍为老同志，所有副处级领导都是年轻人。其中，一向为人看重的"龙头处"——枢纽处三位处级领导清一色都是 30 岁出头的年轻人。院、处级总工各处的室主任也渐渐实现了年轻化。他们中间有水利部的"十佳青年"和长江委的"十大杰出青年工程师"刘宁，长江委最年轻的教授级高级工程师陈文斌……

二、办公一定要自动化

几次出国考察回来，袁达夫心头就憋了一口气。他在家里就三番五次地跟夫人罗仪前念叨："我们中国人并不笨，为什么人家的 ABB、西门子、通用、阿尔斯通能成为世界名牌公司，我们中国人的就不能？"

罗仪前知道丈夫有一件事一直难以释怀——他希望把几代人努力建设的长江设计院打造成一流的设计院，能屹立于世界名牌公司之林。于是，她关切地问：

"你们设计院跟国内外相比怎么样？"

"我们不光跟国外的名牌公司不能比，就是跟国内的很多设计院相比，我们还有很大的差距。"袁达夫不无忧虑地说。

"具体情况怎么样呢？"罗仪前又追问。

"比如说办公自动化，有的设计院基本上人均一台计算机，我们却没有。有的老工程师长年累月趴在图板上画图。"袁达夫回答道，末了又重重地加上一句："这种现状一定要改变。"

"要把长江委设计院建成一流的设计院"，这个愿望时而鼓荡得他豪情满怀、不能自已，时而又煎熬得他黯然神伤、夜不成寐，一个高科技、高投入、高产出的蓝图渐渐在他心中成形。

终于，机遇和挑战同时降临。

设计院正式运行以后，三峡工程的单项技术设计、招标设计报告和招标文件编制、施工详图设计三个阶段的工作交叉进行，设计工作量是正常工作量的 3 倍。袁达夫细细地算了一笔账，即使集中 60% 的人搞三峡设计，并且日夜加班加点，也难以满足质量和进度的要求。而且，三峡开发总公司一再要求设计图纸必须用计算机绘制，手工绘制一概不接受，压力之大不言而喻。

性情倔强的袁达夫从这压力中看到了希望。

"工欲善其事，必先利其器"，要如期完成三峡设计任务，只有搞办公自动化。他在心里构建了一幅办公自动化的蓝图，展示了诱人的前景：现代化的通信系统；智能化、集成化的 CAD 系统；现代化的管理系统；现代化的出版系统。前景固然诱人，但所需经费同样惊人。粗略算来，需资金 1.2 亿元，巨款从何而来？花得值不值？一时之间，院内院外沸沸扬扬，众说纷纭。

袁达夫是办公自动化的发起者、急先锋，压力自然比谁都大。他找来院里的主要领导商量，决定克服暂时困难，把办公自动化搞上去。以黎安田为首的长江委领导也十分重视，并从各方面给予了大力支持。

为了筹措资金，黎安田主任、郑守仁总工程师亲自出马，袁达夫随同四处"化缘"。三峡开发总公司与长江委在三峡工程上唇齿相依，慷慨解囊1000万元。长江委在资金困难的情况下也资助了500万元。而剩下的资金缺口只有靠设计院自筹解决。

袁达夫横下一条心，一面"开源"，一面"节流"。设计院3万元以上的开销由他签字，还经常在报告上批示"不要大手大脚"。职工住房已基本解决，步子缓下来了，可发可不发的奖金也被卡住了。就这样，设计院从牙缝里抠出了约1000万元。

如今，每一个走进设计院办公大楼的人都能察觉出这里的变化——原先手工作坊式的设计室变成了现代化的生产车间，窗明几净，修葺一新。计算机流光溢彩，两人一台，计算机出图率达到80%以上。设计院与三峡设计代表局的远程通信、计算机联网以及电子会议室粗具规模，工程系统扫描也已投入运行。

1997年全院将投入1000万元实现计算机联网，其中500万元用于硬件，500万元用于开发软件，逐步达到生产、管理全部自动化。

当初反对花巨资搞办公自动化的人也不得不心悦诚服：设计院尝到了办公自动化的甜头。3000多万字、100多本的三峡库区移民报告如若没有计算机，断难及时"出炉"。有的处早已在叫计算机不够用了。

要说办公自动化带来的效率和质量，恐怕最充分的体现还应该是三峡二期工程大坝和电站厂房土建与安装施工招标文件的赶制。

三、诞生"巨标"的春节加班

1997年2月8日，大年初二，地处汉口惠济路的长江委招待所却没有了往年此时的冷冷清清，院内停满了自行车和汽车。设计院的三峡二期工程大坝和电站厂房土建与安装施工招标文件修编会今天在这里召开，大队人马已安营扎寨，带队的正是常务副院长袁达夫。

二期工程大坝和电站厂房土建与安装施工招标设计，是三峡工程中最大的一个招标设计，是三峡工程的主体施工设计，号称"巨标"。它设计牵涉面广、工作量繁重，三峡开发总公司要求设计院2月底以前拿出标书，可是大坝和电站厂房的单项技术审查尚未完成，困难之大可想而知。

三峡工程设计工期紧，一环扣一环，不能拖延，长江委这块"金字招牌"不能倒，春节前袁达夫就作了战前总动员，院、处均成立了招标工作组，各专业处室加强了设计力量和资源配置，责任落实到人。

袁达夫亲自督阵，协调解决重大技术问题，大家精神为之一振，昼夜不舍连轴转。办公自动化这时大显身手，人歇下了，计算机没有歇，其他同志接着上。有的同志累得晕倒在计算机台上，有的同志感冒发烧打点滴，针头一拔又回到办公桌前。如此这般快马加鞭一直干到腊月二十八（2月5日），经三峡开发总公司审查后，仍有大量补充修改工作要做。这时，袁达夫总算动了"恻隐之心"，"大家回去休息两天，初二到招待所继续上班。"

"休息两天"，也就是说只休息腊月二十九和大年初一两天（1997年的春节是没有大年三十）。可主持设计院工作以来，他已经好几个春节没有在家过了。1995年春节，他忙于审查三峡工程机电单项技术设计；1996年春节，他参加清江超高层大厦初步设计的技术协调。至于参加葛洲坝、隔河岩工程现场设计，有多少个除夕之夜是在工地上度过的，他自己也说不清，那些年的春节也是没有大年三十的啊。

老工程师们大多是在前方工地摸爬滚打几十年的人，逢年过节不回家早已是家常便饭，袁达夫一声招呼，二话没说就来了。但有的年轻人没见过这阵势，嘴上不说，心里却犯嘀咕：大过年的不让人回家，未免有点不近人情吧。这种情绪袁达夫何尝不知？于是，他抛出一句半是玩笑半是认真的话："我不走，你们谁也别想走！"

是啊，袁院长的家离招待所骑车不到10分钟的路程，他又是60岁的人了，一院之长，只要动动嘴，订个大原则大可以安坐家中，撒手不管，但他却临场坐镇，以身作则。"大年初二来加班"，这个信息被嗅觉灵敏的湖北电视台捷足先登，当天下午就派记者赶到招待所采访，并在当晚"湖北新闻"隆重推出，《长江日报》稍慢半拍，次日清晨见报。武汉电视台10日赶来，后悔不迭，只好制成专题报道略补遗憾。

从正月初二一直到正月十四，袁达夫和总工程师郑守仁硬是坐在招待所里，大家编一点，他们审一点。在此期间，委主任黎安田，副主任张修真、傅秀堂、陈俊府频频前往招待所看望、慰问编标人员。终于，这个112万字、218张图纸的巨标从他们手中诞生了。

三峡开发总公司一位副总经济师一页一页地翻动着散发着油墨清香的标书，连声说道："不容易，真是不容易。"三峡开发总公司副总经理贺恭也情不自禁地鞠躬，向大家表示深深的谢意。

是的，长江设计院付出了很多。他们用6个月的时间完成了过去需要一两年才能完成的任务，这得益于计算机的普遍运用，而力主普及计算机的袁达夫也应该受到人们的赞扬。

四、他是个有生活情趣的工作狂

熟悉袁达夫的人都知道他是个三峡迷、工作狂，但他这个工作狂有那么多的生活情趣，知道的人却不多。

这是一个星期五的下午。

袁达夫从办公桌上抬起头来，揉揉因长时间伏案工作布满血丝的眼睛，在转椅上伸了个懒腰，吃力地站了起来，边甩手边缓缓地向门口走去。

办公楼走廊上空荡荡的，一间间办公室门扉紧闭，袁达夫好生奇怪。

"小龚，你过来一下。"他叫来办公室秘书龚国文，"上班时间人都跑哪去了？"他充满疑惑地问。

小龚并不回答，只朝着袁达夫别有意味地微笑。袁达夫顿有所悟，也哑然笑了。今天是周末，而且早已过了下班时间，其他同志都回家了。

这样的笑话袁达夫闹过不少。

袁达夫只有日期的概念，没有星期六、星期天和节假日的概念，因此常常布置别人在假日工作，弄得人家哭笑不得。许多逸闻趣事在院内院外不胫而走。

长江委流传这样一种说法：搞三峡工程"前面有一个郑守仁，后面有一个袁达夫"。郑总长年蹲在宜昌工地负责前方施工指挥，袁达夫则主要在后方组织设计。

自任机电处处长后，袁达夫就把绝大部分心血倾注在三峡工程上。他一方面鼓励年轻人，一方面给自己加劲，他总讲："搞三峡，你们年轻人觉得光荣，我照样觉得很光荣。"他把能赶上三峡工程的建设并亲自主持设计工作，视作一生中最大的幸福。虽然东奔西走，操心劳累也在所不惜。

袁达夫对三峡心中有本账，什么阶段该做什么事一清二楚，因此他总能抓住主线，抓住重点。同时，他深知"三峡无小事"，如有可能，他几乎是事必躬亲，每年主持协调、讨论三峡工程问题和生产任务布置会议四五十次。目前，三峡的重点逐步由后方的设计转向前方的施工，"武汉—宜昌"两点一线，是他跑得最多的路径。

常言道"隔行如隔山"，袁达夫是学机电出身的，但三峡工程许多设计是水工方面的。于是，他自学了水工知识，只要是与三峡有关的技术问题，他都亲自过问，一边抓一边掌握基本知识。如今的袁达夫早已实现了一专多能，三峡工程 80% 以上的设计文件都由他签发；三峡工程的重点项目，不管哪个专业他都能发表自己的意见。

对于自己的老本行——机电设计，袁达夫也始终倾注了热情。三峡枢纽的机电项目，无论从规模还是从技术复杂性来说，都是世界性的；要使它经得起历史考验，谈何容易。但是，袁达夫和他的团队在长江委的领导下，通过与中外专家的不断交流，

人物篇

科研攻关，目前已解决了许多重大机电设计问题，如 70 万千瓦水轮发电机组、电气设计、计算机监控、通信系统、电力拖动及控制系统等，为全面进行三峡工程的机电专业的施工设计铺平了道路。

1995 年以来，袁达夫愈来愈忙了，一周五天的工作日全排得满满的，设计院的工作会议只好都安排在星期六、星期天开。院里的同志经常打趣：星期六一般院里开会，袁院长主持开会准派盒饭。

最近，袁达夫经常头疼，在同事们的一再催促下，他忙里偷闲去医院检查了一下，结果初步诊断为"脑梗死"。祸不单行，牙齿也疼得要命。有一次他恰好要到宜昌谈地下厂房提前发电的事，那天下午两点走，他只好提前到医院打了一针，接着就钻进等候的汽车去了宜昌。有时在宜昌工地病痛发作，就医不方便，只好强忍着，回到武汉再说。医生让他住院检查，休息一段时间，他把病历往兜里一揣，每天早晚到医院打吊针，白天照常到办公室上班。

袁达夫太珍惜时间了，少得可怜的一点儿业余时间，也被他充分利用起来。他主编的《三峡工程技术丛书》的机电分册，在设计院较先完成。袁达夫上班时间日理万机，根本不可能静下心来编书。他又不想当"主"而不"编"的主编，只好业余时间加班加点，逐字逐句编写、审订。

他像一个不知疲倦的陀螺高速运转着，总有使不完的劲。平时他总是红光满面、步履矫健，看不出上了年纪，不知情的人总是不太明白。终于有一次大家知道了他"长生不老"的秘诀，因为那天清晨袁达夫跑步时把牙齿摔掉了。

袁达夫经常对人说"身体是革命的本钱"，在现在大多数年轻人都不怎么注意锻炼的年代里，他信奉生命在于运动。为了保持旺盛的工作精力，他坚持清晨 5 点 50 分起床，慢跑或步行 3000 米，然后练习气功。很多重大的事情还是在早晨跑步的时候考虑成熟的呢。

可不要以为他这个工作狂不食人间烟火、郁郁寡欢。他虽年事已高，但童心未泯，好奇心特别强。他喜欢下棋、拍照、养花，平生爱听三种戏，除家乡的越剧外，还有京剧和黄梅戏。他从戏剧对历史典故的描述中悟出了许多为人处世的道理。

尾　声

1997 年 4 月 29 日，长江委机关大院门口，刚过早晨上班时间，一个小型而隆重的欢送会正在这里举行。

作为长江委近 50 年历史里的第四位"全国五一劳动奖章"的荣获者，袁达夫胸佩大红花，手捧鲜花，满面春风地接受人们的祝贺。在省里出席的颁奖大会上，他被推举为湖北省获奖代表上台领奖。

是喜悦？是自豪？人们并不能猜透袁达夫此时的心情。

袁达夫的回答是不安！他觉得这奖章来得有点突然：当他被评为长江委唯一的省劳动模范时，这种不安就已经很强烈了。他认为组织上对自己的评价太高了；因为设计院的工作是在委党组的领导下，在委领导傅秀堂院长的直接指导下，由全院领导和干部职工共同完成的，这功劳不能记在他一个人头上。

带着这种不安，袁达夫又行进在三峡建设大军的行列里。展望前程，他和他的伙伴信心十足。

1997 年 6 月 28 日至 7 月 3 日，在举国上下欢庆香港回归的大喜日子里，长江委人也迎来了自己喜庆的日子。三峡开发总公司技术委员会在北京召开了三峡工程右岸地下电站专题报告审查会，长江委提出的提前兴建方案已获原则通过，在作必要的补充和完善后，下一步的工作是做技术设计。

路正长，情更殷，袁达夫向着他认定的目标继续执着、坚定地走着……

石壁生辉

——记长江委设计院总工程师徐麟祥

孙军胜

汽车在高速公路上疾驰，长长短短的隧洞把空间分隔成黑白两色。平坦笔直的公路让人感觉不到山体的夹击，只有穿越山体之腹时，才提醒乘车人想起这里的地理特征。

半山区的长江三峡出口处，正进入一个真正的改天换地的时代。高水准的高速公路让人感受到这里的变化速度。

年近花甲的长江设计院总工徐麟祥，为自己当初选择水利专业而庆幸。

一

徐麟祥的家乡在浙江嘉兴，那里远离三峡，也没有大江大河，那曾托起中国共产党革命航船的南湖水，一样也托起了徐麟祥的少年壮志。其中我国老一辈水利专家汪胡桢的故居与徐麟祥的老家就在一条街上。徐麟祥久闻其名，久仰其人，立志做一名能建造雄伟大坝的工程师。

"一五"期间，国家百废待举，而苏联正处在兴建水电站的高峰期。在 1953 年就已建 4 座、在建 7 座水电站，其中装机 200 万千瓦的古比雪夫水电站、装机 170 万千瓦的伏尔加格勒水电站，都是著名的大型水电站。这股热潮冲击着刚刚迈上社会主义征途的中国，也影响到一大批青年的发展方向。

1954 年，徐麟祥考入清华大学水利工程系。在"为祖国健康工作五十年"的校园口号鼓动下，紧张的学业与紧张的锻炼如两只飞旋的火轮，载着踌躇满志的他跨越过一个个"标杆"。 1959 年大学毕业后，他怀着到祖国最需要的地方去的理想，来到了长江委，踏上了治理开发长江的征程。

二

徐麟祥来到长江委的这一年，汉江丹江口水利枢纽刚刚动工兴建，由于受"大跃进"思想的冲击，过于追求主观能动性，追求速度，工程建设出现了严重的质量问题。承担工程设计的长江委工程师，既为自己的忠告被忽视而遗憾，又为挽回大坝的生命而殚精竭虑。"能否采用灌浆补强的办法让大坝转危为安？"需要试验来证实。

满脑子大坝概念、结构力学公式的徐麟祥一出校门便遇到这个书本上没有例题的考卷。

1962年春季，徐麟祥随大坝补强的灌浆队参加施工劳动、试验、设计，三班倒，连轴转，从工棚到大坝，一次往返步行要1个小时，而支撑这样工作强度的营养，是杂粮、红薯干，是"瓜菜带"式的伙食标准。

艰难，没有吓住徐麟祥。做混凝土块，从20立方厘米到50立方厘米，加压出现裂缝后再灌浆，然后再不断加大到从坝体选坝块做试验。单调枯燥的试验，却渐渐让他们找到了挽救大坝的希望。两年后，沉寂的丹江口工地又喧嚣起来，"康复"的大坝固若金汤，挡起了茫茫碧水。这时的徐麟祥，豪气溢怀。书本上的知识，经过这一实践的消化、补充，让他感到更加充实，更具实践性。

1964年丹江口工程复工时，苏联又有一批分别装机450万千瓦、600万～650万千瓦的大型水利枢纽建成发电或正在兴建，这些工程所在江河诸多条件都远不及长江。他渴望早日兴建正在初步研究中的长江三峡工程。

三

丹江口工程基本完成后，徐麟祥跟随着长江委的大部队来到更加雄伟的西陵峡口。参加了万里长江第一坝——葛洲坝工程的建设，这里的设计同样一波三折。

仓促中上马的葛洲坝工程，开工后不久就暴露出一堆问题，其中之一便是基础问题。

葛洲坝工程建在被喻为"夹心饼干"的软弱夹层基础上，能否承受大型泄水闸的分量？这个问号必须排除。这又是一个史无前例的重大难题。

徐麟祥从熟悉的坝工领域转移到一个较为陌生的领域——岩石力学。这是大坝的"根"。

还是从试验开始。在长江委副总工程师曹乐安的带领下，徐麟祥从微观到宏观剖析这个可以致大坝于死地的难题。他组织科研人员在电子显微镜下分析软岩的组织及受力条件，调查坝轴线上下几十千米的岸线地质状况，还组织国内有关科研单位通过试验提供数据。用多种手段来解决错综复杂的难题，徐工成熟了。"熟能生巧"，他在国内有关科研单位的支持下，与长江委的设计人员共同努力，提出了理想的方案。没有稳定的岩基避免浮托力造成大坝滑动变形，就用防渗术隔绝水的侵蚀。从大坝闸孔上游岩基铺一层 30 米长的钢筋混凝土防渗板，在防渗板前设防冲板；采用帷幕灌浆形成防渗的"封闭"层；同时还有其他加固抗滑防渗措施，以弥补坝基的"先天不足"。

这是一场人与大自然的较量。

在南津关口这特定河势的长江干流上，修建大流量的大型低坝，尽管有了完整的、经过模型试验的方案，众多专家的疑虑依然存在。于是，众说纷纭。

在大江截流前夕，这些都必须有定论，否则贻误大坝工期。

精确的计算，力排疑虑，方案终于付诸实施，大江截流按原计划如期进行。截流后当年就遇到了 70000 立方米每秒的长江上游洪峰，咆哮的江水翻腾在泄水闸下，大坝稳如泰山。徐麟祥守在泄水闸边，仿佛在欣赏一支威武雄壮的交响曲……

似乎命里注定，徐麟祥必须不断地去开拓新的技术领域。他并不在乎已经荣获的国家科学进步特等奖主要参与者之一的证书。

于是他挥手告别西陵峡口的"水上长城"，清江在呼唤他。

四

美丽而又神秘的清江，在改革开放的春雷声中喧腾起来。

清江梯级开发的龙头工程——隔河岩水利枢纽将要耸立在沉寂千古的土家山寨峡谷。徐麟祥没来得及喘气歇息，又参与到这座大坝的设计中，建造优质大坝是他的事业，也是他生命的燃烧点，徐麟祥依然那样兴奋，那样着迷地登上峦峦青山，端详清澈的清江水。

清江既有让人心动的丰富资源，又有让人心悸的复杂地质地貌，尤其是隔河岩坝址的峡谷，下窄上宽且不对称，现有的各种坝型皆不适用。唯有"量体裁衣"，建一座适合的坝型。徐麟祥和同事们一起，运用坝工和岩石力学的原理，设计了一个"下拱上重"的坝型——重力拱坝。其中下面较窄的峡谷用拱坝拦封，上面较宽的峡口用重力坝锁住。这座大坝远看巍峨雄壮，气势恢宏，好一幅现代建筑镶嵌在古朴峡谷的风光照；近看，各种弧线巧妙流畅地组合在银灰色巨屏上，11 个过水孔凹凸错落有致，分明是一组现代艺术石雕。

徐麟祥太辛苦了，作为一个专业设计室的主任，既要主攻难关，又要指导组织一支队伍，完成浩繁的试验、计算、绘图等重任。他，惜才如子，对于青年技术人员，几乎手把手地教。不，准确地说是超过了对自己孩子的爱。

女儿一心想让父亲分一点心辅导学业，考所好学校。可平常能偶尔亮一下烧菜手艺的父亲，能娓娓道出维也纳新年音乐会曲目之意的父亲，却不能答应她的请求。徐麟祥把更多的时间、更多的精力留给了大坝。

重力拱坝已无疑义，但将平时大量蓄积的河水在汛期及时下泄到并不宽敞的河床，消能防冲又成为一道难题。

徐麟祥和他的伙伴们又进入研究水力学的领域。他想起了宽尾墩，让它在隔河岩坝上成功地调度库水入口的形态，让水流由宽变窄，流经溢洪道后在空中形成"刀片"状，流速加快后的水流高高扬起，在空中碰撞消能后再跌下河床，煞是奇美！

隔河岩大坝建成了，徐工的头发几乎全白了。远眺那用心血凝成的大坝……昔日数不清的彻夜未眠、风雨兼程，不就是盼着今天的成功吗？

他想起了老校友们的羡慕声："你比我们幸运啊！有机会建国内一流的大坝，建一个成一个！"他想起了老主任林一山曾经勉励的话："我们修建大型水利水电工程就是为将来修建三峡工程做实战准备，是上'天梯'！"

徐麟祥终于幸运地登上了"天梯"，尽管让他盼白了头发。

五

就在隔河岩水利枢纽接受洪水检验并获得了"满堂彩"后，三峡工程也已拉开了前期准备的序幕。长江委人为之振奋、欣慰，夙愿即将实现，让世界瞩目的奇迹将从毛泽东的著名诗篇中光闪闪地雄峙大江。

"更立西江石壁"。徐麟祥琢磨了几十年的"石壁"，企盼的就是能亲手参与设计建造这个倾倒几代国人的"石壁"。超巨型的三峡工程，单项工程都相当于一座大型水利工程。其中世界上最大的双线连续五级船闸，要穿过左岸 200 多米高的一个山包，这意味着要开凿一个"人造峡谷"。随之而来的便是水利工程中常见的难题——高边坡稳定。难题惊动了国内水利专家们。

久经工程考验的徐麟祥此时胸有成竹。早在兴建隔河岩大坝时他已遇到过类似难题，略有区别的是前者坡陡山体稳定。已担任设计院总工程师的徐麟祥，布局几路，野外勘探、科研分析、岩坡支护设计，一切已是驾轻就熟。早已习惯了在压力下设计的徐麟祥，担任高边坡攻关的总负责人，产生的成果被国家科委专家组评定为"总体达到国际先进水平，部分达到国际领先水平"。当"人造峡谷"成为当今三峡工地一道具有挑战性的风景线时，庞大的山体经目前初步监测只位移了 1 ~ 3 厘米，施工后的效果与设计的预料一致！

岩坡支护设计中用机编镀锌铁丝网取代传统的钢筋网，方便了施工，提高了工效，还大幅降低成本，节省投资数百万元；在进行三峡施工设计中，他反复强调"动态设计"，根据施工实际调整技术措施，在高边坡一期支护优化设计后施工节省了锚杆工程量，并加快了施工进度……

徐麟祥精力不减当年，他在和时间赛跑。一项三峡工程相当于三个丹江口工程量，浩繁的设计工作、标书编制，铺天盖地而来。徐总没有了准确划分上下班时间的界线。常常不是带一大包资料、图纸回家看，就是双休日在办公室审图纸，责任重大啊！丝毫的差错都会导致不堪设想的后果，徐总"如履薄冰"几十年，没有出过大错，现在更不能出错。三峡工程，早已和生命融为一体！

设计院红楼外的广玉兰花，花开花谢，白花花，星星点点，广玉兰树年年往高处长。徐总心里明白，治江的千秋大业需要后继有人。技术把关重要，培养人才更重要。用他自己的话说："要做好技术交代。"

他一面大胆放手让青年人独当一面挑重担，另一面无私奉献自己积累多年的经验。在他领导下工作过的青年人深有感触地说，什么复杂问题经徐总点拨后，总能令人豁然开朗，有拨云见日之感。青年们撰写的论文，他再忙也要抽空批阅。由于他有坚实的理论功底，丰富的技术实践经历，青年们视他为诲人不倦的师长，十分敬重他。尤其是有些技术问题是经他指导完成的，他却把青年人推到前台，宁肯"埋名"，青年们为此感动不已。

眼看着一批批后起之秀挑起了大梁，徐总心里踏实了。河流开发，梯级为佳，人才开发又何尝不是如此，长江后浪推前浪嘛！

六

一个思想充满活力的人，常常对周围产生某种感染力。徐麟祥对专业技术精益求精，有水平却不自傲。大家的评语是：人缘好，有本事。

用徐总自己的话说，发扬别人的优点，便是发扬自己的优点。水利工程专业复杂，环环相扣，无论哪个部分、哪个层次出问题，都是大问题，责任如此重大，需要的是集体的智慧和力量。

开技术讨论会，司空见惯。可徐总主持便十分活跃，他的谦和、风趣和温文尔雅，能打开每个与会者的思路，把难点在讨论方案的过程中解决。过程免不了有争论、有分歧，但到最后，每个参与者都有收获、有提高。我们可以把这称之为技术领导的艺术。

真诚赢得真诚，执着才能融化执着。徐总真诚地履行一个水利工程师的职责，淡泊名利，追求着出色的设计成果。他赢得了大家的尊敬，威信自然产生。

当一曲《春天的故事》响彻大江南北时，千军万马踏着春天的脚步，云集三峡坝区。这是中国水利史上最为壮观的画卷。

改革开放，市场经济，技术竞争，时代的发展不断产生奋斗的机会。徐麟祥依然如初不改，雄心不减。三峡工程广阔的设计舞台，足以激励他尽抒豪情！一辈子与大坝为伍的徐麟祥，纵然曾失去过许多与家人团聚的天伦之乐，失去过温暖舒适的生活环境。但是，他拥有了人生搏击后的欢欣喜悦，拥有了人生磨炼后的聪明才智。熠熠生辉的业绩，早已经化为力挽狂澜的"石壁"。青春的誓言，将继续伴随他攀登崎岖的科学之旅，去达到那光辉的顶点！

　　"高峡出平湖"，这个让徐麟祥吟诵了三十多年的豪句，正在长江三峡建设者手中托起。他又幸运地成为其中的一员，此生足矣！

心的承诺

——记长江委设计院副院长杨光煦

胡早萍

1997年初春的一个夜晚，武汉至宜昌的高速公路上，汽车飞驶。车窗外一片漆黑，只有偶尔一闪而过的车灯显示着些许的生气。车内的人大多进入了梦乡，只有一位身材高大、年近花甲的学者模样的人，似乎毫无倦意。此刻，他的心已飞到了三峡。

几年来，为了解决三峡工程施工和设计的难题，他已不知多少次走过这条路。想到三峡工程即将进行大江截流，他不禁有些激动。

这位学者式的人物，就是长江设计院副院长、教授级高级工程师杨光煦。

提起杨光煦，熟悉他的人无不称赞他扎实的业务能力和对工作孜孜不倦的精神。近几年，不管是担任施工处处长还是设计院副院长，不论工作任务多么繁杂，他总是心系三峡工程，以自己的智慧和汗水为三峡工程建设史书写了浓墨重彩的一笔。

一、紧握"龙头"

1992年4月3日，七届全国人大五次会议通过了《关于兴建长江三峡工程的决议》，这件具有划时代意义的重大事件，让长江委人兴奋不已，同时也为前期准备工作带来了一系列的相关问题。长江委领导经过慎重研究，找到身为施工处处长的杨光煦："老杨啊，重任就落在你的肩上了。俗话说，水利工程设计是'龙头'，你们'先头部队'责任不小啊……"

对于三峡工程的施工准备，杨光煦心里早就有一本账。要在三斗坪开辟施工场地，首先要进行对外交通的线路确定、各种附属企业的场地查勘，还要负责围堰下河、茅坪溪防护大坝及泄水建筑物等工程的选址、设计等一系列工作。可谓千头万绪，分外艰难。但是在水利工地摸爬滚打了几十年的杨光煦不会被困难吓倒，他决心打好这一仗。

于是他微微一笑，欣然领命："请委领导放心，我会紧握这个'龙头'。"

1992 年 11 月，杨光煦率领施工处 100 多名技术人员浩浩荡荡从汉口奔赴宜昌三斗坪。此时的三斗坪还是一片江滩，没有居住条件。杨光煦他们就往返于市区与工地之间，常常早上 6 点起床，洗漱完毕，买几个馒头，带上一壶水就上路，一直干到晚上七八点才回。外出查勘要翻山越岭，同事们劝他留在市区招待所做些案头工作，但他总是婉言谢绝，执意要和技术人员一起干。白天查勘，晚上回去还要加班加点进行总结、设计。元旦到了，他没有回汉，仍率领技术人员在前方苦战。仅仅一个多月的时间，他们就将有关资料收集齐全，解决了一部分设计方案问题，并组织协调好了各专业各方面的关系。

1992 年底，葛洲坝集团公司将施工队伍开进了工地，对施工详图的催促一天比一天紧。但设计图纸毕竟不像书法家挥毫泼墨，每一条线都要精细入微，稍有不慎就会给国家投资带来损失。既要保证质量，又要保证工期，杨光煦带领后方设计人员加班加点连轴转，在最短的时间内拿出了优质图纸。加班时间一长，有的人心里就犯嘀咕，但是看到杨处长以身作则，也渐渐心服口服。这些经过精心描绘的图纸保证了工程的施工进度。

杨家湾码头是三峡工程重要的对外交通设施。这座年吞吐量达百万吨的货运码头的设计过程并不顺利。如为了抗水流冲击，一般码头都是采取直立桩外加斜桩支撑的形式。而杨家湾地质为深厚的风化花岗岩，不能打斜桩。为此，杨光煦带领设计人员深入现场查勘，然后分析研究，并听取各方面意见，最终提出嵌岩桩的设计方案，使打桩深度大大降低。1995 年，这座长江上的首座全钢管桩直立式码头建成投入运行，一批批三峡工程建设所需的散装水泥、粉煤灰及其他建筑材料从此源源而来。杨光煦及其同事们为它付出的大量心血和汗水，鲜为人知。

杨光煦深知设计是工程的灵魂。作为施工设计领头人，他对每一种技术方案都审查得非常细致。在主持技术讨论或听取汇报前，他会做充分的技术准备，然后有的放矢地提出解决问题的办法，尽量使设计人员不走弯路；同时他要求全处人员以勤恳踏实的态度努力工作，尽量以优质的设计指导施工，当好"龙头"。他认为年轻人是长江委的希望，应该尽快培养、选拔到重要岗位；他常与年轻人交心谈心，讲责任感、使命感，还毫无保留地向他们提供有关书籍、资料。年轻人也都信赖他、敬重他，有难题都愿意向他请教。在他的带领下，1993 年至 1994 年三峡工程施工准备工程最紧张的时候，施工处每年都拿出了上千万字的设计文件、近两千张施工详图，另外还进行了大量的论证工作和单项技术设计，打了漂亮的一仗。

1994 年 6 月，56 岁的杨光煦升任设计院副院长，除了负责三峡工程施工导流、有关附属企业与临时建筑物及茅坪溪防护大坝等工作外，还承担部分其他设计及监理工作，以及计划、财务、经营、纪检等日常工作，身上的担子更重了。

二、善打"硬仗"

杨光煦对工作勤恳踏实，每一项设计任务，他总是精益求精，拿出最优的设计方案。他善于总结工程实践经验，吸取国内外先进技术，并勇于创新，不断优化设计，在确保工程质量的前提下，尽量节省工程量，节约投资，方便施工。

1992年底，三峡工程一期围堰的施工设计进入了紧张的阶段。

三峡围堰长2502米，堰高30～40米，它建在长江主河床右侧，以风化沙为主要填料，它的建成是一期工程顺利进行的必要前提。

然而，人们在这里碰到一个难题：葛洲坝水库蓄水后，三峡坝区河床淤积平均厚度达10多米，最深处达18米。围堰是直接建在淤沙上还是先将淤沙清除后再建围堰？如果采取前者，围堰能否保证稳定？如果采取后者，能否保证工期？这是中外水电建设史上从未有过的难题。

有人提议，必须清淤，否则，坝基不稳，后患无穷。

杨光煦食不甘味，寝不安席，多次召集设计人员论证、研究，他们苦苦思索着的始终是：如何拿出最优方案？

有没有值得借鉴的经验呢？杨光煦努力地在脑海中搜索着，国外的、国内的、自己的……忽然，他想起了自己在万安水电站土石纵向围堰和珠海机场的地基处理方案，顿时眼前一亮。为此，他提出了一套大胆的方案：土石围堰可以在不全部清除淤沙的情况下进行填筑！他认为，在迎水侧采用块石压坡防冲可保证边坡稳定；采用槽板式及连锁桩柱式垂直防渗墙结构截断渗流，可保证渗透稳定；在背水侧采用石渣反滤层封闭淤沙区，可保证堰体的动力稳定。这就是"围封、盖重、截断渗流"三项措施。

当这一方案提出后，有的人连连摇头，认为不可思议；有人甚至说，若不清除淤沙建围堰，那么一期围堰"抽排水的时候也就是全线崩溃的时候"。

当然，仅有理论创新是不够的，要让人信服还必须拿出充分的依据，尤其是做出成功的试验！为了保住长江委的金字招牌，做到对人民负责，必须慎之又慎。杨光煦尽管十分相信自己的分析，但在没有充分的证据之前，他一刻也不能松懈。

在人们的种种疑问下，杨光煦开始了艰苦的上下求索。一方面，他密切关注着长江科学院科研人员试验工作的一举一动，甚至同吃同住同劳动；另一方面，他加紧总结自己在万安水电站及珠海国际机场地基处理实践经验。试验成果雄辩地证明了"围封、盖重、截断渗流"措施可以在深厚淤沙上建造挡水围堰！

1993年10月24日，一期土石围堰正式下河填筑，次年6月30日便全线达到设计高程。7月，一次抽水成功。这座曾被人预言"抽排水的时候也就是全线崩溃的时候"的土石围堰，在运行的几年中经受住了长江洪水的一次次冲刷。为纵向混凝土围堰提前 10 个月浇筑，三峡工程提前一年正式开工，以及 1997 年底实现大江截流创造了条件。1997 年 1 月，这项技术设计在技术鉴定会上被专家鉴定为达到了国际先进水平。

杨光煦不仅有丰富的实践经验，而且有较深厚的理论基础。在具体的设计工作中他总是将理论与实践相结合，做到具体情况具体分析，绝不人云亦云。

大江截流是三峡工程最大的技术难题之一。针对这一问题，有人建议借鉴葛洲坝大江截流的经验，但是从不满足现状的杨光煦经过分析比较，认为三峡工程大江截流的水深流速和落差与葛洲坝截流明显不同，因此二者在堤头稳定机理、戗堤设计原则、抛投进占方式等方面也有本质区别。提出影响三峡工程大江截流堤头稳定的主要因素是土力学指标，而不是葛洲坝截流时所着重考虑的水力学指标。如果单纯借鉴葛洲坝的截流经验，只会贻误战机，甚至出现严重后果。

为进一步了解情况，他一次次到试验场、施工场地，与有关设计、科研和施工人员反复研究、探讨。经过锲而不舍的努力，他终于从土力学、水力学的理论构架中探寻出采用均质抛投料、全断面进占、平抛垫底等一套确保三峡大江截流戗堤边坡稳定的设计原则和方法。在专家云集的有关大江截流的会议上，他化解了各方疑问，得到各方的赞同。

三峡工程这一与以往国内外大型工程全然不同的截流概念的提出，凝聚着杨光煦及其团队的心血和汗水，是一次智慧与胆略的挑战。它的构想对 1997 年的大江截流具有深刻的指导意义。

杨光煦善打"硬仗"、优化设计向来有名。在他 30 多年的水利生涯中，曾无数次攻克国际国内技术难题，为国家节省了巨额投资。

20 世纪 60 年代末，在乌江渡水电站的围堰设计中，他创造性地提出了国内尚无先例的在动水中直接建造溢流式混凝土拱围堰的方案。为了解复杂条件下的水下施工的诸多难题，他主动要求学习难度大而且带有危险性的重潜水技术，并且在两年多的时间里与工人师傅们一起吃住在现场，有一次抬钻机时还不小心将右手指甲盖连肉砸掉，但轻伤不下火线，他坚持用左手计算、写字。由于他大胆慎重的设计，我国第一次成功地在岩溶地区兴建了百米以上的高坝和大型水电站。这项工程获得国家级科技进步奖一等奖和 1978 年全国科学大会奖。

江西万安水电站原导流方案是明渠不通航、坝体挡水发电。杨光煦与同事们在深入现场时发现有更好的办法。经过慎重研究，他们提出了左岸明渠通航、提前兴建船闸、三期导流围堰挡水发电的修改方案。结果比原定方案提前两年发电，仅电费一项就为国家增加近亿元的收入，并首次创造了年货运量超百万吨的施工期通航先例。目前这一方案已推广到长江三峡工程和北江飞来峡工程中。

黄河禹门口提灌站的施工围堰工程，曾被认为是难度空前的复杂工程，既有泥沙问题，又有冰凌，还有激流、泡漩。杨光煦根据掌握的大量资料提出采用新型防渗围堰水下施工方案，不仅解决了工程难题，保证了水下直接施工，而且使围堰提前建成。

深圳国际机场淤泥地基处理技术复杂，曾先后多次请国内外专家讨论处理方案均未果。杨光煦提出的采用拦淤堤封闭式置换地基方案，解决了美、日、德及新加坡等国的专家们都"摇头"的深厚大面积淤泥地基处理难题，而且节约围护结构费6000多万元。该工程被国家评为优质工程，该项技术被评为国家重大科技成果。

武昌青山热电厂贮灰厂的粉煤灰堤，在多次加高的过程中多次出现渗漏滑坡现象，危及附近建筑物及居民安全，有关方面采用碎石桩加固后，滑坡反而加剧。杨光煦认真分析研究了粉煤灰的力学特性及渗透稳定性，提出用板桩灌注墙截断渗流水的处理方案获得成功。这项技术还获得了国家发明专利。

在北江飞来峡工程中，原设计单位一直拿不出令人满意的设计方案。长江委承担这一任务后，杨光煦提出优化设计方案，不仅使工程提前一年多完工，而且节省投资近亿元。

无须再一一列举了。每一种优化方案的提出，每一个枯燥的数字后面，都浸透着这位工程技术专家的一脉心泉。

三、遨游学海

几十年来，治江工作给长江委提出了很高的技术要求。杨光煦早就悟出：只有不断学习——从书本上汲取营养，在实践中获取经验，做到技术资料和工程资料相结合，才能产生既合理又先进的设计方案。

几十年来，杨光煦始终保持着强烈的求知欲望。每天早晨5点钟他必定起床读书学习一个半小时，星期天如果不加班，他同样会利用起来。长年累月，他把读书当作一种享受，他家的书房里高大的书柜中满塞着各式各样的专业书。读书让他的业务知识和理论水平大大提高，同时让他的思维不再局限于眼前，而能宏观地、立体地看问题，并能果敢地跨越专业的界限，驰骋于真理的海洋。这使他能高屋建瓴，避免经验主义的错误。在他进行的每一项设计中都可以看到理论探索的痕迹。

为积累工程资料，杨光煦养成一个习惯，就是每到工程一线都要徒步往返工地。在葛洲坝施工时，单位有班车，但他总是提前步行上班；在万安工地，他身为设代处副总工程师，有车接送，他仍坚持以步代车。他说："步行到工地有几个好处，一是可以了解施工质量，二是可以与施工单位、个人交换意见，自己从中获得提高。"每次到工地走一趟，他或多或少都会有些收获，他的工作笔记本上就会留下一串他所见所闻、所思所想的文字。

提起杨光煦对工程资料的重视，其间还有一段佳话——

还是在乌江渡水电工地时，工地的人都知道他是个大忙人。在工作之余会挤出时间将工程建设中发现的问题、解决的措施、自己的体会及工人们介绍的经验等记录下来。久而久之，工程笔记越写越多。就像电影画面一样记录了许多艰辛、纷繁的细节，记录了工程设计的一页页"往事"。尽管这项工作艰苦且连续性很强，但他始终坚持不懈。

1972年3月，导流工程建成后，长江委人奉命撤离。杨光煦望着那一摞工作笔记，颇有成就感。

这时，一名与他合作多年的中南设计院负责人找到他，希望他把这些笔记留下来。

杨光煦一愣：这可是自己辛辛苦苦在工地上用腿和脑记录下来的宝贵资料啊……

那位负责同志似乎看出了他的心事，忙说："放心，我们只是暂时借用一下，保证完璧归赵。"

据说，他是当时长江委派驻电站工地100多名技术人员中唯一被提出这个要求的人，因为他的笔记记录得最细致完整，也最具有价值。以后每谈及此，杨光煦总是满怀欣慰。

的确，杨光煦勇于实践、敢于探索，并善于总结。他很清楚工作笔记对他以后的设计工作有很好的借鉴作用，正如他在三峡一期土石围堰基础粉细沙处理和大江截流的理论探讨方面作出的有益尝试是与他在深圳机场、珠海机场等工程的实践分不开的。因此，平时一有空闲，他除了读书，还写论文、著书。他希望以此给人们提供一些经验、一些有价值的参考。近些年，他已陆续将自己多年来对复杂条件下施工技术、结构设计及地基处理工程所作的系统的创造性的研究和实践，编写成了多部专著、上百篇论文。

他常常告诫年轻的技术人员要勤于学习、勤于思考，将精力集中在工作上，而把个人的生活看淡些。他自己更是以身作则。一次，他为建设单位解决了诸多技术难题，对方给了他几万元感谢费，他分文未取如数归公；在万安水电站工地时，当地木材很多，他从没考虑用公家的木材为自己做家具。谈到这些时，杨光煦说："人的精力是有限的，过多地注意这些势必会影响工作。"

一分耕耘，一分收获。杨光煦将时间和精力都用于工作，用于书山学海的遨游，他也因此获取了许多。

托起水中的太阳

——记长江委长江设计院副院长谢向荣

李民权

改革开放的新时期，长江治水人为了圆中华民族的三峡梦，在长江三峡工程建设中充分发挥聪明才智，奉献青春与热血，以对党、对祖国、对人民的赤胆忠心托起一轮水中的太阳。

长江设计院副院长谢向荣就是其中的佼佼者。

崭露头角

1982 年 7 月，21 岁的湖南伢子谢向荣，从武汉水利电力大学（现武汉大学）毕业，被分配到长江委长江设计院施工处从事设计工作。

大学毕业走上工作岗位后，谢向荣视水利事业为自己的生命，脚踏实地，辛勤耕耘，默默无闻地工作与学习。熟悉谢向荣的人都知道，他在同等学历的同龄人中职称晋升、职务晋级不是最快的，但并不影响他的发展，用他的话说："有事干就行。只有在干事中才可以找到自己的人生坐标和快乐，实现人生的价值。"

机会总是青睐那些有准备的人。世界银行项目尼泊尔马相迪水电站急需现场施工设计人员。1987 年 2 月至 1989 年 5 月，助理工程师谢向荣被选派到尼泊尔工作并担任现场工程师、电站厂房施工部经理。在异国他乡，谢向荣不辱使命，勤奋工作，精心设计，精心管理，受到当地官员和水电站建设参战人员的一致好评。也就在那时，他积累了与国际接轨的工程招标工作，为回国参加三峡工程建设做好了技术准备。

1989 年 6 月至 1994 年 10 月，谢向荣在长江委施工处专攻三峡工程岩土工程施工设计，并参加了长江三峡工程论证的低坝、高坝方案的比选与研究，由于业绩突出，他先后被聘为工程师、高级工程师，并担任施工处岩土室副主任的行政职务。1994 年 1 月，经三峡工程开发总公司副总经理王家柱推荐，谢向荣赶赴北京机械部参加了三峡工程第一批土石方施工机械招标评标 10 人组成的专家组。在这 10 名专家中，尽管谢向荣年纪最小、行政级别最低，但他提出的招标评标意见却受到来自全国机械行业的资深专家的高度关注和认可，从而破解了两大技术难题。

三峡工程的土石方开挖不仅工程量巨大，而且由于工期进度的要求，开挖强度也很高。年开挖强度高达 2700 多万立方米，这不仅在国内外的水电工程中从未有过，而且也是国内一般的大型露天矿从未达到的。在 1990 年以前，国内水电工程施工的大型挖掘设备主要是 4 立方米电铲，大型露天矿的挖掘设备也基本上都是 4 ~ 25 立方米的电铲。

三峡工程开发总公司主要负责机电设备的人员曾提出了在三峡工程施工中以 10 立方米电铲为主力挖掘设备的意见。但是谢向荣与有关人员在对国内外的电动、液压挖掘设备的性能、应用条件等进行了广泛、深入的研究，对国内著名的大型露天矿山、水电工地进行了实地考察之后，根据三峡工程土石方施工的特点和要求，提出了三峡工程土石方施工挖掘设备应以 8~10 立方米液压挖掘机为主、钻孔设备应以全液压和高风压钻机为主的意见。该意见不仅通过了三峡工程初设审查，而且在三峡工程土石方施工机械专家讨论会上得到来自全国的施工机械专家们一致赞同，成为三峡工程土石方施工机械的采购依据。

与此同时，谢向荣对三峡工程主要土石方施工设备生产效率（定额）的拟订也发挥了重要作用。当时，我国的水电工程施工规范、手册中对施工机械设备的生产效率尚无统一的规定或标准。而机械设备的生产定额又是施工设计中必不可少的基本数据，也是设计中长期未能很好解决的一个难题。谢向荣在对全国的大型矿山、水电建设工程进行全面考察后，对所取得的资料进行了全面、深入的分析和研究。根据水电工程施工的条件和特点、不同机械设备的性能与使用条件以及中国技术工人的实际操作水平等条件，拟订了主要土石方施工设备生产效率，从而解决了土石方开挖施工设计中多年没有解决的难题。所拟订的主要土石方施工设备生产效率不仅通过了三峡工程初设审查，而且通过了三峡工程施工的实地验证，证明所拟订的审查定额是合理的，是符合施工实际情况的。

从此，谢向荣在三峡工程建设中崭露头角。

崇尚创新

1993—2003 年，谢向荣全身心地投入三峡工程设计研究中，先后参加或主持了三峡工程大江截流、导流明渠截流、大坝、船闸、电站厂房等工程设计。2001 年起，谢向荣作为长江委长江设计院院长助理、院副总工程师，长期分管院三峡工程设计工作，由他主持或参与的设计项目就有上百个。在总结经验的基础上，由谢向荣主持完成的《大型水利水电工程施工招标文件实例》和《堤防加固工程施工技术条件与招标导引》两部专著，为规范中国水利水电工程施工招标发挥了重要的指导作用。

谢向荣在完成繁重的设计工作的同时，还承担了多项重大课题研究。经他组织完成了国家"七五"重点科技攻关项目"三峡船闸高边坡引水、输水系统快速施工技术研究"、国家"八五"科技攻关项目"三峡船闸陡高边坡关键技术研究"专题。

创新，始终是谢向荣崇尚的工作理念。由他主持完成的三峡工程通航建筑物下游引航道招标设计，最终将初步设计方案中的水下开挖大胆改为陆上开挖，仅此一项就节省投资近亿元。在三峡工程蓄水方案、电源电站、三期厂坝工程等项目设计中的关键技术上，也无不饱含着谢向荣的创新思维，正是源于这种创新，三峡工程的设计技术有多项处于世界领先水平，为建成后的三峡工程发挥巨大社会效益和经济效益夯实了基础。

编撰丛书

1997年10月，长江三峡一期工程顺利完成并进入二期工程施工阶段。为了及时总结三峡工程的设计和研究成果，促进三峡工程今后的建设，同时也为了向世人进一步宣传宏伟的三峡工程，长江委决定编写出版一套系统介绍三峡工程技术研究的丛书——《长江三峡工程技术丛书》。此书被列为国家"九五"重点图书出版项目。时任国务院副总理邹家华为此书题词："高山平湖千秋业，智慧结晶誉内外。"谢向荣在繁忙的施工设计中抽空参与了这套丛书之一的《三峡工程施工研究》一书的编写工作。谢向荣和杨云玫、曹稼良等一道就土石方施工特性、土石方施工研究、土石方平衡及其调运规划、船闸高边坡开挖与加固、主要开挖机械造型和生产效率拟定等重大关键技术性问题进行了详尽科学的研究总结。在近一个世纪里，国内外数以千计的科技工作者对三峡工程进行了潜心的研究，但迄今尚无一本全面系统深入介绍三峡工程技术问题的书籍，《长江三峡工程技术丛书》的出版，无疑满足了国内外广大读者的需求。

据长江委主要领导介绍，《长江三峡工程技术丛书》是一套系统、准确反映长江三峡工程在规划、勘测、设计、科研、移民、生态环境及经济研究中的重大科学技术问题的丛书。它不同于一般科技图书那样面面俱到地论述所有的科学技术问题，也不同于教科书那样从一般的原理公式层层展开，而是抓住三峡工程论证设计中的关键技术问题进行论述，并以翔实的资料和数据说明三峡工程论证和设计中所采取的重大科学技术措施的可行性、先进性和科学性。长江委是三峡工程前期工作的主要完成者，是三峡工程设计的总成单位。这套丛书的编撰者均是过去和现在从事三峡工程论证与设计的主要技术负责人和业务骨干，他们熟悉三峡工程，对三峡工程的技术问题进行了深入研究，因此具有严肃的科学性。在这套丛书成稿过程中，张光斗、潘家铮、林秉南等院士及其他有关专家对有关的专题内容进行了审阅，并提出了宝贵的修订意见。

难忘 1998

1998 年是谢向荣晋升长江委施工处副处长岗位工作中最值得铭记的一年，也是工作成果最多的年份之一。

这一年的 7—12 月，由谢向荣负责审查的《三峡工程主体建筑物基础处理固结灌浆试验总报告》《三峡水利枢纽右岸地下厂房技术设计总体布置专题报告（施工部分）》《三峡水利枢纽右岸电站 24~26 号机组段厂房型式及提前施工方案专题研究报告》全部通过专家评审，为 1999 年三峡工程高强度施工浇筑做好了充分的设计准备工作。与此同时，他还积极参与主编了长江三峡水利枢纽永久船闸金属结构设备制造招标文件，这些都为确保工期和质量提供了重要保证。当年，谢向荣还作为南水北调中线工程设计负责人承担并完成了《南水北调中线穿黄工程初步设计施工组织设计报告》和南水北调穿黄工程渡槽结构专题研究的施工组织设计的审查工作。在由葛洲坝集团公司、长江委共同承担的《几内亚共和国苏阿皮提水电站可行性研究报告》中，谢向荣负责主持了该项目的施工设计和概预算编制工作，并获得各方的一致好评。

承担如此重大、如此繁重的工作，既需要高超的智慧和工程实践经验，也需要强健的体魄作支撑。谢向荣经常往返于长江委长江设计院和三峡工地，常常是白天在长江委办公室上班，下午 6 点下班之后又直接驱车去三峡工地。第二天早上他就出现在三峡工地的办公室或施工现场。凡长江委施工处、长江委长江设计院接触过谢向荣的人都会强烈地感觉到，他是一个实实在在、干练沉稳、乐于奉献的好干部。他始终把自己的工作实践与国家水利发展与建设事业联系在一起，与长江委长江设计院的兴衰联系在一起，干一行爱一行，负责一项管好一项。他不愧为改革开放新时期的"老黄牛"。

决战岁月

2002 年是三峡二期工程建设的关键年。作为长江委长江设计院院长助理和副总工程师的谢向荣清醒地认识到，设计工作先行是 2003 年三峡工程如期实现蓄水、通航、发电三大目标的关键和核心。为此，谢向荣密切注意 2002 年三峡工程现场施工动态，深入研究 2003 年的施工关键部位及其控制性工期等难题，及时指导长江委长江设计院相关专业编制了《2003 年三峡工程建设安排意见》，为三峡工程开发总公司及时制定 2003 年工程建设计划提供了决策依据。在此基础上，谢向荣经常召开技术骨干会议，组织各有关专业处负责人对建设计划中的设计工作内容进行讨论、分工，明确具体的工作内容和完成时间，并据此制定了《2003 年三峡工程设计工作总体安排意见》。同时，谢向荣还积极组织各专业与三峡工程开发总公司有关部门广泛交换意见，及时签订了《2003 年三峡工程供图协议》。

在具体设计中，谢向荣采取有效措施保证设计进度满足工程建设需要，要求各专业处室每周提交书面报告，将设计工作中存在的困难和问题及时反映并尽快解决。根据工程需要，谢向荣及时调整设计计划，对右岸大坝及电站工程、永久水源工程、消防指挥中心工程、右岸三期工程厂坝金属结构及启闭设备招标设计等关键项目的设计工作都及时做了安排和落实，按时提交了相关设计成果。

2003 年，三峡工程完工项目多，工期紧。为了适应这一情况，谢向荣索性常驻工地，以便及时解决现场发生的一些问题，时刻掌握工程建设动态。同时，他还制定了现场巡查制等相关制度，规定各专业每周必须下工地现场最少 2 次，了解工程进度和有关问题，加强现场设代工作。他要求各专业每周要将"现场设代要点"形成书面报告，以随时掌握现场施工动态，对其中的关键问题进行研究决策后反映到设计成果中，使设计工作紧密结合工程动态，更好地为工程建设服务。从而使 2003 年上半年三峡工程设计工作有条不紊、井然有序地开展，从技术上保证了蓄水、通航、发电三大目标的顺利实现。

<h2 style="text-align:center">数据说话</h2>

谢向荣作为一名具有丰富经验的工程招标专家，以他为主笔编写的三峡工程自开工以来所有的主体工程招标文件近 400 万字。面对 2003 年十多个三峡工程招标设计项目，谢向荣勇敢地担当起了这些招标设计项目的设计负责人。他认真细致地对待每一个项目的招标设计工作，对招标文件进行了字斟句酌的推敲校审，保证招标文件不出纰漏。与他共事的同志们都称赞他工作一丝不苟，紧张有序。另外，作为三峡工程开发总公司聘请的评标专家，他还先后参与了三峡工程土石方施工机械国际采购、通航建筑物下游航道工程、二期大坝与厂房施工招标以及永久船闸、厂坝二期工程金属结构制造招标等多个项目的招标评标工作。合同总金额高达 200 多亿元。

谢向荣工作刻苦努力，勤奋务实。他从事三峡工程设计工作二十余载，经历了三峡工程论证，初步设计，一期工程、二期工程的施工详图设计等阶段的设计工作。在每一个阶段，他都作出了重要的贡献，取得有目共睹的成绩。但他从不居功自傲，仍以饱满的热情继续为中华民族的世纪伟业奉献着自己的聪明才智。

2009 年，时逢中华人民共和国成立 60 周年。经过参战各方的共同努力，三峡工程提前优质顺利建成，向新中国 60 华诞献上了一份厚礼。长江三峡工程成为当今世界最大的水利枢纽工程，日益发挥着防洪、发电、航运、养殖等巨大的综合效益。中国人凭借自己的智慧和科技实力在长江三峡工程建设中创下 100 多项"世界之最"。中华民族仁人志士的百年三峡梦成真，梦已圆。中国治水人终于托起了三峡工程这轮水中的太阳。

爱岗敬业、勇于创新、精益求精、乐于吃苦、廉洁奉公是谢向荣的承诺和始终如一的追求。走上长江委长江设计院副院长岗位后的谢向荣至今仍在南水北调中线工程建设中劳累奔波。因为他的另一个职务是水利部任命的南水北调中线工程设计总工程师。他仍在书写一名中国水利工程师奉献祖国水利事业的美好人生！

身许大江犹未悔

——忆老伴吴鸿寿

焦景文

2018 年是被誉为"万里长江第一坝"的葛洲坝大型水利枢纽建成三十周年，长江委准备编本书作为纪念。季昌化主任向我约稿，让我写点吴鸿寿在葛洲坝、三峡工地的一些往事。我说我不太懂得他在技术方面的工作，但可以说一说一生与水相伴的水利人，他们对事业的执着，说说他们家庭生活中鲜为人知的事情。那我就从对老吴的记忆中最深刻的几件往事谈起吧。

一、参加革命

吴鸿寿 1949 年毕业于湖南大学机械系，1948 年在长沙湖南大学读书期间，就参加了中共湖南地下党组织领导的学生运动，并成为"新民主主义建设协会"成员，组织学生、工人上街游行，反饥饿、反迫害，反对国民党统治，为迎接长沙解放、解放军进城做准备。国民党在撤退前一直在搞市政破坏活动，当时地下党就组织工厂工人、学校学生护厂护校。吴鸿寿身材高大，血气方刚，担任了湖南大学护校大队的大队长，从此走上了革命道路。

1949 年长沙解放，他即被中共湖南省委派遣，随解放军四野大军进军湘西，在湖南吉首地方政府部门工作，担任县政府秘书，协助进行剿匪反霸、土地改革、建立地方政权等工作，并配合四野、二野进军四川，解放全中国。

二、踏进水利建设门槛

他在大学期间学的是动力机械专业，在湖南吉首县政府工作期间，由于新中国成立初期电力极度匮乏，县里决定派他负责筹建小型火力发电厂。吴鸿寿全力以赴，在较短的时间内完成任务，按时发电，并在工作中积累了经验。1952 年，组织上安排老吴担任湖南沅陵高级工业技术学校（后改为武汉水利学校）副校长，为新中国培养了一批急需的专业人才，其中一部分毕业生也充实到长江水利建设事业中。

1949年，长江流域遭遇大洪水，荆江大堤险象环生，长江中下游特别是荆江河段的防洪问题引起党中央高度重视。1950年初，长江委在武汉正式成立。随后，兴建了如荆江分洪等大型水利工程。1954年初，全国经济建设掀起高潮，一批技术人员和干部陆续充实到长江水利建设事业中来，我们也调到长江委，按当时组织的说法叫技术人员归队。

新中国成立之初，党和政府就把水利建设列在恢复和发展国民经济的首位。因此，治理开发长江进入到一个快速发展阶段。20世纪50年代，老吴调到长江委，是他人生的一次转折。除了要把过去的专业知识捡起来，还要适应新形势接受新任务的挑战。在接受新任务后，他就默默地在工作中学习钻研，抓住一切机会"补钙充电"，全身心投入到长江水利建设事业中。

他白天上班，下班后回家吃完晚饭，又回到办公室挑灯夜战。我们刚来时住在长春街116号，后来才搬到上滑坡。那时，家里地方小，又有孩子和保姆，吵闹声是难免的。怕影响家人的休息，他常常工作到半夜十二点才回家，那段时间我们家的大门是虚掩着不锁门的。

50年代中期，在援华苏联专家的指导下，老吴学习了苏联的设计规程、规范和设计理论并运用到自己的实际工作中。他还自学了"水能利用""水轮机设备及选择理论"等业务知识以及俄语，逐步掌握了水利枢纽机电设计理论和方法。从1957年到1968年，他全面负责丹江口水利枢纽机电设计的组织领导工作，包括设计方案的确定、设备订货、设备安装和调试，直到丹江口第一台机组发电，积累了丰富的经验。之后，他又参加了长江葛洲坝水利枢纽工程、江西万安水利枢纽工程、贵州乌江渡水利工程的设计工作。80年代中期，他全身心投入到三峡水利枢纽工程建设中。

水利工作者的家属会有和我一样的感受。他们长期在工地现场，在家时间很少，难以顾及家庭，留给我们家的往往是上有老下有小。那个年代，我们很多人都是夫妻分居在工地和武汉，家里的孩子也是跟着父母两地生活，孩子们从小就锻炼了独立生活的能力。当时工地条件艰苦，孩子们白天结伴去几千米外的幼儿园，晚上就和父母挤在工地芦席棚宿舍睡觉。那时柴米油盐等生活用品都是计划供应的，由于大人工作繁忙，年纪不大的孩子们就互相帮助给家里干买米、买煤这些体力活，因此我们这些水利工作者的后代在那个艰苦的条件下结下了深厚友谊，到现在都为自己是长江水利人的后代而自豪。

在参与丹江口、葛洲坝工程建设中，长江水利人常年坚守工地。要说爱人生孩子是家中的大事吧，如今一个家庭生个孩子，家中的长辈、孩子父亲乃至亲戚都围在产妇身边。而1963年9月，当时我刚生完孩子的第二天，就出现高烧。可是老吴提着旅行袋到医院看了我一下，说"工作需要，我要下工地去"，然后直接去车站了。这时一个产妇的心情是何感受，只有鼓励自己坚强。我高烧一周后才退烧，最后还是办公室的同事把我接出医院的。

在这么多年的工作中，他很少留在汉口机关，不是在工地，就是四处出差，或者是到北京开会，或者是到哈尔滨电机厂和四川德阳电机厂联系工作。一年四季，他到底在哪个地方，家里人真是难得知晓，只有两样物品是我估摸老吴行踪的"消息树"：一双黄色翻毛皮鞋和一个黄色帆布旅行袋。每当我下班回家进门，走廊里这两样物品不在，我就知道他又出差了。帆布旅行袋里放着他换洗的衣服和洗漱用品，那时没有电脑，除手头带部分资料外，大量技术数据都要装在脑子里，他的记忆是不错的，他旅行袋里还有一台小收音机，一方面听新闻了解国家大事，同时也是在旅途中、工作之余排遣寂寞的伴侣。这几样东西伴随他很多年。

再说一下他出差在路上的事情，有两件事让我记忆犹新。那个年代，公共交通拥挤，如果是晚上或节假日出差，到火车站是一件难事。有一次，我带着孩子去送站，从黄浦路乘公交车要隔很长时间才等来一趟车，我们全家出动，车到站首先把老吴推上车，我们随后。车到一元路火车站，在拥挤的人群中把他推向车门，嘴上还不停地说："谢谢，谢谢请让一让，我们要赶火车。"挤出公共汽车门，即便是冬天，也累得满头大汗。然后我们再从一元路一路小跑赶到大智路汉口火车站，赶上了这趟火车不知有多高兴。他虽然上了火车，却没有座位，只有站上十几个小时，这时那个黄色旅行袋就起了作用，坐在上面直到目的地。

还有一次他从工地乘火车赶回武汉开会，乘坐的是夜班车，从火车站赶到汽车站等车，由于晚上没有休息好，又饿着肚子没有吃早餐，脸色苍白在车站一头倒在地上。那次正好高宜道同志与他同行，他们多年在一起工作知道老吴患有心脏病，忙请路人帮助把他放平躺在路边，慢慢才缓过气来。他上了公汽回家休息了一会儿就直接到办公室开会去了，都没来得及去医院。

在工地期间，他有时也发生呼吸困难的情况，只好就地躺下休息，我事后听说，格外揪心。在"文化大革命"期间，他受到冲击，下放劳动，有个别人居然在会上批他偷懒，不接受改造。

三、为三峡工程呕心沥血

80年代中期，长江三峡工程正式提上议事日程，长办逐步将主要力量投入三峡工程设计完善工作。

老吴 30 多年间始终负责三峡机电专业设计任务，也熟悉国内有关单位进行三峡机电设备的科研情况，他常年穿梭于工地现场和各设备厂家，并参加北京各部门召开的研讨会。1985 年 3 月，他参加由国家计委、国务院重大技术装备领导小组组织的三峡水电站机电设计技术小组实地调查美国、巴西、委内瑞拉三国的大古力、伊泰普、古里大型水电站，考察有关设计咨询公司，了解国际上大型水电站机电设备制造、安装、运行情况，从理论到实践多方面掌握情况，丰富了他在大型水电站机电设计方面的技术。在资料匮乏的年代，老吴每次出国都带回大量的技术资料，几乎没有带回当地特产和个人用品。

三峡水电站机电设计考察小组于 1985 年 3 月 27 日至 5 月 10 日对美国大古力水电站，巴西、巴拉圭合建的伊泰普水电站和委内瑞拉古里水电站进行了短期考察，圆满地完成了任务。

1987 年，中加两国政府签署协议，委托加拿大技术咨询集团，在世界银行指导下独立编制一份符合国际惯例、能为国际金融机构接受的可行性研究报告，一方面供中国政府决策参考，同时也可为三峡工程的国际筹资创造条件。水利部和长办联合组团赴加拿大参加三峡工程可行性研究咨询，老吴作为代表团团长圆满地完成了任务。

80 年代中期，从中央到我们设计单位都在为三峡工程紧锣密鼓地做准备。在论证方案时，全国政协经济建设组以及一些社会人士，对三峡工程的经济性和技术可靠性提出质疑。党中央、国务院对三峡工程采取积极而又慎重的态度，对各方面提出的要求和各界人士反映的意见十分重视，并请国家计委宋平副主任组织有关领导和专家沿长江三峡库区进行实地查勘（1983 年 4 月 5—21 日），他们从重庆上船，沿江而下，直到宜昌。

在此期间，1985 年新春佳节，我和老吴回北京看望父母。大年初一上午，全国政协常委、全国政协经济建设组组长孙越崎老人来家做客，我的父亲焦实斋（全国政协常委），让我们出来给孙老拜年，还介绍说，我的女婿在长办工作，是工程设计师。寒暄当中自然谈到三峡工程，孙老向吴鸿寿了解了一些三峡工程技术方面的问题，老吴一一作答。我的老父亲早知双方的不同观点，有意促成沟通。吴鸿寿在长辈面前聆听得多，他说我只在机电方面了解得多一些，我们可派专家专门向您汇报。

第三天，我父亲又带我和老吴上门拜见孙老，临走时孙老对吴鸿寿说，我们可以考虑听听长办专家的意见。老吴回汉后及时向曹乐安副总工程师汇报了情况，曹总当即表示愿意去北京向孙老汇报，介绍三峡工程情况，并商量了用什么形式、参加人员、时间、地点等细节。

经长办领导同意，由曹乐安总工程师（全国政协委员）、唐日常（泥沙专家、民

人物篇

革成员）、沈克昌（机电专家、民革党员）三人为代表前往北京，这次向孙越崎老人汇报是在特定情况下进行的。为了方便双方的工作，曹总指定老吴从中联络，老吴不辱使命，从中穿针引线，促成了三位长办代表前往北京民革中央中心会议室，做了关于三峡工程的系统介绍。

孙越崎老人对这次见面非常认真，孙老给吴鸿寿的亲笔信中说："曹乐安等三位同志来京面谈长江三峡工程问题，我深表欢迎，但作为汇报实不敢当。"信中还说："我和我邀请的几位委员，交通问题自己解决。"孙老平易近人，考虑问题细致周密。会后，长办又邀请孙越崎及部分委员前往宜昌三峡做实地考察，孙老不顾年逾九旬，欣然前往。老吴全程陪同。

孙越崎老人是我国近代以来能源领域的权威人士，他曾任国民政府经济部部长、资源委员会委员长；改革开放后任全国政协常委兼经济建设委员会主任，民革中央名誉主席等职务，也是国家三峡工程论证领导组聘请的 20 位顾问之一，他代表全国政协经济建设组全程参与了三峡论证工作。

如今，巍巍三峡工程已全面建成并造福人民，孙越崎老人作为不同意见的代表人物，也为这一伟大工程贡献了心血和智慧！

四、琴瑟唱和，情系大江

在工作上，老吴作风严谨，不苟言笑，但在日常生活中他兴趣广泛，敏学多才，内心世界丰富多彩。

抗战时期，老吴全家从江苏太湖之滨流亡到湘西，就读于国立八中。在校期间，他热心文体活动，歌咏队、演文明戏、篮球队都有他的身影。那时在山区几乎没有文化生活。他学会了拉二胡、京胡，还自学钻研乐理基础知识，配合演出，能作词谱曲，时常登台为师生和老乡们演出。

1969 年初，丹江口水利枢纽工程第一台机组刚并网发电，为下一步更加宏伟的南水北调工程奠定了水源基础。是夜，身在工地的吴鸿寿心潮澎湃，夜不能寐，连夜为毛主席南水北调的指示谱曲，以直抒胸臆，歌名就叫《南水北调》，后来在长江委及协昌里社区纪念毛主席诞辰 110 周年及其他文艺汇演上演唱。

转战三峡工程后，他鼓励我写歌词，他来谱曲，完成了我们夫妻的琴瑟之作——《向长江三峡进军》。"长江人唱长江曲"，表达了我们长江水利人的共同心声。

矢志于长江地质之旅

刘 军 刘 萍

作为一个奉命写作的笔者，最为难的就是碰上一位不好好合作的采访对象。尽管长江委勘测总队总工程师陈德基头顶国家级勘察设计大师的"桂冠"，但我们还是毫无顾忌地这样评论他。

"不行，不要写我。我仅是长江委勘测总队3000名职工的代表，并不比别人做得好多少，要宣传就宣传一下别人。"最初，他坚决拒绝。

后来，我们几经动员，甚至拿出水利部有关司局下达的要通过宣传"全国工程勘察设计大师"来鼓舞、教育广大社会主义建设者的有关文件，他才勉强答应，但采访工作仍然进行得十分艰难，谈来谈去就一句话："这些工作是和大家一起做的。"

我们只好采取从外围逐步深入的"战术"，广泛采访了和他共事多年的领导、同事，甚至他的妻儿、母亲……

一个平凡而又不同的他，总算有了一个模糊的速写像。

写他什么好呢？

当然，宣传勘察大师，离不开摆摆他的专业成绩，但人们所感兴趣的不仅是他做出了什么，更重要的是他如何做的！

他看了我们的初稿说道："还是淡泊点好，不要作什么渲染，形容词也少用一些……"够直率的！

二稿出来了，他又在"挑刺"："我的经历算不上曲折，也谈不上什么逆境。"他在稿件中出现的"逆境"二字下面用铅笔重重地画了一道，并陈述了他的道理。

尽管我们无法完全同意他的观点，但又不得不承认他思考问题理智而又冷静的态度。尤其听了他对"荣誉"冷处理后，富有哲理化的一系列分析，我们发现了他较为深沉、较为丰富的思想。他倔强、自信，这是跟他接触几次后，给我们留下的总的印象。看来，我们得从他的自信写起，但愿他的倔强别再阻拦……

一、壮志从自信中崛起

陈德基曾这样对我们说："我改行搞地质纯属一个误会。"刚听这话，我们还产生了疑惑，他对此作了解释。

那还是 1955 年，地质部要在南京办一个水文、地质训练班，给长办也分了几个名额。从训练班的名称上看水文排在地质前面，那就让水文处派几个人去吧！领导一安排，当时在水文处工作学水利的中专毕业生陈德基和另外三位同志就被派去学习。可在学习中，他们接触较多的却是地质知识。这次派人的误会竟给他提供了一次机遇，使他看到了另一番天地——我们脚下的神秘世界。

地球是什么样的？人们说地球是椭圆形的，更有人说地球是蔚蓝色的，而唯有地质工作者才能说清地壳里面的秘密。地质学是研究探讨地球的形成和发展的科学。陈德基一接触到它，倍觉新奇，慢慢对它产生了浓厚的兴趣。地下世界犹如阿里巴巴所要寻找的珠宝洞一样，一般人看不见、摸不着，只有阿里巴巴掌握了"芝麻开门"的口诀，掌握了认识地质状况的规律后，才能打开地壳之门，领略到"珠宝世界"的光彩和美丽。探讨视、触不及的世界，人就需要充分发挥自己的想象力和逻辑思维判断能力。从学习班回来后，陈德基认为在这个领域里更能发挥自己的特长，从不安于现状的他提出改行的要求。当时正值长办地质处组建之际，陈德基希望加入该行列，地质处当然拍手欢迎，可水文局却不愿放走这个已才华初露的年轻人，而倔强的陈德基干什么都是不达目的誓不罢休。他到处申诉理由、提出要求，领导们到底是经不起他这种"磨"劲，只好"高抬贵手"。就这样，他从水文岗位跨入了地质之门，从此踏上了长江地质之旅。

"你当时的改行行动是对自身命运的一次重大抉择。"

"不！不见得！我当时也可以在气象或别的方面发展……"他听完我们的话，马上否定。

好一个倔强的陈德基！

当然，可能还有比在地质领域里更能发挥他才能的天地，陈德基的成功就在于他终身钟情于长江地质之旅，矢志不渝。

但路何止九曲，尤其是新领域里的初征者。

一天，刚二十出头、担任勘测分队队长的陈德基正像往常那样带领着全队人马在湘西进行长江流域规划的勘测工作，有人又在争论一个地质问题。

"×× 层和 ×× 层之间是不整合接触……"陈德基在说明自己的观点。

"陈德基，你怎么连基本概念都不懂，在同一个'纪'的地层里怎么会有整合？"

一位地质学院分来的大学生斜视着陈德基，用轻蔑的语气反驳他，另两位大学生的眼光里也流露出轻视的神情。

其实，陈德基是对的。可正规地质学院毕业的学生的反驳，使他对自己的回答也产生了怀疑。

"我当时的确给镇住了！"现在身为勘测大师的陈德基回忆起当时的情景时，并不回避自己潜意识里存在的某些自卑心理。学历牌子不如人，不仅遭人白眼，还自己怀疑自己，不敢理直气壮地争论。任何自信的人，都不能排斥他也会产生不同程度的自卑。当时，陈德基只感到有一股从未有过的羞辱感从心底直往上涌，他的脸涨得通红，不由自主地联想起这位大学生和另两位科班生平时的言行。现在这位又对他如此无礼，性格一向倔强的陈德基何时受过这样的蔑视……

打他记事以来，他就从未被人瞧不起过。从读小学开始，他无论在哪个学校都成绩优秀，就连在著名的南开中学上学时，他也是优等生。后因家境不佳，他才没能继续跨入大学之门。

参加工作后，1956年国家又鼓励在职人员报考大学，当时和他一起分到长办工作的同班同学绝大部分都参加了报考，且顺利录取。可当时正忙着参加为编制长江流域规划勘察的陈德基，考大学的事根本就顾不上想，所以在领导面前提都没提。当被录取的同志们一个个高兴地奔赴高等学府的时候，他还不知在哪个勘测点上挥汗如雨哩！

以后，他又曾几次像上面所提到的那样被人嘲弄过，也曾为自己放弃报考大学的机会后悔过，但却从未屈服过，他所热衷的长江地质事业一次次地坚定了他的自信心：实践会锻炼我，我不会干得比别人差。

陈德基在选择伴侣的时候也表现得如此自信。

二十七八岁的陈德基已到了该成家的年龄。月下老人牵线，他与一位名叫王启云的妇科医生相识。这位女大学毕业生，不仅长得端庄秀丽，父亲还是武汉大学化学系教授。可她偏偏将"绣球"投向了学历和家庭条件都不如她的陈德基。没别的，她欣赏陈德基的才气，更欣赏他的为人，他俩都陶醉在情投意合的甜蜜之中。生活之花并非总是绽开笑脸，没想到王启云的父母竟联合同他们抗衡，不同意女儿的选择。理由也很简单，一是陈德基的学历，二是陈德基的地质职业，他们的女儿完全有条件选择更好的人。

陈德基又要承受来自生活的压力。如果说因学历不高遭人侮辱而伤了他的心，那么因职业不"好"而遭人拒绝，更让他感受到旧的习惯势力的重荷。他爱着王启云，更离不开长江地质事业。他十分自信，她会让他二者都能获取。果然不出所料，当时不知这位弱女子哪来的那股勇气，王启云顶着来自家庭的压力，义无反顾地走到陈德基身边，两颗心终于拴到一起了。但欢乐的结婚曲中还是有不和谐的音符，那就是岳父岳母大人竟固执地没来参加他们的婚礼。

陈德基毕竟是条汉子，最终无论是能忍、难忍的，还是表面、无形的压力，他都默默地忍受，并不露痕迹地使它产生一种反作用力——动力。尤其王启云同他结伴而行后，诚挚的爱渐渐熨平了他心头的皱纹，他把奋斗的目标以及对妻子的感情全都凝聚到长江地质事业中去。已成家，立业心更强的他，比什么时候都渴望知识雨露的沐浴。

机会终于来了。1957年，组织上送他去北京地质学院进修。他带着工作中碰到的问题，带着今后承担更多任务的使命感，更带着那股倔强劲，在仅两年的时间里，拼命吸吮知识的乳汁来丰富自己。爱玩的陈德基不见了，球场上、乒乓桌前不见他的身影；这位十八岁时曾在单位上演的外国话剧中扮演一位老教授的文艺积极分子，也偃旗息鼓了。

"那时，我的业余时间全让位给了学习。"陈德基这样对我们说。

经过专业知识滋补的陈德基，矢志于长江地质之旅的自信心更强了，在长江地质的征途上坚定地走着自立之路……

二、自立益于磨志

"我虽然在奋斗的过程中也付出过代价，但和许多人相比，我还算是一帆风顺的，基本上没走什么弯路……"陈德基这样认为。

"到我们这来工作，要干事干不完。"这是几十年后，身为勘测总队总工程师的陈德基对每一个分到长办勘测总队工作的大学生、研究生说的话。

"当初长办勘测队伍正在组建，极缺人才，有人反映陈德基表现不错，我才不管他有文凭、没文凭，有工作能力就可以当大学生用。"这是原长办老主任林一山同志在接受我们采访时，谈到他在20世纪50年代重视培养陈德基时的想法。

"勘测工作是一项群体意识很强的工作。任何一项成果都应该是集体智慧的结晶，我如果离开了同志们，只能一事无成……"这是陈德基在接受我们采访时反复强调的一句话。

如果将以上毫不相干的三点横向联系起来，我们将会十分清晰地看到支撑他顺利成长的三大支柱：事业、组织、同志们。因此，从这点上说陈德基是幸运者。

我们面前放着一份陈德基的履历表，上面标明他曾参与并主持过丹江口、乌江渡、葛洲坝、万安、隔河岩、引汉渠首、石泉水电站等工程的地质勘察工作。陈德基在自立的道路上之所以能阔步前进，首先得益于得天独厚的、宏伟的长江地质事业，这点不容置疑；其次就是组织和同志们的扶植和支持。就拿让他第一次品尝胜利喜悦的丹江口工程来说吧，就是林一山主任亲自点名让他负责，李庭序副主任直接对他交代任务的。

"你们这次出去要对丹江口工程坝区断裂构造和区域性稳定性评价等作重点研究，尤其要查清沿丹江是不是有一条南北方向的大断裂带。这关系到丹江口工程能否兴建和工程的造价，要实实在在地弄清楚。"李副主任反复叮咛。

于是陈德基、王思乔等人多次深入丹江口库区，茅舍泥屋、红薯苞谷糊伴随他们度过了一百多个日日夜夜。生活的艰苦倒没什么，有时候行路的艰难更让人胆战心惊。

一次，为了对比丹江两岸的地质和构造，他和另两位同志经常出入于无人涉足的区域。这天，他们又从野外回到他们借宿的老乡家里。

"回来了？"房东问道。

"回来了。今天可累得够呛！"

"今天你们转到哪？"房东关心地问。

陈德基向老乡叙述所到地区的地形。

"天哪！你们这几个毛小伙子不要命啦！那地方哪有人走的路，那里的山不仅高，而且陡得没法落脚，连我们当地人砍柴都不往那里去，你们能活着回来，算你们命大……"房东用惊讶的口气说道。

功夫不负有心人。他们终于凯旋，拿回了翔实的地质资料。

"搞清楚了！丹江两岸地层完整，对应关系很好，不存在什么沿丹江的南北大断层。"陈德基在向李副主任作着汇报。

"很好！你们的工作很有价值，不仅平息了一场可能引起的大争论，而且促进了丹江口工程的顺利开工……"李副主任乐呵呵地表扬了他们。李副主任还说了什么，陈德基已记不清楚了，但对那次工作他却记忆犹新，因为那毕竟是他第一次独当一面，领导小组的同志们取得了让人认可的成绩。当时，他还没到而立之年，正处在一个血气方刚、充满幻想的年龄。脚踏实地的工作，正把他的幻想一步步地变为现实。

陈德基也年轻过。与现在的年轻人相比，他们那一代人年轻的时候少了几分浪漫，多了几分实际，更强调工作、责任、贡献，特殊的历史造就了特殊的一代。如果说，现在有些搞勘测、设计的年轻人喜欢在办公室多待一待，那么陈德基和他的同龄人年轻的时候倒希望到现场、工地多跑跑、多看看。那时他印象最深的工程，除了丹江口外，就要算乌江渡了。

陈德基又要离去，这次是要与新婚的妻子暂时别离。新婚宴尔，何忍分离，但为了工作，他只能告别娇妻，和同志们一起向乌江渡奔去。20 世纪 60 年代，正值乌江渡电站初步设计工程地质工作紧锣密鼓进行的时候。那段时间，他们经常往返于武汉、贵州之间。最初，陈德基每次出差，妻子还依依不舍地送送他；以后，他出差次数多了，妻子也只好把这项"礼节"免了。

这里是乌江渡。奔腾呼啸的乌江两岸高山耸立，直插云天，好陡！好险！在山上攀登，总给人一种提心吊胆的心境和压迫感。长征红军在这条河流上抢渡，需要何等的胆量和勇气！说到乌江，人们不仅要说它的险，还要说它的洞。这里是喀斯特十分发育的地区，它的洞之多，竟没有人能数得清。大自然在这块石灰岩地区，尤其在地下世界显示出了雕塑家无法达到的鬼斧神工的能力。

世界上有不少国家在石灰岩地区修建大坝水库，都因为漏水而成了"干库"。当时，我国有些人谈起在石灰岩地区修水库，就谈虎色变。乌江渡水电站，是水利人在我国石灰岩地区要修建的第一座大坝，的确让人有些胆战心惊。陈德基他们的任务是要把疑团重重的地下世界搞清楚。

一天，一个小组谈到在岸坡高处一个地下洞穴的情况，引起了陈德基的兴趣，他提出同他们一起再去看看。他们一行扛着标杆，肩挎一大捆绳索拿着罗盘又来到一个洞前。此洞深不可测，从上往下望去，黑咕隆咚。一块石头扔下去，半天才听到落地声，但又非下去不可。

一到现场，陈德基抢上前去，找出绳头边往腰上系着边说："我先下去看看！"

"这里的情况我比你熟，还是我先来。"一位地质人员不由分说地将绳索从陈德基手中抢去，往自己身上一系就要人把他吊下去。

陈德基一行尾随而下。他们从这个竖洞下去，沿着一个横洞没走多远，人渐渐地不能立着直行了，只能弯着腰行进。此姿势没能维持多久，头又抬不起来，人只能趴下来，像蜥蜴那样匍匐前进。洞内阴冷、潮湿，地下的积水浸湿了衣服，冰冷刺骨，时不时有青蛙从身上跳过。也不知这样爬行了多长时间，山洞地面又慢慢朝下呈倾斜状，人渐渐地又能站立起来了，走在前面的同志突然举着手电筒大叫起来：

"看啊！好大的一个洞。"

一个奇大无比的洞呈现在他们面前。他们走了进去，举起所有的手电筒仔细地观看，嗬！头顶上的岩溶石千姿百态，简直像一个大宫殿。耳边传来哗哗的流水声，仔细一看，啊，是一条暗河！他们终于下到了洞底。他们利用暗河水做了连通试验，取得了极其宝贵的资料。在这之前，地质队的一个小组曾在一个洞里住了好几天，下洞对地质人员来说又算得了什么，哪一个地质人员没下过成十成百的洞，特别是他们所下的洞穴很少碰到像桂林七星岩洞穴那样已让人修整好的、变成坦途的游洞。尽管每次下洞都可能碰到预想不到的危险，但陈德基他们又非下不可，因为这样取得的地质资料是极其可贵的。没有探险的勇气是当不成地质工作者的。当然，探险者固有探险的乐趣，像具有一定文学修养的陈德基就曾写过一篇《探洞记》的散文，还在《安徽文学》1965 年第 10 期发表过呢！你如果看了他的作品，你倒真的能体会到探洞险中有趣，苦中有乐，还能增长不少书本外的知识呢！

"下一步关键在于报告的编写了。"陈德基自言自语道。

"秀才，那就看你的了！"他们知道领导已把主持编写《乌江渡水电站初步设计工程地质勘察报告》的任务交给了陈德基。

1965 年，国家三线建设进入了高潮，乌江渡水电站作为三线地区能源建设的重点工程被提到日程上来。当年 4 月，正在负责三线建设的国家建委副主任宋养初同志提出要听乌江渡地质情况汇报，这是宣传乌江渡水电站、打消领导疑虑、促使上级早日做出决策、让乌江渡电站早日上马的极好机会。林一山主任又派陈德基去完成这个任务。刚跨入而立之年的陈德基还从未在这样大的干部面前汇报过工作。

"陈德基，汇报工作要看对象，要有针对性……"林主任耐心地教着陈德基如何汇报。

陈德基来到蓉城见到宋养初副主任。一见面交谈就觉得此领导好接触，和蔼可亲，平易近人。陈德基按照林主任的教导，深入浅出、有条有理地向宋副主任汇报了乌江渡工程的地质条件及建坝的可靠性。

汇报完了，没想到宋副主任很满意。他站起来走到陈德基面前，满脸悦色地拍了拍陈德基的肩膀称赞道："你汇报得非常好！年轻人，我完全听懂了！"

陈德基吃了定心丸。

回到乌江渡后，他又与当时主持勘测处技术工作的李元亮等同志一起对坝基工程地质问题反复进行研讨、磋商，拿出了主要论点和论据，集众人之见的《乌江渡水利枢纽初步设计工程地质情况报告》终于完成了。

初冬之际，乌江渡水利枢纽初步设计审查会在遵义召开，这是我国岩溶地区第一个高坝审查会。水电部副部长王英先同志亲自出马，各方水利水电英杰云集乌江。陈德基在会上代表长办作了《乌江渡大坝初步设计工程地质情况》的报告。他当时年轻气盛，汇报的时候不仅语言铿锵有力，个别言辞还有些犀利。尽管如此，他集众人智慧，用翔实的资料、有说服力的论据和充分的信心，使与会领导和专家信服，初步设计报告终于被审查通过了。

乌江渡毕竟是陈德基难以忘怀的地方。在长江地质之旅中，他第一次向同行们显示了自我价值的力量，轻视渐渐离他远去。生活在给予他享受成绩欢乐的同时，还向他作了索取。别的不说，爱人在生第一个孩子的时候，他还不知猫在乌江渡哪一个洞穴里。事后，等他兴冲冲地从乌江渡赶回家时，他们那位公子已降世百日。

"孩子的屁股怎么红了！"满怀做母亲喜悦的王启云听到孩子的哭声，从厨房赶出来从笨手笨脚抱着孩子的陈德基手中接过孩子，看着孩子发红的屁股问道。

"我抱着他，他猛哭，就是不听劝，我就朝他的屁股轻轻地一拍，哪知一巴掌就红了呢！"陈德基老实回答。

"孩子的嫩屁股哪经得起拍啊？又想当爸爸，又不尽义务，孩子是不会领情的。"王启云嗔怪道，陈德基不好意思地笑了。

20 世纪 70 年代，在长办人员全部撤离乌江渡后，陈德基又曾光顾乌江渡，但他以后的光顾都是被新接手的设计施工单位请去参加技术讨论的。陈德基在讨论过程中，用大量的资料证明了 20 世纪 60 年代长办所做结论的主要方面是正确、可信的，经施工检验更给予有力的证明。在当时的条件下，地质勘探工作能取得那样的成果，的确达到了很高的技术水平。另外，新接手单位的有关人员在开工之初遇到一些复杂地质情况时，曾产生过一些疑虑和不安。陈德基的几次现场解说，坚定了他们必胜的信心。

乌江渡水电站已荣获国家授予的科技进步奖一等奖。当陈德基拿到"主要参加者一等奖光荣证书"时，他是否想到他的妻子、儿子，他们都共同付出过？但在接受采访时他还一个劲地强调：

"我算得了什么，我们总队许多人像陈智辉，三个孩子出生时他都不在家。乌江渡水电站的确能锻炼人，像杨天民、杜忠信等人都是那个时候给锻炼出来的。"一个优秀的集体——这就是产生陈德基的群体。

话回到乌江渡兴建时的陈德基。当时，他毕竟是欠了妻儿不少。事后，他下决心要在家里多待些日子，如此这般地为自己安排了不少家务事。可没多久，他又身不由己地跑了出去。广阔的长江流域有他干不完的事业，万安、石泉、彭水、引汉渠首、葛洲坝……一项项工程在召唤、吸引他。时隔不久，一张"葛洲坝二、三江工程及其水电机组较大贡献光荣证书"又落到他的手上。我们想请他多谈谈，他又以"当时我在搞别的工程，去得晚"为理由推辞掉了，但我们还是从侧面了解到他所起的作用。他在葛洲坝二期工程主要断裂和强透水岩体的分析上有独到的见解。至于哪些见解完全是他的，的确是不太好分工。因为，完成任何一项宏大的工程，都需要群体智囊的作用，其中都是你中有我，我中有你，但光荣证书的本身就足以说明他的贡献和作用。

前不久，江西万安水电站并网发电了。一位同志得知我们正在写陈德基，主动对我们说：

"得写写陈德基在万安工程中的作用。如果不是他，万安工程建设将会经历一个大的曲折……"

赣江，是鄱阳湖水系的一条重要支流，美丽、富饶，水能蕴藏量极为丰富，万安水利枢纽是赣江九级梯级开发的第一项工程，它不仅是江西省而且是鄱阳湖流域最大的水利工程。这项工程1956年就由长办着手规划并进行勘测设计，1960年开工，两年后因国民经济进行调整而停工；1978年12月又复工，被列为我国"六五"建设计划的重点项目，首台机组于1990年12月并网发电。这项工程规模不算大，自然条件也很好，可工期为什么拖了那样久，谁也无法完全说得清。当然，"文化大革命"的干扰是明显的。当江西省水电厅勘测设计院接手这一工程后，首先对长办选的坝址产生非议，并提出重选坝址。这可是"一石激起千层浪"，重选坝址就意味着一切重来，主体工程又不知要推到何时开工。事关重大。当时饱经"文化大革命"磨难的林一山刚站出来工作，就再次点名陈德基"挂帅"去解决这个棘手的问题。

1972年还是"文化大革命"混乱的高潮时期，陈德基带领一班人马来到万安工地。他们认真分析了土桥头、万华山两坝址。这两个坝址原来都是长办经过勘测选择比较过的，情况清楚。当时，陈德基他们又有了葛洲坝工程动工后处理坝基复杂的软弱夹层的实践经验，于是再次坚定地判断长办选择的土桥头坝址是正确的。剩下说服工作的担子落到陈德基身上了，陈德基对外攻关能力是大家所公认的。

陈德直接找到了当时在万安工地主持工作的江西水电厅勘测设计院院长，他对院长说：

"院长，我们这次来工地后，在大量第一手资料的基础上，又多次到土桥头、万华山两个坝址进行实地勘察，经过反复地分析、比较，我们依然坚持我单位原来选择的土桥头坝址是正确的。土桥头坝址岩质是厚层砂岩，坝基条件较好，而且我们多年来已做了大量的工作，已达到了一定的深度，有条件尽早动工建设。可万华山坝址是砂页岩区层，软弱夹层多，坝址地层条件复杂，如果要将这个坝址的工作做到土桥头坝址工作的深度，没有几年的时间根本达不到。这样一来，万安整项工程都上不去……"陈德基用充足的资料、有力的证据耐心介绍着。

陈德基的努力没有白费，这位院长终于接受了他的建议，重选坝址之说终于消失在这场"游说"之中，为1978年万安工程的正式复工创造了条件。陈德基的作用是无法用统计数据来计算的。

陈德基前进的步子越来越快，步子也愈走愈稳，但道路并非一马平川。"文化大革命"期间，由于他出身不是"红五类"，又受领导重用，曾被戴过"黑崽子""林一山修正主义苗子""白专道路的典型""保皇派"等几顶帽子，被挂着黑牌批斗过，皮肉也受过冲击，但林一山主任曾这样评价过他当时的表现：

"他头脑清楚，政治上不糊涂，不是胡闹派。"

人
物
篇

他头脑清楚还表现在天下大乱之时，除了加强专业理论的学习、养精蓄锐外，他还寻找到了属于自己安静的一隅——找到了一本过时的英语课本，开始了学习英语的历程……

"同志，到终点站了，您该下车了。"售票员在提醒口里念念有词的陈德基。又坐过站了！陈德基每天上下班要坐电车。他经常是上车找到座位一坐下来，就旁若无人地开始背单词，有几次坐过站才反应过来。

军工医院的张教授下班了。她走出医院的大门，正朝家走着，迎面碰上了刚从电车下来，也准备回家的陈德基。

"Good afternoon, teacher!"

"Good afternoon!"张教授笑眯眯地答道。于是你来言，我对语，一场英语对话又开始了。这位曾在教会学校教书的张教授英语口语不错。陈德基自从开始自学英语起，主动拜她为师，只要一看见她就上前叽里呱啦地同人家对话。陈德基胆大，又不怕说错了别人笑话，张教授也愿意帮助这个勤勉的"学生"。那段时间，经常往返于那段路的行人，可以看到这一对兴致勃勃说着外国话的中国人。

1977年，长达十年之久的浩劫终于拉上了沉重的帷幕。随着万物的复苏，祖国大地上已吹来源源不断的科学春风。和中国当时许多知识分子一样，当了好长时间"黑崽子""白专道路典型"的陈德基被重新提拔任用。他从工程师、地质科副科长一下子跃到长办勘测处副主任的位置。第二年，他被委以重任，参加三峡坝址的勘测工作。那是一段多么难忘的日日夜夜啊！

陈德基和同志们一起跑现场、钻平硐、下大口井……在那些日子里，他们无暇顾及西陵峡内的名胜古迹，满眼、满脑子尽是宽河谷型的三斗坪，窄河谷型的太平溪，什么石英闪长岩，什么闪云斜长花岗岩，他们在一个个比较分析，一个个肯定、否定，否定、肯定，而每一次又是陈德基将勘探情况集中大家意见向有关领导和专家汇报。陈德基广博的专业知识、突出的组织才能及协调水平、丰富的实践经验比较全面地表现了出来，他终于脱颖而出。时隔三年多，他又被正式任命为长办勘测总队总工程师，后又被评聘为高级工程师。位置的迁升意味着担子的加重，重新开始的三峡工程地质论证的担子不由分说地落到他的肩上。

星移斗转，春耕秋收。在改革开放的新时期，陈德基开始收获了。

印第安纳波利斯，美国的一座美丽的城市。陈德基和另一位同志到美国考察遥感技术。到美国后，他们从华盛顿出发，到印第安纳波利斯已是第三站了。谁知信息传播迅速的美国，他们的情况竟比二人先行一步，已传到接待者的手中，其中醒目地写着：陈德基先生，英语讲得很好！

阿根廷，布宜诺斯艾利斯。第五届国际工程地质大会在这里举行。陈德基在一片掌声中结束了论文宣读。他一走下台，一位英国学者递过一张名片并问道：

"陈先生，你的英语很好！是在哪里学的？是谁教的？"

"是在我们中国，靠自学。"那位英国学者听后甚感惊讶。

这些年来，专业知识和丰富实践经验的滋补，使他在业务上健壮起来，掌握了一国语言后，使得在地质跑道上飞奔的陈德基如虎添翼。他在向事业的更高峰顽强地挺进，希望用自己获取的知识和能力为长江地质事业做更多的工作，等待他的只能是更艰巨的任务，需要他更顽强地进行挑战，充分地展示自己的价值。

陈德基能否胜任？

三、自强利于壮志

一位名人曾这样说：要想别人承认你的价值，首先自己要为社会创造价值。

在 20 世纪三四十年代的美国，不知道哥伦比亚河上有一座大古力水电站的人不多，有人说是国会把它争出名的；在 20 世纪末的中国不知道长江三峡大坝的人也不多，其论证时间之长，参加人数之多，论证范围之广，举国上下之重视，海外视线之注意，均居所有水利水电工程之首，它怎能不名声大振。

工程因争论而出了名，那么参加工程论争的人也会因工程而出名。在采访过程中，曾有人这样说，谈三峡工程地质论证不谈陈德基不行，他主要靠三峡出的名。当然，这话说得并不完全准确，陈德基在搞三峡之前已在国内同行中有一定的名声，三峡工程又使他的知名度不断上升，不仅在国内地质界也在国际同行中。

在阿根廷召开的第五届国际工程地质大会休息的间隙，各国代表在会场里川流不息，新老朋友相逢，到处都是欢声笑语。

在熙熙攘攘的人群中，他又一次遇到了国际工程地质协会名誉主席阿诺教授。陈德基自从上次陪同这位法国老人考察过三峡坝址后，他们一直保持着密切的联系。上次在国际大坝会上见面时，阿诺教授请陈德基推荐一位中国学者去他的研究中心研究混凝土料特性，陈德基推荐了长江科学院的刘崇熙。刘崇熙不负众望，在阿诺教授的栽培下，一举获得双博士学位，为中国人争了气，这当然已是题外话了。让我们的叙述再回到会场。这时，阿诺教授正笑眯眯地朝陈德基走来。他一把拉住陈德基的手问这问那，陈德基笑着一一作答。

"来来来，我再给你介绍几位新朋友。"他一只手搭在陈德基肩上，将他带到一群外国专家面前开口就说。

"陈先生是中国长江三峡工程的地质负责人……"这时，开会的铃声响了，阿诺教授问道：

"陈先生，下面是不是有你的发言？"

陈德基笑着点了点头。

"祝你成功！"阿诺教授朝陈德基挥了挥手，朝主席台走去。

陈德基在大会上宣读了题为《三峡工程地质研究》的论文。他的论文刚一宣读完，会场上就爆发起热烈的掌声。散会后，有的代表见着他不喊其名，就喊他"三峡"，三峡成了他的代用名。

骏马奔腾需要辽阔的草原，雄鹰翱翔需要广阔的天空。陈德基真幸运！他遇上了供他锻炼成长、让他纵情施展才华、实现他宏伟志向的三峡工程，机遇和挑战相伴向他走来。

三峡工程论证工作的"持久战"打响了。

如果说，长江委派出去参加三峡工程论证的队伍是一支精锐部队，那么这支部队中的每一个成员都应该是集多种才能于一体、具有极强战斗力的战士，陈德基就是这支精锐部队的一名战士。有人还这样比喻像陈德基这样的论证专题主要责任人，好比一个乐队总指挥或戏剧总导演，他首先得吹、拉、弹、唱十八般武艺样样俱全。

如果说，这支精锐部队的参加者需要有极为广博的专业知识及综合、分析能力，陈德基他有。从1978年三峡坝址的选择，到1985年三峡工程初步设计地质报告的形成，尤其是1986年以后三峡工程重新论证一系列报告的提出，都是对身为总工程师的陈德基专业知识和综合分析能力的一次全面检验。

陈德基在1978年又开始的三峡工程地质论证过程中的作用，一言以蔽之："在总体把握。"

有人在接受笔者采访时曾这样说："对三峡工程资料的收集，陈德基不可能事必躬亲，但他谈起三峡工程的地质情况来，主要问题一清二楚，有人称他'三峡地质通'。"

陈德基之所以能驾起方舟在三峡工程的领海里自由地遨游，主要是由于他善于将别人的成果集中起来，经过加工、综合、提炼，取其精华，使之又变成新的规律性东西。由他主持完成的《三峡枢纽坝址选择研究地质报告》《三峡枢纽可行性研究工程地质报告》《三峡枢纽初步设计工程地质勘察报告》，都是他在众人工作的基础上，加工、综合、提炼、总结出的新成果，而且这些报告均由国家有关部门一一审查通过。这本身就是对三峡工程地质研究的一个贡献。尤其他1986年撰写的《三峡工程地质研究》的论文，不仅荣获湖北省科委颁发的"优秀论文"二等奖，而且还被批准在1986年10月在阿根廷布宜诺斯艾利斯召开的第五届国际工程地质大会上宣读，引起与会各国同行的重视，最后此文被收入大会论文集。从此，国际同行知道陈德基的人渐渐多了起来。

陈德基在三峡工程论证工作中的作用，使我们联想起采众花之粉，酿造出甜蜜的蜜蜂。

如果说这支精锐部队的参加者需要较强的组织、协调能力，陈德基他也有。1985年，再次掀起的"三峡工程论证"之潮，本来就颇为"壮观"。正值此时，有人提出三峡坝址区遥感图像中的一个线性影像。顿时，"三峡坝址有一个大裂缝"的说法不胫而走。三峡坝址有条大断裂带，坝基还有什么稳定可言？一直被认为地质条件甚为优越的三峡三斗坪坝址也被蒙上了一层阴影。国内新闻单位摩肩接踵地找有关单位采访报道，国外不少报刊也捕风捉影地热炒所谓新闻焦点。论证领导小组及长办领导责令陈德基立即组织力量弄清此事，以正视听。千斤重担压在了长江委三峡工程地质负责人——陈德基身上。他沉着应战，分析了已有的资料，抓住要害，积极地组织力量，通过地面测绘、打钻孔、遥感图像解释、浅层物探等多种手段进行复查。尤其是实施了他提出的让原有的平硐继续向前延伸，横穿影像的做法，拿出了铁板似的资料，统一了各方面的看法，一场曾经掀起的不大不小的风波很快就平息下去了。

如果说这支精锐部队的参加者需要有较强的文字表达能力和口头表达能力，陈德基他同样有。陈德基从小就接受母亲在语言文字方面的严格训练。那位毕业于北京师范大学的妈妈，经常给陈德基兄妹们讲故事，让他们背唐诗、宋词、《论语》《孟子》，潜移默化的灌输，为陈德基打下了坚实的文字功底。他驾驭文字、组织材料的能力是众所周知的。三峡工程的许多论证材料都出自他手，或由他主持编写。他起草的《三峡工程地质地震专题论证工作大纲》在第一次领导小组扩大会议上就受到好评；《三峡工程地质地震专题论证报告》不仅被时任长江委主任魏廷琤口头表扬过，而且在论证领导小组主持召开的扩大会上，第一批、第一个被审查通过。

一个听了陈德基发言的外单位同行曾这样评价他："一个出色的演讲家。"

这是北京京西宾馆、三峡工程第十次论证会的会场。3月的北京，气温仍然很低，但会场内群儒舌战，气氛热烈，一位代表又就论证专家组解释过多少遍的问题老调重弹。酣战未止，又到了中午用餐时分，执行主席只好暂时休会。在通往餐厅的路上，时任长办总工程师王家柱转达论证领导小组副组长兼技术总负责人潘家铮的意见：

"潘总要你下午第一个作大会发言。"

"王总，为什么地质专家组和干我们这一行的对地质问题比较放心，但始终还有一些不是我们这个专业的人提出一些问题。这些问题我们已解释过多遍，可他们就不听。有的人发完言就走，他一概不理别人的发言，还有必要再发言吗？"陈德基问道。

"有必要，需要解释给一切愿意听的人听！就这样，你做好准备！"王总进一步讲清领导的意图。

仅只有中午午休这么一点点的时间准备，这么重要的场合，这么重大的问题，该怎么发这个言？

陈德基边吃着饭，边苦苦思索着……

下午，同一个会场，同一个讲台，面对同样的听众，陈德基再次从容不迫地走上讲台，张口就说：

"我这个发言一定程度上是奉命发言。因为，我觉得地质问题已经说得够清楚了，但是仍有一些委员和其他同志提出了一些问题，作为三峡工程地质勘测的负责人，我有责任把问题解释清楚。首先……"陈德基面对到会的领导，面对着国家著名的专家、教授们神采奕奕地谈下去。他的母亲如果能看到儿子此时的神态，定会联想到小德基在小学演讲比赛时的情景。"这孩子也不怕，上了台就叽里呱啦地讲，还多次得奖呢！"童年时的小德基在由学校主持的演讲比赛讲台上叽里呱啦地讲，几十年后的陈德基在国内工程论证会级别最高的三峡工程论证扩大会的讲台上侃侃而谈。这两种演讲当然不能相提并论，但你不难发现陈德基的成长足迹。

"我简单地汇报这些，有的可能没说清楚，我愿意在会上或会下再向有关委员汇报。不过，我最后想再讲几句。如果像三峡这样地质条件相对较好而且做了大量充分前期勘测研究工作的水库，我们尚且这也不放心，那也有问题。那么，所谓积极开发水电，大力发展金沙江、上游支流及其他西部水电资源的主张，不就是一句空话了吗？"他最后以提问的形式结束了自己的发言，会场上爆发起雷鸣般的掌声。会后，不少人见到陈德基的人都说他发言不错，但除了潘家铮、王家柱，又有谁能知道他这个发言仅有不到两个小时的准备时间呢？

讲"三峡"，干"三峡"，他一心想的就是"三峡"。

国家下达给长江勘测科研所的"六五""七五"科技攻关项目——"复杂地基的勘测与工程地质研究""三峡工程重大地质地震问题"一、二专题的研究，同时作为长江勘测技术研究所所长的陈德基给予了极大的支持，有的直接参与方案研究和重大问题的讨论，其成果已被国家有关部门审查、验收。尽管他在实践中总结出的"岩体块度模数"评价岩体质量的新方法，在第二届全国工程地质大会上一介绍，就引起强烈的反响，立即被不少单位引用，但他最满意的还是那些攻关项目，尤其那个直接为三峡工程重大地质地震问题研究的项目。

这些年来，他先后在国内外学术杂志上发表论文20篇，其中两篇获奖的均是写三峡工程的，其成功的道理也很简单，他钻研最多、最深的就是三峡工程。

在商品大潮的冲击下，前几年向钱看的歪风刮得一些人一个劲地追逐"财神爷"，热衷于搞"横向"。可陈德基淡泊地沉在无利可求的"三峡工程"里，怡然自得，无怨无悔，按照杨天民副总队长的话来讲："在钱的方面，他从不计较。总队的横向收入项目，他总是多分给别人去搞，自己经常拿最低的奖金。他这个人不刁不滑，善于团结别人一道工作，不搞小圈子。不少人哪怕少拿钱，都愿意同他一起干事。"

他不计较金钱的价值，他的人品已在同志们心里有了特殊的意义。有人说：他是我们勘测工作者的楷模。更有人说：如果大家都像陈总那样对待工作，待人接物，我们的事业，就会更兴旺发达了。

这是对他人品的肯定，更是对他人生价值的赞许，他的言行已在他的同事中形成了一种无形的榜样，不少年轻人都自觉地效仿他……

一位同志曾向我们讲述了1986年陈德基患的那场大病，并还动情地对我们说："他完全是累病的。"1986年10月，到阿根廷参加第五届国际工程地质大会的陈德基一回国就马不停蹄地到宜昌、北京参加三峡工程的有关会议。就在北京开完了第一个会，准备开第二个会的时候，他突然发高烧，一拍片，胸部发现了阴影，经诊断，是胸膜炎，随行的同志催他赶紧回家治疗。他一回汉就住进了妻子所在的军工医院，作为妻子兼医生的王启云除了要照顾自己科里的产妇和婴儿外，理所应当地承担起照顾一个特殊病号的任务。经检查，陈德基患的是急性胸膜炎。主治大夫对陈德基只有一个要求，那就是卧床好好休息。

但就这一个小小的要求，陈德基当时却不容易做到。因为，他从阿根廷一回到北京，就接受了两个任务：一是编写第五届国际工程地质大会的专题综述，介绍国际工程地质大会中有关水利水电工程的学术动向；二是要用英文写一本三峡地质和自然地理的小册子，供第二年5月在北京召开的山区环境工程地质国际学术讨论会外国朋友参观、考察三峡时用。两个任务都要求1987年2月完稿，可他病倒在床时已是1986年底了。

陈德基怎能躺得住？等烧稍微退一点，一打完吊针，拔下针头，他就披着衣服坐起来，拿着笔，翻着工具书写开了。

"你还要不要命？说了你几次，怎么又写开了？"王启云干完自己的工作，一回到陈德基的病房，看到他又在那里写，一边埋怨，一边夺下陈德基手中的笔，并"命令"陈德基躺下休息。对老伴，陈德基还是唯命是从的，更何况是在她的"管辖"之下，他乖乖地躺了下来，闭上了眼睛。

王启云给丈夫盖好被子，看着陈德基假睡的样子，心里一琢磨：不行！我得把工具书藏起来，免得我一走，他又"外甥打灯笼——照旧（舅）"，便将工具书藏到了一个她认为秘密的地方，又去工作了。

人
物
篇

一个可爱的孩子呱呱降世了，母子平安。王启云擦了擦额头上的汗，长舒了一口气，她又想起那位特殊的大病号。于是，她赶紧洗干净手，脱下工作服，朝陈德基的病房走去。天知道，陈德基是怎样找到那本工具书的，他果然照旧披着衣服坐在那里写着。他看到王启云进来，先是不自然地笑了笑，然后又拍了拍工具书说道：

"没办法！这可是两篇急要的稿子，对你，我这次无法遵命了！"

面对这位最不听话的病人，身为主任的王启云也无可奈何了。

她摸了摸陈德基的额头，烧退了一些。她又给陈德基倒了一杯水，看着陈德基把药吃下，又将工具书递给陈德基说道："好吧！我也没办法总照着你，你的病再好不了，我就不管你了。"王启云太了解陈德基了，她知道碰到这种时候，不依他不行的。

陈德基终于按时交稿了。后来，他才知道第一个任务分工编写的有六七人，最后也只有他和另外一个同志按时交了稿。果然不出王启云所料，"报应"终于来了。他交稿后的第三天，胸部又发现了积水，这次阴影的面积比上次更大，胸闷、咳嗽，又高烧不退，复发后症状比上次更厉害了。嘴里说不管，心里比谁都着急的王启云更紧张。当医生的她比谁都清楚，胸腔积液如果总是吸收不了，就可能是癌。于是，她密切配合主治医生给陈德基抽胸水，打吊针，加大用药剂量。完成任务的陈德基，这回终于听话了，他也知道了病魔的厉害。于是，他便老老实实地配合治疗，老老实实地卧床休息。

但重新兴风作浪的病魔就不那么容易被征服了，本来最多一个月就能好的病，硬是拖了五个月才痊愈。

望着大病初愈后明显消瘦又开始忙碌的丈夫，王启云能说什么呢？在这个世界上，最了解陈德基的，除了他的母亲外，就是她了。她已这样看着他忙忙碌碌地过了大半辈子了。过去，他就经常不在家，搞"三峡"后就更忙了，回家就像住旅馆、客栈。有一段时间，陈德基没有出差，左右邻居还反而感到奇怪了！尽管身为妇产科主任的她有时候也有些怨气："我也忙啊！我的工作责任大，牵涉到两条生命。"家里的担子让她担着大头，也的确够呛！可当她一看到陈德基忙碌的身影、回到家后疲惫的样子，又不忍心责怪他了。

"我们俩也只好以工作为重，生活就马虎一点算了。"王启云这样对我们解释。

他们的确是够马虎的。如果到过陈德基家里的人，可能不会相信家里曾有人几次出国，室内布置还如此简朴。这就是一个教授级高级工程师的家：一个国产冰箱在客厅内，一部很普通的收录机放在书桌边。据他爱人介绍，那台彩电还是广州的妹妹凑外汇券帮着买的。

"爸爸几次出国没有买什么值得纪念的东西，好像就给我买了些邮票。"陈德基的儿子努力回忆了一下，总算回忆起一件十分有印象的东西。

"家里怎么没有洗衣机？"我们问道。

"是应该买台洗衣机，用洗衣机洗衣服方便些，对不对？"王启云好像在征求我们的意见。

我们看着她那副认真询问的模样，情不自禁地笑了。

陈德基曾先后到美国、南斯拉夫、阿根廷、荷兰等国考察或参加学术会议，按理说带回几大件是很方便的事，可他却没有。是忘了？还是顾不上？可他却从南斯拉夫带回了在熔岩地区修建大坝的经验，尤其他从美国带回了遥感技术，他带领长江勘测技术研究所的同志们开拓性吸收，结合实际地运用推广后，使这个单位的大比例尺工程地质遥感技术在国内同行居领先地位。他始终没有忘记将其技术运用到三峡工程论证工作中去，遥感技术在三峡库岸稳定考察过程中挥了巨大的作用。

作为一个总队的总工程师，理所应当地承担起了重点工程技术的把关工作，但他与三峡工程结下的缘最深，投入的感情也最强烈。是伟大的治江事业，众多的工程和项目，特别是三峡工程使他在长江地质事业里大干一番的志向得以实现，同样也是三峡工程使他步入了国内地质专家的行列，尽管他只是一个小字辈。他现任中国地质学会工程地质专业委员会副主任委员、武汉岩土工程学委副理事长、国际工程地质协会中国国家小组成员。

荣誉的别名是更高的责任。

他现在参加论证的工程何止是三峡工程。不仅是长江委内，而且国内一些重要工程的重大地质问题都十分看重他这一票，希望陈德基过目有关报告，能听取他的意见。邀请陈德基参加技术咨询是常事，一旦陈德基忙得走不开，他们哪怕派人送来有关专题报告，也得请他过目签字。这就是陈德基在国内同行心目中的价值。

陈德基已在长江地质的征途上跋涉了大半辈子。立志——磨志——壮志，他的身后留下了一串令人思索的脚印。他终于在人们心目中树立起一个强者的形象，这是众人对他的评价。

党和人民给予了他更高的荣誉。1990年底，北京京西宾馆大会议厅内，"全国勘察设计工作暨表彰会"开幕式正在举行。颁奖仪式开始，陈德基和其他被建设部命名的"全国工程勘察设计大师"，依次登上主席台，接受党和人民给予他们的荣誉。这时，宋健、张劲夫、康世恩、韩光、袁宝华等中央有关部委的负责同志走上前去，开始为他们颁发奖状和金质奖牌。随着欢乐的乐曲声，全场掌声雷动，摄像机和照相机将这庄严的、令人难忘的时刻记录了下来。当晚，陈德基同其他大师领奖的场面，通过中央电视台晚七点《新闻联播》，在亿万电视观众面前亮了相，可谓风光至极，

·155·

但他那位 82 岁的老母亲却说："盛名之下其实难副。"

陈德基更对它如此淡泊。"把我评上并不意味着我比别人高出多少，主要是我们这个知名度很高的单位和我们所做的举世瞩目的工程。"

颁奖大会早已落下帷幕，但对继续跋涉在长江地质之旅的陈德基来说，这还不是终点……

四、越走越强健

陈德基在长江，尤其是三峡地质之旅的征途上从来没有停止过脚步，而且脚步越走越强健。

他走到了长江委综合勘测局局长的位置上，指挥着全局几千人马在大江上下纵横驰骋；他走到了中国地质学会工程地质专业委员会副主任委员、中国岩石力学与工程学会理事、武汉岩土力学学会副理事长、中国地质大学（武汉）兼职教授等位置上，在社会同行里影响越来越大；他走出国门，先后赴美国、阿根廷、法国、荷兰、日本等国家做学术报告和进行学术交流。有关键的几步，让他后半生更醒目烁眼，我仅从他的履历表中挑了这几项。

20 世纪 80 年代，国家将三峡工程提上议事日程后，引起了国内不同职业、不同层次、不同年龄的人普遍关注，争论声甚嚣尘上。为了在三峡工程是否上马问题上做到决策科学化、民主化，党中央在有关单位的协助下，组织了一系列的赴三峡考察活动。每一次的考察活动，作为设计单位的长江委都派员参加。陈德基作为三峡地质专业的负责人，一些大的考察活动几乎都没有缺席。自 1981 年起至 1992 年，他就和长江委的有关专家们先后陪同党中央不少领导人考察三峡，如姚依林、万里、宋平、李鹏、钱正英、陈慕华、李锡铭等中央领导同志，并作有关工程地质条件的介绍。先后陪同全国政协委员三峡工程考察团、全国人大常委会三峡工程考察团、国务院教科文卫界代表三峡工程考察团，全国 100 所高校师生代表三峡工程考察团等，从库区至下游洞庭湖、重庆—长沙（岳阳）区的考察，回答考察中各界人士提出的有关问题。

由于他是全国工程勘察设计大师，尤其是在社会上的威望，多年来就三峡工程有关的地质、地震及地质灾害问题接受过众多媒体的采访，包括有关四川汶川地震，三峡库区几次较强地震是否与三峡水库蓄水有关，还就库区地质灾害的发生、防治及今后发展趋势等回答记者的提问。所有这些活动，他都从正面回答了社会各界所关注的三峡工程几个重大地质问题，消除众多的误解和疑虑，为推动工程的立项和建设的顺利进行起到了积极的作用。

多年来，他以高度的责任心就三峡工程水库移民、库区地质灾害防治、工程施工质量等问题，分别向朱镕基总理、温家宝总理、陈俊生国务委员，以及钱正英、郭树言和三峡开发总公司的有关领导写信，提出意见和建议。其中 2000 年 7 月关于库区地质灾害防治给朱镕基总理的信引起了总理的高度重视，当即批给了有关领导处理，由此开始了三峡工程库区地质灾害的大规模系统防治。

三峡工程开工后，他经常下工地了解情况，参与一些重大技术问题的研究和讨论。针对前期勘察工作情况及问题的重要性，又申请立项并主持实施了 10 余项施工期的科研课题，包括坝区断裂构造的详细核查、永久船闸高边坡快速编录、水库诱发地震条件的专门调查等，这些研究成果的应用极大地提高和保证了三峡工程主体建筑物施工的顺利进行。

工程竣工后，他又作为主要专家受聘参与三峡工程一些项目单项和总体的技术预验收；参与中国工程院主持的三峡工程后评估地质灾害与水库诱发地震组的活动。

他还参与和指导了国内多项地质灾害的勘察与防治、工业和民用建筑的工程地质勘察，参与国内许多著名大型水利水电工程的技术咨询和技术审查等，均取得了明显的社会效益、经济效益，或获得有关部门的赞许。

上面这些成果，随便展开哪一个，都是一篇很好的报告文学素材，当然这不是本篇报告文学所容纳得下的。

陈德基的儿女都在国外，我们真希望他晚年的生活之路也能像他的事业之路一样走稳走好！

人
物
篇

人生的楷模 事业的典范

——记全国工程勘察设计大师崔政权

刘　军

2005 年 12 月 4 日深夜，上海遭遇了十年罕见的寒流，可崔政权身边亲人的心比遭遇寒流还要冷，因为他们眼睁睁地无可奈何地看着崔政权撒手人寰，永远、永远地离开了人世，他那颗不知疲倦的心仅仅跳动了 71 年。他临走前还紧紧拉着女儿的手，嘴唇微微蠕动，是对人世、亲人的依依不舍，还是三峡的什么事情没交代完，还是有什么别的挂念……

噩耗传出，近百封唁电唁函纷纷从他单位所在地——江城武汉、从他魂牵梦绕的三峡库区、从国内外许多地方飞到他亲人身边；有的专家学者请假自费乘机、坐车赴上海为他送行；秭归县人民要给崔大师立碑，巴东父老乡亲要为崔大师立传，奉节人民要把他们尊敬的崔大师写入《奉节县志》的同时，还要为他铸一尊铜像……

"崔政权是我们人生的楷模，事业的典范。"他单位的同志如此动情地说。

早在十几年前，中国地质大学校长殷鸿福院士就如此评价崔政权："我们这一代人拼搏的缩影就是你。"

全国工程勘察设计大师、模范共产党员、水利部科技委员、长江委科技委顾问、原长江委综合勘测局总工程师崔政权到底做了一些什么，值得人们尤其是三峡人这样感恩颂德？

崔政权到底以一种什么样的人格魅力，在事业上取得了什么样的成就，让同志们对他如此敬重和佩服？

笔者曾在十年前，为了采写他，采访了不少人，接触了大量的有关资料。走近崔政权后笔者突然发现，他当时就是那样优秀和超群。他这一生中也许做过许多事，但他主要干了两件大事：一是在地质领域里创造了一个新的体系，二是为三峡库区百万移民找到了一个安稳的家园。也许有人为做成其中一件事都竭尽毕生心血，他的不凡就在于在这两项领域里都战果辉煌。尤其是他为三峡百万移民找到了一个安稳的家，他为三峡人民做了一件利在当代，功在千秋的大好事。随着三峡库区蓄水，那些新城址经受了一次又一次的考验，他所作的贡献越发显得珍贵，被载入史册……

一、为三峡百万移民找一个安稳的家，三峡人民感谢他

三峡大坝这座庞然大物，坝长 3 千米，坝高 185 米，相当于五六十层的摩天大楼那么高。大坝建成后，水位蓄到最高时将达到 175 米，回水到重庆后，将形成长 620 千米的水库区。原库区 13 座县（市）城、129 座集镇需要搬迁，移民上百万，这在中外水电史上没有先例。三峡移民的新家将安在何处？他们的家园能否长住久安？由此引出了一项与三峡工程同样举世瞩目的伟大工程——三峡移民工程。国务院总理李鹏曾说过：

"三峡工程成败关键在移民。"可见移民工程的重要性，而崔政权就是三峡移民工程的总设计负责人。

责任重于泰山。

三峡地区的地质构造十分复杂，除了火山活动、冰川和破坏性地震活动外，几乎包容了所有地质问题。在这样一些复杂的地质条件下为移民找新家，别提有多难。作为一个老党员，崔政权深知三峡移民工程又是一项通天的工程，他常常告诫自己：

"要为三峡百万移民找到一个安稳的家园，对党对国家高度负责。"

三峡有多长，崔政权的工作线就有多长；三峡有多宽，崔政权的工作面就有多宽。

从 1992 年接受任务后，无论严冬酷暑，还是雪雨冰霜，年近花甲、身体单薄的崔政权每年要巡查库区两三次，行程数千千米，攀高坡、下沟谷，足迹遍布了三峡库区的每个角落。对三峡库区 20 个县（市）150 余处可供建城（镇）部位进行了全面考察，跑遍了 5600 千米库区淹没线附近的山山水水，进行了大量细致的地质调查和勘测工作，摸清了移民城镇选址的地质情况。考察结束后，崔政权立即向国务院三峡工程建设委员会和国家移民局提交了《关于三峡工程库区涉及移民工程的地质、岩土工程问题的报告》，亲自拟定了《三峡工程库区城镇建设中岩土工程实施要点》，为城镇迁建选址提供了地质依据，有力指导了迁建工作。在移民镇建设高峰期间，他每年要花十几天乃至一个多月的时间对库区移民建设工地进行全面巡查，解决现场出现的各种地质问题。

从 10 万年前长阳人点起巴山圣火，到 5000 多年前大溪河边出现手持陶器汲水人的身影，人类很早就在三峡繁衍生息，创造文化，历代文人墨客没少对三峡歌咏赞叹，三峡又成为诞生故事最多的地方。随着移民工程的兴起，一个个有关崔政权的故事又在三峡流传着、丰富着三峡的文化宝库。流传最多的是他为巴东人民摆脱地质灾害的

人
物
篇

故事……

巴东因地势陡峻，难以从事大规模的营造，自古就是三峡诸县中唯一没有设城防的县城。同时，巴东县城也是三峡库区中自然、地质灾害最为频繁的一个地区。仅1991年8月6日巴东老城发生的一次泥石流，就使2591间房屋受到破坏，1394间房屋倒塌，3人死亡，直接经济损失4968万元。巴东人多么希望永远摆脱地质灾害的阴影。

三峡工程的兴建为巴东人带来了希望。自从三峡库区开始实施移民工程以来，巴东人以无比的热情和积极性选择新址。早在1979年他们就请某规划院选定、详勘，并由上级批准黄土坡为建城新址。1992年6月，国家某部负责主持的"七五"重点科技攻关项目"三峡库区拟迁城市新址环境地质研究"提交了《湖北省巴东县新城址黄土坡滑坡工程地质勘察报告》，该报告肯定了黄土坡新址。该部办公厅还为该成果发了文件——《关于转发湖北省巴东县新城址黄土坡工程地质勘察报告评审意见书的通知》，该通知中写道："专家和代表对报告给予较高的评价，确认是一份优秀的勘察报告……具有国内先进水平。"

巴东人以为终于找到了一个安稳的建立家园的地方，于是在黄土坡大兴土木。截至1992年，新县城已基本建成，投资已达到1.8亿元，巴东县城及一大批机关都已迁建到黄土坡。他们可能做梦也没有想到，家园还没有建完，地质灾害的隐患便接踵而至。

预测这些隐患的人就是崔政权。

崔政权接受移民工程地质勘察任务后第一次到巴东县的时间是1992年5月。他在黄土坡一带进行全面考察后吃惊地发现，并严肃地指出：巴东新县城建在一个滑坡体上。

为了让巴东人从世世代代的自然灾害特别是从地质灾害环境中解脱出来，他组织长江委勘测局某单位在巴东县进行认真的勘察选址，最后推荐白土坡上游的云沱—庙坪（西壤坡）一带为县城新址。另外，他对县领导严肃提出：在黄土坡一带禁止再建设。其次，白土坡一带虽然不是滑坡体，但潜在地质问题多，稍有不慎便会出现险情。

崔政权的不同意见引起了湖北省有关部门的重视。当年8月，由湖北省人民政府主持的县城新址扩迁专家论证会议通过了崔政权推荐的云沱—庙坪方案，嗣后经省人民政府批准将县城新址扩迁到庙坪一带。

这无疑给县领导提出了一个难题，已建成的新县城1.8亿元投资说放弃就能放弃吗？说巴东新城建在一个滑坡体上，不让我们再建设，这是不是危言耸听？湖北省某部门，还有国家某部门认可的地方，而且负责地质勘察的还是当时一位有点名气的地质专家，专家的意见哪能错？怎么一到了崔政权的眼里就不行了？不管他。于是，巴东县黄土坡上的建设依旧进行着。

转眼到了 1993 年，崔政权再赴巴东城。他一到巴东就直奔黄土坡，看到那里的情况他十分担忧。巴东人已在三道沟一带开挖巴东宾馆等建筑物的基础工程。地基已呈现出滑坡体，且具有多层滑动面，结构复杂，如此地质状况，怎么还能建土建工程？崔政权立即劝阻县有关领导："三道沟一带的建设赶快停下来，千万别再搞了，否则要出事！"

崔政权走后，他们还是"外甥打灯笼——照旧（舅）"。

一年过去了。崔政权再一次踏上黄土坡时，三道沟的土建工程仍在进行，这说明县里根本没有放弃黄土坡之意。崔政权这次感到问题严重了。"这一带情况很复杂，地质灾害是无情的，稍一疏忽，即可引发出新的灾害。另外，白土坡一带的山比较高，而且结构都是石头，容易产生泥石流，很危险。可你们还在那里修公路，当心诱发泥石流。如果那一带是土，垮下的仅是一些房子，可石头从上滚下来，从上而下所有的东西会被一扫而光。"

崔政权的话依然没有引起重视。1995 年初，崔政权在三道沟和白土坡再次呼吁要严格控制建设，对已建好的地方他提出要搞好排水设施。对后一点建议当地官员倒采纳了，他们仅仅花了半个月时间突击安排排水设施，其他的照搞不误。面对眼前这一切，崔政权突然感到他这一介书生显得多么软弱无力。一天晚上，熟睡中的崔政权突然被噩梦惊醒，他梦见整个巴东新城滑到江底，他也因失职而被戴上了手铐。醒后，他周身大汗淋漓。

不行！我要对巴东人民负责，向上面反映！

4 月，崔政权奋笔疾书写了《长江三峡工程库区迁建城镇新址地质条件论证情况通报》（以下简称《情况通报》）。关于巴东新址部分，崔政权特意用粗体字强调了必须抓紧进行几个方面的工作。

崔政权的通报得到上级领导的重视。5 月，时任副总理邹家华在万县市召开三峡工程移民工作会议上发了崔政权撰写的《情况通报》。参加会议的常务副县长回到巴东后，将崔政权从 1992 年就开始写的《初勘通报》《详勘通报》，以及到 1995 年 5 月止崔政权提出的各种书面意见和警告记录在由县四大家领导参加的会议上宣读，觉得问题严重。纵观崔政权这几年让他们放弃黄土坡的一贯立场，他们感到也许崔政权是对的。于是会议决定，采取坚决措施停止黄土坡上的一切建设。

但已经太晚了！他们已经阻止不住地质灾害魔鬼的袭击了。

6 月 10 日清晨 5 时 45 分，三道沟一带发生滑坡，体积达 46000 立方米，埋 11 人，死亡 5 人，平湖路垮塌了 60 米，直接经济损失约 1000 万元！新华社等不少新闻媒体都报道了此事。

血的教训开始使巴东县领导进行反思，他们意识到地质工作的重要性。县领导在有关会议上多次重申："巴东县城的命运同地质环境紧紧联系在一起！"同时也认识到被他们冷遇了几年的崔政权的价值。

8月2日，巴东县人民政府给长江委综勘局发来《巴东县人民政府关于商请设立巴东地质工作站的函》，并聘崔政权为地质顾问。

这位顾问走马上任不几天就为巴东人民立了一大功。

8月6日，崔政权重返三道沟，发现此地又要发生滑坡。他立即对随行的副县长汪盛均说：

"你要赶快将这一带的单位和居民疏散到安全地带，这一段近期又将要发生滑坡。尤其这里建的那个油库得搬走，否则滑坡下来引起大火，那可是特大新闻。三峡地区可是世界舆论比较敏感的地区，你们敢承担这个责任吗？"

那位副县长听完这番话后可吓着了，他马上表态说："我们立即采取措施，马上疏散。"然后他又望了望离疏散带很近的一块地方不安地问崔政权：

"那一带需不需要疏散？"

崔政权看了看说："那一带不受影响，不必疏散。"

那位副县长用一种担心的口气又问了一遍："真的没有问题，万一……"他的眼光一下子碰到了崔政权那一双不容怀疑的目光，后半句自然也就咽了下去。

不几天，滑坡带的单位、居民、油库都搬迁到安全地带，而且还按照崔政权的要求采取了一定的防范措施，力图将未来灾害的损失降到最低点。将这一切安顿妥当后，县领导更多的时候还是把不安的目光停留在那一片崔政权说不用疏散的地方。同志们也暗暗为崔政权捏了一把汗，为他的预报，更为他说的那一片不必疏散的地段。万一有个什么闪失，尤其那一段万一也出现了滑坡，房毁人亡，这可是要担大责任的呀！有的人暗自嘀咕崔政权为什么不把保险系数弄大点，或者不要马上表态，只是说再观察、观察，再看一看。这样既得体又不失身份，万一有个什么情况，本人又不需要担责任，地方上也不好怪罪，不少有名气的专家、学者不都是这样做的吗？他难道不怕因此事而身败名裂？

崔政权可没考虑那么多，他只想尽快将情况向上级汇报，以引起重视。

8月15日，崔政权赶写了一份《巴东县城区主要地质问题暨需要抓紧进行的工作》的报告，报送三建委、湖北省省长及巴东县人民政府。报告中仔细地描绘了即将发生的岸坡失稳形式等情况。

这个报告还引起了国内某些地质专家的关注。尤其报告中出现的"变形点（域）

扩展轨迹"和"临滑起跳点（域）"两个新概念是国内外地质学中从来没有的。他们最初是从崔政权这年 5 月刚出版的第二本专著《长江三峡工程库区库岸稳态及崩、滑体专论》中接触到这两个概念的。其中前一个概念可实现国内外尚未解决的长期、中期预测问题；后一概念则是预测失稳形式、规模以及失稳能量的关键概念。专家们认为，这次滑坡如果预测成功，尤其这两个概念如果在滑坡中获得成功，可将岸坡的变形、失稳预测（预报）理论与方法论引向更完善、更可靠的境界，而崔政权又将成为该研究领域新理论的带头人，这又将是一个了不起的贡献。

10 月 29 日，这个早已让崔政权预测到的滑坡魔鬼又一次向巴东三道沟扑来。尽管它狰狞、不可一世，毁了 170 米 209 国道、70 米港区码头、3 个单位和 3 户农户大小 6 套房屋，由于预报准确，防范措施得力，无一人伤亡，油库起火的灾害也避免了。岸坡失稳形式与崔政权预测的完全一样，他创造的那两个新概念也在滑坡中获得了成功。地质界的同行为崔政权的成功，更为那两个概念能正式导入岸坡的变形、失稳预测而感到高兴，崔政权又给了地质界同行一个惊喜。

最感到震惊的还是巴东人，他们到滑坡现场一看，简直惊呆了。因为崔政权让搬走、疏散的那地段果然滑了下去；崔政权没让搬的地段没有留下任何灾害痕迹，上面的居民住房和单位全都安然无恙。

"神了！这可真是神机妙算，佩服！佩服！"不少巴东官员和老百姓奔走相告，他们在科学面前，尤其是在崔政权大师面前彻彻底底地服了！

巴东新县城（2000 年）规划用地面积约 457 公顷，总投资 5.3 亿元。如果将新县城建在黄土坡—白土坡一带，意味着新县城又将处在地质灾害环境中，5.3 亿元的投资随时可能毁于一旦。由于崔政权顶住压力，加以阻止，将县城新址挪到云沱—庙坪一带，也便将以后世世代代的县城人民从地质灾害中解脱出来，所以巴东人由衷地说："巴东人会永远记住崔总。"崔政权从此在三峡库区名声大振。

最让同志们佩服的是崔政权那种为库区百万人民的利益，不明哲保身、敢于承担责任的人格魅力。崔政权的这种人格魅力没有停留在过去成功的岁月里，而是延续到他生命、工作的整个过程中。以后单位的年轻人只要听到三峡人说："从你们身上看到了崔大师的影子"，就认为是对他们最好的评价。

11 月 10 日上午，时任总理李鹏、副总理邹家华和川、鄂两省及国务院有关部委的领导亲临三道沟滑坡现场，详细地听取了崔政权同志的全面汇报。当李鹏总理听到由于提前一个月疏散了油库和居民，没有造成火灾和人员伤亡事件，而且岸坡的失稳形式完全符合预测模式等情况汇报时，很高兴，连声说："很好，很好！"李鹏总理对在场的人尤其对崔政权说："新城镇建设要充分考虑地质条件，要建设在稳妥可靠的地方。"

崔政权立即表态："长江委会尽职尽责，下最大决心把工作做好。只要地方上配合得好，新城镇是会建设好的，请总理放心！"

这是崔政权向党中央、向百万库区人民许下的承诺……

随后，崔政权站在李鹏总理身边合影留念，他的脸上绽放出一缕欣慰的微笑。

崔政权应该有露出这种欣慰微笑的理由。巴东选址仅是他为库区人民建功立业的一个在库区流传较广的故事。这样的故事又何止这一个？

他顶着压力，通过勘察分析否定了某专家提出的三马山新址建设在滑坡体上的论断，科学地选择了口前—三马山新城址方案，确保了新城的建设速度，为奉节挽回了几亿元的损失。当奉节原县委书记陈孝来提起此事时，眼里含着泪花，深情地说，崔政权大师承担了别人难以承担的风险，尽到了别人难以尽到的责任，实现了别人难以实现的成就，他对科学和事业的追求使许多人难以望其项背。奉节县委常委孙开武说，崔政权不是奉节人，但他以科学严谨的工作态度、求真务实的工作作风、敢于负责的献身精神为奉节新县城的建设作出了卓越贡献，我们要把崔政权写入《奉节县志》，名垂千古。

有人统计，从 1991 年 9 月到 1996 年 11 月止，崔政权在选址方面为三峡库区新城建设避免了 20 余亿元建设投资的损失。另外，在他撰写的《系统工程地质导论》一书的指导下，他带领同志们以国内外地质界从未有过的惊人速度完成了三峡库区 18 个县市、13 座县（市）城、110 座集镇及大型厂矿企业《三峡库区迁建新址选择与地质论证报告》（初勘、详勘）1000 余万字、图纸 1 万余张。而这千万字、万余张图全都是由他一个字一个字、一张图一张图地审阅出来的，也就是说崔政权已为库区百万移民绘制了一幅安稳新家园的宏伟蓝图。

崔政权对工作具有超前的意识和长远的眼光。他首次提出在库区设立地质工作站，以负责做好地质灾害预报和新建城镇运行情况的长期监测工作。从 1995 年开始，库区 12 个县（市）的地质工作站相继建立，配备了专职地质人员，这就为库区的地质安全安上了一双双警惕守望的眼睛。1998 年 7 月至 9 月，三峡库区共发生崩滑事件 126 起，总体积达到两亿多立方米，都因及时预报，均未发生人员伤亡事件。当地政府和老百姓说，有了地质工作站，我们住得放心、睡得安心、工作时不担心。在奉节只要一提起崔大师，老百姓没有不知道的。他们说，崔大师给库区百姓谋福，我们因他而有幸。尤其是这些年，蓝图上的家园在三峡大地上逐步铺开，证实了崔政权选择的正确性，三峡人更加感念崔政权。

1999 年，中央电视台特邀崔政权走进《东方之子》栏目，著名节目主持人白岩松说：

"随着三峡工程的兴建，移民成了人们关注的焦点，三峡百万移民要重新选择自己的家园。由于三峡库区地质结构比较复杂，滑坡、崩塌地质灾害经常出现，所以三峡人心里一个安全的家尤为重要。我们今天《东方之子》介绍的崔政权，就是替三峡库区人找家的人……"

这天正是"五一"劳动节，将崔政权在这个特殊的日子推出，本身就是对崔政权的劳动做出的最大的褒奖……

长江委人经常说：

"建一座工程，立一座丰碑"。崔政权做到了。他在领导完成三峡移民工程的同时，已在三峡大地上立下了一座供后人瞻仰移民建镇选址的丰碑。

二、终生学习，不断创新，同志们敬佩他

那还是 1935 年的冬天，吉林省和龙县一个姓崔的朝鲜族农民家庭里又有一个小孩呱呱落地。父母一看，又是一个男孩，便毫不犹豫地给他起了一个很刚硬的名字——政权。在崔政权的前面，他已经有了三个姐姐、两个哥哥了。没两年，又有一个妹妹加入这样一个大家庭，给本来就贫穷的家庭又添了一张吃饭的嘴。出生在这样一个家庭的崔政权，又是在天寒地冻的北国长大，从小就知道什么叫苦，也特别能吃苦。

崔政权的父母亲尽管十分吃力地支撑着这个家，但并没有放弃让孩子们接受教育的权利，孩子们学习也很争气，尤其是崔政权和他的二哥。崔政权在学生时代就显示出他的语言天赋。他从小学到高中一直在当地的朝鲜族学校学习，学的是朝鲜语。新中国成立初期，当跨入东北地质学院水文地质专业的时候，还不懂汉语，这对他学习上带来的压力可想而知。于是，他就以超常的毅力在学习专业课的同时开始学习汉语，同时还要学习大学规定的外语必修课——俄语。最终的结果是，他以优异的成绩从大学毕业，还被分配到武汉水利电力学校当了老师，教一些汉族学生。

1956 年，他来到长江委后，从此开始了他实现人生价值的漫长之旅。

崔政权的起点并不高。论学历，他是大专毕业；论经历，绝非"坎坷"二字能概括。"文化大革命"中批斗、关押，只因为他在走"白专道路"；论条件，他长期野外作业走南闯北、风餐露宿近 30 年。

近 30 年时间，崔政权是在逆境中度过的。但有一点儿让他感到欣慰的是伟大的长江勘测事业从来没有亏待过他，他更为终身服务的事业贡献了坚强的意志与决心。

他的出色是多方面的，前面讲到他的敬业精神、他为了坚持真理敢于碰硬的精神都让人们佩服不已。

除此之外，他终身学习、开拓创新的精神同样被许多人交口称赞，他由此也总是

人
物
篇

站在科技或理论的前沿，引导着勘测专业新的潮流，成为水利系统乃至全国地质勘察界的风流人物。

崔政权的知识渊博是同行们公认的，而大凡知识渊博的人绝不是天生的，都与"刻苦"这个词密切相关，崔政权也不例外，而他最大的特点就是一生都在刻苦地学习、努力地工作。最了解他的是他以前的学生、后来的妻子徐凤芝。她如此评价他：

"有时候，连我自己都很感慨，他怎么就有那么大的毅力和决心，在人生的每个阶段总是那么兴趣盎然地工作、学习，而且都是那么出色。"

原中国地质大学校长、中国工程院院士殷洪福在一封信中更是由衷地赞扬崔政权是：

"我们这一代人拼搏的缩影。"

1956 年至 1990 年，崔政权先后从事过长江干支流上的丹江口、宝珠寺、江口、彭水等 10 多个大中型水利水电工程的地质勘察工作。长期、大量的外业工作实践，为他以后的理论创建积累了丰富的第一手资料。同时，他更是一个有心人。他每完成一项工作或工程就立即进行技术总结，提出问题，并针对这些问题学习借鉴国外的先进理论和方法，写出了几十万字的读书笔记。

他妻子介绍过这样一件事：

"'文化大革命'期间，我们都还在彭水工地。当时我俩工资都不高，要养活两个孩子，买不起更多的书。崔政权一到休息的时间，就跑很远的路，到距离工地最近的县城书店去看书；看到好的地方，就蹲在地上抄了起来。久而久之，书店的营业员都感动了，主动给他提供凳子，让他坐下来抄；来了新书，还主动给他介绍，提供给他抄。"

有一位年轻人曾向崔政权提出脱产学习外语，崔政权以自己的亲身经历对那位年轻人说：

"只要你有毅力、刻苦，何必要脱产学习。1981 年，我为备考日本神户大学进修生，每天早起对着墙壁苦练日语口语，练得舌头红肿、流血；后来，我又开始学习英语，一本《现代美国口语辅导手册》，一有空就拿起来读，随身听也听坏了好几个；我是 53 岁时开始学习法语，不久我就能翻译法文著作了。也就是说，只要你刻苦，没有什么学不好的语言。"

听崔总这样一说，那位年轻人也只好默认了，在公认的刻苦表率崔总面前，他还能说什么呢？

崔总什么培训班都没进过，同龄人都十分佩服他的电脑技术，谁都知道他是完全靠自学学的电脑。他还担任过原综合勘测局计算机应用领导小组组长，具体分管长江勘测技术研究所的计算机技术应用。长江勘测技术研究所第一张由计算机绘制的地质图——湖南鱼潭水电站钻孔柱状图就出自他领导的计算机小组。他撰写的所有中英文著述材料全部都由自己输入。

20世纪70年代初，崔政权的论文《岩溶作用动态平衡理论》在美国华盛顿召开的第28届国际地质大会上，成为《国际水文地质学新进展》专辑的特约论文。这篇论文是时任水电部总工程师李鹗鼎和总工程师潘家铮推荐给地质大会的。

还是在70年代，崔政权在担任原长江委勘测总队第四勘测队队长期间，在乌江彭水芙蓉江枢纽的工程地质勘测中，他应用孔间无线波透视技术勘察河间地块岩体完整性，这项技术就是今天的工程物探的CT技术。直到20世纪90年代，这项技术才被我国水利水电工程勘测界多数人认可，认为是勘察技术发展的亮点，并被国家科委先后列为"八五""九五"重点科学技术攻关课题加以研究和推广应用。崔大师在这一领域的研究却要早同行约20年。

20世纪80年代初，经考试崔政权成为中国首次派到日本神户大学学习的进修生，在神户大学工学部大学院樱井春辅（现国际岩石力学学会主席）研究室进行研究工作。他因为成果突出，神户大学要破格给这位进修生发博士学位证书。这在神户大学还从无先例，崔政权又被称为"是向神户大学挑战的第一个外国留学生"（1987年本应赴日本办理博士学位手续，但因经费等原因未能赴日）。

留学回国后，崔政权建立了"系统工程地质"理论与方法论，此项成果在1986年一问世，就被当时的国际工程地质学会主席Langer Miichacel F.B.称为是工程地质学新的领域，首先在国内地质界产生了影响他的研究成果专著《系统工程地质导论》已正式出版。

该书一经出版，国内外有关专家就给予了很高的评价。专家们评价说："它标志着我国水利水电工程地质和岩土工程跻身世界行列……全书反映出作者站到了当代工程地质学发展的前沿……该书中的某些领域达到了国际先进水平，填补了国内空白……"当时国内工程地质学存在着两大学派，即成因学派和结构学派。专家们认为崔政权创建了第三大学派，即系统学派。国际工程地质学原存在着四大学派，即苏联的地质工程学、奥地利的地质技术或岩土工程学、美国的环境途径工程地质学、中国的环境地质学，而崔政权又以系统工程地质学创建了国际工程地质学的第五大学派，他因此而被载入中外地质学史册。

1991年，崔大师成为三峡库区移民迁建城镇选址和地质论证的总负责人后，结合大规模新城迁建选址实践，创新地提出了一系列新的理论成果。

崔政权科学地提出了所有城镇新址要分总体规划与详细规划两个阶段进行勘察，

该意见被采纳并写进国务院三峡工程建设委员会颁布实施的《移民安置规划大纲》中。国务院三峡工程建设委员会移民安置规划司副司长罗元华称赞崔政权是三峡库区地质"活地图"和库区地质灾害防治第一人。

1992 年，崔政权通过考察，结合在巴东、奉节等地层岸坡的变形、失稳情况，提出了"坠覆体"的概念，对其明确定义为"坠覆体"，并以此指导了巫山新县城的选址工作。自 1992 年至 1998 年 6 个水文年，特别是 1998 年长江 8 次洪峰，巫山县长达 7 千米的新城，边坡高达 30~50 米，一坡到顶，没有一处"滑坡"，实践充分证明了"坠覆体"理论的成立。这也是崔政权科技创新的又一成果。

1992 年，崔政权获国务院政府特殊津贴，这是国家对他价值的肯定，可妻子说老崔从来就不知道他的工资卡的工资有多少……

1994 年，他被授予"全国工程勘察设计大师"称号，这是中国地质工程界顶级的称谓。

崔大师由于掌握了几国外语，他经常能捕捉到国际最前沿的信息。1996 年国际岩石力学年会上 3S 技术在岩石工程勘察中的应用引起国际同行的极大关注，他捕捉到了这一新的技术发展动向，很快于第二年就提出"为了保证三峡工程的顺利实施，保障三峡水库的正常运行和新建城镇的安全，必须建立滑坡泥石流 3S 工程"。因为，这是保证三峡库区内的新城镇能够长期安稳的一个有效的措施，一个对三峡库区子孙后代都有利的有效措施。只要是对三峡人民有利，崔政权绝对全力以赴。从那以后，他到处奔走呼吁，上下活动。他邀请武汉测绘科技大学等院校，与长江委一同开展这个项目的前期工作，使长江委又在这个学科中保持了领先地位。据介绍，当时这项工作在全国工程地质勘察界都产生了影响，对三峡库区的影响更是深远的。由于他较早地推动了长江三峡工程库区滑坡泥石流预报 3S 工程的前期工作，使得三峡库区滑坡、泥石流和库岸稳定性，及其对三峡工程的影响引起了党中央、国务院的高度重视，并于 2000 年起大规模地开展了三峡工程库区二期、三期滑坡及塌岸的防治工程，保证了三峡工程的安全和三期蓄水目标的如期实现。

这是一个多么有远见的创新，一个功在当代，利在千秋的创新。

1999 年，崔政权的《边坡工程——理论与实践最新发展》（和李宁合作）荣获交通部科技进步奖二等奖。

他的成果何止这些！

吴永锋现为长江设计院副总工程师，崔总的得意门生之一，在他的一篇回忆崔大师的文章里就这样罗列过崔大师的成果：除了上面两部一百多万字的大部头书外，"崔总还在国内外刊物上发表了几十篇论文，而由崔总撰写的、没有公开发表的各种报告、研究成果就更多了。如今，我办公室的柜子里就放着他的几十本厚薄不一的报告、专论，有的比砖头还厚。"

他的妻子太了解他了，知道"他是一个热爱工作胜过生命的人"。尤其是他担任三峡移民工程总负责人后，经常唠叨的话是：

"我要为库区百姓找到安稳的家园。"

这是党和人民交给他的一份责任，而且责任重于泰山。崔大师正因为太看重这份责任，他成为一个特别敬业的人；为他的这份事业，他也成为人们公认的最能吃苦的人。

徐凤芝退休后，为了让崔大师不再牵挂她一个人在家，有时候也陪着崔总到库区考察。她不去，崔总怎么样工作她也看不见；去了，她经常看到一些年轻人都爬不上去的山，他这个六十多岁的老头子非要上去看个究竟，看到老头子那为了工作不顾一切的样子，她就心疼。

吴永锋曾这样评价崔总的精神：

"崔总虽然很瘦，年纪也大了，但他爬山的速度、耐力，连我这个山里娃出身、年纪比他小近三十岁的人都比不了。"

他的这些干劲来源于对事业的忠诚、来源于他的敬业精神，更来源于他对库区人民强烈的责任心，他的心已经和三峡库区融为一体。徐秀芝披露了这样一个细节，每次崔政权在武汉家里的时候，碰到三峡库区下大雨，他都坐立不安，非要等到每个地质站站长打电话汇报完情况，他才稍微安心一点。

他的敬业精神不是作秀的，而是已深深地潜入了他的血液里，化为了自觉的行动。为此，他在一些人眼里是那么高大，却又是那么的平凡。

三、教人育人，温柔体贴，亲人们想念他

亲人的概念，有狭义的，也有广义的。狭义的是指直系亲属或配偶，广义的是比喻关系亲密、感情深厚的人。崔政权身上有一种特殊的魅力，一种由人品、才华、性格、气质综合而成的魅力。这种魅力，让狭义的亲人是那样地喜欢他，为他自豪，崔政权的儿子就说，他最敬佩的人就是爸爸；这种魅力，让广义的亲人是那样地敬重他，感激他，而崔大师广义上的亲人已遍布天下。

早在 1992 年，由于他的《系统工程地质导论》的问世，中国电力联合会、教育部还在武汉举办了首届系统工程地质培训班,向全国水利水电系统推广他的研究成果。同济大学、中国地质大学、成都理工学院、武汉水利电力大学、中国矿业大学等聘他为兼职教授及兼职硕士生导师、博士生导师，不少硕士、博士研究生已把选择毕业论

文选题的目光投向他创建的领域，他已培养出多名硕士和博士生，他们是那样地由衷地感激他。

作为原综合勘测局的总工程师、技术领导，他十分注重培养年轻一代工程地质与环境地质专家，并把这项工作作为自己义不容辞的责任。在他的指导和精心培育下，许多年轻人成为单位的技术骨干，有的已走上了领导岗位，如现任长江勘测技术研究所所长的苏爱军已成长为有一定知名度的专家。

崔大师对人才的标准要求是非常高的，年轻人经常听他这样说道：

"真正的人才应该德才兼备，要有正确的世界观、人生观、价值观和强烈的事业心，要不断地学习和实践，要勇于创新和探索。"

崔政权不光这样说，而且身体力行地这样做。他的为人处世，是对德才兼备，正确的世界观、人生观、价值观及事业心的最好的诠释。

年轻人首先从崔大师身上学到了独立思考、不迷信权威、敢于坚持真理的精神。

他们是从一个专业技术人员的角度在反复品味巴东黄土坡和奉节重新选址的故事，他们不仅从中体会出了其中的技术含量，更看到了故事中的主人公崔政权为了坚持真理，不畏惧权威，敢于碰硬的铮铮铁骨。吴永锋由于当时就在巴东，是黄土坡事件的从头到尾的目击者。当时，吴永锋他们就提到某权威单位已经得出的结论，对否认它还存在一定的顾虑时，崔大师就对年轻人说：

"你们年轻人在工作中一定要独立思考，不要迷信专家，不要迷信权威。"还认真地对他们说：

"就是我的话，你们也不要迷信，我也不可能永远正确，有时候也会出错。"

崔大师教给年轻人最多的是他永不满足的创新精神。

崔大师经常会创新一些新观念、新名词，什么"起跳点""坠覆体"，等等。由于这些都是过去专业术语中所没有的，一些年轻人都不以为然，有些心里都还存有疑问。吴永锋就讲了这样一个故事：

对兴山县政府后山变形体进行勘测时，崔大师对吴永锋做的一个地质剖面用坠覆体的模型进行修改，吴永锋不以为然的情绪流露在脸上，崔大师没有直接批评而是语重心长地说："你们年轻人思想一定要放得开，不要拘泥于现有的书本知识，要善于接受新的知识、新的理论，不断拓宽自己的知识领域。"

后来，崔大师在奉节专门带几个年轻人去看坠覆体这种模式破坏的边坡的完整连续的典型剖面，吴永锋这才终于相信了，而且区分开了坠覆体与滑坡的区别，相应地也就找到了治理这两种不同破坏断面的处理措施。吴永锋也终于弄清楚了崔大师提出这些新概念的缘由，并由衷地赞叹，也只有勇于创新的人才能够提出。

崔政权是老专家，但他从来没有论资排辈的思想，而是大胆地启用、不拘一格地选拔和使用青年人。1994年，他启用了12名年龄在30岁左右的青年工程师担任三峡库区12个县（区）地质工作站的站长，负责那个县的地质工作。当时吴永锋、严应征、张庆峰等都是20多岁的年轻人，把地质把关权交给几个毛头青年，而且三峡又是一个敏感的地方，崔政权当时是要承担一定风险的，而且没有一定胆识的领导是不会这样做的。崔大师更注重在实践中培养他们。在当时计算机还没有普及的情况下，给每个地质工作站配备了台式计算机；每年巡查期间，崔大师都要带着站长们到各个工地增长见识，在实践中学习。这些站长们经过实践的锻炼，都逐渐成熟起来，他们中间大多数人已经成为单位的技术骨干，有的已走上领导岗位。像现任长江设计院副总工程师吴永锋就曾担任巴东地质工作站的第一任站长。

崔大师为什么在同志们中间那么具有人格魅力，首先在于他的无私与坦荡，只要是对事业有益，他什么都可以献出。

他是综合勘测局较早拥有而且学会使用手提电脑和数码照相机的人，崔总曾对吴永锋说，他的笔记本电脑里储存了几万张各种地质照片。

了解他在库区工作经历的人，都清楚他那几万张照片的来历。每次到库区考察期间，崔总总是带着同志们白天奔波在各个工地，挎着数码照相机拍摄大量的照片。每到晚上，崔总一行回到住宿地，连年轻人都累得不想动，可崔总还要对着照片逐张地写说明，撰写考察报告，经常工作到深夜。他常说："今天的资料必须整理完，不然就要堆起来。"

"我的那些资料，只要你们用得着，就统统拿去。" 这是崔政权对年轻技术人员常说的一句话。他一生积累大量的宝贵的学术资料，都无私地提供给青年同志们学习、研究、引用。

他还充分利用自己是中国地质大学（武汉）和中国矿业大学（北京）等科研院所的兼职博士生导师等有利条件，亲自联系派出年轻同志前往法国、日本进修博士学习。如今这些年轻专家都能独当一面，成为单位的栋梁之材。他们非常感激崔政权大师，盛赞他是"学识渊博、品德高尚、胸襟坦荡、诲人不倦"的恩师和引路人。吴永锋从一个普通的地质站站长走到长江设计院副总工程师的岗位，他由衷地说：

"这与崔大师对我的教诲、关心关怀是分不开的。我心里永远感激崔大师，我将永远怀念崔大师！"

我们这位副总工程师文学素养还挺高，他还赋诗一首，表达对崔总的感激之情：
"勘察大师奔波一生，

最终，他实在走不动了，

于是他把自己脑海里的褶皱取出来，

化作后辈前进的路！"

他有那么多的朋友和亲人，尤其是年轻的朋友，主要由于他不仅是他们的恩师，更像他们的慈父。

跟崔大师在库区跑了七八年的邓永泰到现在还记得每次跟崔总出差时，工作一做完，他总是谢绝接待方的挽留，对邓永泰说：

"阿泰，咱们早点回家吧，你们年轻，孩子还小。"

崔总的声音仿佛还在他耳边回荡，这个大小伙子一想起鼻子就发酸。

"山矮人高，心清水浊。"这是库区人民送给崔政权大师的一副对联，也是对他由衷的评价。

崔大师在库区的亲人更多了。吴永锋在他的一篇悼念文章里这样写道：

"崔总在三峡库区的称谓也经历了崔总、崔老总、崔大师三个阶段，这并不是简单的称谓变化，实际上是库区人民对崔总由认知到尊崇的过程。"

"崔大师来了，你可是好长时间没来了，到我家来坐一下嘛！"崔总他们一下车，老远就有三峡人跟他打招呼。

徐凤芝陪着老崔走了一趟三峡，发现无论走到哪，都有认识老崔的人，都挂在嘴边不断地喊着："崔大师。"有的人跟老崔摆起龙门阵来，别提有多亲热了。峡里人早知道崔大师的生活习惯了，不喜欢吃大鱼大肉，只喜欢吃苞谷饭，煎土豆或红薯。偶尔他也会提出来加一份炒腊肉。山里人就是实在！早在十几年前，当他们认可接受崔政权以后，知道他爱吃红薯和玉米，就像烽火台传递消息一样，打电话把崔总的这个爱好一个县一个县地传下去，让崔总不管到哪个县吃饭都有他喜爱吃的东西，这就是山里人表达感情的方式，他们早已把崔大师当作自己的亲人。

从崔政权的家人那里可以了解到，崔政权生前是那样恋家、恋自己的亲人。

崔大师有一个幸福美满的家，妻子温柔体贴，儿女双全。妻子是个上海人，当年，她不顾家里的坚决反对，嫁给了这位北方人。从那以后，徐秀芝跟着崔政权走南闯北在外业一干就是几十年，两个孩子小时候只好被送到上海外婆家托老人家帮着照看。这些年，到武汉安家了，崔政权退休前还是一年里有一大半的时间在外，这个家全部交给了妻子。这也是崔政权直到老了以后，还经常觉得有愧于妻子的原因。生前，他总是对妻子说：

"你嫁给我很委屈，在山里待了二十多年，吃了不少苦，现在又把家完全甩给了给你。"

他在外面总对人说：

"我取得的成绩，三分之二应该归功于我夫人。"

可妻子徐秀芝却不这样认为，在她的眼里，丈夫是那样完美，她愿意为丈夫做一切，无怨无悔。

不了解崔政权的人都认为他很严厉，可他的妻子却不这样认为，在她的眼里丈夫是那样心地善良，温柔体贴。

老崔每逢出差在外，每天晚上都要打个电话给她报平安，说说在外面的见闻，问问家里的情况，其实他是不放心把妻子一个人留在家里。

他每次出差或出国都要买礼物给妻子和孩子们，衣服、小饰品、小玩具……从不空手而回。最让妻子难以接受的是，在他去世前两个月，他最后一次出国到欧洲，话也说不清、饭也不能吃的老崔还记得给妻子、孩子们带礼物，现在物在人去，让当妻子的看到它们就痛心……

徐秀芝在她的一篇文章里还这样写道：

"他在我眼里就是一个多才多艺、情感细腻、浪漫多情的可爱的人。他会画画，会吹口琴，弹扬琴，拉手风琴。他生前最喜欢唱《北国之春》和《迟来的爱》，唱起来那么深情，每个在场的人都被深深地吸引。年轻的时候，我们每到周末就去跳交际舞，当时别人都羡慕地说：

'他们这才叫两口子呢！'"

由于老崔是少数民族的原因，他跳起舞来，手势、身段一出来就和普通人不一样，真让我打心眼里喜欢。

崔政权是那样地爱孩子，孩子又是那样地爱爸爸。在上海工作的儿子眼里，爸爸是让他最敬佩的人。

他的女儿崔蓓已经定居日本，在电话里谈起爸爸就是那样地充满感情：

"我爸爸最疼我，我跟他的感情很深。我小的时候，身体很不好。那个时候我们刚回到武汉，又在搞'文化大革命'，我记得一推开门，外面都贴着大字报，他也经常被批斗。可他每天都背着我去打针，长达半年的时间。

他做什么事都首先替别人着想。比如，我到日本后，经常给家里打电话，每次爸爸接到电话后，最多也只说一句话：

'我很好，你不用担心。'没别的意思，他主要是怕我多出电话费。

他实际上是一个感情很细腻的人，他最会选择表达爱的方式。我看《东方之子》节目时都哭了，因为他从里到外全穿着我给他买的衣服，他也是穿给远在日本的我看的。

他病后，我每次回国，事先都不告诉他，说回来就回来了。他要是知道了，十

人物篇

次有九次不让回，怕我们花钱……"

由于崔蓓打的是国际长途，就没让她谈那么多。她问，可不可以写文章，在你们那发表？

这是完全可以的，我们愿意为她提供一块园地，让她表达对父亲绵绵不断的情思……

四、鞠躬尽瘁，死而后已，人们永远怀念他

2005 年，崔大师参加了水利部组织的"南水北调西线一期工程关键技术专题考察"，途中就多次身体不适，回到武汉后，崔大师被紧急送到了武汉协和医院，很快检查结果出来了，他被诊断为肺癌。

"我当时一下子就慌了，心里也只有担心害怕的份了，同时也在埋怨他怎么那么不爱惜自己的身体。"徐秀芝事后对同志们说。

崔蓓说当时她已回到家里，是她逼着他去住院的，崔蓓说：

"当时真害怕看他那双眼睛，他得到这个结果后两眼失望。他是一个非常好强的人，他不愿意承认自己得的是癌症。我对他说，你要相信科学，你的病会治好的，我们都爱你。"

崔政权最后终于听话地住进了医院，可他却把手提电脑带进了医院，一有空就在那里敲打。

得知崔大师得了最让人恐惧的病，同志们来到武汉协和医院看望他；长江委主任蔡其华、纪检组组长陈飞专程到医院来看望崔大师，并与医护人员座谈，了解治疗情况，研究治疗方案。

"蔡主任，你看老崔病成这样了，还非要我把他的便携机带到病房，还惦记着工作，你说这人怎么这样不要命？"

徐凤芝一看蔡主任来了，就赶紧在主任面前告崔政权的状，她多次劝说无效，也只好请领导帮忙了。

长江委"国宝"级的人物有好几个，崔大师算一个。在蔡主任的眼里，崔大师的健康比什么都宝贵，在这点上她与徐凤芝绝对站在一条战线。于是，她就坐在崔大师床前，反复叮咛崔大师一定要安心治病，身体是最重要的，有了身体就有了一切。

"崔大师，一定要好好休息，全长江委的人都盼着你早日恢复健康……"蔡主任情真意切地劝说道。

崔大师由于患的是晚期肺癌，加上年龄大，身体又不好，不能手术，只能采取保守疗法的治疗方案，大剂量地化疗、放疗，这对一位近 70 岁的老人来讲，简直让他

元气大伤。从一开始，崔大师就对他的病十分清楚，晚期肺癌意味着他的时日不多，他要与癌魔抢时间，只要化疗、放疗一停止，他就接着工作，他是在拿坚强的意志与死神抗争。医生尽管也反复制止，徐秀芝更是看在眼里、疼在心里，更知道他是一个工作起来不顾一切的人，知道制止也无效，对这个特殊的病人也没有办法，只好由他去，只能在营养上对他进行很好的补充，让他恢复得快一点。

化疗、放疗初见成效，每次做 CT 下来，看着病灶一点点缩小，徐秀芝心里别提有多高兴。与此同时，崔政权以一个癌症晚期之躯用英文写出的数十万字的专著《立足地表变形信息的滑坡预报系统》也问世了。

崔政权的肺癌仅是初步得到了控制，出院时医生反复强调是初步得到了控制，还给他提出了许多辅助治疗措施，尤其提出了一定要好好休息，要静养。医生根据崔政权在医院的表现，就知道他根本做不到，但是话要说到位，他们要尽到自己的职责。

崔大师出院后不久，他的这部专著就成为国家科技部和欧洲七国合作的《中欧科技合作第五框架计划》的重要内容，他本人还被邀请参加当年十月在希腊萨洛尼卡举行的成果报告会。

事情是这样的。滑坡是水利工程的一大公害，国内外的一些大坝因为滑坡而造成垮坝或者成为废坝的案例不少，像奥地利的瓦尼亚大坝刚建成不久，就是因为滑坡报废了。

如何解决世界水利这一大公害？由奥地利维也纳工程咨询公司（VCE）牵头，有包括中国在内的七个国家参加的欧盟合作滑坡监测项目也就因此而起动了，这七个国家每一个国家都要选一个滑坡作为一个试验点，我们国家选择的是三峡云阳的一个滑坡体。中国项目总负责人是崔政权，长江勘测技术研究所和武汉大学勘测学院作为参加单位。

可崔政权毕竟是一个癌症患者，大剂量的化疗、放疗，再加上病时又拼命完成了一部著作，崔政权已极度虚弱，妻子和同志们都担心他坚持不了这么远距离的考察，劝他不要去。

可崔政权太清楚了，这是一个有国际影响的、能充分在国际上展示我们技术水平的一个国际合作项目。崔政权如果出席会议，这个项目成功的可能性就更大些。他的那个倔强劲儿又上来了，还是决定去。

走的前几天，他们需要到北京希腊使馆办签证。到北京的时候，随行的长江勘测技术研究所的高改萍就发现崔总有些不对头。当时正是金秋十月，天气还很暖和，可崔大师坐在车上一个劲用热水袋暖着胃，话也说不清楚。细心的高改萍连忙问崔总：

"崔总，您怎么啦？哪里不舒服？"

"好像嗓子不太舒服，不过不要紧，没有什么。"崔总若无其事地答道。

"我看您还是不要去了，您的身体这样不好。"高改萍建议说。

回到武汉后，徐秀芝也发现了崔政权的异常，她看着当时连话都说不清楚的丈夫，坚决反对崔政权到欧洲去，让崔政权到医院去看病。

"没关系，我可以去。这个项目太重要了，我不能不去。也就是十来天的时间，回来后，我听你的话，马上到医院去。"

崔政权不容置疑地说。没有人比徐秀芝更了解他了，只要是崔政权要办的事，你就是十头牛也拉不回来，他就是这样一个学习、工作起来不要命的人。

崔政权出院不久，在上海的儿子和媳妇一直说再过来看看爸爸，当父亲的始终说自己还好，挺忙的，不要他们过来。崔政权逝世后，儿子一直后悔得要命，认为如果他们过来了，当医生的妻子一定能发现父亲的异常。事后，徐秀芝回过头来仔细地一分析，丈夫对自己身体不好还是有感觉的，只是没有想到那样厉害，这是崔政权第二次入院后一位与崔大师一起去考察的人告诉她的。

崔政权将报告完成后，就感到头有时候有一种说不出来的疼，他自己分析可能是写报告累的，也没敢对徐凤芝说，怕她着急。这种头疼其实是可怕的癌魔在侵蚀他的大脑，它像一个魔鬼一样始终附在他的身体上没有下来……

崔政权不知道它的存在，但肯定也感觉到身体的异常，否则他绝不会给院长写那封信，让我们再重温一下信的主要内容吧：

"我这次去是冒着生命危险去的，但我一定要去，去为这个项目画上一个句号。"

崔政权的欧洲之行还是如期进行。"没想到，他这一去，真的是用生命为他热爱的事业画上了令我痛不欲生的句号。"徐秀芝在接受笔者采访时，是哭着说这句话的。

与崔政权同行的高改萍也一个劲地说对崔总的欧洲之行感触很深。整个会议、考察的行程安排得很紧凑，崔政权和他随行的同志们更没有想到他的病情发展得更是迅速……现在提起来，高改萍还是记忆犹新。

"太快了，几乎是一天一个样。我们先到维也纳，崔总已经不想吃饭了。清淡的粉只吃一点儿。到了晚上，我们几个到超市给崔总买吃的东西，一样一点儿，然后拿到崔总房间去，他勉强又吃了一点儿。"

会议在希腊的萨洛尼卡举行，崔总坚持到了会场。按安排，他这个总负责人先进行总体介绍，其他几个项目负责人再进行分别介绍。可崔总已经不能介绍了，他只能让随行的同志代他发言。他一直用一个手巾捂着口，口里一个劲地分泌着长长的黏腥物，谁也说不清楚他当时忍受着多大的痛苦。

欧洲六国的滑坡考察开始了。每次到了一个滑坡处，崔总只能在下面看看，根本爬不上去。尽管如此，他拿出的结果让同行的人无不佩服。

一次，崔总他们来到了意大利北部的阿尔卑斯山，那里是滑雪者的圣地，但有一个叫巴地亚的滑坡体非常大。高改萍是负责遥感技术的，她和几个年轻的同行一直爬了上去，想把这个滑坡体看个清楚。崔总已经爬不动了，就站在车的旁边远远朝它望去。

高改萍一行从滑坡体上下来上车后，就兴致盎然地开始了讨论，大家意见众说纷纭，一下子也统一不起来。崔总看着这些喜欢探索的年轻人笑了。他拿出纸和笔来，很快把滑坡的剖面图画了出来，让这几个年轻人也只有佩服的份了。

考察团一行再到了希腊北部的海边城市，那是一座很美的城市。会议安排代表们参观雅典古城，那里保留着几千年前的古希腊文明，崔总很想进去看看，但他已经力不从心了，代表们都进去了，他只能在公园门口的椅子上躺下来休息。

到了意大利佛罗伦萨的时候，崔政权觉得难受得坚持不下去了，于是在纸条上写了一行字，要求到医院去打针，进行消炎。

在意大利当地的医院，崔总整整吊了一晚上吊针。那位意大利医生问得很仔细，包括最近得过什么病没有，做过哪些治疗。

崔总没敢说实话，他知道说了实话肯定不会让走，要留下来治疗。他现在还要随着大部队考察其他几个国家，他始终没有倒下，坚持考察完会议安排的所有滑坡。

考察结束了，崔总他们终于回国了。崔政权一下飞机，就被送进了医院。没几天，他又被转到儿子所在地——上海，住了上海最好的医院——华山医院。

可是，一切都迟了，这次崔政权彻底地败下阵来。

崔政权一生好强，从不服输，他一生不知预测过滑坡、泥石流等多少地质魔鬼，但他预测不了自己身上潜藏的癌症魔鬼。他能战胜地质魔鬼，是因为他所具有的极强的敬业精神、扎实的业务功底与聪明的大脑等多方面因素，构成了他坚强的免疫系统，所以他在事业上是常胜将军。但他要获得这一切，是需要付出代价的。也就是说，这需要透支心血、健康，甚至是生命，这又使他这方面的免疫系统极弱，所以在癌魔一次次袭击他时，他又是如此地不堪一击。

经检查，癌细胞已转移到崔政权的脑部。尽管医院派出了最好的医生，动用了最好的医疗设备，用从瑞士进口的伽马刀一下子从他的脑子里挖出了 20 多个肿瘤，而且切得干干净净，可还是迟了。医生说他的癌症已经到了晚期，手术后没几天，他的舌头已经开始下坠了。

谁都知道，崔政权有一个令人羡慕不已、非常聪明的大脑；对他的事业来说，这个大脑尤其珍贵。可就在这个大脑里，癌魔竟然布下了 20 多个肿瘤，这是一个多么令人难以置信的数量和体积。崔政权生前要付出多么大的毅力，才能忍受如此大的折磨和痛苦？这些对生者来说，已经是不得而知了！

伽马刀手术后，崔政权的大脑受到了严重的摧残，但他有一点始终没有遗忘，那就是他终生也割舍不下的三峡库区。

这天，头上还缠着纱布的崔政权对着医院白白的墙壁问妻子：

"怎么墙上都是库区的照片和地形图啊！"

妻子一听，泪水一下子就下来了，她知道他太想回他魂牵梦绕的三峡库区看看，他还有太多的事情没有做完，留下了那么多的遗憾。

"老崔，这是病房，不是办公室，哪里有库区的照片和地形图啊，这是你大脑里出现的幻觉。不要瞎想了，静心养病，你一定要好好地活着！你可是已经和我约好，到80岁以后就彻底放下工作，陪我在上海生活。那时候我们再一起手拉手在阳光下散步，到公园里跳舞，重温年轻时候的浪漫。你可要挺住啊！"

崔政权没办法不想，他有太多未尽的事要做，太多应该交代的事要交代，要不然躺在床上的他为什么手里总是握着手机，总好像要给谁打电话，可他任何电话已经打不出了。他曾费力地对前去探望他的领导说：

"假若上帝再给我5年时间，我会把欧盟的合作项目做得更好，因为这关系到国际威望啊！"

可上帝这次并不仁慈，那么快将他召到"天国"。

有太多知道、了解崔政权的生者对他有一种说不出的留恋和怀念，这种留恋何止是了解他的生者。采访时，高改萍给笔者讲了这样一件事：

那是在欧洲考察期间，他们抽空去了一个大型广场。他们到那儿的时候，广场上空飞翔着许许多多的鸽子，不少游人亲热地给落在地上的鸽子喂食，好一幅人鸟和谐图。

突然，几个鸽子同时朝崔政权身上扑来，高改萍不知为什么眼泪刷得一下下来了，同时用照相机将这个珍贵的画面捕捉了下来。鸽子对一个陌生人是不会有什么感应的，可高改萍的眼泪解读起来却很复杂，里面是不是或多或少地包含着一种留恋的成分？她也不知道是癌魔将崔大师往去"天国"的路上赶，只根据崔大师一路的症状，怕崔大师中风，仅是这都让她一路上忐忑不安。

"他是累死的。"高改萍在接受采访的时候是这样对笔者说的。

"有时候，我只觉得，为了事业，崔总简直是在透支生命，熬尽心血。否则，他不会走得这么早。"吴永锋也是这样认为。

他心爱的女儿更是不愿意接受这样的事实，她在《寄给天国我父亲的一封信》里写道：

"您还有这么多的事业，您还有这么多的愿望，您还有这么多相处朝夕的好友，您还有相伴半个世纪的我的妈妈——您怎么也舍不得这个世界，怎么也舍不得离开山清水秀的三峡事业的……但是，您被迫去了天国，去了您不愿意去的世界。"

这世上真的有天国吗？但愿没有，又但愿有。要不然，为什么吴永锋也在一篇文章提起：

"我想，世上如果真的有天堂和地狱的话，崔总一定是在前往天堂的路上，因为他这一辈子做了不少好事，做了不少功德无量的事。他的灵魂也离不开他日夜牵挂的三峡库区。"

凡是做好事的人，党和人民都会记住他的。

崔政权逝世后，长江委直属党委向全体共产党员发出了《关于开展向崔政权同志学习的通知》，长江委主任蔡其华在崔大师先进事迹报告会上这样说道：

"崔政权大师是我委党员知识分子中的杰出代表，他把自己毕生精力和才智都献给了长江水利事业。回顾他的一生，无论是做人还是做事，都是我们学习的榜样……"

他的妻子冷静地对笔者说：

"那次会议上，蔡主任对老崔的评价太高了，他也没有达到那样的高度。说实在点儿，老崔这一辈子只不过体现了他的价值，做了一个好人，有用的人。"

他的这种价值和作用还在延续着，"人生的楷模，事业的典范"，许多人都将他作为标杆。现在在三峡库区工作的长江委的年轻人一听到谁夸奖他越来越像崔大师了，就认为是对他最大的褒奖。

我们相信在崔大师的影响下，在不远的将来从三峡库区，从全国水利工地会走出更多的"崔政权"，我们的事业呼唤"崔政权"……

（本文原创于 2007 年，修改此稿时，参考了长江设计院的《大师风范》，徐秀芝的演讲稿，杨林、张志杰等人的文章，并得到了夏丽华、马秋生、李卫星等人的帮助，在此一并感谢）

人物篇

怀念崔政权大师

吴永锋

一

得知崔总去世的消息，是在 2005 年 12 月 4 日早上 10 点钟左右。当时我和岩土公司的几位同志在三峡库区的巫山县城对岸的大宁河左岸，正走在前往一处库岸勘察工地的路上。王吉祥接到了一个电话，然后对我们说："让我们沉痛悼念崔总他老人家吧，他今天早上去世了。"听了这个消息，我这个有思想准备的人还是感到这个消息来得太快了，崔总到上海治疗不久就这么走了。在我的印象中，崔总从武汉的医院出院后，身体状况似乎还好，精神也还不错，我曾为他高兴，以为他的病完全治愈了。大概半个月前的某一天，我偶然得知崔总去上海治病的消息，颇感意外。后来看了网上登的委领导去看望他的报道，报道配有图片。长江委领导陈飞去看望他的时候，崔总是坐在床上的；稍后王忠法去看望他的时候，图片上的崔总已是躺在床上，鼻子里插着几根管子，又听说癌细胞已经转移到脑部了。从那时起，我心里就有一种不祥的预感。由于崔总远在千里之外的上海，我没能抽出时间去看望他，只是偶尔打个电话或发个短信问候一下，直到他去世也未能见他最后一面，心里不免有许多遗憾。如今他就这么离开我们，离开他心爱的事业而去了，离开与他结下不解之缘的三峡库区而去了。想到今后再也看不到他的音容笑貌，再也不能聆听他的教诲了，不免黯然神伤。崔总虽说活到了有生之年的七十岁，但没有等到三峡水库最终蓄水，没有看到三峡库区移民城镇最终建设成功，这却是一件憾事。我眼前这座崭新的巫山县城，崔总就曾经走过多次，可他却再也不能来了！我只有在心里默默地说："崔总，一路走好！"

12 月 5 日上午，我们正在开会，许立泉打电话约我写一篇纪念崔总的文章。说实在的，我从小就害怕命题作文，而且多年没有写过类似文章，担心不能胜任，但转念一想：我在崔总身边工作多年，对崔总还算得上熟悉，写纪念文章义不容辞，因此我答应了下来。

虽然崔政权早在 1994 年就被国家授予"全国工程勘察设计大师"称号，但在平时，我们很少叫他"崔大师"，而是习惯地称他"崔总"。我只想写一些实实在在的事情，以表达我对他的沉痛悼念。

二

崔总是一个学习特别刻苦的人。

1984 年，我初到长江委勘测总队不久就听说崔总精通几门外语，心里既羡慕又敬佩。后来又听说他出了一本厚厚的专著《系统工程地质导论》，就更加敬佩了。那时在勘测总队能够出书的人凤毛麟角，我连一篇论文都没发表过，于是就盼望着能够一睹他的风采。但我工作的丹江口离武汉有几百千米，而且也很少有机会到武汉，直到 1987 年才在一次会议上见到了他。印象里当时的崔总确实是一派学者风度，个子不高，人也很瘦，眼里闪烁着智慧的光芒，但也觉得他很苍老、憔悴。大概是没有染头发的缘故，崔总的头发基本上快要白光了，那时他应该是五十多岁的年纪，但似乎比同龄人显得老一些。

当时我没能与他说上话，当然也就没有去细想他的白头发为什么那么多。直到多年以后，我自己的头发也一片一片发白的时候，我才感到脑力劳动确实会催人老的。繁重的体力劳动让人手脚粗糙、饱经沧桑，而从事繁重的脑力劳动的人，大多要么是白了头发要么是秃了顶。

崔总的英语、日语等外语到底精通到何种程度，我无法做出评价。我知道崔总能够用这两种语言跟外宾流利交谈，用英文发表论文，而且亲自用英文写了不少介绍三峡工程的材料，现在我还保存有他写的 *Geology and Geomechanics of the Three Georges Projects* 和 *Geology of the Three Georges Reservoir* 两本册子。

我还记得这么一件事，大概是 1995 年，在宜昌召开三峡库区地质环境暨第二届中日地层环境力学国际学术讨论会，来了 30 多位日本的专家学者，参观三峡工程。在三峡开发总公司的会议室里，由王家柱用中文向日本客人作介绍，一位留学日本的蒋博士作日语翻译。蒋博士大概对水利工程的一些词汇不大熟悉，翻译过程中时常"卡壳"，求助于崔总。崔总对"卡壳"的部分均一一作了翻译。

原先我不知道崔总是怎么学会这些外语的。20 世纪 80 年代初期，学习外语的条件应该比现在差得多，没有那么多辅助工具。直到有一年中国地质大学办了个为期一年脱产学习英语的学习班，我也想去学习，便去找崔总，没想到崔总没同意，原因是那时三峡库区很多事让我无法脱身。崔总对我说："要学好外语不一定要脱产，自学也是可以的，关键是要有毅力、要刻苦。我过去是每天早上四点钟就起来背单词练发音，才终于通过英语考试，争取到去日本的进修机会的。"

哦，原来崔总是凭着坚强的毅力和刻苦的精神学习外语的，"不经一番寒彻骨，哪得梅花扑鼻香"呀？

三

崔总与三峡库区结下了不解之缘。

可以毫不夸张地说，为了三峡库区的移民城镇新址选择和地质论证，为了给移民找一个安稳的家，为了三峡库区移民城镇的建设，崔总兢兢业业、呕心沥血地工作和奔波了十几年。

早在 20 世纪 80 年代，为了研究三峡水库的库岸稳定性，崔总就曾多次到三峡库区。我在黄蜡石滑坡勘察工地时，崔总就曾来指导过工作。1991 年 9 月，崔总成为三峡库区 13 座移民迁建县（市）城、129 座迁建集镇选址和地质论证的总负责人。此后的十余年里崔总便时常奔波在三峡库区了。

三峡库区移民迁建城镇选址数量大、范围广，从宜昌到重庆市，库区长达 650 余千米。库区的交通条件也比较差，公路大多是四级以下和乡村简易路，路面则多是沙石，晴天一路灰，雨天一路泥，有人形象地称之为"光辉（灰）路"和"水泥路"。长江上只通慢船而且班次也少，大约 1995 年后才有快艇。三峡库区属于山区，移民城镇新址的地质问题远比平原区复杂，新址选择又不单单是自然科学问题，还牵涉社会学的方方面面。要选好新址有相当的难度。类似三峡库区这样庞大的移民城镇选址在中外水电建设史上史无前例，也很可能后无来者。

如何做移民城镇选址以及城镇规划的地质勘察工作，当时并无太多的例子供参考，国家及有关行业部门也未出台相应的规程规范。直到初勘阶段的地质勘察基本完成后的 1994 年 11 月，建设部才颁布了行业标准《城市规划工程地质勘察规范》。

我从事过多个大中型水利水电枢纽的勘察工作，也基本上全过程参与了三峡库区兴山、巴东等移民城镇新址的勘察工作，就我的个人感觉而言，我觉得三峡库区移民城镇新址勘察工作的难度及问题的复杂性是一些大中型枢纽的坝址无法比拟的。在13 座城址中，又以巴东、巫山、奉节三座县城新址的地质情况最为复杂。对于其中的一些问题，至今在工程地质界还有不同的看法，还存在着认识上的分歧。

目前，三峡库区的移民城镇大多已经建成或基本建成，其中的相当一部分城镇已经初步经受了三峡水库蓄水的考验，已初步证明这些城镇选址和建设是成功的。

有关崔总的三峡库区移民城镇选址的一些事迹，比如调整奉节县城城址的事迹，媒体多有报道，知道的人不少。但是，三峡库区移民城镇选址工作并不是按部就班、一帆风顺的，其中有许多波折，崔总也因此听了不少风言风语，受了不少冷嘲热讽，但都没放在心上，他以大局为重，以事业为重，有时甚至不得不委曲求全。知道这些事情的人恐怕就不多了。

这里只说一件事。

湖北省巴东县城位于长江右岸。早在1982年，由于葛洲坝水库移民的需要，就将位于老城上游一千米左右的黄土坡作为巴东新县城的城址并开始建设，后来发现黄土坡是古滑坡区。1992年初，崔总一行对巴东城区及上游进行查勘，查勘后认为位于老城上游六七千米的云沱和西壤坡一带地形相对平缓，有可能作为新城址，于是决定对这一带开展初勘工作，主要是进行万分之一比例尺的工程地质测绘。云沱一带，地形上低于东侧的狮子包山梁百余米，也比西边的西壤坡斜坡低数十米，总体呈凹地形。凭着几十年的工作经验和职业敏感，崔总在查勘后亲自写的勘察要点中，特别强调"云沱凹地形的成因一定要查明"。除了安排勘测总队的队伍进行勘察外，崔总还不大放心，还委托中国地质大学进行专门的构造地质调查。

1992年8月1日至5日，巴东召开了巴东县城扩迁选址论证会，在这之前接连开了兴山、秭归城镇新址选择的论证会议。8月2日，会议代表分乘十几辆北京吉普车查看现场，先到了西壤坡，然后折返看云沱。论证会议上，代表们一致同意巴东新县城扩迁到云沱、西壤坡一带的方案。下一步县城总体规划工作和地质勘察工作平行进行。

会后，崔总召集现场勘察单位和我们几个开了个小会，讨论下一步工作如何做。在这个会上，我提出看法，认为东边的赵树岭一带有些异常。当时，崔总马上要求现场的勘察单位在异常的部位布置钻孔。一个多月后，初步勘察阶段的地质勘察工作完成，依然认为云沱的凹地形成因是构造成因，也就是认为由向斜造成的。与此同时，县城的总体规划也相继完成并通过相关部门的评审。在总体规划中，西壤坡作为县城的政治、经济、商业中心，云沱作为文化、体育、住宅用地。

1992年10月的一天，在对云沱的勘察中，我发现这一带的江岸略显突出，除了靠近水边是清晰的岩层外，稍上的斜坡上都是大孤石和碎块石夹土，并且还看到源于巴东组第二段的红色物质覆盖于第三段物质上，层序反常。当时我的直觉是："糟了，会不会是个大滑坡？！"

我把其他事情先放到一边，和几个地质员一道，先对云沱进行了全面的查勘，结果发现许多异常，凹地形的成因难以用构造成因来解释。云沱东部存在大型古滑坡的可能性非常大。我意识到这个事必须马上报告崔总，于是我赶到县城给崔总打电话。那时候打电话可不像现在这么方便，崔总也还没有手机。我好不容易才拨通勘测总队办公室的电话，得知崔总正在巫山开会。第二天，我就赶紧坐船上巫山，因为是慢船，下午才到达巫山。我找到了崔总，向他汇报了云沱可能存在大型古滑坡的看法，我说："我认为有95%的可能是大滑坡，我只给自己留5%的退路。"崔总听了我的话，顿时大吃一惊，神情呆呆的，什么都没有说。吃晚饭时，我们发现崔总还是没有回过神来，脑子里似乎还在思考着云沱的事情，一言不发，机械地吃完了晚饭。我们几个见崔总这个样子，就劝说着让他上街和我们一起散散步，走在街上，崔总还是很少言语。经过一家电影院门口时，我们看到那里正在放电影，于是硬拉着他进去看了一场电影。

没过多少日子，崔总邀请了陈德基大师，薛果夫、吴玉华等地质专家以及美国垦务局的两位地质专家赶到巴东，对云沱一带进行了现场考察。考察后，崔总让我编报了勘察方案，他审查同意后，便对云沱的东部开展了大范围的、多种手段的勘探工作。

经过一年多的勘察，采用了地表详细地质测绘、物探、坑槽探、钻探、平硐等多种勘察手段，其中最深的钻孔有180多米，单个平硐的深度达238米，平硐中揭露出很清楚的多层滑带。通过这些工作，终于查明云沱的东部确实存在一个隐蔽性很强的、规模巨大的古滑坡体——赵树岭滑坡体，其面积约0.86平方千米，体积4000多万立方米。

鉴于滑坡问题的复杂性，勘察报告建议滑坡体高程300米以上可以限制性地开发利用，高程300米以下则暂不开发利用，留待三峡水库蓄水后根据监测的变形情况来决定是否利用和怎样利用。

这件事说明了对复杂地质体的认识往往需要一个过程，勘察工作需要一个合理的周期。心急往往吃不了热豆腐，欲速则不达。另外，在地质条件复杂区，勘察工作出现一些偏差有时候恐怕是难以避免的。幸运的是，当时建设并未开始，因此赵树岭滑坡不像黄土坡滑坡那样对国家和库区造成了实际的经济损失和建设失误。只需要对原来还是纸上谈兵的规划方案进行适当调整就行。尽管如此，崔总还是在赵树岭滑坡的勘察过程中承受了多方面的巨大压力，但他都以大局为重，从来没有计较，而是默默地忍受了。

四

崔总是一个特别能吃苦的人。

崔总虽然很瘦，年纪也大了，但他爬山的速度、耐力，连我这个山里娃出身、年纪比他小将近三十岁的人都比不了。

本来，跋山涉水对于搞地质勘测的人来说是家常便饭，但崔总特别能吃苦，而且从来没听他说过"苦"这个字。有几件事给我留下了非常深的印象。

大概是 1992 年 10 月下旬，崔总邀请了陈德基大师、薛果夫等地质专家以及美国垦务局的两位专家到巴东考察。那一天原本安排坐车去考察云沱和西壤坡。因此吃过早饭后，大伙便坐着巴东移民局的车出发了。没想到刚上路不久，天就下起了雨。简易公路弯急坡陡，路面湿滑容易出险。出于安全考虑，大家只好下车打伞，顺着简易公路步行，边走边观察地质现象。雨越下越大。我们到西壤坡后，沿着江边的小路上上下下，好几个人都摔了跤，直到走到大坪的江边时才碰到移民局派来接我们的船。回到移民局时已经是下午三点半钟了。我们这天大概走了 20 多千米山路，又累又饿，几个年轻人垂头丧气，崔总却乐呵呵地对我们说，我们今天又进行了一次"长征"喔！

1995 年 9 月中旬，崔总带着我们一帮人考察奉节县城新址三马山一带。我们早上九点多从朱衣河出发，沿着山中小路经王家坪、三马山后山、高程 700 多米的莲花池，到下午六点多才走回到奉节老县城，基本上走了一整天，起码走了 30 多千米山路，中午只在老乡家里吃了点红薯稀饭。

1998 年 6 月 29 日，巴东白岩沟中环路大桥西侧斜坡上有 20 多万立方米岩体下滑，把原来的一条能够到滑坡后缘的路滑断了，也把后部的一条引水沟渠截断了，沟渠里的水直往滑坡里面灌。崔总第二天就带了几个专家到现场。先从旁边的山路往上爬到了滑坡的边缘，接着又要到滑坡的后部去。但要到那里，必须通过最宽处有 50 多米的拉裂槽，然后再沿着滑坡体往上爬。当时刚发生过滑坡，不时有石头往下垮。而且滑坡是不是还会松动，谁也不清楚。我们觉得太危险，就劝崔总不要再上去了，崔总说："我是跟滑坡打交道的，滑坡都要怕我，没问题的！"说着就带头往上爬。我们也只好提心吊胆地跟着他往上爬。所幸滑坡没有继续下滑，也没有滚石头，我们安全地爬到了滑坡后缘，了解了滑坡后部的情况，只是每个人差不多都是一身汗水和一身泥巴了。

2003 年 7 月 12 日，秭归县沙镇溪镇千将坪发生大规模滑坡。接到消息后，崔总和我从武汉迅速赶往现场。14 日，我们来到滑坡上。当时天气晴好、炎热异常，最高气温达到 37 摄氏度左右。崔总带着我们从滑坡东侧往上爬，一路上不停地拍照、录像、记录，中午在附近的老乡家里吃了点儿饭。午饭后，我们又顺着滑坡的后缘从东往西爬。滑坡的后部岩石像被刚刚爆破过的一样，松动破碎，而且后部几十米高的滑动面上还残留有不少摇摇欲坠的危石。我们爬过了后缘，来到滑坡西侧的一道深槽边。崔总指着那个深槽说，我们就从这里往下爬，一直爬到水边去。我们站的位置高程是 430 米左右，而水边是 135 米。说着，崔总就带头往下爬，我们当然也只有硬着头皮跟着他了。花了两个多小时才爬到水边，大家是满身的大汗，像刚从蒸笼里出来一样，我都觉得快要累瘫了。崔总看我们这个样子，就和我们一起在树荫底下歇了一会儿，又忙着考察前部的滑体去了。

有时候，我真想不明白，崔总那么瘦的身体里哪来这么大的干劲？

五

崔总是一个非常敬业的人。

他除了出版了60多万字的专著《系统工程地质导论》外，1999年与李宁合作出版了47万字的专著《边坡工程——理论与实践最新发展》，还在国内外刊物上发表了几十篇论文，而由崔总撰写的、没有公开发表的各种报告、研究成果就更多了。如今，我办公室的柜子里就放着他的几十本厚薄不一的报告、专论。有的比砖头还厚。

在三峡库区的移民城镇建设高峰期，崔总每年都要带着几位同志对库区移民建设工地进行1~2次全面巡查，解决现场出现的各种地质问题，每次巡查都要花一二十天乃至一个多月的时间。巡查期间，崔总他们往往白天奔波在各个工地，拍摄大量的照片，夜晚则对照片逐张编写说明，撰写巡查报告，经常工作到深夜两三点钟。那时候，笔记本电脑和数码照相机都还是稀罕之物，只有崔总才配备了这些东西，才会使用这些东西。他是能者多劳了。每次巡查结束，崔总都要撰写出厚厚的巡查报告，报送有关部门。

崔总曾对我说，他的笔记本电脑里储存了几万张他拍摄的各种地质照片。

2005年，我作为技术负责人从事三峡库区移民工程高切坡防护的有关工作。7月里的一天，崔总交给我一个移动硬盘，说是他拍摄的高切坡照片。我打开一看，文件的大小竟达7.5G，里面有几千张各个区县的高切坡照片，而且按照区县顺序整理得好好的，每张照片都有编写说明。

崔总退休前是综合勘测局的总工程师，白天有很多日常事务需要处理。他撰写那么多的报告、成果，主要靠熬夜和利用一切可以利用的时间。熟悉崔总的人都知道，崔总不喝酒、不打牌、不下棋，也不喜欢闲聊。而他喝浓咖啡，抽那种烈性的"555"香烟，都是长期熬夜养成的习惯。

到他的办公室汇报工作，只要一汇报完，我们都会知趣地马上离开。因为我们都知道他太忙了。如果你不走，他会用眼睛望着你，似乎在下逐客令，让你不敢久坐。我想，正是由于这一点，才让一些不熟悉他的人觉得他难以接近。

为了事业，崔总花费了多少心血呀！

有时候，我只觉得，为了事业，崔总简直是在透支生命，熬尽心血。否则，他不会走得这么早。

六

崔总是一个心里经常替别人着想的人。

不熟悉崔总的人，可能会觉得他有股傲气，不好接近。实际上，他除了不喜欢那些庸俗的应酬、来来往往、吃吃喝喝外，还是很好接近的。

他喜欢俭朴的生活。他不喝酒，即使是为了应酬，也最多是拿一盅酒在嘴里抿一抿，表示一下意思而已。每次到三峡库区，地方移民局往往都要热情接待。但崔总几乎每次都要交代，饭菜不要搞得太丰盛，那是浪费，有几个红薯、玉米棒，有碗苞谷面糊，再有几个蔬菜就足够了，千万不要大鱼大肉。起初，地方的同志以为崔总是说客套话，后来才知道崔总确实是只喜欢"淡饭"，也就按他的意思去办了。

2004年8月中旬，我和崔总一起参加了水利部科技委组织的"水利部南水北调西线一期工程关键技术专题考察"。我们12日离开武汉到成都，先后经过九寨沟、川主寺、红原、阿坝，16日来到壤塘县城，壤塘的海拔高程已经是3200多米了。17日，我们从壤塘出发，溯玛柯河而上去考察几个勘察工地。那是一条简易公路，路况极差，一路颠簸。午饭就在勘察工地泡快餐面。那天虽说是个晴天，但下午开始崔总就觉得不舒服，穿着厚厚的棉大衣还觉得发冷，傍晚回到壤塘县城时走路都有些不稳，晚饭都没吃就躺在床上。到了晚上八点多钟，崔总又发烧又呕吐，我们请来了县医院的医生给他打了针。当时，大家怕崔总是高原反应。经过研究后，决定连夜将他送到海拔低一些的马尔康。当地有关部门请来了救护车，由我、考察组的一位医生、黄河水利委员会的一位同志陪同前往。我们到达马尔康的时候，已经是第二天凌晨一点多钟。办好了住院手续后，护士不知从哪里推出来了一个担架。我一看那个担架实在太脏了，上面有发霉的血迹。我想着崔总只有百来斤，住院的病房又只在二楼，于是我就将崔总抱到病房里去了。病房是个套间，那天晚上崔总打了一夜的吊针，我在照顾他，困了就在沙发上打个盹。这件事对我来说本来是极平常的，换了其他人也会这么做的。没想到崔总回到武汉后，还把这件事告诉他夫人，并多次感谢我，反而使我怪不好意思的。那天早上，崔总显得精神好了一些，喝了点稀饭。我们扶着他去拍片子，在路上他给我交代："小吴，我生病这件事千万不要给单位上说，也不要告诉你徐阿姨！"我答应了，但不明白他为什么要我这么做。估计是怕单位和家人不放心、担惊受怕吧！

片子出来以后，医生说肺部有阴影，建议多住几天观察观察。但崔总说："我没事，我的病已经好了。五六年前我的肺部就有阴影了，抽烟抽的！没事，没事！"我知道崔总主要是不想拖累大家。中午，考察组的其他人到了马尔康，领导们到医院来看望他，并建议他在这里多住几天。崔总连忙说："我没事，没事，一点小病，已经好了。

人
物
篇

等会我和你们一起走。"他的态度很坚决。于是我们只好去办出院手续，并带了一些药。吃过午饭，我们就离开马尔康，前往汶川。崔总是打着吊针坐到车上的。马尔康到汶川是山路，中间还要翻过4100米的鹧鸪山垭口。在鹧鸪山垭口，崔总下了车和大家一起合影留念，我还给他单独照了一张相。

傍晚到达了汶川县的一个叫古儿沟的地方，当晚就住在那里。晚饭后，崔总又有些发烧，我担心他的身体，就对他说，晚上我就和他住在一个房间，好照顾他。他却连忙说："我没事，你昨天晚上一个晚上都没睡，今天应该好好睡一觉。你别担心，我没事。"那天，他比较早就睡了。晚上十点多的时候，我和考察组的几个人碰在一起，觉得我还是睡到崔总的房间比较保险。我们就给崔总的房间打电话，打不通，估计是将听筒摘了；打手机，是关机。于是我们只有去敲崔总的房门，崔总将房门开了，却只开了一条缝，门上拴着链子。听说我们的来意后，崔总对我们说："你们放心地去睡吧，我没事。谢谢了！"将我们拒之于门外。

第二天早上，崔总的精神又好了一些。我们以为他前两天的病确实是由于高原反应引起的。没承想，回到武汉后，他被确诊得了肺癌。

崔总在武汉住院治疗期间，我曾到医院探望他。让我想不到的是，他把笔记本电脑带到了病房里，一边接受治疗一边还在工作。

这些天，我整理一些我以往拍摄的崔总的工作照片，看着照片里的崔总，恍惚中觉得崔总并未离开我们，而是到哪里出差去了；等到清醒过来，却又知道崔总确实是已经离开我们去到了另一个世界，那个世界与我们阴阳相隔。我想，世上如果真的有天堂和地狱的话，崔总一定是在前往天堂的路上，因为他这辈子做了不少好事，做了不少功德无量的事。他的灵魂也一定离不开他日夜牵挂的三峡库区。

诗人臧克家曾经写过："有的人活着，他已经死了。有的人死了，他永远活着。"崔总虽然离去了，但他将永远活在我的心中，活在许多人的心中。

崔总，一路走好！

用忠诚与热血弹奏三峡乐章

——记长江设计院副总工程师王小毛

李民权

王小毛，江苏昆山人。1963年11月出生，现任长江委长江设计院副总工程师。

1985年7月，王小毛从华东水利学院（现河海大学）毕业后，被分配到长江委长江设计院枢纽处工作，参加或主持三峡工程的初步设计、技术设计、招标设计、施工详图设计及现场设代工作，先后担任枢纽处二室副主任、枢纽处副处长、长江委总工程师助理。2003年起，担任长江设计院副总工程师，主要分管三峡工程设计工作，并代表设计院全面负责三峡工程现场设代工作。在工作上，他勤勤恳恳，任劳任怨，长期坚持在工地现场工作，为三峡工程建设作出了重大贡献。中国工程院院士、长江委总工程师郑守仁称赞他：专业知识扎实，设计经验丰富，特别能吃苦。在长江委长江设计院年轻科技工作者中发挥了榜样作用。

"瓜田不纳履，李下不整冠"是王小毛常记心头的话语。他认为，一个从事现场工作的设计负责人要廉洁自律，率先垂范，如果自身不廉洁，一切工作都难以开展。金杯银杯不如群众的口碑，金奖银奖不如老百姓的夸奖。

王小毛家在汉口，而他除到汉口或外地开会之外，长期驻守在三峡工地，把家务事和孩子都留给了妻子，几乎没有节假日。周末，家住宜昌的专业人员回家休息，他仍在工地值班。他认为三峡工程是"千年大计，国运所系"，容不得丝毫松懈，如果施工建设中万一有什么事情，他可以在第一时间赶到现场并及时处理。他常说三峡工程无小事，只要他在设计负责人的岗位上，不管何时何地，都要时刻准备应对随时可能发生的各种事情，并及时组织处理，绝对不能因为设计原因影响三峡工程的质量和进度。无论是骄阳似火的盛夏，还是寒风凛冽的严冬，王小毛带头深入现场，了解现场施工情况，哪怕是局部的细节问题也不放过。他常对年轻的同志说，现场设计工作不同于在后方做设计，在保证工程质量的前提下，一切应以满足现场施工需要为准则。他强调要为决策提供准确的信息，必须在现场取得第一手资料，不应该只待在办公室听汇报、想当然发号施令。一次，他听说右岸厂房坝段有一个监测孔钻孔施工时存在混凝土不密实的问题。他立即带领相关专业人员赶到现场认真察看，并询问钻机工人钻孔时的情况和现场记录。经过认真分析后，王小毛认为不是混凝土浇筑质量问题，而是钻孔遇上了坝体孔洞。后来证实他的分析是正确的。他的这种耳听为虚、眼见为实、亲临一线的工作作风，充分体现了他对工程认真负责的态度。

王小毛在工作中，总是保持谦虚谨慎的态度。在长江委长江设计院，他主要从事水工设计工作，但是在现场设代工作中他更多的是处理施工中的问题，同时也要全面协调处理各相关专业间的关系。他是长江委长江设计院前方负责人，可他在三峡工地与任何单位打交道都非常谦虚，尊重他人成为他为人处世的准则之一。他既向监理单位求教，也从施工单位人员那里学习。在处理具体问题时，总是以探讨的语气提出自己的意见，不论是同事还是施工单位人员，从不以势压人，如果别人不同意的理由很充分，在不影响工程质量的前提下，他也从不固执己见，因而他总是很圆满地协调并妥善地解决了施工设计中遇到的一个又一个难题。

作为长江委长江设计院副总工程师，王小毛善于团结同志，为他们提供良好的工作环境，对于各专业在现场作出的决定，即使施工单位提出异议，只要该决定没有原则性错误，他都会全力支持现场定下的事情，事后再进行交流讨论。这样使现场设代人员放手在现场工作，不断提高现场设计中的专业技术水平。王小毛一直从事三峡工程设计，对设计意图、设计要求要比一般工程技术人员了解得多一些、理解得深刻一些，但在技术讨论会上，他总是能集思广益，充分发扬技术民主，让每个人充分发言，而不是以领导的口气简单地下结论。因而在现场工作的同志在处理问题时都愿意与他进行探讨，而不是把他当成领导来请示问题。他关心帮助年轻人，经常给他们提供各种施展才干的机会，促使他们在工程实践中锻炼成长，自己则甘心做一名铺路工和架桥者。

采访中，许多人称严格管理、勇于探索是王小毛做人做事的又一特点。他作为现场设计负责人，带领各专业处室同志在做了大量的调查研究工作的基础上，对现场服务管理工作方面作出了严格的规定，对设计交底、开工前的施工图会审、施工现场服务、服务报告及与业主合同中规定的其他服务内容均要求以业主为关注焦点，按合同严格要求各专业处室做好服务工作。严格管理是他作为领导的一大特点，大到三峡工程设计报告的审核，小到办公室资料的管理，他都认真对待。在他的带领下，现场工作从未出现任何质量事故，获得了业主、监理单位及施工单位的一致好评。2003年，三峡二期工程建设通过了国家阶段性验收，如期实现了蓄水、通航、发电三大目标，并开始了向三期工程平稳过渡。2004年春节，一家监理单位特地送来一块匾额，上面写着"精心设计重细微之处，周到服务显大家风范"。这是对他领导下的现场设计服务工作的最好评价。王小毛思维敏捷，工作中善于总结，为提高三峡三期工程质量，消灭混凝土施工质量缺陷及"顽症"，尤其是战胜混凝土裂缝"顽症"方面，带领专业技术人员在进一步深化和细化混凝土温控防裂方面做了大量工作，取得了明显成效。三期工程混凝土至今未出现一条仓面裂缝，这与王小毛主持现场设计混凝土温控防裂工作是密不可分的。

王小毛与前方现场设计全体人员一道以科学的设计、周到的现场服务获得了建设、施工、监理单位的一致好评。2001年，他被评为全国水利系统先进个人。2003年、2004年连续两年被评为长江委先进工作者。2004年度荣获"三峡工程优秀建设者"称号。

在采访中，王小毛结合长江三峡工程实践谈了自己的一些体会和感受。

他说，三峡工程自1992年动工兴建到2009年基本建成，凝聚了长江委三代科技工作者的智慧和心血，长江委作为设计总成和重要监理单位，为三峡工程作出了重大贡献，培养了一批又一批的科技人才，并使"团结、奉献、科学、创新"的长江委精神得以发扬光大。在三峡工程建设中，经广大科技工作者共同努力，不断续写了治江工作新的辉煌。在长江三峡工程高效、优质建成的今天，我们深切地缅怀长江委老主任林一山为三峡工程作出的巨大贡献。他说，林一山作为新中国第一任长江委主任，成功地主持编制了《长江流域综合利用规划》，指挥建设了荆江分洪、陆水、丹江口、长江葛洲坝等一大批大型水利枢纽，精心组织和领导了长江三峡工程的勘察设计和科研工作则奠定了他在当代治水史上的地位，记下了林一山对党、对祖国、对人民的卓越贡献。林一山作为毛泽东主席、周恩来总理特别器重的水利帅才，是在水利实践中产生并为实践所证明的；他作为我国水利工作者的师表和楷模是当之无愧的，他作为当代中国治水精英也是当之无愧的。林一山提出的"治江三阶段战略"，河流辩证法以及用《矛盾论》《实践论》指导水利工程建设等论述和著作，系统地形成了林一山的治江思想，极大地丰富了我国水利水电工程建设的精神财富宝库。

王小毛说，已建成的长江三峡工程成功地解决了三峡工程设计施工中的技术难题，填补了多项国内空白，创造了一个又一个世界奇迹。同时在工程监理、库区移民安置、水土保持以及水生态保护等方面均做了大量富有创意和卓有成效的工作。三峡工程运行管理以来，长江防洪能力极大提高，水能资源得到合理开发利用，航运条件得到极大改善，长江中下游的生态环境得到有效保护。这项工程对于促进我国经济社会可持续发展和实现中华民族伟大复兴已经发挥并将继续发挥十分重要的作用。

征途未有穷期，事业永无止境。愿王小毛这一代优秀科技工作者带着三峡工程实践中创造和积累的宝贵精神财富和三峡情结，去迎接新的挑战并取得新的进步。

人物篇

三峡设代的领路人谢修发

李卫星

来长江委之前，谢修发没有想到自己会与水利，与治江事业结下不解之缘，在工作的最初十多年，他甚至一直想着如何离开长江委。但这一愿望始终没有实现。相反，多年的治江实践，使他逐步从技术员、工程师，成长为治江专家、长江委三峡工程设代局副局长、长江设计院副院长。他的绝大部分时间都是在大江上下的各个水电工地度过的。由于工作突出，他先后被评为葛洲坝工程突出贡献者、清江隔河岩工程优秀建设者和三峡工程优秀建设者。

一

谢修发，1936 年 5 月出生于广东潮州，他的童年，几乎可以用苦难两个字来概括。两岁时，家乡沦陷，他那本不富裕的家庭更是捉襟见肘。如今 70 多年过去了，谢修发依然记忆犹新。他说，当时真是苦啊，日本鬼子无恶不作，他们家住城里，日本人在城边驻扎，每次出城都会百般阻挠，逼着你向他们磕头；遇到年轻女人还要调戏。哪家有一点儿好东西他们都不放过。1943 年，最小的弟弟出生，但家乡又遇到大饥荒，实在养不活了，只好送给别人。

直到 1945 年日本战败投降后，9 岁的谢修发才有了读书的机会。1951 年，他考入了曾经做梦也不敢想的中学。1957 年中学毕业后，21 岁的他参加工作，当年就获得了平生第一个荣誉称号——潮州市社会主义建设积极分子。

1958 年 7 月，谢修发考入华南理工大学，学习工业与民用建筑专业。1963 年毕业分配，来到长办，组织部根据他的专业，给了他几个选项：一是施工处结构组，二是枢纽处厂房科，三是长江科学院材料室。在咨询他的意见时，他说服从组织安排，于是被分配到施工处结构组，成为治江队伍的一员。

谢修发说，广东人，尤其是潮汕人，乡土情结很重。大学毕业时，几乎所有的人都想留在广东，但名额有限，真正留下的寥寥无几，很多人被分到了东北和西北，他能到武汉就已经非常幸运了。不过，武汉离潮州还是很远，交通又不方便，每次回家都要先乘火车再转汽车，顺利的话在路上来回也需要四天。从1963年到1975年，他只回家9次，每次一般只能待12天，遇到春节才能延长到15天。因此，他与夫人始终天各一方，三个孩子出生时，他都不在身边。看着个人的事业与家庭不能兼顾，他一直希望组织将他调回广东，但每次都没有成功。

与家人的长期分离，一方面来说是遗憾，另一方面却为他的成长提供了条件，使他有更多时间出差、工作、学习。如在那段时间，他为本专业编制了很多的设计图表、图册，如《施工结构荷载手册》《砂石骨料堆场廊道设计图册》《胶带机栈桥图册》《水泥罐系列标准图册》等，提高了专业设计效率。在当时的情况下，编制这些图表需要大量的时间，许多有才华的人，因为家庭拖累没法集中精力，他没有负担，相反成了有利条件。

谢修发刚到长江委时，因患上传染性肝炎，医生建议他留在单位半工半休。但他认为自己身体挺好，坚持上全班，一边参与工程设计，一边抓紧时间熟悉与水利工程相关的专业知识。此后，又主动要求前往陆水工地，从事施工附属企业，如砂石料拌和系统、皮带机安装等现场设计工作。他长达40多年的现场设计生涯，就是从陆水开始起步的。

在陆水工作半年后，谢修发回武汉休整。时任施工处辅企科科长的惠培基告诉他，丹江口工程即将复工了，急需人手，让他第二天就随魏璇总工程师到丹江口搞现场设计。就这样，谢修发只在宿舍休息了一个晚上，连行李都没有打开，就从陆水工地转战到了丹江口工地。

从1964年到1965年底，谢修发在丹江口设计代表处工作了一年多。

丹江口工程兴建于1958年，1962年停工，直到1964年恢复施工。谢修发来到丹江口工地时，正值恢复施工前期，工地一改原来肩挑背扛的人海战术和只重速度、不重质量的激进思想，基本实现了机械化施工，混凝土浇筑的质量大大提高。他在所参与的施工附属企业，如砂石料开采、混凝土拌和、制冷工程等系统中挑了大梁。

1965年底，因虎跳峡水电站工程需要，谢修发离开丹江口设代处，回到武汉。本计划到规划中的虎跳峡工地现场考察，但因工程在后来不了了之，他并没有去成。

"文化大革命"期间，治江事业进入低潮，长办的一批老干部受到冲击，谢修发因支持林一山被划为"保皇派"，一度为避冲击而躲到广东老家。

1965—1968年，谢修发在武汉度过了难得的悠闲时光。这三年，是他在武汉过得最稳定的时间，而避居广东的两个月也是他在老家探亲最长的一次。他的一生始终在治水一线忙忙碌碌，唯有此段时间最轻松，但这是以治江事业低潮为代价的，他不希望这种局面重演。

1968年，为落实毛主席三线建设要抓紧的号召，乌江渡工程上马，他受命参加现场设计工作，为期三年的"赋闲"状态正式结束，他再次回到现场设计的正常轨道。

与陆水和丹江口相比，位于贵州遵义地区的乌江渡条件更艰苦，离长江委更远，对他的锻炼也更大。让他记忆深刻的是，当年仍处"文化大革命"时期，他们这些知识分子是臭老九，白天要参加批斗，晚上接着搞设计。乌江渡工程获得首届国家科技进步奖一等奖，凝聚着包括他在内的无数长江委人的心血。

二

在1972年初，谢修发从乌江渡工地回来。此时，长办正修建计算机楼，以安置在当时珍贵的计算机设备。因计算机对温度、湿度和建筑结构要求较高，领导考虑他是工民建专业的高材生，手头也暂无其他工作，于是请他参加大楼设计。稍后不久，宜昌水文站要修跨越长江的水文缆道，对缆道结构及配套建筑物也有特殊要求。时任长办水文处处长的张干通过承嘉谋处长找到他，请他到宜昌搞现场设计。但缆道设计结束后，他并没有回到武汉，而是加入长办葛洲坝工程设计代表处，转战葛洲坝工地，并由此在宜昌工作、生活，时间超过40年。

葛洲坝工程兴建于1970年底，是新中国在长江干流上兴建的第一座综合性水利枢纽，也是实现毛主席"高峡出平湖"伟大战略的重要步骤，但由于工程在"左倾"年代上马，偏离了基本建设程序，加上前期准备不足，这座万里长江第一坝在开工初期出现了一系列重大事故，在1972年底，主体工程不得不暂停施工。在周总理的关怀下，成立了以林一山为负责人的葛洲坝工程技术委员会，长江委受命对工程进行修改设计。

在林一山的领导下，长江委组成了葛洲坝工程设计代表处，身在宜昌的谢修发当然名列施工处驻现场设计代表名单之中。

葛洲坝主体工程的停工，抓紧修改设计，可以说对施工准备工作创造了大好机遇。同时也提出了严峻挑战。为在有限的停工时间内做好机械化施工的准备工作，包括谢修发在内的广大技术人员，以只争朝夕的精神苦干巧干，终于圆满完成任务，为工程在1974年正式复工提供了基本保证。

1975年，在组织的关心下，谢修发的妻子和三个孩子被调到了宜昌，满39岁的他终于结束了十几年牛郎织女的生活。想想自己工作十几年，却因居无定所而没有置办什么家具，而妻子带着孩子们辗转来到宜昌时，只带着随身衣物和简单的行李，他的心里就深感内疚。不过，全家总算团圆了，他终于可以心无旁骛地投入工作，以自己的专长为治江事业作出贡献了。在宜昌，他逐步从技术员到工程师，再到设代处处长、设代局副局长、设计院副院长，开始了从普通一员向领军人物的角色转变，谱写了一曲人生辉煌的壮歌。

在葛洲坝，谢修发主要从事的依然是施工栈桥和附属企业，如砂石料系统、混凝土冷却系统、皮带机、拌和楼、供水供电的设计。工作之余，还利用自己的专业为长办在宜单位的宿舍楼进行了设计。

1986年底，位于长阳土家族自治县的清江隔河岩工程开工，长江委适时成立隔河岩设计代表处，谢修发兼任设代处处长，与郑守仁一起承担现场设代的重任。

清江是我国首批实现流域滚动开发的河流，隔河岩是清江流域开发的第一个梯级电站，也是全国最早实施"三制"（业主负责制、招标投标制、工程监理制）的工程。隔河岩设代处可以形象地说是长江委设在工地的大使馆，涵盖了水工设计的各个专业，人员来自五湖四海，对内要协调管理长江委各部门人员及工作，对外则代表长江委与方方面面打交道，按时提供施工详图、设计文件等各项技术服务。谢修发作为驻工地的主要领导之一，一方面行使行政管理职责，另一方面，以自己的力量带领技术人员克难攻坚，解决了困扰工程的诸多问题。隔河岩工程进展顺利，成功实现"三个提前"（提前封堵导流洞、提前截流、首台机组提前发电），以郑守仁、谢修发为代表的长江委设代处功不可没。

1993年，隔河岩电站首台机组提前发电，湖北省对清江开发公司、葛洲坝工程局和长江委等单位进行重奖，谢修发为获奖人之一。

三

位于湖北省宜昌市的三峡工程，是治理开发长江的主体工程，凝聚了党和国家三代领导人的关注，凝聚着中华民族伟大复兴的期盼，也凝聚着几代长江委人默默奉献、无私付出。自从来到长江委起，谢修发就始终关注着三峡工程，期待着自己能为之效力的那一天早日到来。

1984年2月，中央财经领导小组会议批准三峡工程按正常蓄水位150米上马。谢修发也在葛洲坝工程紧张设计的间隙，带领部分同事投入到工程的施工准备工作之中。在两年时间里，配合库区处进行了三峡坝区移民搬迁、施工区的三通一平和供水供电等施工准备设计。三峡坝区的面积虽不算大，但覆盖面广。在交通、食宿条件十分有限的情况下，谢修发他们免不了披荆斩棘，有时还得风餐露宿。而三通一平，尤其是对外公路只能利用原有简易公路简单平整、延伸。这段曲折颠簸的40多千米山路，汽车时常需要跑上三四个小时。直到坝区修了简单的招待所，这种往返劳累之苦才稍有改善。

三峡工程的 150 米方案，由于当时国内外出现的不同声音，以致后来重新论证，决策过程一波三折。1986 年，谢修发受命主持与加拿大国际开发署（CIPM）合作完成工程一号任务书，并组团赴加拿大考察，与对方就一号任务书中的主要课题，如二期围堰的修建方式、施工机械设备的选择和工程造价等开展合作。在加拿大的所见所闻，开阔了谢修发的眼界。尤其是他第一次看到了高速公路，很快就意识到它一定会具有广阔的发展空间，并由此逐步认识到，修建大型水利工程的对外交通，不必过于依赖铁路，可以采用以公路为主的方案。

　　那些年，无论在国内还是在加拿大，都有很多人向他问起三峡工程，其中也包括持不同意见的人士。谢修发都做到了不卑不亢、有理有据，正面宣传三峡工程的巨大效益。

　　1986 年 5 月，考察团顺利回国后，三峡工程也开始进入重新论证，他两年来的工作不得不告一段落，将主要精力转移到新开工的隔河岩工程。此后，三峡工程经历了从重新论证、可行性报告审议、全国人大表决上马的曲折经历。他也挤出时间，组织队伍配合，做了大量工作。1992 年，他因此荣获国家突出贡献奖，享受国务院政府特殊津贴。

　　1992 年 4 月，七届全国人大五次会议通过三峡工程上马的决议。9 月 13 日，葛洲坝工程局的先头部队就开进了工地。久议不决的三峡工程一下子以极快的速度揭开了建设序幕。

　　长江委成立了三峡工程设计代表局，长江委副主任傅秀堂兼任设代局局长，谢修发为副局长。1993 年，郑守仁结束隔河岩的工作后，正式就任设代局局长，谢修发仍担任副局长，这是长江委有史以来规格最高的设代机构。

　　长江委科学技术委员会副主任、长江委原副主任傅秀堂回忆这段历史时说：1992 年三峡进行施工准备时，他受命担任三峡工程设代局的局长，也在工地领导过一段时间，但终因事务太多而不得不返回。当时，设计市场竞争激烈，设代局的工作十分繁重，那段最为紧张的时间都是谢修发主持工作。他稳定了设代队伍，巩固了长江委在三峡工程水文、勘测、规划、设计、科研方面的市场。谢修发为人厚道、光明正大，又熟悉工作，在筹建三峡工程设代局的时候做了大量工作，起了重要的作用。傅主任还专门说明，如果说我是未被任命的三峡工程设代局局长，那他就是我口头任命的常务副局长。

　　可以说，在郑守仁同志上任前，在傅秀堂委内事务繁多的情况下，三峡工程设代局早期的工作主要是由谢修发主持的。设代局在原葛洲坝和隔河岩设代处的基础上创建，并吸收了来自委内各单位的精兵强将。谢修发一方面要将这支队伍排列组合，合理安排；另一方面，又要在竞争激烈的设计市场中与国内外众多同行展开竞争。作为设计总成单位的对外窗口，谢修发还要与业主——三峡开发总公司及众多的施工、监理单位打交道，提供及时的设计服务，工作强度和压力可想而知。

三峡工程设代局首先要解决的是提供施工详图的难题，因葛洲坝工程局开进工地的速度较快，前期工作一下子全面展开，对施工详图的要求急切而又具体。为此，从1992年底到1993年初，整个三峡工程设代局全力投入到赶制施工详图的工作中。在长江委党组领导和各单位的支持下，谢修发带领全局职工，一方面长驻工地现场设计；另一方面对几年前为150米方案准备工程的设计成果进行修改核对。全局200多人夜以继日地工作。1992年11—12月共提交施工详图990份，1993年又完成3961份，初步赶上了施工进度。到1994年李鹏总理宣布工程正式开工时，设代局提供的施工详图已经基本与现场施工同步了。

在施工准备阶段，设代局还全力进行了五通一平等施工准备的设计工作。2007年，长江出版社出版了谢修发主编的《三峡工程施工准备及设施设计与实施》一书，对此进行了详述，书中写道："总结我国几十年来水电工程建设的教训，其中的一条是对施工准备和设备设施建设的重要性认识不足……三峡工程较好地吸取了上述教训，在施工准备期集中全力抓施工区征地移民、对外交通、四通一平、砂石混凝土（含制冷）生产系统、房屋仓储建设，把上述工程视为主体工程招投标的必备条件，当条件成熟时宣布工程正式开工。"

1994年12月，三峡工程正式开工，谢修发坚持在施工现场协助郑守仁同志解决工程技术问题。在工程施工准备和一期工程建设中，他参加坝区征地移民工作，从事坝区规划、布置，到对外交通、施工场地平整和施工供水、供电、砂石料混凝土系统设计。在三峡二期工程建设中，他主持了人工砂石料、混凝土、低温混凝土生产系统、塔带机、供料线浇筑系统和施工栈桥优化设计工作。他及时研究解决三期工程施工建设中与设计有关的技术问题，并主持编写了《三峡工程三期工程枢纽工程验收大纲》。对三峡工程施工供水推广采用水上水厂船新技术，利用基坑花岗岩微新岩石轧制人工碎石、人工砂低温混凝土首创采用二次风冷骨料新工艺的发明，混凝土施工栈桥快速施工和设计优化均作出了重要的贡献，取得了丰硕的社会效益和经济效益，在郑守仁、谢修发的带领下，三峡工程设代局先后解决了以下问题：

如对外交通方面，长江委倾向于以公路为主、水运为辅，而施工方则主张传统的修专用铁路方案，双方争论一度相当激烈。直到1993年才得出结论，支持长江委的方案。对外交通公路全长28.6千米，桥隧工程占42%以上，被称为"公路桥梁博物馆"。工程复杂，投资巨大，但因为技术准备充分，仅用33个月就全线贯通。

在自来水供应方面，为适应工程分期导流、三期施工需要，采用了水上水厂船技术。与传统的陆上水厂相比，它可以提前在工厂制造，投入少、见效快、移置方便、占地少，而且避免了传统土建的高成本和重复建设费用，在长江这样的通航河流还可以反复利用于多项工程，可为工程节省投资亿元以上。三峡工程采用的水厂船单艘规模达到每天 9 万吨，更为当今世界之最，极具推广价值。

在人工砂石料生产系统方面，为保证系统规模和生产能力满足特高强度混凝土浇筑需要，长江委设计出了当今世界规模最大的人工砂石料生产系统，包括充分利用工程开挖岩石，就近储存；就地加工人工碎石，减少工程投资；利用多年科研成果解决人工砂石料生产中一系列质量难题等，使工程采用的人工砂石料质量在国内外居领先水平，达到了高强度、高标准、高质量、低成本、有益环保的综合经济效果。

在混凝土生产系统方面，成功设计并建成了当今世界最大的混凝土和低温混凝土生产系统。在大型自动化拌和楼方面，国产率达 60% 以上，制冷设备全部国产化，节省了大量外汇和设备投资。

在低温混凝土方面，首创二次风冷技术，大大节省了用地、一次性投资和运行成本，保证了全年尤其是夏季施工中混凝土施工强度与质量，创下了一系列混凝土浇筑的世界纪录。

在二期厂坝混凝土浇筑系统方面，引进国际先进设备，采用塔带机、皮带机供料线为主，门塔机、缆机和汽车运输、吊罐为辅的施工方案，大大促进了二期主体工程的建设速度，为工程顺利实现蓄水、通航和发电三大目标创造了条件。

此外，利用集装箱运送散装水泥和粉煤灰，虽然并不具有太大的技术含量，但它是长江委比较多种方案后采取的有效方案，除能适应汽车、火车和轮船等多种运输方式，能够重复利用外，还避免了袋装材料损耗大、成本高、污染重和损害人体健康的缺陷，兼具经济与环境双重效益。

在工程区布置方面，根据建筑物及环境条件，制订出了生产、生活适度分开，临时与永久、施工期与远景相结合等原则，对工程区进行全面规划、合理布置，为工程建设创造了资源节约和环境良好的生产条件和生活环境，不仅方便施工，也愉悦了建设者的身心，为工程建成后的开发利用创造了条件。

此外，水电工程的施工，不可避免会有移民问题，为让他们顾全大局，主动搬迁，所有的移民工作者做到了走过千山万水，寻访千家万户，道尽千言万语，历经千难万险。其中的艰苦甚至不亚于工程施工，谢修发也是其中的一个。

应该指出的是，三峡工程是治理开发长江的关键与主体，凝聚了长江委几代人的心血，由其所产生的诸多科技创新，是长江委几代人集体智慧的结晶，不是一人之功，也不是三峡工程设代局一家之功，但郑守仁与谢修发领导的三峡工程设代局在其中起到了不可或缺的作用。而谢修发本人，在技术攻关方面，在技术管理方面，同样功不可没。其中，二次风冷技术获国家技术发明奖二等奖，大坝混凝土快速施工技术获湖北省科技进步奖一等奖，长江三峡水利枢纽二期工程蓄水通航发电技术研究与实践获湖北省科技进步奖，谢修发作为主要获奖人之一，自然是实至名归。

在与业主和众多施工和监理单位打交道，与移民们打交道这样"技术性不高"的工作方面，谢修发更是利用其长期从事现场设代积累下来的经验与人脉，把握有理有利有节的原则，协调好各方关系，在原则问题上则从不让步，为此也曾有过非常激烈的争论，但事情过后，许多与他争论的人，都与他成了好朋友。

四

2008 年，三峡工程顺利完成已成定局，经过组织批准，谢修发以 72 岁的高龄退居二线，回到宜昌的家中，过起了真正的赋闲生活。但他依然关心长江委和设代局的发展，关心包括三峡在内的治江事业，也有机会思索自己走过的路。

他非常幸运自己能成为长江委的一员，尤其是在施工处开始了自己的治水生涯。他说，与国内外同行相比，长江委的施工处不仅专业齐全、实力雄厚，而且从创建开始就受到了全委上下的高度重视，不仅从中走出了魏廷琤、文伏波、郑守仁、王家柱等长江委高级领导、专家和灿若星辰的各类人才，还形成了以工程为生命和现场设计的优良传统。他能在这样的集体中工作，非常幸运。

谢修发多年从事施工附属企业和混凝土施工工作，积累了丰富的实战经验。1982年，水利水电部分家时，两部联合编著了一套大型的工具书，其中第五卷就是他担任结构科长时组织大家编写的，他为审定人。

早在 20 多年前，他就参加了国家"七五"攻关中大型混凝土施工设备等课题研究，取得了诸多国家级和省部级的高级荣誉，但他始终保持着谦虚谨慎的作风。在接受采访时，他说自己并不是学水工出身，对混凝土"工作了一辈子，也学习了一辈子"，但"一辈子没有学会"。对于三峡工程设代局这支队伍，他说自己主动从事行政工作，三峡局主要的成绩一是有王家柱、郑守仁等人的领导，二是年轻人自己努力。

在长期的设代经历中，他极为重视工作质量，若一旦某些细节出现错误，被别人发现并指出时，他总会主动承认错误并向对方表示感谢。"在这时，知识分子一定不能好面子，不肯承认。相反，如果你能及时认错，并及时处理，不仅不会影响自己的形象，而且很容易与他们打成一片。"

年轻人对他又爱又怕。爱的是，他对年轻人传帮带，在技术咨询上从不保守，不仅手把手地讲解疑难问题，还主动帮年轻人修改论文、推荐发表。怕的是，他一向以要求严格出名，只要他负责的项目，哪怕出现一点小的疏忽，他的批评也会十分严厉。但正是这种严而有爱的作风，使他深受年轻人的爱戴。

谢修发为人正直，清正廉洁，对大是大非的问题毫不含糊。三峡工程是一项巨型工程，三峡工程设代局也是几百人的大单位，每年经他过目、过手的资金不在少数，但他从没有放松对自己的要求。即使自己为工作牺牲了无数休息日，耗去了大量的精力与心血，却从来没有利用职权为个人谋取私利，表现出了老知识分子的高风亮节。

从普通的技术员，到专家，再到设代队伍的领路人，谢修发的每一步走得那么坚实。

"三峡人"梦圆故里

——记长江委三峡工程设代局原副局长林文亮

孙军胜

2006年，三峡工程建设进入尾声。工程现场设计专家林文亮为自己能亲身参加设计建设这座世界上最大的水利枢纽而深感自豪。作为工程师，他全程参加了主体工程的现场设计，并担任了长江委三峡工程设代局局长助理、副局长，及长江设计院副总工程师等职务，跟随郑守仁总工程师参加了一系列重大技术问题的决策。这位跨地质、水工两大专业的专家在1998年被评为三峡优秀建设者。

葛洲坝实战，林文亮成长为技术骨干

林文亮的家乡在湖北当阳，高中在宜昌市就读，后考入北京地质学院水文地质工程专业，1970年毕业后被分配到地矿部第三水文地质大队，从事野外地质普查工作11年。1981年，葛洲坝工程建设如火如荼，林文亮如愿调入长江委枢纽处，参加了葛洲坝大江工程设计及现场设代工作。那年他36岁，正是业务成长的黄金期。

林文亮工作起来犹如"拼命三郎"，很快进入角色。葛洲坝实战三年，他发挥水文地质专业的优势，提出的合理化建议被采用后节约投资300多万元（20世纪80年代初期的货币价值），颇受长江委原副总工程师邵长城的赞赏。邵总提议选送林文亮继续进修水工专业，为将来兴建三峡工程培养双学科人才。可当时他已有大学本科学历，再参加进修在长江委还无先例，但长江委确实需要这样的跨学科人才。为此，这种方案还经过了原长江委总工程师洪庆余签字特批。为了不脱离工程实践，组织决定派他就近到葛洲坝工程学院（现三峡大学）进修水工建筑专业。他很珍惜这难得的学习机会，一面如饥似渴钻研学业，一面利用星期天或寒暑假到工地参加设计实践。在一年多的时间里，他顺利完成各项学业，结业考试时每门功课平均达到92分，比许多应届的本科生还高。他不仅获得学校的表彰，还获得了长江委每学期800元的奖学金。至今林文亮回忆起来还心存感激。

人物篇

1986 年，清江隔河岩工程开工建设，刚刚完成学业的林文亮被派到隔河岩工地接受了近十年的锤炼，在工程后期担任了清江代表处副总工程师。与此同时，他还先后参加了三峡工程 150 米水位方案的设计，三峡前期科研工作，完成了三峡水工建筑物基础轮廓的第一张总体设计蓝图，参加了三峡工程大坝基础已采用的封闭抽排渗控方案研究，并担任了三峡工程设计与地质的专业联络员。

林文亮善于学习、接受新知识，工程实践中不断充实自己，培养了技术组织管理的能力，不但能完成技术设计任务，还擅长管理，能协调各方关系。于是他就不停地辗转于各工地，隔河岩工程竣工后他紧接着到澧水江垭工程担当起监理总站副总监。最忙时他居然兼任 4 个重要技术职务。

1993 年，三峡工程开工，林文亮被召回到三峡工程设代局，主持枢纽设代处日常工作，同时负责三峡船闸工程基础处理设计，还作为永久船闸现场设计项目负责人。林文亮青年时代就期盼的伟大工程终于开工了，他和许多技术人员一样，把积攒的技术能量倾情释放，陶醉在三峡工地。

船闸攻关，不畏艰险，善打硬仗

1997 年是三峡工程大江截流和一、二期工程衔接的一年，枢纽处承担着通航、发电、大坝等各主体建筑的施工详图供应的繁重任务。为保证施工图纸供应，办事一贯雷厉风行的林文亮，积极配合设计院安排现场设计工作。工地的住房、计算机、办公桌椅等相当紧张，他克服各种困难，短期内落实了所有的物资供应和后勤保障，使现场设计步入正轨。繁杂的事务没有影响他的主业。在他参与组织领导下，现场设计出图数量明显加快，质量也有了一定提高，基本扭转了三峡工程施工详图供图的被动局面。

及时处理现场设计问题是对工程师极大的考验。林文亮在三峡工地常常是处在风口浪尖上，可以说是在解决问题，甚至是难题中摔打出来的。永久船闸高边坡为三峡工程建设的重大技术难题之一，备受国内外工程界所关注。它需要人工开挖 160 多米高的边坡，闸墙段垂直高度在 40 ～ 70 米，进入直立墙开挖阶段后，技术设计阶段预测的大型不稳定块体逐步被揭露。这些块体的特征是量大、埋藏深、力学参数变化大，大多数还偏偏处在闸首或支持体等关键部位，不仅稳定计算复杂、设计周期长，而且对工程的经济意义和安全意义还十分重大。为确保技术设计准确无误，在此关键时刻，林文亮积极倡导抽调地质、基础、航建、结构等相关专业的技术人员组成跨专业的现场支护设计小组。同时他被业主指定为组长，经过两年时间的通宵加班，设计小组先后处理了 600 多个不稳定块体。其中三闸室有一处断层顶部开裂，变形加剧，林文亮第一次在众人面前大发脾气。他当场甩帽责令："必须在 24 小时内拿出方案！"在他的带领下，设计小组群策群力，终于在天亮之前拿出方案交付施工。

那段时间，林文亮每个白天要到现场了解当天施工的情况，晚上则跟踪提出设计方案。他跨专业的优势和务实作风，不仅在设计人员中具有较高威望，也受到业主、施工、监理各方的好评。

三峡永久船闸锚固工程总投资近 5 亿元，对施工技术，尤其是水平锚索钻孔的要求非常高。为了更好地贯彻设计意图，林文亮利用一、二期工程交接的三个月间隙期，组织了一场技术比武，把各施工队伍中能打孔的工人都调到锚固施工现场，试验打孔 100 多个，结果发现偏斜率均小于 0.8%。在此基础上，他组织参试人员封闭一个月，赶写出完整的试验报告和监理、施工总结报告。这项技术复杂的试验共用去业主投资 1000 多万元，但出色的成果得到了专家和业主的充分肯定，并逐步在其他的工程中推广，为保证施工质量发挥了重要作用。

现场设计最大的优势是能紧密结合施工实际，及时优化调整方案。林文亮在主持项目现场设计时不畏艰难，敢啃硬骨头，担任过多个攻关设计或现场试验小组长。他主持了现场岩锚试验、火焰切割技术应用的可行性研究试验，参加主持了主体建筑物基础灌浆试验等多项生产、科研试验。最多时他担任现场攻关、试验、研究、优化设计小组的五个组长。他十多年积累的现场设计经验，在三峡工地发挥得淋漓尽致。在永久船闸二期开挖支护中，他积极主导和推动现场动态优化精准设计，改大面积系统锚杆支护为针对性局部支护，既保证了施工安全，又节省了工程量，直接减少投资 100 多万元，并能及时准确地实施支护，保证了工程施工安全和进度。三峡工程的基础地质条件优越，他根据现场施工一手资料，及时提出优化固结灌浆设计建议并组织召开专题技术讨论会，为缩短工期、减少施工干扰发挥了作用。

技术民主广纳良策，科学管理创新严谨

林文亮有个被人称道的好作风，即在重大技术问题决策前，从不先入为主。例如，厂坝某处高边坡基础固结灌浆，原设计为分层打浅孔固结灌浆，因受到混凝土上升过程的制约，该方案占用的工期较长；后来提出了平台一次深孔固结灌浆方案，虽能较好地解决上述矛盾，但容易给固结灌浆施工增加较多困难。两者必居其一。林文亮为保证方便施工，更好地发挥施工单位的积极性，对两种方案同时研究，虽然增加了工作量，但他的大局精神和博采众长的胸怀受到各方的嘉评。

随着三峡工程建设体制的转轨，原来的现场设代工作的文函管理模式已不适用。譬如：回答一个小的技术问题，要么回答无凭无据，要么经几级签字后已时过境迁。

人
物
篇

为了适应三峡工程建设的特点，林文亮在永久船闸项目上改进现场设计管理模式，先后推出了文件、通知、联系单、处置单、签证单等五种设计文件类型，根据其性质、功能、特点制定了相应细则，规范了文件从起草至发送的全过程程序和模式，分清责任，也规范了设代人员处理现场问题的权限。实践证明，这样操作既对技术问题的快速处理有利，又调动了技术人员的积极性，大大提高了工效。试行后，很快就在其他项目上推广。后经过适当简化，又推广到构皮滩、彭水等项目现场设代工作中。

林文亮在设代管理方面也进行了创新。例如，制定了设代人员信息传递规定、设代人员守则、质量档案管理、现场值班记录、生活管理规定、枢纽设代工作条例等，这些基础工作，使忙碌的工作更加有序，约束规范了现场人员的行为，有效地提高了整体工作效能。有人评价他，既会攻关，还会管家。

林文亮任设代局局长助理不久就被提拔担任副局长，是郑总的得力帮手。他不但要负责技术工作，还要管理设代局其他方面的日常工作，为郑总分担事务性工作，终日忙碌。每次技术讨论会后，都已经很晚了，他不但要布置落实会议精神，安排第二天现场落实和处理，对有些重要的会议他还要亲自整理会议纪要，再给郑总过目定稿。三峡工程技术讨论会的纪要有2000多份，其中有不少是由他整理的初稿，他日常工作量之大可想而知。林文亮全家三口人分居武汉、宜昌和工地三处，还有个老父亲在家乡农村，全家很少有团聚的日子。三峡进入施工高峰的几年，全年基本没有双休日和节假日，春节都是在工地过的。每日工作到深夜更是常规，有时甚至到午夜两三点才被武警值班战士催促离开办公室。

为了应对繁重的工作任务，他养成了锻炼身体的习惯，每天早上5点多起床，在长江或工地游泳馆游泳1个多小时，下雪天都不间断。他还坚持长跑。健康的体魄使他感到浑身有用不完的劲，始终保持良好的精神状态，不知疲倦地工作。但经常熬夜，超负荷的工作压力使他的血压居高不下，腰椎病也时常发作。只要去医院，医生总是批评他太不要命了，多次建议他住院治疗，他无动于衷。有人问他，这样拼命干图什么？他说，在月球上能看到的人类建筑工程，除了中国的长城，还能看到的就是我们的三峡工程。能参加建设这么伟大的工程，责任重大，还不值得拼命吗？能不兢兢业业、全力投入吗？

回忆三峡工地的经历，林文亮直呼"自豪！"，坦言，三峡工程现场设计压力太大，受累受苦不怕，甚至有时还要受委屈，也不能打退堂鼓。作为一名水利工程师，一辈子能干几项大工程，尤其是能参加世界级三峡大坝的建设，太幸运，太难得了！他不禁感言："在三峡工地的十年，是最苦、最累、最忙，也是最快乐、最有成就感、最有意义的十年，终生难忘！"

穿越奇迹

——记长江设计院三峡船闸设计总工程师宋维邦

孙军胜

　　鸟瞰三峡水利枢纽，举世瞩目的双线五级船闸穿山而过，那道棱角分明的人造峡谷跨越在库区平湖与浩浩大江之间，船队威风凛凛，显示其黄金水道的盛名。它是世界级大坝的装饰性亮点，就像一条玉环，灿烂生辉。

　　诸多世界级的数字汇总在一起，是世界级的难题。对此，研究、设计三峡船闸长达43年，全程见证三峡船闸诞生历程的宋维邦，深有体会。

　　宋维邦1958年毕业于华东水利学院（现河海大学）港口及航道专业，当他听说新中国要兴建三峡大坝，一心向往，被分配到长江流域规划办公室（长江委前身）。在这里，他的专业有了用武之地。参加设计的丹江口升船机1978年获全国科学大奖；葛洲坝二、三级船闸设计1986年获部级一等奖；葛洲坝水利枢纽二、三江工程1986年获国家科技进步特等奖；还参加过高水头的万安船闸的设计。一路攀登步步高升的天梯，他终于站在世界级的平台上。宋维邦曾任设计院枢纽处总工程师、三峡工程设代局设总和副总工程师、设计院设总等职务，是船闸技术的把关人。

　　船闸设计在水利枢纽的布局中举足轻重，它关乎通航的安全、效益，还影响到工程的造价、施工进度等，常常是各方争论的焦点。葛洲坝工程如此，三峡工程更是如此。三峡船闸的设计，就从争论中拉开了序幕。

争论的焦点变为日后的亮点

　　世界上修建通航建筑物以改善河流的通航条件，至今已有1000多年的历史。我国是在河道上修建船闸最早的国家。在大型水利枢纽上设计船闸和升船机，考虑的因素远比在一般通航运河上来得复杂。三峡船闸的设计作为水利水电工程中的重要组成部分，按照枢纽工程发挥最大效益与开发河流的航运相互协调的原则，以合理地处理好通航与枢纽工程其他开发目标之间、通航建筑物与工程自然条件之间的关系为重点。

人物篇

宋维邦说，当初设计三峡大坝船闸的方案时，各方面一度争论不休。有人提出建连在一起的四级五级船闸；有人建议造 3 个船闸，中间用航道连接；甚至还有人提议，让船舶从隧道中通过。争论不休中甚至还有其他行业的专家中途退场。长江委面对如此波澜，耐心细致地对从一级到十级的各种方案进行了论证，闸级少了水头过高不安全，闸级多了成本太高不经济，权衡利弊，量体裁衣后提出分五级的方案。最后，在众多专家们的反复论证下，一致认为从水力学技术和闸门技术上看，五级船闸的设计最可靠，最终确定了五级船闸的设计方案。

从可以看得见的分级，到关键技术问题，三峡船闸拥有着多项世界之最：工程规模居世界之最，船闸工作总水头 113 米为世界之最，目前世界上已建成大型船闸的级数之最，设计单向年通过能力 5000 万吨过船吨位之最，最大充泄水量之最，边坡开挖最大高度也属世界最高水平。

2004 年 4 月 10 日，来自交通部、国家电网公司、国务院三峡工程建设委员会、水利部、清华大学、河海大学、华中科技大学等单位的 8 名工程院院士和多名专家聚集武汉。在这场船闸专业技术首脑的"峰会"上，三峡船闸关键技术研究成果被鉴定为"总体达到国际领先水平"！

评价时突出抓住了"创新"的六项核心作用，认为技术成果攻克了通航水流泥沙淤积、船闸水力学、大型衬砌式船闸结构、多级船闸运行监控以及有关船闸的高边坡施工等多项世界级难题。用潘家铮院士的话讲："功劳是了不起的，有很多创新，解决了很多技术问题，又经过运行检验，确实是世界领先水平，这一点我没有怀疑。"清华大学的张楚汉院士历数创新点后美妙地总结为"可以载入吉尼斯世界纪录大全"。

成果鉴定经过一番提问、答疑、专家组内部讨论，赞扬声一片。

当宣布成果鉴定意见的尾声说到"总体达到国际领先水平"的评价时，会场上掌声四起，专家们洋溢起欣慰的笑容。

一直镇守工地一线的工程院院士、长江委总工程师郑守仁深知其中艰辛，对此评价连说："难得、难得。"

曾参加过葛洲坝船闸验收，以高标准、严要求著称的梁应辰院士不由动情地说："我以一个通航老专家的名义，代表交通部的技术人员，对长江委长江设计院的技术人员说一声感谢！你们为三峡工程做出了很多的努力，为确保三峡通航效益起到了非常好的保障作用！"这位年近八旬的老专家，一改往常的严肃，露出慈祥的微笑。

从 2003 年 6 月 18 日三峡船闸试运行至今安然无恙。通航能力上下行各 5000 万吨，共一亿吨，达到了设计要求。

穿山而过的闸室天人合一

三峡船闸设计之路漫长而又艰巨。在设计研究和建设实践过程中，针对坝址处在急弯河段、河道水沙条件复杂、船闸设计总水头特高、工程规模特大等情况，宋维邦在工作中身体力行，精益求精，既运用丰富的实践经验，又大胆创新，进行了总体设计：针对船闸主体工程采用坝址优良基础岩体联合工作的大型衬砌式结构的可靠受力，在超高级间输水水头情况下船闸快速安全输水，深切高陡边坡在保证自身稳定的同时，还需与主体结构联合受力并控制变形以满足船闸设备运行的要求，对世界已建船闸高大人字门及其启闭机的可靠运行，以及船闸运行的自动监控等关键技术问题进行了专题研究，并逐一得到解决，使三峡永久船闸的设计和建设达到了世界领先水平，完善并发展了特高水头船闸的设计理论和施工、运行实践，将对世界高水头船闸技术的发展产生深远影响。同时，通过采用高难技术和关键问题的研究成果，节省投资达30亿元，取得了巨大的经济效益。

船闸的建设迈开了第一步。几经试验研究，最理想的航线要穿高山而过，也就是船闸航道要从高山中深挖形成，传统的重力墙结构已显然不可行。经过长期研究论证和创新设计，最终建成了世界上首座采用"全衬砌式"新型结构的双线连续五级船闸。

1997年夏，三峡船闸一期开挖进入槽挖攻坚阶段。似火的骄阳，考验着施工者的意志，也同样考验着设计人员的意志。在开挖过程中，为处理开挖过程中出现的裂缝问题，提出块体加固方案，无论是年迈的设总，还是年轻的工程师，长江委设计人员每天都往返在几十米高、几千米长的边坡上，白天仔细查看，晚上认真计算并提出加固方案。

据统计，三峡船闸边坡开挖共有700多个块体，其中100立方米以上的占一半多，最大的达2万立方米，这些块体都是按设计人员一个个精心计算提出的方案进行加固的。

在岩石山体里面开挖兴建三峡船闸的基础条件很好，为了充分利用岩石的优良条件，节省工程量，长江委设计人员采用了薄衬砌的闸室、闸首和蓄水隧洞的结构。在两线船闸中间保留了岩体隔墩，在设计方面采取一系列相应的技术措施，使混凝土结构与岩石共同承受荷载，以保证结构和山体安全正常工作的条件。

据测算，仅两线船闸之间保留的中隔墩，就为国家减少300万立方米的石头开挖量和200万立方米的混凝土浇筑量，节约资金2亿元。

神秘的输水系统调水精致

宋总介绍，三峡船闸不同于葛洲坝式的单级船闸，是没有先例的高水头双线五级梯级船闸。无论是水工结构、金属结构、控制操作系统都十分复杂，数量之多（各种

人
物
篇

阀、闸、启闭机、液压控制设备成千上万），体型巨大（船闸的人字门被称为天下第一门），存在着水利、结构、泥沙、控制各领域中的复杂问题，只要有一个领域、一个地方甚至一个零件出现问题，就会影响全线通航。

建设任务确实异常艰巨，具有极大的挑战性和风险性，唯一的解决之道，就是战战兢兢，谦虚谨慎，加强研究，优化设计，千方百计提高施工和制作安装质量，不出任何事故，不放过任何一个问题。实践证明，船闸在运行中一切正常，自动操作和控制水平之高，各种故障率之低，令参观的外国同行叹为观止。阀门需能频繁快速开启，对闸室进行充（泄）水，并能在高速水流作用下，不致对水流产生不利影响，乃至发生声振和气蚀；液压启闭机的启闭力，能有效地传递给位于深井底部的阀门等。因此，阀门能在关闭时可靠地挡水，在充（泄）水时，能快速、灵活地启闭，廊道和阀门不产生气蚀和声振，是反向弧形门设计需要解决的主要技术问题。

阀门结构采用横梁全包式，支铰梁采用空心的圆形断面，阀门面板采用不锈钢复合钢板，保证了阀门结构的刚度、较光滑的过流轮廓和门面抗气蚀的能力。阀门底部采用刚性止水，以提高抵抗高速水流冲刷的能力，阀门支铰采用自润滑轴承，在超长吊杆的下部和中、上部分别设置导槽和抱箍，对启闭机的高压油泵系统和阀门的保护装置进行精心设计，满足了阀门安全可靠挡水、过流和操作灵活的要求。观察闸室壁上的水位刻度，明显看出水位在不断下降，船体在不断下降，却感觉不到一丝晃动。技术上进入世界领先行列，并有所创新。宋维邦解释，船队在闸室升降之所以如此平稳，是因为闸室两侧山体中埋有两根巨大的涵管，每个涵管截面积有 20 多平方米，同时每个闸室设有 4 个区段 8 个支管充、泄水。设计时巧妙地运用水压原理，把水流以 700 立方米每秒的速度排出，水位降低 22.6 米，只需 10 分钟左右。

监控设备密布有方

三峡船闸的级数多，运行工况比较复杂。船闸在正常情况下，要实现不同级数的双边阀门充（泄）水、水位齐平前提前关闭阀门、逐个闸首操作闸阀门或多个闸首同步操作闸阀门；在某些情况下要对闸室进行补水、单边阀门输水、第六闸首主输水廊道阀门与辅助泄水阀门联合运行等运行工况，且在目前要实现对一级闸室从进船到出船操作控制的自动化，将来还计划进一步实现船舶上、下行整个运行过程操作的自动化。因此，对集中自动控制技术的要求高。针对较复杂的运行工况，选用准确、可靠的监控设备，安全、可靠、方便地对船闸监控，是船闸电气设计需要解决的主要技术问题。

船闸监控选用了高度可靠的监控系统结构，设置现地和集中两套装置。每个人字门机房内的现地控制站，设有一套可编程序控制器（PLC），按"硬件冗余，软件容错"的原则，采用双机冗余配置，同一闸首的两侧现地控制站互为热备，除采用冗余的快速以太网通信外，还采用电缆进行和闭锁点之间的硬连接，负责现地设备数据的采集和控制，并接收集控室计算机监控系统层的各种操作命令，完成现地控制任务。集中控制室内的集中监控系统，由计算机监控系统，以及与之配套的通航信号及广播指挥系统、工业电视监视系统等组成。船闸监控系统的设备监控、闭锁保护和事故报警等功能，保证了对船闸安全、可靠和方便地监控和操作。

三峡船闸规模大、技术复杂，工程的安全、可靠运行，对保证长江航运十分重要。船闸的基础状况、结构和设备的工作状况、输水系统的水力学条件，与工程的正常、安全运行密切相关。因此，如何对船闸两侧的高边坡，船闸的主体结构、输水系统、闸门、阀门及其机电设备等关键部位，合理地布置安全监测的仪器和设备，通过安全监测，随时搜集工程运行的各种信息，进行分析，发现问题及时进行处理，使工程无论在施工期、围堰发电期、运行初期或后期不发生任何危及工程安全的问题，是安全监测设计需要解决的重要技术问题。

按照"突出重点，兼顾全面，统一规划，分期实施"的原则，在船闸各种设备自身设有安全监测和保护装置的基础上，船闸的土建工程，根据各部位的重要性和代表性，相应地按不同等级设置了监测岩体和结构变形、渗流、应力应变和温度的仪器及设备。从施工期开始，分别就建筑物及基础的变形，边坡岩体回弹变形及岩体应力的变化过程，高边坡表层及深部的水平及垂直位移，闸首门轴部位的挠度和变形，基底及墙背的渗流，地下水变化及疏干排水措施的效果，基岩及混凝土的应力、应变和温度，混凝土与基岩间接触缝的开度，输水隧洞钢筋混凝土衬砌结构的应力、应变和温度，廊道、阀门和输水系统的各种水力学参数，闸首、闸室和高边坡锚固结构的受力状态等多方面进行监测。

船闸建筑物分布的范围广、设备多，通过船闸的船舶（队）的类型杂，可能发生火警的条件和船舶（队）自备的消防能力千差万别。因此，船闸除需要针对自身建筑物和设备配置必需的消防设施外，根据长江船舶（队）的现状，还要能协助发生火警的过闸船舶（队），特别是过闸油轮的消防。如何根据复杂的消防对象，采用现代化的消防技术，周密、合理地配置消防设施，是船闸消防设计需要解决的主要技术问题。

三峡船闸的消防设计目前尚无现成规范可循，通过国家重点科技攻关和对类似工程进行调查，参照类似技术规范，三峡船闸自身的消防，在集中控制室的关键部位设置了七氟丙烷气体自动灭火系统，在电缆廊道内设置了水喷雾装置，对整个船闸设置了灭火自动报警和监控系统；协助过闸船舶（队）火警的消防，针对一般火警，在闸顶设置了消火栓，对油轮失火设置了泡沫消防设施并在引航道口门处设置了挡油收油装置和在人字门上设置了喷淋水保护装置。

倾情奉献换来心灵的安宁

宋维邦是长江委三峡船闸设计的第四任负责人，从1993年三峡工程开工的那一天起，他每年三分之二的时间驻扎在工地，和他的团队一边现场优化设计，一边指导施工。宋总工作起来就忘记了自己的年龄，他也像年轻的小伙子一样，没有白天、黑夜、假日的概念，只知道工程建设需要他守在现场，审核一张张图纸，参加无数次的技术讨论，要让船闸的施工一帆风顺。没有什么比责任的分量更重，宋总担当起了这份责任。

宋总清楚地知道，现场设计的工作时间是无法确定的，需要体力精力的支撑。因此，他很注意控制休息时间，有条件的情况下尽可能保证睡眠。他习惯了没有老伴照顾的日子，细心地料理好自己的生活起居，保证了坚持现场工作的能量。为了保证设计意图在施工中得以贯彻，开工时年已花甲的宋维邦，身为三峡工程设代局的设总，十年来和大家一样，攀登脚手架、爬高坡、钻隧洞，及时在现场解决施工中各类重大技术问题，通航之年当之无愧地被评为三峡优秀建设者。

船闸顺利完建，面对媒体种种提问、猜测，甚至质疑，宋总很坦然。他的这份自信，源自对船闸建设全过程深入一线掌握第一手资料的科学分析。从2002年7月1日开始，船闸进行了10个月的无水和有水调试，并于2003年5月顺利通过了国务院三峡船闸试通航验收。实船试航试验表明，整体上船闸运行情况符合设计要求，输水廊道系统充、泄水水流状况和闸室停泊条件比设计预期效果还理想，大型钢闸门止水情况良好。

他说："同学们都很羡慕我的机会，长江流域兴建了一批大型水利枢纽，有充分的实践项目。尤其经过葛洲坝工程的锻炼提高，大大加强了三峡船闸的设计能力。"回首鏖战十年历程，他深深体会到当年周总理叮嘱的设计工作要"战战兢兢、如临深渊、如履薄冰"的含义，这是他始终铭记在心的座右铭。

2003年6月16日，当首航客轮"仙娜"号顺利地从三峡船闸"五重门"驶出时，鬓发染霜的宋维邦靠在船甲板栏杆旁，这位有幸全程见证三峡船闸诞生历程的老专家，双眼含泪，欣慰地笑了。

2012年7月，年过七旬的宋维邦在旁人的搀扶下，爬上196米高的三峡升船机施工现场，就是想再亲眼看见为之奋斗的伟大工程收工之作，体味设计图纸化为现实的快感。2015年，这里将诞生又一个奇迹。

他眷恋三峡工地。

谁道人生无再少　再战三峡酬壮志

——记长江委三峡工程设代局原副总工程师王世华

孙军胜

享有盛誉的三峡工程，像一个巨大无比的磁场，吸引了众多水电志士。长江委施工处原副总工程师、三峡工程设代局副总工程师王世华便是其中之一。

辗转江河

王世华于 1956 年 9 月毕业于华东水利学院（现河海大学）河川系本科，从繁华的长三角奔赴千里之外的江城武汉，从事丹江口、乌江渡、葛洲坝、三峡等水利水电工程规划设计和施工实践。历任专业项目组长、副科长、处副总工程师。

1982—1993 年，他从设计岗位转到工程咨询，参加了长江委承担的国外工程技术合作项目，曾被派往尼泊尔、斯里兰卡、喀麦隆等国进行技术合作承包、经援工程项目工作，担任中国技术组组长、总工程师等职。

1992 年全国人大通过兴建三峡工程的消息，让远在喀麦隆拉格都灌溉工程工地的王世华按捺不住兴奋的心情，在给长江委领导汇报工作的信中，他郑重表达了回国参加三峡工程建设的决心。那年他已近花甲。

王世华的报告得到了批准，他的老上级、老搭档，长江委总工程师郑守仁兼任三峡工程设代局局长后，他也被聘为三峡工程设代局副总工程师，他为自己能圆青年时期的梦想，参与到建设三峡工程而深感自豪。在这片热土上，他书写了人生最精彩的篇章。

从 1994 年开工建设至 2005 年主体工程完建，十年光阴，他常驻三峡工地，尽心尽职，履行代表局副总工程师、设计院驻工地设总以及长江委技术委员的职责。退休后，他又接受了郑守仁总工程师的挽留，坚守工地，直到 2009 年 5 月大坝全线建成后才真正地全身退出。年过古稀的他老当益壮，雄心不减当年。

王总深知千秋大业，质量第一，始终严把质量关。凡经他审签的图纸和技术文件，基本上做到了差错不出门。鉴于他在三峡一期建设中作出了突出的贡献，早在1998年就被评为三峡工程优秀建设者。1999年2月，"长江三峡大江截流设计及施工技术研究与工程实践"荣获国家科技进步奖一等奖，他作为主要设计负责人之一获相应荣誉证书。

大江截流

大江截流设计流量14000 ～ 19400立方米每秒，截流河段水深35 ～ 52米，截流时主河槽淤沙遭束水冲刷，最大水深达60米。这是国内外没有先例的。万一失败，不仅会延误工期，而且会影响通航，形势严峻。

王总和郑总曾一起经历过葛洲坝工程大江截流，胸有成竹，又精心准备。他们决定仍然采用在龙口"平抛垫底"的方案，并加以改进。王总对平抛垫底方案的实施花费了颇多的心思。为了确保垫底填料汛期过水不被冲走，并缓解与长江通航的矛盾，他创造性地提出了高低坎结构布置、分序施工的施工方案：截流前一年枯水期预先全线垫高至高程35 ～ 37米，当年截流前再将下游垫高至高程40米，形成5米高的拦砂坎，然后相机将上游垫高至高程40米，使龙口水深减至30米以下。他与科研人员共同做模型试验，选择好的砂料和石料，以确保垫底料不被冲走。试验和实践证明，此举措有效地缓解了堤头坍塌，降低了合龙的难度，而且为截流后修建围堰创造了有利条件。

依据试验成果拟定了施工技术要求，施工单位在现场做实船试验，施工中采用GPS定位和水下跟踪监测等技术，平抛垫底施工进展顺利。平抛垫底的成功，为大江截流的成功奠定了基础。

在欢庆的时刻，王总怀着深深的三峡情结，有一种特别的兴奋与自豪。王总思量，大江截流的成功，已将举世瞩目的三峡工程不可逆转地推进到全面建设的新阶段。他在兴奋之余，暗下决心，要继续留在三峡工地与建设各方一起，在新阶段作新贡献，直到迎来"高峡出平湖"的那一天！

大江围堰

筑堰建坝是王总的专业。他在三峡工程中参加了一座高达82.5米的深水围堰、一座高达121米的碾压混凝土围堰和另一座104米高的沥青混凝土心墙土石坝的建设，这三个项目都存在世界水平的技术难题。

大江围堰建在长江主河道上，用来保障二期大坝施工，又称之为二期围堰。围堰堰体用块石、石渣、风化砂、砂砾石填筑。不论是它的高度、挡水高度，还是填筑体积，都是世界罕见的。堰体防渗采用塑性混凝土防渗墙或高压旋喷墙上接土工膜。这种型式是创新的。防渗墙下接灌浆帷幕。两座围堰最大高度分别为82.5米和65.5米，断面结构优化后，总填筑量1032万立方米，防渗总面积12.4万平方米。

上游围堰的防渗体是围堰的生命线，混凝土防渗墙是其主心骨。防渗墙采用机械造孔成槽、泥浆固壁，水中浇注混凝土的方法成墙。设计采用间距6米的双排塑性混凝土墙，以分担水头并便于加固处理。深槽段双排防渗墙，须穿越堰体水中抛投的风化砂和砂砾石，贯穿堰基覆盖层的淤砂、砂砾和夹杂其间的大块石，再穿过基岩强风化带，最后嵌入微风化岩0.5～1.0米。45～74米高的墙体不允许偏斜。深槽段防渗墙真可谓是难啃的"硬骨头"。这段时间，王总参加了现场频频召开的技术讨论会，研究解决施工中与设计有关的技术问题。本着"安全第一、质量第一、施工可行"，加固结构、减免施工风险的理念，提出技术措施，形成施工设计文件提出的一系列合理技术措施。

二期围堰建成后运用了4年，经历了38次洪峰的考验。测得最大渗流量合计为190～210立方米每秒，几乎达到"滴水不漏"，确保了二期工程安全施工。这一成就中饱含了王总的心血和贡献。

专家评价，二期围堰的建设经验和研究成果不仅具有实用价值，为同类工程和防渗墙型土坝设计施工提供了有价值的参考资料。而且在这过程中所获得的多项创新性的科技成果，也丰富了土工研究的方法和理论。正如著名水电专家、两院院士潘家铮在他撰写的《对三峡工程二期围堰建设的评价》中所说的"从众多因素分析，三峡工程二期围堰建设就总体而言无疑已达到国际领先水平"。

碾压混凝土围堰

二期工程基本完成后，又要将导流明渠截断，形成三期工程（右岸大坝和电站）施工的基坑。为了满足三期工程施工期间能从二期工程的大坝导流底孔泄洪，同时保证临时船闸通航和电站早日发电，三期围堰要有一定高度，使水库可蓄水至135米，就不可能采用土石围堰。为此，设计上采用碾压混凝土围堰，堰顶高程140米，最大高度121米，混凝土总料量167.3万立方米。它必须在一个枯水期内建成。名称虽叫围堰，实际上就是一座混凝土大坝。这样高大的混凝土坝，国内外均无施工经验。它引起王总高度的关注，让王总倾注了许多心血。为适应将来围堰拆除选用的硐室爆破倾倒，王总和设代局的同志将原设计高程90米的排水观测廊退移至高程107.5米。为了便于或有利于实施连续快速施工方法,在保证质量的前提下简化了某些细部构造,优化调整了若干技术要求。

碾压混凝土的施工是一层一层连续浇筑混凝土上升，层面间没有处理的时间。有人戏说碾压混凝土坝像"千层饼"。因此，确保层间交接良好很重要。否则，轻则层间会渗流，重则影响大坝安全。王总对这个问题十分重视。为保证层间结合良好，他们研究提出了两项关键性技术要求。第一项，连续铺筑的两层碾压混凝土层间的间歇时间应在碾压混凝土初凝时间以内，并且留有安全裕度。并分时段提出层间允许间歇时间严格控制，在气温较低的1—3月为8小时，4—5月为10小时。为避免混凝土拌和物因放置时间过长而引起拌和物变性等质量问题，还规定拌和物从出机口至仓内碾压完毕不超过2小时。第二项，调控碾压混凝土拌和物的工作度VC值（VC值是表征碾压混凝土拌和物可碾性的指标），第一阶段施工，仓面VC值控制为5~15秒；第二阶段施工，拌和物VC值按季节控制，低温季节仓面为4~7秒，机口为3秒，高温季节仓面为3~5秒。根据这些得力措施，碾压混凝土围堰质量优良，整个运用期间没有发生任何问题。

明渠截流

导流明渠承担着二期施工期的泄洪和通航任务。二期工程完成后，导流明渠实施截流，修筑围堰，进入三期工程施工。为了确保在一个枯水期建成三期围堰，因此截流时间不能等到最小流量时机。

初步设计拟定的截流时间为2002年12月，截流设计流量9010立方米每秒，最终落差3.25米。根据工程进度的实际情况，设计方与三峡开发总公司取得共识，认为有必要研究明渠提前截流，旨在为后续的碾压混凝土围堰增加施工时间，降低浇筑强度，减少施工风险。设计方受业主委托，编制了提前截流专题报告，王总协同郑总对报告的核心内容给予了悉心指导。选定截流设计流量为10300立方米每秒，提前于11月下旬截流。鉴于明渠渠底做了衬护或岩面修整，光滑平坦，截流合龙时抛投料物易被湍急的水流冲走。为阻拦抛物料流失，实现快速合龙，设计拟定截流前，在上游龙口分别沉放6排单个重约30吨、边长2.5米立方形钢架石笼，形成一道"拦石坎"；下游龙口为便于将来拆除，采用钢丝网兜石叠抛成"拦石坎"。截流前王总还建议制备些重量30吨含铁的混凝土四面体，即在浇筑混凝土四面体时埋入废钢铁，以加大混凝土四面体的容重。他计算容重3.25吨每立方米的含铁混凝土四面体抗冲稳定流速可达7.8米每秒。他还亲临水工模型试验场，观看动水中抛投试验，发现单重30吨含铁的混凝土四面体比总重60吨的普通混凝土四面体串的稳定性好得多，可视其为截流合龙的"撒手锏"。正因为有了这些周密准备，11月6日上午9时50分，上游戗堤一举成功合龙。当鞭炮声欢呼声腾起，他热泪盈眶，这是喜极而泣的泪水。

茅坪溪沥青混凝土心墙土石坝

茅坪溪沥青混凝土心墙土石坝系为保护秭归县茅坪溪流域内的农田和土地不被三峡水库淹没而建，土石坝距三峡大坝右坝肩 1 千米。

这种坝建得极少，长江委没有设计过，更无施工实践经验。只能迎难而上，边学边干。

王总参加了该坝招标设计审查会，得到不少启迪。会后写了一份《对茅坪溪土石坝下一阶段设计工作的论说和意见》，送到郑总和长江设计院处。他认为该坝设计的核心问题在沥青混凝土心墙设计。建议对沥青材料、沥青混凝土配比、心墙与周边基岩的连接、心墙工作性状等做专题研究。设计要做到"知其然，也知其所以然"。

随后一段时间王总同长江设计院和长江科学院驻在工地，任有关技术负责人，酝酿拟定还须进行的专题试验研究。2002 年 5 月，长江委技术委员会专家来工地对沥青混凝土心墙问题作咨询，王总作为工地的委员提供了汇报材料。2003 年 4 月，长江设计院对蓄水安全鉴定提出的沥青混凝土心墙力学性状研究作专题报告，综合前述成果得出的结论是"竣工期和蓄水期各工况下，沥青混凝土心墙和坝体应力、变形满足设计要求，土石坝可满足安全运行要求"。至此，茅坪溪土石坝沥青混凝土心墙安全性这个颇有疑虑和争议的问题，终于尘埃落定。王总从 1995 年提出这一问题历经 8 年，以科学求实的态度、锲而不舍的精神，为促进、推动这一问题的研究解决，八方游说，穿针引线，功不可没。

情结未断

从 1994 年开始，王世华作为长江委常驻三峡工地的主要技术负责人之一，全身心地投入三峡工程建设。他家在武汉，只身一人连续十年常驻工地，尽心尽职做好工作。王总亲历了从大江截流至大坝蓄水通航发电的建设过程。在这一期间他与三峡建设者一道，攻坚克难，取得一个个重大胜利。事业心和成就感，驱使他不知疲倦，再接再厉，疏于自我，国内媒体有一篇报道称王总为"老骥伏枥，鞠躬尽瘁"。

在紧张的工作中，王总的身体总有吃不消的时候。1995 年的一天，他去右岸施工现场，他身材高大，蜷缩地坐在越野车内，因车辆颠簸大，他腰椎和左腿骨骼的旧病复发，痛得下不了车。在宜昌住院治疗期间，他坚持在病房商量技术文件。1997 年下半年大江截流前，他经常去现场，有一天走路时觉得右脚抬不起来，踢在石头上。1998 年发展到走路起步困难，手写字越写越小且潦草。因工作忙，他顾不得检查治疗，

人物篇

拖到 1999 年 3 月才住进武汉同济医院治疗。服药后病况有所好转。当他得知诊断为神经系统的病，不危及性命、不影响思维功能时，心里踏实了。况且他未曾查出老年人常见的"三高"症，于是，在家人的支持下，毅然回到工地，继续去圆"三峡梦"。他一边服药控制病情，一边埋头工作。

王世华驻三峡工地有十多个年头。多数年头生日是他只身一人在工地度过的，可有一次过生日很特别。那是 2002 年 11 月底，他应邀在长江委宜昌培训中心参加长江堤防加固工程评标会。2002 年 12 月 1 日是他 70 岁生日。那天会后，王总刚走进餐厅坐定，突然餐厅灯熄了，只见推进一个定制的三层大蛋糕上烛光闪烁。然后，时任长江委总工程师助理的刘宁宣布给他过生日。接着大家簇拥着他，掌声阵阵，唱起"祝你生日快乐"。因为王总事先未得到消息，所以惊喜万分。他当即表示要同大家一起在明年这个时候，打赢明渠截流这场前哨战，他说："这是我有生以来最盛大、最高兴的一次生日！真是终生难忘。"

2003 年 6 月后，三峡工程转入三期大坝、厂房的施工，设计和施工任务渐行渐少，郑总和王总一起筹划开始主编《长江委水利水电工程技术丛书·导流截流及围堰工程》。长江委曾承担 8 个大型水利枢纽的导流、截流和围堰工程设计，并参加施工实践，积累了丰富经验，特别是在三峡工程的导流、截流和围堰工程中取得技术进展，多数达到国际领先水平，均值得总结，以传后人。王总毅然投入了该丛书的编写工作，尽管他写字不灵，写了又改，改了重写，他还是耐着性子，认真完成了分工章节的撰写和统稿任务。该书由中国水利水电出版社于 2005 年 1 月出版，全书分上下两册，总计162 万字。

2004 年春，王世华结束了三峡工程设代局的任职。年过七旬的老人本当回家颐养天年，但他的三峡情结难断。2005 年后，他多次被邀请参加长江委科学技术委员会赴三峡工地的咨询活动。2008 年 11 月，三峡水库试蓄水到高程 172 米和 2009 年 5月考察近坝区的库岸稳定，他两次都乘船饱览了"高峡出平湖"的美景和"西江石壁"的雄姿。王总在激动之余免不了遐想联翩。当他登上茅坪溪土石坝坝顶后，不禁想起为之探索良久、被视为事业高峰的三座堰坝。至今，二期上游土石围堰和三期上游碾压混凝土围堰已依偎着"西江石壁"沉睡在"高峡平湖"之下，脚下这座敦厚朴实的茅坪溪土石坝，作为三峡枢纽的组成部分与"西江石壁"永久共存。当时王总说："2003年水库初期蓄水，发挥工程效益，已经初圆了我的三峡梦。我相信不久，到枢纽工程会全面发挥效益，将使三峡梦越变越圆，我还期待着参加工程竣工庆功典礼呢！"

真情献三峡　铁骨筑大坝

——三峡工程优秀建设者汪安华的无悔人生

李民权

　　现年 72 岁的施工设计专家汪安华，于 2006 年 5 月因重病不得不从三峡建设工地上退下来。在此之前，他先后在汉水丹江口、长江葛洲坝、清江隔河岩和长江三峡 4 个工地坚守了 42 年。他身患高血压、心动过速、自身免疫性肝炎等多种疾病。

　　考虑这一因素，记者在做了大量外围采访后于 2012 年 8 月至 10 月，分 3 次采访了汪安华。每次都深为他的学识所折服，为他的精神所感动。

　　"我的幸福指数是：有一个为国出力、能干实事的工作平台；有一个始终支持我工作的妻子与平安幸福的家庭。""我是长江委三峡建设大军中一个极普通的科技工作者，我也是世界上最幸福的人，因为我参加了长江流域 4 座大型、特大型水利枢纽建设，特别是长江三峡工程的建设，亲眼看见了这项工程全面发挥综合效益。凭这，我活这辈子值；凭这，我为自己是一个中国人自豪！"汪安华说这番话时喜悦之情溢于言表。

无悔选择　执着青年向长江

　　汪安华，1940 年 6 月 20 日出生于江西省进贤县。他的父亲是同济医科大学毕业的一名军医，曾随中国远征军赴滇缅公路对日作战，历经战火与苦难。父亲给他取名安华，祝福的心愿不言而喻。1957 年 7 月，汪安华在南昌一中以优异成绩毕业并参加高考。父亲希望他子承父业，而他却填报了哈尔滨工程大学、北京钢铁学院和武汉水利电力大学。

　　汪安华最终被武汉水利水电学院首批录取。他先后学了农田水利、施工、物理和河川枢纽及水电站建筑专业，校方有意培养他在高校执教，而汪安华执意要去水利单位搞水电设计。1963 年 1 月，汪安华被分配到长办，在长办施工处主攻混凝土施工设计，从此开始了他奉献青春与智慧的人生旅途。

人
物
篇

人称长办是"藏龙卧虎"之地，尤其是施工处。可不，长办施工处就先后出了一个长办主任、两个长办副主任、两个长办总工程师、两个中国工程院院士。汪安华刚参加工作时，时任副处长、现为中国工程院院士的文伏波对他说："神枪手都是苦练出来的，要当一个合格的工程师必须经过 1~2 项工程的磨炼。年轻大学生应该多到基层一线长见识、增才干。"

道虽迩，不行不至；事虽小，不为不成。像长办这种担负长江治理开发重任的专门机构和承担长江流域大型、特大型水利枢纽勘察、规划、设计、科研和监理工作，只有苦干实干才能续写治水新篇章，只有工程实践才能发现和培养科技骨干。于是，汪安华还来不及熟悉单位同事和长办环境，就背着行李赶到丹江口工地，而当时丹江口工程的设计总负责人正是文伏波。

汉江是一条洪患灾难多发的河流，仅 1935 年 7 月汉江一次大洪水，一夜之间竟淹死 8 万多人。汉水丹江口工程位于湖北省丹江口市，是汉江治理的关键工程。新中国成立后，长办做的第一个规划就是汉江防洪规划。1958 年 3 月中央成都会议决定，对三峡工程采取"积极准备，充分可靠"的方针，并批准先开工兴建丹江口工程。丹江口工程于 1958 年 9 月动工。1962 年初，因大坝混凝土施工质量问题，暂停混凝土浇筑，进行混凝土质量补强处理，同时改人海战术、土法上马为机械化施工，注重发挥水利科技人员作用。来得早不如来得巧，汪安华从事丹江口施工设计工作，赶上了实践的好时机。

汪安华在丹江口工地一待就是十年。他拼命学，拼命干。他白天跑工地，收集第一手资料，晚上就与同事们反复研究和计算，以制定合理的混凝土施工技术要求。那时候，工程建设还没有专门的工程监理部门，在丹江口，长办施工设计人员实际上也都兼做监理工作，汪安华更是如此。

他在谈及为什么不当医生、不当老师却选择干水利苦行当时，汪安华说："医生、老师是好的职业。但我觉得当时祖国急需工业建设人才，而且直接参与生产实践更能发挥自己的作用。这就像战场上，为什么战士们都强烈要求上前线打鬼子一样，那多有男人味，多痛快呀！"汪安华担任丹江口大坝混凝土温控设计和大坝后期冷却与接缝灌浆设计，及时提出有关技术要求并处理现场问题，为保证复工后丹江口大坝混凝土质量及顺利完建作出了应有的贡献。这十年的工程实践，使他较全面地熟悉了本专业的设计工作，初步掌握了大坝混凝土初期散热计算办法，尤其深化了对混凝土坝裂缝的认识，基本上能把握表面裂缝产生、发展的规律及其与贯穿裂缝的关系，并有针对性地考虑防裂措施，培养了独立解决本专业技术问题和现场问题的能力。

十年磨一剑。汪安华崭露头角。而今的丹江口大坝，您可还记得当年这位江西老表？

举家迁宜昌　长江葛洲坝放飞理想

长江葛洲坝工程是长江三峡工程的反调节枢纽，也是为三峡工程做的一次极其关键的实践准备。1970年12月26日，毛泽东主席在签发中共中央一份文件上批示："赞成兴建此坝。现在文件设想是一回事，兴建过程中将要遇到一些现在想不到的问题，那又是一回事。那时，要准备修改设计。"随后，葛洲坝工程在"文化大革命"特定年代，在万众欢腾声中开工上马。

此时，正逢"文化大革命"斗、批、改阶段，全国许多设计院面临解散，长办的知识分子和科技人员也受到排斥和冷落，长办主任林一山仍在挨批斗。此时，汪安华的一些大学同学纷纷告之已到国外或香港谋出路，他在长办的一些同事也有的调离了长办。汪安华不为所动，他在等待时机，他执意要圆他的三峡梦。正在建设的葛洲坝工程此时却遇到了一系列重大技术难题和诸多质量问题。关键时刻，周恩来总理于1972年11月上旬抱病在北京主持了葛洲坝工程会议。会上，周总理做出了两个惊人的决定：一是由长办主任林一山担任国务院葛洲坝工程技术委员会主任；二是葛洲坝工程设计改由长办负责。从此，葛洲坝工程建设迎来重大转机并迈入科学发展轨道。

1972年底，长办施工处领导罗承管找到汪安华说："工地急需有经验的设计人员，现在是到了该你参加葛洲坝工程设计的时候了。"汪安华显得有些兴奋，也有些忐忑不安。妻子所在单位舍不得放她走，自己长年累月在葛洲坝工地搞施工现场设计，家怎么办？孩子怎么办？他的爱人是个地道的武汉人，这一去就意味着告别武汉大城市而选择与工地做伴，她会同意吗？妻子看出了他的心思，与汪安华有了一次彻夜长谈，谈的是结果是全家由武汉迁往宜昌，夫妻共同投入葛洲坝工程建设。后经组织安排，汪安华调到了长办刚组建的葛洲坝工程设计代表处搞设计，妻子则调入葛洲坝工程局工作。

从此，汪安华开始了人生的又一个新旅程，在长江上放飞理想。从1973年至1987年的14年间，他由一名技术员相继晋升为工程师、主任工程师、高级工程师，开始在葛洲坝工程设计工作中独当一面，在混凝土温控与防裂施工设计中挑大梁。在葛洲坝工程中设计思路不断拓宽，专业技术日臻熟练。14年间，他先后参与编写了葛洲坝工程混凝土温控设计大纲、葛洲坝一期工程单项技术设计混凝土与混凝土温度控制设计报告，并负责编制了葛洲坝二江与大江电站混凝土温控设计、混凝土施工技术要求和施工进度计划，主持了葛洲坝二期混凝土工程施工设计。

由他与郑允中（长江委原副总工程师）等合作完成的二江电站水下结构封闭块设置、施工期温度应力相关条件和措施的专门研究论证以及电站厂房厚截面大跨度框架

人
物
篇

结构施工期温度应力计算成果，在二江电站厂房施工设计中成功实施，从而较好解决了当时二江电站混凝土工程质量与发电进度卡关的这一重大技术难题。为了解决葛洲坝二江电站分缝分块这一重大技术难题，汪安华通过与枢纽处厂房科密切合作，共同研究采用合理设置少量宽槽和部分直缝等措施，使进口段、主机室段与扩散段可相对独立施工，并提出了宽槽、错缝设计原则及主要技术要求。汪安华还与施工单位协调，妥善解决了蜗壳顶板分缝分块与施工进度的矛盾。这些施工设计工作对保证二江电站混凝土工程质量和提前发电作出了较大贡献。与此同时，汪安华还在繁忙的现场设计中与廖家煌共同完成了"大体积混凝土初期温度实用计算方法"。这一方法经丹江口、陆水、葛洲坝等有关工程应用，并与差分法和实测比较，既可使误差掌控在 $1℃$ 左右，又可满足工程需要精度，操作简便，对水利工程设计具有实用价值。这一实用计算方法后被列入我国重力坝设计规范。

通过葛洲坝工程实践，汪安华的专业视野从丹江口工程这类混凝土重力坝的混凝土温度控制、接缝灌浆，拓宽到葛洲坝工程这类闸坝和径流式电站混凝土工程的分缝分块、混凝土温度控制，一方面深化和拓宽了专业领域，提高了解决重大技术问题的能力；另一方面在工程现场与施工单位配合，也提高了自己的协调和组织能力。

我国自行设计、自行建造、自行管理的长江干流上的第一座大型水利工程终于屹立在南津关出口的波涛中，举世瞩目。

1988 年 12 月，"葛洲坝二、三江工程及其水电机组"与我国的"两弹一星"技术同时荣获首届国家科技进步特等奖。汪安华因此收获了人生第一个沉甸甸的奖证。

转战清江　隔河岩工程作贡献

1987 年动工兴建的清江隔河岩水利枢纽是我国在三峡工程进入重新论证阶段开工建设的又一座大型水利枢纽。

隔河岩工程从一开始就汇聚了长江委勘测、水文、规划、设计、科研和监理相关专业的精兵强将。许多中青年科技骨干被委以重任。汪安华被任命为长江委隔河岩工程代表处副总工程师。

1988—1992 年，汪安华负责隔河岩水利枢纽施工组织设计混凝土工程部分，是隔河岩碾压混凝土过水围堰、大坝、电站、升船机的施工方案和混凝土施工技术负责人。他还主持了隔河岩工程粉煤灰论证报告、隔河岩工程各主体建筑物混凝土温度控制设计及混凝土施工技术要求、大坝后期冷却与接缝灌浆现场设计及工程施工进度安排。

在隔河岩工程建设中，汪安华有两个独特的贡献：1991 年秋，隔河岩河床大坝尚未全面升至 121 米高程，如按原设计要求高程 121 米纵缝以下坝体温度降至稳定温度灌浆后再拼缝上升，将错过有利混凝土施工低温季节，直接推迟工程挡水发电工期。面对卡关难题，汪安华结合自己对河床大坝实际施工现状和温度状况的调查研究，认真分析了具体残余温度变形，主张采用适当提高拼缝下部一定区域灌浆温度结合拼缝廊道并增加钢筋等结构措施，及时解决了大坝上升成功拼缝的技术难题，为工程按期和提前挡水发电作出了较大贡献。

1992年，汪安华负责主持了隔河岩枢纽工程"二二"发电方案（即改原定1993年底第一台机组发电，以后每隔10个月投入一台机组发电为1993年、1994年分别要有2台机组发电方案），经他向湖北省人民政府和清江开发公司领导全面汇报后，被正式采纳并成功实施，使隔河岩电站提前发电，给湖北的发展带来了巨大经济效益。仅1993—1996年"二二"发电方案比原发电方案增加发电量20.1亿千瓦时，仅此一项增收人民币7亿元。

汪安华在隔河岩工程中所作的贡献得到广泛好评。中国科协为隔河岩工程"二二"发电方案有关技术问题研究项目颁奖，授予汪安华全国金桥工程优秀三等奖。1993年湖北省人民政府颁发隔河岩工程提前发电立功人员奖，汪安华名列其中。2000年1月，"隔河岩水利枢纽新型重力拱坝设计"荣获全国第八届优秀工程设计金奖，汪安华是这个项目中作出主要贡献的科技工作人员之一。

而这时，汪安华因高血压引发的心脏病正悄然向他袭来。在隔河岩工地的紧张工作中，他常头晕目眩，心动过速。在与病魔抗争中，汪安华选择了继续前行。

三峡在召唤更多的专业技术人才，他由隔河岩工地朝三峡工地奔去。因为他要圆自己的三峡梦。

无私奉献 铁骨铮铮建三峡

三峡蕴藏着中华民族的一个水利金梦。

三峡工程建设汇聚着中国最强的水利水电规划设计、施工科研和监理大军。

1991年4月3日，七届全国人大五次会议以投票表决方式通过了《关于兴建长江三峡工程的决议》。这表明，三峡工程正式列入国家行动。汪安华与所有长江委人一样异常兴奋。为了这一天，他们等待得太久，他们付出了太多的心血。

1994年10月，汪安华担任长江委长江设计院施工处副总工程师，随后又被任命为长江委三峡工程代表局副总工程师。1997年1月，他被评为教授级高级工程师，享受国务院政府特殊津贴。重任在肩他不辱使命。汪安华在三峡工地展开了人生最精彩的一搏。他面临的挑战，除了工程技术难度，还有日益加重的高血压和潜在疾患。

作为举世瞩目的超大型水利枢纽，三峡工程的建设规模和技术难度创下多项世界之最。其中，主体工程混凝土浇筑方量为2643万立方米，为巴西伊泰普电站的两倍。如此超大规模的混凝土浇筑，其施工设备选型、生产能力布局、质量控制均属国家级重大攻关项目。汪安华带着参与国家"七五"攻关项目的研究成果"三峡水利枢纽混凝土一条龙机械选型优化配套""三峡上游RCC围堰快速施工"等研究报告运用到三峡工程施工设计中，为确定三峡工程施工方案和混凝土温控标准提供了科学依据。

混凝土温控与防裂一直是大坝施工的技术难题，也是工程质量优劣的重要评判标准之一，而三峡工程更容不得有任何闪失。汪安华以他丰富的理论知识和在丹江口、葛洲坝、隔河岩工程积累的实践经验，结合三峡工程的混凝土性能、结构特点、分缝分块、基岩特性和三峡气候条件进行混凝土温度应力计算研究，从而论证并合理确定了混凝土温控标准与混凝土温控防裂措施。这些研究成果和防裂措施在三峡工程的施工设计和施工中发挥了极其重要的技术支撑和保障作用，受到业主和大坝专家的高度好评。由他作为主要编写人编写的《三峡水利枢纽混凝土温控手册》成为参战单位的工作手册和查考工具书。

1999年，三峡工程计划浇筑混凝土448万立方米，但是到4月自然气候逐步升温，大多数浇筑仓位仍未脱离基础约束区，且塔带机等新型浇筑机械刚投入使用，配套设施尚在完善之中，温控形势十分严峻。作为三峡开发总公司温控小组成员，汪安华带领科技人员组织攻关，相继向业主提交了《三峡水利大坝1999年5—9月浇筑基础约束区混凝土温度控制专题研究》《三峡大坝非约束区采用3米浇筑层厚专题研究》等近10份报告，经三峡开发总公司组织专家论证后予以采纳，三峡工程建设顺利突破了高温季节混凝土温控难关。三峡枢纽工程质量检查专家们提交的《1999年三峡枢纽工程质量检查报告》将混凝土夏季温控评为优良和良好。

三峡三期碾压混凝土围堰能否在一个枯水期内施工完建，是实现2003年三峡工程挡水、发电、通航的关键项目，也是另一道世界级科技难题。汪安华负责全过程现场设计并及时解决施工技术问题，最终碾压混凝土围堰在各方共同努力下提前于2003年4月16日完成，比原设计提前近两个月，创下了日浇混凝土2.11万立方米、围堰120天上升90米的世界新纪录。

汪安华主持的另一项重要研究成果是论证并合理选定三峡大坝纵向分缝。他还对单项技术设计，大坝设计中的大坝应用碾压混凝土施工设计进行技术经济分析，主张在三峡的下部设计和施工采用风险性较小的常态混凝土方案，使三峡大坝质量和安全运用更有保证。汪安华告诉记者，三峡三期工程右岸大坝约400万立方米混凝土，在参建各方共同努力下创造了大坝无裂缝的世界纪录。这是自己一生中在大坝混凝土温控防裂和施工设计和管理中，监理和施工做得最精心的一项工作，这项新的世界纪录成为参战各方密切配合的经典之作。

祖国和人民始终没有忘记所有三峡建设者的贡献和功绩。1995年，汪安华被评为"湖北省优秀勘察设计工作者"。2000年，三峡开发总公司授予汪安华1999年度"三峡工程优秀建设者"称号。2000年12月，汪安华参与的"三峡工程大坝混凝土快速施工新技术的研究及实践"荣获湖北省人民政府科技进步奖一等奖。2004年12月，他又在"长江三峡水利枢纽二期工程蓄水、通航、发电技术研究与实践"项目中获"湖北省科技进步特等奖"。

千百年来，留下多少"忠孝两难全"的故事。汪安华是家中的长子，他对此也感触极深。1980年11月，父亲病逝，他因工作太忙脱不开身而没能为父送终。1994年4月，母亲病危，他还是因工作忙，没能到医院探望。当汪安华得以抽身由三峡工地赶往江西南昌老家时，母亲已与世长辞。作为长子，汪安华在母亲的遗像前长跪不起。只能写下读后让人泣下的祭文，文中充满了对母亲的愧疚和感恩之情。

厚积薄发　为水利建设留下宝贵财富

在长期的工程一线实践中，汪安华积累了较为丰富的施工设计经验。他深知，治江伟业需要一代又一代科技工作者不断奋发努力，带好新同志成为自己义不容辞的责任。因而，他十分注重从设计程序、设计内容、设计方法和深入现场解决技术问题等方面对年轻人"传、帮、带"，使他们尽快地适应工作和具备独立工作的能力。在长江委三峡工程代表局、长江委长江设计院，凡有年轻人向他求教，他都满腔热情，毫不推诿。一些年轻科技人员请他修改论文，他再忙也要挤出时间，对论文进行修改，有时他为修改论文花去的时间足够自己另写一篇。他作为设计院专家委员会成员，凡院有什么攻关课题或项目，他都积极参加会议和调研，提出自己经过深思熟虑的方案或解决的办法和途径，即使在看病治疗时期也照样如此。

汪安华严谨的工作作风也影响了周围的同事，他是出了名的"爱较真"。人们说与汪总一块搞工作，谁都别想敷衍了事或者想当然，分配的工作任务还只能提前不能拖拖拉拉。初到施工处的设计人员在签发文件或图纸时，常因一个数据被汪总问得十分难堪。久而久之，大家也都养成了认真负责、严谨细致的工作作风。汪安华说："科学态度、严谨作风、敢担责任是每一个设计人员的职业道德和工作准则。须知任何一个技术参数的差错都可能导致施工失败或给整个工程造成巨大损失。像长江三峡工程这样全国关注、举世瞩目的宏伟工程，更不能有任何闪失。周总理在谈到对待长江葛洲坝工程建设时曾用'战战兢兢、如临深渊、如履薄冰'来表达他的谨慎态度，应是对我们的警示。"

人
物
篇

汪安华在三峡工程中另一种贡献是一边从事现场设计，一边撰写论文和专著，及时总结经验教训，争取多为治江事业留下珍贵财富。据不完全统计，近40年中，汪安华撰写并发表的学术论文13篇，科技专著或合著6本，专题报告21份，研究报告17份，设计报告30本，总字数达360万余字。其中，由他作为主撰人员编写的《三峡水利枢纽混凝土工程温度控制研究》一书于2001年由中国水利水电出版社出版发行。由他担任副主编的《水工混凝土的温控与防裂》一书于1999年由中国水利水电出版社出版发行。与人合著的《三峡大坝混凝土施工》于2003年由中国电力出版社出版发行。他撰写的论文在1995年、1998年和2000年在三峡工程技术国际研讨会上进行交流。他撰写的《三峡工程大坝混凝土设计研究》论文于1998年提交海峡两岸三峡工程技术研讨论会并汇编成书。他撰写的《碾压混凝土筑坝在中国的实践及其主要特点》论文于1998年参加了国际交流会。《1999年三峡大坝混凝土温控防裂研究及实践》入选2000年海峡两岸三峡工程技术研讨会论文集。与此同时，汪安华还先后随团赴加拿大、美国、墨西哥等国考察并与世界著名水利、施工专家进行技术合作与交流，获得国外工程技术人员的广泛好评。

三峡库区移民的女强人

——记长江委设计院库区处总工程师汪小莲

李卫星

1997年2月25日至3月初，长沙，湘江宾馆。

三峡工程移民四川省巫山、巫溪、奉节、云阳4县规划汇总报告（送审稿）专家评审会在此进行。来自国家计委、交通部、电力部、建设部、水利部、中国科学院地理研究所、各大专院校，以及湖北、四川、重庆的50多位专家在这里汇聚一堂，听取长江设计院库区处的汇报，并对其进行严格的审查。

来自长江委库区处的一位女同志显得格外引人注目，会上，她一一解答与会专家们提出的各种问题，会下，她听取与会专家的不同意见，想象着今后的任务，也同时为此次评审结果悬着心。直到7天后专家们基本同意长江委的意见，她悬着的心才放了下来。

她就是汇总工作的技术负责人、长江委库区处总工程师、教授级高级工程师汪小莲。

此次专家评审会是四川分县移民规划汇总报告三次评审会中的第一次，此后，3月29日至4月5日在成都，4月25—28日在昆明，专家们对四川省其他12个县区进行了同样严格的审查。

在此之前的1995年5月，三峡库区湖北部分的宜昌、秭归、兴山、巴东4县的移民安置规划报告先期通过审查。

至此，三峡库区淹没涉及的20个县区的移民规划全部通过专家评审。移民规划基本结束，移民工作的重点由规划转向实施。

李鹏总理说过：三峡工程成败的关键在移民。三峡工程拥有均可比拟的防洪、发电、航运效益，但前提是付出淹没的代价，做好移民的工作。三峡水库面积1084平方千米，淹没涉及湖北、四川两省20个县区的25万多亩耕地、11万多亩柑橘地、1599个工厂，涉及的移民人数达84万多，如果算上自然增长和机械增长，整项工程的移民规模将达 120 万左右，几乎相当于一个小国的总人口，这样的移民规模远远超过了当今世界的任何一项水电工程。

伴随着移民规划的完成，曾经使不少人闻之色变的三峡库区移民难题被成功攻克。在巨大的荣誉面前，汪小莲却没有露出丝毫的得意，她想着今后即将来临的移民实施规划，也想着为取得今天成就所度过的日日夜夜。

一、初涉三峡工程 150 米方案

汪小莲生于 1938 年，1960 年从武汉水利电力大学（现武汉大学）毕业后，先后在中南水规院和湖北省农垦厅工作了 17 年，直到 1978 年才来到长江委，1983 年才第一次接触到三峡工程。与同事们相比，她对三峡移民工作的经验稍显欠缺。

汪小莲深知自己的差距，积极向老专家学习，与同事们讨论，还找来几十年前的资料，对丹江口、葛洲坝、陆水等工程移民的经验教训进行研究，希望能为三峡移民作出自己的一点贡献。

1983 年，三峡工程出现了久违的上马热潮。长江委顺时而动，在设计处移民组的基础上成立了库区规划设计处（简称"库区处"），并随即会同四川、湖北两省组织了一次全库性的淹没实物指标调查。

1983—1985 年，汪小莲在三峡坝区一直转战了两年。针对黄线（面积 18.7 平方千米）和红线（面积 15.28 平方千米）两种方案，组织人员进行淹没实物指标调查，并分别编制施工区征地移民的可行性研究报告。

一心只想着"为三峡做点事"的汪小莲不仅按规定完成了淹没实物指标调查，还尽可能地为移民们寻找可能开发的土地资源，为城镇迁建做了基础工作。全然忘记了家中的母亲年老体弱，两个读高中的儿子学业紧张；直至大儿子高考时也没回来。

不过，当时三峡工程选定的正常蓄水位是 150 米，这种方案能够减少投资和移民，但工程效益也大大降低，尤其是回水到不了重庆，对改善川江航运和开发大西南的作用有限，因此这种方案不久后被弃用。三峡工程进入重新论证时期。

二、在清江，他山之石可以攻玉

1985 年，因 70 岁老母中风瘫痪，库区处将汪小莲从三峡坝区召回，给她布置任务较少。但汪小莲闲不住，母亲病情稍有好转，她便急匆匆地向上级要求承担更多工作。

库区处想到了一种折中的方案，让她负责清江隔河岩工程的移民可研工作，这项工作刚刚开始，任务不算太重，也不需要经常出差，因此工作之余汪小莲还可以照顾母亲。但谁也没有想到，1986 年后，三峡工程重新论证，隔河岩工程却加快上马。

在库区处主力坚守三峡的情况下，汪小莲成为隔河岩移民规划的负责人。

再次接受重任的汪小莲把家置于了脑后，刚刚进入高三的小儿子实在不希望自己高中的最后一年像哥哥一样，对她很有意见。记得临出差到隔河岩的前一天，汪小莲破例从菜场买回足够吃一个星期的菜，并亲手做了一顿丰盛的晚餐。可两个孩子闷在桌上一声不吭；汪小莲也不知说什么好。沉默中，丈夫开口了："老汪，你放心去吧，家里有我呢！"这句话使汪小莲深受感动，几十年相濡以沫，丈夫虽然有着与她一样繁重的工作，却始终为她做着牺牲，如今他还要继续牺牲。

汪小莲一心扑在了隔河岩。

最初，隔河岩移民规划基本上还是承袭着传统，按人头计算补偿搬迁费，如果遵照这一办法，移民工作相当轻松，但随之而来的诸多问题也会相当严重，搞不好还得走丹江口移民一波三折的老路。

为探索出一条开发性移民的新路，汪小莲带领库区处和长阳、巴东两县的工作人员踏遍了隔河岩库区的每一个角落，不论是烈日炎炎，还是寒风彻骨，或大雨滂沱，始终未尝停歇。

移民是天下第一难，出现矛盾是家常便饭，部分移民户对汪小莲死抠国家规定，在补偿标准上不肯让步而深感失望，说她是个"坏女人"，这在库区是很不好听的，不过汪小莲没有理会。对工作组，她处处以身作则；对移民，她满怀感情，积极向上级反映他们的难处，同时就如何合理使用有限资金促进库区发展出谋划策。如针对隔河岩工程对外交通主要依靠清江水运的特点，她顶住压力，压缩了原计划中公路的比重，代之以兴建码头，几年过去，这几个新建的码头为长阳县和清江流域经济发展起到了重要的作用。

汪小莲以实际行动感化了每一个人，当年称她为"坏女人"的库区移民纷纷让人带话到长江委，说她是真正的大好人。

由于淹没实物指标调查工作深入、仔细，在此基础上编制的隔河岩工程移民规划初步设计阶段报告切合库区的实际，为隔河岩移民走出了以"三同步，三为主"（即安置形式以就近、就地为主，安置门路以大农业为主，移民兴办企业以"小、集、轻、矿"为主；在进程上移民分批安置与工程同步，移民生产安置与生活安置同步，移民生产、生活安置与公益设施配套服务同步）的"隔河岩移民模式"打下了基础，也为后来三峡移民工程提供了有益的借鉴。

三、坝区施工征地移民，一块难啃的骨头

1991 年下半年，隔河岩移民规划大局已定，出任库区处总工程师的汪小莲带着

她的队伍来到了久违的三峡工地。同年 10 月，对三峡库区最下游的湖北、四川 8 个县区进行历史上第 12 次也是最后一次淹没实物指标调查。

12 月底，正在兴山工作的汪小莲收到了三峡开发总公司的电报，要她立即回宜昌，有重要消息传达。

汪小莲赶往宜昌时，三峡库区下了一场多年不见的大雪，从兴山开往宜昌的长途汽车几乎空无一人，凛冽的北风从车窗缝中呼呼灌入，可汪小莲的心却热乎乎的，加急电报里"重大消息"四个字让她浮想联翩，她想这肯定与三峡有关。

她的猜想没有错。在紧急召开的会议上，三峡开发总公司向大家透露了一个重大消息：第二年 4 月初七届全国人大五次会议将以投票方式审议三峡工程是否上马，一切前期准备工作必须加快进行。

在那次会议上，长江委主任魏廷琤亲自点名让汪小莲担任坝区征地移民工作的负责人。他拉着汪小莲的手向当时全面负责三峡前期工作的陈赓仪同志介绍道："我早就说过长江委要派最得力的干将主持这项重点工程，这位女同志叫汪小莲，是我们移民界的专家。"

汪小莲知道魏主任讲话的分量，她一定要挑起这份重担，因为她顶着的是整个长江委的信誉。

7 年前，汪小莲初涉三峡时进行的就是"坝区施工征地移民"，不过当时是 150 米方案的可行性研究，可以慢工出细活，而这次规划要立竿见影，快速干净地把移民迁走，否则就会耽误整项工程进度，来不得任何温良恭俭让。

如果说移民是三峡工程的卡脖子工程的话，坝区施工征地移民又是三峡库区移民的卡脖子工程，时间极为紧迫，任务极为艰巨，意义也极为重大。

三峡坝区位于西陵峡内，坝区范围包括宜昌和秭归的 4 个乡镇，红线方案和黄线方案与 7 年前基本一致，但人口分别增加到 1.2 万和 1.5 万。整个工作要在跨越春节的两个月内全面高质量地完成，难度可想而知。

长江委与宜昌、秭归两县达成协议，暂不签合同，不申请专项经费，把事情先干起来再说。库区处的所有人立即结束手头工作，集中力量编制坝区施工征地移民初步规划。汪小莲的计划是，以春节为界，春节之前完成茅坪、太平溪两镇，春节之后完成三斗坪和莲沱，无论如何，一定要在人大审议前拿出阶段性成果。

1992 年 1 月，长江委库区处和宜昌县移民局组成了 30 人的工作专班，并迅速在坝区展开工作。由于大多数地方干部工作经验较少，因此主要领导工作由库区处完成。他们中的绝大多数已经满负荷地工作了几个月，身心极度疲惫，但此时不能休息，还要加倍操劳。

这年的冬天特别冷，1月又是一年中最冷的月份，清晨是一天中最冷的时候，江边又是坝区最冷的地方。当百姓们围在暖和的火炉旁准备过年时，汪小莲的这支队伍却不得不起早贪黑，顶风冒雪在寒冷的江边一家一户地清点人口、房屋、田地这"三大件"的淹没实物指标和其他的专业项目。如果遇上个别不合作的移民，要么口气生硬得根本不让你进门，要么以次充好，偷偷在自己土坯房上糊两块砖，在庭院里多种几棵柑橘树，或将本不是移民的亲戚朋友纳入移民行列。为向这些人解释政策，分清权属，去伪存真，汪小莲不知向移民和地方干部们费了多少口舌，动了多少心思。在工作紧张时刻，茅坪工作小组的组长因事离开，汪小莲没有向组织要人，而是亲自兼任组长，将这个集县城、坝区、库区移民为一体的工作压在了任务满得不能再满、心脏和血压都有毛病的自己身上。

两个月下来，50多岁的汪小莲嗓子喊哑了，移民和工作专班的人感动了，他们鼓足干劲，硬是咬着牙关在规定时间内拿出了成果。

1992年4月初，稍事休整的汪小莲又一次来到坝区，与刚刚经过初级培训的宜昌土地管理局、城建局及有关大专院校师生100多人，兵分三路对一个多月前的工作进行核实。4月3日，全国人大通过三峡工程上马的决议，这支队伍却在紧张工作，直到听到群众放鞭炮时才知道这一喜讯。

6月，汪小莲参加了坝区施工征地的审定工作，确定规模较小的"红线方案"为正式施工方案。并抓紧完成第一稿的投资测算。10月，整个坝区移民安置报告完成，1993年底，第二稿的初步设计报告基本完成。这一报告经过了多次深入的调查和严格审议，前后共收集到几千万字的数字材料，测绘了数千张图纸，整个报告几臻完美，在地方干部和移民中引起了强烈反响。一位老专家说："我参加过多次实物指标评审会，此次调查无论从深度还是从精度上都超过了以往任何一次。"宜昌县土管局局长对她说，县里接到规划报告后，组织群众反复学习了半个月。

坝区施工征地移民是整个三峡工程库区移民的第一站，也是整个三峡工程的开路先锋，回想起这段紧张而辛苦的日子，汪小莲深有感触。她表示：在那段日子里，尤其是最初的两个月，在经费不充足、项目不落实、没有范本、地方干部毫无经验的情况下，库区处和有关单位全力以赴，边摸索、边讨论，克服种种难以想象的困难，吃了不是一般人所能吃的苦，最终还是顺利完成了《三峡工程坝区施工征地移民安置规划报告》，整个报告三易其稿，一字一句都浸透了他们的心血。

在初步设计规划拿出后不到1个月，即1992年11月，宜昌县就开始着手坝区移民搬迁工作，并陆续向三峡开发总公司交付土地。此时，许多移民对搬迁的紧迫性准备不足，加上资金落实不快，移民工作出现了一些困难。汪小莲提前考虑到这些情况，专门安排部分成员轮流在坝区值班，解决搬迁中出现的具体问题，讲解移民政策与补偿标准。由于工作仔细，整个坝区移民历经两年，没有出现大的纰漏，并于 1994 年 12 月 14 日三峡工程正式开工前将移民全部迁完。

1995 年，汪小莲组织人员对前两年的坝区施工征地移民工作进行总结，汇总各项指标，按 1994 年底的物价水平重新计算移民补偿经费，最终完成了投资包干规划。整个坝区移民施工征地规划工作至此终告完成。

从 1983 年到 1995 年，从可行性研究报告到"两步走"的初步设计，再到总的投资包干，汪小莲始终参与并领导着坝区施工征地移民安置规划的每一阶段，为整个三峡工程的正式开工作出了贡献。

坝区施工征地移民，对整个三峡库区移民而言，只是万里长征走出了第一步，既然迈出了第一步，就会有第二步、第三步。

坝区工作完成后，根据组织的安排，汪小莲将工作重点转向库区的移民规划。

四、400 亿元投资测算，再接再厉立新功

有一次，我曾问汪小莲："在你所进行的移民工作中，最感棘手的是什么？"

汪小莲不假思索地回答："是移民地方政府较高的补偿要求和国家财力有限之间的矛盾。"

在市场经济的条件下，移民首先是经济问题。地方政府的要求和国家财力存在差距，移民工作者不可避免地处在夹缝中，如何找到一个双方都能接受的契合点，是很长一段时间移民工作者面临的主要问题。

在三峡移民工作中，投资测算是最具含金量也最能体现移民难度的工作之一。其过程可分为 3 个阶段：一是从湖北四县的工作中推算出本省的移民概算；二是将湖北的经验推广到四川，算出全库区的总概算；三是把四川部分概算合理分配到库区的 16 个区县。这很有些像从实践到理论，再从理论到实践的螺旋式上升，只是这上升的每一步都不容易。

所谓测算投资，即确定一个相对固定的标准，将动态的、随时处于变化之中的各类淹没实物数量概括为相对静态的、直观的各项指数，使三峡移民在资金上切块包干。它的关键性因素有两个——淹没的实物指标和对淹没实物的补偿标准。前者经过多次调查，长江委掌握了确凿的数据；但对于后者，也就是如何给淹没指标制定合适的补偿标准，却相当棘手——地方政府希望标准越高越好，而国家财力有限，不可能完全满足。长江委要从中间找一个双方都认可的平衡点，绝非易事。

经过分析，汪小莲决定先易后难，先加紧完成湖北 4 县的工作，然后结合四川库

区的实际，力求找到这个平衡点。

自 1983 年来，汪小莲在鄂西南连续工作了十几年，熟悉这里的淹没损失，也熟悉宜昌地区的风土人情，在她的努力下，湖北 4 县的移民规划工作进展得较为顺利，1993 年 10 月完成了分县规划报告初稿，这个分县规划经报请湖北省人民政府后正式批准实施。

在此基础上，汪小莲又结合自己 10 多年来在坝区和隔河岩、高坝洲不同设计阶段的移民规划工作经验，参与完成了《三峡工程水库淹没处理及移民安置规划大纲》的最后修订工作。

依照该大纲的补偿标准和 1992 年实测的淹没实物指标，在长江委副主任傅秀堂的领导下，汪小莲参加了投资测算的组织、指导、协调、平衡工作和各项指标计算的全过程，在短短的几个月内库区处完成测算数据约 4 万个，做了 8 万字的测算报告，按不同的标准先后做了 20 多种投资测算方案，最终选定具有代表性的 4 种方案供中央决策。

为了确定补偿投资测算，汪小莲在 1994 年先后 13 次赶赴北京（这个数字是长江委驻北京联络处招待所服务员根据她的住宿记录得出的），向中央领导和各部委领导详细汇报各方案的由来、组成及各自的优缺点，并接受他们的垂询。

他们的辛劳没有白费，库区处提供的约 400 亿元（湖北省 53.51 亿元，四川省 315.55 亿元，中央统筹单位 30.93 亿元）投资测算方案得到了中央和地方的确认。1994 年 11 月，在邹家华副总理主持召开的三峡水库移民补偿投资分省包干会议上，长江委提出的投资测算工作得到了中央和湖北、四川两省的充分肯定，各方均认为"测算报告很有成效，测算依据充分，原则可行，分配科学"，专家们也一致认为：400 亿元的概算准确反映了库区移民所需投资，如不早确定这个 400 亿元，三峡移民投资可能难以控制。

为得出 400 亿这个数字，长江委库区处多少人加了多少班，或许有人说得清楚；但为让人们接受 400 亿这个数字吃了多少苦，就没有人能够说得清楚。

五、四川分县规划完成，三峡工程移民规划大功告成

如果说移民测算是做蛋糕的话，分县规划则是切蛋糕。做蛋糕时，每个人都可以根据自己的需要漫天要价，坐地还钱；可蛋糕做成了，切到自己碗里的有多少，那就是一锤子买卖，各县明争暗斗、短兵相接，问题矛盾一点也不比做蛋糕时少，因此让人望而生畏。以至于原本应该由四川和湖北两省主持，长江委协助完成的各分县规划，两省均表示难以完成，期望主持移民规划全过程的长江委库区处站在客观公正的角度

继续努力，长江委也只能勉为其难，再接再厉。

具体的分区规划编制细节非常烦琐，这里不再展开，主要包括各单项规划，而且要与总规划协调平衡、不重不漏，并把每个项目都限定在分县包干的限制投资之内。

湖北省与长江委合作多年，湖北 4 县规划已经顺利完成，而且资金切块问题不大，53 亿元的蛋糕很快就顺利切分到县。但四川库区的情况却大不相同，长江委只参与了各县区农村移民和部分城镇搬迁规划工作，其他的大量细节工作都是由四川省和各地人民政府邀请专家编写，标题不同、格式不一，这给切块包干带来极大的困难。

为此，汪小莲采取了先下游后上游的办法，首先处理淹没较大、问题较少、长江委较熟悉情况的巫山、奉节、忠县、云阳以及淹没损失较小的巫溪 5 县，然后处理万县市、开县及涪陵市、石柱等 6 县 3 区，最后处理重庆市。

一时间，数以百计的各县市、各专业的规划文件纷纷送到了长江委库区处的案头，汪小莲带领着工作专班人员日夜加班，先把各报告按照长江委编制的规范全面整理。然后对它们进行内业平衡，然后再派人进行外业调查，最终完成汇总报告的初稿。

这一切说起来或许简单，但四川库区有 16 个区县，每个区县都由 1 个主件和 10 个副件组成，每本报告都是密密麻麻、稍纵即逝的数字。因各县参与编制报告的单位达 100 多个，各项数据标准不一，甚至相互矛盾的情况比比皆是。如果没有战战兢兢、如临深渊、如履薄冰的谨慎态度，没有为国家、为移民办实事的精神，没有吃苦耐劳的决心与毅力，那么每一个数字都可能是个隐患，影响着分县移民补偿规划乃至整个三峡库区移民工作的进程。

汪小莲一方面作为一个生产者，对汇总工作中每一个重大的技术问题亲自参加，殚精竭虑，从微观上对每一个数字精心斟酌。同时她又是一个总工程师，从头到尾指挥、协调库区处的年轻人完成了农村、城镇、工矿企业、专业项目和投资预算 5 个规划报告的编写和审核的全过程，还要及时解答有关方面提出的技术问题。

在这里我不愿用过多的笔墨来描写汇总工作本身的难度，这对于屡经大战的汪小莲和库区处工作人员算不得什么，但应付并解决来自方方面面提出的问题和要求却是十分复杂的。

由于分县移民规划是整个三峡移民规划的最后一步，直接决定着各县区在移民补偿中的最后所得，关系到各县今后经济腾飞的基础，在自身利益面前，各方纷纷提出增加本地补偿标准的要求。

为防止可能出现的麻烦，汪小莲要求库区处人员严格执行长江委副主任傅秀堂的规定办事，制定分县移民规划期间不与各地人员私下来往，坚持廉洁、公正、科学、优质的原则，完成各项规划任务。堵住了这方面的后门，使得整个汇总工作有条不紊地进行。

在这项工作中，由于坚持原则，性格直率的汪小莲得罪了不少人，但却赢得了更多的尊重和理解。

1996年3月，巫山、巫溪、奉节、云阳、忠县5县汇总报告完成；1996年6月，万县市、开县、涪陵、石柱等6县3区汇总报告基本完成；1996年12月，重庆市的汇总报告完成。这三个汇总报告在1997年2—4月分别通过了专家评估，整个移民规划报告基本告一段落。

截止到1997年10月，也就是大江截流前夕，库区处正在就专家们的意见对分县规划报告进行修改，三峡库区四川省分县分年投资计划也在审查之中，整个三峡库区移民安置规划报告的汇总编制也即将启动。汪小莲再次带领库区处一班人打了一个漂亮的攻坚战，但她的工作还远谈不上已经完成，因为这个报告还要经历从修改、报四川省正式审批和交由重庆市具体实施的过程，真正的移民实施还有颇多现在难以预料的困难，他们还任重道远。

结　语

从初设150米方案到完成175米的水库淹没实物指标调查，从隔河岩到三峡，从坝区施工征地移民规划到400亿元投资测算再到分县移民汇总报告的完成，汪小莲在14年中为三峡移民事业呕心沥血，终于完成了这项前无古人的事业，她也从一个普通的水利工作者成长为令人瞩目的专家。

1987年她获长江委个人一等功；1991年再获长江委个人一等功，同年晋升为库区处总工程师；1992年获准享受国务院政府特殊津贴；1993年晋升为教授级高级工程师；1995年获得"湖北省优秀女职工"称号，她所从事的隔河岩移民规划获得了优秀设计奖。荣誉一项项接踵而来。

她丝毫没有因成功而沾沾自喜，她始终保持着一个普通工作者的身份，不知疲倦地工作着。她不止一次地说，三峡工程移民工作的成功是长江委几代人呕心沥血铸就的，如果没有老同志们长期默默无闻的奉献，三峡移民工作要在黑暗中摸索很长的一段时间；如果没有年轻人的积极配合，三峡移民也取得不了今天的成就。她不过是起到了一个承上启下的作用，将前人的经验和自己的所学用到了新生的、尚无多少规范的移民专业而已。如果硬说有什么长处的话，也就在于她有一种敢挑重担、敢吃苦的勇气和勤动脑、善总结的习惯。

她还特别强调了在十多年来一直对她工作给予充分理解和支持的长江委副主任傅秀堂。傅主任为她创造了极好的工作条件，每当三峡移民工作遇到困难或受到来自

人
物
篇

各方面的责难时，傅主任都能为她的工作扫清了障碍、指明了方向。十多年来，傅主任知人善任，给予她充分表现的机会，没有傅主任的支持，她要想取得如此之大的成就是难以想象的。

同时，她也感谢理解与支持她的丈夫——曾任长江委水保局党委书记、水政局局长的吕顶产。吕局长在工作中雷厉风行，独当一面，可到了家里却是一个地地道道的"贤内助"，不仅承担了绝大部分的家务，几乎独立地将两个孩子抚养成人，还悉心照料汪总年老体弱、瘫痪在床的母亲，当汪总因工作操劳而疲惫时，或因工作不顺而烦恼时，他总会察言观色，既让她发泄郁闷，还能在不经意间指出她的过错。汪小莲在工作中得罪了人，他知道后总会上门表示歉意。长江委许多有能力的女同志往往却因家务而未能充分发挥个人的才华，与她们相比，汪小莲深感幸运。

伴随着三峡工程的建设，汪小莲也渐渐地老了，皱纹开始爬上她的额头，原本强壮的身体也开始显出了疲态，但为三峡工程做点事，为国家和移民做点事的信念一直贯穿于其工作生涯的全部。如今，年届六旬的汪小莲更懂得"只争朝夕"的意义，在全面技术负责的基础上，开始有意让年轻人多挑担子。

路漫漫其修远兮，吾将上下而求索。新兴的库区移民专业就是一条漫漫修远的长路，汪小莲正在上面苦苦求索，她会求索一生，还要给年轻人以求索的希望。

心系百万移民的"安乐窝"

——记全国劳动模范、长江设计院副总工程师尹忠武

长江设计院工会

历时 17 年建设的三峡工程，如今正逐渐接近尾声，巨大的防洪、发电、航运等综合效益日益凸现，它正在成为我国经济建设的强大推进器。为了建成这个举世瞩目的宏伟工程，成千上万的三峡建设者为此付出了心血、汗水和智慧。这其中也包括浩繁艰辛、举世罕见的三峡百万移民工程。

尹忠武——长江设计院副总工程师、湖北省水利学会移民工程学会常务副主任、教授级高级工程师，就是为三峡工程、南水北调中线工程作出重要贡献的移民工作者优秀代表。

公信力——事业之基

建成一项大工程，需要水泥、钢筋等物质元素，更需要建设者的敬业、负责、智慧等精神元素。工程建设的科学、经济、合理离不开高素质的有社会公信力的人。尹忠武作为一名水利工程移民工作者，在这方面作出了表率。1984 年，尹忠武大学毕业后来到长江设计院，开始了近 30 年的水利水电工程移民规划设计生涯。三峡移民被誉为"世界之最"，三峡库区的百万大移民是一项很艰难的工程。按照三峡工程175 米正常蓄水位，三峡工程水库淹没涉及湖北省和重庆市共 20 个市县、12 座城镇、114 个集镇、1632 家企业。湖北秭归、巴东和兴山县城，重庆万州的天成以及巫山、奉节、云阳、开县和丰都 9 个县城全淹全迁。尹忠武和他的同事们在承担这项浩繁艰辛的工作中，表现出高度的敬业精神，尤其在以下三个环节上做得非常出色。

一是严格抓好工程质量。从 1984 年到 1990 年，尹忠武主要从事湖北巴东县白磷岩水电站、郧县周家梁、谭家湾等水电站规划设计工作，参与三峡库区巴东县两穰口移民试点规划工作、三峡移民论证工作。6 年的一线工作历练，使他从一名大学生逐渐变成为合格的技术员、工程师、设计组组长及技术骨干。尹忠武在工作中的严格敬

业得到了同事、领导的认可，为他以后在移民工作中"挑大梁"奠定了基础。

"高峡出平湖"是中华民族几代人的夙愿，但参与三峡工程建设移民的担子却不是轻松的事情。1994年12月，三峡工程正式开工，而早在1991年由长江设计院承担的三峡工程水库移民实物指标调查工作已全面启动。尹忠武作为三峡百万移民规划设计工作的主要负责人之一，把自己的严格融进了他在三峡工程18年的125万移民过程中的每一个工作环节。在工程规划过程中，他深入到最基层，要求自己和同事们对每一间移民房屋有多少砖瓦都要摸得很清楚，他要求调查人员牢固树立质量第一的思想，对所有指标不漏登、不重登，公正客观，不因人而异，不因事而异。在关系到移民的切身利益时，不允许有敷衍塞责的事发生。他负责的三峡库区巴东移民工作规范性高，得到了国家的认可。

二是严格处理国家利益和人民利益的关系。在移民规划工作过程中，为了能够使国家宝贵的移民经费尽量用在刀刃上，就得严格过好原则关、政策关。

坚持国家利益也不容易，总有人不理解，总有人来"攻关"，表面上看起来文质彬彬的尹忠武，把关的能力却超强。也总有人觉得自己还可以多增加点利益，与你进行各种不同的争斗。有一次，他和几个技术人员进村调查，被不了解移民政策、心存抵触情绪的几十个村民困住了，人、车都不能动弹。尹忠武并不因为这样的激烈矛盾就放弃国家利益，而是继续坚持，直到经过数小时耐心讲解国家政策、说服教育后，他们才得以安全离开。

尹忠武觉得，作为移民规划工作者，既要维护国家利益，也不能损害地方和老百姓应该有的利益，我们应该是库区移民的代言人。作为农民的儿子，尹忠武对库区的父老乡亲有一种深沉的爱。他始终认为，不管修建多么伟大的工程，不管经费多么紧张，移民的合理利益都应该得到保护。在他带领完成的丹江口移民规划工作中，实事求是地为移民争取到多项合理利益，如针对南水北调中线工程移民与其他水库移民的不同特点，对农村移民建房困难计算困难补助费，结合新农村建设，对移民户建设厕所和沼气池等进行了考虑，深受当地干部、移民的好评，他们送给长江委技术人员四个"千万"：走千山万水，访千家万户，受千辛万苦，留千言万语。

三是严格完成所有的工作目标任务。尹忠武无论面对什么任务，都能够勇于承担，并有始有终地完成。

自1995年以来，湖北省巴东县城黄土坡已发生多次滑坡，对当地人民生命财产构成了严重威胁。2008年6月，尹忠武临危受命，担任巴东黄土坡勘察评价及规划项目经理，组织了对滑坡处理必要性论证，提出了滑坡总体处理方案和移民搬迁避让处理措施。该方案得到国家发改委、财政部的认可，为黄土坡搬迁避让资金的落实提供了依据，为湖北省人民政府分了忧解了难，为保障移民生命财产安全作出了重要贡献。

丹江口大坝加高工程库区淹没涉及河南、湖北 4 县 2 区，淹没面积大、人口多，涉及专业面广。作为移民人数仅次于三峡水库移民的大工程，1958—1973 年丹江口水库初期工程移民 38.2 万人，而南水北调中线一期工程丹江口水利枢纽大坝加高实施后，水库坝前正常蓄水位将由 157 米抬高至 170 米，湖北、河南两省累计将搬迁移民 34.5 万人。新老移民交织，情况非常复杂，任务极其艰巨。但是，尹忠武带领同志们经过辛勤工作很好地完成了这项光荣任务。

2003 年，他主持完成了丹江口水库初步设计阶段实物指标调查工作。2004 年，他带领的工作团队被水利部授予先进集体称号。此后，随着丹江口水利枢纽工程设计管理体制的转变，他全面负责丹江口水库移民安置规划工作。目前，丹江口库区移民规划安置初步设计报告已获国家批准，移民安置规划实施方案正在施行，第二批移民搬迁工作正在稳步推进。

在 20 多年的移民工作生涯中，他参与主持完成了长江三峡、南水北调中线两项"国家级"移民工程的规划设计，还负责三峡工程后续工作规划，并主持了水布垭、高坝洲、构皮滩、彭水、银盘、皂市、长江重要堤防隐蔽工程以及平垸行洪移民建镇规划等多项大中型水利水电工程移民规划设计工作，总计移民人数近 200 万，为实现移民"搬得出、稳得住、逐步能致富"作出了贡献。

在这些不平凡的工作历程和工作成果中，尹忠武很好地将自己作为一名共产党员对国家、对人民的忠诚，以及作为一名优秀的治江工作者应有的公信力，做了一个很好的诠释。

创新力——成果之本

在移民工程中，随着时间的推移，不同因素的出现，也需要结合实际进行新的探索。如果完全按照"老样板"，工作就会出现偏差和失误。

尹忠武同志所在的长江设计院承担完成了长江三峡工程百万移民的规划设计工作，尹忠武同志是该项工作的主要负责人之一。在从事南水北调移民规划过程中，他没有完全照搬三峡移民规划设计的思路，而是从南水北调中线工程实际出发，客观调查研究，解放思想，紧紧围绕既定的规划原则和目标，以转变设计理念为先导，带领项目组进行技术创新，目的是编制科学合理、切实可行的移民安置规划，把国家有限的投资用在解决好移民问题上。

在这种思想指导下，他带领项目部进行充分调查研究，分析其他水库情况，摸清

人物篇

了南水北调中线工程移民与其他水库移民不同的特点。以此为基础，他们在设计中考虑淹没线以上土地与淹没土地质量差异，合理计算生产安置人口；对农村移民建房困难计算困难补助费；结合新农村建设，对移民户建设双瓮厕所和沼气池等创新规划设计方案，体现了新移民条例的要求。由于数据准确、资料翔实，南建委办公室对规划设计成果予以肯定，认为报告遵循了既定的"以人为本、开发性移民、农业安置、生态保护、因地制宜、移民安置与区域经济发展相结合、尊重移民意愿"等7个原则，又处理好了"国家与移民、一期移民与二期移民、补偿与安置、生产安置与生活安置、移民安置与基础设施建设、移民安置与地方利益"等六个关系。

正是在尹忠武和他的小组认真工作、创新务实开拓之下，新的工作成果既体现了国家政策的严肃性，又体现了国家"民生水利"给老百姓带来的应有利益。例如，为了让丹江口库区移民在离开故土后能过上安稳日子，切实保障移民的利益，他提出的特殊人口处理、移民困难户房屋补助方法等多项建议，得到了上级部门的认可，并为其后新修订的水利水电工程移民规范所吸收。又如，在丹江口水库实行的人均住房面积不到24平方米的全都按砖混结构补足到24平方米，彻底解决了移民的住房问题；移民淹地的补偿不够在安置地买基本生产用地，国家给予了一定的生产安置补助费，保证移民基本生产用地，两项创新合起来累计为移民多补贴30多亿元。此外，针对农村地区的移民文教卫补助、农村沼气池补助及鼓励移民外迁补助等，都开创了多项移民安置补偿的先河。

随着南水北调征地移民初步设计成果的最终形成，长江设计院在水库移民规划设计整体竞争力将进一步增强，这其中也凝聚着以尹忠武为代表的项目部规划设计人员在开拓与创新方面付出的心血。

丰富的移民工作实践为理论总结提供了基础，由尹忠武主编或参与编写的《三峡工程移民研究》《水库移民工程》等先后出版；他作为主要参编者，编写的《水利水电工程建设征地移民安置规划设计规范》等系列规范已于2009年7月由水利部发布实施；他的多篇论文也在权威期刊上发表，促进了水库移民专业的发展。

创新，使尹忠武和同事们摸索的水库移民理论、理念和实际效果，得到了更广阔的发展空间。

奉献力——人格之魂

大工程，其实就是由千千万万个工作和奉献小细节组成的，是由一些不为人知的枯燥、劳累和寂寞叠加起来的。

三峡移民涉及人数多、作业面广、情况复杂，通常一个小小决策的做出，都要经过移民技术人员的大量工作论证，工作量之大可想而知。尹忠武和他的同事们，在三峡库区的山山水水、田间地头，风里雨里，不知道度过了多少艰苦的岁月。

在三峡库区奔走调查十多年的一个个日日夜夜，尹忠武与同事们白天爬几十里山路搞外业调查，腰酸腿疼；晚上回来还要整理资料，一般都到次日凌晨，精疲力竭。有时为了赶一个报告还要通宵鏖战。夏天在丛林里穿行，被毒虫叮咬患病感染、中暑的情况时有发生；冬天顶着严寒在冰天雪地里奔走，还吃不上一顿饱饭，经常是饥一顿，饱一顿；为了完成工作任务，还要经常通宵达旦地工作。

一次在巴东调查，尹忠武与一名技术人员先从长江坐小机动船，两个多小时后登岸，接着走一段长约2千米、40度左右的上山坡路，路宽只有30厘米。一边是悬崖，一边是峭壁，胆子再大的人也会发怵。调查回来下坡时，他们不敢站着走，因为保不准就会因"刹不住车"冲下去，后果不堪设想。后来，他们想出了一个办法，人趴在路上，一步一步往下挪，正常只要十多分钟的路，他们硬是"爬"了两个多小时，而此次"探险"只为调查两户人家。

2003年2月12日，江城武汉春寒料峭，寒意袭人。再过三天就是中国的元宵佳节，然而"非典"在全国的大面积肆虐，给这个喜庆的日子平添了几分阴冷，长江委大院内却是热闹非凡，人、车辆和行李包裹将老办公楼前的场地塞满了。这正是长江设计院120余名技术人员即将冒着严寒奉命出征，向湖北丹江口市、郧县及河南淅川县浩浩荡荡挺进。历时78天，总计调动800多人的南水北调中线一期工程丹江口库区移民实物指标调查正式全面拉开序幕，在一线现场指挥这场攻坚战的正是尹忠武。

尹忠武对库区人民的爱，还体现在他资助三峡库区贫困小学生上；体现在他为灾区捐款，一次次参加各种抢险救灾活动中。

偶有闲暇，尹忠武会阅读很多与工作有关的书籍，尤其喜欢翻阅《国家地理》杂志，精美的照片、生动的文字时常让他神思飞驰，陶醉其中。他说自己最大的愿望就是有朝一日能和家人一起到三峡、丹江口等自己曾经工作过的地方去走走看看，游览中国的名山大川。但是，对于他这样一个被同事誉为"工作狂"的人而言，是根本不可能的事情，只能留待退休之后了。

家国不能两全。对于尹忠武来说，他大部分时间都在库区奔走，都在和移民打交道，留给家人的时间自然就少。由于工作太忙，女儿的学习总是无暇顾及，高考即将来临，这也让做父亲的他倍感不安。

1995年正是三峡库区移民工作最紧张的时候，得知父亲病重的消息时，他正在从事紧张的三峡库区移民安置规划编制工作，没法抽身，只能打电话让爱人带着年幼的女儿一起回老家南阳探视。当年春节任务繁重，他只能留在武汉，待年后准备抽时间回去时，父亲已离开了人世。得知噩耗，这个七尺男儿失声痛哭，母亲的埋怨更让他心存愧疚。"生不能尽孝，死不能送终。"作为儿子来说，人生最大的遗憾莫过于此。

一分耕耘，一分收获。1998年，他组织完成的《长江三峡工程水库淹没处理及移民安置规划设计》报告审查通过，为三峡百万移民稳妥安置绘制了蓝图；组织编制的《巴东县移民安置规划报告及专题报告》等受到三峡建设委员会移民开发局表彰；主持编制的《长江三峡工程湖北省、重庆市移民迁建进度及分年投资计划专题》，经十多年来实施检验，符合三峡库区实际，保障了2009年全部移民任务的顺利完成，获长江委科技进步奖一等奖。

2006年，尹忠武承担三峡移民安置规划和投资概算调整任务，作为主要负责人，他组织委内外有关单位近千人，全力以赴投入概算调整工作。经过一年多的艰苦努力，提交的三峡库区移民安置规划及概算调整8项专题报告，顺利通过中咨公司审查并得到三峡办批准实施。

2008—2009年，以长江设计院为项目技术牵头方和主要规划单位的三峡工程后续工作规划全面启动，尹忠武作为项目技术总负责人精心组织策划。在3000多名各行业专家、技术人员的共同努力下，于2009年底完成了总体规划报告及7项分报告、39项专题报告、22项研究报告，完成了在一般情况下2～3年才能完成的任务，受到三峡建设委员会办公室的表彰。

他为工程建设和移民安稳致富倾注了全部心血，多次被评为优秀共产党员、先进工作者，1998年获湖北省青年岗位能手称号，2009年被评为全国水利系统奉献水利先进个人和水利部劳动模范，2010年被评为全国劳动模范。

20多年来，尹忠武作为一名为移民工作呕心沥血的治江工作者，以满腔的热忱和扎实、敬业、奉献的精神，为长江三峡、南水北调等宏伟工程的建设作出了突出的贡献，为远离故土的移民规划了一个美好的未来，为推动中国工程移民的科学发展添上了浓墨重彩的一笔。

青春无悔

——记"全国五一劳动奖章"获得者刘华亮

王　宏

2000 年 4 月 29 日，对长江委三峡工程设代局枢纽设代处副处长刘华亮来说是终生难忘的日子。这天，武昌洪山礼堂鼓乐齐鸣、彩旗飘扬。湖北省人民政府在此隆重召开劳模表彰大会。当省政协主席杨永良亲手把一枚金光闪闪的全国五一劳动奖章和奖证颁发给刘华亮时，会场上响起了经久不息的掌声。人们对这位从三峡工地走出来的年轻人投去羡慕的眼光。

刘华亮自 1980 年从长江水校毕业后即被分配到长江委枢纽处，先后从事葛洲坝、隔河岩工程的设计工作。自那一刻起，他似乎就注定了与水利结下不解之缘。一干就是 20 年。

回首往事，刘华亮十分庆幸自己的选择。特别是看见三峡大坝拔地而起时，他心中充满了由衷的自豪，他感到自己和同事们多年的辛劳没有白费，那一张张设计蓝图、一本本研究报告无不向世人证明三峡建设者的才智。他说，面对为三峡工程奉献一切的前辈们，我们非常幸运，没有任何理由不努力工作。

正是抱着对长江水利事业的深深热爱，刘华亮一头扎进火热的三峡工地，为了进一步提高理论水平，工作次年便考入武汉水院函授本科班学习。同时，从工程实践中汲取养料和知识，不断提高和完善自我。

近几年，刘华亮参与主持了长江三峡水利枢纽大坝二期工程施工详图阶段设计，为他施展才能提供了飞翔的空间。在他负责主持三峡一、二期工程枢纽处现场设代工作期间，以其扎实的理论功底和多年的工程实践为工程献计献策，解决了一个又一个难题。他提出的泄洪坝段、左导墙坝段建基面高程建议得到专家认可，共节省工程投资 400 余万元。主要参与的三峡工程左导墙优化设计、缩短导墙长度 52 米，节省工程投资 5000 余万元。针对三峡大坝接缝灌浆排气槽易堵塞的问题，他主张将部分排气槽改成塑料拔管，被采纳后，既解决了排气槽易堵的技术难题，又方便了施工。在

人
物
篇

· 241 ·

处理三峡某坝段基础裂缝问题时，若按常规采取深挖处理，岩石开挖量至少有 3000 立方米，且对周边混凝土施工将造成影响，刘华亮运用所学知识，连夜提出的灌浆加固处理方案得到上级的批准，减少工期影响 2～3 个月。

随着组织的培养和帮助，刘华亮肩上的担子也在加码。1998 年是三峡二期工程正式施工的第一年，长江设计院为把好大坝厂房基础验收质量关，决定让刘华亮担任验收组组长。为此，他自验收小组开展工作后，连续两年多几乎放弃了所有的节假日，坚守在工地。长期超负荷的运转和没有规律的生活，使他患上了严重的胃病和低血糖，在做了五分之三的胃切除手术后，病痛的折磨时常侵扰着他，医生反复叮嘱他要注意休息。可为了三峡工程建设，他没顾得上这些。1999 年国庆期间，他突患急性肠胃炎，半夜被送到三峡急救中心治疗，可他人在医院，心却在工地，在身体尚未康复的情况下，便抱病投入了工作。功夫不负有心人，在他的带领下，验收小组圆满地完成了 18 万平方米的基础岩面验收任务，满足了现场施工需要，三峡大坝当年浇筑混凝土 448 万立方米。

熟悉刘华亮的人都知道，他平时温文尔雅，但在涉及原则的事情上却毫不退让，即使是金钱诱惑也不为所动。用他的话说是瓜田不纳履、李下不摘帽。他认为从事设代工作首先要廉洁，并时常告诫下属要做到"吃请不到，送礼不要"。有一次，施工单位为加快已滞后的大坝表孔事故门槽的埋件进度，请设计单位研究将部分坝段表孔事故门一期埋件改为二期埋设的可能性。时逢国庆放假，刘华亮急工程所急，主动放弃休息，提出了埋件一期施工改二期施工的措施。事后，施工单位一负责人送来一叠钱，执意让他收下并告诉这是加班费，被严词拒绝。他说："替施工单位分忧解难是我们设计单位应尽的义务，我的加班费由我的单位发给我。"由于他廉洁奉公，在他主管三峡 10 多个施工开工项目的设代工作中，对影响工程质量的事他都敢于碰硬，毫不留情。

谈起家人和孩子，刘华亮心里总觉得有些愧疚。由于常年在工地，近在咫尺宜昌的家有时连续几个星期也难得回去一趟。从小到大伴随着孩子的大多是孤独和等待。问及是否后悔时，他却说，比起我身边的劳模郑守仁总工程师来，我这点儿事算不了什么。如果我做出了一些成绩的话，那就是郑总无私奉献的精神时刻影响和感召我的结果。

由于刘华亮的努力和勤奋工作，在他的人生路上留下了一串闪光的足迹：他参加的"三峡工程大江截流设计"在 1999 年获全国第八届优秀工程设计金奖，质量控制小组 1999 年度获部级、国家级优秀质量管理组称号，他负责的"三峡二期厂坝基础验收小组（设计）"获 2001 年湖北省五一劳动奖状。

面对纷至沓来的荣誉，刘华亮说，荣誉应归功于集体和长江委，我将以此为动力，以更饱满的热情投入到明天的工作中去。

龙慧文——三峡大坝，因她更坚固

孙军胜

47 岁喜获国家技术发明奖二等奖

2007 年 2 月 27 日，北京人民大会堂。2006 年度全国科技奖励大会在此举行。

作为湖北省两名代表之一，长江设计院教授级高级工程师龙慧文走上领奖台，接受党和国家领导人颁奖。因发明混凝土预冷二次风冷骨料技术，47 岁的龙慧文获得湖北省唯一的国家技术发明奖二等奖。

作为获奖代表，她第一次走进神圣的人民大会堂，感到很激动，受到很大鼓舞。次日，她向记者回忆起获奖时的情景："主席台上就座的领导有近 30 名。为我颁奖的领导是国务委员陈至立。陈至立对我说，'没想到你这么年轻，就取得了这么大的成绩。'会后集体合影时，我被安排在领导身后的第一排，胡锦涛总书记等国家领导人面带微笑，和我们一一握手。当胡总书记走到我面前握手时，还说了一句'恭喜你'。那一刻，我激动不已。"

龙慧文说，温家宝总理在会上讲到"有些技术是买不来的"，这让她印象特别深刻。的确，引进技术总是跟在人家后面，肯定上不了一流的水平。

1982 年 1 月龙慧文毕业于华中科技大学，毕业后来到长江委长江设计院，在水利工程施工及施工企业、混凝土预冷工程的设计和管理工作岗位上，她一干就是 20 多年。她多次获长江委长江设计院双文明设计工作者，1996 年获长江委优秀女职工称号，1997 年获湖北省优秀女职工称号，1998 年获全国优秀女职工称号， 2003 年获长江设计院经营工作突出贡献先进个人，2004 年获长江委治江事业重大个人成就奖。一个个荣誉凝聚着作为施工处副处长的龙慧文曾经付出的心血和汗水。

龙慧文带领她的团队研究的混凝土二次风冷骨料技术是长江设计院首创的国家发明专利，该技术成功地应用于三峡等大型水利工程，取得了巨大的社会效益和经济效益。获奖之后，她感到压力更大，还要加倍努力创新。

人
物
篇

不让三峡大坝出现危害性裂缝

常规的混凝土预冷技术为水冷骨料加上风冷保温，最后加片冰拌和混凝土，俗称"三冷法"，这一方法占地面积大，工艺环节多，运行操作复杂，冷量损耗大，材料出口温度不稳定，工程投资大，运行费用高，还会产生危害环境的废水。

三峡工程是世界上最大的水利工程，混凝土浇筑量位居世界第一，夏季高峰时低温混凝土生产强度1720立方米每小时，骨料平均温度高达28摄氏度，因此对混凝土温度控制要求更为严格。同时三峡地处山区，施工场地狭窄，以常规水冷方式为主的混凝土预冷措施无法布置，不能满足混凝土浇筑要求。为探索出新的预冷方式，工地成了龙慧文的家，从工艺设计、现场试验方案的确定到试验测算，再进行调整、修改，龙慧文和她的同事们夜以继日地奋战，终于换来了"混凝土预冷二次风冷骨料工艺"的诞生。

第一次与第二次风冷骨料两者的相同点在于其组成形式基本相同，所用设备也基本一样，配风形式，冷风循环系统，外部的制冷主、辅机形式都大致相同。不同点在于两者布置形式、冷却地点不一样，第一次风冷在地面风冷仓，第二次风冷在拌和楼料仓；氨制冷系统蒸发温度不一样，一次风冷蒸发温度较高，二次风冷则低些；料仓形式不一样，第一次风冷的料仓一般为非定型产品，可根据不同工程，不同产量以及制冷系统的要求设计，对于风冷骨料较为有利，而第二次风冷的骨料仓则大多是利用拌和楼贮料仓，其容积，几何形状，布置位置均受限制，对风冷骨料效果有所影响。

二次风冷骨料技术的优势在于其系统占地面积小，特别是第一次风冷的骨料冷却终温降幅远大于水冷骨料，使两次风冷之间互调性、互补性大大增加，可以优化系统运行，当其中一个环节出现故障时，短期内还可以加大另一个环节的出力，以保证低温混凝土的生产。

二次风冷骨料技术的另一优势在于骨料经过两次风冷后含水率相对较低且较稳定，这样一方面减少了骨料在风冷过程中的冻仓可能，使骨料可冷至负温，另一方面也使混凝土能加大加冰量，进一步降低混凝土出机口温度，使混凝土施工质量稳定可靠。

虽然该工艺让混凝土预冷技术大大向前跨越了一步，但工艺在运用时却险些被扼杀。为保证三峡工程顺利完工，在三峡建设过程中有个不成文的规定：凡是在以往工程中没有使用过的技术、工艺、设备都不能在这一工程中使用。而"混凝土预冷二次风冷骨料工艺"，恰恰属于这类创新的工艺。不少国内知名施工专家反对在三峡二期工程使用这一工艺，谭靖夷院士曾提出质疑。为说服这些专家，龙慧文和专家们展开了激烈的讨论，她从工艺的理论、计算、设计、实验、测试等各方面跟专家进行交流，用大量的试验成果说服专家，登门逐个向专家解释，终于让专家改变了最初的想法。后来，一提起二次风冷，谭院士就会说："这是个好东西。"在后来开工的一些工程中，这些专家成为"混凝土二次风冷骨料工艺"的坚定支持者和义务宣传员。

龙慧文主持的发明，打破了常规的混凝土预冷方式，在国内外首创了"二次风冷骨料技术"，使混凝土出机口温度可达到 5 摄氏度以下。该方法的发明，为三峡大坝不产生危害性裂缝，立下头功。

自主技术让国际专家惊叹

龙慧文主持发明的技术，在三峡一期工程中首次投入使用。当时，恰逢国际大坝会议在三峡工地召开。当时，美国一位权威专家对她的发明曾表示不可相信。这位专家曾主持巴西伊泰普电站的混凝土预冷设计。他说，用二次风冷使混凝土出机口温度达到 7 摄氏度以下，这几乎是不可能的，运行费用也会急剧增长。

但当这位美国专家在三峡工地参观完后，却表示想与龙慧文合作，推广这一技术。当时，龙慧文没有答应。因为，这个技术本来就是我国独有的，外国人如果参加进来，势必会分享专利成果。

二次风冷骨料技术发明后，带来了巨大的经济效益。实践证明了二次风冷骨料技术工艺的成功，在三峡二期工程中应用该技术节约工程一次性土建和设备投资 9780 万元，相应降低系统运行成本 31%，年运行费用节约 650 万元。施工专家认为，"混凝土预冷二次风冷骨料工艺"改变了国内外工程中普遍认为混凝土出机口温度低于 7 摄氏度时，技术难度及费用必将急剧增加的传统观点，通过采用地面风冷的方式代替地面水冷方式，在风冷骨料仓中设置特殊的送、配风装置达到均匀冷却的目的，成为国内外首创，达到了国际领先水平。1999 年，这一工艺申请了国家发明专利，长江委第一个发明专利由此诞生，该工艺获得湖北省技术发明一等奖、全国优秀工程咨询成果一等奖、全国技术发明二等奖。

三峡三期工程在一、二期成功应用的基础上全部采用了二次风冷骨料技术。三峡一期至三期工程使用二次风冷骨料技术共节省一次性投资及运行费用 4.5 亿元。如今，该技术已成为我国水利工程行业混凝土预冷的指定方法。如龙滩、小湾、构皮滩、彭水、景洪、南水北调中线丹江口大坝加高等国内大中型水电项目，巴基斯坦、埃塞俄比亚、沙特、苏丹等国外大坝工程，均使用该技术。

长江设计院第一个实用新型专利——氨钢基管铝翅片管技术也是由龙慧文主持

开发的，该专利被专家评为国际先进水平。应用该技术制造的高效空气冷却器解决了多年来空气冷却器效率不高，体积大、设备重、运行不经济的难题，已先后在宝珠寺、江垭、白石、三峡、江口等工程中广泛应用。从 1993 年至 1999 年已创产值 3000 多万元。它还是三峡工程中长江设计院首次以产品形式进入工程的项目，一改过去只是图纸设计进入工程的惯例，大大缩短了项目从设计到应用的时间，解决了国内外大型水利水电工程多年未能解决的技术难题。

奉公敬业铸就员工楷模

龙慧文从一名普通的技术人员，历任室副主任、主任、处副总工程师到副处长，在成长过程中，积累了从工程设计到技术创新、从组织生产到市场经营、从技术管理到行政管理各方面的经验。

在她刚接手企业二室工作的时候，制冷专业处于低谷时期，当时是既无横向任务，纵向任务也少，以致大家都怀疑这个专业存在的必要。她上任后首先是找市场，先后承接了江垭水库、白石水库的制冷工程设计、三峡工程的混凝土系统设计等横向合同。在有了项目的基础上，依托项目搞创新，使长江设计院的混凝土预冷技术在全国水电工程中处于绝对领先的地位，创建了专业品牌，再以品牌来赢得更多的市场。积极参加越南 SESAN 水电工程混凝土搅拌楼采购项目的投标，锻炼了设计队伍及投标人员。承接的埃塞俄比亚 TEKEZE 水电站国外项目、百色混凝土系统设计施工总承包项目，为长江设计院走出国门、开拓设计施工总承包市场作出了突出贡献。

作为一名党员干部和技术骨干，龙慧文说："我是一个共产党员，坚持共产主义理想信念，不断加强政治理论学习，做一个优秀的共产党员是我毕生的追求。"她热爱所从事的工作，对工作抱有极大的热忱，一切以工作为重。长江设计院承接的项目多，很多项目设计周期短，她经常和大家一起加班加点，节假日很少休息，多年来她都没有休假，一直坚持在生产第一线。

有一年夏天，组织上安排她到北戴河疗养，因为工作忙她没有去。碰到这样的事她总是一句话，先把工作搞完了再说。她经常出差，一有任务马上就出发，有时甚至都来不及跟家人说一声。女儿三四岁时就交给爷爷奶奶带，从初中到高中，三餐全部吃学校食堂。女儿曾对她开玩笑说自己是有爸爸妈妈的"孤儿"，可是在父母勤奋工作的影响下，2005 年她顺利考入华中科技大学建筑系。

三峡二期工程紧张的时候，她经常是几个月连续待在工地解决技术问题，跟踪项目，有时偶尔离开几天再回工地，工地的同志都说"你回来了"，俨然把她当成工地职工一分子。在构皮滩、彭水、银盘等工程中，开工前期施工处在现场的工作多，她总是随叫随到，经常是上午还在武汉上班，下午就赶往工地。

　　她时刻不忘共产党员应起的先锋模范作用，在自己努力上进的同时，带动同志们一道进步。她把自己工作中的经验、教训、心得、体会都毫无保留地与大家分享，与大家一道探索，寻求技术进步；对年轻同志传帮带，帮助他们尽快能独当一面地工作；对工作中出现困难的同志，找他们谈话，一起寻找解决办法。

　　作为一名技术人员，龙慧文一次又一次攀登着技术的高峰。而作为一名专业管理负责人，龙慧文用创造的可观的经济效益不断地超越自己。

恪尽职守建三峡

——记长江委三峡工程优秀建设者陈磊

樊孝祥

2012 年金秋时节，笔者来到位于长江三峡枢纽坝区的长江委三峡工程代表局枢纽设计代表处，见到了时任长江设计院枢纽处副总工程师、三峡工程代表局土建技术负责人陈磊。

初次见面，陈磊给我一种温文尔雅的感觉和谦谦学者风范。得知我的来意，他稍事沉吟后慢慢和我聊了起来。在采访、聊天中我慢慢了解了他的过去。

1987 年，20 岁的陈磊从葛洲坝水电工程学院毕业后被分配到长江委长江设计院工作。他怀着一腔热血在清江隔河岩电站工地干了 8 年，三峡工程开工后于 1995 年调到三峡工地，这一干就是 18 个年头。从风华正茂的青年到成熟睿智的中年，他把人生最宝贵的青春年华奉献给了三峡工程。而他在三峡工程建设中那严谨求实、恪尽职守的作风给人留下了深刻的印象。

实事求是 严把质量关

三峡工程在国务院总理宣布于 1994 年 12 月正式开工后，整个三峡工地各项建设正如火如荼地进行。1995 年，陈磊从清江隔河岩电站来到了三峡工地，作为坝工专业驻现场的设计代表，具体负责三峡一期工程大坝右纵坝身段基础开挖和混凝土施工。陈磊来到三峡工地后，深深地被热火朝天的建设场景所吸引、震撼，感觉到作为一名三峡工程建设者的荣耀和责任。

"万丈高楼平地起"，雄伟的三峡大坝基础质量之重要不言而喻。陈磊感到自己肩负的千斤重担，他以对历史负责的质量意识，把忠诚融进了浩大工程的每一方寸。他整天"泡"在工地上，严格按设计要求和施工图纸贯彻设计意图，进行工程验收，一切按规范和规程办事，从不马虎。对待工程质量问题，他敢于坚持原则，不怕得罪人。

三峡一期工程进入主体坝身段施工后，陈磊为便于掌握情况及时解决问题，他主动请缨独自一人由条件较好的左岸营地搬到最靠近施工现场的右岸营地。在机器轰鸣声不绝、炮声震耳欲聋的环境下，陈磊在条件简陋的民房改成的办公室里潜心钻研。他结合现场实际，积极研究探索碾压混凝土的施工技术，根据工程特点和现场实践对键槽型式、细部构造等进行修改，大大方便了施工和提高了生产效率。

1995年10月，在中堡岛进行的三峡大坝第一块——右纵坝身段的基础开挖基本完成，施工方是国内鼎鼎大名的王牌水电队伍葛洲坝工程局。因大坝基础与地质条件比原设计有较大不同，工程进行过程中陈磊根据现场实际作出了开挖面质量总体不足的判断，及时提出加深开挖的处理意见并得到上级认可和采纳。施工经过二次开挖后岩体质量满足了要求，但由于赶工期等原因导致工艺控制不严，开挖面起伏差明显增大。陈磊一方面要求施工方按技术要求对超过标准的部分进行填塘处理，同时提出该工程单元质量等级只能评为"合格"。因那是三峡大坝基础的第一块工程验收，施工方强烈要求改为优良，但陈磊坚持自己的判断，只给了"合格"等级的评判。

施工方有关领导对陈磊的评判很有意见，觉得他太过苛刻，认为他太年轻没有工程经验，要求设计方换人。时任长江委三峡工程设计代表局局长的郑守仁院士了解情况后坚决地予以了回绝，明确回答道："我已经把最有经验的同志派给你们了。"施工方领导不服气，告到建设总成单位三峡开发总公司，三峡开发总公司一位德高望重的老领导出面协调，可陈磊最终还是觉得工程质量马虎不得，认为如不按规范要求严格处理，开了这个头，将来工程质量将很难保证。最后他硬是坚持只给了"合格"等级。

这件事使各方都明确感觉到了设计方在对待工程质量问题上的态度，更加重视工程质量。在后来的工程建设中，陈磊一如既往，严格按施工图纸施工、按规范标准评判，严把质量关。

陈磊在工程建设中坚持实事求是。他在工作中发现，三峡坝址地基花岗岩虽然强度大，但由于经过长期地质运动，产生了一些缝隙和不良地质体，现场必须对这些基础缺陷进行处理后才能进行混凝土施工。陈磊根据现场积累的第一手资料，建议将基础地质缺陷处理列为单独项目，按实际发生量结算，该建议在三峡二期工程中得到落实。施工方在工期、经费等方面都得到了合理补偿和保证，从而为保证工程质量创造了条件。

恪尽职守　精心参与建船闸

1997年11月，三峡工程大江截流成功后，因三峡航建专业缺乏骨干，陈磊被点将由坝工室调至航建室，负责三峡双线五级船闸和垂直升船机的现场设代工作。从熟知的坝工专业到航建专业，陈磊面临一个全新领域的挑战。他不畏艰难，欣然赴命，很快便适应了设计专业的转换和工作环境的变化。

他结合工程实际创造性地提出了船闸闸室重力墙优化、船闸高强结构锚杆采用机械连接等合理化建议，在方便施工的同时，提高了生产效率，节约了建设成本。在没有先例可资借鉴的情况下，陈磊以敢为人先的气魄，潜心摸索，大胆创新，由他提出的船闸利用闸室基础廊道钻孔替代低高程排水洞方案。经比较论证，得到国务院三建委质量检查专家组的肯定和采纳，共节约地下洞挖 26000 立方米，并降低了安全风险，缩短了施工工期，确保了三峡船闸按期投入运行，创造了明显的社会效益和经济效益。

船闸开挖工程量大且要求很特殊，在山体上进行直立式（90 度）的开挖，对变形控制要求高，当时国内外还没有先例，只有一点点地摸索着干。他们汇集了水工、地质、监测、科研等多方面的人才成立了"动态设计小组"，组员们相互协作，攻坚克难，结合现场实际开展工作，保证了开挖处理工程的顺利进行。

船闸直立坡及地下阀门井最大开挖高达 80 米，要在清理支护工作完成前下到这么深的现场去工作，风险和难度很大。陈磊和他的小组成员们长年在岩壁硝烟中穿行，晴天一身灰、雨天一身泥，每一个开挖面他们都要看到，越是危险的地段越是要反复察看仔细测量。

在艰苦的工作环境中，陈磊他们高度注重安全和工程质量。针对三峡船闸边坡特殊的地形地质特点，陈磊创造性地制定了一系列加固技术措施和技术标准，一一化解、排除了险情与塌方。他以饱满的工作激情和科学严谨的态度，不顾危险和辛劳，及时处理了大量局部不稳定岩体。永久船闸二期主体开挖施工历时 3 年多，陈磊和他带领的小组共处理 100 立方米以上的不稳定块体 700 多个，确保工程顺利度过了危险期，在整个开挖过程中没死伤一个人，安全、优质地完成了船闸开挖任务。

陈磊他们的做法受到业主和国内外专家高度赞扬。2000 年 2 月，关键块体理论的创始人——美籍华裔科学家石根华博士来三峡工地参观考察，他在听了陈磊的介绍后赞叹地说："你们的认识程度和工作方法，让我无话可说，是十分先进的，对未来工程界是非常好的典范，我非常佩服。"

1998 年，进行中的三峡五级船闸建设遇到了一个棘手的问题，从国外进口的高强度锚杆，成本高且周期长，而当时国内没有生产这种高强度钢材。三峡开发总公司决定在国内组织研制，最后由一家全国著名的钢铁企业中标。这家钢铁公司立即组织精锐力量试制，经过一段时间的攻关苦战，终于在规定时间内研制试验成功。

当大批高强度锚杆经长途运输到达三峡工地卸货时，意外发生了，锚杆从车上抛下时，部分锚杆钢材出现脆断现象。

高强度锚杆对船闸安全运行至关重要，必须准确查明锚杆断裂原因！事故发生后，有关部门立即组织技术人员对这批钢材进行了检测。经检测人员检查，最后结论是：这批锚杆因是初制，部分锚杆性能不稳定。

全部退货！三峡船闸不能有一根不合格的锚杆。设计单位负责人态度坚决。

不能退！这批钢材只是部分锚杆质量有问题。如果全部退货，经费事小，影响船闸按期通航事大。建设单位负责人十分为难。

双方都坚持自己的观点，争论激烈，火药味很浓。

这样僵持下去总不是解决问题的办法。时任长江委三峡工程枢纽设代处副总工程师的陈磊，经冷静而审慎思考后提出了自己的意见：对这批材料进行逐根整体拉拔检测，检测合格一根使用一根。这样，既不全部退货，为国家节省了资材，又保证了锚杆质量；既为国家节省了资金，又不耽误工期。这不失为一个两全其美的处理方法，陈磊的意见得到了双方的认可。为了保证质量，陈磊他们认真、严谨地一根一根地对锚杆进行整体拉拔检测。这项工作十分辛苦。但陈磊他们想到自己的职责和使命，为了千秋功业的三峡工程的质量，再苦再累，他们也毫无怨言。陈磊坚持要求逐批逐根检测落实，直至认为没有质量问题，他才签字同意使用。

就这样，陈磊以对长江水利事业的赤胆忠心，认真负责，恪尽职守，在船闸设计岗位上他又干了 7 年。直至 2004 年三峡船闸转入正常运行后，他被任命分管长江委设代局三峡枢纽代表处的工作。

在航建室工作的那几年，陈磊感觉虽很辛苦，但收获也很大。他经过辛勤的学习和工作，增长了才干，增长了相关专业知识和处理问题的能力。他以高度的责任感出现在工地现场，对发现的问题特别是突发的质量问题，他都能及时作出分析判断，提出具体的处理意见，为确保三峡工程建设质量贡献了自己的力量。

后来，陈磊作为设计方的代表，多次参与了各种质量问题处理和工程阶段验收。他每次都以科学严谨的态度、认真负责的精神、实事求是的原则提出自己的见解和意见，按规程办事，把好质量关。

思言敬事　言行显美德

在采访联系中笔者看到，陈磊的 QQ 网名叫"思敬"。个性签名是："动则以礼，行则思义"。

孔子曰："君子有九思：视思明，听思聪，色思温，貌思恭，言思忠，事思敬，疑思问，忿思难，见得思义。"

"思敬"就是思言敬事，即君子在说话时要想一下，自己是否在撒谎，是否说了实在话；做事时要想一下，自己是否敬业、认真。

陈磊把孔子的那段话作为自己做人和做事的座右铭，用"思言敬事"时刻警醒自己，特别是在三峡工程建设上。

陈磊有着强烈的工作责任感，他在大学里学的是水工建筑专业，参加工作后搞的是大坝和通航建筑物设计。他热爱自己的专业和本职，喜欢在白纸上绘制水利工程建筑的蓝图，更喜欢自己设计的蓝图变成一座座宏伟的水库、电站。自从参加工作起，他就把工作放在第一位，长年吃住在工地，特别是在参加三峡工程建设的这 18 年中，陈磊克服了许多个人生活和工作上的困难，兢兢业业，任劳任怨，一心扑在工作上。

1997 年，陈磊刚调到航建室搞船闸设计不久，因心肌炎住院。他原是搞大坝设计的，没有干过船闸设计，对船闸设计工作不熟悉。他觉得正好可以利用住院治病这难得的机会，静下心来学习和熟悉船闸设计这全新的工作。陈磊请同事帮忙找来图纸资料，在医院病床上开始了熟悉和准备工作。

在住院治病的 2 个月里，他如饥似渴地翻阅资料和书籍，查阅了大量图纸，使他出院后很快进入了角色，熟悉了船闸设计工作并称职地完成了一项项工作任务，受到了领导和同事们的好评。从不熟悉变熟悉，从外行到内行，他的体会是，只要你认真刻苦去干，就能干成事。

在双线五级船闸进入直立边坡开挖的关键时刻，为确保直立墙平整和岩体稳固，确保工程设备和人员安全，陈磊作为现场支护设计小组组长，身先士卒，不畏艰险，数九严冬，他不知多少次在刺骨的峡谷寒风中攀上高高的脚手架；炎炎酷暑，他不知多少回在流火盛夏中进入闷热如蒸笼的深沟岩槽里。长期粉尘弥漫的工作环境使他患上了严重的鼻炎，经常头疼难眠。可只要一站在直立墙内，面对排架重叠，锚杆林立，他又精神百倍，凡是可能出现险情的地方他都要亲自到现场查看，不放过任何一个细节。就这样，陈磊把对事业的忠诚与执着，化作了智慧和胆识，融进了他所干的每一项工作，保证了工程进度和质量。

陈磊出生于水利世家，父母原来都是水电行业的工程师，参加过葛洲坝工程建设。他自幼目睹了水利工程建设者的艰辛和责任。有着强烈的事业心和责任感，在他心灵的天平上，事业的砝码远重于家庭。多年来，陈磊一心扑在工程建设上，无暇顾及家庭，自从来到三峡工地后，几乎所有的节假日和大部分双休日都是在工地度过的。老父亲住院动手术，他却是事后才赶到病床前。他把工地宿舍当成了自己的家，而宜昌市区的家则像是旅途中的客栈，那么多年春节都是在工地上度过的。陈磊愧疚而动情地说，这么多年来，他感到最对不起的就是家人，特别是对不起孩子。由于他和妻子都很忙，无暇顾及孩子，儿子从上小学一年级起就被送进了寄宿班，没有让孩子享受到多少父爱，他感到自己不是一个称职的父亲。

然而陈磊却是一个称职的工程技术专家。多年来，他刻苦钻研业务技术，勇攀科技高峰，参与编写国家重点水利枢纽工程设计文件、技术规程、质量标准和验收报告多篇；在国内核心科技期刊发表科技文章数十篇；获全国第八届优秀工程设计金奖、湖北省科技进步奖一等奖等多项科技奖，拥有国家实用新型和国家发明专利。他受组织推荐担任了湖北电视台大型专题片《高峡出平湖》的技术顾问，科技专题片《三峡双线五级船闸》的节目撰稿人，湖北电视台三峡船闸试通航专题节目专家主持人，多次接待国内外科技专家和知名人士，为宣传三峡工程和普及相关科技知识做了大量工作。

进入三峡三期工程以来，陈磊担任了三峡枢纽设代处负责人，协助长江委三峡代表局领导主持三峡枢纽主体工程的现场技术工作。他不仅要完成三峡三期在建工程的设代工作，还要承担工程运行维护的有关技术工作，为了确保各项任务的顺利完成，他几乎所有节假日都在工地度过，对设计成果质量严格把关，及时处理现场技术问题，加强设计各专业间的协调管理，为实现三峡工程各项重大建设目标和枢纽运行管理任务发挥着重要作用。

长期以来，陈磊用行动实践着自己的人生诺言，把自己的人生理想同国家的水电建设事业紧密相连，在平凡的岗位上默默地耕耘和奉献，一个个耀眼的光环也接踵而来：2003年被长江委三峡工程代表局党委评为优秀共产党员，2006年被三峡开发总公司评为质量管理先进个人，2006年被长江委党组授予"长江委优秀共产党员"称号，2007年被长江三峡工程劳动竞赛委员会、三峡开发总公司授予"长江三峡工程优秀建设者"称号，2009年被授予"全国五一劳动奖章"。

他从三峡工程走来

——记"湖北省五一劳动奖章"获得者翁永红

傅 菁 万会斌

"十几年来，我参加了三峡工程的前期论证、初步设计、招标文书的编制、施工详图的设计等，也参加了包括土建、机电、地质、规划、水位设计、船闸等大项目大建筑的设计。"谈到三峡工程，翁永红的脸上流露出自豪的微笑。尽管他一再表示不能与三峡设计的前辈们相比，但他确实已成为年轻的"老三峡"。

翁永红，长江设计院副总工程师，教授级高级工程师。1986 年 7 月毕业于天津大学水利系水利工程建筑专业，后被分配到长江设计院。

从 1988 年起，翁永红参与三峡工程的施工进度控制和大坝施工仿真设计，开始成为"全职三峡设计人"。如今，还负责三峡工程设计主要技术，兼任金沙江乌东德水电站设计总工程师。近日，这位从三峡工程走出来的青年专家，用他精湛的技术和果敢的精神问鼎了湖北省"五一劳动奖章"。

挑战"人字门"

为保证三峡五级船闸 2003 年正常通航，必须在蓄水前调试好船闸的金属结构和机电设备，而当时国际上还没有类似的尝试。翁永红和他的同事们大胆地想到了采用抽水方式对船闸进行充水调试。

篮球场大的"人字门"的安装调试，在国内外工程实践中没有现成的经验可借鉴，要在合理的时期一次性安装调试完毕，保证在控制的时间内通航，对翁永红来说是一次严峻的挑战。他通过召开老专家咨询会，搜集国内外船闸安装资料分析研究，把握和控制安装调试"人字门"中技术难度大的关键部分，提前预备方案，重新提出合理的施工进度控制时间表，定期召开技术碰头会，合理安排和调整安装工序。1998年底提出的三峡船闸的安装调试，按"无水 3 月，有水 8 月"的时间控制进行，到2003 年 6 月 13 日三峡水库蓄水，3 天后，船闸试通航成功，整个安装调试总工期完全在设计总体工期范围内。

"船闸的安装调试设计表明，长江设计院在金属结构安装方面取得了突破性进展。"长江委文伏波院士这样评价。

问鼎"国际第一"

在三峡工程的施工进度控制和大坝施工仿真设计中，翁永红碰到了这样几个世界级难点：三峡工程混凝土量高达 2800 万立方米，如此巨大的混凝土浇筑当属世界之最；在大坝的混凝土浇筑中，把缆索起重机、门塔机、塔带机这三类浇筑设备合理地组合在一起，国际上从来没有先例；控制混凝土浇筑进度，对保证三峡工程施工顺利进行非常必要，而当时国际上混凝土的浇筑强度最高是每年 340 万立方米。翁永红和技术人员通过详细了解施工机械设备的性能和全面分析浇筑现状，大胆提出了三峡工程最大年浇筑强度可达 540 万~560 万立方米，三峡工程实际浇筑强度为 542.85 万立方米。

542.85 万立方米代表的是一次只许成功的尝试！为此，翁永红和同事们没日没夜地投入到了该方案的设计中。说起那次研究过程，翁永红至今还记忆犹新："那计算量真大呀，图形处理的时候还多次导致华中科技大学的计算机死机。"

功夫不负有心人，翁永红和他的同事们研制出的三峡大坝混凝土浇筑实时动态仿真技术，在三峡工程提前了 1~2 年预测各时段的浇筑强度和施工进度，受到国内水电建设界的推崇，为三峡工程的顺利进行提供了科学保障。

由翁永红主持完成的"三峡二期工程大坝施工实时动态仿真"获首届"大禹水利科学技术奖"。

决胜乌东德

2003 年 1 月被受命金沙江乌东德水电站的设计任务时，翁永红刚被任命为长江设计院副总工程师不久。据他所知，乌东德水电站在水文、地质、生态等专业都有涉足。

翁永红义无反顾地来到金沙江进行现场查勘。到了目的地，他又被现实吓了一跳：在乌东德水电站的选址处，山高水险，测量用的橡皮艇放进水中就会被湍急的水流冲走，靠人工测量几乎是不可能。翁永红灵机一动，既然人工查勘太危险，何不借用高科技手段来完成查勘任务？

他向地质专家和测量专家请教商量，决定用航空遥感摄影技术对峡谷进行遥感拍摄，然后用航片拼接成 1：10000 的航片，直接用地形图进行计算。

整整两个多月，他和同事们一心一意地"贴"在办公桌旁，忙着制图、查勘。翁永红说，两个多月的努力浇灌出累累硕果：在国内的同项目设计中，他们不仅比兄弟单位节省了一半的时间，测量出的精度也是最高的！现在正是因为拥有三维 GIS 数据和三维影像，长江设计院的基于三维 GIS 水工辅助设备系统初具雏形，长江设计院的三维水工设计向更高层次迈进。

将生命筑入大坝

——记三峡工程优秀建设者黎汝潮

李卫星

1991 年 7 月，黎汝潮满怀青春梦想和对事业的追求，在隔河岩工程开始了治江生涯。2008 年 4 月，在云南丽江，却因遭遇车祸，不幸殉职。在 17 年的时间里，他坚守一线，将全部的心血甚至生命，拌着一仓仓混凝土筑进了拦河大坝。如果说大坝是无字的纪念碑，那么，黎汝潮就是纪念碑上应该镌刻的无数无名英雄之一。

一

黎汝潮，1968 年 10 月出生于湖北省红安县的普通农家。他的父亲黎杰虽为本分的农民，但思想进步，是当地少有的农民党员。在长期的基层党建工作中，向孩子们灌输着党的理论，同时督促他们的学业，无论家境如何困难，从不放松要求，也从不拖欠孩子们的学费。正是这份严苛而深沉的父爱，促使兄弟三人完成了学业。黎汝潮成了水利工作者，两个弟弟分别当了公务员和人民教师，成了父亲心目中"对人民有用的人"。

黎汝潮对父母充满了感情，他在入党申请书中写道："从小父母的言传身教给我留下了不可磨灭的印记，那就是，没有共产党就没有新中国。""父母言传身教，教导我们好好学习，天天向上，做一个正直的人。党、国家、人民给了我良好的环境让我成长，我也必须尽全力去回报他们。"

他十分珍惜来之不易的学习机会。无论在小学还是初中，始终品学兼优，名列前茅。1982 年 5 月，不到 14 岁时他就加入了共青团。1984 年，考入了红安一中，三年后，又以优异的成绩考入河海大学水利系水工专业。

1991 年 7 月，黎汝潮大学毕业，被分配到长江设计院施工处，到位于鄂西南的隔河岩工地质量监理处成为监理人员，这是他的第一个职务。

那时，工程监理还是一个全新的专业，隔河岩也是我国最早实行工程监理制的大

人
物
篇

型水利工程，在郑守仁、谢修发等老专家的带领下，年轻的黎汝潮一面熟悉工程实践，一面学习监理业务，编写技术要求，参与事故处理，初步掌握了混凝土浇筑，尤其是接缝灌浆的技术要求。

1992年1月，黎汝潮转入现场设代，岗位变了，但工作热情没变，每天早出晚归，编写报告，绘制施工详图，进行技术交底，忙得不亦乐乎。

1992年9月，三峡工程开始施工准备，大批同事被调往三峡坝区，留守隔河岩的黎汝潮开始独当一面，在工程收尾的电站厂房施工中挑起了混凝土施工设计的大梁。1993—1994年，隔河岩电站捷报频传，4台机组全部提前发电，施工期新增发电量20亿千瓦时，直接经济效益7.04亿元，创利税5.47亿元。这里面就有黎汝潮的一份功劳。

值得一提的是，由于业务熟练、工作突出，在隔河岩工作期间，黎汝潮还在组织安排下参加了两次外派任务：一次是1993年8—10月，在位于湖南宁乡的白云水库当监理工程师，另一次是1994年8—10月，为安徽省岳西县的大龙潭水电站编制可行性研究报告，虽然历时不长，但他一丝不苟，圆满完成了本职工作，为单位创造了效益，也为自己积累了经验。

1991—1994年，是黎汝潮初涉治江事业的头三年，这三年，他走得矫健而又平稳。逐步从一名初出茅庐的大学生，成长为能够独当一面的水利工作者。

二

1994年12月，三峡工程正式开工，黎汝潮离开隔河岩，转入长江委三峡工程设代局，继续从事混凝土施工的监理和设计工作。

三峡工程是治理开发长江的主体工程，也是当今世界最大的综合性水利枢纽工程，其混凝土浇筑总量高达2800多万立方米，浇筑时间、强度及质量要求远远超出国内外任何一座水利工程。可以形象地说，三峡工程就是由混凝土在长江干流上浇筑起的巨型水工建筑物，混凝土的质量直接决定着工程的成败。作为混凝土施工设计人员，黎汝潮肩负的责任可想而知。

黎汝潮在三峡工地的最初工作是设计坝区公路。此后，于1995年5月到1996年10月，担任了纵向围堰的混凝土质量监理，完成混凝土施工质量缺陷补强专题报告，为这个三峡工程混凝土浇筑的第一个项目站岗值班、保驾护航。此后又参加了二期工程混凝土施工组织的招标设计和地下厂房混凝土施工的组织设计及可行性研究。

1997年1月，因南水北调中线工程设计需要，黎汝潮回到长江委施工处，承担了严陵河、漳河等5条河流交叉建筑物的混凝土组织设计工作，在3个月内拿出5份设计报告。当年 4 月，又奉命赶往位于浙江温州的珊溪水库，担任了为期两个月的混凝土施工监理。

1997 年 6 月，三峡工程截流进入倒计时，黎汝潮又奉命马不停蹄地从珊溪水库赶到宜昌，迎接三峡工程更为严峻的挑战。

1997 年 11 月的大江截流后，三峡工程进入到混凝土浇筑强度最大的二期阶段。按计划，在 6 年时间内，二期需要完成全部工程 1700 多万立方米的混凝土浇筑量。而最高峰 1999—2001 年更是需要浇筑 1400 万立方米，几乎占整个工程的一半，每年的浇筑量都打破了水工建筑界的世界纪录，这样的施工强度在世界范围内都属绝无仅有，可以说，每一个建设者此时都面临着世界级的挑战。

黎汝潮作为施工设代处的负责人，在长江设计院、三峡工程设代局的领导下，坚守大坝、永久船闸和升船机施工一线，现场指挥，现场督察，与相关单位及兄弟专业密切配合，积极解决施工中出现的各种问题，参与了一系列重要设计报告及设计规范的编写工作，及时提出了多份技术要求，为三峡二期主体工程顺利建设提供了及时的技术保证。其中比较重要的有永久船闸混凝土温控、三峡大坝拼缝研究及电站厂房蜗壳保压浇筑混凝土的技术攻关。

三峡永久船闸为双线五级连续船闸，主体段结构总长 1621 米（如果包含上下引航道及附属设施，则长度超过 6400 米），总水头 113 米，单级最大运行水头 45.2 米，是世界上级数最多、总水头最高的内河船闸。承担着维护长江黄金水道的重任，只能成功，不能失败。同时，船闸混凝土浇筑体量巨大，一些关键部位，如底板和衬砌墙只能在夏季浇筑，一旦温控不利，出现裂缝，将直接影响航运安全，这也成为制约工程进展的关键性难题。三峡开发总公司专门为此组织科技攻关，黎汝潮带领着他的团队参与了攻关全过程，代表设计方提出了切实可行的研究成果，保证了船闸施工的进度与质量。

在大坝拼缝研究方面，原设计为泄洪坝段的 2 号纵缝在高程 100 米左右拼缝，右导墙坝段纵、横缝在高程 116 米左右拼缝，两者相差较大，影响整体施工进度，大坝的上升幅度也不理想。在业主的要求下，黎汝潮代表设计方承担了攻关任务，经深入施工现场，反复研究，提出优化设计方案，即泄洪坝段 2 号纵缝不采取拼缝，并将左导墙坝段的拼缝高程下降至 103 米的方案，为保质保量地完成混凝土年度计划发挥了作用。

三峡电站采用国外采购的 70 万千瓦特大水能发电机组，发电水头高，蜗壳直径大，每个蜗壳的总容积高达 5800 立方米，远远超出了我国的已建规模。在夏季进行连续高强度的混凝土浇筑时，如何将壳内水体的压力和温度变化控制在苛刻范围内，避免因热胀冷缩影响蜗壳机组性能，同样是个难题。三峡开发总公司向长江设计院下达攻关任务，黎汝潮和他的团队也参与其中，经过无数次的试验、研究，长江设计院研制出具有国际先进水平的蜗壳保压保温浇筑混凝土装置，不仅解决了这一世界性难题，而且还重复利用于右岸电站工程，节省了工程投资。

此外，黎汝潮还急工程之所急，提出了电站厂房进水口衬砌混凝土、大坝下流临时廊道封堵、泄洪坝段预留宽槽回填等多项技术要求，密切配合有关方面，加强对各主要建筑物的施工质量缺陷检查和处理工作，积极参与裂缝、不密实混凝土和过流面缺陷的现场检查，为二期工程的高强度施工安全创造了条件。

由于参建各方的齐心协力，三峡二期工程的混凝土浇筑进展顺利，在1999年完成浇筑458.5万立方米，在2000年完成浇筑542.85万立方米，2001年又浇筑409万立方米，连续三年打破了混凝土年浇筑量的世界纪录。混凝土浇筑非但没有拖工程施工的后腿，相反还超额完成，为国家及时调整部署，增建电站厂房，提前兴建地下厂房，从而为大幅度提高三峡工程经济效益提供了条件。

三

2002年11月，随着导流明渠截流，三峡工程进入到三期施工，此时混凝土浇筑的最高潮虽已过去，但摆在建设者面前的难题依然很多，首先就是三期碾压混凝土围堰的施工。

三期碾压混凝土围堰，右侧与江岸相接，左侧与混凝土纵向围堰相连，轴线位于大坝轴线上游114米处，全长约580米，混凝土浇筑总量约168万立方米。其中岸上部分及河床海拔50米以下浇筑任务，约58万立方米已经提前完成。剩余110万立方米，必须在导流明渠截流后立即施工，否则无法按期蓄水，整个工程的工期将大受影响。

由于围堰是临时工程，为施工方便，采用的是碾压混凝土浇筑方式。它与常规混凝土相比，具有体积小、强度高、防渗性能好，而且施工简单、快速的优点，但缺点是含水量小，混合料不易拌和均匀，如果在施工时稍不注意，整个围堰容易形成"千层饼"，防渗堵漏不胜其烦。如何平衡施工进度与质量矛盾，同样成为一项重大的科技课题。

业主、施工单位及长江设计院在此前都对碾压混凝土围堰施工进行过深入研究。黎汝潮在1995年就在与之相邻的纵向围堰当过质量监理，此时又参与了课题研究的全过程，在充分可靠的基础上他代表设计方提出了简化围堰结构型式、完善快速施工的技术方案，并对防止老混凝土出现表面裂缝以及处理冲坑问题作出预案。

2002年12月16日，基坑排水结束，混凝土浇筑正式开始，三期围堰顿时热闹非凡。

黎汝潮每天都要与同事们一起赶赴现场，一边技术指导，出谋划策；一边严格检查，唯恐施工单位为抢工期而忽视浇筑质量。在参建各方的努力下，三期碾压混凝土围堰施工十分顺利，仅用 120 天就将围堰由海拔 50 米上升到 140 米，比原计划减少 55 天，创造了围堰平均每天上升 0.75 米，月浇筑 47 万立方米，日浇筑 2.16 万立方米，小时浇筑量超过 1000 立方米等多项碾压混凝土浇筑的世界纪录。更重要的是，围堰提前建成，搬掉了拦在三期工程上的最大拦路虎，为工程实现提前通航、提前蓄水、提前发电提供了条件。此时，宏伟的三峡工程，不再是遥不可及的百年梦想，其巨大的综合效益已经清晰地展现在世人面前。这也是黎汝潮一生中最亮丽的一笔。

2004 年，右岸厂坝工程施工，三期工程的混凝土施工进入最后一个小高潮，黎汝潮与同事们再接再厉，在吸取左岸经验的基础上，考虑优化方案，先后研究选用了新型减水剂、引气剂，优化了混凝土配比方案，参与制定了混凝土浇筑的一系列标准、措施。在施工过程中，他继续发扬现场设计、旁站监理的优良传统，坚守施工现场，既当技术指导员又当质量监督员，从而保证了施工质量。三峡工程三期大坝因混凝土质量优良，被专家们称为创造了世界水工史上"无缝大坝"的奇迹，黎汝潮为实现这个奇迹贡献了自己的力量。

在三期施工期间，黎汝潮积极参加现场各种生产例会及专题技术讨论会，与参建各方及兄弟专业充分交流；作为主要人员参与编写了数十万字的技术报告。在他的职责范围内，从未发生因设计原因影响工程的情况。因工作出色，他多次被长江委、长江设计院、长江委三峡工程代表局评为优秀建设者、先进工作者、劳动竞赛岗位能手、突出贡献者、双文明先进个人。2002 年，晋升高级工程师职称；2004 年，担任长江委施工处技术二室主任工程师；2007 年，任长江设计院施工处副处长。

在三峡工地，他一步一个脚印，向着自己的理想进发。

四

黎汝潮是水工科班出身，参加工作后始终坚守一线，从没有离开混凝土专业，因此既掌握系统的专业理论，又具有丰富的实践经验，成为混凝土施工设计的行家里手，尤其对混凝土温度控制、碾压混凝土施工技术等方面有较深入研究，在采用和推广新设备、新技术、新工艺方面也有突出的成就。

1998 年 1—10 月，还不满 30 岁的他参加了"三峡工程采用软冷却水管研究"，该成果以软管取代传统铁管向混凝土输送冷却水，在三峡工程中广泛应用，节约资金 1000 万元，取得了明显的社会效益与经济效益。

1998—1999 年，他作为主要参与者之一，承担了"三峡大坝非基础约束区采用 3

米浇筑层厚""5—9 月浇筑基础约束区温度控制""左岸电站 1—5 号机封闭块回填"三个科研课题的研究工作，其成果于 1999 年 7 月通过验收，得到业主高度评价，并成功应用于三峡工程建设。

1999—2001 年，他参加了长江设计院"三峡二期工程大坝施工实时动态仿真"科研专题项目研究，该项目解决了仿真数据与 P3 软件接口、仿真软件与三维图形有机结合的难题。经专家评议，项目成果达到国际先进水平，并在向家坝、乌东德等工程广泛应用。

此后，他还作为主要人员参加了"十五"国家重大技术装备研制项目——"三级配混凝土输送泵研制"，该研究成果解决了三级配混凝土采用泵送困难的问题，已被确定为定型产品，并投入批量生产。

在五级船闸设计中，他们采用套筒冷挤压连接技术应用于 V 级高强螺纹钢筋连接，成功解决了船闸高强锚杆连接技术难题；在船闸缺陷处理中，积极推广应用植筋、贴嘴灌浆、SR 塑性止水材料和渗透型水泥基结晶防水材料等新工艺、新材料。

在三期碾压混凝土浇筑的关键时期，他从事的"三峡三期碾压混凝土围堰设计与施工关键技术研究"，成功简化了围堰的结构型式，提出了完善可执行的快速施工技术方案，在保证质量的基础上大大提高了围堰浇筑的进度，不仅创造了一系列的世界纪录，更为工程提前蓄水、发电创造了条件，社会效益与经济效益巨大。

他所参与设计的三峡一期土石围堰设计获"全国第八届优秀工程设计银奖"，三峡三期导截流及围堰工程设计获"2005 年度湖北省勘察设计四优一等奖"，三级配混凝土泵研制获"长沙市科技进步奖一等奖"。

在紧张的工作之余，黎汝潮还在国内核心期刊和学术会议上公开发表论文 10 多篇，与他人合作完成出版了《水利枢纽工程质量标准及监控》《三峡水利枢纽混凝土工程温度控制研究》《导流截流及围堰工程》《长江三峡水利枢纽导流明渠截流与三期围堰工程》等专著 4 本。

五

除三峡工程外，黎汝潮还从事了南水北调、公伯峡、景洪，以及乌江银盘电站等水利工程的设计、审查工作。

2002 年，随着国家正式授权三峡开发总公司开发金沙江下游河段 4 个梯级电站。长江设计院也及时调整战略，集中优势兵力，投入金沙江水电设计市场竞争。在三峡工地摸爬滚打十多年，拥有丰富经验，且与三峡开发总公司合作多年的黎汝潮，也在从事三峡设代的同时，将更多的精力转向了金沙江，尤其是向家坝工程。这是他除三峡工程外，着力最多的水电工程。

早在 2004 年 7 月，受三峡开发总公司向家坝建设部邀请，他就参与完成了《向家坝水电站大坝浇筑方案专题研究报告》，提出的"3+3"混凝土施工方案（采用三峡工程已使用过的 3 台塔带机和新购 3 台平移式缆机，并配备适量门塔机的组合浇筑大坝），作为重点比选方案之一，通过了专家审查，为工程实施提供了借鉴作用。

2006 年，受向家坝建设部委托，他作为主要技术负责人之一，参与了工程的施工专题和大坝纵向分缝专题研究，提交的成果得到业主高度评价，并成功应用于工程实践。

2007 年，他先后完成水电站二期工程大坝混凝土温度控制专题研究报告，审查工程土建及金属结构安装招标设计报告，并提出了中肯评价和有益建议。

2008 年 2 月，他抓紧时间完成左岸导流底孔顶拱反吊钢衬模板方案设计报告。

2007 年，黎汝潮被任命为施工处副处长，职务高了，肩上的责任也重了。

也正是在这一年，位于金沙江中游的阿海水电站正式开工，长江设计院承担工程监理工作，随即组建了阿海工程监理部。因阿海的碾压混凝土重力坝与三峡三期围堰型式相近，曾在三峡三期围堰大显身手的黎汝潮被任命为总监理工程师。这是他第一次担任具体机构的技术正职，也是他平生的最后一个职务。

位于云南省丽江市的阿海水电站，是金沙江中游开发"一库八级"中的第四个梯级，也是距玉龙雪山最近的水利工程之一。半个世纪前，林一山主任曾在这里骑马踏勘，发出了"征服玉壁金川"的号召，激励了几代长江委人，只是时运不济，这个理想一直没有实现。黎汝潮满怀信心地到阿海工程监理部上任时，耳畔是否回荡着林主任的号召呢？

只是这一次，他上任后就再也没有回来。2008 年 4 月 30 日，黎汝潮在查勘过程中，因遭遇车祸不幸殉职，此时，他还不到 40 岁。

六

无论是作为普通的技术员，还是后来走上技术领导岗位，黎汝潮始终严于律己，宽以待人。

三峡工程混凝土浇筑体量巨大，而混凝土施工大多为隐蔽工程，以他的职务和岗位，谋取私利并非难事，但他"不以恶小而为之"。他虽然不是党员，但是在实际工作中处处以党员标准要求自己，以当好三峡设计代表为己任；在工作上兢兢业业，工作之外也保持清醒的头脑与清正廉洁的作风。凡有施工单位迎来送往、请吃请喝，他无一例外地婉言拒绝，既保持了良好的职业道德风尚，又维护了与各方的合作关系。

人
物
篇

在他的影响下，施工设代处的同志们也自觉以工程为己任，团结奋进，克难攻坚，成为一个坚强的战斗堡垒。

相比之下，他对于家人，无论是红安老家还是自己在宜昌组建的小家，却很少关心。尽管三峡工地与宜昌近在咫尺，可几乎所有的春节和公共节假日，他都在工地度过。就是每周的双休也只回去一天。同事们都还记得，2003年除夕，三期碾压混凝土浇筑进入高潮，他上午在工地检查，下午参加工作例会。儿子连续打来电话，希望他能回家吃团年饭；同事们都劝他回去。可他犹豫再三，还是留在工地。

令人感动的是他对自己要求的严苛程度。例如，以他的贡献和能力，完全具备了申请入党的基本条件。可他始终认为，自己主要从事具体工作，对党的理论学习不多，离一个真正的党员差得很远，因此直到2003年才向组织递交了入党申请书。他在自传中写道："经过长期的锻炼与思考，对党的认识不断加深，随着自己思想的逐步成熟，我深深地感受到，我找到了自己的信仰，我一定要成为一名共产党员，为共产主义、为祖国、为人民奉献我的全部，把自己的一生都献给崇高的无产阶级事业。"此后，他的事业不断拓展，职务也不断提高，但始终没有放弃这一理想追求，仍然在本职工作之余，积极参加党组织的各种活动，为广大职工服务，像写工作报告那样按期写思想汇报。

同样令我感动的是，黎汝潮把一生全部献给了治江事业，甚至到了公而忘私的地步。他家庭困难，妻子长期没有正式工作，孩子的成长也因他疏于照料而受到影响。生前，他没有利用手中的权力为家里谋取私利；死后，他的家人也没有向单位提出非分要求。尽管长江设计院及阿海工程的业主足额补助了各项费用，但终因经济支柱倒塌，他的家庭早就每况愈下、入不敷出，孩子的现状也不太理想。献了青春献终身，献了终身献子孙，大约就是如此吧。

结　语

明代名臣于谦曾有一首《石灰吟》，内容是"千锤万凿出深山，烈火焚烧若等闲，粉骨碎身浑不怕，要留清白在人间"。于谦在诗中赞颂的是石灰高贵的品格。明代还没有混凝土，如果有，我想，于谦也会以此来赞颂混凝土。

混凝土看上去其貌不扬，但水利工程的基本建设，处处离不开它，与混凝土相关的知识领域可以说是博大精深。长江设计院原副院长谢修发曾经对我说，混凝土里面的学问太大，他与混凝土打了一辈子交道，学了一辈子混凝土，但一辈子也没有学会。这种语言何等朴素。长江设计院施工设计实力之所以比兄弟单位强一点，很重要的原因之一，就是这里有一批批、一代代与混凝土打了一辈子交道，或者说学了一辈子也没有学会的人，他们与混凝土一样，是构筑巍巍大坝的基石与脊梁。

自从 1991 年大学毕业被分配到长江委施工处开始，黎汝潮就自觉地融入了这个群体，把全部的心血乃至生命献给他所钟爱的水利事业。与混凝土打了一辈子的交道，虽然他的生命有些短暂，但这丝毫无减于其人性的光辉。他的为人如混凝土一样，奉献了自我，提升了他人。

这就是黎汝潮，一个把心血献给长江，把生命铸入大坝的长江委人。

驯服塔带机的人

——记三峡工程优秀建设者杨丹汉

李卫星

虽然离开三峡工程监理部已经十多年了，但回首那些惊心动魄的日子，杨丹汉依然激情满怀。

杨丹汉是长江设计院施工处室副主任，1998—2003 年任长江委三峡工程建设监理部设备监理处常务副处长。在三峡工地一干就是 5 年，经历了一次次技术、危机、转型，甚至是生命的考验，掌握了有关大型塔带机以及配套设施安装、运行管理的宝贵经验，练就了宠辱不惊、物我两忘的大将风范。1999—2001 年，三峡工程连续三年打破大型水利工程混凝土浇筑的世界纪录，杨丹汉及他所带领的设备监理处连续多年荣获各类表彰。2001 年，他被评为三峡工程优秀建设者，可以说走上了事业的新高峰。

勤学苦练，起步扎实

杨丹汉出生于典型的长江委家庭，父母都是 1962 年从武汉水院施工系毕业被分配到长江委施工处的老知识分子。父亲杨光煦是"全国五一劳动奖章"获得者，原长江设计院副院长。在 50 多年的治江生涯中，先后参加、决策了丹江口、乌江渡、葛洲坝、万安、三峡等水利工程导截流工作，在 1998 年抗御长江大洪水时因参与指挥九江堵口而声名远扬，受到时任国务院总理朱镕基的亲切接见。其母亲李念宣是施工系的高材生，1957 年在武汉水院读大二时就成为当时为数极少的学生党员之一，参加工作后因为腿部残疾被迫放弃技术特长，专心于党务工作，成为老资格的全江先进工作者和优秀党务工作者。杨丹汉出生时，父亲在丹江，母亲在汉口，各取一字为他取名，可以看出父母对他寄予的期望。

作为家中独子，杨丹汉的幼年经历却相对"坎坷"。父母都是全江优秀工作者，全身心投入工作。尤其是父亲自工作之日起就始终奔波于丹江口、乌江渡等工地，每年只回家休假一次，而且按规定不能在春节期间。因此，1963—1972年，父亲连续10个春节没有在家度过，直到母亲腿疾恶化才被组织安排暂时从事内业工作。1966年他出生时，父亲从丹江口工地赶来，连新搬的住址都不知道。父母在武汉没有亲戚，他从小就与多病的母亲相依为命。母亲重病期间，父亲忙不过来，不得不将还在上幼儿园的他寄养到江西老家；此后，父亲两次踏上长年出差的老路，他的中小学都是一边读书，一边照顾母亲。水利人"献了青春献终身，献了终身献子孙"的辛酸在他的家庭体现得淋漓尽致。在父母的熏陶下，杨丹汉很早就有了独立思考和独立行事的能力，也较早地接触到水利事业。

1982年，杨丹汉考入电大机械专业，3年后毕业来到长江委施工处，逐步接触到三峡、葛洲坝、隔河岩、万安、孟加拉国恒河等国内外水利工程，主要从事砂石、混凝土系统等附属企业的工艺设计及科研、开发工作。在工作过程中，他越来越感到理论素养对于实际工作的重要性，除业余时间加班学习外，他还先后考入华中理工大学（现华中科技大学）计算机及其应用专业及武汉大学水利工程施工专业研究生班，不仅获得了硕士学位，更全面掌握了水工基础知识和计算机技术，这为他后来的发展打下了坚实的基础。

在紧张的工作与学习之余，他还承担了施工处的团支书工作，并在1994年和1997年被评为委级优秀团员。

可以说，1982—1997年是杨丹汉工作逐渐起步的15年。他三线作战，全面发展，从电大生一跃成为硕士研究生，从青工成长为高级工程师，从普通团员成长为优秀团干。这15年，他过得紧张而充实。

建章立制，管理规范

1998年10月，杨丹汉奉命来到三峡工地，任长江委三峡工程建设监理部工程设备监理处常务副处长，主持6台大型塔带机和△79、△90、△98.7混凝土生产系统及MD900塔机的设备监理工作。

一般人可能想象，水利工程的关键在大坝施工、大江截流、抗洪抢险等轰轰烈烈的地方，设备监理不过是仓库保管员，缺乏技术含量工作。但在三峡工程的施工中，设备管理的地位却极其重要。杨丹汉所在的设备监理处，掌管着数量众多、价值高达10多亿元的高精尖产品。尤其是6台从美、法、日引进的TC2400塔带机与MD2200顶带机，是浇筑混凝土的绝对主力。它们能出多少力，对工程的质量、进度与投资具有决定性的影响，因此可以说，三峡工程的设备监理对于整个长江委监理工作而言地位重要、举足轻重，从一开始就受到各方的高度关注。

作为设备监理处的副处长，杨丹汉深知身上的压力，许多人对只有 32 岁的他能否挑起此项重任表示怀疑。

杨丹汉上任伊始，就积极投入到忙碌的工作中，身体力行地把自己与三峡工程，与长江委形象紧紧联系在一起，在实际工作中塑造自我。在 5 年的工作中，他始终把握监理工作的大方向，公平、公正处理施工过程中设备管理，努力协调参建各方的关系，在很短的时间内就赢得了各方赞誉。

在他的主持下，设备监理处先后制定了《设备监理工作制度》《设备存在问题处理表》《设备监理巡查记录表》《设备运行安全管理工作规程》《设备定期维修、保养监理工作规程》等十余项规章制度，并督促严格执行，使全处工作很快走上了规范化与制度化。

临危不惧，连续排险

为了搞好监理工作，尤其是管好这些高精尖的国外先进施工设备，杨丹汉可谓殚精竭虑，费尽心机，有好几次甚至险些搭上性命。

杨丹汉到达三峡工地的 1998 年 10 月，正是长江大洪水过后，三峡大坝混凝土施工全面展开的关键时刻。根据施工计划，1999 年要完成大坝主体混凝土浇筑 448 万立方米，施工段面上随处可见等待浇筑的仓面。然而，由于各种原因，被人们寄予厚望的塔带机，在最初的安装阶段就困难重重，为之配套的供料线迟迟没有到货，施工单位只能采用临时供料线工作，从而不可避免地在温度控制、骨料分离以及料浆损失等关键环节出现难题。可以说，整个三峡工地都在等待着塔带机的正常工作，各方催促的电话一个接着一个，让杨丹汉感到了从未有过的压力。

所谓塔带机，是指由美国 ROTEC 公司发明的，集水平运输、垂直运输和仓位进料于一体的混凝土现场运输浇筑设备。由于它实现了从拌和楼到浇筑仓的一条龙作业，具有连续浇筑、高效、一机多用等优势，工作效率比传统吊罐法有很大优势，因此被三峡开发总公司确定为工程混凝土浇筑的主力。

然而，作为一项新生事物，塔带机对施工组织管理、施工工艺、施工方法要求相当严格，而且在国内外仅有少数规模较小的工程使用过。像三峡工程所使用的塔带机，每台都是高达 100 米、臂展 105 米、主机连同附属总重超过 780 吨的巨无霸，不仅长江委人没有见过，厂方指定的外国工程师同样也经验不足。要将数以万计的大小零件像搭积木一样地拼装起来，并顺利运行绝非易事。同时，杨丹汉所管理的诸多设备，多为国外进口，如 6 台塔带机（4 台来自美国，2 台来自法国和日本合资）；三大拌和系统分别来自美国、日本和意大利；6 台供料线由美国提供，这些相关系统的安装一点也不比塔带机容易。

虽然按照合同，设备安装是外国工程师的责任，但为了掌握塔带机工作原理，为将来在国内工程中广泛使用做准备，业主要求长江委在对设备运行正常监理的同时，还要在商检、安装、拆除、维修、仓储、位置移动及培训等方面全面把关，这无疑加重了杨丹汉他们肩上的责任。

为此，杨丹汉从机器进场开始，就组织监理人员利用业余时间学习使用说明和相关文件，只要一有时间，不需要动员，监理人员都会自觉地来到办公室，对照英汉词典字斟句酌地学习那些堆起来比人还高的英文材料，这种自觉学习之风，不仅提高了他们的业务能力和英语水平，也增强了他们与外方技术人员的交流沟通能力，遇上部分问题也能自己现场解决。

塔带机工作的第一阶段是大安装，历时长达8个月。在这8个月里，除了各方人员要"搭积木"式地安装塔带机和配套设备外，还要保证这些刚刚安装的设备能够尽快投入工地，发挥效益。杨丹汉有4个月连续在现场由早8点工作到晚8点；其中最后4个小时是在工地的大集装箱里，由监理主持，召集中外参建各方开会协商，并处理相关事宜；晚上回到宿舍，还要批阅文件，查看图纸，天天都要熬过夜里12点。

塔带机的大安装困难重重，危险重重。尤其是在安装调试阶段，塔带机的供料线总是跑偏，严重影响施工质量和工程安全，美国专家们忙碌了半个月也没有解决问题；紧接着，葛洲坝工程局的同志们苦干了一个星期也失败了。杨丹汉应用自己多年积累的胶带机实践经验与设计专长，仅用3天就低成本地解决了问题，精湛的技术让国外专家竖起了大拇指。

1999年3月4日晚，1号塔带机出现故障，4个吊耳3个断裂，160多吨的爬升平台仅靠一个吊耳悬挂在距地面50多米的主塔筒上，情况危急。按说这是外国专家的事，监理人员没有必要冒险。但杨丹汉认为，工程建设急需塔吊机工作，不能等外国专家按部就班地处理，在第一时间获得第一手资料比仅仅听汇报要重要得多。同时他也认为长江委人应该以身作则。于是他挽起袖管，不顾个人安危和旁人劝阻，首先攀爬到了平台，对事故做了详细记录，并提出了整改意见。

还有一次，监理人员在日常检查中发现3号塔带机的吊耳部位存在重大隐患。他出于职业敏感，马上对另几台塔带机进行检查，结果发现1~4号塔吊机全部存在类似问题。如果不马上处理，就可能造成重大的设备运行事故。于是当即做出了停工决定，但安装工人依然强行开机，杨丹汉只能一边上报，一边在现场观察。就在此时，吊装货物的桁架断裂，重达100余吨的上料胶囊及相关附件猛地砸向塔带机主塔，致使其主要结构严重扭曲变形，而仅仅两分钟前杨丹汉就站在被砸到的地方。他说自己命大，

人
物
篇

不然差点见阎王。

这次事故引起了各方的高度关注。在监理的要求下，这4台塔吊机全部停工检修，杨丹汉又与参建各方一起集思广益，提出了不少行之有效的方案。经日夜抢修，这4台设备在短短的1～3个月内整修完成，在最短时间内恢复生产。在1999年，经杨丹汉审核通过的设备总安装量达2万吨，工程也在设备大安装、大检修的情况下完成448万立方米的浇筑总量，一举打破世界纪录。

杨丹汉手上携带着整个监理处对外联络的唯一手机，在大安装时期可以说是一天到晚响个不停，还不时出现"半夜机叫"的情况，他为此不知多少次彻夜未眠。

杨丹汉以自己的实际行动让大家认识到，长江委人不仅技术过硬、吃苦耐劳，而且关键时候还豁得出去，他连续多年被三峡监理部和长江委监理中心评为先进个人。

布满荆棘，提心吊胆

"布满荆棘的2000年"和"提心吊胆的2001年"，是杨丹汉在三峡混凝土施工强度最大的两年工作与心态的真实写照。

按照常规，塔带机安装与调试到位后，设备监理逐步进入常态，设备监理的工作压力相应减少，部分监理人员将充实到其他部门或返回武汉。杨丹汉也一直期盼着能早日回家照顾残疾的母亲、患病的妻子和正在上小学的女儿。但他没有想到，在此后的几年，监理部的人员一个没有减少，不仅节假日不休，甚至所有的4个春节都守在工地。

问题的关键在于，塔带机的主生产商ROTEC公司规模较小，经济实力也较弱，不仅在设备制造和人员聘请上捉襟见肘。而且经过8个多月的紧张安装并正式运行后，机器制造本身的诸多不足也渐渐显现。

2000年1月，监理发现1-4号塔带机主桁架出现断裂裂纹，经紧急抢修方才解决问题。此后，长达数百米的供料线第一次爬升就因工艺设计缺陷而导致主桁架折断。1999年6月30日，塔带机重载测试时，悬挂在主钓钩上面的30吨的测重试块突然垂直下降约40米，紧急制动后，整个塔带机摆动幅度约2米。正在塔机控制室里观察的杨丹汉等人像荡秋千似的在平台上剧烈晃动。如果不是紧紧抓住身边可以抓住的东西，他几乎又要到阎王殿前走一遭。

我曾经问过他们在监理时有没有更好的安全措施。他说，长江委监理处制定了严格的安全防护制度，但有些时候受客观条件限制，过于注重安全就不可能掌握第一手资料，因此只要设备有故障，他们随时就有危险。在5年中，他经历了多次险见阎王的事，现在想起来都有些后怕。但在当时，他想到的只是自己是共产党员，是负责人，凡要求下属做到的，自己要首先做到，也就忘记危险了。

杨丹汉还多次化解了重大的质量、安全事故。如2000年5月，一位监理发现2号塔带机上出现了一条裂缝，从表面上看虽不严重，但杨丹汉经认真分析后，认为裂缝部位十分关键，不能留任何隐患。于是他带着手电与铲子，钻进仅容一人的上料皮带机。经检查，在关键的结构受力处发现一条长达76厘米的贯穿性裂缝，如不整改，过不了多久，2号、3号塔带机连同供料线都可能垮塌，严重威胁塔带机操作人员及混凝土浇筑仓内人员的生命安全。仅直接经济损失就将达到2亿～3亿元，还将影响整个三峡工程的国际形象。

2001年9月，在一次对6立方米大型搅拌机进行例行检查时，他敏锐地听出机器运转的声音异常，立即要求停机，经过认真查找，发现里面摇篮架球铰严重受损，经过处理后才恢复正常。

也许有人会问，既然塔带机有故障，为什么不彻底大修后再重新工作？因为三峡工程国人关注，举世瞩目，工程量巨大，而且环节众多、环环相扣。一旦塔带机停工，不仅影响混凝土浇筑，还会影响整项工程的施工进度，无论经济损失和国际影响均非同小可。因此，只要安全基本有保证，塔带机还得"勉为其难"，带伤作业。留给参建各方只能是浇筑不能停止、安全必须保证的双重难题。

在三峡工地的5年中，杨丹汉排除的事故数不胜数，面临的危险也是数不胜数。一次次的事故处理让参建各方清醒地认识到，仅仅依靠外国专家已经不能解决塔带机的所有问题甚至主要问题了。中国的工程技术人员，包括长江委人必须拿出自己的本事来，彻底驯服塔带机这条桀骜不驯的巨龙。从此之后，中国人逐步在塔带机的处理上有了越来越多的发言权，杨丹汉提出的诸多的合理化建议也得到各方采纳，他也被人们称为"驯龙的人"。

铁肩道义，妙手文章

中外专家经过无数次的努力，针对塔带机的诸多问题进行了多次整改，避免了一次次重大事故。尽管如此，由于设备本身的缺陷，与之相关的质量与安全事故仍然时有发生。尤其是造成重大伤亡的"九三"事件，更是将参建各方推到了风口浪尖，杨丹汉也经历了这5年中最为艰难的日子。

2000年9月3日18时50分，在长江三峡工地泄洪坝段，美国ROTEC公司生产的3号塔带机突然垮塌，造成3人死亡、20人重伤、11人轻伤的重大事故，造成十分不利的国际影响。为此，国务院专门组成事故调查小组开展了取证工作。设备生产商ROTEC公司、业主三峡开发总公司、施工单位葛洲坝集团公司及监理长江委三峡

人
物
篇

监理中心共同签署了一系列事故调查材料。

一时间，相关各方均遭到了来自各方的质疑。ROTEC公司出于维护自身形象原因，指责事故原因是工人施工不当，拒绝承担责任。如果这个说法成立，包括长江委在内的参建各方将承担极其重大的经济责任和政治后果，为工程呕心沥血了两年的杨丹汉将无法摆脱干系。他甚至做好了最坏的准备，告诉自己的家人，如果事情解释不清楚，可能要吃牢饭了。

关键时刻，长江委设备监理处平时严格的规章制度体现了作用。他们拿出了历年来积累的大量设计图纸、监理文件数据、监理日志、技术分析材料，以这些证据排除了人为操作失误导致事故的可能性。查明塔带机的右吊耳焊接缺陷是事故发生的根本原因，生产商提供的焊接产品不仅质量不合格，而且在锻造时有意将双面焊改为单面焊；同时，其皮带机加长而相关结构未做变更也是事故发生的一个重要原因。

诸多调查都以无可辩驳的事实证明，ROTEC公司对事故负有完全责任，包括长江委在内的参建各方没有过错。

设备监理处监理年复一年，按照严格标准完成的监理日志，为"九三"事故的定性提供了重要依据，为三峡工程挽回了国际影响，也为三峡开发总公司历时8年最终打赢这场跨国官司提供了条件。

杨丹汉不仅没有因此吃上牢饭，而且还在长江委和三峡开发总公司一炮打响。长江委三峡施工设备监理工作得到了国务院调查组的充分肯定；时任长江委主任黎安田亲笔批示，专门对他的监理工作予以肯定和表彰；三峡开发总公司也对他在监管、运行塔带机方面的能力给予了充分的信任。杨丹汉作为行家也得到各方认可。

"铁肩担道义，妙手著文章"是革命先驱李大钊经常吟咏的诗句，在"九三"事故处理过程中，杨丹汉以平日的严格积累下来的累累文字——监理文件与日志，在关键时刻为业主解了难，为国家分了忧，为三峡工程担起了国际责任这个最大的道义。

"九三"事故发生后，4台塔带机两次面临着较长时间的停产改造与检修。但三峡工程的建设不能停。设备监理处全力投入到机器的抢修工作中。杨丹汉主持了设备的全面改造加固，为塔带机再次出山，三峡工程当年完成548万立方米混凝土的新世界纪录立下汗马功劳。三峡工程设备监理处再次荣获三峡工程先进监理集体。

迎难而上，再创奇迹

2001年，是三峡工程连续三年高强度浇筑的最后一年，也是塔带机功成身退，进行大拆除的一年。此时的塔带机及其供料线因先天不足，且经过两年多高强度的超高空作业，早已伤痕累累，主要部位严重受损。如果放弃不用，工程不允许；凑合着用，安全又成问题。在两难的情况下，三峡开发总公司召集施工与监理单位做出了"科学监护、确保安全、迎难而上"的决策，决定对塔带机采取严密监控措施。

为此，设备监理处步入了长达 164 天的"监护运行期"，每周都要在塔带机高强度工作之余，通过技术分析对设备损失状况进行科学判断，以决定下周能否继续运行。在这提心吊胆的 164 天里，他们硬是实现了无一例重大人身事故伤亡、无重大设备事故的"双零目标"。杨丹汉率先在工地现场设立安全警示牌，将监理在巡查中发现的问题用红牌、黄牌、绿牌显示，督促责任单位整改，全年共提出各类问题 1244 条，整改率达到 98%。当年 7 月，一台塔带机主回转轴承发生严重故障，他安排监理 24 小时值班旁站，并制定详细的工作细则。在他们精心部署下，塔带机在带伤上阵的条件下仍然完成了 400 万立方米的浇筑，为大坝按计划上升创造了条件。仅受损最严重的 2 号、3 号塔带机就多浇混凝土 26.1 万立方米。该工作受到全国政协副主席钱正英及三峡开发总公司领导的充分肯定，杨丹汉因此获得了"三峡工程优秀建设者"的称号。

三峡工程的 6 台塔带机终于完成了自己的使命，进行拆除。由于设备受伤太重，拆除起来也是危险重重，杨丹汉等人本着慎始慎终的原则，认真地站好了最后一班岗，不仅保证了大拆除时的人身安全，还最大限度地保证了被拆设备的完好度。在拆除后，他又参加了机械的恢复性修理工作。这些经过精心维修的塔带机均恢复了活力，在三峡的三期工程继续发挥着巨大的作用。

2003 年 10 月，在工地奔波了近 5 年的杨丹汉终于告别长江委监理中心，回到长江委施工处，回到了自己的亲人面前。但那些"布满荆棘"和"提心吊胆"的日子，依然让他回味、怀念。

牺牲奉献，在所不惜

在三峡工地的 5 年里，杨丹汉收获了很多，也失去了很多。

由于工作紧张，他牺牲了几乎所有的节假日、星期天，甚至连续 4 个春节都不能回家，高强度的工作使他年纪轻轻就患上了肝病和腰椎劳损。

杨丹汉是家中独子，在 1998 年，杨丹汉上有六旬父母，下有年幼女儿，妻子长期患病，情况几乎与 30 年前父亲面临的完全一样。30 年，父亲因为无暇照顾家庭，导致全家聚少离多，母亲腿疾恶化直到被迫截肢，在他心里留下很深的印象。作为全家唯一的壮劳力，他肩上的家庭责任实在沉重，但在组织上向他征求去工地的意见时，纵有千般不舍，他还是义无反顾地答应下来，并且一干就是 5 年，水利人的献身精神何尝没有在他身上闪光呢。

他在三峡工作时，原先与他共事的工程师纷纷走上领导岗位，可他却因远离本职工作的"主战场"屡屡错失良机。有好心人对他说，你这样拼死拼活地干，仕途上、收入上都受到损失，为什么？他说："作为党员干部要服从安排，作为设计人员，事业的发展需要通过生产实践提升，工作需要，就是我的选择。"

如今，塔带机已经在向家坝、龙滩等大型水利工程发挥作用，杨丹汉作为国内在此方面最主要的专家之一，在向家坝承担了新的工作。

如今，中国的科技人员正逐步摸索出塔带机的制造技术。可以想象，随着塔带机技术的成熟及其使用范围的扩展，以杨丹汉为代表的长江委技术人员必将会有更大的活动空间，发挥更加重要的作用。

我的邻居许春云

唐　征

许春云，人们过去叫他老许，现在叫他许总。他家住在我家楼上，他的小孙子科科玩皮球、拖小板凳的声音我都听得清清楚楚。如果小科科不在，就什么也听不见了，数年来都是这样。许总不串门，没有到过我家，有时在路上或楼道里碰见，他向你憨厚朴实地笑笑，当你开口以后，他才细声细气地讲话。那声音和他那高高的身材实在不相称。

一

老许是靠助学金才上成大学的。20 世纪 60 年代，我在机关小报上见到过他的名字，知道他在丹江口水利枢纽工地搞混凝土施工设计，是设计代表，工作挺能干，当了先进，但不认识他。直到十几年过后，葛洲坝工程大江截流成功，湖北省照顾有功人员，组织上才把他的爱人、孩子从苏北农村迁来。同志们见到他的爱人后都惊了：一表人才、又有学历的他，怎么可能爱上一个满是沧桑、手关节因劳动都变形了，还一个字不识的农村妇女呢！继而又对他的忠厚、朴实深深佩服。

到了葛洲坝以后，我不仅认识了老许，还认识了许多工程技术人员和专家。让我奇怪的是，凡是上级领导或专家来葛洲坝视察，差不多都点名要许春云去陪。有一次，我问曹乐安老总。曹总用戴着老花镜的眼睛，和蔼而慈祥地看着我，笑笑说："小唐，这你就不清楚了吧！那是因为在工地上，葛洲坝工程任何部位的情况，他都能讲得清清楚楚。"

那是一个初夏的上午，我跟着老许下工地，太阳火辣辣地晒得身上发疼。在葛洲坝二江泄水闸，老许像猴子一样在密如蛛网的闸墩混凝土仓里穿来爬去，我则像只笨熊，钻不进，爬不上，不仅落在后面，淋漓的大汗还流进了眼里，湿透了衣服。他在一个浇筑得平平整整的混凝土仓里，手拿温度计，这里量量，那里量量，浓黑的眉毛越锁越紧。突然像发脾气一样地冲着我说："你看，这样高的温度，就是一个人也受不了嘛，何况混凝土呢！"讲完，就像医生抢救伤员一样，急急忙忙拖拉来橡胶水管，扭开水龙头，顿时水雾成扇形飞洒，笼罩了混凝土仓面。这时他恢复平静向我讲解："现在正是混凝土浇筑后，水化热高峰时间，如不采取降温措施，就会出现质量事故或报废。"他收好温度计，抹去额上脸上的汗珠进一步说："这是混凝土表面降温临时措施。混凝土内部还设计埋设有冷却水管。冷却水管通水，混凝土温度就控制住了。"他思索后说："走，到施工值班室看看，今天谁当班。"

葛洲坝工程竣工了。葛洲坝二、三江工程及其水电机组荣获首届国家科技进步特等奖，老许获得个人荣誉证书。因低热料碾压混凝土水化机理研究，老许获长江委科学技术进步奖三等奖。

一晃，又是十几年过去了，老许搞了一项又一项工程，参加过三峡工程150米高程的设计，承担过三峡工程"八五"攻关课题"三峡工程大体积混凝土浇筑"的研究工作，成了教授级高级工程师。

三峡工程开工以后，老许担任了长江委三峡工程监理部总工程师。一年365天，他几乎都在三峡工地，偶尔在机关里见到他的背影，觉得他的背似乎驼了一点，头上的白发也多了起来，但走路却很精神。

1997年4月的一天，我到三峡工地采访了老许。一大早就碰到了他。他说："今天是一期工程初验，我们一起到现场看看吧。"随后，他向我介绍了三峡一期工程的规模、投资和工程项目，以及按期完成对保证1997年大江截流的重大意义。他说："一期土石围堰设计是很先进的，它是三峡施工准备工程的关键项目，全长约2.5千米，虽然中间有个中堡岛，但围堰上、下游横向段基础为淤沙层。当时在许多学者、专家当中争论很大，有的认为淤沙不能作基础，将来施工围堰的基坑挖空了，长江水位高，加上淤沙渗漏的特性，很可能就会像稀泥般溃塌下来，瞬间就前功尽弃，确实骇人听闻。如果按这种理论设计，要挖除上、下游横向段淤沙层，重新填筑基础，造价和工期要成倍增加。现在设计的保留原淤沙层，是根据三峡淤沙特性，经过充分的科学试验的。试验总只是模拟的，不是大自然本身。因此在施工过程中，我们冒着风险，如临深渊、如履薄冰呀！"

他说：一期土石围堰于1993年10月开始施工，1994年6月建成，经竣工验收，被评为优良工程。建成三年来运行良好，保证了一期基坑内建筑物安全施工。目前，它已完成工程使命，正在拆除通航明渠进、出口的部分，以实现明渠"五一"进水过流。他还讲了混凝土纵向围堰、三期围堰碾压混凝土基础施工及设计、监理工作的简要过程。

二

我在三峡工地，从朋友们那里听到了许多许总的故事。

监理工程师张金铎对我说："你要写许总，首先要写他在出现重大的关键技术问题处理上，能够拍板。混凝土纵向围堰坝身段，就是今后的三峡大坝通过围堰的那段位置，混凝土浇筑好了，进行注水灌浆的时候，有一块与预留的排水槽串通了，灌进去的水都从这个槽里漏走了。这可是个重大事故。施工单位不敢讲，含含糊糊，我们发现后，报告许总。许总把情况写进了质量简报。李鹏总理在简报上作了批示。长江委总工程师郑守仁睡不着觉，三峡开发总公司的头头睡不着觉，施工单位的头头睡不着觉，许总更睡不着觉。你知道吗，工程出了问题，鞭子首先是打到监理的身上。许总关着门在办公室分析了几天几夜，头发白了，眼睛红了，眼皮肿了。他终于分析清楚了事故原因。不是止水片不止水，也不是其他问题，而是碾压混凝土浇筑时，由于设备不配套，工序操作不严，局部位置骨料分离，碾压不实，出现架空的原因。他提出用灌浆办法，堵死排水槽，然后灌浆加固窜漏的这块混凝土。设计方面开始不愿意，但又没有别的办法，也只好同意了。这时候大家才敢放心睡觉。所以长江委总工程师郑守仁对许总很信任，有事都找他，三峡开发总公司对许总很信任，有事也总是找他。"

说完这些，张工匆匆忙忙地对我说："明渠护坡有个地方浇筑开仓，我要去检查检查，不然，抢工期他们就会马马虎虎的。"随后，他给我介绍一位青年人叫吴浩，说小吴知道自己的情况多。

吴浩打开资料柜，从卷宗里拿出一张照片递给我说："我有摄影爱好，这是在导流明渠现场拍到的许总的一张照片。"我接过照片研究着构图、光色层次说："好好。"他说："照片本身拍得不算好。你看这是许总和曾工在用尺子量测因施工放炮未控制好而被炸坏的一小块基础混凝土。可以从照片上看到许总面部焦急的表情，他认为自己有不可推卸的责任。"小吴说："像这样的小问题，我们具体监理人员向他汇报一下就可以了，可是许总非得到现场亲眼察看不可。"

一期工程初验的最后一项工程是三期围堰碾压混凝土基础廊道。许总头戴红色安全帽，手拿电筒、脚穿长筒水胶鞋，走在最前面。走一段介绍一段廊道的部位、施工的单位和工程质量，以及须进行技术处理部位的处理结果。他说："廊道现在正处在无压力下，待明渠进水过流后，它上面是30多米深的水，须承受三千克多每平方厘米的压力。现在不严格地进行质量检查、处理，到时就会成为水帘洞，无法进入。"

我突然一惊，听到了廊道壁上"沙沙"的水滴声，便说："许总，这里漏得好厉害哟！"

· 277 ·

他笑笑说："那是从基石里渗出来的水，专门设计的排水通道，不影响廊道运行。"

300多米长的漆黑的廊道，廊道里又有支廊道，越往里走，空气越稀薄，有的人走到中部就停了下来。我们察看完，走出廊道，个个都是瘫软无力。清点人数，差了两位，一位是监理部主任林少璇，另一位是许总。导流监理处技术负责人柳光耀说："林主任没有穿水鞋，我从廊道里出来把水鞋换给他，许总又陪他进廊道里去了。他们讲了，不要等，开车吧！"

乳白色面包车上，十几个座位挤得满满的，坐在我身旁的一位穿着西装、打着领带的先生感慨地说："一期工程能提前建成这个样，全靠了我们的许总。开始不熟悉，大家都怕他，因为有人叫他'铁老许'。顾名思义，施工上与这样一个冷冰冰、硬邦邦的人打交道，会有好果子吃吗？还听人说，他在清江隔河岩电站搞工程质量监理的时候，省长下来视察工作，他从大坝上用双手捧一团混凝土，闯进会议室去见省长。搞施工又不是绘画绣花，哪里不出一点问题呢？所以起初一段时间，大家都对他不理不睬，敬而远之，见了他，都是灶王爷上天，专门拣好的说。后来，慢慢地发现他工作很细致认真，实事求是，做得多讲得少，有时候他帮助你把问题处理解决了才给你说。通过进一步了解，原来'铁老许'这个名字，是新华社著名摄影记者花皑在隔河岩工地给他拍的一张照片发表时用的标题。老许是一个优秀的监理人员，1991年荣获能源部'质量先进工作者'荣誉证书，1992年又荣获湖北省清江开发总公司隔河岩工程提前发电有功人员重大贡献奖。你们说他'铁'不'铁'呀！"

这位先生激动地点燃一支烟，猛吸了两口说："我说他'铁'，特别在三峡工程中他'铁'到了家，'铁'就'铁'在有本事，过得硬。比如，1994年12月14日正式开工的时候，庆祝会上红旗招展、人山人海，总理一行从客轮上已经走上了观礼台，来自全国各地的记者，扛着录像机拿着照相机忙个不停，不少人都看热闹或抢镜头去了。可是，许总却在为三峡工程正式开工浇筑第一仓混凝土的现场忙碌。仓面很大，清洗出来的基岩像海浪一样高低不平，低洼处积满了从岩石里渗出来的水。按设计要求，必须把仓面积水全部抽干，才能开仓浇混凝土。要达到设计要求，只有一个水洼一台水泵，同时抽水，这样就要安装上百台水泵。在施工方面是办不到的，一个是投资，再一个是时间。因为大会开始的礼炮已经响了，听到李鹏总理向全世界宣布'三峡工程正式开工'的伟大声音，第一方混凝土就要浇筑下去。这时，一个个急得像热锅上的蚂蚁，最后还是许总把这道难题解开了。他非常冷静地说：'利用现有水泵，能抽干多少水洼，就抽干多少水洼，混凝土就浇筑在抽干水的部位，这样逐步向前浇筑，不就满足了设计的要求吗？'"

"是的，"坐在前排的柳工转过头来说："当时，我在现场，三峡工程第一仓混凝土浇筑的开仓证，是许总叫我开的。"

面包车继续向前驱动，田野的橘橙树郁郁葱葱，橙花的香味充满了车厢。

车座后排的那位身穿工作装的中年人接着说："混凝土纵向围堰的施工，我是自始至终都参加的，能搞得这样成功，许总是立了大功的。围堰的碾压混凝土占80%，工期紧，强度高。这种混凝土在我国大量使用和施工，三峡工程是第一次，虽然过去在有的工程中局部用了些，那都是少量的，试验性的。所以没有经验，设备不配套。到了三峡工程时困难重重。有的强调漫湾经验，有的强调岩滩经验。在一次专题会议上，许总听完大家意见后说：'大家的意见都很好，我觉得各有各的水平。现在是三峡工程，我们齐心协力，做出三峡的碾压混凝土水平。因此，必须按照三峡工程制定的规范和技术要求去浇筑。'许总的意见得到了三峡开发总公司的认可和各承建单位的认可。为浇出三峡水平的碾压混凝土，许总给我们的工人、技术干部讲业务课，阐述碾压混凝土的技术特性和注意问题。帮我们改造设备，从运输碾压混凝土的道路，到汽车入仓口处用高压水冲洗净车轮和车底盘的泥土他都亲自指导检查，不准马虎。在碾压混凝土浇筑中有的地方出现了初凝或者骨料分离，他又提出了'超前摊铺'的工艺，解决初凝和骨料分离问题。"

"夏季浇筑碾压混凝土，在世界上没有先例，主要是温控问题无法解决。但是三峡一期工程的混凝土纵向围堰必须要在夏季施工，才能满足1997年大江截流的需要。在这个节骨眼上，许总提出了把浇筑常规混凝土埋设蛇形冷却水管的施工工艺用于纵向混凝土围堰施工的设想。经过试验并在施工实践中使用，验证了他的设想是科学的、成功的。这就开创了夏季浇筑碾压混凝土的新局面，把工期提前了五个月。"

"许总还关心施工的组织、管理。"他从文件夹里取出一份复印件说："你看，这是许总1995年写给我们总经理的一封信。"

信是这样写的：

周书记、乔总经理，你们好！

三峡右岸一期工程建设，在集团公司和集团公司三峡指挥部的正确领导和指挥下，两年来取得了一定的成绩。但回顾过去请允许我直言，施工中无论是技术管理力度，还是施工工艺水平，距李鹏总理提出的"三个一流"还有相当差距，外来参观者也都有些议论，对此问题应引起高度重视。

我认为在管理力度上，存在技术力量薄弱、工作预见性不强的问题；在生产任务安排上采取分灶吃饭没有充分发挥集团公司的整体优势，如工期紧、质量要求高的坝身段上纵堰内段三期RCC基础开挖与浇筑，没有调集技术、管理较

人
物
篇

强的队伍去施工，以致造成目前被动而紧张的局面。在工艺上较粗糙，未真正做到精心施工，有的不严格按图纸施工。在质量管理上不是严字当头，而是认为过得去即可，如上纵堰外段已浇混凝土出现裂缝，内部不密实。有的领导认为碾压混凝土渗（漏）水难免；监理人员对质量管严了就说进度还要不要上去；仓位验收时有的领导说："监理人员不提出意见，你们就别多说。"这种只能说好不能说不好的思想倾向，是不利管理和技术水平提高的。

现在气温已升高，为了保证工程质量，我们提出了4月下旬和5月份浇筑混凝土的十条规定，实行起来是有难度的，但又非如此不可，目前，坝身段只浇至79~82m，堰内段只浇至71~75m，距离原定形象尚有较大差距。组织好5月20日前的施工已刻不容缓。请你们在百忙之中过问此事。

此致

敬礼

长江委三峡工程建设监理部　许春云
1996年4月26日

这位身穿工装的中年人接着说："乔总经理和黄副总经理很重视许总的信，专门写了批文，派人作了专题调查，调整加强了当时混凝土纵向围堰上纵段现场浇筑的领导班子，撤换了许总信上指的那位主要的现场指挥。新的现场指挥上任，重申'谁砸公司的牌子，就砸谁的饭碗'的公司纪律，并制定了一系列措施，同时要求他们的职工都认识和做到，有了质量就有速度，就有效益；不注重质量，就等于砸自己的饭碗；不重视质量的领导，就不能当领导；不重视质量的人，就没有资格参加三峡工程施工。这个单位的情况变了，混凝土纵向围堰上纵段的浇筑质量和速度也基本上去了……"

一次，监理部副主任、导流专家傅正义同我聊了起来。他说，有人说许总廉洁得近乎清贫，这话讲过了一点儿，但他要求严格，起带头作用是事实。有一年夏天，施工单位感谢监理总站，送来了西瓜。大热天面对这些西瓜，总站内部出现了分歧。有的人主张退回去，有的人说这也是人家的好意，再说在施工中我们给他们出主意想办法，那么辛苦，吃他点西瓜算得了什么哩！我们把西瓜收下了。许总知道后说："今天能收西瓜，明天就可能收鱼，后天送来的钱就无法拒绝了。这堆西瓜怎么办，办公室的同志们，你们看着办吧！"我们把西瓜给退回去了。

有一次，某施工单位送来了钱，并特别说明，总站的监理工程师们白天黑夜、晴天雨天同他们一起在施工现场干，发给总站40多人的奖金是与他们的职工一视同仁的。许总说："为施工单位服务，搞好三峡工程是监理人员的宗旨，把钱拿回去吧！"

"我们的成绩，有你们的一份功劳，许总就不用客气！"施工单位把钱又推到了许总面前。

"这样就不好了。"许总黑下了脸，说："我请你们不要干扰我们的工作。"

他们见许总的态度坚决，只好把钱拿回去了。

傅主任又说："我经常在会议上讲，我们与工程承建单位，没有亲戚关系，他们为什么给你送钱送物，说我们配合得好，支持他们完成了任务。反过来讲他们任务完成好，也同样是支持了监理工作，为什么我们没有想到要给他们发奖金，给他们送东西呀！道理非常简单，因为你是监理工程师，对他们做的工程有判决权，你的签字值钱，完工单上有了你的签名，百万千万就可以到手。到时候人家不需要你了，给你抖出来，咋办呢？自讨苦吃。"

三

"砰砰砰"，我弯着指头在门上敲了三下，又敲了三下，屋内没有动静，便试探着把门推开，走了进去。

屋内一张单人床靠墙放着，床头一个资料柜，另一面墙上是三峡枢纽和一期工程的布置图。靠窗的办公桌上，放着吃了晚饭还没有洗的碗筷。我估计他很快就会回来，无事随便翻翻台历，想从上面找到一些类似人生哲理的记录，结果，都是开会的时间、地点，平淡得很。

"哦，你来了。"许总不好意思地微笑，搓着手坐在床上。这种坐法，完全是宾主颠倒了，不过我们是邻居，又是老朋友，不讲究。

"我是专程到三峡来拜访你的，现在随便聊聊吧！"

"好的。"

他看看我，我看看他，沉默着，我只好先开口了："听说你从国外考察回来，一进家门，你老伴就从箱子里拿出一份邮政储蓄款和有价证券交给你，并说是春节前有两个人送来的，说了声许总知道，放下就走了。她不认得人，咋办呢？你说，别急，这事我来处理，事后你把这些东西都交给了监理部党组织。"

"有这回事。"他说完这句话又是沉默。

"1995年混凝土纵向围堰大浇筑的时候，你的腰痛突然发作，回到宜昌市，经医生诊断，是劳累过度引起的腰椎间盘突出，要你卧床休息一个半月，你在家里休息不到一周，就到了工地，身体受得了吗？"

"混凝土浇筑，不到现场看看，就不放心！"

我原以为在这些问题上，他会像谈技术问题那样，深入浅出地描述具体过程，吐

人
物
篇

出一些闪光的思想和语言，没想到他竟是这样被动和言短。为改变这种局面，我说："许总，你担任总工程师以后，遇到了哪些问题，怎样解决的？"

他笑笑说，遇到第一个问题是协调监理部的领导班子，因为这个团结协作的班子成员各有专长，所以第一期工程那样艰巨复杂，我们把它拿下来了，并且搞得不错。但目前这种组织机构不利于队伍稳定，还要加大改革力度，才能适应二期工程需要。第二个问题，青年监理工程师的培养问题十分紧迫。首先是政治素质思想道德，其次是专业技术。所以我往常给他们压担子，有人说这是"逼迫式"，没有别的办法，也只好这样了。第三个问题，是高新技术在监理工作中的应用问题。三峡工程二期工程比一期工程复杂得多，庞大得多，如果还像一期工程再靠一张纸、一支笔那是无法适应的。

他看看手表说："这些年来，我为国家做了我应该做的工作，专业没有白学，问心无愧。"我打开笔记本，想把他的这几句话记下来，他没词了。并且有意看看表，又看看我。意思是时间到了，他还有事情安排。我只好说："好，就聊到这里，谢谢！"

心香一瓣忆故人

——记三峡勘测大队大队长肖德俊

王月娥

三峡工程就要梦圆之际，我想起一位壮志未酬、英年早逝的追梦人——原长办三峡区勘测大队大队长（现为三峡勘测研究院院长），肖德俊。他在1988年1月18日带着对人世的无限依恋和对三峡工程的无限向往溘然长逝，终年47岁。如今，20多年过去了，我仍听到大家对他的赞美，他给人们留下了无尽的哀思和永久的怀念。

一、新闻工作切忌假大空，要实事求是地抓好典型人物闪光点的宣传

1979年，我服从组织安排走上了新闻宣传的岗位，奉命创办三峡区勘测大队队刊《高峡通讯》，集编、写、刻（钢版）、印制、发行于一身。1983年《高峡通讯》改为《情况与经验》，我依旧做编辑和记者，同时还承担普法教育和少量的理论宣传工作。在这个阶段，年轻的我忙得不亦乐乎。

1985年5月，我对面的办公室来了个新任大队长。只要门一开，就有人找他，电话铃声也不断地响。我是宣传干事，我的上级有副科长、科长、处长、书记等一大堆领导，因此，我不曾去过他的办公室。

不过，通过别人介绍，我多少了解了他的一些情况。他是湖北钟祥人，生于1940年11月，1954年12月入团，1978年11月入党。自1965年9月从长江工程大学毕业来到长办三峡区勘测大队起，他就与勘测事业结下不解之缘，历任地质员、专业组长、副分队长、生产科副科长，直到1985年5月任三峡区勘测大队大队长。他一心扑在祖国的水利水电勘测事业上，几十年如一日，风吹雨打、跋山涉水，走遍了长江上下，曾为处理葛洲坝工程软弱夹层问题呕心沥血。他和同事合写的论文于1982年6月在印度新德里召开的第四届国际工程地质大会上受到国际同行的好评。担任大队长期间，他始终恪尽职守，实事求是，提高了单位效益和办公、住房条件，

增加了职工收入，深受大家的赞扬。

有一次，我在《情况与经验》上写了一篇颂扬老师傅的文章，引起了大队长的注意，他在一次工作会上专门念了此文，当念到"春蚕到死丝方尽，蜡炬成灰泪始干"时，他的语调饱含着深情……这让我很意外。更让我意外的是这位管着一千多号人生计问题的大队长还亲自到我办公室来送给我一本《三峡梦》的打印"书籍"，鼓励我多写奋战在三峡等水利枢纽工程生产一线的勘测职工的先进事迹，这让我非常感动。此外，凡有大事，他总会呼唤道："小王，跟我到工地去！"我也因此成为他的"随行记者"，跟随他到隔河岩工地和链子崖、新滩滑坡危岩体等工地采访。记得在一次去三峡的路上，他对我说："新闻宣传工作切忌假大空，采访中要实事求是地记录，要注重细节描写，采取写实的手法，以小见大，抓住典型人物的闪光点，做好新闻报道工作，发挥正面教育和舆论引导的作用。"谆谆教诲，激励我工作至今。

二、在新滩滑坡体抢险救灾的现场办公

1985年6月12日凌晨3点45分，秭归县新滩镇发生巨型滑坡。由于预报准确及时，险区内1300名群众安全转移，三峡区勘测大队作为有功单位受到湖北省委、省政府的表彰，肖德俊大队长于9月12日接受湖北省委副书记钱运录、副省长王汉中授予的奖旗。《宜昌日报》以《滑坡报警声声急 "勘测先锋"立头功》为题作了报道。

滑坡灾情发生后，为继续观测险情的变化，肖德俊与大队领导一班人及时部署在新滩滑坡体上的详细地质调查，水下地形测量，滑移方量、矢量计算，重新勘测布设新的观测网等大量工作。他深入滑坡险区第一线，与大队领导一起带领机关部门负责人和一班工作人员乘船到了新滩，下船后徒步上山查看险情。他身先士卒，冲锋在前，显示了迎难而上的无畏精神和不屈不挠的顽强斗志。那一天烈日当空，阳光灼人，天气奇热，山崩房塌的新滩乱石嶙峋，我们在陡坡上艰难行进，个个汗流浃背。我亲眼看见钻机运转使用过的大木桶里的循环水在烈日下冒着热气，不仅浑浊，而且还漂着机油，看着让人反胃，可领导们却毫不犹豫地用双手一捧就喝起来，还就着洗把脸。当时我热得要晕了，顾不得脏与不脏，也喝了一口循化管里冒出的水，嘴里留下沙子和润滑油的味道……

到达正在新滩滑坡危岩体上钻探的107等钻机后，我们得知松散的滑坡体不断地坍塌和掉石块，给钻进增加了难度，钻场急需快干水泥，才能保证钻进质量和进度。肖德俊大队长立即在尚未解除险情的现场召开办公会议，了解情况，分析现状，研究对策，请生产科火速调运快干水泥和所需物品，满足了新滩滑坡危岩体上的现场救灾

抢险工作的需要。

当晚，肖大队长一行还慰问了在新滩滑坡危岩体上工作的一线职工，与干部、工程技术人员和工人们共进晚餐。肖德俊大队长一介书生本不善饮酒，也和钻工们一样端起一大碗酒开怀畅饮，笑声朗朗，给人豪放的感觉。在那个物资匮乏的年代又是在灾后的新滩，食物十分紧缺，也就是香喷喷的炕土豆之类的粗茶淡饭，但煤油灯下的晚餐，干群其乐融融、谈笑风生的情景却在我脑海里定格了二十年。

三、30 年工龄的老工人和工程技术人员不全部住上新房，我决不住新房

肖德俊大队长为人低调，严于律己，宽以待人，身体力行地诠释了一个共产党员的优秀品质和传统美德。

他自己骑自行车上班，却为有困难的职工派公车。他见有个工程师工作劳累，家又在西坝，就要队里司机送送他。某个老工人身体不好，走路吃力，他也要司机送一送。他每天坚持骑着自己的自行车上下班往返七八里，很少要公车。

他性格开朗乐观，平易近人，与人交谈如和风细雨，颇有学者风度。记得有一个地质队的小伙子来找他时情绪激动，经他晓之以理、动之以情的一番交谈后，离开时脸带笑容。事后得知，那个小伙子是想调动工作，因单位不放，心里窝火，才找大队长吵架。肖队长虽然没有解决问题，但态度平易近人，说话听起来也舒服，那小伙子想吵也吵不起来。有人赞叹："大队长真不简单，把他给说服了。"这让我想起"良言一句三春暖，恶语伤人六月寒"的古训。

肖大队长平易近人，乘船坐车总是把好位子让给同事。有一年他与一个老工程师赴太原出差，只买到一张卧铺票，肖队长硬是把它让给了老工程师，这位老工程师很感动，退休后参加团委组织的"我心目中的党员"征文活动，说的就是他当时躺在火车卧铺上久久不能入睡的感触。

最让人感动的是他三次让房，在职工中传为佳话：第一次是在 1985 年春节前，他是生产科科长，队上给他分了房，他主动让了。1986 年底他当了大队长，第二次分房，他又让了。之后，再一次分房，队里给他分了一套三室一厅的住房，可他已住进了医院，硬是不肯搬家。几十年来，他一直住在他爱人单位分的两间小平房里，那时恰逢他爱人单位要建房，他家住的小平房即将被拆。因此，队里干部强行给他搬进新房。他知道后，心情十分沉重地对前来看望他的干部说：我早就说过 30 年工龄的老工人和工程技术人员不全部住上新房，我绝不住进新房……直到去世他也没有住进新房。

一滴水能见太阳的光辉，他所做的这些看起来都很平凡的小事，却也能折射出一个领导干部的人格魅力。

人物篇

四、遗憾的是：十三大召开了，正好干事，我——病倒了

1987年11月肖德俊大队长生病的消息传开了，从他的家乡钟祥县、从大队各个工地上一封封饱含深情的问候信雪片般地向武汉飞去。曾在清江隔河岩工地进行地质勘测的20多名地质队员，闻讯后哭了，凑了200元钱送到医院说："请收下我们的一点心意吧！"

在武汉协和医院守护的和在宜昌关心他病情的职工都看到了《工人日报》上刊登的一种能医治肝病的良药，队里的领导立即派人直抵沈阳，7天7夜终于把药弄到手，企望这药能治好他的病。

"多好的人，多好的知识分子，多好的领导干部！"在机关、在家属区、在门房、在他的病床前，人们都含着泪水诉说着，为他难过，为他惋惜。有的工人恳求医生："请你一定要想办法把肖队长的病治好啊！"有的对记者说："像肖队长这样的领导，真是少见。"……人们为什么对他这般深情？是因为他是领导？是长者？是富有才干的知识分子？我很震撼。还有他的妻子对他更是情深意长，万分悲痛地写下了"年年岁岁君伴我，岁岁年年我随君"的感人诗篇……

我听说，那天清晨，他腹部一阵阵的剧痛，妻子让他去医院检查，他笑着说："好，我去检查。"可他却乘车去了高坝洲工地，而且每天工作到凌晨两点。直到大家见他脸色发黄，额上直冒冷汗才强行把他送到医院。他就这样倒下了。

肖大队长病重期间，无数人前往医院探望。记得一次《工人日报》的记者前去看他时，他已经连续7天未进食，说话的声音低得难以听清。记者俯身贴耳倾听，他一字一句、非常吃力地说："我遗憾的是，党的十三大召开了，正好干事，我——病倒了……"他哭了，这是他生病入院以来第一次流泪！

五、三峡工程竣工啦，肖大队长带着"三峡梦"远行

肖德俊在患病住院期间和逝世前后，得到各级党组织和政府的深切关怀，宜昌市副市长颜中一到医院看望他，长办、总队、大队以及大队各基层单位的领导曾多次探望。大队许多职工群众怀着深厚的感情自发地到医院去看他，野外工作的职工，不能亲自去，就写慰问信和发慰问电报，还有兄弟单位的领导也去探望。多少双援助的手伸向他，到处求医寻药，想把他从死神手里夺回来。多少颗心关注着他，为他鼓劲加油，期盼他早日康复。怎奈回天无力，天违人愿，他还是静悄悄地走了。一支旺盛的生命火炬就这样熄灭了，他带着对三峡工程的美好憧憬匆忙地走了。他的逝世不知道牵动了多少人的心，长江委原主任黎安田、长办副总工程师兼葛洲坝工程设计代表处

处长郑守仁、长办工会副主席莫玄生、长办总队党委书记张修真（原长江委副主任）、长办劳动人事处处长曹治凡等领导专程来宜昌亲自参加并指导治丧工作。宜昌市伍家岗区人大常委会邓主任，宜昌市文化局、文化馆、长办设代处、葛洲坝水文站、长办物探队、长办岩基队等单位的领导和三峡大队的职工数百人为他送行。当年党委书记刘振江在告别仪式上说：他生命的火焰熄灭得太快了，我们失去了一位好同志、好党员、好干部。要学习肖德俊同志的好思想、好品质、好作风……遥想往昔的所见所闻，我心中肃然起敬，他不仅给我，也给许多的人留下了难以忘却的记忆。

薛果夫与三峡工程

王月娥

　　一个人能在水电、水利、交通、能源不同领域主持规模如此之大、数量如此之多工程的地质勘察工作，在国内外都可以说并不多见，这个人就是长江委长江设计院三峡勘测研究院原总工程师薛果夫。

　　三峡工程为薛果夫提供了精忠报国、倾情治水的大舞台。近半个世纪以来，薛果夫主持了特大、大型勘察项目 12 项。他忠于职守、矢志不渝地坚守在生产第一线，他在全面主持世界上规模与效益最大的三峡水电站的地质勘察中，率领科技人员攻克了世界性的地质技术难题，作为项目负责人，薛果夫所承担的长江三峡大江截流项目获得全国第八届优秀工程设计金奖，承担的国家"七五""八五"科技攻关项目有的获国家银奖，有的创国内外先进水平，有的为国内外首创。薛果夫主持了西陵长江大桥、南京第二大桥南汊桥等"九五"重点建设项目的 10 多座特大桥、1000 多千米的长江重要堤防、4 条穿越长江的天然气管道地质勘察和金沙江下游乌东德等大型水利水电工程的勘察工作，撰写了《长江三峡工程技术丛书》之一《三峡工程地质研究》等多部科学专著，并在工程实践中为长江委培养了众多优秀勘察技术人才。1992 年薛果夫荣获国务院政府特殊津贴，1995 年获"三峡工程优秀建设者"称号，2003 年获国务院三峡建设委员会"三峡工程建设先进工作者"称号，2004 年 4 月荣获中华全国总工会授予的"全国五一劳动奖章"。

　　薛果夫曾担任长江委科技技术委员会委员、中国岩石力学与工程学会理事、湖北省地质学会理事、中国地质大学和武汉大学等高校的兼职教授。薛果夫不愧是中国水电、水利、交通、能源等领域造就的优秀的工程地质专家，是长江委敬业奉献、科学创新的楷模。

——

　　"天行健，君子以自强不息。地势坤，君子以厚德载物。"

美丽的洞庭湖南纳湘、资、沅、澧四水汇入，北由东面的岳阳城陵矶注入长江，号称"八百里洞庭"，风光绮丽迷人。1942 年薛果夫出生在湖南南县一个略为富裕的家庭。1825 年刊刻的《洞庭湖志》上，还没有这个县城的影子，在当时的记载里唯一出现的就是两座露出水面的小山。1860 年，长江洪水从藕池口大量进入，一路冲出一条大河来，河流直接进入洞庭湖，当时洞庭湖边的安乡县县衙都被淹没，据说县官都是靠木桌逃命。随洪水而来的是长江上游的大量泥沙，洞庭湖开始淤积，仅仅几十年，就淤积出一个南县来——这是中国唯一人工围筑而成的县。南县有 100 多年的历史，被誉为"洞庭明珠"，给幼时的薛果夫留下美好的记忆，但他对洞庭湖的印象不光是美丽，还有大洪水时的一片汪洋，洪水灾难让他刻骨铭心。湘、资、沅、澧四水从四面八方向洞庭湖汇聚，每次大洪水，让依湖而居的人们流离失所，一无所有。水患不得了，干旱也了不得，种地没收成，让人们饱受求生的痛苦。

据薛家家谱记载，薛果夫是宋朝薛昂的后人，薛昂系中大夫尚书左丞、金紫光禄大夫，绍兴四年，已 66 岁高龄的薛昂曾奉命协助岳飞平定暴乱。其始祖呕心沥血、精忠报国的精神，在儿时薛果夫的脑海里深深地扎下了根。

薛果夫早年因洞庭湖水患和受始祖精忠报国精神的影响，立志努力向学，为国家排忧解难。1948 年，一场大洪水乘着黑夜扫荡了他的家园，从双目失明的爷爷到还在襁褓中的妹妹，虽从洪水中逃生，但他家里抢救出来的一点儿衣物和粮食又毁于大火。惊慌不定的灾民拥挤在泥泞的堤顶，无边的浊水上漂浮着支离破碎的杂物和畜生的尸体。人们呕吐排泄于此，洗涮吃喝于此。霍乱、痢疾接踵而来，使更多家庭解体。这次水灾的惨象永远深刻在 6 岁的薛果夫心中。1954 年长江特大洪水再次袭来，薛果夫所生活的洞庭湖堤垸岌岌可危，灭顶之灾随时可能降临。不满 12 岁的薛果夫，与父亲一起日夜在齐腰深的水田里抢救一家人赖以生存的水稻，竟忘了考初中的大事。是他的同学们喊他去县城考试，他才从水田里爬上岸来，带着母亲搜尽家底才找出的五毛钱，追赶上远去的同学，乘着在洪水中摇晃不定的小船，到县城赶考。

1957 年薛果夫以南县、华容、安乡三县联考高中的优异成绩考上长沙市第五中（雅礼中学），第一次远离洪水肆虐的家乡。在那个特殊的年代，因土改时被划为富农的家庭成分让一个怀揣治水和报国梦想的薛果夫十分迷茫，学什么专业、干什么都无法按自己的意愿去选择。值得庆幸的是，1960 年薛果夫遇到长江委创始人、水利专家林一山。林一山提议创建长江工程大学，并找到时任水利部部长钱正英，要把一批高考落榜却成绩优秀但家庭出身有问题的青年招到长江工程大学，还戏称这批学生"舔北京饭店的碗底"，称这批学生是人才，这个提议得到周总理的批准。也因此改写了一批人的命运。后来，这批学生毕业后为长江委提供了大批人才。薛果夫也最终被命运之神引到了三峡。从此，薛果夫的命运与长江水利事业、三峡工程紧紧相连。三峡工程为薛果夫提供了精忠报国、倾情治水的大舞台。薛果夫说："在我的潜意识里只有三峡工程才可能避免家乡所遭受的灾难，我要做点儿事来报答那片生我养我的土地，服务于那些从苦难中熬过来的生者，祭奠那些被洪水卷走的无辜生命。踏上三峡水电之路，我就像一块木头被冲进来的，很幸运的是我能得到这个机会，我个人的力量非常微小，能取得今天的成绩都得于三峡工程这个平台。"

二

"天道酬勤，有志者事竟成。"

1965 年 7 月薛果夫大学毕业，就踏上了为我中华、志在长江的路。他把全部的热情和才智投入到长江水利事业上，尤其是三峡水电地质勘察中。工作能吃苦、肯钻研、爱学习、勤思考的他，在金沙江 433 指挥部、长江流域规划办公室（现长江委）三峡区勘测大队 202 机和山地一组，当过实习生、钻工，在地质组做过描图员，参加过金沙江虎跳峡深大断裂调查和长江葛洲坝水利枢纽工程地质工作。他不管干什么工作，都认真仔细。在那个特殊的年代，运动比较多。年轻的他埋头工作，沉默寡言。或许正是从那个时候起，薛果夫获得了一种人生的指引和自信，他坚信社会要发展，不会永远停留在那个状态。成功始于觉醒，心态决定命运。工作之余，薛果夫读书、学业务、学外语、绘画、打球、缝纫，八小时外的生活被他安排得丰富多彩，成为一名博学多才的学者型地质专家。工作之余，画了 700 多幅画。在 20 世纪 70 年代初，因小孩的外套买不到，他自己动手剪裁和缝纫，给孩子做了件外套；还买来些木材和钢管给孩子做了在当时很长一段时间里吸引了不少人羡慕眼光的推车；他还会做一手好菜，曾给岳母做过糖醋鱼。后来工作忙了，回到家一身的疲倦，家务活也很少干了。办公室有一部分书籍摆放得很整齐，有的资料就随意放，一切都为了方便。说到这些鲜为人知的琐事，薛果夫很开心地笑了……

机会总是眷顾有准备的人。源于改革开放的政策，薛果夫的命运有了新的转机。1980 年长江委拟选送 13 名优秀青年出国深造，薛果夫从葛洲坝工程工地匆忙赶回武汉，在长江委英语考试中获得第 2 名的好成绩。1981 年经国家考试选拔，薛果夫作为水利部"文化大革命"后首批送到国外的访问学者，以唯一赴英语国家的地质工作者的身份到加拿大 McMaster 大学学习、研究，师从世界岩溶洞穴学会副主席、加拿大地理学会主席 D.C.Ford。学习期间，他还赴加拿大滑铁卢大学、美国密苏里大学罗拉分校、美国西部肯塔基大学等高校学习。

留学回国后，薛果夫受到长江委各级组织的重用。他主持了长江三峡新滩滑坡勘察，参加了国际合作与交流项目，挑起了负责三峡枢纽工程地质勘测工作的重担。1986 年 10 月至 1987 年 3 月，薛果夫担任长江委三峡区勘测大队生产科长，负责长江三峡、葛洲坝运行期，清江隔河岩、高坝洲及巴东、兴山等小水电工程的地质勘测的组织与实施；主持并全面参加了对三峡 650 千米干流水库库岸地质环境与库岸稳定的调查、监测与评价。1987 年 3 月至 1988 年 4 月，薛果夫担任长江委三峡区勘测大队三峡地质大队队长，组织与指导全队在三峡、葛洲坝、隔河岩、高坝洲、锁金山等工程的地质勘察工作，负责三峡工程 173 条支流水库环境与库岸稳定的调查与评价。1988 年之后，薛果夫出任长江委长江设计院三峡勘测研究院副总工程师，主管三峡工程地质勘探、三峡工程重新论证、国家"七五"科研、三峡前期科研及五峰锁金山水电站、南漳云台山病险水库勘察。1991 年，他先后担任长江委长江设计院三峡勘测研究院总工程师、三峡工程代表局副总工程师、长江委综合勘测局副总工程师，负责组织并参加三峡工程初设阶段地质勘察及初设报告地质篇编写工作。1994 年任教授级高级工程师，2004 年起任金沙江乌东德水利枢纽设计副总工程师等职务。

三

三峡工程是孙中山先生在他的《建国方略》中提出的宏伟构想，它是中华民族的百年梦想，也是薛果夫走出南县要治水报国的梦想。为了实现这个梦想，他常年不畏艰险、不辞劳苦地奔波在三峡工程生产第一线，负责三峡水库库岸调查与稳定性研究，三峡工程初设、技设及施工地质勘察，承担三峡工程"七五""八五"、前期与施工期坝址区地质科研项目，全面主持了长江三峡水利枢纽建设期的地质勘察，在三峡工程 1—5 号机深层抗滑问题、船闸高陡边坡的研究、深水围堰稳定、库岸稳定、深厚覆盖层深基坑稳定和高挡水围堰的勘察研究和特大滑坡的勘察研究等方面攻克了世界级的地质技术难题，解决了一系列影响工程决策、安全和工期的实际问题，其科技创新成果创国内外先进水平。除此之外，他还主持了西陵长江大桥、夷陵长江大桥、南京长江二桥、安庆长江大桥、三峡莲沱大桥等 10 多座特大桥的地质勘察工作。这些特大桥梁都是我国东西、南北国道或高速公路的跨江通道或城市桥梁，在国家和武汉、宜昌、铜陵、荆沙等地方城市的经济发展及三峡工程建设中发挥了巨大的社会效益和经济效益。他所主持的 1000 多千米长江重要堤防与 4 条穿越长江天然输气管道隧道的勘察，助力这些工程提早发挥效益。他还作为专家兼翻译就环境地质、大坝安全评价、高边坡研究、大坝与滑坡监测、水库诱发地震等课题，赴瑞典、意大利、加拿大、美国等地考察与学术交流。此外，还参与了大量国家重点工程、抢险救灾等技术负责和审查咨询。作为国务院特派地质专家和中国国际工程咨询公司、水利部、交通部的专家，在参加国家抢险救灾工程西藏雅江支流易贡河3亿立方米滑坡堵江抢险减灾中，他提出排险方案并紧急实施，避免了人员伤亡，减少了灾害损失。薛果夫在他所承担的项目中都取得了骄人的业绩，成为当今中国水利水电工程地质勘察领域的一名权威人士，在业界享有盛誉。

四

三峡工程是世界上最大的水利枢纽工程，它的许多方面都突破了水利工程的世界纪录。薛果夫与长江委长江设计院三峡勘察研究院这个优秀的团队是世界纪录的创造者，在水电工程勘察技术上体现了非凡的创造力，推动了中国工程勘察科技技术创新，引领了世界水电潮流。

地质勘察研究是保障三峡工程安全与正常运行的基础。它分三个阶段进行。

在前期勘察阶段，薛果夫与他的团队解决了三峡工程能否兴建、在何处兴建的问题，为确定建筑物的基本布局与规模提供依据，着重查明区域地壳稳定性、水库封闭条件与库岸稳定性、地震及水库诱发地震环境、选定坝址，初步查明坝址工程地质条件与问题。

在技术设计勘察阶段，薛果夫与他的团队用优异的地质勘察成果，确定了坝址枢纽建筑物如何兴建的问题。薛果夫说：三峡工程是一项超巨型工程，它由一系列世界级的单项工程组成，由于这些工程具有特殊的规模，设计的许多方面超出规范的指导范围，在国内外缺乏参照工程和现成理论与经验，这对工程是新的课题与挑战。在三峡工程"大坝和厂房""永久船闸""垂直升船机"和"二期上游围堰"等单项工程技术设计阶段勘测工作中，鉴于各单项建筑物的特大规模和复杂性，薛果夫按照国务院三峡工程建设委员会的要求，带领团队深入实际，运用新技术、新方法、新工艺，研究、解决三峡工程中的关键技术问题，组织补充勘探和图件审查核定与报告编写。他们为三峡主体工程提供了翔实可靠的地质资料，仅组织完成的上述4个报告的送审稿文字就有约70万字，附图1520张，均顺利通过各专家组评审，专家组认为"长江委利用各种勘探手段作了大量勘探及试验工作，查明了建筑物的工程地质条件及主要工程地质问题，并指出了切实可行的处理意见，完全满足了

三峡工程
情怀

· 292 ·

技术设计阶段的要求"。

在三峡工程施工阶段，薛果夫主持并参加的"八五"国家科技攻关项目专项"85-16-04-03长江三峡工程施工关键技术研究"，其研究的多种新技术系统成为施工地质工作中的有力手段，为三峡设计施工提供了有价值的资料与定量参数，展现了薛果夫超凡的独创性和攻克工程难题及解决工程实际问题的创新能力。他所承担的"长江三峡大坝建基岩体快速检测"课题，采用了新型超磁伸缩材料制成的声波辐射器，主频高达8000赫兹，余振低至1.5周，研制出高灵敏度和高倍噪比的声场采集与记录系统，在数据处理中编制了小波变换、深度偏移等高先进处理软件，使这套系统具有抗干扰能力强、轻便实用的特点，在三峡工地使用可以分辨20米范围内20厘米厚的软弱带。在解决左岸非溢流坝15~18坝块建基面下有无须处理的厚度大于5厘米软弱夹层问题时，已得到应用，效果良好，为工程设计提供了依据，取得了较大的社会效益和经济效益。这一研究课题，荣获1996年水利部科技进步奖和1996年长江委科技进步奖一等奖。

如今三峡大坝已成为国内外游客观光的黄金旅游区，成为世界巨型水电工程的成功典范、水电工程专业学生实习的教育基地。当人们赞叹工程的宏伟巨大，看到巨大的水轮发电机向华东乃至全国源源不断地输送电能，享受水电能源带给人们巨大财富的便利时，熟悉这段经历的人不免会想到薛果夫和长江委长江设计院三峡勘测研究院这个优秀的团队为这个世界级的大坝勘察出一个安全稳定的地基所付出的辛劳，记得他们为开创中国工程地质勘察科技事业建立的卓著功勋，记得有这么一批人使三峡工程成为世界工程地质勘察学的代表作和里程碑作出的科学贡献。虽说三峡大坝的坝基是花岗岩，有较高的硬度，以至于外国专家称其为"上帝给中国人的恩赐"。殊不知，由于几亿年的地质运动过程，花岗岩体有许多方向不定、纵横交错、长短不一、性质不同的裂缝，倘若不及时全面探查和解决，将给三峡大坝未来的安全运行留下不可预估的隐患。而有些问题，就连美国修建大古力水电站时也无法解决。

然而薛果夫做到了。他思想独到，另辟蹊径，常常会给人意想不到的创新成果。他带领团队经过反复研究，在解决三峡工程左厂坝1~5号机抗滑稳定问题上，提出了"特殊勘察"的思路和方法，采用加大勘探密度和取芯新工艺，并改进了"井下彩电"，查明了坝基抗滑结构面的位置、规模、产状与力学性质，为坝基抗滑稳定计算提供了确定性滑移模式。三峡工程以查明坝基结构面为基础所建立的确定性滑移模式，是勘察与工程史上的突破，使大坝安全有了可靠的依据。这类问题的解决

人物篇

被两院院士潘家铮认为是工程地质勘察的一项重大突破，建议将此模式作为全国各科研设计单位进行三峡左岸坝段稳定分析、设计与科研的基本依据和大坝基础加固的依据。

三峡工程永久船闸是世界上规模最大的通航建筑物之一，其岩质高边坡有其他高边坡不完全具备的特点与难点，因此，三峡工程永久船闸高边坡的稳定问题被国家列为"七五""八五"科技攻关中的重要项目。薛果夫主持这项科研得出明确结论："船闸具有形成高陡边坡的基本地质条件，边坡岩体稳定性好。局部不稳定块体规模与数量有限，建议采用地表与地下结合的地下水防排措施，并以多层排水廊道为基础。"这项科研为船闸明挖方案的决策提供了地质依据，并为设计部门所采用。永久船闸劈岭深挖而建，形成长达数千米、高达 170 米的四面高边坡，其下部直立，高 40~70 米，为船闸结构的一部分，必须绝对稳定，且船闸闸门安装后直立坡的时效变形不超过 5 毫米。薛果夫迎接挑战，带领他的团队精诚合作，克难攻关，通过一整套工程地质勘察程序与方法、岩石力学试验研究、精密岩体变形监测、合理而及时的岩体加固体系，取得多方面的实用成果，并获得成功。船闸高陡边坡的主要破坏形式是局部块体位移与失稳。薛果夫带领他的团队通过采用地质巡视、专门性地质编录、专项勘察和自行开发的数字摄像成图、三维结构面网络分析、三维立体数字化模型等技术对高边坡块体进行动态预测预报。在施工中，薛果夫提出建立不稳定块体地质动态预报方法、程序等一套完整体系，边施工边进行动态处理。为此，在三峡大坝高边坡开挖加固的 5 年中，他和他的团队共编发 390 期、合计近 240 万字的施工地质预报，发出预报数百次，预报块体 1054 处，未发生漏报事故，确保了船闸施工与长期运行的安全。最让薛果夫感到欣慰的是，由于施工地质预报分析及时准确，整个施工过程没有发生大的事故。而此前国内外都有因预报不准确造成各种重大伤亡事故的先例。也正因如此，薛果夫承认，他为此承受过很大的压力。他说，只有保证地质预报的超前，有足够的时间来处理，才能防患于未然。

五

多项大奖彰显了地质专家的奇才睿智。薛果夫是三峡工程地质勘察的一面旗帜，是解决工程实际问题科技创新的领头羊。他作为科研项目的主持人与主要参加者，具体承担了坝址、高边坡与坝基稳定，水库稳定与区域稳定等方面"七五""八五"国家科研与三峡前期科研的专题、子题或小题项目共 30 余项，经专家鉴定，均为当时国内领先、国际先进水平，个别达到国际领先水平，使三峡勘测地质工作的手段、方法与认识深度处于国内前沿。

在生产任务十分紧张的条件下，薛果夫主持完成各类成果报告的编写数以百计，图件数以万计，直接编写的生产、科研、总结报告数十种，撰写论文20余篇，专著多部。其撰写的新滩滑坡研究《水文地质工程地质论丛》，在1987年的国际滑坡与岩土工程学术会议上发表并收入科学出版社发行的《中国典型滑坡》一书，获水利学会"四六"以来优秀论文奖，湖北省地质学会优秀论文一等奖，湖北省优秀科技论文二等奖。薛果夫编写的《长江三峡工程1—5号机组坝段抗滑稳定地质专题研究报告》于1997年5月26日通过中国长江三峡工程开发总公司技术委员会组织的专家审查，为抗滑稳定分析和计算奠定了坚实的基础。1990年，薛果夫负责工程地质、水文地质、测量、遥感、大坝监测、岩土工程等专业编辑的《现代英汉水利水电科技词典》由武汉出版社发行。他主编的《三峡工程技术丛书》之一的《三峡工程地质研究》达43万字，1997年由湖北科技出版社发行。2004年他主编的《水利水电工程施工地质勘察规程》，由中国水利水电出版社发行。薛果夫与长江委长江设计院三峡勘测研究院院长满作武主编的《长江三峡水利枢纽工程地质勘察与研究》（上、下册）于2008年出版发行。薛果夫倾其一生的心血撰写的论文和著作成为中国工程地质勘察学的教科书，他总结的三峡结晶岩风化分带标准早已在全国推广，其弱风化带岩体作为混凝土坝坝基，开国内先河。他不愧是中国当代工程地质勘察行业的优秀代表者，是杰出的地质学家，是三峡工程地质勘察事业又一个开拓者和奠基人。

薛果夫作为地质勘察负责人所承担的科研项目，获得国家设计金奖一项、银奖一项，国家科技进步奖一等奖一项。他还获得5项省、部级特等奖和一等奖（其中3项排名第一，其他在勘察人员中排名第一），2项省、部级二等奖，4项省、部级三等奖，7项长江委一等奖。在科技方面获奖的等级和数量方面，在勘察领域实为罕见。

六

岗位责任，胜于泰山。勘测人员的价值何以体现？薛果夫说一辈子都记得在三峡工程开工时，长江委老前辈司兆乐副总工程师曾对他嘱咐的话："三峡工程成功了不一定有你的功劳，但三峡工程有什么风吹草动，出了什么事一定有你，你有推卸不了的责任。"薛果夫时刻用司老先生的教诲警醒自己："三峡工程地质工作不是坦途，不是享受，是关系三峡工程及其上下无数生命安危的神圣责任。你问我是什么力量支撑我钟爱勘察事业一生，其实很简单，就是岗位责任，在这个岗位上没有任何理由心存杂念，只有如履薄冰，认真对待。工程的进度，工期的压力，就像火车不等人。把

人物篇

我推到工程的前列，是职责所在，无理由懈怠。不论多困难，都要迎接挑战。工程的进展造就了勘察工作的紧张节奏，因为隐蔽地质条件是工程安全、工期和决策的最主要制约因素，必须做到工作和资料超前。兴建三峡工程没有先例，没有借鉴，会碰到许多前所未有的技术问题，没有现成的规范和教科书，国外也没有。"薛果夫说自己的知识也不足以应对这样史无前例的工程，只有尊重科学、尊重规律，通过不懈努力，吸取国内外的勘察经验，把国内外专家的想法意见都拿过来借鉴。在工程勘察史上重大的创新都有一个共同的主题，就是通过不断地探索、科技攻关，解决工程中出现的新情况、新问题，推进工程的顺利进展。他说："地质勘察工作的性质决定，要建立在人的劳作和无畏的探索精神上，实现梦想是一生一世的追求，必须有耐心和恒心，我一辈子守在三峡已经习惯了这种工作状态。长江委郑守仁总工程师是我学习的榜样，他们夫妇多少个日日夜夜都是在工地上熬过来的。大坝在哪里他们就会守护在哪里，这是别人感受不到的幸福，也无法理解的，这比得什么赞美都来得真实。他们的坚守是对社会的贡献。"

当年，综合勘测局党委书记陈德基动员薛果夫到勘测科研所工作，以解决他的级别问题，继任党委书记刘良金、陈飞也都动员他去。而薛果夫说："我若能把三峡工程搞完是对我最大的安慰，不搞完，我哪里也不去……今天我看到三峡工程的效益在发挥，并超过设计的效益，这种欣慰的感觉是什么荣誉和级别都比不上的。"

1994 年 6 月，由美国发展理事会（WDC）主持，在西班牙第二大城市巴塞罗那召开的全球超级工程会议上，三峡工程被列为全球超级工程之一。三峡工程在工程规模、科学技术和综合利用、发电、航运效益等许多方面都堪为世界级工程的前列，它不仅为我国带来巨大的经济效益，还为世界水利水电技术和有关科技的发展作出卓越的贡献。

七

薛果夫两眼深邃有神，精瘦的身躯充满活力，你绝对看不出他已年近七旬。他走起路来步履轻盈，来到你的身边，仿佛有一股能量迎面而来。他知识面广，视野开阔，思维敏捷，谈起水利水电工程像打开的三峡泄洪闸一样滔滔不绝；涉及国内外社会、人生、公益等问题也侃侃而谈，让人在轻轻松松的嬉笑中感悟、受益匪浅。

尼采曾说：一个伟大的思想者，注定终身与孤独为伴。不难想象，在参加三峡工程的地质勘察过程中，薛果夫一心扑在工作上，达到忘我的境界。为赶写和审查技术报告加班加点已是一种惯例，他独自一人度过无数个漫漫长夜。他对技术精益求精，经常钻平硐、下竖井、攀岩壁，与地质体零距离接触，开展"面对面"的研究。在审查报告和图件时，认真核对每一个数据和推敲每一段文字，对重要问题总是深思熟虑、潜心研究。他治学严谨，宽以待人，位居老总却作风民主，善于听取大家的意见，仔细地指导下属的每一项工作。他学识渊博却从不满足，贡献很大却从不居功自傲，他既是技术上的老总，也是大家的良师益友。地质勘察工作要穿梭在崇山峻岭，日复一日地与大地、江河打交道，枯燥寂寞，但薛果夫的内心从不孤独也不寂寞。

薛果夫极具独特的人格魅力，他把一生的精力和智慧都献给水利水电工程地质勘察的科学事业，他身上凝结了强烈的爱国热情和民族自尊心、自信心，展现了团结、奉献、科学、创新的长江委精神。他把勤劳的足迹留在长江水利水电工程的沟沟壑壑里，把辛勤的汗水尽情挥洒在三峡工程地质勘察设计的这片热土上，把聪明的智慧印记在长江委治江事业的长河中。

冯彦勋——三峡工程优秀女标兵

王月娥

做女人难，做一个处理好事业和家庭关系，并能在所从事的水利水电工程地质勘察领域出类拔萃、有所作为的女人就更难。而这个知难而上奉献三峡工程的人，就是长江委长江设计院三峡勘测研究院教授级高级工程师、长江委三峡工程代表局勘测代表处副处长——冯彦勋。

一

梅花因为寒冻而芬芳，梦想因为坚持而美丽。

冯彦勋，1962 年毕业于北京水利水电学院（现华北水利水电大学）水文地质工程地质专业，是五六十年代响应党的号召"到艰苦的地方去，到祖国最需要的地方去""走向基层、走向工程"被分配到长江委的一批大学生中的优秀代表，她胸怀开发长江，报效国家的理想和山水情怀，选择水利水电工程野外地质勘察这条伴随艰苦、艰辛、艰难的路，矢志不渝，无怨无悔。

一路走来，冯彦勋不忘初心，志存高远，将智慧和精力献给了祖国的水利水电工程地质勘察事业，以坚实的足迹印证坚守梦想、超越自我的追求，在长江水利水电工程地质勘察的科技事业上，取得了令同行羡慕的丰硕成果，实现了开发长江、奉献人生的价值。

冯彦勋先后在河南白桐灌区、四川岷江偏窗子、乌江武隆、长江葛洲坝、长江三峡等大中型水利枢纽工程地质勘察的山水中留下了艰难跋涉的足迹，所承担的地质勘察项目的科研成果，曾获得国家科技进步奖特等奖。所承担的"七五""八五"科技攻关中的重要项目，获得国家级的奖励。

冯彦勋历任长江委长江设计院三峡勘测研究院三峡地质大队高级工程师、长江委长江设计院三峡勘测研究院教授级高级工程师、长江委三峡工程代表局勘测代表处副处长、宜昌市政协委员等职务。曾多次被湖北省、长江委、宜昌市总工会授予"优秀女职工""优秀女标兵"的光荣称号。1997 年，冯彦勋再度荣获长江委"优秀女标兵"

的称号。在长江委、长江设计院、长江委长江设计院三峡勘测研究院、三峡工地长江委综合办公楼，只要与冯彦勋接触过或共过事的人，没有不称赞她的。她身上散发出来的睿智豁达、淡泊低调、严谨淡定闪烁着独特个性的光芒，令人敬佩。

最让人羡慕的是，冯彦勋还荣幸地与江泽民、李鹏等国家领导人合影。1997年，胡锦涛视察三峡工程时，看望一线工程技术人员，冯彦勋、姜树国夫妇向胡锦涛总书记汇报长江委长江设计院三峡勘测研究院钻取五米多长岩芯的过程，以及为三峡工程所提供的地质资料科学可靠的情况，留下了共同合影留念的珍贵镜头和难忘的回忆。

二

宝剑锋从磨砺出，梅花香自苦寒来。

女人的生存靠的是一种能力。冯彦勋能在工程地质勘察这个以男人为主的领域里占领一席之地，挑起葛洲坝和三峡工程的初设、技设和施工阶段的工程地质勘察和科研任务的大梁，靠的是忘我勤奋、严谨治学的工作态度，精湛的业务能力和雷厉风行的工作作风以及脚踏实地、真抓实干、追求卓越、勇于创新的敬业精神。

在葛洲坝工程建设中，冯彦勋从事过初勘、技术设计与施工阶段工程地质勘察工作，曾担任葛洲坝三江工程项目负责人。她个子虽小，志向却大，思维敏捷，干起活来，动作麻利、泼辣能干。在工地上，冯彦勋不畏艰险和男同志一样，攀高坡、下基坑，保质保量地搜集地质资料。为了赶写地质报告，她常常日不能息、夜不能寐。由冯彦勋参与主笔编写的葛洲坝水利枢纽竣工工程地质报告第二册和二、三江工程地质部分资料，纳入《长江葛洲坝水利枢纽竣工工程地质报告》中，于1988年12月由中国地质大学出版社出版。为此，冯彦勋作为主要参加者之一，完成的"葛洲坝二、三江工程及其水电机组设计"项目，荣获国家科技进步奖特等奖，她个人荣获主要贡献者奖。当葛洲坝工程的野外地质勘察工作基本告一段落时，冯彦勋又转战三峡工程。

建设三峡工程是中华民族的百年梦想，也是冯彦勋投身祖国水利水电工程勘察事业的梦想。

1992年经全国人大批准，1994年正式动工兴建的三峡工程，为冯彦勋提供了施展抱负、展现才华的大舞台。冯彦勋在三峡工程论证初期担负了三峡库区、链子崖整治及树坪滑坡等地质勘察工作。特别是在三峡主体工程方案比较中，冯彦勋不分昼夜与同伴深入实地查勘现场，合理布置勘探平硐、钻孔，为选择建筑物布置方案提供了可靠资料，在三峡工程初步设计阶段工程地质勘察中作出突出贡献，其成果荣获长江综合勘察局优秀勘测成果一等奖。

1994 年，冯彦勋就承担起国家"八五"科技攻关项目"三峡工程升船机上闸首基础处理综合研究"主要章节的编写工作，这为后来的三峡工程八个单项技术设计中的"升船机上闸首抗滑稳定"课题研究工作打下了坚实的基础。

1996 年，冯彦勋依靠集体的智慧，根据钻孔资料和井下电视等勘察手段综合分析，敏锐判断，向设计单位提供了"浅层稳定模式和深层稳定概化模式"的科学结论及 2 张剖面图、1 张平面图。这一科研成果为设计和施工开挖方案提供了可靠的技术支持，为设计与研究基础处理方案赢得了时间。

同时，冯彦勋还主持了"三峡工程大江截流关键工程的二期围堰技术设计勘察"工作，亲自参加了在大江深水河床中的抽水试验，取得了深水河床下沙砾石层的渗透系数这一难得的资料。在历次三峡技术评审会中都受到专家的好评，认为二期围堰地质条件已基本查明，主要工程地质问题结论清楚，可供设计施工单位使用。在永久船闸下引航道隔流堤防渗工程开工后，冯彦勋还根据地质条件，按设计要求，出色地完成了防渗工程的勘测任务。

1999 年，冯彦勋参与的"长江三峡工程大江截流设计"和"长江三峡工程一期土石围堰设计"分别荣获全国优秀工程设计金奖和银奖。

2001 年，冯彦勋主持的"长江三峡工程二期围堰工程地质勘察"项目荣获湖北省优秀工程勘察一等奖。

三峡工程永久船闸是世界上规模最大的通航建筑物之一，其岩质高边坡有其他高边坡不完全具备的特点与难点，因此，三峡工程永久船闸高边坡的稳定问题被国家列为"七五""八五"科技攻关中的重要项目。冯彦勋在主持这项科研工作时集思广益、精益求精，与同伴一道提出：将"永久船闸高边坡系统锚固处理方案"改为"锁扣锚固与重点锚固相结合的处理方案"，为三峡工程节省了投资，缩短了工期。

三峡工程是世界上最大的水利枢纽工程，其技术难度之高世界少有，它的许多方面都突破了世界水利工程的纪录。冯彦勋与长江委长江设计院三峡勘测研究院这个优秀的团队是世界纪录的创造者，在工程建设中针对重大技术问题，展开一系列的科技攻关，攻克了一道道世界级的工程地质难题，创造了工程地质勘察史上的奇迹，展现了集体智慧的非凡创造力，推动了中国工程勘察科技技术创新，彰显了长江委在国内外水利水电工程建设队伍中的核心竞争力和影响力，引领了世界水电潮流。

冯彦勋勇立潮头，令人刮目相看。

三

巾帼不让须眉，红颜更胜儿郎。

冯彦勋把勤劳的足迹留在长江水利水电工程的崇山峻岭里，把辛勤的汗水挥洒在三峡工程地质勘察设计的这片热土上，把聪明的智慧印记在长江委治江事业的长河中。1994年三峡工程正式开工后，冯彦勋只争朝夕，更加拼命地工作。她说："三峡工程是当今世界上最大的水利枢纽工程，我有幸参加三峡工程建设，能为工程出一份力，感到很荣幸，总想为它多做一点事……"那段时间，冯彦勋白天到施工现场采集数据，晚上挑灯夜战，埋头苦干，分析研究基础处理问题，呕心沥血地伏案撰写施工地质报告。由于长期超负荷劳作，1995年5月，冯彦勋突然感到头痛，不能进食，连喝水也会吐出来。在同伴一再催促下，她回到宜昌，经诊断患了颈椎病，需住院治疗。为了三峡工程，冯彦勋请求医生开了一大包药，并让丈夫和女儿放心，又上了工地。与冯彦勋一起工作的地质工程师说："冯工有多少个星期天、节假日没有休息，谁也说不清，她总说工地走不开……"

三峡工程无小事。冯彦勋身兼破解工程地质难题的重大责任，在工作上她明责思进，但对家庭她也从未忘记妻子、母亲的责任。1996年6月16日，冯彦勋的大女儿住院分娩，当时正是三峡工程二期围堰技术设计审查会召开的前夕，正是她没日没夜、争分夺秒赶写报告的日子，她匆匆地放下手上的工作，抽空回宜，料理有关事宜。得知女儿母子平安分娩，来不及看外孙一眼，安抚好女儿后又风尘仆仆返回工地。

冯彦勋的丈夫姜树国，曾患腰椎间盘骨质增生病，需要护理。当时，正是冯彦勋承担主持三峡工程八个单项技术设计中的"升船机上闸首抗滑稳定"课题研究工作的关键时刻，她既兼顾自己的职责，又履行妻子的义务，匆匆忙忙地赶回家中，照顾了丈夫两天。然而，三峡工地的电话却打到她家好几次，因为她是项目核心人物，工程项目需要她，她的同伴需要她。此刻，她的丈夫也需要她。面对工作与家庭的两难境地，冯彦勋做出了艰难的抉择，想出了一个工作家庭两不误的办法——让自己的小女儿去照顾她的父亲。临行前，冯彦勋强忍泪花，深情地对丈夫说了声"好好保重"，便匆忙赶赴工地。

冯彦勋一心扑在工作上，她将自己的全部智慧和精力献给了祖国的水利水电工程地质勘察事业，她的3个孩子都是在保姆家长大的。在谈到事业和家庭时，谈吐爽快的冯彦勋沉默片刻后说："作为职业女性'照顾家庭和孩子'与'追求事业努力工作'这些事情是有冲突的，但最激烈冲突的并不是时间上的合理安排，而是内心的挣扎。我很清楚，生活的美感和满足感不仅来源于家庭，也来源于对事业的成就感。因此，我曾因工作对家庭感到自责，无法两全，很难让自己活得那么心安理得。作为妻子、母亲我是不太称职的，我常常感到欠孩子和丈夫的情太多。我也明白，有所得就有所

人物篇

失，工作投入多了，家庭就照顾少了。但我认为，人的一生不能虚度，要对得起国家、对得起自己的梦想，可梦想是要靠时间和毅力来坚守的。当初我选择了工程地质专业，由于这个工作环境与性质决定，终其一生必然会感受到流动、艰苦、艰难等酸甜苦辣的滋味。虽然地质勘察工作是苦一些，但苦已经过去了。今天，当我看到我们亲手建设起来的三峡工程为国家在防洪、发电、航运和水资源综合利用等方面取得的巨大成就，成为全世界最大的水力发电站和清洁能源生产基地，尤其是 2013 年三峡工程还被 FIDIC（国际咨询工程师联合会）评为百年重大土木工程项目卓越成就奖，还有什么比这更值得叫人欣慰的呢？我相信我的丈夫和儿女们都能理解我……"

举世瞩目的三峡大坝巍然屹立着，是长江委几代人对祖国和人民、对家人和亲人最深情的告白和回报！

今天，当人们在游览三峡风光，赞叹三峡工程的辉煌时，他们可知道，在三峡工程浩浩荡荡的建设大军中，有多少像冯彦勋那样忠于祖国、忠于工程的优秀建设者，他们为工程作出了何等的牺牲和奉献？

唯有滔滔的江水目睹，唯有辉煌的大坝见证！

四

老骥伏枥，志在千里。

1999 年，冯彦勋虽办理了退休手续，但她依然坚守在朝夕相伴的三峡工地上，一方面她仍在负责编写《三峡二期工程各建筑物竣工工程地质报告》和工地的日常工作，另一方面她还负责编写了《水利水电天然建筑材料工程地质勘察规程》及其宣讲材料。2002 年，当三峡工程各建筑物竣工验收工作完成后，冯彦勋回到宜昌。但她并没有停止前行的脚步，又参加了《水利水电工程施工地质勘察规程》的修订编写工作。冯彦勋受水利部水利水电规划设计院委托，编写的《水利水电天然建筑材料工程地质勘察规程》和《水利水电工程施工地质勘察规程》这两本书，汇集了长江委长江设计院三峡勘测研究院半个世纪进行水电工程地质勘察探索的工作经验和总结，展示了长江委长江设计院三峡勘测研究院甲级勘测单位的先进水平，是对中国水电工程地质勘察具有指导意义的教科书。

2003 年，在三峡水电站开始蓄水发电后，冯彦勋又马不停蹄地代表长江委长江设计院三峡勘测研究院专家组，先后三次奔赴云南乌东德工地一线，参与金沙江乌东德水利枢纽地质工作的咨询工作……

冯彦勋为祖国的水电工程奉献了一个女人一生中最宝贵的年华，直至 2004 年，65 岁的她才正式回到家中。退休后，冯彦勋依然关注着三峡工程和国内外水电工程前沿发展动态信息，关注着单位的发展。当工程需要她、单位需要她时，她依然会毫无保留地奉献自己的智慧，发挥余热。

如今满头银发的冯彦勋，虽荣誉光环环绕其身，却淡泊名利，依然艰苦朴素，为人谦和，平易近人，常把自己积累的工程实践经验分享给同伴和晚辈，晚辈们都亲切地叫她冯老师，冯阿姨。在晚辈眼中的冯老师是他们和蔼可亲的阿姨，业务上又是他们的好扶梯，事业家庭双肩挑的楷模，谁都愿意跟她说说心里话。冯彦勋不仅是会做学问的教授，还是一位有情趣的智者，常与同事和晚辈们交流互动，玩玩朋友圈，发发微信。虽离岗多年，冯彦勋依然能通过个人的魅力停留在同行和晚辈们的心里。

同时，冯彦勋再也不用为难，可以全心全意地做贤妻良母，照顾家人了。她关照孩子的工作，照看孙子。尤其是精心照顾老伴的衣食住行，陪伴老伴看病，几次都让患病的老伴转危为安。冯彦勋非常珍惜与老伴团聚的幸福时光，他们一起去旅行，一起去散步，尽情地享受晚年生活……

然而，幸福的日子总是那么短暂。在2017年7月28日长江设计院三峡勘测研究院领导、同事和冯彦勋的学生们一起送别她的老伴、三峡勘测研究院三峡地质处的老领导姜树国时，一向从容淡定而坚强的冯彦勋，再也忍不住悲痛的心情，抱着老伴的头不撒手，泪流满面。前去送别的领导和同事目睹她伤心的情景，无不为之动容，眼里噙着辛酸的泪水……

每个人的一生其实都是一次无法复制、无法重现的选择之旅。当年那个风华正茂，认为地质工作好玩、可以游山玩水的北京姑娘冯彦勋，就像插上理想和毅力这"两个翅膀"的吉祥鸟，飞向祖国水电工程地质勘察的蓝天，坚持不懈地在工程理论与工程实践相结合的轨道上展翅翱翔，克难奋进，取得丰硕的地质勘察科研成果，为长江葛洲坝和三峡工程的兴建作出了突出贡献。她的行为担当，弘扬了长江委团队奉献、科技创新的精神，让自己在野外地质勘察的蓝天上飞得更高，飞得更远。可以说冯彦勋这一生不断地在追求"两个极致"，一个是在她半个世纪兢兢业业的地质生涯中，追求把自身的潜力发挥到极致；另一个是她目前正在追求的要把自己的寿命健康延长到极致。

冯彦勋是长江委五六十年代高级知识分子的杰出代表，长江委黎安田等老领导、老专家到三峡工地检查和指导工作时，都听取过冯彦勋对三峡工程的进展和工程地质技术性问题的汇报。

冯彦勋奉献三峡工程的闪光人生，是长江委的骄傲，是长江委"半边天"的自豪，是地质勘察人的荣耀。

人
物
篇

冯彦勋的成功之旅，值得致力于工程地质勘察的同行和有志投身于水利水电工程建设的晚辈们借鉴和学习。

冯彦勋乃女中豪杰，她无愧长江委授予的"优秀女标兵"的光荣称号。

行笔至此，心潮起伏，我仿佛听到举世闻名的三峡工程和经久不息的滔滔江水，不停地在向人们诉说：他们是当之无愧的中国水电工程设计地质勘察的脊梁！他们自力更生、艰苦奋斗、无私奉献的精神是中国水电工程之魂！

一篇论文三代人

孙尔雨

一

我推门走进办公室，漫天霞光从窗外迎面扑来，窗台、四壁、几、柜、桌、椅上都被涂抹了一层淡淡的神奇光彩…… 我的办公桌上靠近座椅的部位，端端正正地放着一份文稿，英文的，我想那大概就是杨文俊临走前留给我看的文章，是送往第十三届国际水力学研讨会交流的论文。我紧走两步将文稿拿在手里一看，果然是！

我一边拉开座椅坐下，一边不禁轻声朗读。

CHINA YANGTZE RIVER CLOSURE AT THREE GORGES

–Its hydraulic experimental researches & engineering practice

Wenjun Yang   Guansheng Rao   Boming Huang

我虽然学过一段时间英语，但只会死读，不会用英语思维，我的大脑皮层对这些曲曲弯弯而颇显风流倜傥的符号做出的条件反射既不是理念也不是形象，而是一串方方正正、甚为儒雅端庄的汉字：

"《中国长江三峡工程大江截流水力学研究和实践》，杨文俊、饶冠生、黄伯明。"

我几乎是一口气读完了这篇洋洋洒洒的英文文章，又随意翻看了几遍，或拣一两句，细细品尝。终于，我那源远流长、颇富底蕴的母语，为我展示出了一幢幢用坚实的理念砌筑而成的大厦，和那映照得大厦紫光莹莹的恢宏背景。渐渐地，三峡大江截流成功当晚那绚丽、璀璨的漫天烟花，又在我的心头奔腾怒放……

我掩卷沉思良久，不禁自问，究竟是一种什么东西，令我浮想联翩，激动不已呢？是那些从波澜壮阔的伟大实践中升华出来的真知灼见吗？诚然，我仿佛又回到了那些灯火辉煌的日子，无论是春夏秋冬，他们都通宵达旦地在"高峡大江，帷幄纵览，惊涛骇浪，股掌尽观。复现过去，预演未来，挽澜射潮书华章……"那是何等令人振奋、令人难忘啊！那是一份令我珍藏于心的精神财富。捧着这篇论文，此时此刻我好像正读着一部交响诗而感到荡气回肠，而眼前显现的却是那三个不见经传的平凡名字——

杨文俊、饶冠生、黄伯明，或许唯其平凡，方见其代表性和典型性。

二

黄伯明，七十余岁。

饶冠生，六十余岁。

杨文俊，三十余岁。

这是整整三代人啊！仿佛一条曲曲弯弯的历史长河，从昨天流到今天，又从今天流向明天，一浪推一浪，后浪接前浪，数不清有多少处高山流水，多少处平沙落雁，多少弄潮儿飞身腾挪于奔涌的"银城雪岭"之上，穿越茫茫时空，将那历史的接力玉杖传向那水和云相交激射的远方！

我又随手翻开案头的另一份文献，寻觅我的思路："1957年针对南津关坝址深河谷（宽约300米，深近100米），用14条大直径隧洞导流的截流方案，长江科学院建造了五座水流和气流模型，比较了深水抛投堆石围堰和管柱平板坝插板截流两种方案，认识了深水截流的困难，兼以石灰岩喀斯特溶洞很多，因而促使南津关坝址被放弃……"我沉思了一会儿，似觉意犹未尽，于是拿起电话：

"请问老院长，我们对三峡工程的导截流问题研究最早可追溯到什么时候？"我这里所称的"老院长"就是黄伯明。他于1994年从长江科学院党委书记兼副院长的职位退居二线后一直率领院学术委员会密切关注三峡工程科研形势并积极出谋划策，曾多次亲临现场指导三峡工程的导截流试验研究工作。

"我们对这项工作的筹划是在1956年，随后在1957年和1958年正式开展试验研究。"

"当时哪一位负责这个项目？"

"当时王瑞彭刚从苏联留学回国，室里安排他任导截流专业组组长，王宝理任副组长。按照当时的分工，三峡工程的截流试验由王宝理具体负责。"

"第一份研究报告是哪一位编写的？"

"截流报告可能是王宝理编写的。导流隧洞的报告是舒桂馨编写的。"他稍停了一下，我清楚地听到了一声叹息，又听他接着说："他们都去世了！王宝理早在'文化大革命'中就去世了，舒桂馨是在1994年去世的。"他语调缓慢、沉重，他的哀思和怀念飞越千里，深深地感染了我。先行者竟没有能与我们共享那举世盛况的欢乐！我控制了一下自己的情绪接着问："您当时是……"

"水工室副主任。"

"当时谁分管导截流呢？"

"我。不过具体试验工作我做得很少，我只不过是遵照当时院里的部署参与筹备、规划、提出问题和争取工作条件。工作都是大家做的。"

我知道素称"三大革命"之一的"科学实验"并非个别人所能胜任，而是需要一个具有相当素质的群体同心协力全力以赴，方能有所作为。然而我同样深深地知道，就像在团团迷雾中驾一叶轻舟乘风破浪驶向彼岸，橹手固不可或缺，领航员则更是至关紧要。我们的老干部往往虚怀若谷，实在令人感佩不已！

"第一份导截流研究报告是哪一位审查的？"

"在室一级是我看的。"

"当时的设计导截流流量是多少？"

"设计导流流量是八万多立方米每秒。设计截流流量可能在一万立方米每秒左右吧。"

40年过去了，真是弹指一挥间啊，然而由几个简要数据勾画出来的波澜壮阔的图画，此时此刻仍一幅幅掠过我的脑海，剑峰拨云的雄关，巨石和狂流的拼搏，在烟笼雾锁中冲撞不已的团团"飞雪"……

我常常在现今长江委大院内，长江科学院办公大楼前的计算中心、游泳池一带徘徊，似乎是说不清道不明地要寻觅一点儿什么。我想，这大概是一种"职业寻根"的潜意识使然。因为"老院长"曾告诉我文献中提到的"五座水流和气流模型"中有两三座就曾经相继兴建在这一带。每当清风送爽、花枝摇曳、柳条曼舞的时候，每当游泳池冲水的时候，我仿佛听到一种若有若无的"呼呼"风雷之声，在浓荫下、花丛中、草地上回旋，激荡不已，就像是当年那玻璃板下的模拟河道中气流的奇妙滚动和奔腾声……刚刚从战火硝烟中走出来的黄伯明那一代年轻人在新时代冲锋号的召唤下牢记党和人民的重托，胸怀"高峡出平湖"的宏伟理想，在新的征途上向着新的高峰挺进！刚刚摆脱水深火热的苦难而又立志自立于世界民族之林的中国，在一穷二白的土地上傲视重重封锁而开始了奋发图强、改天换地的历史进程……

三

"老所长！"似乎是从楼下传来的一声呼唤打断了我的沉思，

老所长即饶冠生。他怎么来了？

"老所长，身体好啊？"

"老所长来，一定又有大行动啊！"

在我还没有反应过来的时候，又从楼梯口传来了一片亲热的问候声、逗乐声和笑声。我赶紧起身走出门去唤了一声"老所长"并伸出双手快步走到他的面前。

老所长问："杨文俊他们明后天可以到宜昌吧？"

"今天下午就到。"有人回答说。

"有什么重要指示坐下来慢慢再讲吧！"我说。

人们随饶冠生走进总工办，走到我的办公桌边，饶冠生顺手拿起那份英文稿一边翻看一边说："就译好了？"

"可能是杨文俊临走时放在这里给我看的。"我回答说。

他看着文稿轻声念了几句，又回应我的话说："好，好！"随即放下文稿退坐到沙发上。

正在这时电话铃响了，是杨文俊打来的，我对大家说了一句："说曹操，曹操就到！"并顺手按下免提放下话筒。

"今天下午专家组可以到宜昌，明天上午安排考察模型试验，下午专家组听取汇报。"杨文俊的声音从电话里传来。

"我们几点钟派车接呢？"

"所里不用派车接，只要准备好有关资料，并准备好按当时的试验实况放水，作一点简要介绍，供专家考察。"停了一会杨文俊又问："老所长到了没有？"

"刚到，就坐在旁边。"

"你好哇，小杨！"老所长随即走到电话机旁问候了一声。

"老所长好啊！那份汇报提纲请您费心修改。"杨文俊在电话中热情问候。

"他们都说写得好，我马上就看，等你回来一起商量。"饶冠生回答说。

"你是在哪里打电话？"我又问了一句。

"在船上，神女峰已经在望。"杨文俊颇有情趣地回答。

"那儿天气怎么样？"我又关心地问了一句。

"好极了！神女峰的背景是一片橘红色的朝霞和一溜闪射着奇光异彩的卷云。虽然太阳还躲在高峰背后，但明媚的阳光已经投射到了神女的削肩上……"

办公室里响起了一片兴高采烈的"OK"声……

饶冠生于20世纪60年代初期毕业于当时的武汉水利电力学院，被分配到长江科学院水工室后在黄伯明率领的专业组任技术员，于1968年主持三峡三斗坪坝址、导截流水力学试验模型的制模工作。1983年根据水电部和长江委的决定及长江科学院的安排，受命负责三峡工程宜昌前坪科研基地筹建工作，后任宜科所所长。他陆续主持兴建多座包括三峡工程和其他大型工程的水工科研模型，先后承担过三峡工程各个设计阶段、"七五""八五"国家重点科技攻关、国家自然科学基金和三峡工程开发总公司联合资助的重大科研等多项研究工作，其中三峡工程导截流水力学研究就是最著名的项目之一。在漫长的 16 年里，他远离武汉的家，只身在宜昌前坪住单间，锐意开拓进取，在多项领域为三峡工程的科研事业作出了贡献，后升任长江科学院副总工程师，已于 1998 年退休。退休后，他仍密切关注前坪基地的科研进程，并继续完成他在任期间承担的各项重大科研项目。他这次就是为三峡工程大江截流试验研究和设计、施工联合申报国家大奖而再次离家返宜的。"三峡工程大江截流试验研究"是继 1998 年荣获水利部科技进步奖一等奖后又一个申报国家大奖的重要组成部分，这无论对于宜昌科研所、长江科学院还是长江委，都是一件大事。

"请问老所长，你能不能简单介绍一下你们是如何合作完成这篇论文的？"我拿起那份英文稿，扬了扬说。"那是杨文俊写的，在写这篇文章之前，我和他各自独立写了一篇标题和题材都一样，论点、论据也差不多的文章。为避免重复，又由杨文俊重新组合，最后由黄院长修改定稿。"饶冠生说。

"啊！"这一简单的事实，不禁触发了我的感慨："这不仅是三代人接力，还是三代人协力同心共创辉煌了！"

"孙工富于联想！"饶冠生微笑着说。

"这不是联想而是事实。"我说，随后又找出一本油印的文稿，递给他。这本东西的纸张本来就不好，而且已经泛黄、破损，但装订整齐，封面上还简单地画着一幅截流龙口的图案，以寄托作者的憧憬和雄心。这是 30 多年前饶冠生刚到水工室工作，又去长江工程大学任教期间参与编写的一本《施工水力学讲义》。

饶冠生接过文稿十分惊喜："这东西你还保存着啊！"他像是询问又像是自语。我没有说话，只是静静地观察着他。他带着微笑，带着深情轻轻地翻动着那些泛黄了的、磨损了的书页，又不时喃喃念诵一两句。仿佛正注视着他少壮时期曾经辛勤耕耘过、曾经满腔热情地抛洒过心血和汗水的一片温馨的土地。当他稍稍抬起头来望我的时候，我赶紧说："您看能不能以这本讲义为基础，把自那以后 30 多年间的国内外截流实践，特别是葛洲坝和三峡工程导截流的特殊性、创新点也加进去？"

"好啊！"饶冠生高兴地说："等杨文俊回来再抽空和大家商量商量吧！"

四

杨文俊于 1992 年获得武汉水利电力大学流体力学硕士学位，后任长江科学院水工所一室主任，专事三峡和其他大型水利工程的枢纽水利学问题研究。他在汉口有一个幸福美满的家庭，妻子宫平也是一位肩负重任的工程师，他那 5 岁的女儿更是天真活泼聪明伶俐，他和两鬓染霜的父母也都团聚一堂。1996 年 6 月，根据院领导的决定和安排，他离汉来宜，出任宜昌科研所总工程师，着重抓三峡工程的导截流水力学

人
物
篇

研究工作。自那时起到三峡工程大江截流成功，他深入模型试验第一线，既是战斗员又是指挥员，潜心钻研，多方联络，仅在1997年不到一年时间内，经他与饶所长和战友们同心协力，配合现场施工，发现问题，建议立项并付诸实施而取得多项成果，而且还努力争取到250万元科研经费。他在其中所起的重大作用有目共睹。由他亲手编写的研究报告总计30余万字，在《中国三峡建设》《人民长江》《长江科学院院报》《水力发电》《武汉水利电力大学（宜昌）学报》等全国性大型科技杂志和中日河工坝工国际会议、海峡两岸技术交流会议等国内外大型学术活动中发表和宣读的论文总计11篇约8万字。与此同时，他还加强了对其他专业的技术领导。在那些难忘的轰轰烈烈的日子里，他的办公室里常常是通宵达旦地亮着灯光。

由于远离家庭而住集体宿舍，过着清苦的单身生活的缘故，杨文俊一日三餐也十分马虎，或干啃两块快餐面，或去街边买几个烤红薯将就一餐。他虽风华正茂，但眼角已出现了一两条细细的鱼尾纹。本来，他可以在汉口享受着家庭的温馨和天伦之乐的同时，同样也可以潜心于神奇的科学殿堂，同样可以奔向远大的理想，然而他却毅然决然地选择了宜昌，选择了现场。记得有一次，我和杨文俊在汉口接项目，当时他女儿正生病，而他的父母又已经回家乡照顾他那年迈的老奶奶，我建议他留几天，等女儿病情稳定后再回宜昌，可他认定工作不允许。临走的那天，出租汽车开了，离到街边送行的母女已经很远了，而且已经转弯，他一面热烈地和我谈论工作计划和种种设想，一面又回首，再回首……在他的脸颊上还留着一颗晶莹的泪珠，实在令人感慨不已！那是从他的眼角静静滑落下来的吗？那是他女儿的惜别之泪留在那里了吗？我不知道，诚然他们这种离别，还远远算不上什么，然而，那毕竟是在轰轰烈烈中掺杂着几分沉重和几分苦涩啊！豪情和柔情原本是一个统一体不可缺一的两个侧面。此情此景不禁令我想起鲁迅先生的诗：

"无情未必真豪杰，怜子如何不丈夫。知否兴风狂啸者，回眸时看小於菟。"

由于年龄的差异，我对当今青年的价值观念和情操并无深入细致的体察，然而，我从杨文俊身上窥测到了一代又一代共产党人一脉相承的优良传统。那是"接力"过程中的潜移默化的影响吧？那是同一文化的熏陶使然吧？令人欣慰的是，由于众所周知的原因所形成的人才断层我们今天已经成功地跨过来了。当年的烦恼和不安也已经烟消云散。

杨文俊和他的战友们的心血并没有白费，三峡工程大江截流成功了！杨文俊领衔撰写的论文荣获长江科学院、长江委、湖北省优秀论文一等奖，杨文俊和他的战友们的科研成果荣获长江科学院、长江委、水利部科技进步奖一等奖。他们以及成千上万劳动者的汗水和智慧已经化成那朗朗夜空中绚丽的烟花而功标中华史册！

1998 年杨文俊荣升为长江科学院宜昌科学研究所副所长兼总工程师，他在为创新局面而竭诚努力。现在他又与业主三峡工程开发总公司一起，为三峡工程大江截流的成功申报国家大奖。他这次同本院以及其他单位的有关专家一道前往重庆，迎接国家科技部派遣的联合专家组对申报国家大奖的项目进行全方位考察，随行主要是为了答疑。到宜昌后，他们将在桃花岭饭店举行会议，会上将由中国工程院院士、长江委总工程师、三峡工程设计总负责人郑守仁同志就报奖项目的关键技术和创新点向联合专家组作简要汇报。长江科学院的王德厚书记、杨淳总工程师也将出席会议。从黄伯明那一届起，现在的院领导班子，无论是院长或总工程师，也都是第三届了。一个较高层面的三代接力已经完成，一个更广领域的新局面已经开始。

五

"叮呤呤……"又一阵电话铃声打断了我的沉思，又是杨文俊打来的。

"老所长还在你这儿吗？"

我听后把话筒递给饶冠生。

"是我，有什么事？"饶冠生问，又顺手一按免提键，放下话筒。

"宫平来电话说，她已经通过互联网向巴黎发了一封电子邮件，阐述了我们那篇文章的摘要。会议组委会对我们的文章非常有兴趣，同意安排在会上宣读，并收入论文集，您看还需不需要修改？"

杨文俊颇带兴奋的话语又从数百千米以外穿越高山峡谷在办公室里回旋不已。

"我看已经很好了。黄院长知不知道？"饶冠生说。

"老院长也已经修改过了。"杨文俊回答说，接着又问："那我就回电话要宫平将文章发往巴黎，您看如何？"

"很好，发吧！"饶冠生非常高兴。

初夏的清风轻轻地摇动着风钩紧实的窗扇，又夹带着一种醉人的幽香在办公室里随处翻动着书页，抚摸着图纸，摆弄着人们的头发，给人以无可比拟的惬意和舒适。

我不禁起身走到窗前，做了一次深呼吸，饶冠生也走了过来。我们凭窗眺望，但见那成片的香樟树、广玉兰、栀子花以及那蜜蜂出没的柑橘林生长得十分茂盛。我伸手在窗外随意画了一道圆弧，对饶冠生说："一篇未罢头飞雪，好在当年的规划已经成林了！"饶冠生只是静静地看着，没有说话也没有露出微笑，"此时无声胜有声"，他似乎又已经回到了在一片乱坟岗上精心编织科学城之梦的那些甜蜜而又艰难的岁月……

此时，三峡枢纽模型、三峡电站日调节模型、三峡工程三期截流模型都正在进行

人
物
篇

放水试验，三峡工程的漂浮物治理问题、三峡电站汛期调峰影响通航问题、三峡水利枢纽调度问题、三峡工程三期截流的问题……新的彼岸已经遥遥在望！

　　我极目远眺，但见蓝天白云下海潮似的群山一直铺展到天的尽头，一轮朝阳正在两三朵彩云的烘托之下向着那高远的天心升腾。在我的心头，高峡、平湖、朝阳、年轻人等的形象时而各自清晰交相辉映，时而又融汇一体，辨不分明……

为了三峡工程安全监测事业

——记长江科学院总工程师兼三峡工程安全监测中心主任王德厚

陈志宏

在 1997 年"庆七一·迎香港回归"的双庆之日前夕，作为目前三峡工地最大的一项监测工程——永久船闸高边坡一期开挖安全监测工程，通过竣工验收，其质量被评为优良等级，为举世瞩目的三峡工程又添光彩。这来之不易的优质工程源于广大监测设计、实施及监理人员的辛勤劳动。同时，亦倾注着长江三峡工程开发总公司安全监测中心主任王德厚的智慧和心血。

一

水工建筑物能否安全正常运行，是人们普遍关注的问题。随着社会的发展和进步，工程安全问题愈显重要。安全监测已成为水利水电工程不可缺少的重要组成部分，安全监测技术研究亦成为一个跨学科、跨专业的综合性的工程科技领域，并提出了许多前沿性的研究课题。

王德厚同志 1967 年毕业于兰州大学力学系，1973 年从武汉长江大桥桥工处调到长江科学院，从事水工结构和大坝安全监测研究工作。为了大坝安全监测事业的发展，早在 1982 年 5 月他就接受了"大坝安全监测预报模型"的研究任务。当时葛洲坝的复杂地基还是一项新的研究课题。它不仅涉及水工结构、原型观测，而且涉及岩石力学、应力分析、工程地质和计算技术等多门学科。当时这方面的研究在国内还是一项空白，他们仅收集到了一些国外的资料。他在中国工程设计大师曹乐安等水利专家的指导下，制定了研究大纲，提出了研究计划。他首先对实际工程的复杂条件进行了调研和分析。针对工程的地质情况、岩石力学特性、荷载类型等问题，建立适用的地质概化模型，提出了具体的计算方案，进行了大量的数值计算工作，从而建立了葛洲坝二江泄水闸基础变形的决定论模型。

这一开创性的研究课题，每前进一步都须付出不少的心血。为了建立变形预报模型，王德厚经常深入葛洲坝工地，查阅了一份份地质勘探、大坝原型观测、岩石力学等测试资料，并虚心请教有经验的老工程技术人员。经过几百个日日夜夜的辛勤劳动和探索，建立了初步的变形预报模型，为大坝安全监测、预测预报和大坝安全监控闯出了一条新途径。

1983年秋，正当王德厚与合作者撰写《长江葛洲坝水利枢纽安全监测系统及预报模型检验》等论文报告时，他的儿子突然发急病住进了医院，并下了病危通知单，经医务人员的全力抢救，输了900毫升的血才保住了性命。其间王德厚却很少请假上医院照顾病中的儿子。作为父亲，不是不疼爱儿子，而是课题研究占据了他的心。为了写好论文，他不知熬过了多少个不眠之夜，他的体重下降，胆囊炎也发作了。他所撰写的这篇论文，对葛洲坝工程安全监测自动化和三峡工程的大坝安全监测工作具有十分重要的实用价值，受到中国大坝委员会专家的高度评价。1985年6月，这篇论文被推荐到第十五届国际大坝学术会上交流，并被收入会议论文集。

1990年，王德厚负责组织并直接参加了对葛洲坝二、三江工程包括二江泄水闸、二江电厂、2号船闸及预应力闸墩等主要建筑物变形监测、渗流监测近50万个数据的分析反馈工作，对其关键部位的监控测点分别建立了三种类型的监控模型，提出了可供实用的监控指标和20多万字的研究报告，使这一技术复杂的研究课题在理论与方法上都有所突破，在规模上亦是空前的。

二

1993年后，王德厚同志先后被任命为长江科学院总工程师、长江委三峡工程设计代表局副局长、长江三峡工程开发总公司安全监测中心主任，新近又被任命为长江科学院副院长等，并作为三峡工程建筑物安全监测单项技术设计负责人之一，负责该项设计的技术领导和组织工作。

三峡工程安全监测中心是长江三峡工程开发总公司对监测工程进行归口管理和监理的一个职能机构。该中心的职责：一是规划、组织工程安全监测项目的实施，协助公司计划合同部门对工程安全监测项目进行招投标工作；二是负责监测项目的管理和监理；三是对工程安全监测资料进行收集、管理、综合、分析和反馈。工作内容十分复杂，专业面广，工作责任大，技术要求高，对长江三峡工程开发总公司和长江委了解三峡工程各建筑物施工期间的性状变化和安全状态都是十分重要的。

为了认真搞好三峡工程安全监测工作，王总针对三峡工程的具体情况，带领同志们先后制定了长江三峡水利枢纽施工期安全监测工程管理办法、安全监测监理规划、7个监测专业的监理细则、监测工程项目竣工验收暂行规定和监测工程质量评定细则等一系列文件，使三峡工程的安全监测工作逐步走向正规化、规范化、科学化。这在全国水利水电工程中乃是一项创举。

王总不仅负责三峡工程监测中心工作，还要负责长江科学院前方科研工作，全年大部分的时间都扑在工地上。在人员少、头绪多、任务重的情况下，日常工作几乎忙得不可开交。为了完成组织交代的各项任务，他充分调动同志们的积极性，不仅让每个人都有一项主职，而且又有几项兼职，工作互相交叉，彼此相互配合，做到人尽其才；推行项目管理，使每个人都能各司其职，各负其责，注意按职称及贡献大小、工作表现发放津贴，加上日常的思想政治工作，从而调动了同志们的积极性，使各项工作能有条不紊地进行。

近两年来，王总领导的监测中心协助总公司计划合同部门完成了各监测项目的招投标工作。目前合同总数达 26 项，金额达 8000 多万元（长江委承包的合同额有 5000 多万元）；组织监测中心人员，以"三控制、二管理、一协调"为主线，全面开展了监测合同的管理和监理工作；组织信息室建立了三峡工程安全监测数据管理系统，目前已建立 150 多个数据库，收录各类监测数据 300 多万个。编发监测动态、监理月报、监测例会会议纪要及各类工作文件达 100 多份，提交分析报告 12 份。组织各监测实施单位定期编送监测简报、月报、分析报告百余份，全面、及时地为工程管理、设计、施工与监理等单位提供了监测资料，在监测工程安全、指导施工和动态设计等方面发挥了重要作用。

安全监测是长江委在三峡前方开展的一项重要工作，先后签订了近 20 个合同，金额近 6000 万元，其中长江科学院有 7 个合同 20 多个分项，总金额达 2500 多万元。为了使大坝监测的管理工作正规化，真正成为大坝安全的哨兵和耳目，王总从监测仪器仪表的选型、埋设、布置、量测，直到数据采集、资料收集与整理分析、安全评价及反馈，他都要一一过问，严格管理，仔细审查，一丝不苟。发现问题及时研究，并向长江三峡工程开发总公司如实汇报。特别是每年的汛期，王总都要认真组织监理与实施单位到施工现场进行汛期的巡视检查。当发现异常现象后，他总要仔细检查和分析发生异常现象的原因，提出切实可行的处理方案。

由于监测设施的建造、监测仪器的埋设受土建工程进度的影响比较大，在施工现场要做大量的协调工作。对此，王总带领同志们经常深入施工现场，认真检查督促施工单位按公司颁发的条例和文件规定办事。他不仅努力做好现场的协调工作，还通过每月的监测工作例会及平时各种工作协调会，与监测实施单位及各土建工程的监理单位、施工单位主动联系，密切配合，按照合同条款认真开展监测监理工作，使监测工作中出现的各种问题能得到及时的处理和解决，从而大大推进了各监测项目合同的执行，及时地向工程管理部门、设计单位、监理单位提供了大量有关工程性状和大坝安全状态的信息，充分发挥了大坝安全监测的耳目作用。在总结三峡监测监理工作成功经验的基础上，他组织编写了《三峡水利枢纽安全监测工程的管理和监理工作条例范例》，并汇集成册，以专辑的形式刊发在《人民长江》1996年增刊上，成为全国安全监测监理的典范，受到工程监理界的称赞。

三

1993年秋，王德厚总工程师根据工作需要，服从组织安排，前往宜昌三峡工地，先兼任长江科学院前方业务部主任。当时前方业务部既没有办公室又没有住房，只能在长江委三峡工程设代局招待所临时办公。设代局招待所有两处住房：一处是比较正规的招待所，内有空调、沙发、电视、卫生间，设备比较齐全；而另一处则是设代局的简易小招待所，8平方米的房间内，除了两张床和一张桌、一部黑白电视外，其他什么都没有。业务部的行政秘书李镇惠想给王总安排住到大招待所的房间里，可王总不同意，只同意在简易招待所里要一间双人间。由于业务部没有办公室，要的这间小房子既是卧室又是王总的办公室。小李看到房间内的光线差，就上街买了一座小台灯，安装在小桌子上供王总办公用。这就是业务部的第一笔行政开支。夏天房内连洗澡的地方都没有，忙碌了一天回来后只能到公共卫生间去排队洗澡。有人问小李，与你住在一起的伙计是谁？小李告知，他就是长江科学院的总工程师。他们都不相信这位副局级干部竟会长期住这样寒碜的简易房间。

由于工作的需要，王总经常往返于武汉与宜昌之间。为了节省住宿开支，每次离宜返汉时，他总是交代办事人员将房间退掉，等来时再联系住处。时间久了，行政秘书小李觉得经常变动住处十分麻烦，令人头痛。为此向王总建议，干脆把住房包下来吧！可王总却说："院里经费开支紧张，我们在前方工作的同志应尽量节约开支，条件差一点不要紧，只要不影响工作就行。"就这样王总在宜昌设代局工作了一年多，直到1994年下半年组建三峡大坝安全监测中心才离开此地，并在工地又住了几个月的会议室才搬进正规宿舍。

前方业务部的主要职责是在三峡工地为长江科学院开拓技术市场，争取生产任务。在这方面他们作出了显著成绩，仅1996年就协助院计划合同部门新签各类科研、监测合同（包括变更项目）12个，其金额近千万元。同时负责组织协调院内各专业所在三峡前方开展各项安全监测项目和科研项目，基本保证了合同要求的工作进度和质量；本着对外统一联络、对内统一协调的原则，开展了岩基、土工、材料等专项科研工作十多项；协助院财务部门催办合同款多项；与各所配合，共同做好前方人员的政治思想工作，在加强组织纪律、法治教育，搞好精神文明建设方面发挥了重要作用。

在组建长江三峡工程开发总公司安全监测中心的初期，由于人员都是从长江委各二级单位及外单位抽调来的，不可避免地会发生些矛盾。对此，王总耐心地做大家的思想工作，尽力消除同志之间的隔阂，使大家能相互谅解，搞好团结，通力协作完成好任务。

王总身为副局级干部，但平易近人从不摆架子，从不搞特殊化。每次由宜昌返汉，途中很少到餐馆进餐，总是在食堂进餐。即使进餐馆，也只是吃一碗面条。他经常教育身边的同志要保持艰苦奋斗、勤俭节约的优良作风，不要大手大脚铺张浪费。有时因工作需要招待进餐，餐桌上剩下的饭菜还要请服务员打包带回来大家吃。王总平时出差很少乘飞机、坐软卧。1995年出国考察他向长江三峡工程开发总公司争取了一半经费，又在自己的课题专项经费里开了一半经费。

在几年的监理工作中，王总从不接受施工单位的任何礼物。在平时的工作生活中，他总是告诫大家，虽然我们从事三峡工程安全监测项目的管理和监理工作，有一定的权力，但我们一定要牢记长江三峡工程开发总公司和长江委领导的指示，不但要在长江上建筑一座宏伟的拦河大坝，还要在思想上筑起一座反腐倡廉的精神大坝。为了不辜负领导的信任和期望，他要求同志们在日常工作中，注意塑造监理工作者的良好形象，在业务往来中严格要求自己，坚持原则，公事公办，不徇私情，不受贿赂，并经常利用工作例会的机会，组织大家学习，宣传党的方针政策，联系实际进行学习与讨论，不断提高同志们的政治思想觉悟。近年来，在王总的严格教育下，监测中心的同志没有出现一起违法乱纪的事，从而维护了公司和长江委、长江科学院的整体形象和良好声誉。

"关心他人比关心自己更重"。这是王总身边同志经常称赞他思想品德高尚的一句口头禅。近几年来，王总大部分时间都离开武汉的家，常驻宜昌、三峡工地，家务事全落在老伴田玉萍肩上。平常家里发生了什么事，他很少过问，有时工作需要回院开会，便匆匆忙忙地在家处理一下，又风尘仆仆地赶往工地。1995年秋，王总的妻子在武汉摔伤了腿（骨折），生活不能自理，王总只是借返武汉汇报工作之机回家护理了妻子几天，委托女儿和邻居关照，自己连忙赶往工地。别看王总对自己家人是这样，可对同事却大不一样！王总非常关心职工同志的生活，平时总是想方设法为同志们排忧解难。

1995年初，王总从武汉返回三峡工地。路过宜昌时，王总到长江委设代局办事，正巧听到设代局的同志说，你们监测中心戴贞龙的爱人在家病倒了。当时戴工正忙于三峡工地工作，对家里发生的事一无所知。王总听到情况后立即与同行的王式勇副院长一道前往小戴家看望。哪知一进门就看见戴工的爱人李秋珍脸色苍白，全身无力，床边的盆子里和地上都是鲜血。听隔壁邻居说，她已经吐了几次血了，每次量都很大。见此情况，王总和王副院长当即决定马上送病人去医院抢救，一方面与设代局联系并电话通知在三峡工地的戴工赶快回宜昌。王总坚守在病房连饭都顾不上吃，直到晚上十点多钟病人脱离危险，戴工从三峡工地返回宜昌医院，一切安排解决妥当后，方离开医院赶赴三峡工地。随后，王总还多次到医院看望病人，解决住院期间的实际困难。这位职工家属感激地说："多亏王总及时送我到医院抢救，否则后果不堪设想。"

可正在当天，王总母亲在西安病危，家里人从早到晚打电话联系，就是找不到王总的人。直到第二天，王总方得知这一消息，但母亲已经去世。王总欲哭无泪，自古忠孝两难全。为了工作，他没有回老家，只电请亲友帮助料理老母的后事。

四

近年来，王德厚继续潜心研究安全监测技术，先后完成国家"七五"攻关和"八五"攻关项目三项，国家自然科学基金项目一项，还有其他的科研课题若干项。其中"七五"攻关项目"三峡工程安全监测系统安全评价模型及安全度评估方法研究"和"八五"攻关项目"三峡船闸高边坡施工现场地质和监测快速反馈技术研究"等，经专家鉴定达到国内领先水平和国际先进水平，经应用于三峡工程建设收到显著成效。他承担的国家自然科学基金重大项目取得了大量成果。这些成果有的应用于实际工程取得了较大的社会效益和经济效益。他参加的"隔河岩工程重力拱坝位移安全监控模型研究""卫星遥测技术在滑坡监测中的应用研究"等项目，被评为省部级优秀科研成果，同时还完成了《葛洲坝工程丛书》《三峡工程丛书》的撰稿任务。

王德厚同志近年来撰写了科研成果报告40余篇，其中有20多篇在国内外刊物上发表，有多篇成果论文参加国际学术交流会。他在"三峡工程安全监测系统总体结构优化研究"等重大专题研究上所提出的许多创新论点受到同行专家学者的高度称赞。目前，王总还担任了中国水力发电工程学会大坝安全专业委员会副主任委员、中国水利学会大坝安全管理专业委员会安全监测学组成员、湖北省水利学会理事等职。

多年来，王德厚同志在老一辈水利专家的指导支持下，通过辛勤的劳动和实践取得了丰硕的成果，特别是在水工结构计算分析、岩体弹塑性有限元计算、基础抗滑稳定计算、安全监测理论及方法等方面成果较多，积累的丰富经验为葛洲坝和三峡工程建设及大坝安全监测技术的发展作出了重要贡献，享受国务院颁发的国务院政府特殊津贴。

从教授级高级工程师王德厚同志撰写的一篇篇成果论文中可以清楚地看出这位开拓者对事业的执着追求、对科学技术孜孜不倦的探索、对长江水利水电事业忘我劳动的献身精神和崇高美德。辛劳铺平了通往荣誉的道路，他曾多次被评为先进工作者、优秀共产党员。

硕果——永远属于奋力开拓、勇于探索的强者。

饶冠生情洒三峡工程

王　宏

2002 年 1 月 9 日，是饶冠生最幸福的日子，这一天，他从湖北省人大常委会副主任郝国道手中接过"梁亮胜侨界科技奖励基金"一等奖证书。鲜花簇拥着他，新闻记者包围着他，摄影镜头、闪光灯对准了他，会场上人们对他获得这一殊荣报以热烈的掌声。饶冠生激动地说："荣誉首先归功于组织的培养和帮助，这不仅是我个人的荣誉，也是对从事治理、开发长江工作的广大科技人员的褒奖。"

长江科学院教授级高级工程师、归国华侨饶冠生有许多令人敬佩的光环：国务院有突出贡献专家政府特殊津贴享受者、著名水力学专家、全国优秀归侨知识分子、湖北省侨务系统双文明建设先进个人、水利部优秀科技管理干部、长江委优秀共产党员、全江先进生产者。特别是几十年来，他出了许多优秀的科技成果，包括为三峡工程提供了数十篇试验成果报告，并在国家自然科学基金项目研究以及国家"七五""八五"科技攻关项目研究中取得高水平的科研成果，令人敬佩。其中让他感到最为欣慰的是1999 年由他与同事主持完成的"长江三峡工程大江截流设计及施工技术研究与工程实践"研究项目，被国家科学技术部授予科技进步奖一等奖，科技部部长朱丽兰亲笔签发了奖励证书。

奋力拼搏创基业，早日实现三峡梦

1938 年 4 月，饶冠生出生在缅甸仰光的一户贫苦的华侨家中，出生后不久，刚烈的母亲因无法忍受排华屈辱，带着饶冠生回到故乡——广东梅州。1962 年，他考入武汉水利电力学院，毕业后被分配到长江科学院。几十年间，他参加了葛洲坝、隔河岩等著名水利工程的建设。他刻苦钻研技术，跑遍了全国的许多电站，发表多篇论文。这些实践，为他投入三峡工程建设奠定了扎实的基础。

45 岁那一年，时任长江科学院水工所所长的饶冠生迎来了事业的黄金期，组织上决定由他领导筹建宜昌三峡工程设计科研基地。初接重担，饶冠生有些犹豫，心想自己一直是个搞技术的，怎么能做官呢？但这是组织决定，他义无反顾地奔赴宜昌，

人
物
篇

开展筹建工作。为了选址，他翻越了许多荒山野岭，最后决定将基地建在前坪的山岗上。当时的前坪，野草丛生，坟茔遍布。每次上山，他们必须带着拐棍，既拨荆棘，又赶虫蛇。科研设计厅、楼区的场地平整和临时水电供应配套设施开工后，他夜以继日地工作，基地建设进展得有条不紊。

在平整场地的隆隆炸石声中，饶冠生迎来了新一轮的挑战：为研究三峡电站负荷日调节对下游航运的影响，为三峡工程可行性论证提供可靠的科学数据，上级下达了第一项试验任务——在一年内建成三峡电站与葛洲坝电站两坝间整体水力学模型，它包括 500 多米长、占地 5000 多平方米的河道模型，5000 平方米的试验厅，供回水配套系统以及满足非恒定流试验需要的自动控制和测量系统。这些工作按常规要三五年才能完成。面对巨大的压力，饶冠生没有退缩，他一面指挥施工队伍开山炸石，平整场地，边建房边制模型；一面埋头计算一组组数据，精心绘制一张张规划设计图。饿了吃包快餐面；儿子住院，他走不开；两个孩子参加高考，他没时间辅导他们。如此苦干了一年时间，终于完成全部筹建工作。1986 年 3 月 24 日，模型首次试水成功，上级领导给予了高度评价："你们花这么少的钱，在这么困难的条件下，用这么短的时间，按预定投资，完成这样大的工程项目，真是了不起。要把你们的经验好好地总结起来，进行交流宣传。"

模型建成后，接下来的就是试验工作。该项目研究的内容是：长时间、长河段范围的非恒定水流问题。这项试验必须严格按照设计提出的变化曲线控制，可观测的参数都是瞬时值，参数多、采集的数据量大而且要求自动同步记录。这套计算机控制系统，在国内尚无实践经验可循。为实现上级下达的"一年内研制成功"的目标，饶冠生和同事一道，凭着过硬的专业技术和大胆摸索，仅用 9 个月时间便完成了三峡电站负荷日调节对下游航运影响的第一阶段试验任务，为科学论证三峡工程的可行性及时提供了有关试验成果。

1987 年，长江科学院宜昌前坪科研基地已初具规模，李鹏、邹家华、张光斗、郭树言等领导和专家都先后到此考察。时任水利部部长的钱正英在第一次考察完后高兴地说："基地是块宝地，要很好利用。"20 世纪 80 年代后期，长江三峡工程的可行性重新论证工作进入高潮，专家们讨论的重要依据很多都出自饶冠生他们提供的实验成果报告。

精益求精出成果，扎扎实实作贡献

1990 年 9 月，长江三峡工程的可行性研究报告被国务院批准。科研基地的工作更加繁忙起来，连续好几年，饶冠生都没回家过年。

为配合三峡工程初步设计中某些复杂问题的研究，饶冠生受命建造三峡工程1：100枢纽整体模型。模型上要一一模拟天然的山水及岩滩，河底稍大一点的坑洼、石梁、石堆一点儿也不能遗漏，精度要求很高。饶冠生与同事们奋力拼搏，高质量地建成了这个模型。许多外国专家学者看了这座模型后，深有感慨地说："这些实验在世界上也是少见的，看了你们的模型试验，给我们不少启发。"

三峡工程大江截流的规模和难度，是国内外前所未有的。其难度主要集中在二期围堰的建造上。一是戗堤进占难，二是围堰防渗难。这都是由于截流流量大和水太深造成的。采用单戗立堵方法施工，不仅有截流水深大、抛投强度高、截流施工期间不断航等许多难题，而且在大江截流设计和施工过程中还存在着亟待解决的一系列应变问题。随着工程的进一步开展，饶冠生意识到，随着水深的增加，水流速度加大，按照原有方法抛投的石料不能迅速沉入江底，堆积起来有坍塌的危险，必须修改原有方案。

经过郑守仁、饶冠生等专家反复研讨，决定采取物理模型、数学模型及船模型试验相结合的办法，通过对非龙口段施工口门水力学研究、非龙口段施工期通航水流条件研究、龙口段合截流水力学研究、堤头坍塌物理过程及截流材料特性研究，提出了大江截流上游单戗立堵、下游尾随跟进、预平抛垫底的施工方案。将大江截流龙口深槽河段最大水深60米，预先垫至水深30米以内，使深水相对变浅。这样既可减轻戗堤坍塌程度，增强施工安全因素，又可降低截流冲刺时的抛投强度。与此同时，还对提前截流的水力学指标、与施工期通航水深条件等多方面进行了科学论证。功夫不负有心人，1997年1月8日，三峡工程大江截流一举成功。饶冠生等人参与的"长江三峡工程大江截流设计及施工技术研究与工程实践"研究项目也于1999年12月荣获科技部授予的科技进步奖一等奖。

能献身中国两项最大型的水利工程，饶冠生无怨无悔

饶冠生成为国内外知名水利学专家后，有人劝他回缅甸，也有一些在国外工作的同事和朋友以优厚的条件邀请他去工作，饶冠生都谢绝了。人们不解地看着他，而他却只是淡淡地一笑，他知道关心他的人都出于好意。可人生的选择是多向的，过去是，现在同样也是。海外优越的条件固然诱人，但他不能忘却祖国之爱！他觉得"我是中国人，是炎黄子孙，外国再好，还是外国！"有人聘请他到南方发展或到高校任兼职教授，但他依然不忘他的主业，割舍不断几十年来悠悠的长江情，这些付出了他毕生心血的事业已经永远凝固在他的脑海里。

现在，饶冠生已退居二线，但找他的人依然很多，不少单位慕名而来找他去指导

人物篇

工作，只要有时间，他从来不推辞。

如今，饶冠生每天的日程安排得很满，经常出差，而且每月他都必须在宜昌待上几天。此外，他还兼任长江防洪模型的高级顾问组成员、长江堤防加固长江科学院项目顾问组成员，由他主持编写的《三峡工程关键技术问题研究》也已印刷出版。

饶冠生淡泊名利，非常崇尚奥斯特洛夫斯基的名言："人的一生应该这样度过，当他回首往事时，不因虚度年华而懊悔，也不因碌碌无为而羞愧……"现在，长江科学院宜昌三峡工程科研基地已成为国内一流的水利科研基地。看着这些巨大的水利模型，饶冠生自豪地说："作为一个水利人，一生能参加三峡和葛洲坝这两项中国大型的水利工程建设，我这一生无怨无悔！"

记三峡大坝水泥的创造者刘崇熙博士

陈志宏

当李鹏总理宣布三峡工程大江截流成功之后，海内外都把目光投向拦河大坝的建设。中国人是怎样攻克三峡工程的技术难关的？他们有能力截断巫山云雨吗？

许多人只看到现场众多工人、战士为筑坝出力流汗，却不知还有许多专家学者在幕后为建坝出谋献策——年近古稀的刘崇熙就是其中之一。这位全国著名的材料专家、长江科学院原副总工程师，把毕生精力都献给了混凝土研究事业。

刘老身体硬朗，风度翩翩，但大概是常年与混凝土为伴的缘故吧，他的手很粗糙。他出生在历史名城安庆，1950年从安庆高等工业学校毕业后，到南京工学院研究生班进修了三年，1955年来到长江委致力于大坝混凝土的专题研究。

混凝土是大坝的"基石"，混凝土出现"病害"直接影响大坝的寿命。在刘崇熙的笔记本里，记录着国内外许多水库大坝因混凝土"病害"而维修或拆除的事例。

他对笔者说，20世纪80年代初，国际大坝界都把目光转向法国阿尔卑斯山的桑拱坝上。因为桑拱坝正经历着一个不幸的过程。先是出现可怕的裂缝，继而坝体变形，不出几年已是千疮百孔，闸门也不能开启了。这种毁坏的过程如果无法遏止，那么整个大坝就会走向崩溃。这种可怕的现象被称为"碱骨料反应"，有几十年潜伏期，桑拱坝就是在沉默半个世纪后，突然开始膨胀，犹如火山爆发。这在当时世界混凝土建设材料领域被视为无法治愈的顽症。因此，连当时的美国专家们都认为，一个拦河坝的寿命大约只有50年。

"三峡工程是中华民族兴利除害的伟大战略工程，是像都江堰工程那样荫及子孙后代的纪念碑……三峡混凝土大坝设计耐久寿命应为500年。"一年前，刘崇熙在全国混凝土耐久性学术交流会上提交的论文中这样写道，这是向国际混凝土大坝浇筑最高水平的挑战。刘崇熙对三峡大坝混凝土耐久寿命的设计设想，引起了党和国家领导人的高度重视。

刘崇熙博士的豪言震动了学术界。为了实现这个构想，刘崇熙在大坝混凝土研究的路上走了42年。20世纪80年代以前，水库大坝在浇筑混凝土时，常因化学反应高热而

人物篇

胀裂，为提高浇筑质量和速度，工地上还得准备冷冻设备降温。这个技术难题让人头痛。

刘崇熙从研究水泥内部结构及化学反应入手，同有关院校、科研单位合作，研制出低热微膨胀水泥，于 1979 年荣获国家发明二等奖，并在全国 14 项大型工程运用中取得成功，其中用在武汉长江二桥桥墩建设上，奇迹般地使它提前 60 天出水。由刘崇熙主持研制的"低热微膨胀水泥"成果，通过水利工程的施工实践表明，不仅简化了温控、防止了裂隙，而且提高了混凝土质量，为我国开拓了一条筑坝的新途径，深受国内外行家的称赞与敬佩。1991 年经国家人事部批准刘崇熙为有突出贡献的专家，享受国务院政府特殊津贴。

刘崇熙并不是那种只埋头专业的人，他读史写诗，兴趣广泛，尽管在历次政治运动中屡遭坎坷，也乐此不疲。他以诗抒发对祖国的热爱，对事业的执着，以丰富的历史来滋润自己的学术研究。刘崇熙在读史时发现，我国甘肃省泰安县大地湾出土的 5000 年前的混凝土，由黏土质石灰岩锻炼成，表面光滑，证明富钙型水泥是混凝土耐久长寿的重要组成。

为了赶超国际先进水平，更新知识结构，1983 年，年过半百的刘崇熙远赴法国巴黎高等矿业学院、国立巴黎大学学习。他不满足做个访问学者，而是像年轻人那样攻读博士学位，导师为国际工程地质学家阿赫诺、地质学家谢斯但克。3 年后，他拿下了地质学、工程材料学两个博士学位，当刘崇熙的《混凝土碱骨料反应》巨著出版后，在国内外引起了强烈反响，国际建材学权威阿赫诺给予了高度评价。当《欧洲时报》记者问他为何这么大年纪还渡洋留学，刘崇熙微笑着说："不断地充实自己是一种难以言喻的快乐。"

古语说："石不能言最可人。"在刘崇熙眼里，坚硬冰冷的混凝土也有生命，也有特殊的"语言"。1995 年，作为华南理工大学客座教授、博士生导师的刘崇熙与同行合作，出版了 60 万字关于大坝混凝土的专著《坝工混凝土专论（一）》，书面的许多显微照片，展示了混凝土溶蚀、磨蚀、气蚀、锈蚀等"病害语言"。他能让混凝土"开口说话"，就能使它们健康长寿。而后，他又与他的博士研究生汪在芹等人合作出版 60 万字的第二部专著《混凝土骨料性能和生产工艺》，独具特色。

伟大的时代需要不朽的工程。2200 多年前的李冰父子兴建的都江堰灌溉工程至今屹立在成都平原上，也成为后代铭记的"丰碑"。为此，刘崇熙自我鞭策，他还要在混凝土的微小颗粒里开拓一个多彩的世界。

正如刘崇熙博士说的，人只有创造的生活，才是真正的生活。他在长江水利建设的实践中，由一名解放前的大专生，成长为一位有创造、有发明的建材专家和博士。这不充分显示了生活的光芒属于创造者吗！

勇立潮头的领路人

——记长江委三峡工程优秀建设者戴水平

樊孝祥

在湖北省宜昌市胜利四路有一幢 20 多层的高楼，高楼墙面上醒目地标写着"三峡水文"的字样，这里就是长江委三峡水文水资源勘测局（以下简称"三峡水文局"）。

三峡水文局为公益性事业单位，主要从事水文泥沙测验、河道观测研究、水情预报、水环境监测和蒸发观测实验等科研生产工作。同时还肩负着长江中下游防汛抗旱和为三峡、葛洲坝等大中型水利工程提供水文资料情报的重要使命。

三峡水文局前身是长江委葛洲坝水文实验站。1973 年以前，葛洲坝水文实验站是一个只有十几名职工的水文站，随着毛泽东"赞成兴建此坝"的批示，葛洲坝水利枢纽正式开始建设，因工程所需的水文、河道观测任务及科研项目的增加，逐步发展成一个有 40 多个水文（水位）站、2 个河道队、300 多职工的水文实验站。

在三峡水文局，谈到老局长戴水平，人们无不由衷赞佩。他为水文事业发展、为三峡工程建设呕心沥血，披肝沥胆，敢为人先、无私奉献的精神和品格以及带领全局干部职工勇闯市场创造骄人业绩，在职工中传为佳话。

功不可没获殊荣

在三峡工程大坝风景区内有一个截流纪念园，园碑上标写着葛洲坝工程截流、三峡工程大江截流、三峡工程明渠截流 3 次截流成功时间，而这同样也记录着长江委水文人拼搏和奉献的业绩，凝结着他们曾为之奋斗的心血和成果。

兴修三峡工程，是几代长江委水文人的梦想。为了建设三峡工程这一世界级超大型水库，从 20 世纪 50 年代开始直到现在，长江委水文人倾注了几代人的心血。

长江委水文工作者多年来在大江上下数千千米江河上进行洪、枯水调查考证，获得了大量宝贵的历史洪、枯水资料。延长了长江长系列实测资料，并对葛洲坝工程和三峡工程依据的水文基础资料进行审核、分析论证，为工程设计打下了坚实的基础。

人物篇

兴建葛洲坝是三峡工程的实战准备，现已取得了巨大的工程效益。多年来为工程的顺利兴建，长江委水文人倾注了极大的心血，搜集和积累了大量完整的水文基本资料。如葛洲坝 27 孔泄洪闸的设计，就是根据 1870 年宜昌发生的流量为 105000 立方米每秒的洪水确定的。

宏伟的三峡工程能在 1994 年 12 月胜利开工，与长江委水文工作者所进行的大量前期工作是分不开的。为了满足三峡工程规划、设计的要求，长江委水文局根据不同阶段的需要，分别设立各种专用水文站、水位站、雨量站，研制各种仪器，搜集三峡以上地区的水情、雨情、沙情等资料。三峡工程水文分析工作历经多年，对宜昌、寸滩等站百余年的资料进行了深入查核和细致的考证，并结合 800 余年来的历史洪水资料，进行全面、深入的频率统计分析。做了三峡以上可能最大洪水计算，最后提出了三峡工程设计洪水成果，为确定三峡水库库容和坝高提供了科学依据。关于三峡工程水文设计部分的报告，经专家组多次审议和论证，认为三峡水文资料可靠，历史洪水调查数量和深度在国内外是罕见的。

在 1980 年末到 1981 年初葛洲坝工程大江截流中，长江委水文人承担了一系列包括龙口水文测验等重要的水文技术观测任务，为万里长江第一坝的胜利合龙作出了重大贡献。

在 1997 年 9 至 11 月三峡工程大江截流和 2002 年 10—11 月明渠截流期间，长江委水文局专门抽调精兵强将，运用最先进的仪器设备，投入了大量的人力物力，保证了工程截流的顺利进行,受到长江三峡工程开发总公司主要领导和专家们极高的赞誉，"大江截流成功，水文功不可没"。

1997 年，从三峡工程大江截流前期备战到截流胜利成功，时任三峡水文局局长的戴水平被任命为长江委水文局三峡工程大江截流水文测报前方总指挥。三峡截流，举世瞩目，截流水文测报直接关系到截流成败。戴水平深感千钧重负，殚精竭虑，如履薄冰。为保证三峡截流水文测报的顺利进行和畅通，他周密部署，精心组织，呕心沥血。在前期准备期间，无论是全员动员、人员调配、设备调配、生产测验、情报传递、协调联系，还是后勤服务、人员接待、新闻宣传，他通盘考虑，协调指挥。在那些天里，他不知熬了多少夜，开了多少会，跑了多少路，接打了多少电话，人累病了，脸变瘦了，声音嘶哑了……三峡工程大江截流胜利成功后，三峡开发总公司认为三峡水文局"作出了突出贡献"，戴水平因其突出的表现和显著的功绩被评为"三峡工程优秀建设者"，并受到了党和国家领导人的亲切接见，他是唯一获此殊荣的长江委水文人，他是 4000 名长江委水文人的优秀代表。

凝心聚力建三峡

戴水平参加了葛洲坝工程大江截流、三峡工程大江截流和明渠截流 3 次截流水文测报。

第一次他是作为一个水文新兵参加的葛洲坝工程大江截流。

那是 1981 年 1 月 4 日，是中国水利水电建设史上一个光辉的日子，是建设长江的儿女们引以为荣的一天。这天下午 7 点 53 分，长江葛洲坝工程大江截流胜利合龙。这腰斩长江的空前而伟大的壮举，充分显示了中华民族改造自然的魄力和智慧，是世界水利史上的光辉篇章。

在葛洲坝大江截流合龙现场，当最后一块几十吨重的块石使南北戗堤连成一片时，万古奔流的长江在英勇的建设大军面前被驯服了。霎时，十里工地，万众欢腾。

戴水平置身在这欢乐的海洋，也和数万建设者一道，沉浸在自豪和幸福的激情之中。他 1979 年参加长江水文工作后被安排在河道队工作，由于他吃苦耐劳，谦虚好学，深得领导和同志们的喜爱。一年多的河道测量生活，使他对河道测量艰苦而充满激情的工作生活有了深切的体会，更增强了对工作的热爱。这次，戴水平被选派参加葛洲坝大江截流水文测报，主要是观测水位。在一个多月紧张战斗的日子里，戴水平和参加截流的水文同行们一起，冒着隆冬凛冽的寒风，始终战斗在截流第一线。截流施工每前进一步，都离不开及时的水文情报。随着龙口越来越窄，流速越来越大，戴水平和同志们也越战越勇。他们将测得的一个个重要的水文资料数据及时准确地报送给大江截流指挥部，为葛洲坝大江截流胜利合龙作出了贡献。

第二次参加截流是在 16 年之后，他作为截流水文测报指挥员参加了三峡工程大江截流。

1997 年 11 月 8 日，是中国水利史上值得浓墨重彩、大书特书的日子，也是长江水利建设者们永难忘怀、感到无比自豪的一天。这天下午 3 点 30 分，随着最后一车砂石倒入江中，史无前例的世纪工程——三峡工程上围堰左右戗堤连成一片，李鹏总理宣布大江截流胜利成功。顿时，万众欢腾，红旗招展，汽笛长鸣，整个三峡工地成了一片欢乐的海洋。这第二次腰斩长江的伟大壮举，令工地上的长江委水文工作者们激动不已。近两个月的连续奋战，几十年的艰苦努力，几代人的不懈追求，正是盼望这一天的早日到来。在梦想成真的此时此刻，他们心中该有多少感慨和兴奋！

为了满足三峡工程的综合规划、设计、科研、施工及大江截流对水文资料的要求，长江委水文人 40 多年来收集、整理、提供了大量完整可靠的水文实测资料和水文分析计算、水文气象预报、泥沙测验分析、水资源调查评价等研究成果。可以说，为三

人
物
篇

峡工程建设长江委水文人倾注了几代人的心血。

在三峡工程大江截流水文测报中，从截流倒计时开始，几百名长江委水文人在水尺边、测船上、工棚里、计算机前、办公桌旁夜以继日地忘我工作，涌现出了许多可歌可泣的事迹，为截流合龙决策提供了及时、准确的水文测报成果，为大江截流成功作出了突出贡献。

戴水平作为截流水文测报前方总指挥，深知肩负的千斤重担。为圆满完成截流水文测报任务，他在组织、技术、设备、后勤、联络等方面做了大量工作。他选派精兵良将，成立了5个基地和龙口测验组、分流比测验组、地形测绘组、戗堤地形形象组、水位观测组、数据处理中心、后勤组等10多个作业单位，明确职责和任务，进行全面动员、周密部署、协调指挥、应急处理、协调联系。整个截流期，他劳心费神，未吃一顿舒心饭，未睡一个安稳觉。两个多月下来，他的眼睛熬红了，嗓子喊哑了，人累病了，感到心力交瘁，但他打针吃药后仍然坚守在工作岗位上。有次正在医院打点滴的他闻知工地有事须处理，他不等点滴打完拔掉针头就奔向工地。

除了圆满完成组织指挥开展截流水文测报的任务外，戴水平还有一个很大的功绩就是他为完成截流测报任务引进了大批先进设备，这些仪器设备在截流中都发挥了重要的作用。采用自记遥测和无人立尺技术设备监测水位，采用微机测流系统和走航式ADCP进行流量流速测验，在龙口采用哨兵式ADCP测龙口最大流速和水舌变化（在全国是首次使用），采用全球卫星定位系统进行河床演变观测，引进当代先进的多波束声呐系统和GPS、ADCP、全站仪等测绘仪器设备，测绘各种复杂地形、特殊水域的水下地形。这些当时国际上最新的先进监测仪器和传输技术在截流中大量应用，保证了截流水文测报的准确、及时，保证了三峡工程大江截流的顺利进行和圆满成功。在当时经费并不宽裕的条件下，自筹资金，斥巨资购买这些先进的仪器设备是需要有相当的远见和胆识的。这些仪器设备在后来的三峡工程明渠截流、广东飞来峡大江截流等工程截流中多次使用，发挥了很好的效用。

戴水平还主持创建了"三峡工程大江截流水文泥沙监测系统"，全面地收集了水位、流速、流量、流态、泥沙、水质、固定断面、水下地形等资料，为工程建设施工和调度决策提供了实测资料和实时信息，取得了重大效益。

关于这次截流水文测报，有关文献是这样记述的：长江三峡工程大江截流的水深、流量、工程量和施工强度，以及保证截流期航运畅通为世界同类工程之首，其技术、经济和社会政治影响为国内外瞩目。坝区水文泥沙和水环境监测是规划、设计和科研的重要基础，是施工组织、计划部署、调度决策和工程监理的可靠依据。为此，长江委水文局在多方支持下，了解借鉴了国内外水利水电工程截流水文监测的成功经验，总结了葛洲坝、丹江口、万安、隔河岩等工程截流水文泥沙测报的大量成果，通过近几年的实验、研究和实践，创造性地消化、吸收和采用当今世界上先进、可靠、实用的技术和设备，为确保截流一举成功提供了坚实的基础。研究实践证明：根据工程建设的要求和水文测报工作的特点而创建的三峡工程大江截流水文泥沙监测系统，技术路线正确、规划全面、布设合理，具有规模大、范围广、要素多、要求高、时效急、难度大、技术新等突出特点，满足了大江截流工程的需要，效益显著，影响久远。

戴水平第三次参加截流是三峡工程明渠截流。这次他是以截流水文测报指挥员的身份，但却是在病榻上参加的。

2002 年 10—11 月，三峡工程明渠截流如期举行。然而戴水平却在截流即将开始的前夕在向上级汇报工作后从武汉返回宜昌的途中出了车祸。

车祸导致他大腿严重骨折，疼痛难忍，但他最痛苦的是截流在即，他却腿上绑着石膏做着牵引躺在医院的病床上。他最放心不下的是截流水文测报工作。虽然之前他已做了周密的部署和安排，也有了大江截流的成功经验，但他仍时刻牵挂着正在进行的明渠截流水文测报工作。戴水平躺在病床上，终日如芒刺在背，寝食难安，生怕出一点儿差错。在整个截流施工期间，他在医院病房里召开了多次局领导班子会议和各单位负责人会议，对各项工作作出调整，布置任务，提出要求。他及时处理重大问题，时刻操心着截流的进展状况，运筹帷幄，协调处理，遥控指挥，直到工程截流胜利成功，截流水文测报任务圆满完成。

多年来，戴水平加强与三峡开发总公司的联系与合作。他坚持"科学管理，质量第一"的方针，信奉"质量就是生命，时间就是效益"，狠抓产品成果质量，提出"以一流的水文成果，服务一流的三峡工程"，无条件满足三峡开发总公司的要求，并主动提出合理化的建议。有些工程资料，三峡开发总公司要得很急，戴水平就组织人员当天施工，连夜加班，第二天就提交成果。他们严格按三峡开发总公司的要求，随叫随到随测，及时提供资料，连续几年春节都没有休息。待三峡开发总公司技术人员春节后一上班，三峡水文局提供的优质资料就送到了他们的办公室。三峡开发总公司对三峡水文局提交的成果质量和效率非常满意。通过长期与三峡开发总公司的合作和服务，双方建立了密切、良好的关系，三峡水文局提交的成果被认为是免检产品。

呕心沥血谋发展

戴水平于 1979 年 7 月参加长江水文工作，他从最基层干起，一路摸爬滚打，在 20 世纪 90 年代初走上局领导岗位，1994 年 7 月戴水平正式走马上任为三峡水文局党委书记兼局长。

担任局党政一把手后，他殚精竭虑谋求事业发展。当时水文工作受管理体制等多方面的制约，经费紧缺，举步维艰，三峡水文局最艰难的时候，有时甚至为发工资而发愁。

戴水平决意改变现状，走出低迷。他带领班子成员披荆斩棘，冲破阻力，大刀阔斧地进行改革。首先是改革分配制度，打破平均主义，以项目核算经费，单位与单位之间、职工与职工之间拉开了分配差距，体现了多劳多得、效益优先和对关键或特殊岗位工作人员的倾斜政策。他抓住三峡工程建设的机遇，在长江水文系统率先全面推行经济责任承包制、项目承包制和合同管理制。明确项目负责人和工期、质量，把工作量化，责任到人，奖罚分明。无论是纵向任务或横向创收任务，都严格按照标准计算，职工的收入与其生产业绩挂钩。

其次是改革人事制度。戴水平和班子成员一起制定汇编了 88 项制度和 55 个岗位责任制，并率先实行干部公示制、试用制、聘任制，打破终身制，做到干部能上能下，使各方面工作有章可依，实现了按规矩办事，用制度管人。

通过一系列改革，提高了职工工作积极性，增强了单位活力，全局事业和经济建设由此步入良性发展的轨道。职工工作条件明显改善，收入明显提高，干部职工精神面貌发生了深刻变化。

长江水文工作长期以来受体制限制，经费紧缺，事业发展受到很大影响。戴水平认识到事业要发展，必须要有水文经济做基础，不能"等、靠、要"，应利用现有的资源和条件，充分发展水文经济，以加快水文事业发展。他注重加大科技投入，在原有服务项目的基础上，逐渐开发出水文测验、水情预报、测绘、水环境监测评价和水资源设计等延伸产品及服务，拓展了业务范围和服务领域。

1998 年，戴水平在长江水文系统率先发起组建了经济实体——具有独立法人资格的宜昌市禹王水文科技有限公司。该公司依托三峡水文局的优质资产和人力、技术资源，发挥主业技术优势，开展水文勘测、地形测量、水情预报和水环境监测等业务。短短几年，禹王水文科技有限公司经济创收效益可观，年均增长率达 10% 以上。

在主业创收的同时，戴水平盘活闲置资源，并加以开发利用，使之成为三峡水文局新的经济增长点。虾子沟地处宜昌城区的西大门，占地 70 亩，是宜昌市规划中的旅游度假休闲区，也是该局曾经闲置的一块土地。2000 年，戴水平提出开发虾子沟水文巡测基地，投资 500 万元兴建了 4800 多平方米的商业门面、车辆维修服务和停车场。次年投资就开始产生效益，商业门面全部出租，物业管理、门面经营、停车场、加油站等都有不错的收益。

在经济增长的同时，戴水平加快事业发展步伐，添置大批先进仪器设备，增强三峡水文局综合实力。在充分发挥先进技术设备作用的基础上，瞄准前沿科技，联合科研机构，不断引进开发高新技术，增强市场竞争力。改善职工办公环境和住房条件，率先在全江水文系统改善办公条件。2004年，机关所有职工搬入新建的办公楼。同时，职工生活水平得到明显提高，困扰职工数十年的住房问题得到解决，2003年赶在货币化分房前实现了人均拥有一套标准化住房，职工收入年均增长率达10%以上。

戴水平深谙"科技就是生产力"的道理，他和班子成员一起制定实施了一系列科技创新激励政策，加大科技投入和人才培养力度。他以事业、待遇、感情吸引人才，留住人才，在分配上向优秀人才和技术骨干倾斜，在住房上优先解决骨干的困难。三峡水文局每年还设置了10万元的科研专项经费，奖励科技创新。

多年来，在戴水平的领导和重视、支持下，三峡水文局在水利科研领域取得了累累硕果。该局长系列、完整可靠的原型水文观测资料被专家誉为"价值连城"，参与完成了多项国家"七五""八五""九五""十五"三峡泥沙课题研究。多项研究成果获得部委奖励，如三峡水文局"长江三峡工程大江截流水文泥沙监测系统技术研究与实践"1998年12月获长江委科学进步奖一等奖，"三峡工程明渠截流施工水文监测"2006年3月获测绘科技进步奖三等奖，"长江葛洲坝水利枢纽下游河床扩大生产性试验工程水文泥沙监测"2007年3月获中国测绘协会优秀测绘工程银奖，"长江宜昌至沙市河段控制性节点及护底试验效果研究"2009年3月获长江委科学进步奖二等奖。

戴水平关心职工生活，注意工作方法，清正廉洁，一身正气，低调做人，高调做事，深受干部职工们的衷心爱戴。他悉心解决职工的后顾之忧，职工子女上学、就业，老职工就医有困难，他尽力帮助解决；他饮水思源，对退休老职工十分关心，努力提高老职工的福利待遇；局里分房子，评职称，他总是优先考虑别人；3%调资，他主动让出；他不收受礼品，不搞钱权交易；他知人善任，胸怀坦荡，大胆起用人才，放手培养干部，着力加强职工队伍建设，努力培养一支作风过硬、技术精良的优秀职工队伍。

十几年来，在戴水平的领导下，三峡水文局事业和经济得到了迅猛发展，整体实力不断增强，各种荣誉接踵而至：2000年，三峡水文局获湖北省"模范职工之家"称号，2001年和2002年被评为全国水利系统先进单位，2002年被评为长江委先进单位，2006年被评为水利部文明单位。2003年该局下属的河道队获湖北省"五一劳动奖状"。戴水平在长江委水文局干部考核中连续多年考核优秀，2002年被评为宜昌市优秀经济管理家、实业家。荣获"三峡工程优秀建设者"称号，多次被评为长江委先进个人。

三峡水文局局长戴水平确实是一位勇立潮头的领路人。

三峡水环境的卫士吴学德

张伟革

他是一个平凡的水环境监测工作者，而在宜昌却常以专家的身份应邀与市长们同桌议事，他就是被誉为三峡水环境卫士的长江委三峡水环境监测中心主任工程师吴学德。

1989年，长江支流黄柏河上发生一起严重的黄磷污染事故，引起50万千克鱼类死亡，葛洲坝5万多人饮用水被迫中断，城区几十万市民异常惊慌，当地监测部门因无标准的黄磷测试方法，一时拿不出定量的分析资料。市政府把求助的目光转向了长江委三峡水文局。

吴学德得知消息后，在一无经费、二无指令的情况下，迅速带领监测人员赶赴浓烟滚滚、毒气弥漫的事故现场取样监测。

连续十多个日日夜夜，他们白天与污水死鱼打交道，晚上和分析人员查资料想办法做试验，吴学德体重一下子减少了七八斤，但终于找到了一套理想的黄磷测试方法，及时为当地政府及有关部门处理事故、改善供水提供了依据。市政府感谢三峡水文局为宜昌人民做了件大好事。半年后，吴学德又被市政府当成专家，挑起了为黄柏河水提供水质现状分析报告的重任。经过四天三夜的采样测试分析和内业工作，他们赶写出一份长达万字的详细报告，为宜昌市二水厂解决供水水源问题提供了决定性的依据。

1993年4月，三峡库区秭归河段一艘运载剧毒农药的机船失火翻沉，部分农药污染长江，直接威胁着下游宜昌人民的饮水安全。在市长主持的紧急会议上，副市长紧握着吴学德的手说："我们宜昌市50万人的性命就交给你了！"

吴学德深知此话的分量。他二话没说，回到办公室一边筹资购买试剂，一边安排取样，一边制定监测方案，并连夜启程赶到秭归。第二天一早冒雨来到事故现场，他率先钻进大部分已沉入江中的船舱里，一件件、一箱箱地仔细察看登记损毁的药瓶，调查核实农药的数量。浓烈的药味刺得他双眼泪流不止，风雨路滑的沿途取样让他好几次险些摔入江中，可他都置之度外。在取得资料的当天就返回宜昌连夜分析，这个昼夜他没打盹，尽管做鱼类毒性试验用的化学试剂熏得他头昏脑涨也没有停止工作，第三天一早他就把连夜做出的分析结果送到了市政府。在以后数日的跟踪监测中，他每天两次向上级主管部门报告污染情况，最终出色地完成了监测分析任务，为宜昌城区及下游人民饮水安全把住了第一关。

在三峡工程开工前，秭归有 22 家造纸厂，每年排入茅坪溪的废水达 162 万吨；而秭归黄金矿，每天排出的氰化物就达 20 多千克，是三峡工程腹地最大的水环境污染源。为确保三峡工程施工区用水安全，吴学德受命组织开展了专门调查，主编的报告以"翔实的数据、建设性的意见和合理的分析"得到了上级主管部门及当地政府的高度重视，并纳入了《长江三峡工程施工区环境保护实施规划》。

作为一名专业技术人员，吴学德在水质监测方面，可谓"三峡通"，他能一口气列出从万县到宜昌 300 千米江段有多少个排污口、多大的排污量、有何特点有何变化；而作为一名环保工作者，他把满腔的热情奉献给了三峡，奉献给了水环境保护事业。

奉献事业

20 世纪 50 年代初中毕业的吴学德，至今还庆幸当年选准了水环境这一行，30 多年过去了，他除了在 1958 年参加过一次较正规的培训，系统地学习过大陆水化学原理外，其他诸如分析化学、环境学概论、生态学等专业理论都是边工作边钻研，自学修完的。担任行政领导工作后，他又自学完成了中国科学院经济管理高等学历教育。他撰写的《大型水利枢纽建设的水质监测》和《论大型水利枢纽工程兴建的生态环境问题》等论文，分别在全国水质规划学术讨论会和全国第二次生态环境学术交流会上交流，并在《环境污染与防治》杂志上发表，1992 年完成的《宜昌江段及其邻近地区环境容量调查》获中国科学院科技进步奖；1994 年完成的《宜昌环境质量报告书》获湖北省科技三等奖。如今，他又研究了大气、噪声污染等新课题。串串脚印留在监测现场，他同小伙子一样乘坐小船到急流滚滚的江中采样，一样背着五六个盛满水样的塑料壶上船下车，一样在 40 摄氏度的烈日下测大气。在宜昌树脂厂排污口查淤泥废渣沉积，他光着脚下到污泥中取水样；茅坪溪的污水又脏又臭，为取到最具代表性的水样，他守在溪边一干就是三四个小时；在分析室，他严格按规范操作，不管什么时候取样回来，他总是先处理完水样再进家门。在业务上，他手把手地教，耐心传授知识，为的是培养更多的专业能手。

1991 年在他的主持带领下，监测中心积极筹备计量认证工作，从选购、更新、检校仪器设备到人员岗位培训；从管理制度、实施方案的制定到逐项落实，忙忙碌碌了大半年。由于过度疲劳，吴学德累倒了——他中风了，话讲不清，连吃饭都成问题。当时正是认证准备工作的关键时刻，又正值监测工作十分繁忙的枯水期，他恳求医生先开药不住院，带着大包大包的药和一张病休的证明，还有医生"你不要命了"的警告，回到了岗位上，和往常一样坚持到 10 多千米外的分析室工作。

吴学德还是一名优秀的环保宣传员，已连续被评为局宣传报道积极分子。近年来他发表了多篇有价值的文章，引起了全国人大环委会和世人的关注。在改革的大潮中，吴学德敢想敢干，如今，实行了经济责任承包制的监测中心，在他的领导下又迈开了新的步伐……

与水相伴的人生

——记长江委三峡水文局高级工程师钟友良

田 杰

宜昌是一座美丽的城市，它恬静而安详地依偎在长江之畔，焕发着璀璨夺目的光彩。宜昌是钟友良的第二故乡，他在这里工作、生活了几十年，也把自己的青春、热血和激情洒向了这片土地，更把他对水文事业的执着和忠诚传给了一代又一代水文人。"人生七十古来稀"，现如今，年近七十的钟工仍然还在为他所挚爱的水文事业工作着、忙碌着，全然没有古稀老人的落寞和颓唐，他依然神采焕发，依然年轻，那是因为他有一颗年轻的心。

一

钟工出生在广东新会的一个穷乡僻壤，很小的时候母亲就去世了，后来随父亲在香港生活。1949 年中华人民共和国的成立，春风化雨般滋润了游子的心。1950 年，钟工毅然告别在香港的亲人，孤身一人回到故乡，继续他的求学之路。1955 年，钟工从武汉水利电力学院水工专业毕业，被分配到长办水文处工作，开始了他几十年与水为伴的日子。1972 年因工作需要，钟工被调到宜昌水文实验站。起初，钟工在水位组负责站网管理，后又负责应用电子计算机对水文资料的整编分析工作，通过不断的学习和探索，积累了丰富的水文知识和工作经验。

钟工曾在香港生活过，国外还有许多亲属。这在特殊的年代给他带来了无尽的苦楚。但他始终热爱党和祖国，对工作兢兢业业。1984 年 9 月，钟工加入了中国共产党。面对鲜红的党旗，面对党和人民的重托与信任，钟工宣誓："为党的事业奋斗终生。"钟工是这么说的也是这么做的。党的培养和信任更激发了钟工的工作热情，他不仅在自己的工作岗位上干一行爱一行钻一行，而且还开办学习班、培训班，把自己的知识和经验毫无保留地传授给其他同志。

党的十一届三中全会以后，落实了侨务政策和知识分子政策。钟工曾先后两次前往香港探亲。骨肉亲情的相聚，香港的高楼大厦灯红酒绿，临别时的挽留和感伤，都没能留住钟工返回宜昌的脚步，他每次都是提前回到了自己的工作岗位上。

在1989年的政治风波中，钟工又以一个共产党员的坚强党性坚定不移地跟党走。他积极地做好远在香港及海外亲属的思想工作，向他们宣传党的方针政策、社会主义制度的优越性，并以自己的亲身经历感化身边对中国共产党、对社会主义心存疑虑的人。赤子之情，点一盏心灯，让许多人的心充满了爱、温暖和光明。

"没有比行动更美好的语言，没有比足音更遥远的路途"。一个水文工作者在他平凡的工作岗位上勤勤恳恳地工作着，为党的事业为水文事业添一块砖加一片瓦发一分光散一分热，钟工就是这样一个人。

二

1981年底，宜昌水文实验站水情组开始紧锣密鼓地筹建，钟工被委以重任，与刘道荣同志共同担任水情组的领导工作。在一无方案、二无设备、三无经验的情况下，钟工带领水情组的同志们白手起家，经过几个月的努力，终于在1982年4月准备就绪，5月起开始发布宜昌水情预报。钟工所负责的水情组不仅要做宜昌站的短期水情预报，而且还要为葛洲坝工程及地方上提供水情服务。由于钟工从事水文资料的整编分析工作多年，对水位流量关系的处理既有理论知识又有实践经验，且善于探索总结、精益求精，使刚刚组建的水情组的各项工作很快步入正轨。开展一项崭新的业务，在工作中肯定有不少棘手的问题。钟工没有强调客观存在的困难，而是带领几个同志上重庆下武汉，虚心向有关单位取经求教。在那段日子里，钟工每天早出晚归，家对于他来说只是个休息的地方。钟工的爱人是一位教师，也有繁重的教学任务。由于钟工一心扑在刚刚起步的水情预报工作上，家务事、对子女的教育就全落在了爱人身上。钟工说，他的确亏欠爱人很多，但没办法，因为他热爱他所从事的水文事业。

水情组于1982年5月对外发布水情预报，7月就碰到了新中国成立以来宜昌仅次于1954年和1981年的大洪水。因重庆以下及三峡区间持续普降暴雨，宜昌已接近警戒水位。7月28日水位突然陡涨2米多，超过了警戒水位。对于这次洪峰水位，钟工提前2天作出了预报，与实测值仅2厘米之差。及时准确的水情预报，为地区设防赢得了时间，减少了损失。宜昌市造纸厂、宜昌市保险公司等20多家单位纷纷写来感谢信。

为了更好地搞好水情预报，1982年汛后，钟工又带领一个调查组奔赴清江流域及三峡区间对河流的自然条件、水利设施等进行深入的调查研究，收集整理了大量的原始资料，对以后的水情预报工作起到了重要的作用。

钟工从事水文工作几十年，最让他记忆犹新的是1989年的那次大洪水，流量达62000立方米每秒，可以用"惊心动魄"四个字来形容。当时，宜昌已是高水位，上游来水量大而迅猛，三峡区间又下起特大暴雨，再加上清江洪水顶托，宜昌水位猛涨，24小时内涨幅接近5米，是宜昌有水位记载以来前所未有的，水情预报的难度可想而知。在这个紧急关头，钟工稳住阵脚，和同志们一起认真分析，仔细研究，作出判断，提前向有关单位发出水情预报，但钟工所发出的水情预报却比某单位的预报要高出1米多，一下惊动了宜昌市及下游省市的防汛部门。他们立即派出大量的领导同志加强防汛第一线的工作。孰是孰非，只有让事实来说话。结果，水情实况与钟工预报的相符，洪峰流量达62000立方米每秒，实测水位与预报值仅0.1米之差。由于水情预报准确及时，从而避免了一次可能发生的自然灾害，确保了沿江人民生命财产的安全。事后，地区行署的领导同志亲临葛实站表示感谢和慰问。"梅花香自苦寒来"，如果钟工和同志们没有扎扎实实的工作态度，没有艰苦创业的奋斗精神，没有精湛的业务水平，"香"又从何而来呢？

三

从水情科组建开始，钟工就一直工作在这个岗位上。水情预报从最初的以人工为主到现在的专家交互式预报系统和卫星云图接收系统；从最初的55型电传机到现在的微机化管理、广域网传送预报；从最初的无方案无技术无经验到现在的每个水情预报员都是行家里手，钟工付出了太多的心血和努力。有一次，宜昌电信部门更换线路，由于受到施工的影响，水情科对外发布水情预报的线路也多次被中断。钟工和同志们一起迎难而上，在线路不通的情况下采取人工夜以继日跑报的办法，风雨无阻，千方百计地把水情发出去，并没有因为线路故障而少发一份报、延误一份报。

钟工在做好对同志们的"传、帮、带"的同时，也在技术科研上努力探索。在预报工作中，钟工精细研究每次洪水的一般规律和特殊性，总结成功的经验和失败的教训，通过理论和实践的结合摸索出一套解决实际问题的办法，如相应水位（流量）关系的影响因素、清江顶托、水位流量关系等的处理方法。此外，多年来钟工撰写发表了十多篇论文，对推动水文预报事业的发展起到了一定的作用。1988年，上级给水情科配备了PC-1500计算机，钟工抓紧时机，边学习边实践，短期内编制出一套多功能的流量演算程序，随后又应用预报上的理论，将马斯京根法的应用具

人物篇

体化，并用近年来的实测资料对过去所用的流量演算公式进行全面的修正，这套公式对提高水情预报精度起到了明显的作用，后来被收集到专家交互式预报系统中继续使用至今。

四

1994年4月，钟工退休了。退休之后，钟工做了两件事：一是把家从宜昌搬回了广东；二是孤身一人留在宜昌继续工作。

1997年水情科和长江委水文局预报处共同组建了三峡前方预报组，为三峡工程提供水情服务。因工作勤恳，经验丰富，业务能力强，钟工又被委以重任，进驻三峡工地。"老骥伏枥，志在千里"，钟工深知他的工作好坏不仅仅是代表他个人，而且更重要的是代表三峡水文水资源勘测局，代表长江委水文局，个人的患得患失无所谓，而为三峡工程的建设提供及时准确的水情预报才是头等大事。钟工所在的三峡前方预报组的主要任务是做好三峡坝区短期水情预报。坝址流量是重中之重，每次做预报钟工都是亲力亲为，首先采用手工一点一线一面地仔细琢磨推敲，然后和微机的专家交互式预报系统作比较，深思熟虑之后才定夺预报值。所以说钟工所做的每个预报都是精品。

1981年1月葛洲坝工程大江截流，1997年11月三峡工程大江截流，钟工说他很幸运，参与了两次举世瞩目的大工程的建设，此生无悔无憾。在1997年11月三峡工程大江截流的整个过程中，及时准确的短期水情预报和龙口水力要素预报，对合理安排施工进度、选择抛投料颗粒的大小、如何采取相应的安全保障措施起到了决定性的作用。

五

1998年，厄尔尼诺现象肆虐，使得全球气温异常，长江全流域出现罕见的大洪水。浩浩荡荡的江水一泻千里，势如破竹，向下游狂啸而去。从7月2日至9月2日，坝址流量先后8次出现50000立方米每秒以上的洪峰，其中7月12日达到61000立方米每秒。如果说1989年的洪水在钟工眼里是惊心动魄的话，那么1998年的洪水就是史无前例的，不仅水位高、流量大、持续时间长，而且流量达50000立方米每秒以上的洪峰反反复复，好像没个完。洪水期间，钟工吃住在办公室，每时每刻都关注着水情的变化，对每一组数据、每一个预报值都严格把关，毫不马虎，及时准确地向三峡工程各施工单位及相应的防汛部门提供水情预报。钟工和同志们的水情预报工作获得三峡开发总公司的好评，为三峡水文水资源勘测局、长江委水文局赢得了声誉。

"高峡出平湖"是许多人的梦想，也是钟工这个老水文工作者的梦想。他说他个人的力量是微弱的，群体的力量才是做好各项工作的关键，他只是起到了桥梁的作用，把水情预报和三峡工程的建设联系在了一起。2002 年 11 月导流明渠截流，2003 年 6 月三峡水库蓄水，都需要高质量的水情预报，钟工又早早地开始忙碌了。

中国水电工程监理的开拓者——杨浦生

杨马林

曾记否，1997 年 11 月 8 日，在中央电视台新闻联播的屏幕上，映现出这样一组激动人心的画面：三峡工程施工现场，红旗招展，彩色气球悬着巨大的标语。8 点 52 分，国务院总理李鹏下达三峡工程大江截流合龙命令，三位施令者举起信号枪，向空中发射出三枚绚丽的绿色信号弹，于是，上百辆满载着大石块的巨型自卸卡车向龙口奔去，举世瞩目的截流合龙战斗打响了。

在这三位施令者之中，有一位是当时正在冉冉升起的工程监理新星——长江委三峡工程监理部总监理工程师杨浦生。

杨浦生出于草根，起自微末，但他的人生轨迹，却具有传奇般的色彩。他个子不算高大魁梧，相貌敦厚亲和，普通得像一粒枣，扔进枣堆里就很难找。其父是国民党军官，新中国成立前夕去了台湾省。自此至青年时代，他的生活过得相当艰难。那时，他不曾奢想，将来有一天他的头上会闪耀着灿烂的光环。

借中国改革开放的春风，31 岁时他时来运转考上了大学。1982 年大学毕业后，被分配到长江委，成了长江治水人。通过后来几十年的奋斗、磨炼和组织培养，他成为全国先进工作者、"全国五一劳动奖章"获得者、全国先进建设监理工作者、"八五"期间全国工程建设管理先进个人、全国优秀总监理工程师、全国水利系统先进工作者、水利部优秀建设管理者、三峡工程优秀建设者、湖北省有突出贡献中青年专家。

没有官派头的杨浦生，担任了一系列重要职务：（全国）水电监理协会常务理事兼副秘书长、长江委工程监理中心副主任、长江委长江设计院副院长、长江委财务经济局局长、南水北调中线水源公司总经理、长江委副总工程师。

1985 年，杨浦生父子在香港初次重逢，其父也没想到，他的儿子居然能大学毕业，他从心底感谢共产党对他儿子的栽培。

勇于探索善于总结　　争创一流监理工作

改革开放后的 1984 年，"鲁布革工程冲击波"将国外市场经济方式的工程项目管理机制引入中国水电工程。1989年，中国开始试行工程建设项目法人责任制、招标制、合同管理制、工程监理制。我国工程建设管理体制处于一场大变革之中，工程建设工作者将迎接巨大的挑战，也面临巨大的机遇。

1992年4月3日，七届全国人大五次会议通过了《关于兴建长江三峡工程的决议》，长江三峡准备工程建设随之展开，长江委一代又一代为三峡工程规划、勘测、科研、设计，用尽才智与心血的治水人迎来三峡工程建设的新阶段。

1993年，三峡一期工程从右岸展开，杨浦生从湖南白云水库工程总监岗位被召回。10月，在组建长江委三峡右岸一期工程监理总站进驻三峡工地的前夕，在长江委宜昌设计代表处一个简陋而拥挤的会议室，他面对一大批自勘测、科研、设计岗位调集的将从事三峡工程监理工作的人员语出惊人："长江委为三峡工程奋斗了近五十年，我们是三峡工程首批监理工程师，不干则已，干则争创一流！我们要通过自己的艰苦努力，使中国水利水电工程监理言必称长江委！"

有些人听了摇头："杨浦生是不是太狂了？"

"人是需要有追求，有目标的！"杨浦生非常冷静，他说，"言必信，行必果，说出了口，就会逼着自己去拼搏！"

中国工程建设管理体制面临计划经济向市场经济的转变，工程建设管理观念、思想、法规、方式一切都在撞击之中。

为了探索适应中国特色的三峡工程监理体系，杨浦生勤奋学习、刻苦钻研。他不会打牌、下棋和跳舞，唯独会看书，会总结经验。他分析、研究鲁布革、隔河岩、水口、广蓄、盐滩、漫湾等已建、在建中的水电工程管理的经验与教训，钻研国内外大型工程项目管理理论，写下的笔记和摘抄的资料有几十本。

1994年，在长江委三峡工程建设监理部创业之初的6个月里，杨浦生和同事们编制了一套30多万字的水电工程监理规章性文件和82种监理常用的表格样式。他和同事们不断完善监理工作体系，努力提高监理队伍素质，努力推进监理工作进展，努力推进右岸一期工程项目建设按预定计划进行。

在1994年10月底举行的三峡右岸一期工程建设监理专家咨询活动中，来自全国的工程监理专家对监理总站的工作给予了很高的评价。

他们编制的水电工程监理规章性文件和监理常用表格样式以《人民长江》专辑方式刊印后，受到国内工程监理界的广泛关注。

1994年、1995年、1996年，长江委监理的重要工程项目：茅坪溪泄水隧洞、右岸上坝公路、料场公路、右岸沿江边主干道、杨家湾港区与码头、右岸砂石料加工系统、混凝土生产系统、茅坪溪大坝、右岸一期土石围堰、导流明渠、混凝土纵向围堰

人
物
篇

等，工程施工进度、工程质量、合同支付等目标均得到较好控制，他们监理的工程项目被评为优良工程。在三峡工程十个监理单位考核评比中，唯有右岸监理总站被评为优良监理单位。

功夫不负有心人，经过杨浦生和同事们的努力，他们终于实现了贴在监理总站门口的誓言："精心设计绘三峡蓝图，严格监理建一流工程"。

1997 年 9 月，长江委以三峡一期工程监理总站为基础组建三峡工程监理部，受业主委托承担三峡二期主河床大坝与左岸部分厂坝工程、大型施工系统建设、大型闸门建造与安装、塔带机等大型施工设备安装与运行、大江围堰拆除、右岸部分二期工程等项目监理，杨浦生被任命为长江委三峡工程监理部总监理工程师，直至 2002 年 10 月因工作调整离开三峡工地。

监理部以我国工程管理法律法规、工程建设合同文件为依据，通过探索与实践，形成了一套比较完整的工程监理工作体系："为业主服务，向业主负责"的服务观念；"以科学决策为基础、民主决策为手段"的责任者决策制度；监理人员"岗位培训、考核定级、因能授权、责任追究"管理制度；"以施工安全为基础、以工程质量为中心，以施工进度为主线，以投资效益为目标，促使合同目标由矛盾向统一转化"的工程项目管理方式；"纵向策划，横向展开，纵横制约，运行协调"的矩阵型监理组织模式；"以主动控制为主，被动控制为辅，两种手段相结合"的合同目标动态控制制度；"以施工工序为环节、管理点旁站、全过程跟踪"的四级项目工程质量管理制度等。

长江委三峡工程监理工作体系的不断完善，促使监理管理各项工作程序化、规范化、标准化、计量化，对施工安全、工程质量、施工进度和合同支付进行全面控制，在监理工作实践中取得了重大成效。《中国三峡工程报》《中国水利报》《人民长江报》《中华儿女》等先后作过长篇专题报道。

通过三峡工程监理实践、探索，逐步建立和完善的一整套由 78 个监理工作规程、实施细则和监理机构管理文件，35 个监理工作程序、流程图和 174 份工程项目管理标准化常用表报格式组成的，适应我国工程建设管理体制的水利水电工程监理体系，得到国内工程监理界的认同。

1995 年至 2003 年，杨浦生执笔编写了《水电工程建设监理合同范本》《水电水利工程施工监理规范》《水电工程监理招投标指南》等。他主编的《水利水电监理工程师手册（监理实施细则）》《三峡工程监理应用手册》相继出版。

历经近十年的艰辛，长江委三峡工程监理被国内工程监理界认可，杨浦生完成了他的探索、实践、创新三部曲，为中国特色的水电工程监理体系的形成作出了贡献。2009 年 12 月，在北京召开的中国建设监理创新发展二十年总结表彰大会上，杨浦生

获 "中国建设监理事业特殊贡献奖"，成为中国建设监理组织、管理、教育、工程界八名荣获此奖者之一。

推行竞争激励机制　　促使监理职责切实履行

人的素质决定工作质量，要创一流监理工作，必须有一支高素质监理队伍。

长江委三峡工程监理部实行"竞争、激励、约束、淘汰"的用人机制，建立了以公开、公平竞争为基础的"能力、授权、责任、待遇"相一致的人员管理制度，建立了对下级监理处、监理站（组）的"监理机构目标管理评价"制度，建立了监理人员"岗位培训、考核定级、因能授权、挂牌上岗"制度，建立了每周一课的政治学习与业务培训制度。

监理部分年、分季制定监理人员学习与业务培训计划，分工程建设法规、工程建设合同文件、工程管理技术、工程设计与施工技术、施工与验收规程规范五个方面开展监理人员业务培训。

监理部分六级十二等确定监理人员职级，依照职级高低授予不同的监理权力，也享受不同的现场经济待遇。监理部规定，对进场超过三个月的监理人员，无论职称高低、年纪大小，都得进行监理职级考核，考核合格方能转为正式监理人员。在已确定监理职级岗位工作满一年的人员，仍可申请参加职级晋升考核。

监理人员职级考核参考其技术职称，分业务理论考试、监理实务面试、工作业绩评价三阶段进行。监理人员工作业绩考核依照"量化评价、过程监督"的原则，结合监理机构的目标考核，分"品德素质""业务能力""工作实绩"三大项十六子项，组织考核组以无记名方式量化打分评定。一些职称级别低的年轻同志因考核优秀，被授予较高的监理级别；一些职称高的老同志因考核不佳，被授予较低的监理级别。每年也有十余名人员因考核不合格被辞退。

《中国三峡工程报》曾以"这里不认老资格"为标题，对长江委三峡工程监理部推行"竞争、激励、约束、淘汰"机制，建立了监理人员"岗位培训、考核定级、因能授权、挂牌上岗"制度进行过长篇专题报道。

在这种竞争机制的激励下，监理人员发奋学习，认真工作，个人素质、工作质量不断提高。除此之外，监理部结合每半年一次的监理机构目标考核，定期向业主、施工单位及其相关部门征求他们对监理工作的意见。

监理部制定了《工程监理文件管理规程》，明确监理文件的合同地位、组成内容、编写规则、管理程序、管理责任。要求监理文件必须使用法规语言、合同语言、技术规范语言，要求监理文件必须具有程序性、技术性、商务性构成内容。

人
物
篇

杨浦生定期选择比较典型的监理文件修改稿制成幻灯片，在监理人员业务培训中进行点评，深受监理人员欢迎，推进监理人员工作水平不断提高。

监理部依据工程施工合同规定采取了十四项新措施：推行对施工单位质量保证体系、施工质检员等的合同履约认证；对施工质检员职责履行，实行跟踪监督、过程评价；对工程实施设计文件实行监理机构审查签发；建立监理部、处、站三级领导值班，监理机构责任人巡查和每日三班监督制度；建立分项目、分专业的内部协调和施工过程协调制度；督促施工单位遵守合同技术条件和工程质量标准，按通过生产性试验确定的施工参数，以及报经批准的施工工艺、措施和施工程序，按章作业；推行以单元工程为基础、以施工工序为环节，重要施工工序进行作业项目检查的质量控制制度；加强对施工单位浇筑准备检查，实行"七不开仓"制度；大坝混凝土施工，推行以单元仓为基础的浇筑作业仓面设计申报、审批与过程跟踪评价制度；利用大坝混凝土浇筑间隙期，进行混凝土浇筑质量针对性取芯检查；施工过程中的安全作业检查监督制度；督促施工单位对承担技术工种作业或重要机械设备操作的人员进行培训、考核合格后，方可上岗作业；主要施工设备、施工安全设施的完善和维修保养制度；创建样板工程、文明工地等。

三峡一期土石围堰及基坑内工程项目曾一度拖延了工期，杨浦生与同事们研究后，提出许多调整措施，促进工程顺利进行。杨浦生与同事们还在茅坪溪泄水洞工程、杨家港码头工程、右岸西陵大道中下段路堤施工期度汛防护，以及三峡二期工程施工中，提出了许多优化意见，被设计、施工单位采纳，节省了投资、加快了施工进展。

1998年9月底，三峡工程创造了大江截流后的10个月主河床部位第一方大坝混凝土开仓浇筑的奇迹。

三峡工程大江围堰，在经历1998年、1999年两年高洪水位考验中"滴水不漏"，保证了三峡大坝施工在特大汛情下照常进行，被两院院士张光斗等著名专家誉为"难度很大，世界水平"。

1999年，三峡工程施工进入混凝土浇筑高峰期，全年完成混凝土浇筑约540万立方米，超过巴西伊泰普水电站创下的高峰年浇筑混凝土320万立方米的纪录。其中，长江委监理项目在保证质量目标的前提下完成了约260万立方米坝体混凝土浇筑，高峰月浇筑量达30万立方米。

2002年6—7月，大江上、下游围堰相继破堰进水，大坝基础廊道壁面基本保持干燥未发现有渗水情况，22孔导流底孔、23孔泄洪深孔闸门挡水无渗漏。截至2002年9月，大坝上游挡水面浇筑至183米至坝顶高程185米，混凝土取芯、检测评价质量优良。长江委承担监理的工程项目施工安全、工程进度、施工质量、合同支付等目标均得到较好控制。

干工作如拼命三郎　国家落后必须奋斗

艰苦的环境把杨浦生磨炼出一股子拼劲，总想把事情做得更好。正是这股子拼劲，"文化大革命"后他到农村插队时，农民喜爱他；在福建浦城县林业工程队当工人时，老师傅欣赏他；在福州大学土木建筑工程系读书时，被选为班长、校学生会副秘书长。

到长江委工作后，他认真负责的态度、出色的工作成果和管理才能，使他不久便脱颖而出，逐渐从施工设计处副科长、室主任、处长升至设计院副院长。

1992年底，三峡工程开工前夕，时任施工设计处总体设计室主任的杨浦生到工地审查江峡大道图纸。他发现不少问题，虽然施工单位在等图施工，但江峡大道是工地左岸主干道，容不得半点马虎，便决定整个设计推倒重来。他安排一批技术人员到工地，奋战一个月完成了任务。

1994年，在三峡右岸工程监理工作中，西陵大道有20多米混凝土路面不符合施工质量要求，他坚持指令返工。葛洲坝工程局也不含糊，安排爆破拆除重新浇筑，该路段施工负责人也受到行政处分。

1997年初，二期土石围堰防渗墙施工中，因掉钻、套钻发生质量问题，监理部指令重新建一道副墙处理。

1999年，大坝泄洪深孔边墙发生局部浇筑缺陷，监理部指令挖除重新浇筑。

长江委工程监理项目多、专业面广、压力大、担子重，责任也大。三峡二期工程有10个监理单位，监理人员高峰期达到600人。其中，长江委三峡工程监理人员有330人。三峡一、二期工程共浇筑混凝土约2200万立方米，其中，长江委监理工程项目混凝土浇筑量超过1100万立方米。

万事开头难。一期、二期监理机构筹建初期，按工程项目特点及工程监理合同约定组织队伍、筹建机构、建立监理工作体系，按工程施工合同规定建立与施工单位联系、开展施工单位履约体系检查与认证、完成工程项目划分与分级编码，按合同规定编制监理工作规程与项目实施细则文件并发送施工单位，以及推进开工项目有序进展等，千头万绪集于一身。杨浦生经常从早上七点忙到深夜十二点。下班了，人家催他去买饭，他竟然想不起是吃中饭还是吃晚饭。

三峡一期工程施工期，场内外交通、办公营地等也在施工中，生活、工作条件艰苦。盛夏时，他经常大汗淋漓，衣裳湿漉漉的。为忙工作，洗澡人多时，他不愿去洗。深夜十二点忙完工作，眼皮子像涂了胶似的，脸脚顾不上洗就往床上倒。他经常一个星期顾不上洗澡、换衣服，脚脏了找张报纸把脚一裹上床睡觉。他乐呵呵地说："这样

人物篇

省事，被单也干净。"

他自己拼命，也恨不得同事们一天干两天的活。虽然不提加班二字，却把大家的工作安排得满满的，每天不干到晚上十点钟之后，就别想下班。一期工程施工期，三峡工程开发总公司考虑他们办公条件差，送去三台空调，杨浦生却迟迟不肯装，担心办公室舒适了，会降低监理人员下现场的积极性。他笑着说："如果空调冬天吹冷风，夏天吹热风，办公室待不住了，大家就会往现场跑。"

许多人背地骂他心狠，见人闲一下心里就不舒服。杨浦生也笑着承认，他总想大家无时无刻地不在忙碌着。他说："中国还落后，长江委为之奋斗四十年才迎来三峡工程开工建设，我们闲不起。"一句话让人震撼。骂完，气消了，大家便往工地跑。

为落实工程监理职责，杨浦生规定：哪里在施工，哪里就应该有监理；哪里出问题，哪里就应该有监理。监理人员又苦又累，忍不住背地骂："他呀，把监理总站搞得像集中营！""他像周扒皮！恨不得大家只干活，不睡觉！"骂归骂，骂完了还是佩服他，评先进照样投他的票。

廉洁方能公正　公正才能讲科学

杨浦生认准一个理：人是要有追求的。对事业的追求激发人奋进，追求私欲易使人堕落。人的欲望难有终极，没有目标地活着，钱再多也难有幸福。

1985年，他与父亲在香港相见，父亲给他钱，弥补没抚养他的缺憾。杨浦生平静地说："我38年没要您一分钱，我最艰苦的年代已经过去了，现在不需要您的钱。"1987年，他父亲回老家黄陂探亲后返回武汉，又给钱，杨浦生仍坚持不要。父亲很感动，说："有些人想法子找台湾亲戚要钱要物，我儿子不是这种人。"于是，把钱捐给乡下修学校。杨浦生父亲第二次从台湾回老家返回武汉后，执意要给杨浦生一笔钱，他不要，把钱捐给老家重修被山洪冲断的桥。

三峡工程业主给监理单位授予了十大权限：设计文件审查权，工程开、停、返、复工和完工发布权，施工措施计划审批权，施工质量否决权，合同支付签证权，有限工程变更权，安全生产监督权，工程分包审查权，施工合同文件解释权，合同各方关系协调权。掌握了这些权限，就等于掌握了施工单位的生杀大权。

监理工作不仅要求监理人员具有必需的工程项目管理能力、工程设计与施工技术水平，而且必须具备高尚的品德素质、职业道德。杨浦生常说："监理人员常驻工地，远离长江委本部，现场监理人员的举止言行代表着长江委形象。监理人员要坚持'守法、诚信、公正、科学'的原则，以'认真、负责、严谨、高效'的工作态度，为业主服务，为工程建设服务。这些，也是要求每位监理人员自觉遵守的《长江委三峡工程监理部监理人员行为规范》的基本内容。"

三峡工程监理受业主委托承担现场施工管理职责，责任重于泰山。工程管理需要讲求科学的态度，"廉洁才能公正，公正才能讲科学。"他将倡导廉洁敬业、尽职尽责，作为年年讲、月月讲、天天讲，常抓不懈的一项重要工作。

他们首先从制度设计、制度建设着手，并不断完善：建立基层党支部、建立监理部精神文明建设领导小组，开展精神文明建设活动；监理机构决策权与管理权分离，领导管理分、协管制，项目、专业、机构管理相互分离与监督机制；监理职责履行程序、方法公示，监理人员行为规范管理与责任追究；监理机构目标管理与监理人员定期工作绩效考核；监理部廉政敬业管理与廉洁自律监督员制度，监理人员职务回避；物资采购中的询价、比选、审查、验收、台账与采购、保管分离等 15 项制度，建立起一道道约束机制。

监理部制度设计中的自我制约机制主要体现为：第一，党政监督。通过党总支议事规则发挥政治核心和对监理部重大决策的监督保证作用。第二，纵横向监督。通过监理部职能管理机构，从工程质量、施工进度、合同商务和施工安全各方面发挥对项目监理的策划、预控、协调、反馈，以及对各项目监理机构的检查、指导和监督作用。第三，群众监督。通过监理人员行为规范和廉洁自律监督员制度，发挥监理人员对各级监理机构及其责任人行为的反馈、制约和监督作用。第四，服务对象监督。定期征求业主和施工单位对监理工作的意见。

通过创建精神文明活动开展与深入，振奋了正气，加强了监理队伍的团结，创造了良好的精神风貌，有效地遏制了不良风气侵袭。

杨浦生在三峡工地时，床头边放的书很多，其中有一本《毛泽东选集》袖珍本，有空不时翻阅。他说，可以从中学立场、学观点、学方法。

在右岸一期围堰阶段验收期间，某施工单位为感谢监理总站，送来一笔奖金。杨浦生和同事们坚决不收。施工单位的领导人诚恳地说："如果你们还要监理我们，我们不送钱给你们。现在，我们的工程干完了，不求你们了，才来向你们表示感谢。"无论他们怎样解释，杨浦生和同事们坚决不收。

1994 年春节期间，又有一个施工单位给杨浦生和同事们近万元奖金，感谢他们的配合和支持，杨浦生和同事们又婉言谢绝了。

右岸一期工程监理总站、二期工程监理部都有制度规定：对当时未能及时退回的礼品现金，应上交给总支办公室，在"礼品现金登记表"登记后由总支办公室安排专人附上谢函退回。对不适合退回的小件礼品，应上交总支办公室，在"礼品现金登记表"登记后由总支办公室报总部分管领导安排公用或批准使用。

二期工程建设期，葛洲坝工程局三峡工程指挥部驻地在右岸，长江委三峡工程监理部驻地在左岸。杨浦生与总部领导经常需要到葛洲坝工程局三峡工程指挥部开协调会，杨浦生与时任葛洲坝工程局三峡工程指挥长的陈飞约定，不管会议开到多晚，双方都互不请吃饭。

正是在廉政建设方面这些扎扎实实的努力，长江委三峡工程监理部被水利部授予"全国水利系统建设监理先进单位"称号，被三峡工程开发总公司评为"精神文明建设先进单位"，多次被长江委直属党委评为先进单位和先进党组织。

总理提高监理地位　总监深感责任重大

作为三峡大坝工程总监理工程师，杨浦生在工地多次陪同前来视察的江泽民、李鹏、朱镕基、胡锦涛等党和国家领导人。

1998年12月29日，杨浦生接三峡工程开发总公司通知，朱总理要到工地视察，请监理部三名领导到下游围堰观礼平台等候。在杨浦生的心中，朱总理很严肃，对工程要求很严格，痛恨弄虚作假和豆腐渣工程，对他非常敬畏。

下午4时许，朱总理乘坐的中巴车首站到达下游围堰观礼平台前。车门一打开，朱总理还没走出车门就喊："监理，监理！"

站在前面的三峡开发总公司领导急忙回头喊："杨浦生，总理喊你！"杨浦生感到突然，来不及多想，急忙跑到朱总理面前。朱总理下车，握住杨浦生的手，亲切又严肃地说："工程监理责任重大，你们要流芳百世，不要遗祸子孙。"

朱总理与在场的业主、设计、施工、监理现场主要责任人一一握手后，站到观礼平台前缘台阶上，近看三峡大坝河床最深部位浇筑情况，杨浦生等人向他汇报有关情况。近一个小时后，朱总理迈下台阶，与夫人以施工中的三峡大坝工地为背景照相留影后，正准备离去，突然有人提出："总理，我们想跟您照一张合影。"朱总理停下脚步，在场的几十人都围向朱总理照了一张集体合影。

当朱总理再次准备离开时，杨浦生鼓起勇气对朱总理说："总理，我想跟你照张相。"朱总理爽朗一笑，说："好。"好多人又围过来要跟朱总理合影，朱总理接着说："我只跟监理照。"围过来的人只好退回去。

中央电视台的记者在旁边喊："杨总，这下提高你的知名度了。"

朱总理笑了笑说："我就是要提高监理的地位"，他又指着杨浦生说："但不是给你涨工资。"杨浦生兴奋地说："我比涨工资还高兴！"

朱总理要杨浦生叫来在场的其他两位副总监，他站上观礼平台前缘宽台阶，指着三峡工程开发总公司陆佑楣总经理对杨浦生说："把你的监理对象叫来。"

杨浦生笑着说："他是我的业主。"杨浦生指着大坝工程施工单位葛洲坝工程局三峡工程指挥长陈飞说："我的监理对象是他。"朱总理把陈飞叫过来，指着陈飞对杨浦生说："把他监理好！"

第二天召开的三峡工程参建单位与地方政府领导汇报会上，朱总理语重心长地说："三峡工程巨大，技术复杂，千年大计、国运所系。'千里之堤，溃于蚁穴'。质量是三峡工程的生命，质量责任重于泰山，要百倍小心，千倍注意！质量出了毛病，会遗祸子孙！"总理说，为了提高监理的地位，我要监理上一个台阶照相。朱总理还强调：工程监理要忠于职守，切实对项目质量负责，履行职责，不讲情面。朱总理的讲话，深深铭刻在杨浦生心中。

两年后，朱总理再次视察工程，在上游围堰观礼平台，朱总理见到了杨浦生。握手之后，杨浦生从上衣口袋掏出上次与朱总理的合影照片送到总理面前。朱总理问："是不是要我签名？"杨浦生指着照片说："总理，您笑得很灿烂。"朱总理乐呵呵地说："你要把照片送给我啊。"他指着照片上的人说："这几个人叫什么名字？你把他们的名字写到照片后面，我带回去，以后就能记得你们。"

可爱可恨的丈夫　可亲可笑的爸爸

立志水利建设的人，应当做禹的传人。选择水利工程，就选择了吃苦和接受磨炼，就注定了要常年与群山为友，与大河相伴。这是杨浦生的肺腑之言。

杨浦生是工作狂人，为搞工程建设，长年在外。担任三峡工程总监前，葛洲坝、万安、王甫洲、隔河岩、湖南白云水库、天生桥等一大批水利水电工程，深圳机场场道工程等，都留下了他的汗水和智慧。

一谈起杨浦生，他夫人张金珠又爱又恨："我俩常分居，很少在一起。家是他的旅店，旅店是他家。我不管生病还是住院，他总不在我身边。我从福建调来武汉，他从不关心我的工作安排，我的正式工被办成了临时工！"

三峡一期工程施工期，张金珠第一次到三峡工地看杨浦生，希望能带她去风景区玩玩，但杨浦生只是在下工地时带她到茅坪大坝施工区、茅坪溪泄水隧洞里走了一趟，算是了却了她游"三峡风光"的愿望。

杨浦生与女儿共处的时间也很少，有时因工作在家停留时间稍多点，小女儿就会奇怪地问："爸爸，你怎么还没出差？"

有一次，杨浦生在家，小学通知下午三点开家长会，张金珠有事，要他尽一次父亲的责任，到校参加家长会。待他在忙碌中想起家长会时，已是三点半。慌忙赶往小学路上突然想起一个问题：小女儿今年上几年级？估计上五年级。她在哪个班？猛然想起夫人说过，小女儿成绩不错，那么，可能在一班。

到小学后，杨浦生见五年级一班便贸然进去找小女儿的位子，但找来找去没找到。教师疑惑地问他，这才知小女儿不在一班。家长们笑，教师也摇着头笑。杨浦生跑出教室。二班也在开会，他不敢再贸然而进，毕恭毕敬地问教师，一直问到五班，才找到小女儿的座位。

第二天，小女儿从学校一回到家，便发脾气："你不到学校还好些，一去就丢丑！老师批评了，连女儿在什么班都不知道，这个家长是怎么当的！"

杨浦生不服气，乐呵呵地说："我还是猜对了你上五年级！"

三峡工程给了杨浦生探索、实践中国特色水电工程监理体系的平台，杨浦生实现了对三峡工程的诺言：不干则已，干则争创一流。他奉献给三峡工程一流的监理服务质量，奉献给中国水利工程一流的监理理论成果。长江委三峡工程监理部培养出一支专业配套、行为规范、廉洁敬业的监理队伍，这支队伍一直走在水利水电工程监理前列。1995年、1996年、1997年，长江委监理分别获水利部、建设部全国先进监理单位称号，1998年获建设部 "八五"期间全国工程建设管理先进单位称号。

长江委工程监理团队经受了三峡工程的磨炼与洗礼，他们以优异的工作业绩在大江南北奏响一曲又一曲凯歌。

岁月如歌忆三峡

——三峡工程优秀建设者张小厅采访片段

李民权

熟悉张小厅的人都知道，张总是个注重实干不尚空谈的施工设计和监理专家。工作中，他接待过很多媒体界人士采访，但却从不接受关于宣传他个人的采访报道。对我这样的老记者、老朋友，这次算"破例"。

2012年冬天，我和长江工会生产生活部部长潘扬名一道驱车专程赴丹江口市采访张小厅，特意选择到南水北调中线水源公司招待所入住。这里离他办公大楼近，站在阳台上就可以看到张总的办公室。但我也直等到去丹江口市的第三天晚上，他才有点儿空闲，可见他工作依然很忙。虽然采访是晚上十一点后进行的，但我们聊得很开心，很直白。

张总说："我作为中国水利人特幸福，三峡工程开工建设我就开始驻工地，做现场施工设计。南水北调中线工程开工，我又来到了丹江口市，也是首批入驻的建设者。这就像一个人民子弟兵取得抗战胜利，又去参加迎接新中国成立的战斗，这是我人生中最值得珍惜的两段岁月。将来给孩子们讲述这些经历，不是也有许许多多的好故事吗？"

一、获这奖表明我当三峡工程监理师合格

张小厅，北京人，一个由工人成长起来的三峡工程项目总监，教授级高级工程师。他1971年参加工作时，在水电十三局当工人。1979年考入华北水电学院，1983年毕业后被分配到长江委施工处工作，先后历任技术员、工程师、副科长、室主任、副处长、长江委三峡代表局施工处处长、局长助理；1999年2月任长江委三峡工程建设监理部常务副总监、总监。2000年被评为教授级高级工程师；2004年离开三峡工地赴湖北丹江口市，任南水北调中线水源公司总工程师。

谈及基本建成并已经发挥巨大综合效益的长江三峡工程，张小厅深情地说："敬

人物篇

爱的周总理抓经济建设最关心两件事：一是上天，二是水利。为实现毛主席提出的高峡出平湖伟大构想，周总理十分关注长江三峡工程的前期勘察、科研、设计和论证工作。在他的最初关怀领导下，我们首先建成了三峡工程反调节水利枢纽——长江葛洲坝工程。长江三峡工程正式开工建设后，李鹏、朱镕基、温家宝三任国务院总理都分别兼任过国务院三峡工程建设委员会主任。由总理亲自抓三峡工程这个格局一直没有变。三峡工程实际上是民族意志、国家行动。它的上马兴建由中共中央政治局讨论通过并提交全国人大会上表决通过。这在世界水利史上是绝无仅有的。三峡工程建设的难度和科技含金量以及创下的多项世界第一纪录也是史无前例的，让我们中国水利人牢牢地站在世界水利水电建设的科技前沿和前列。这是大禹传人的骄傲、中国骄傲，也是中国品牌、中国名片。

当祝贺他当选三峡工程优秀建设者时，张小厅回顾了他参与三峡工程设计和监理工程的难忘岁月和难忘经历。他说："长江三峡工程兴建一开始就实现了严格规范的监理制。因为这项工程的质量是千年大计，是衡量工程成败的总指标。三峡工程优秀建设者已评了几届，每届都有长江委监理人员的代表，我只是其中之一。我获这奖，表明我当三峡工程监理师合格。我工作以来得过一些奖项，我个人很珍惜这个奖项，它时常勾起我对三峡工程建设的美好回忆，时常提醒我做每一项工作做每一项工程都一定要注重质量。我现在从事南水北调中线工程工作，这也是一项世纪伟业工程。使命光荣，责任重大。我必须忠于职守，爱岗敬业，一步一个脚印，扎扎实实做好每一项工作。因为我是中国水利人、长江委人，我来自长江三峡工程建设工地。"

二、激情燃烧的岁月为的是圆三峡梦

张小厅先后从事了葛洲坝、隔河岩和三峡三大工程设计。1999 年 2 月，经组织决定，45 岁的张小厅出任长江委三峡工程建设监理部常务副总监，后来又担任总监。他以扎实的专业功底和丰富的工程实践经验在长江委三峡监理部赢得大家的尊重，并得到李鹏、朱镕基等中央领导的接见和钱正英、潘家铮等领导、院士们的好评。

张小厅信奉：道路虽迩，不行不至；事再小，不为不成。勤劳智慧，开拓创新，科学求真的中国水利人要以实干托起三峡工程这水中的太阳，实现中华民族的百年三峡梦想。

1999 年正值三峡工程大坝混凝土浇筑高峰期，长江委从事三峡监理的科技人员多达 300 多人。张小厅除必须开的会议外，一天到晚都扎在监理现场。他是让人敬畏的"严总监"。

在夏季浇筑基础约束区混凝土以及浇筑手段并不完善的不利条件下，他积极主动协调各方关系以及监理部内部关系。通过监理协调手段的运用，主持解决了混凝土浇筑温度控制中的一系列技术难题。9月气温较高时段，用塔带机入仓浇筑混凝土，浇筑温度不能满足要求。经他提议，协调各方调整为出机口7摄氏度控制。当发现浇筑的深孔底混凝土最高强度太高时提出铺设一层冷却水管，从而妥善地解决三峡坝体大面积高强度浇筑的温控技术难题。在工作十分繁忙的条件下，他还积极参与《三峡水利枢纽混凝土工程温度控制手册》的编写，并担任监理部混凝土温控小组组长，主持监理部温控周报的编制工作，准确、全面、及时地向建设设计和施工单位反馈大坝混凝土温度控制信息，为工程建设的质量和速度作出重大贡献。

张小厅以身作则，率先垂范，工作干在先，危险冲在前。他严格执行监理部领导、监理处领导和监理站（组）三级联合值班制度，及时发现和解决施工及监理中的问题。他经常工作至深夜，节假日也常常加班、加点，超负荷工作，甚至有时带病坚持深入施工现场，参加值班。自担任常务副总监以来，他每年在三峡工地出勤近300天，其中现场工作240多天。因此，他对现场的各个仓面、各个部位，以及施工进展情况，了如指掌。三峡开发总公司领导都对他主管的工作很放心。

记者曾采访了高黛安、杨天民、李方清等到三峡建设监理部的同事，大家都称赞张小厅为人朴实、乐于助人，特别是他以诚待人，平易近人。在繁忙的工作中，他经常挤时间向监理人员了解情况，交心谈心，积极与大家打成一片，及时解决现场监理工作和监理人员的生活困难。在工作中发扬民主、广开言路，倾听监理人员的呼声，虚心听取各方面的意见。在处事待人上，既坚持原则，又从实际出发，做耐心细致的思想工作。张小厅曾告诫监理人员既要按规范准则严格监理，又要学会讲道理，明明白白告诉别人不能这样做，为什么不能这样做。他总是认真执行监理部各种规章制度，以深厚的理论基础、丰富的实践经验、踏实的工作作风、谦虚谨慎的工作态度、清正廉洁的人生信条赢得了业主、监理人员和施工承建单位的一致好评。

他规范管理，加强质量控制。为避免和防止在强大的进度压力下忽视和放松质量，消除检验过程中不利的人为因素，监理部在1997年、1998年制定的《土建工程主要质量监理工作规程》《混凝土工程监理实施细则》《混凝土原材料质量检验监理工作规程》等规章性监理文件基础上，1999年又制定了《关于混凝土单元工程质量检验与评定的补充规定》，结合三峡工程的实际，增补冷却水管、接缝灌浆管路、混凝土养护等七道施工工序的检查记录表格，将混凝土施工从仓面准备、资源投入到浇筑及养护全过程的检查纳入施工质量控制和现场质量检验的重要内容。张小厅要求现场监理人员严格执行以施工工序为基础的标准化、量化质量检验制度，通过施工工序质量控制来保证施工质量，实现了 1999 年 220 万立方米坝体混凝土浇筑无质量事故的预控目标。

三、喜庆时的沉思与遐想

2003 年 6 月，长江三峡工程顺利实现蓄水、通航、发电三大目标，整个三峡工地都沉浸在喜庆欢乐的气氛中。记者曾问张小厅："经过十年艰辛才实现这一目标，为什么你的反应却如此平静？""是啊，我们经过了十年的奋斗，历经了十年艰辛得以今天这一成就，我们有太多的理由为之自豪，为之欢呼。但为什么我和我的同伴们都如此平静呢？很简单，因为十年来我们已经经历了太多的风风雨雨，而今天仅仅是十年历程的一个必然结果。如同万里长江直奔东海，一路陡坡、险滩、漩涡，但到了要汇入大海之时，长江的一切显得格外平静。三峡工程此时给我们留下的只是深深的沉思。"张小厅这样作答。

张小厅称长江委监理是最早进入三峡工地的监理单位之一。1992 年 9 月，当长江委人受三峡开发总公司委托进入三峡工地开展监理工作之时，我们国家的监理事业尚处于起步阶段，监理工作理论与经验都非常欠缺。长江委人凭着"爱我中华，志建三峡"的一腔热血，按照朱总理"千年大计，国运所系"的告诫，依据科学化、规范化、标准化的工作方式方法，建立了一整套监理工作规章制度，协助业主制定了一整套三峡工程质量标准，帮助承包商建立并完善了质量保证体系。经建设、设计、施工、监理四方的共同努力，三峡工程质量、进度、造价均被严格控制在预先设定的框架内。从这个意义上说，三峡工程的建设管理堪称一流的工程管理。

长江三峡工程有许多指标堪称世界之最。在二期工程中，张小厅和他的同事们所负责监理的项目，如大江截流及二期围堰工程、泄洪坝段工程、拌和楼及塔带机、供料线设备的监理等均具有此类特性。就拿泄洪坝段项目来说，整个三峡工程以下泄流量大著称于世，但其设计下泄洪水 12.7 万立方米每秒中有 10 万立方米每秒是从轴线长仅 483 米的泄洪坝段下泄，其下泄平均每米单宽流量超过 200 立方米每秒。设计方为解决这一难题，在泄洪坝段布置了三层共 67 个大孔口，致使结构非常复杂，给施工和监理工作均带来了很大的难度，加上三峡工程施工要求的高强度，在国内首次采用了塔带机浇筑混凝土，故对于监理工程师来说，质量与进度这对矛盾比其他任何项目都更加尖锐。一方面是工期，推迟一天损失达上千万元人民币；另一方面是质量，略有松懈将造成难以估量的损失。值得庆幸的是，这一关我们大家终于闯过来了，三峡水库蓄水后的所有观测数据表明，大坝的质量达到了设计要求。泄洪坝段的 22 个底孔闸门与 23 个深孔闸门挡水"滴水不漏"，开启时一次成功，位于水下 120 米深的基础廊道可以穿布鞋进入，大坝基岩渗水量仅为设计抽水量的百分之一。这一切都说明了我们参建各方的努力没有白费，三峡工程的质量是一流的。我们向祖国、向人民交了一张优良的成绩单。今天，我们也可以告慰孙中山先生、毛泽东主席、周恩来总理和邓小平同志，你们拟定的三峡宏伟蓝图终于在我们这一代人手中实现了！你们交给我们的任务终于完成了！

张小厅说："三峡工程是前人没有做过的巨大工程，施工中有许多技术难题和难以克服的困难。我们本着对国家、对人民、对历史负责的态度，与施工单位一道共渡难关，严格控制质量。在三峡工程建设中，我们承担了巨大的压力。但想到我们的党、我们的政府、我们的人民对我们的支持，我们始终信心倍增、力量倍增，我们终于挺过来了。"

三峡工程蓄水后，张小厅的许多朋友打来电话表示庆贺，称他为功臣，张小厅回答："是的，在三峡工程建设中有我们付出的心血，但三峡的功臣不仅仅是我们。半个世纪以来，长江委几代人为三峡工程勘测、水文、设计、科研和监理呕心沥血，奉献了自己的聪明才智和青春年华。三峡的功臣还有全国那些帮我们解决了许多技术难题，在关键时刻倾其全力指导和帮助我们的水电专家，还有半个世纪以来默默地为三峡工程努力工作过、奉献过的人们。现在他们虽然不能到工地现场与我们同庆，但我们不能忘记他们，因为没有他们的努力，就不会有今天的三峡工程。但愿三峡工程胜利建成后的纪念馆里有他们的位置，应该让人们永远记住他们，让三峡记住他们。"张小厅深情地说："在长江三峡工程建设中，我的老处长、长江委原总工程师、三峡开发总公司副总经理王家柱病倒在工地就没有起来。全国工程勘察设计大师崔政权为三峡移民工程也付出了宝贵生命。长江委原总工程师李镇南、杨贤溢、曹乐安、洪庆余也相继离开了我们。这些人的去世对我们中国水利水电建设都是重大损失。还有许许多多的三峡建设者，他们虽是普通工人，但在三峡工程建设伟业中与我们同样都是三峡圆梦人。我曾在2000年9月专程去宜昌市殡仪馆参加了葛洲坝工程局一位因公殉职工人的追悼会。他大学毕业才几年，30来岁就在三峡工地走了。想起当年我们在工作中与他打交道，我觉得有一次我对他批评的语气重了些，我希望他在天国能理解，为了三峡工程质量，我们共怀一个心愿就是要将这一工程建成世界一流工程。"

张小厅说，三峡蓄水通航发电，意味着中华民族的百年梦想"高峡出平湖"得以实现，但这只是"万里长征只走完了第一步"，前面的路还很长。祖国的水电建设监理事业尚待我们去进一步完善。因此，当前总结三峡工程十年来的经验教训，反思我们建设三峡历程中的风风雨雨、成败得失就是我和我的同伴们目前一项重要的工作内容，这也就是在喜庆的日子里我们显得平静的另一种原因。

四、为中国水利枢纽监理工作留下实践经验

2003年12月，中国水利水电出版社正式出版发行了《三峡工程监理应用手册》一书，引起我国监理人员极大关注。这是张小厅在总监岗位上对三峡工程作出的又一种贡献。如此珍贵且科技含量高的科技书籍署名为：主编杨浦生；副主编张小厅、许春云、杨天民、张良骞、林斌、李先镇。全书近90万字。时任三峡开发总公司总经理陆佑楣为该书题词："总结实践经验，提高监理水平，为建设一流的三峡工程继续努力。与长江委三峡工程建设监理部共勉之。"中国工程院院长潘家铮为该书题词为"总结经验，提高水平，为促进建设监理的一体化程序运作和标准化管理作出贡献。"中国工程院院士、长江委总工程师郑守仁欣然为该书作序。

当谈及为何主编署名为杨浦生，自己则为副主编时，张小厅说："这部书是我们三峡工程建设监理部全体科技人员心血与智慧的结晶，也是我们对三峡工程监理工作的科学总结。杨浦生作为第一任总监且为编写此书付出的心血努力比我们都要多一些，他为主编既是尊重科学、尊重历史，也是众望所归。"

众所周知，我国工程建设管理体制改革以来，水利水电工程建设全面推行了项目法人责任制，招投标承包制和工程建设监理制，以适应社会主义市场经济发展的需要。实践表明，实行工程建设监理制对于提高工程质量、缩短建设工期和降低工程造价具有明显的作用。三峡工程正是由于工程设计和施工都在严格规范的监理下，使整个建设过程各个环节的质量控制工作做好了，才最终实现工程运行安全可靠，万无一失。

如今这本书在负责我国在建的大型水利枢纽工程的总经理、总工程师、总监理工程师的书柜和办公桌上都能看到。从事水利水电工程监理工作的科技人员更是有了一部极具价值的工具书。

而在《三峡工程监理应用手册》出版发行的前一年，张小厅还参与了中国电力行业标准《水工混凝土施工规范》一书的主要起草工作。

张小厅告诉记者，随着南水北调中线工程的加紧建设，他想若有可能和需要，他还要参加或者去主编一本与南水北调工程有关的科技书籍。

好一个实实在在的张总监，好一个北方硬汉！

风正一帆悬

——记三峡工程副总监张良骞

孙军胜

　　人生常会遇到意想不到的事情。埋头水工设计几十年的张良骞，没想到在临近退休之际，陡然转岗到工程监理，而且监理的对象是世界上最大的水电工程——三峡工程。

　　1963年7月，张良骞从天津大学水利工程系河川枢纽及水电站建筑专业毕业后，一直在长江委从事水工设计研究和工程建设工作。历任水工设计室主任工程师、副主任、枢纽设计处副总工程师、项目设总、湖北省水利学会水工专业委员会主任等职。获得教授级高级工程师职称，成为国家首批一级注册结构工程师。他先后参加或主持了湖北陆水、丹江口、葛洲坝、王甫洲，贵州乌江渡、构皮滩，重庆彭水，四川亭子口，江西万安等工程设计工作，设计之旅几乎没停歇过。1998年底，三峡二期工程渐入施工高峰，长江委三峡工程监理部急需熟悉水工专业的骨干监理，而张良骞拥有丰富的设计实践经历和多年来钻研技术、精益求精的工作态度，成为工程监理的理想人选。

曲线上任

　　在接近退休之年出现岗位的重大变化，这让张良骞也无法接受。他认为自己此前没有接触三峡工程设计，性格直率，不善于处理人际关系，做单纯的技术设计或科研工作还行，但做监理就无法胜任了。

　　长江设计院领导没有急于做他的思想工作，倒是独具匠心地为他先安排了一次观光活动，让他去感受三峡工程的火热气氛。

　　1999年1月4日下午，按照组织安排，张良骞与陈文斌、宋维邦乘坐专车前往三峡，一到坝区就被现场的景观所吸引了。只见生活区空气清新，宁静安详，生活文娱设施一应俱全，路边行道树、小区花坛与远山近水遥相呼应，满目青翠……次日到工区参

人
物
篇

观时，未见到想象中的人山人海，只有巨大的载重卡车流水般穿梭，林立的门机、塔机高耸入云，好一派宏伟的现代化施工场景。

第三天返回武汉时。张良骞已经无法心如止水，气壮山河的施工场面、宁静优美的生活小区，以及三峡工程对长江委人的独特魅力，让他魂牵梦萦、挥之不去。长江设计院领导的精心安排，目的似已达到。

那段时间，是否接受组织安排去三峡工地成为张良骞经常思考的问题。长江委人都向往三峡工程，以能够参与其中作为终身的骄傲和自豪。他虽然认为自己是"局外人"，但为三峡效力这个机会降临时，他仍然激动不已。

组织上考虑他的实际情况，最初没有安排他当监理，而是让他先去现场设代处工作，以发挥他的强项。张良骞欣然接受，说服了老伴和女儿，深入三峡施工现场，为三峡工程出力。

1999年3月10日，枢纽处领导发来口头"调令"，通知张良骞第二天随院领导去三峡。张良骞迅速完成赴三峡履新的各项准备。3月11日上午8点，汽车从武汉出发，行驶在江汉平原上。他坐在车上，心潮澎湃。他没想到自己工作的最后一班岗如此神圣，一种庄严的使命感油然而生。

到三峡工程设代局后，他被安排分管枢纽处的现场设代工作。带着初入三峡的兴奋和冲动，他一方面大量阅读设计报告和图纸，另一方面尽可能深入工地，力图掌握设计图纸实现的过程，做到心中有数。他似乎变年轻了，工作的狂热劲使他在"文山会海"中游弋，在各施工现场奔走。自觉精神饱满而带劲，生活充实而有趣，赴三峡前的犹豫和疑虑早已抛至脑后。

正当设代工作步入正轨时，1999年6月初的一天上午，杨浦生来到他的办公室，笑容满面地说："我已和院长商量好了，你还是到监理部工作吧！"

杨浦生是长江委监理部的总监，也是长江设计院副总工程师，他的话无异于又一张调令。让张良骞颇感意外，但他还是克服了心理障碍，走马上任，先当监理部大坝处总工程师，约半年后被任命为副总监。事后杨浦生还特地送来一份由长江委主任黎安田主任签发的职务任命红头文件。此后，他又火速接受了监理培训和考核，获得了总监理师资格证书，这年他59岁。

严中求胜

在长江委监理部，除总监外，设有两名副总监，张良骞侧重于金属结构制造、安装及机电设备安装监理管理工作。他和其他监理人员一样，穿上了大红色的监理工作服。长期技术设计的扎实功底和惯有的认真负责态度，让他很快就适应了角色的转变。

他深知三峡工程的重要意义，决心以公正、科学的态度，尽职尽责，对工程质量负责。他积极组织、及时参与协调参建各方的关系，促使其密切协作，并严格履行合同，实现工程建设总目标。

在他的思想中，监理工作是不分上下班的，无论白天还是黑夜，不管是严寒还是酷暑，或者天气如何，只要现场有事，或需要他值班，他就会当仁不让。当别人酣睡梦乡的时候，他却在混凝土舱内解决问题。他长期患有严重的失眠症和皮肤病，都是自己默默地克服，丝毫没有影响到工作。

他对自己的责任十分清楚，尽心尽力。二期工程导流底孔的闸门安装，是工程建设顺利进程的节点，关系到围堰发电首创能源效益。为了解设备制造过程，六个生产闸门的厂家他——光顾，实地调查生产状况；因担心闸门安装变形，他深入施工单位仔细了解浇筑混凝土的时间，焊接的工艺，查看施工报告。他还加强对现场监理人员的技术指导和管理，分析施工中的技术要点和难点，提前预控，加强过程控制，及时发现问题和解决问题。

他严谨细致的工作作风，有了回报。导流底孔闸门安装被媒体誉为"滴水不漏"，确保了机电设备安装调试工程的质量和进度。2000年6月顺利移交三峡电厂运行管理，为上下游围堰破堰进水创造了挡水条件，为三期工程截流和施工导流提供了可靠的保障。

结构计算是他的强项，在三峡有两次处理险情可是派上了用场。一次是2001年在审批某施工方案中，有一项承载办公用集装箱的外挑多跨连锁桥梁结构，有的技术人员感到存有风险，因"人命关天"而不敢负责审查。他艺高胆大，亲自计算，全面平衡，综合考虑，得出了一种优于施工单位所报的方案，既安全又减少了钢材，节约了投资，真是险中求胜，皆大欢喜。实践验证了他的计算准确无误。另一次是2002年1月14日，安装单位在对闸门深孔埋件安装例行巡察中，首先发现19号深孔右侧及20号深孔左侧封板密封焊缝局部产生塑形变形（颈缩）或开裂，当时大家都很紧张，因为深孔将要在明渠截流后开启使用，施工质量和进度都关系到整体工程的大局。当时有各种议论和推测，意见很难统一。张良骞临危不乱，勇于担当，细心察看分析裂缝的特征和产生的原因，通过对结构总体受力状态的综合分析，查出主要原因是二期混凝土的收缩变形所致，钢衬焊接变形不是主要原因，并连夜赶写出《变形分析及对策报告》。他以娴熟的结构计算功底，得出令人信服的结论，分析报告可谓"一锤定音"，得到了潘家铮院士等专家和各专业的普遍认同，扫除了大家的担忧，及时处理了这场意外事故。

众人所知他的优势，凡涉及结构分析的有关施工方案均由张良骞审核签发。经他审核签发的重大施工方案，均未发生变形及安全问题。他天生喜欢钻难题，当时虽然煞费苦心，但事成一想，也因有发挥强项的机会而聊以自慰。

"好钢用在刀刃上"。能干、会干、肯干，打了好几次关键仗，他的威信不言而喻。最终得意的，还是用他之人。

回味无穷

他第一次做监理工作就赶上了建设三峡的好时光，而三峡工程副总监这副重担更把他逼到了现场技术前沿。生性率直的张良骞干起工作专心专意，毫无杂念，遇事敢讲真话，一心为了三峡工程的建设，即便是不同意见，也敢于直言。

张良骞出身书香门第，祖传家训："居心淡泊，行谊高洁，亦不以仕宦为愉。"他信奉至今。参加工作近50年来，他不断追求完美技术，钻研起问题来竟可一坐几小时不挪窝。他不断吸取新知识，70年代就学习计算机知识，硬是啃下了编程的"天书"，可以说是长江委工程技术人员中最早接触计算机的。他写技术报告、画图，从来都是一丝不苟。即便是修改把关，也是逐字逐句斟酌，有时干脆推倒重写。有一次，别人看他密密麻麻修改的报告，感言"这般年纪，如此辛苦，看得我都想掉眼泪。"认真做学问、做事、做人，使他在三峡工地一展才华。他从来不看重荣誉，但是还是获得了诸多的荣誉。曾荣获长江委先进生产者、长江设计院优秀干部、设计院双文明优秀工作者、湖北省勘测设计行业先进工作者等称号，2002年他获得长江三峡工程优秀建设者殊荣。

"三峡使我变得年轻"，这句发自张良骞内心的话，源自他四年半的监理历程。对于张良骞来说，这段时光似又一次大学时期，紧张而又火热的工地生涯，充满生机活力的新岗位，他似乎又进了一所大学。他在一篇回忆文章叙述，"三峡现场就像学校和课堂，不是大学，胜似大学。到处都有经验和知识，只要有心，就可信手拈来。几乎所有的水电和土建设计问题，在现场都有展现，几乎所有的施工方法和生产工艺，在现场都能看到。各种现代化的施工设备、机具云集现场，使你大开眼界。"

2003年9月，他依依不舍地离开了三峡，赶赴皂市工地担当总监。在监理部工作的场景深深地印入他的心底。

三峡给张良骞留下刻骨铭心的美好回忆，品味不尽的相思怀念。他发自内心地感谢三峡，在他年过花甲后重温青春，再现活力，为"夕阳无限好"涂抹浓墨重彩，使他在有生之年依然充满信心，忘年勇往直前！

移民监理的领头雁

——记长江水利水电开发总公司、长江工程监理咨询有限公司董事长张华忠

长江工程监理咨询有限公司工会

在长江水利移民监理战线，有一位长期默默奋斗并为之付出很多心血和智慧的人，他就是长江委"奉献治江工作突出贡献先进个人"、长江工程监理咨询有限公司董事长张华忠。多年来，他在移民监理战线不仅是领导者，而且是实践者，为治江工作作出了突出贡献。

完成三峡工程移民监理，促进三峡工程目标实现

在三峡工程建设中，推行移民综合监理制度是三峡移民工程改革创新的重大举措。张华忠参加提出了三峡移民工程综合监理概念，组织设计了三峡移民工程综合监理工作大纲，组建了 12 个综合监理站具体承担三峡库区移民综合监理工作。他先后任三峡工程移民综合监理副总监、总监，组织完成了三峡移民综合监理报告 300 余份，监测评估报告 100 多份，共计 1000 多万字，提出综合监理建议 2500 多条，为三峡工程移民政策的制定与完善，促进移民安置进度整体提前一年，移民安置质量达到了规划标准，移民投资控制在国家批准的概算之内；他提交的三峡移民工程综合监理成果，作为三峡工程移民决策的重要参考和国务院三峡移民工程验收的重要依据，得到了充分肯定。由于他在三峡移民工程综合监理工作中的突出贡献，2006 年被国务院三峡办评为综合监理先进个人。他参与了三峡工程移民安置"两个调整"政策和后期扶持政策的研究，参加了国务院制定重庆市统筹城乡改革发展试验区之移民安稳致富政策的调研。

人物篇

组建专业化公司，提供解决移民问题支撑

水库移民是世界性难题，综合监理制度在国内外具有开拓性。张华忠积极推进移民综合监理制度的推广，参与筹建移民监理公司。在公司发展中，他认真贯彻落实国家、长江委企业改革和发展的精神，以体制机制创新形成规范的法人治理结构，推进公司制度建设，保障了公司的健康发展。

目前，公司已成为国内外具有较高影响力的专业化公司。公司业务范围不断开拓，已拥有国家有关部门颁发的工程监理、水利工程监理、地质灾害防治监理、移民监理和生态环境咨询甲级资格证书，形成了400多人的专业技术队伍，拥有各种资格证书人员200多人，是国内外从事移民专业的最大或最有影响力的公司之一。在市场开拓方面，他带领职工先后承担了三峡工程、南水北调工程、金沙江溪洛渡及向家坝工程、乌江彭水及银盘工程、汉江潘口及蜀河工程和国家治淮重点工程移民综合监理，国内市场占有率为50%左右。公司经济实力从成立之初的300多万元发展到目前的7000多万元，实现了跨越式发展，并为公司的可持续发展奠定了坚实基础。

推动科技创新，丰富和发展水库移民工程学

张华忠在公司发展中十分重视科技创新。在国内外有影响力的创新成果主要有：率先提出移民综合监理理论，第一次提出补偿投资评估理论与方法，参与移民工程稽查理论的创新，这些成果丰富和发展了水库移民工程学。湖北省科技厅曾组织了有四位院士参加的评审会，一致认为他主持完成的经过十多年研究的"水利水电工程移民管理系统开发研究和应用实践"课题成果总体达到国际领先水平，被评为湖北省科技进步奖二等奖，张华忠同志是第一责任人。

政治坚定，率先垂范，清正廉洁，淡泊名利

张华忠是贯彻科学发展观、水利部新时期治水新思路和长江委健康长江理念的模范实践者。在工作中，他政治坚定，清正廉洁，处处以身作则，率先垂范，生活俭朴、淡泊名利，严于律己、宽以待人，作风过硬，所带的队伍在15年三峡移民工作中没有发生过一起违纪违法事件，被国务院三峡办领导认为是库区移民工作的典范。公司获得了国务院三峡建委的表彰，他本人于2009年度被评为长江委绩效考核先进个人，2010年获得长江委"奉献治江工作突出贡献先进个人"荣誉称号。

欧阳代俊，带头喊号子的人

张文胜

每年的元旦跑步，长长的队伍，整齐的服饰。队员们刚出场时都是生龙活虎、精神抖擞，步调统一。洁白的手套在空中划着漂亮的弧线，一波接一波，一浪跟一浪，共同绘就了坝区那幅永恒、亮丽、动人的风景画……出了体育场，过了陈坛路，跑着跑着，有人步子慢了下来，有人落下了，方队开始变得有些散乱。轻松的玩笑代替了抖擞的精神，俏皮的怪话松弛着跑步者的意志。这时，一个满头银发、精神矍铄的高个子老人从队列中跨了出来，旁若无人地带头喊起了号子，"一，二，一，……一，二，一"，那声音洪亮、遒劲、富有节奏感。说来也怪，在他的号子下，后面的人自觉或不自觉地加快了步伐，补齐了缺位，原来有点散乱的队形重新变得整齐，"为我中华，志建三峡""精心管理，志创一流"，口号声又此起彼伏，在三峡工地的上空久久回荡……而他，又悄悄地回到了自己的位置。

这个带头喊号子的，不是别人，正是三峡安全监测中心监理部主任欧阳代俊，我们习惯上尊称他为"欧工"。他在生活上十分俭朴，一双进廊道用的雨胶鞋穿了一年又一年，补了一次又一次，还舍不得扔掉，我们都笑话他"阻碍了国家内需政策的执行"；在工作上，欧工又兢兢业业、认真细致，哪怕是一丝细小的错误或疏忽，他也从不轻易放过。

2007 年的冬天奇寒无比，大雪造成中国南方诸多地区电网瘫痪、交通中断，而此时的三峡升船机施工现场却是一片火热，各项工作在紧张、有序地展开。按照规定，四支渗压计必须抢在底板基础处理完成后和混凝土浇筑之前的间歇期内埋设，时间紧、任务重。可是对仪器的埋设位置和要求，规范上没有明确、具体的规定，一般工程的做法是直接根据设计位置造孔安装。对于监理人员来讲，这种前有设计、后有惯例的做法无疑是上佳之选，不用承担任何风险。但是欧工却不这么看，他坚持认为，岩体本身的透水性能很弱，较之裂缝透水性要小几个数量级，如果仪器埋设于透水性较弱的部位，则难以反映岩体间裂隙实际渗透压力，因此，渗压孔位的选择应建立在压水试验基础之上。这种做法符合工程实际，但是有潜在的风险。要知道，前方土建施工

人
物
篇

是不等人的，一旦确定是由于我们的原因而耽误了土建工程进度，那后果是不言而喻的；而且，我们自己没有压水试验的设备，短期内根本做不了。如果找土建施工单位配合，一连串的问题和麻烦摆在面前……看到我们还在犹豫，欧工二话没说，卷起袖子带头干了起来。他一会儿找土建监理工程师，一会儿到现场联系施工人员和操作工人，检查设备运行情况，看到他满头是汗，衣襟上也沾满泥浆，我们也情不自禁地跟着干了起来。终于，事情获得了圆满的解决，欧工脸上也露出了轻松、愉快的微笑。从这种轻松、愉快中，我们读到了一份踏实，也感受到了一份沉甸甸的责任。

是啊，对三峡工程没有浓烈情感的人，是不会有如此强烈的责任感的啊！带头喊号子事小，却道出了一个人真实的内心世界。我想，一座三峡工程大坝的建成，不仅是树起了一座物质概念的丰碑，更是树起了一座精神人文的丰碑。在长期艰苦卓绝的建设中，三峡工程培养和造就了一大批各专业的人才，也塑造和凝聚了一种三峡意识、一种三峡情怀、一种三峡精神和一种三峡文化，"带头喊号子"，也应该是这种情怀、这种精神和这种文化的一部分吧。

2017年6—7月，正值三峡升船机试通航之际，从别人那偶然听到欧工去世的消息，猛然想起以前他说过的话，"三峡升船机建成后，我要亲自登船去看看"，才恍然意识到这一切已是隔世留言，这小小的心愿，看来是永难圆梦了。2017年8月，恰逢三峡水利枢纽工程全面竣工验收之际，是以整理小文，遥以为祭。

为了相伴一生的水利工程事业

——记"全国五一劳动奖章"获得者周运祥

樊连生

100 年前，孙中山在《建国方略》中提出了兴建三峡工程的设想。60 年前，毛泽东写下了"更立西江石壁，截断巫山云雨，高峡出平湖"的豪迈诗句。如今，三峡大坝已傲然屹立于长江之上，成就了几代人的梦想，也凝聚了无数人的心血和汗水。周运祥同志正是三峡工程建设过程中一位既平凡又不平凡的贡献者。

青春立志　矢志不渝

周运祥出生于湖北省黄冈市。或许是因为从小在长江边长大，让他未来的人生与水利结下了不解之缘。1979 年，凭借对水利事业的热爱，他考入了长江水利水电学校。系统理论的学习，让他对水利工程有了深入的了解，也激发起更深的热爱，他立志要把一生奉献给祖国的水利工程事业。

1981 年，周运祥完成了理论学习，怀揣着梦想，来到了长江委，从事水利水电工程的规划设计工作。从理论向实践转变，并非易事。为了能更好地开展工作，周运祥经常向老同志请教，并翻阅档案资料。30 多年来，他从一名普通的基层员工成长为长江工程监理咨询公司的总经理，先后从事过水利水电工程规划设计、水库管理、移民综合监理、工程管理与咨询研究等工作，均与水利水电工程密切相关，尤其与三峡工程。

时光飞逝，从学习水利工程到从事水利工作至今，周运祥同志与水利工程的缘分已近 40 年。回顾这过去的 40 年，周运祥始终坚信他的选择和坚持是正确的，也为他曾经做出这样的选择而感到无比的自豪。

三峡移民综合监理的创新与坚守

1992 年七届全国人大五次会议审议通过了《关于兴建长江三峡工程的决议》，

人
物
篇

三峡工程正式上马。它需要动迁百万移民，数量之大，举世无双，而百万移民能否顺利搬迁安置也成为三峡工程成败的关键。

由于三峡工程涉及范围广、搬迁移民数量大、情况异常复杂，如何建立有效的第三方监督机制，从整体上对三峡移民工程的投资、进度和质量进行全面监督，成为当时各级领导关心的重点。此时，周运祥同志从事水利工程工作已有10年，但也从未遇到过这样的难题。当时，工程监理制在中国才刚刚开始实行，但工程监理只针对单一的工程建设项目，不能解决三峡移民这一特殊领域难题。对此，周运祥与其他同志一道，查阅资料、潜心研究，经过一次又一次的讨论、修改，再讨论、再修改……创新性地提出了三峡移民综合监理概念和理论体系，并组织设计了三峡移民综合监理工作大纲和技术体系，其中的一字一句、每一个技术指标，都是周运祥与其他主要创立者经过无数次讨论后形成的，凝聚了太多心血。

理论只有运用于实践才能真正发挥力量。从1994年提出、1995年试点、1996年正式实施，长江工程监理咨询有限公司承担了三峡工程17年建设期库区19个区县的综合监理工作，理论在实践中发挥了巨大作用。

"蜀道难，难于上青天！"三峡库区均是山区，直到20世纪90年代初，当地的社会经济仍较为落后，许多地方没有通公路，只能坐渡船，或是翻山越岭才能到达。为了能够亲眼看到库区实际情况，使综合监理工作成果更真实地反映库区真实情况，周运祥每年坚持在外业第一线工作4~5个月，与"大山"亲密接触，这也把三峡库区深深印在了周运祥的脑海里。一次，在奉节县一个项目的讨论会上，在看项目地形图时，周运祥给大家讲解了这个区域移民搬迁安置的历史，甚至还指出了哪些是移民搬迁建的房子、哪些不是移民搬迁建的房子，让当时在场的年轻同志都惊呆了，不禁感叹："周总对库区的情况居然这么熟悉！"

在外业第一线工作时间久了，只要隔一段时间不到第一线，周运祥的心里便空落落的，蜀道对周运祥来说也不再难，而每一份综合监理报告的编写成了工作的重中之重。在周运祥看来，每一份综合监理报告都是一份沉甸甸的历史责任，所以每一份综合监理报告他都亲自参与编写。常年参与综合监理工作的同志回忆道："每次综合监理报告初步完成后在公司内部讨论会上，周总都是最紧张的，讨论会经常从早上开到深夜，周总对报告都要逐字逐句地看，经常为了一个词怎么使用斟酌再三。"还有同志回忆说："每次参加讨论会时，自己都很紧张，周总在审查报告时经常会提出一些很具体很细节的问题，回答不出来时周总经常会激动地拍桌子，时间久了，也让我们这些长期在现场的同志养成了追根究底的好习惯。"

十几年的综合监理工作，上百份综合监理报告，凝聚了周运祥的无数心血。公司在三峡工程移民综合监理工作的成功实践，也多次获得了国务院三峡工程建设委员会的表彰。之后，移民综合监理被广泛应用于我国其他大中型水利水电工程建设移民搬迁安置工作中，如南水北调中线工程、乌江彭水水电站、嘉陵江亭子口水利工程、大渡河黄金坪水电站、汉江堵河潘口水电站等，为我国水利水电事业的建设和发展发挥了重要作用。

三峡移民工程的"句号"

2009 年，三峡工程初步设计移民规划任务如期完成，并成功接受多年试验性蓄水的检验。2013 年，国务院三峡工程建设委员会第十八次全体会议作出开展三峡工程整体竣工验收的工作部署。从 1992 年开始到 2009 年建设完成，三峡工程建设历时 17 年。看着雄伟的三峡大坝，周运祥激动不已，更感慨万千。

受国务院三峡办的委托，长江工程监理咨询有限公司承担了三峡移民工程验收大纲编制及验收技术咨询工作，周运祥为工作的总负责人。验收大纲是验收工作开展的基础，直接决定工作成果质量，为高质量完成工作，周运祥带领公司技术人员把公司档案室存档的三峡移民工程从规划到完成的历史资料查了个遍，逐字逐句、一个技术指标到另一个技术指标，由多到少、不断优化精减，完成了大纲编制。讨论了多少次、熬了多少个夜，已经记不清了。

验收技术咨询工作现场工作持续了数月，周运祥每隔一段时间就要到库区各区县走一走、看一看，与参与现场工作的移民干部和公司技术人员沟通交流，了解和处理现场工作中的问题。每次培训和交流会上，周运祥总是要不厌其烦地提醒大家："对待验收工作一定要认真负责，工作成果要作为重要历史资料存档，填报的每一个数据都要有据可查，经得起历史的检验。"

有一次在重庆，验收工作初步成果完成后的讨论会上，周运祥一个县一个县、一张表一张表地审查，看到一个县电话安装数量的数据时停了下来，对现场负责同志说："这个数据是哪里来的？与人口不匹配，回去仔细查一下！"后来经过查证，数据填报果然有误。

验收工作持续近 1 年，虽然辛苦，但周运祥觉得，多辛苦都是值得的！

不忘初心　继续前进

2011 年春节刚过，公司召开一年一度的"青年职工代表大会"，听取基层青年职工近一年的工作体验和对公司发展的意见建议。大家正在轮流发言时，一位青年职工突然说道："有一次周总到三峡库区视察现场工作，路过一处工地现场时提醒我们要密切关注，这一处山体有随时出现滑坡的风险，后来没过多久真的出现了滑坡，幸亏周总提醒及时，否则就有可能对周围群众带来生命危险。""哇哦……"在座的青年职工都发出了由衷的赞叹。然而，周运祥的这双"火眼金睛"并不是一朝一夕练就的，而是多年在外业第一线长期工作的实践经验积累，加上过硬的专业知识学习和积累才练就的。

从学习水利到从事水利工作至今，周运祥同志与水利的缘分已近40年。回顾这过去的40年，虽然获得了一项又一项荣誉，在平凡的岗位做出了不平凡的业绩，但周运祥并无骄傲之情。虽然已近退休年龄，但在周运祥看来，他与水利的缘分并不会因此而终结，他还会对最初的选择继续坚守，他还要将毕生的精力投入到中国的水利工程事业中去！

巴山女儿三峡情

——记长江委监理公司咨询研究部主任黎爱华

张春艳

根在巴山

"巴东三峡巫峡长，猿鸣三声泪沾裳。"说起巴东，人们脑子里首先想到的可能就是这两句诗，在平原住惯了的人，一旦走到这种地方来，不知要生出一种怎样的惊异情感：两眼凝望着那些仿佛刀劈斧削一般的山崖，怒吼着的江水，除了赞叹，也许只有恐怖了。巴东奇异而俊秀的山水，孕育着一代又一代淳朴的乡民，他们日出而作、日落而息，生活安逸而平静。然而，祖祖辈辈都生活在巴东的乡民，怎么也想不到，他们的日常会因三峡工程的建设而彻底改变。

移民，这个原本对巴东人来说有些陌生的词汇，出现在了他们茶余饭后的闲聊中。一落下地就是巴东人的黎爱华，在巴东上了幼儿园、小学。巴东有她熟悉的街道、邻居，还有她很多要好的小伙伴。还不太懂事的她不懂移民是什么，当听到父母谈到"移民"时，她还十分好奇地问："移民，我们是要移到大城市去吗？"

望着有些幼稚的女儿，父母笑了："国家有大工程，我们现在住的房子马上就要被水淹了，所以，我们要搬到安全的地方去住。"

一听父母的话，黎爱华慌了："那我们快点搬吧，我可不想被水淹死了。"

"真是个小孩，哪有你说得这么容易。"母亲爱怜地看了一眼女儿，又寄予期望半开玩笑地对女儿说："建设三峡，是国家的一项大工程，要不，将来你长大了，就去三峡上班吧。"

"好啊。"黎爱华爽快地答应了，把一旁的父母都逗乐了。

然而谁又曾想到，当初母亲的一句玩笑话，真的成了现实。2000年夏季，从南京农业大学管理工程专业毕业的她进入了长江委监理咨询有限公司，并始终致力于三峡工程建设移民管理与咨询工作。她每天的工作几乎都在与移民打交道。时间久了，

人物篇

她对自己的本职工作又有了新认识：一方面，她要代表国家，把国家给予移民的政策宣传好，把移民资金落实到位；另一方面，她要把移民的想法、困难和要求积极地向上级反映。要做好这两方面的平衡不是一件容易事。她也经常会遇到移民上访，但她总是能及时热情地上门倾听移民的倾诉。了解情况后，她也总是笑哈哈地说："你说的这些，我都知道。我是巴东人，我祖祖辈辈都生活在巴东，我的根就在巴东，可我也是个移民。我上的幼儿园被水淹了，我上的小学也在水底下了，我小时候住的家，也在水里面了。"

简单的一句话，马上拉近她和移民距离。

心系巴山

也许是对移民工作有了更多理解，也许是对移民的爱，参加工作之初，黎爱华便强烈地要求从基层干起，主动申请到移民任务最重的万州区移民监理站工作。移民监理工作内容具体而又复杂。记得二期蓄水到135米时，大州坝镇大州村八组，原住民有100多人，当时他们选择自主外迁，拖家带口，搬得很积极。然而，到新的居住地后，他们才发现这个将安置100多号人的村组，总共只有不足八亩耕地，人均一分耕地都没有。靠山吃山靠水吃水，靠着土地刨食的村民，一下子慌了，情绪开始不稳定。黎爱华和同事们闻讯后，迅速赶往移民居住地。有大路的，他们就坐车；只有山路的，他们就坐摩托车；确实没路可走的，他们只好步行前往。晚上就住在村民家里，吃饭和村民共一张饭桌，听取他们的意见。经过几次调研，她实事求是地向上级反映情况，最终对这100多户移民实行第二次外迁安置，很好地安抚了这些移民的情绪，也确保了他们日后的正常生活。

干一行，就要爱一行。性格有点执拗的黎爱华做任何一件事都喜欢先琢磨，弄明白了，再认真地去落实。有一次，一位家离万州区二十多千米的移民，一头汗水地找到移民监理站，反映在实物指标调查时，没有将他家的房子丈量清楚。当时监理站是利用遥感技术为其丈量的，绝对错不了。黎爱华知道土生土长的山民只相信眼见为实的尺丈绳量，对高科技的玩意儿不怎么信任。看到站在自己面前村民满怀期待又有些失落的眼神，她没有讲科学的大道理，而是带领调查组，自带被褥和生活用具，翻山越岭，徒步七个多小时到达该移民的家里认真进行二次丈量核实，打消了山民的顾虑。移民监理，在外人看来是枯燥而上下不讨好的工作，黎爱华一干就是五年，她就是以这种实事求是、不厌其烦的工作态度，得到上下一致好评。她说："国家的政策落实了，移民们笑了，说明他们对我的工作认可了，我的心也踏实了。"

水库移民是一项世界性难题，移民监理与咨询是一个新生的事物，在实际工作中常常会遇到各种复杂问题。黎爱华善于学习，勤于思考，勇于创新。由她牵头开展的秭归县移民生产生活水平专项监测，完善了移民监测评价方法，在三峡库区和国内其他大型水库中推广应用；创新设计的三峡工程坝区移民养老保险方案，得到了国务院三峡办的肯定和采纳；作为主要参加人员，完成的水利水电工程移民管理系统开发研究成果，获得了长江委科技进步奖一等奖和湖北省科技进步奖二等奖，使移民科技创新获得了新突破，她所在的咨询研究部也因此获得"长江委青年文明号"称号，她自己也被评为湖北省职工建功立业女标兵……

一分耕耘，就有一分收获。在丰硕的成果面前，谁又能体会到，作为一个女人，黎爱华背后付出的艰辛？2004年，对于黎爱华来说，是痛苦而又幸福一年。那年初，深爱黎爱华的母亲患上绝症，卧床不起。她正忙于潘口水电站移民实物指标调查现场的监理工作，公司领导得知情况后，多次要求她回家去陪伴母亲。可由于当时工作时间紧，技术把关人员人手不足，请假势必会影响到整个工作的按时完成。黎爱华只好咬咬牙，一直强忍着悲痛坚持到外业工作结束后才匆匆赶回家。那时，黎爱华的母亲已经不行了，未留下只言片语便离开了人世。办完母亲的丧事后，黎爱华仅在家待了三天，便又匆匆地回到工作岗位。她知道，一向支持自己工作的母亲，是理解她的，好好工作才是对母亲最大的孝心，因为母亲也是从巴山走出来的移民。母亲走了，黎爱华更是把所有精力都扑在工作上，以至到了腊月，她还不知道自己婚期快到了，人生大事，她与同在长江委工作的爱人，竟什么都没准备。腊月二十六日的婚期，他们直到腊月二十五日才匆匆赶回去。没有婚纱照，没有新婚钻戒，连新娘的婚服都是他们在县城一家商场匆忙买的一件大红棉袄，第二天，黎爱华就穿着这件大红棉袄，把自己给嫁了。

婚后的黎爱华，与爱人也是聚少离多，他们常常是一个人提着行李出门的同时，另一个人拖着行李回家，有时连说一句话的时间都没有。2005年她怀孕三个月时，为了加快巫山县大昌镇二期搬迁进度，她不顾身体的不适，冒着大雨，坚持到现场调研。不知忙了多少个日夜，流过多少眼泪，一份沉甸甸的《促进大昌镇搬迁调研报告》终于出来了。抚摸着日渐大起来的肚子，黎爱华觉得，这何尝不是妈妈送给未出生的孩子最好的一份礼物呢！

爱在巴山

因为热爱，黎爱华从未觉得移民监理工作有多么苦累。也正因为热爱着这份工作，爱人也不止一次地开玩笑说："你一心就知道扑在工作上。"是啊，黎爱华一心就知道扑在工作上，对家人，她内心有很多愧疚，特别是对儿子，黎爱华觉得她欠孩子太多太多了。

儿子出生后，就一直交给孩子的爷爷奶奶带。当时家里条件有限，孩子不到两岁半就送到了幼儿园。记得2009年初，幼儿手足口病频发，一些小孩因为延误治疗时机而出现生命危险。当幼儿园老师打电话告知儿子患上此病时，黎爱华正在北京出差，准备向国务院三峡办汇报一项重要工作，而此时，她的爱人也在三峡库区忙着不能回家。接完电话后，黎爱华伏案而泣。她爱儿子，担心儿子，但眼下的工作又不能容许她马上回家。她只好强忍着担心，决定还是先完成好此次汇报工作……

每次提起儿子，黎爱华总会热泪盈眶。还记得在参与长寿区的现场规划工作时，黎爱华有大半年没有回家。从幼儿园放学回家的儿子，看见坐在家里的妈妈，一头扑上去，环抱着妈妈的脖子，对着妈妈的耳朵奶声奶气地说："妈妈，你换个工作吧，我总是看不见你。"

儿子的话音一落，黎爱华便忍不住流下了眼泪。她紧紧地把儿子揽在怀里，不知该用什么样的语言让儿子明白自己所做的这份工作。儿子还小，长大后，他一定会明白：妈妈对工作这么认真努力，一方面是妈妈热爱这份工作，一方面是对生她养她的巴山巴水交一份满意的答卷，同时，妈妈也想好好地工作为他树立一个好的榜样呀。悄悄地抹干眼泪，黎爱华望着儿子说："妈妈工作很重要，所以妈妈不能陪伴你。"儿子似懂非懂地点了点头。

自己不是个称职的母亲，对待家里老人，黎爱华也有很多愧疚：已经去世十多年的母亲，还有一直帮着给自己带孩子的公公婆婆。在黎爱华的家中，几个老人身体都不好，但他们总是默默地、尽他们最大的努力去支持她的工作，帮她照顾孩子，守住很少见到男女主人的家，从来都没有怨言。可到了2011年，和他们一直生活在一起的公公婆婆突然都生病了，先是公公得了肝癌，接着是婆婆突然中风，家里一下子出现了两个需要照顾的病人。怎么办？家里要有人，可他们手上的工作，也不能容允他们请假啊。和爱人反复商量后，他们只有请人到家里来照顾老人……每每想到这一点，黎爱华总是说："我不算个孝顺媳妇，真的没有做到在老人床边尽孝。"

黎爱华十多年如一日地远离大城市，远离家庭，远离亲人，常年奔波在三峡的田埂地头，风里雨里，艰苦备尝。可当她每每想到伟人构思的三峡宏伟蓝图"高峡出平湖，神女应无恙，当惊世界殊！"时，她觉得她又是那么幸运。她是巴山人，她是新移民，同时，她又是三峡变迁的见证人。

奉献库区　奉献谱华章

——记长江工程监理咨询公司职工张春艳

李　苓

"恰同学少年，风华正茂，书生意气，挥斥方遒。"昭示着一代伟人奋斗的青春，青春因充满奋斗和激情而洋溢着美好，长江工程监理咨询公司的张春艳同志正是这样一位将青春奉献给库区的模范典型。

梦想启程

张春艳是我们长江工程监理咨询公司引进的第一个社会保障专业硕士研究生，也是第一位 80 后业务骨干。

2007 年尚未毕业进入公司实习时，张春艳懵懂青涩，仅知孔德、默顿、斯宾塞等基础社会学理论，没有任何移民监理和咨询的实践经验，但是她的学习能力让公司的每一个老员工为之惊讶，不认识她的人都以为她是工作多年的老监理，但没有人知道她在背后付出了多少汗水——为了尽快熟悉这项工作，她把档案室里所有的资料都翻了个遍，学习了公司做过的大部分项目报告，看得多了疑问也多，她就逮着领导和老员工刨根问底。

她第一个接手的项目就是三峡移民职业教育和技能培训规划，这个项目任务艰巨，对三峡移民意义重大，但时间却非常紧。张春艳虽然是实习生，却拿出了 100% 的毅力，主动承担任务，加班加点，日夜奋战 10 余天，连宾馆大门都没出过，从未叫苦叫累。项目最终得到上级领导的高度认可，并将规划转化为政策付诸实施，百万移民从中受益，这是张春艳没有想到的，在学校习惯了空谈理论，在这里自己的知识却能很快地转换为库区群众的福祉，那种满足无法言表。从此，她立志要把水库移民综合监理和咨询当作终身事业来做，把水库移民的幸福作为自己奋斗的目标和梦想。2007 年 8 月，张春艳正式成为监理公司大家庭的一员。

人物篇

立足库区　书写青春

我们常说，选择了水库移民监理和咨询工作，就选择了"白＋黑""5+2"。加班、加点、长途跋涉、奔走田间就是我们的使命，也是我们终生遵循的准则。张春艳从加入公司的第一天起，就义无反顾、无怨无悔地融入了这种生活。

开始时，我们认为80后是个性张扬、任性、懒散、娇气的代名词，但张春艳却表现出一种超乎同龄人的沉稳、大气、执着，探索问题认真到了较真的程度，她身上有一种特别能吃苦、特别能奉献的优秀品质，是公司在上升期亟须的。公司领导对她委以重任，她不负众望，很快就成为公司重大项目的骨干力量。

移民监理和咨询脱离不了库区和移民群众，学习社会学的张春艳深知这个道理，她主动请缨，深入库区移民群众中实地调查和访问。在工作的6年中，她基本上每年都有三分之二的时间工作在库区第一线，足迹遍及三峡、丹江口、向家坝、溪洛渡、莲花、柘林、柘溪等国家大中型水库的每一个库区县城，不仅掌握了库区每个县存在的主要问题，而且熟知每个县城的历史沿革、村组分布、风土人情、交通路线，甚至是从武汉到当地的列车时刻表。为了将问题了解清楚，她常常深入到库区田间地头、移民户家中与移民聊天。有一次在涪陵调查移民后期扶持相关问题时，要通过问卷方式搜集移民生产生活方面的信息，她不幸阑尾炎复发，同行的移民干部建议她在宾馆休息，发给村干部填写，但她坚持认为只有亲自调查才能了解移民户搬迁后存在的实际问题，于是忍着病痛到移民户家中作访谈。有些移民搬迁后生产生活水平下降，颇有怨言，见到他们不停地讲现在存在的困难，张春艳感受到移民非常希望通过她的笔杆将他们的生存状态反映给上级领导。她仔细地聆听，认真地做记录，甚至忘记了身体的疼痛，同行的移民干部看到她豆大的汗水从额头滴落，提醒她早点回去，但她仍坚持到晚上10点多，直到移民情绪得到缓和，乡村点夜灯熄灭，才踏上回城的路，这时她才感觉到剧痛袭来，直接被拉去医院输液。这种事情在张春艳看来稀松平常，因为她心中有强大的信念，就是实事求是地反映库区实情，为移民群众提出解决问题的真知灼见，为了这个目标，任何辛苦和奉献都是值得的，只有在奉献中自我的价值才能得以实现！

2009年9月，她与相爱多年的男友迈入婚姻的殿堂，但当时正值三峡后续工作总体规划编制期间，她负责整个三峡后续工作移民社会保障专题规划的编制和长寿区的人口转移规划编制工作，工作任务重，时间紧，举办婚礼和休婚假实属奢侈。在征求家人同意后，她选择把工作放在第一位，生性淡泊的她，觉得在吉日领结婚证足矣，考虑到能继续为三峡后续工作实施规划的编制出一份力，她推迟了要小孩的打算，直到 2011 年下半年才成为妈妈。

张春艳持之以恒地学习，学习已经成为她的一种态度，在办公室里，她桌上的书籍是最多的，除了工作用书，她的知识也涉及经济学、法学、人类学等各个领域，对她来说每接手一个项目，都要提前阅读大量文献，了解国家相关政策，了解前辈们已取得的成果；她是有股子犟脾气的牛人，当工作遇到障碍时，她会反复研究，多方咨询，不解决问题誓不罢休。同时，她还追求完美，她常常说"细节决定成败"，她认为，市场竞争很激烈，我们的工作成果一半靠技术，另一半得靠扎实的工作质量才能不给公司丢脸。为此，她对报告中的一个标点符号，一个小格式都会仔细校核。有人说，你这样做累不累啊，差不多就行了，可是她依然如故。

通过不断的学习和实践积累，她很快成了项目的技术负责人，并在政策研究方面取得了不错的成绩，积极参与移民条例修订研究、三峡后续工作生态屏障区农村人口转移政策研究、水利水电工程指标体系研究等，并参与了国家发改委和国务院研究室组织的"重庆市城乡统筹综合配套改革试验及经济社会发展综合调研"，独立完成三峡工程移民社会保障研究等课题，研究领域扩展到移民综合监理、后期扶持、社会保障、生态屏障区人口转移、社会风险评估等方面，参加了由国际人类学与民族学联合会（IUAES）举办的第十六届国际人类学与民族学大会、水利部水库移民开发局组织召开的大中型水库移民后期扶持监测评估研讨会等大型学术研讨会，为持续增强公司的知名度和影响力作出了重要贡献。

新起点　新挑战

2011 年，公司成立了社会监测评估研究小组，张春艳凭借出色的成绩和表现被推举为小组负责人，同时这一年她荣升为一名母亲，工作压力和重担却丝毫没有减轻，甚至更重了。坚韧的她从不轻言放弃，怀孕期间妊娠反应强烈，她一样没放松自己，哪怕孕象不稳，医生要求卧床休息至少一周，但她心里放不下工作，只休息了两天就不顾风险继续工作了。哪怕孕吐到胃出血，也没请一天假，坚持工作到生产的头一天。第二天可爱的儿子出生了，这对张春艳来说是个全新的开始！一个母亲对自己的孩子很难说不，但对自己身上的责任，就更难说不。在家庭和事业之间平衡，对一个母亲来说是最大的难题，但张春艳成功地将这种压力转化为动力，就是科学地规范工作流程，合理地完成人员分工，尽可能地提高工作效率。她和小组内的其他成员一起，研究了近几年的常规性项目和未来的项目发展方向，制定了详细的项目操作流程，不仅

人
物
篇

提高了工作效率，而且提高了项目质量保障。

目前，张春艳带领的社会监测评估研究小组成员已扩展到 10 余人，都是才华横溢的年轻人，是公司一股朝气蓬勃的新生力量。在团队建设上，张春艳将传递公司"团结、奉献、科学、创新"的企业文化和前辈们优秀的工作作风为己任，并树立了积极乐观、坚韧不拔、乐于奉献的榜样力量，向每一位成员传递着正能量，激励着每个人为实现梦想而奋斗！

青春，因奋斗而美丽

——记三峡移民监理公司职工赵勇

谭羽茜

赵勇，三峡移民监理公司职工，中共党员，已经为三峡移民监理工作奉献了20年。

1996年，18岁的赵勇参加工作，此后长期在三峡库区和乌江流域大中型水电库区从事规划设计、咨询评估、移民综合监理、移民安置监督评估等工作。

赵勇同志长期战斗在三峡库区一线，很不容易，也很了不起，是我们水利监理人的优秀代表，也是长江委精神的实践者。他是我们心目中的"最美一线职工"。

赵勇长期工作在生产一线，库区的山山水水留下了他一串串平凡而光荣的足迹。其间，他负责或参与完成了20余项规划设计和咨询评估项目，包括三峡后续工作总体规划、移民规划及概算调整、移民总结性研究等重大项目；主持编制了《水利水电工程移民安置验收规程》《三峡工程整体竣工验收移民工程验收大纲》等技术规范文件；多次参加了三峡移民阶段验收和移民稽查工作，主持编制了三峡工程重庆库区移民综合监理报告。

1996年7月至1997年10月，在公司秭归移民工程综合监理站，他参加了三峡工程一期大江截流移民综合监理工作。

1997年10月至2005年9月，他在公司涪陵移民工程综合监理站工作，其间，作为技术骨干参与了三峡移民综合监理、三峡工程征用耕地占补平衡、移民监测评估、三峡重庆库区淹没土地新增补偿投资实施规划、潘口水电站实物指标调查监理等工作。

2005年9月，他被任命为涪陵移民工程综合监理站副站长，主持监理站的日常工作。2007年被任命为涪陵移民工程综合监理站负责人，2009年1月被任命为重庆银盘水电站移民安置监督评估部副总监评估师和武隆移民安置监督评估站站长，主要从事规划设计、咨询评估、移民综合监理、移民安置监督评估等工作。

赵勇同志在工作中，给人留下了难忘的印象。

人
物
篇

钻研学习，带领职工提升素质

由于三峡移民涉及面广、情况复杂、政策性强，从事外业工作要求知识能力与实践经验并重。

赵勇同志作为外业站点负责人，很清楚地认识到这一点，他不断在业务学习方面为站内成员起示范作用，带领集体共同进步。通过大学本科基本理论学习和在职研究生教育，以及持续的现场工作实践，他熟悉和掌握了移民安置规划、工程移民学、水利经济与管理、移民安置监督评估、项目经济评价等理论知识，能够熟练掌握本专业有关的技术标准、技术规程和技术规范，运用掌握的知识独立或指导工程技术人员完成各项生产任务和研究任务。

他通过不断的钻研学习，在 2001 年 5 月获建设部注册监理工程师执业资格，2006 年 4 月获国家发改委注册咨询工程师（投资）执业资格，2013 年获高级工程师任职资格。

近 20 年来，他作为业务骨干在单位发挥了重要作用。他带领的是一个充满朝气和活力的青年集体，是长期活跃在移民工程监理工作一线的一支能吃苦、敢打硬仗、讲奉献的青年队伍，他把加强人员思想、素质、专业技术教育作为重要工作常抓不懈，不断增强宗旨意识、服务意识和创新意识，认真组织了以"贯彻落实科学发展观"为主要内容的思想教育，并且在工作中能够严于律己、宽以待人、尽职尽责，认真开展移民监理各项工作。近年来，在他的带领下，该站员工已先后取得了建设部、水利部、国家发改委和国家安监总局核发的监理工程师、造价工程师、咨询工程师、安全监理工程师、一级建造师等执业资格和相关培训证书，在监理和咨询工作中发挥了骨干作用。

爱岗敬业，艰苦朴素忠于职守

外业的工作很艰苦，责任是实实在在的。没有艰苦扎实的基础工作，就不会有第一手资料，就不会有高质量的工作成果。

在从事库区监理工作的过程中，赵勇总是坚守一线，以身作则。刚到三峡库区时，交通条件相当落后，很多沿江乡镇需要坐船才能到达，移民入户调查时到边远移民户家要步行 3 个小时或更长时间，有时还要在农民家里借宿。很多年轻人因为受不了而选择调离，他却觉得这是一种对信念、意志、毅力的锤炼。有一次，现场调查需在乌江上乘船 6 个多小时逆流而上到达武隆县，为了留存当时的影像资料，赵勇不顾危险一直站在船头，肩扛摄像机认真记录，船体颠簸时险些意外落水。这样的险情在他多年的库区工作中曾多次遭遇。

一分耕耘，一分收获，他作为片区负责人承担三峡涪陵库区、乌江银盘流域水电工程移民监理咨询工作，有较强的服务意识和敬业精神，多次放弃休假与家人团聚的机会，并克服腰椎间盘突出复发的影响，依然坚守在生产一线，经常为了赶写监理咨询报告、现场处理移民安置问题而加班加点，起到了表率作用。十多年来，他主持或主笔编写各类监理、咨询报告100余份，多次参与地方地质险情处理、移民信访处理和管理办法制定工作，为各级政府和移民部门当好"参谋"，维护移民权益。

默默奉献，舍小家顾大家

赵勇18岁刚参加工作就被派到远离家乡武汉的三峡库区腹地，风里来雨里去对他一个热血青年来说倒算不了什么，但作为一个儿子、丈夫、父亲，他却自认为做得不合格。2002年，他的母亲不幸罹患牙龈癌，先后动了四次大手术，2006年女儿出生时因先天性缺血缺氧，须长期悉心照料。为了他安心工作，妻子放弃省工建集团待遇优厚的财务工作，回家照顾生病的母亲和女儿。每年他在家的时间不到两个月，别的孩子上学总有父母接送，而他那可爱的女儿每次却只有妈妈一人相伴，女儿一次又一次地期盼爸爸回家，可他作为一个父亲又何尝不惦念自己心爱的女儿。他感觉自己最愧对的就是他的家人，他每年在武汉的时间平均不到两个月。就是在这样困难的条件下，赵勇舍小家顾大家，内心满怀母亲去世未尽孝心和不能陪伴妻女左右的愧疚，一心扑在了工作上。

心系群众，为群众谋福利

关心职工利益是监理站工作的重要内容，赵勇始终将职工的工作生活放在肩上，记在心头。如按照公司的统一安排，为所有员工办理了"五险一金"，落实了劳动合同法，每年定期组织员工体检，在高温酷暑季度开展为外业工作员工"送清凉"活动，积极组织站内员工开展丰富多彩的文体活动，并在站内配置简单的文化体育用品，丰富职工的业余文体生活。在公司涪陵片区党支部的带领下，关心家庭困难员工，资助其子女入学，为其排忧解难等。其中，涪陵工程监理站有位40多岁的职工易弟兵，不幸患上了鼻咽癌，且家庭负担较重，赵勇带头组织员工捐款资助其就医。2011年该同志去世时，赵勇代表单位专程到他家乡探望，并通过组织捐款的方式为其子女筹集教育基金，体现了单位的人文关怀和对同事的一片真诚。

"珍惜才会拥有，感恩才能长久"。只有珍惜工作，才能热爱工作、热爱事业，才能释放出对工作的积极性和创造性，才能百分之百地投入到工作中去，才会全力以赴地去把自己的工作做到最好，从而追求更美好的人生。赵勇近20年扎根三峡库区，不畏艰苦，呕心沥血，默默奉献，严格执行党的移民监理政策，服务库区，心系民生，在学习、管理、制度、质量、效率等方面严格要求，身为长江水利工作者在库区艰苦奋斗，不为名，不为利，品行端正，作风正派，艰苦朴素，群众基础好，奉献突出，得到了地方、单位及上级部门的认可。总之，赵勇同志以漫长的磨炼和满腔青春热血书写了自己对治江事业的热爱，对流域人民和地方经济建设的贡献。在三峡库区充分诠释了"最美一线职工"的风采。

平凡中的伟大

——记移民先进工作者彭茂林

谢宛琰

发源于青藏高原唐古拉山的万里长江，波涛滚滚，千回百折，一路向东而来。她力劈三峡千山万岭，夺峡奔腾而去，惊涛拍岸，气势磅礴，在此处，形成了绝美的山水奇观，云蒸霞蔚，景象万千。

"高峡出平湖，当惊世界殊。"三峡大坝，一项震惊世界的跨世纪工程，凝聚着中国人民改天换地的万千激情；凝聚着中国人民无畏强大的战斗力；凝聚着中华民族告别落后、摆脱贫穷、从容走向繁荣富强的精神风采。一个个英雄的故事在此上演；一篇篇优美的诗文在此吟唱；一幅幅美丽的画卷在此展开；一段段辉煌的历史在此书写。

彭茂林是三峡移民工作者的优秀代表，也是千千万万三峡工作者的一个缩影。他二十多年如一日，兢兢业业、倾其才智为了三峡的移民工作默默地奉献。他的一言一行，彰显着一名移民工作者的"三峡情怀"，诠释着"三峡无小事，事事必尽心"的责任与担当。

三峡移民工作是一项政治任务，是三峡工程成败的关键，他心中时刻牢记这个宗旨，把自己所掌握的知识服务于三峡移民工程，在工作中只要有利于移民迁建工作的任务就积极承担，有利于移民迁建工作的事情就要把它干好。

彭茂林于1996年参加工作时就开始从事移民综合监理工作，他说："移民为国家的建设付出太多，他们舍小家、顾大家，挥泪拆家园、别亲友，带着无尽的乡愁离别故土。所以我们一定要做好移民安置的监理工作，促进移民的平安搬迁、顺利搬迁、和谐搬迁。促进移民搬迁之后能够安居乐业。"所以，他跋山涉水，不辞辛劳，深入现场，认真履行工作职责，工作的第一年就得到了认可，受到了上级部门、当地政府和移民群众的好评，获得了长江水利委员会"五讲四美"先进个人的荣誉。

在工作中，他坚持原则，绝不向潜规则低头，全力杜绝移民安置过程中的暗箱操作。他发现库区的一些地区存在安置人口挂靠以套取移民经费的现象，不动声色地全面了解信息，坚持一追到底，及时向上级人民政府反馈。让问题得以顺利解决，保障了移民的利益。

2001年10月，彭茂林得到了国务院三峡工程建设委员会"移民先进工作者"称号，并受到了朱镕基总理、吴邦国副总理的接见。这在旁人看来是极高的荣誉，他却只是轻轻带过，他说奖励只是对以前工作的肯定，他做了应该做的事情，对得起移民，对得起国家，对得起自己的良心，问心无愧四个字是比什么奖励都要重要的事情！

"雄关漫道真如铁，而今迈步从头越。"面对成绩，他没有豪言壮语，有的只是脚踏实地开拓奋斗。

彭茂林于2000年调入丰都单项站工作，从此挑起了库区移民工程单项监理的工作重任，全力投入到移民新区的建设中去。三峡库区移民迁建任务大，工作覆盖范围广，他上任后对已建工程作了认真清理，编制了项目卡片。在实际工作中，加强现场检查，严把工程质量关，让投资与进度相适应。对仍未开工的工程积极配合移民单位做好前期工作，积极推动监理，当好建设单位的参谋，促进了移民迁建任务的顺利完成。

在监理工作中，按监理工作管理条例，他认真履行工作职责，坚持公平、公正、公开的监理原则，对工程质量从不放松，对施工中的每一道工序都认真进行质量检查，一丝不苟。如有一次在丰忠公路检查中，他发现挡土墙质量达不到设计要求，及时发出停工整改通知，消除了质量隐患，保证了工程质量。对移民工程建设过程中存在的问题，他积极协调，主动咨询，帮助解决工作中的困难，保证了移民工作的顺利开展。

由于他的表率作用，站内人员都具有良好的职业道德和严谨的工作作风，能大胆工作，严把质量关，监理工程的质量较高。在所监理的市政基础设施、工业厂房建设、房屋住宅建设各项工程中，经过验收均被评为合格工程，受到建设单位的好评。在承担的监理项目中，他合理组织全站人员，各专业互相配合，做到监理人员岗位到位，重要的工程部位监理到位，质量、投资、进度控制到位，保证了工程进度和质量达到设计要求。

他在三峡库区负责监理的项目已有两百多个，涉及十多亿元的移民投资，所管的项目从来没有出现过任何事故。彭茂林和他所带领的监理站多次受到政府的表彰。

彭茂林长年坚持在库区第一线工作，在丰都工作期间，每年的节日长休假都坚守在工地，没有休息。他还带病坚持工作，有次在施工现场讨论技术方案时，因工地乱石成片不慎摔伤，造成椎间盘脱出，疼痛难忍。医生建议全休治疗，由于工地点多面广，任务重，加上监理人员不足，他一边治疗，一边工作，坚持到现场检查，保证了工作正常进行。

彭茂林对三峡的贡献不仅仅是在兢兢业业的工作中，他对三峡库区的爱深深地渗透进了骨血之中，愿意在各个方面付出，以换取三峡更美好的明天。

他刚参加工作没多久，在出差途中，去往奉节的船上，看到一个小女孩一直在看书，在玩闹的小伙伴中特别显眼，晚上到了饭点也没有和伙伴们一起吃饭，只是静静地从敞亮的船头移到了船舱的灯下。彭茂林好奇地上前和她攀谈了起来，问她为什么不吃饭。小女孩说："为了省钱，明天下午回家了再吃。家里为了供我上学，把唯一的一头猪给卖了才勉强凑够去年的学费。新一学期的学费还没着落呢。我要懂事，要帮家里减轻负担。"彭茂林听了大为感动，当即决定资助她完成学业。每个月坚持给她打钱，持续了三年，一直到她大学毕业。女孩多次找到彭茂林说要报答，都被拒绝了。彭茂林告诉她："把你自己的生活过好，然后等有能力的时候多帮助别人，就是对我最好的报答。"于是毕业后，这位叫陈秀玲的小姑娘放弃了去大城市工作的机会，坚持回到家乡当了一名老师，她说，滴水之恩当涌泉相报，是有恩人的资助她才能有机会念完大学，恩人不要她报答，她就回到恩人为之奋斗的三峡库区，建设家乡，让更多的孩子能受到更好的教育。她要把恩人的善意一代一代地传下去。

从那以后，彭茂林又陆续资助多名三峡库区贫困失学儿童重返校园，全面负担他们的学费和生活费。但是他都是通过村委或者学校进行资助，他说："我单纯地想要帮帮他们，这不过是举手之劳，都是平凡的小事，从来没想过要他们回报给我什么，只希望他们能过好自己的生活，以后有能力的时候，也可以给别人力所能及的帮助，把爱在库区传递下去。"

彭茂林在平凡的岗位上默默坚守，辛勤劳动，钻研业务，无怨无悔。在长期的奋斗中实现自我人生的价值，用无私的奉献传递着正能量。他总是说自己"只是一个平凡的人，做的都是平凡的事情"。但是将平凡的工作做到了极致，这就是一种伟大！

没有惊天动地，没有英勇不屈，彭茂林在他平凡的人生中做着不平凡的事业。一滴水可以折射太阳的光辉，正是因为有了千千万万个像彭茂林这样一心为了移民、认真负责、乐于奉献的人，三峡工程移民工作才得以顺利开展，移民的幸福生活才得以实现。在库区移民一线，他们是堡垒，是基石，是永不褪色的旗帜！

人
物
篇

图书在版编目（CIP）数据

三峡工程情怀．人物篇／中国农林水利气象工会长江委员会，中国水利作家协会编．－－武汉：长江出版社，2025.5

ISBN 978-7-5492-6658-6

Ⅰ．①三… Ⅱ．①中… ②中… Ⅲ．①中国文学－当代文学－作品综合集 Ⅳ．① I217.1

中国版本图书馆 CIP 数据核字 (2019) 第 193249 号

三峡工程情怀．人物篇
SANXIAGONGCHENGQINGHUAI.RENWUPIAN
中国农林水利气象工会长江委员会　中国水利作家协会　编

责任编辑：　郭利娜　闫彬
装帧设计：　刘斯佳
出版发行：长江出版社
地　　址：武汉市江岸区解放大道 1863 号
邮　　编：430010
网　　址：https://www.cjpress.cn
电　　话：027-82926557（总编室）
　　　　　027-82926806（市场营销部）
经　　销：各地新华书店
印　　刷：湖北金港彩印有限公司
规　　格：787mm×1092mm
开　　本：16
印　　张：24.25
彩　　页：16
字　　数：490 千字
版　　次：2025 年 5 月第 1 版
印　　次：2025 年 5 月第 1 次
书　　号：ISBN 978-7-5492-6658-6
定　　价：680.00 元（共 4 册）